湖北省公益学术著作
Hubei Special Funds 出版专项资金
for Academic and Public-interest
Publications

清代流人文学研究

中国古代流贬文学研究丛书

尚永亮 主编

朱春洁 著

国家社科基金青年项目「清代流人文学编年与数字地图平台建设」（22CZW031）

广西壮族自治区「重大人才项目即第二批『八桂青年拔尖人才』培养项目（ZX02110232124001）

广西大学首届「学术新人奖」项目（2025CXLXSXR02）

武汉大学出版社

WUHAN UNIVERSITY PRESS

图书在版编目(CIP)数据

清代流人文学研究 / 朱春洁著 . -- 武汉 ：武汉大学出版社,2025.6.
中国古代流贬文学研究丛书 / 尚永亮主编 . -- ISBN 978-7-307-24754-3

Ⅰ . I206.49

中国国家版本馆 CIP 数据核字第 2024Y0S811 号

责任编辑:徐胡乡　　　 责任校对:鄢春梅　　　 版式设计:马　佳

出版发行：**武汉大学出版社**　 （430072　武昌　珞珈山）

（电子邮箱：cbs22@ whu.edu.cn　 网址：www.wdp.com.cn）

印刷:湖北金港彩印有限公司

开本:720×1000　 1/16　 印张:39.25　　 字数:650 千字　　 插页:2

版次:2025 年 6 月第 1 版　　 2025 年 6 月第 1 次印刷

ISBN 978-7-307-24754-3　　 定价:198. 00 元

作者简介

朱春洁，广西玉林人。武汉大学文学博士，现为广西大学文学院副教授、文学与文化研究中心副主任，广西壮族自治区首批"八桂青年拔尖人才"，主要从事流贬文学、清代文学研究。主持国家社科基金项目、省级重大项目等多项，在《光明日报》《文艺理论研究》《民族文学研究》等发表论文 30 多篇。

总　序

从法律角度来看，流放和贬谪是对负罪人员的一种惩罚，但政治史意义上的流贬，早在唐、宋之前，就超越了其法律内涵而成为帝制社会打击异己的一种手段；至于文化史意义上的流贬，内涵更为丰富，它以官僚阶层权力争斗或政治纷争为主要动因，以失败一方的空间远徙和恶地囚居为主要惩罚方式，以对失败、挫折、苦难的承受、消解或超越为流贬主体的心理表现，形成了一种环绕个体或群体之生命沉沦，并旁涉地理、宗教、思想、文学等多个领域的特殊文化现象。

严格来说，流放与贬谪并不相同，二者存在发生时间、个体身份、量刑程度等方面的差别。从时间上看，前者出现更早，上古三代，就有了"流宥五刑"的记载，后者到了中古时代才出现，并形成"减秩居官，前代通则；贬职左迁，往朝继轨"①的相关制度；从身份上看，前者包括官员和一般罪犯，而官员一经流放，即被免职，与普通罪犯无异，后者则主要针对官员，虽然被贬，却仍有官做，只是职位、品级下降而已；从量刑上看，前者于北齐被列为五刑之一，除流徙远恶之地外，往往还要附加笞、杖等刑，颇为严厉，后者并未入刑，多为降职和外放，而外放者则视其政绩和年资，允准量移善地。所谓"流贬量移，轻重相悬……流为减死，贬乃降资"②，指的就是这种情况。然而，从实质上看，有些外放的贬谪几与流刑混同，甚至惩罚程度更为严苛，以致二者在"徙之远方，放使生活"一点上，并无明显差异。所以孔颖达说："据状合刑，而情差可恕；全

---

①　（南朝·梁）沈约著，陈庆元校笺：《沈约集校笺》卷二《立左降诏》，浙江古籍出版社1995年版，第47页。

②　（宋）王溥：《唐会要》卷四一《左降官及流人》，中华书局1955年版，第738页。

赦则太轻，致刑即太重。不忍依例刑杀，故完全其体，宥之远方，应刑不刑，是宽纵之也。"①进一步说，无论流还是贬，流贬主体都经受了来自政治强权施予的打击(尽管其中有正向、负向之别)，都在逆境中体验了生与死、放与归、自我拯救和他者救助的多重矛盾，都产生出或执着或超越的意识倾向以及远超常人的悲剧性情感，因而，我们广义地将流与贬作一整体看待；而在流贬者中，重点关注的则是那些被外放、流徙远方且有文学创作的文人士大夫。

这些文人士大夫多是历代士人中的翘楚，他们或因"信而见疑，忠而被谤"②，落得个"行吟泽畔，颜色憔悴，形容枯槁"③的结局；或因"一封朝奏九重天"④"许国不复为身谋"⑤，而被贬窜荒远，过着"食无肉，病无药，居无室，出无友，冬无炭……大率皆无"⑥的生活，半生沉沦，甚或殒身异域。明人王世贞《艺苑卮言》"文章九命"条列举历代"流徙""贬窜"者有云：

> 流徙则屈原、吕不韦、马融、蔡邕、虞翻、顾谭、薛莹、卞铄、诸葛亮、张温、王诞、谢灵运、谢超宗、刘祥、李义府、郑世翼、沈佺期、宋之问、元万顷、阎朝隐、郭元振、崔液、李善、李白、吴武陵，明则宋濂、瞿佑、唐肃、丰熙、王元正、杨慎；贬窜则贾谊、杜审言、杜易简、韦元旦、杜甫、刘允济、李邕、张说、张九龄、李峤、王勃、苏味道、崔日用、武平一、王翰、郑虔、萧颖士、李华、王昌龄、刘长卿、钱起、韩愈、柳宗元、李绅、白居易、刘禹锡、吕温、陆贽、李德裕、牛僧孺、杨虞卿、李商隐、

① （唐)孔颖达等疏：《尚书正义》卷三《舜典》，（清)阮元校刻《十三经注疏》，中华书局 2009 年版，第 271 页。
② （汉)司马迁著，顾颉刚等点校，赵生群等修订：《史记》(修订本)卷八四《屈原贾生列传》，中华书局 2014 年版，第 3010 页。
③ （战国)屈原著，(宋)洪兴祖补注，白化文等点校：《楚辞补注》卷七《渔父》，中华书局，1983 年，第 179 页。
④ （唐)韩愈著，钱仲联集释：《韩昌黎诗系年集释》卷一一《左迁至蓝关示侄孙湘》，上海古籍出版社 1984 年版，第 1097 页。
⑤ （唐)柳宗元著，尹占华、韩文奇校注：《柳宗元集校注》卷四三《冉溪》，中华书局 2013 年版，第 2997 页。
⑥ （宋)苏轼著，(明)茅维编，孔凡礼点校：《苏轼文集》卷五五《与程秀才三首》，中华书局 1986 年版，第 1628 页。

温庭筠、贾岛、韩偓、韩熙载、徐铉、王禹偁、尹洙、欧阳修、苏轼、苏辙、黄庭坚、秦观、王安中、陆游，明则解缙、王九思、王廷相、顾璘、常伦、王慎中辈，俱所不免。①

这里所列83位"流徙"者、"贬窜"者，即我们所说的流贬文人。尽管就人数言，上述流贬者仅是若干朝代流贬群体中的很小一部分代表，但已足以反映出他们在中国文学史中所占地位和分量。这些流贬者在人生逆境中展示出各不相同的生活样态，其中不少人或将视线转向自我情感的宣泄，或转向对政治、社会、人生的反思，或转向对自然山水的歌咏，由此生成大量体裁、题材不尽相同的文学作品，这些作品，可视为流贬文学的主体；至于流贬者在流贬前后以及非流贬者在送别赠答、追忆述怀时创作的有关流贬的作品，则可视为流贬文学的侧翼。②它们共同组成了贯穿中国历史数千年的流贬文学的洋洋大观。

对流贬及流贬文学的关注，中国历史上代不乏人。南朝江淹《恨赋》有云："孤臣危涕，孽子坠心，迁客海上，流戍陇阴。此人但闻悲风汩起，泣下沾襟；亦复含酸茹叹，销落湮沉！"③宋人周辉《清波杂志》卷四"逐客"条亦谓："放臣逐客，一旦弃置远外，其忧悲憔悴之叹，发于诗什，特为酸楚，极有不能自遣者。"④至如宋初王溥所纂《唐会要》一书，其卷四一即有"左降官及流人"⑤一节，宋元之际的方回在《瀛奎律髓》中，更将唐宋"迁客流人之作"⑥专设一类，对流贬文学有了专门的分类意识。

时至今日，流贬文学更引起学界的广泛关注。20世纪八九十年代，已有学

①　(明)王世贞著，罗仲鼎校注：《艺苑卮言校注》卷八，齐鲁书社1992年版，第403~404页。

②　尚永亮：《贬谪文化与贬谪诗路：以中唐元和五大诗人之贬及其创作为中心》，中华书局2023年版，第431页。

③　(南朝·宋)江淹著，丁福林、杨胜朋校注：《江文通集校注》卷一《恨赋》，上海古籍出版社2017年版，第3页。

④　(宋)周辉著，刘永翔校注：《清波杂志校注》卷四，中华书局1994年版，第138页。

⑤　(宋)王溥：《唐会要》卷四一《左降官及流人》，中华书局1960年版，第734页。

⑥　方回选评，李庆甲集评校点：《瀛奎律髓汇评》(下)，上海古籍出版社2005年版，第1537页。

者开始了对流贬现象和流贬文学的专力考察,① 其后随着多次全国性的迁谪、流寓文学研讨会的召开, 相关研究更是风生水起, 涌现出大批研究者和数量可观的研究论著。据粗略统计, 30 年来研究流贬与流贬文学的著作约 23 部, 其中唐代 9 部, 宋代 5 部, 明清各 1 部, 其他 7 部; 论文近 1600 篇, 其中仅学位论文即有 300 余篇, 博士论文至少 16 篇, 而且从时段来看, 从 20 世纪 90 年代至今, 研究成果逐年递增, 呈稳步上升的态势。②

毫无疑问, 前述各类成果已展现出流贬文学研究多方面的开拓和喜人的发展态势, 某种意义上, 一门颇具规模且不乏理论和实践支撑的 "流贬学" 正呼之欲出。然而, 这些研究中的部分成果也呈现出若干不可忽视的问题。整体而言, 这些问题主要表现在以下几点: 一是时段分布多寡不均, 约 70% 的成果集中在唐宋两代及清代, 而其他朝代光顾者少, 至于先秦、汉魏、六朝、金、元、明诸代则问津乏人。二是人物研究冷热不均, 多数研究者将目光集中在了先秦的屈原、唐代的柳宗元、刘禹锡、韩愈和宋代的苏轼、秦观、欧阳修等人身上, 而对其他流贬文人则关注不够, 甚至全未顾及, 由此形成热者极热、冷者甚冷的局面。三是对流贬地域的考察缺少广度和深度, 引起研究者关注较多的, 除唐宋时期的岭南、两湖地区以及清代的西北、东北地区外, 其他地区不仅涉及者寡, 而且即便涉及, 也多是纯地理层面的知识罗列, 而缺乏文化层面的深层剖析, 缺乏对流贬者行走路线、路程、路况、行期、行速及贬地生活等方面的细密考索。四是制度研究多静态而少动态, 多律法规定而少操作环节, 多客观描述而少实施主体考析, 由此导致相关论述与实际流程一间有隔。五是缺乏整体性观照、学理性洞见和理论性提升, 不少研究多流于一般性叙述、碎片化考察, 而少了些全视域把握、规律性概括, 并因研究者缺乏对生命感悟的融入, 也少了些真正打动人心的力量。

正是有鉴于此, 我们将目光投射到那些在选题的新颖度、论述的细密度、观照的整体性上更具特色的论著, 以期为此后的流贬文学研究提供若干导引和镜

---

① 　参见李兴盛《东北流人史》(黑龙江人民出版社 1990 年版)、《中国流人史》(黑龙江人民出版社 1995 年版)、尚永亮《元和五大诗人与贬谪文学考论》(台北文津出版社 1993 年版)等。

② 　参见本丛书所收凌云、罗昌繁、孙雅洁、朱春洁诸书绪论。

鉴。在这些论著中，我们特别重视的是一些硕士、博士学位论文，尤其是博士生的学位论文。盖因此种论文之选题是经过学生和导师多次切磋、商讨才确定的，其中蕴涵着对学术发展状况较为深透的理解，对选题开展前景较为全面的把握；而在具体开展过程中，又经过反复思考、修订和打磨，再经过预答辩、外审等审阅及问难环节，历时三四年或更长的时间而完成，故其最终成果多具较高的扎实度和学理性，在其研究对象所涉的领域中，往往占据较前沿的学术位置。仅就管见所及，21世纪以来，海峡两岸有关流贬文学研究的博士论文即有如下多种：

高良荃：《宋初四朝官员贬谪研究》(山东大学博士学位论文，2003年)

张英：《唐宋贬谪词研究》(苏州大学博士学位论文，2009年)

张玮仪：《元祐迁谪诗作与生命安顿》(台湾成功大学博士学位论文，2009年)

吴增辉：《北宋中后期贬谪与文学》(复旦大学博士学位论文，2011年)

严宇乐：《苏轼、苏辙、苏过贬谪岭南时期心态与作品研究》(复旦大学博士学位论文，2012年)

赵忠敏：《宋代谪官与文学》(浙江大学博士学位论文，2013年)

罗昌繁：《三国两晋贬谪文化与文学》(武汉大学博士学位论文，2014年)

石蓬勃：《苏门诗人贬谪诗歌研究》(河北大学博士学位论文，2014年)

赵文焕：《黄庭坚贬谪文学研究》(南京师范大学博士学位论文，2016年)

赵雅娟：《北宋前期贬谪文化与文学》(武汉大学博士学位论文，2018年)

蔡龙威：《南宋高宗朝贬谪诗研究》(吉林大学博士学位论文，2018年)

周乔木：《方拱乾父子流贬文学研究》(黑龙江大学博士学位论文，2018年)

段亚青：《唐代贬谪制度与相关文体研究》(武汉大学博士学位论文，2019年)

朱春洁：《清代流人文学研究》(武汉大学博士学位论文，2020年)

　　凌云：《两汉流贬制度与文学研究》(武汉大学博士学位论文，2021 年)

　　孙雅洁：《南朝贬谪制度与文学研究》(武汉大学博士学位论文，2022 年)

　　徐嘉乐：《元代贬谪制度与文学的多元考察》(武汉大学博士学位论文，2025 年)

　　以上论文，有个体研究，也有群体研究，有诗歌、词作研究，也有制度、文体研究，有某一时段研究，也有一代文学研究，在观察视角、学术观点、研究方法等方面均多有创获，取得了不俗的成绩；而其中特别值得关注的，是关乎某些前人较少涉足的断代流贬文学的整体研究。这些研究，视野相对阔大，领域较为新颖，因而更具学术上的开拓性。兹仅依时代序，就前列武汉大学凌云、罗昌繁、孙雅洁、段亚青、赵雅娟、朱春洁诸博士之学位论文，稍做介绍如下。

　　《两汉流贬制度与文学研究》：共五章十八节，重点考察两汉流贬的构成要素、主要类型以及法律性质和地位，其中对流贬的主要程序和相关操作，流贬者在流贬前后遭遇的处置措施，在时间、空间、身份类型诸方面的分布规律，以及导致流贬的不同原因和各朝流贬情形的论述，用力尤多。在此基础上，展开对两汉流贬文人之拟骚现象与流贬文学书写的重点讨论。

　　《三国两晋贬谪文化与文学》：共七章二十节，以朝代为经，以各朝典型贬谪案例为纬，对三国两晋五朝的贬谪事件予以宏观把握和微观考察。其中首章与尾章重在考察三国两晋时期的选官、职官、爵位、流徙刑制度，通过计量分析，揭示贬谪人次与对象、贬谪地域、贬谪缘由等概况，并对此期贬谪事件的特点与规律予以归纳总结。其他诸章分别以曹魏、蜀汉、东吴、西晋、东晋五朝为中心，考述各朝的贬谪案例及其与文化、文学、政治等诸多层面的关系。

　　《南朝贬谪制度与文学研究》：共五章十五节，前三章分别着眼于南朝贬谪制度、贬谪类型和事件以及贬谪的家族性特征等，特别是着眼贬官数量较多、较具特点的陈郡谢氏、顺阳范氏和彭城刘氏三个家族，以及宗室及其周边之文学集团，进行制度、家族、个案等方面的考察。最后两章聚焦于南朝贬谪文学之发展，重点观照谢灵运、颜延之、江淹等代表性作家之创作，以及南朝贬谪文人与时代文化精神之间的关系，对其特点和规律展开研探。

《唐代贬谪制度与相关文体研究》：共六章十九节，前三章以制度研究为切入点，结合"礼""法""权"三大因素，考察唐代贬谪制度的全貌及其运作过程，尤其注意将制度研究中静态的条文章程与动态的具体操作相结合，分析制度与人的互动，在运作过程中了解贬谪制度的特点及弥漫其周围的政治生态环境。后两章主要分析与贬谪制度相关的两种文体：一为贬谪制诏，一为贬谪官员谢上表，两种文体一自上而下，一自下而上，分别代表着贬谪的实施与完成，交织出一幅士人与皇权互动、逐步树立自我人格的生动图景。

《北宋前期贬谪文化与文学》：共六章十八节，将贬谪制度与贬谪文学的研究相结合，注重考察北宋前期贬谪制度之制定、实施的文化背景和特点，以及受此影响所形成的贬谪文学内容和艺术特色。由此两方面之关联沟通，揭示北宋前期贬谪制度、文化与贬谪文人主体精神之重塑、政治节操之作成间的关系，并对此期呈现的"道"与"位"、"进身"与"行己"诸问题展开新的思考。

《清代流人文学研究》：共五章十五节，以清代近三百年历史发展为轴线，重点择取初期从南到北的遗民流人、前期自江南到东北的科场案流人、前中期由江南至东北与西北的文字狱流人、中后期因中西冲突而遣发各地的流人为典型对象，论述了遣戍空间之"南/北""东/西"（江南/塞北、西域）的转换，以及流人在政治、身份、时空交错中所形成的故国依恋、异域抗拒、戍地恐惧、服膺皇权、时代觉醒等复杂心理。

以上所述不过是这些论文极为简略的一个概貌。进一步说，这些论文除因各自研究对象不同而形成的独特性外，还在以下几个方面展现出若干共通性特点：

其一，以不同时代为切入点，在选题上进行新领域的开拓。这些选题，除唐、宋两代外，汉、三国、两晋、南朝（宋齐梁陈）诸代之流贬文学，前人均很少留意，更无纵贯一代或数代的研究论著；即就已成为研究热点的唐、宋两代和准热点的清代来说，关乎流贬制度与特定时段、特殊文体的研究，以及关乎东北、西北两大地域和四种流人类型的综合研究也不多见。就此而言，说这些论著在选题上具有开拓性，是符合实际的。

其二，聚焦于流贬制度的考察，为流贬文学研究奠定基础。流贬制度是政治制度的分支，既与不同时期之政治、文化精神相关，又与各代执政者之自身素质相关，从而展现出代有变化、宽严不同的多种样态。同时，这些制度有明文记载者，如《晋律》《唐律疏议》《唐六典》《宋刑统》《大清律例》及历代正史之《刑法志》等，也有无法律条文而在具体操作中不断变化者；至于流贬之认定、实施，如罪行上奏、法律推鞫、个案分析、贬诏下达等，既有有规可依者，亦有因人情好恶而灵活变动者，甚至有抛开法律，仅凭最高统治者之一时喜怒即施行者。它们大大丰富了流贬制度的内涵，并使之充满变易性和复杂性。凡此，均在以上各文中有程度不同的考索和呈现。

其三，注重事、地、人、文间的关联性，对流贬文人之心理、流贬文学之特点展开多层面探析。首先是在全面掌握文献资料的前提下，对事件发生的真实形态、原因、类型等做出客观认知和性质评判；其次从人文地理的角度切入，考察影响流贬者的贬途、贬地等空间环境；最后在此基础上，或由文而人，聚焦流贬者的生存状态和心路历程，或由人而文，把握流贬文学的风格、艺术特点。

其四，在研究方法上兼容并蓄，重在解决实际问题。除历史-文化研究、心理分析、比较研究等方法外，还主要采用两种方法：一是以考据为主的实证研究方法，在对该期所有流贬者之材料作穷尽式收罗的基础上，进行细密考订，由此编成由汉至唐各代之"流贬官考"或"流贬文人纪年"；一是以数据为主的定量分析方法，既对某一时代之流贬者的数量作出翔实统计（有名可考的流贬事件，涉及汉代1413人次，三国两晋369人次，南朝619人次，唐代2828人次，清代1822人次），又从时间、空间两个维度，考察流贬者的发展变化和分布情形，由此形成对该时期流贬态势之全面了解和准确把握，并为此后研究者提供较为翔实的数据借鉴。

大概正是这样一些特点，使上述研究具有了某种整体的一致性。需要说明的是，这些论文作者都是我近三十年所指导的数十位博士生中较优秀的几位，在选题和写作过程中，我们切磋往还颇多，相互论难不少，而他们也常以其深细的探索和独到的看法，屡补我之未逮，由此共同深化了对流贬现象和流贬文学相关问题的理解，最终成就了这些虽仍有不小提升空间，但就其所研究对象而言已大抵完备的阶段性成果。所以我们将之汇聚一起，组成这套《中国古代流贬文学研究丛书》。因这套丛书有幸入选2023年度湖北省公益学术著作出版专项资金项目，为强化其系统性，遂依出版社要求，又增列了十多年前由我和我的几位硕士生冯丽霞、张娟、邹运月、程建虎诸君共同撰著的《唐五代逐臣与贬谪文学研究》一书(该书重点涉及初唐神龙逐臣、盛唐荆湘逐臣、中唐元和逐臣、晚唐乱离逐臣及唐五代逐臣离别诗等，由武汉大学出版社于2007年出版)，以使相关内容尽可能全面、丰富一些。

"道屈才方振，身闲业始专。天教声烜赫，理合命迍遭。"①白居易的话，道出了流贬与人生、命运、文学创作间的内在关联，也侧面揭示出流贬文学的价值所在。早在20年前，我在拙著《贬谪文化与贬谪文学》的后记中，曾深有感触地说过这样几句话："要对'贬谪文化与贬谪文学'这样一个涉及面极广而又与政治、文化、人生紧密相关的课题获得更深入的解会，仅凭一己之力是远远不够的，它需要对数千年历史资料的细密爬梳和阐释，需要具有理论深度的回应和挑战，需要一批志同道合者的切磋琢磨和商榷交流。"现在看来，这一目标虽远未实现，但通过持续的努力，正在逐步接近。朱熹有言："旧学商量加邃密，新知培养转深沉。"②我们真切希望，通过这套丛书的出版，既能商量旧学，又能培养新知；既能为方兴未艾的流贬文学研究增添一些助力，也能由此引起学界同道的回应与挑战、商榷与交流，以期共同推进这一跨朝代、跨地域、跨学科课题的深化和细化，为实践层面和理论层面之"流贬学"的建立做些添砖加瓦的工作。

尚永亮

甲辰岁初匆草于古都长安寓所

---

① (唐)白居易著，谢思炜校注：《白居易诗集校注》卷十七《江楼夜吟元九律诗成三十韵》，中华书局2006年版，第1339页。

② (宋)朱熹：《鹅湖寺和陆子寿》，(清)吴之振等编选：《宋诗钞·文公集钞》，中华书局1986年版，第1676页。

前　　言

有清一代，人员的大规模流放现象十分突出，并因时期、地域之不同而呈现出文本表达与心态书写的差异。如何透过文本蠡测其心理，并寻绎诸种因素的内在关联，便成研究之关键。基于此，本书以清初至清末近三百年历史发展为轴线，考察流人因时局变化、地域变迁而呈现出的多样书写与多元心态。

整体观之，清代流放体系完备，为人员遣戍提供了审判依据，由此形成流人在籍贯、时间、身份、原因、戍地、创作等多层面的差异，并集中表现在时空分布特征上。借助大数据分析，可知有流放创作的文人主要来自江南，并集于东北、西北，尤以清前期的东北为最。而结合时代与地域因素，又可择取初期从南到北的遗民流人、前期自江南往东北的科场案流人、前中期由江南至东北与西北的文字狱流人、中后期因中西冲突而遣发各地的流人作为典型研究对象。

清初遗民流人身处改朝换代之际，新旧政权之交替、南北地域之迁徙，这些作用于他们的身体和书写，由此形成其突出的寒冷体验、残缺书写与家国想象。与宋末遗民流人相比，清初遗民流人所受寒冷之感更为强烈，此根源于统治者施加于他们的身体惩罚程度。面对寒侵冷蚀，他们不同于宋遗民的绝食抵抗，而是以身体为场所，通过添衣进食来积极疗救，并以岁寒冰雪的不屈意志和澄澈品性，完成对兼具政治与地理意义之北方的抗拒。此外，他们亦感到更为剧烈的身体破碎之态，在身体家国一体化过程中，将身心断裂指向国破家亡之时局，并以残缺之眼打量自然万物和自身生命，生出强烈的剩余之感，借此凸显身体与家国的相偎相依，彰显南方认同情结。国破家亡后，远戍异地之流人常于梦里重构故园，在相似场景的还原中，寄托对南方故国的深切追认与深深依恋。与前人的国家重构相比，他们更偏于家园想象，此举根植于人类回归的集体无意识，又与其身份相关，但最后两者殊途同归，皆在梦的虚幻破灭中滋生出更大悲哀。

1

　　科场案流人群体集于清前期，时局的渐趋稳定使此期的地域因素凸显。由于财政危机造成的窘迫，清廷加强了对江南的经济掠夺，这一行为迫使士子从繁华江南踏上前往穷荒东北的血泪之路。沿途中，他们与东巡之帝王、北来之使臣交错横行，并通过书写呈现所见的文本影像，相比之下，流人以远景画面空间、封闭与开放式兼有之构图，将东北辽远苍茫的地域特点展现，同时借由哀凄急促之声音、从江南到东北的蒙太奇手法，尤其柔焦镜头和白黄色彩的频繁使用，凸显所见东北之穷破荒败，传达其踏入荒寒异域的惊恐哀痛、悲苦绝望。抵达之际，流人则积极构建江南记忆剧场，凭借时间回溯与空间择取，营造旧时江南情境；借助人物设置，展现秦淮女子的婉约秀丽与士人的恣意才情；又通过身在东北、心在江南的矛盾冲突，推动情节发展；并以现场和异地时空之观众互动，将剧情尽情展现。如此，舞台、人物、情节、观众诸要素互相联结，并冠以盼归的灵魂主题，上演了一幕幕江南繁盛剧。而与前人相比，流人又以熟悉的舞台场景、丰富的人物形象、家园怀想的主题，凸显其江南熟知感和故园依恋感，从而打造出自己的专属剧场。由此，现实的穷荒东北与记忆的繁华江南形成强烈反差，在现实地理空间与虚幻记忆空间的比对中，寄寓流人对江南的深情眷恋。

　　文字狱流人群体聚于康雍乾三朝所在的清前中期。帝王的恐怖政策、戍地的荒远偏僻，化作萦绕其心头的恐惧感。与宋相比，清文字狱由帝王主动发起且惩处力度更强，使流人常感身处险境，恐惧感亦更为强烈。面对时间的步步紧逼，他们滋生出的死亡恐惧与生命剥夺感，远甚于宋流人因时间流逝而泛起的衰老惊惧与生命荒废感；而身处阴阳交错、鬼魅横行的失序空间，他们惊恐万分，主动用闭门方式以规避自保，与宋人杜门之举的无奈迥然不同。此期徙往东北之流人，他们以家族为单位，在戍地精心侍弄花草，经由花之获取、采摘、种植和摆放，采用邻借、应时而借之手法，完成了从"花"到"园"的设计过程，营建出类江南园林，以寄故园之思。并于园中课读诗书、互相酬唱，把家族特有的诗书传统、成员间的浓浓深情、长辈对晚辈的谆谆教导，从江南带到东北，实现家风之恪守与文脉之延续。遣往西域之官员，则同于游历边塞之唐人，二者皆为西域的苍茫辽阔景象吸引，尽情描绘平沙莽莽、辽远无际之画面，然与唐人的悲凉之感不同，清人把江南背影投射于西域风景，为之注入柔美秀丽之韵味，以寄归乡之思。面对承载战争记忆的西域疆场，唐人以雄壮之语赞颂将士的英雄气概，清人则语涩意深地歌颂帝王战功，且还于风土书写中，将边地物产纳入帝国秩序，就此地的民风开化来赞美王化力量，以求早日获赦归乡。

中西冲突流人处清中后期，时代之巨变消褪了流戍的地域色彩，并更多指向东西间的文化矛盾，此时帝国之没落与西方思想的涌入，刺激着流人心态的起落沉浮。面对西人贪婪而张狂的狼性入侵，深受犬性文化熏染的流人，将忠诚恭顺之犬性投射西人，并在戍前视其为犬羊，极尽天朝的驯服优越感；而因中西冲突遭遣戍后，流人才得以确知西人的狼性面目，并醒悟清廷与百姓才是待宰之犬羊，进而恐惧悲叹。戍途中，面对帝国末路和自身困境，他们自比为疲弱困顿之"羸马"，并将其指向自身的老与病。在老态描写上，他们不同于前中期流人的模糊描绘，而是呈现得更加真实细致；另与前人囿于自身儿女等血脉族亲范畴迥异，他们的精神维度推至更为广大的家国天下。在疾病归因上，清中期之前的流人，所着眼基本为"南/北"或"江南/东北、西北"的空间差异，中后期流人则落脚于"东/西"的时间差距，并隐喻被西方抛下的衰病中国。而对于变化时局与新思想洗礼，与同期俄国流人相比，清人遵从大雁的回归与忠诚之性，即使被远戍蛮荒，依然时时盼归，并大力歌颂皇恩，恪守忠君之道。俄人则从雄鹰汲取自由精神和反抗力量，满怀自由向往，并对统治者极力抗争和讽刺批判。二者之态度，亦昭示清廷于近代落后挨打、俄国从旧社会突围之不同命运。

由此，自清初至清末，帝国政权历经创立、巩固、强化至衰落之演变，流人群体经历遗民、科场案、文字狱、中西冲突的变迁，遣戍空间则完成了"南/北""江南/东北""江南/东北、西域""东/西"的转换。在政治、身份、时空的交错中，流人的感思念想凝聚成以回归为主线，并交杂故国依恋、异域抗拒、戍地恐惧、服膺皇权、时代觉醒等复杂心理和多元心态。至此，流人文学超越其作为亲历者异域见闻和苦痛体验的书写载体，成为帝国兴衰变化、边缘区域移动之缩影。

目　　录

绪论 ……………………………………………………………… 1

　一、研究对象的界定 …………………………………………… 1

　二、研究现状的总结与反思 …………………………………… 3

　三、研究的突破与创新 ……………………………………… 20

　四、研究思路与章节安排 …………………………………… 21

第一章　清代流放制度与流人的总体考察 ………………… 23

　第一节　流放制度与流人类型 …………………………… 23

　　一、流放与流刑 …………………………………………… 23

　　二、清代的流放制度 ……………………………………… 26

　　三、清代流人的群体类型 ………………………………… 29

　第二节　流人的时间分布特点 …………………………… 33

　　一、整体时间分布 ………………………………………… 33

　　二、各朝时间分布 ………………………………………… 36

　　三、流放文人的时间分布 ………………………………… 45

　第三节　流人的空间分布特征 …………………………… 49

　　一、静态分布 ……………………………………………… 49

　　二、动态分布 ……………………………………………… 55

　　三、流放文人的空间分布 ………………………………… 63

第二章　清初遗民流人的北地遣戍与身体书写 ………… 73

　第一节　寒侵·冷地·冰心：流人的寒冷体验与北方抗拒 ……… 81

一、流人遭受的寒冷摧残 ……………………………………… 82

二、统治者的规训与惩罚 ……………………………………… 87

三、流人的反抗抵御与身心内化 ……………………………… 95

第二节　身裂·国破·物残：流人的残缺书写与南方认同 ……… 101

一、流人的身体书写与家国时局 ……………………………… 102

二、清初流人的独特体验 ……………………………………… 108

三、遗民流人的残缺感知 ……………………………………… 117

第三节　梦回故园·家国想象：流人的意念建构与南方追认 … 122

一、流人梦中的家国重构与回归念想 ………………………… 123

二、流人梦回故园的心理动因 ………………………………… 129

三、流人归梦的实现与破灭 …………………………………… 138

第三章　清前期科场案与士人的东北流徙 ………………………… 142

第一节　从江南到东北：士人流徙的经济动因 ………………… 146

一、问题提出：科案矛头为何直指江南士子 ………………… 146

二、财政危机：清廷流放江南士子的经济动因 ……………… 156

第二节　东北：流人摄入的文本影像 …………………………… 166

一、文本影像：基于纪行书写与影像摄入的共性特征 ……… 168

二、景别·构图·声音·蒙太奇：流人纪行文本影像解读 … 172

三、柔焦镜头·白黄色彩：流人纪行文本影像细读 ………… 179

第三节　江南：流人构建的记忆剧场 …………………………… 195

一、记忆剧场的构建 …………………………………………… 196

二、记忆剧场的独特性 ………………………………………… 208

第四章　清前中期文字狱与流人的边地创作 ……………………… 214

第一节　异域：流人的时空转换与恐惧感知 …………………… 218

一、危险场域：流人的惊恐与畏惧 …………………………… 220

二、未知时间：流人的衰老惊惧与死亡恐惧 ………………… 228

三、失序空间：流人的恐惧与规避 …………………………… 235

第二节　东北：流人的"园林"重构与家风恪守 ……………… 245

一、东北园囿：江南园林的重现 ······················· 246

二、从"花"到"园"：江南景观的重构 ··············· 249

三、园中诗书：流人的家风恪守与文脉延续 ··········· 255

第三节　西域：流人的边塞纪闻与帝王颂歌 ············· 267

一、江南韵味：清流人描绘的西域景象 ··············· 268

二、帝王武功：清流人笔下的边地战场 ··············· 274

三、王化蛮夷：清流人眼中的西域风土 ··············· 278

第五章　清中后期中西冲突与流人的复杂心态 ············· 285

第一节　犬与狼：流人的西人印象与心态转变 ··········· 291

一、犬与狼：动物特性及中西方文化 ················· 293

二、西人的犬性伪装与流人戍前的施舍驯化 ··········· 297

三、西人的狼性显现与流人戍途的恐惧悲叹 ··········· 302

第二节　羸马：流人的老与病 ························· 311

一、老与病：羸马意象与流人所指 ··················· 312

二、真实呈现与家国忧思：流人的年老书写 ··········· 317

三、时间旨归：流人的疾病写作 ····················· 327

第三节　雁与鹰：清代流人的返归与俄国流人的突围 ····· 337

一、雁与鹰：动物特性与文化象征 ··················· 340

二、回归渴望与自由向往：清俄流人的不同凤愿 ······· 346

三、忠诚与反抗：清俄流人的君主抉择 ··············· 357

结语 ··· 367

附录1　各朝流贬研究情况表 ··························· 369

附录2　流贬研究关键词互现网络图 ····················· 454

附录3　清代实名流人情况表 ··························· 461

参考文献 ··· 566

后记一 ··· 593

后记二 ··· 600

绪　　论

一、研究对象的界定

本书以清代为时间段，以流人及其创作为主要研究对象，考察这一时期流人的时空分布、文学书写及心态特征。

在时间跨度上，本书选取清代（1616—1911）为研究范围。对于清代，史学界常将起始时间定于顺治入关时（1644），而将天命、天聪、崇德时段称为后金。但考察流放实际情况，可知清人对明人的流放自后金时期就已开始，李兴盛先生亦将天聪时遭清军流放之明人定为"清代第一批流人"[①]。且最关键的，他们有反映流放经历的作品留存，因此尤疑也是流人文学研究的重要考察对象。有鉴于此，本书将时间起点定为努尔哈赤在赫图阿拉称"覆育列国英明汗"，国号"大金"（史称后金）开始，即天命元年（1616），截至1911年辛亥革命爆发，清廷被推翻，时间跨度近三百年。

何谓"流人"？关于其概念的源流及发展，李兴盛先生已在《中国流人史》前言中作了梳理，[②] 这里便不再赘述，本书亦采用李先生的界定，即"流人就是由于以惩罚、实边、戍边、开边或掠夺财富为指导思想的统治者认为有罪而被强制迁徙（流放或贬逐）荒凉僻远之地，采取不同的管制或惩罚措施的一种客籍居民。简言之，流人就是统治阶级认为有罪而被强制迁徙（流放或贬逐）之人，即流放或贬逐者"[③]。按此定义，遭流放之人，定是流人，而传统意义上的贬谪之人，

---

① 李兴盛：《中国流人史》上，第 904 页。
② 李兴盛：《中国流人史》上，黑龙江人民出版社 2012 年版，第 7~10 页。
③ 李兴盛：《中国流人史》上，第 9 页。

如刘禹锡、柳宗元、苏轼等，亦属流人范畴。此处牵涉"流放"与"贬谪"两个概念，《唐会要》载："贬则降秩而已，流为摈死之刑"①，且"流为减死，贬乃降资"②，可见贬谪是行政降级的惩罚，流放乃刑法量罪的判决。但唐宋时期，常常流、贬不分，③ 直至明清，两者的区分才明晰。④ 而本书既然着眼于清代，所用概念应是"流放"，但在梳理学术史，尤其涉及唐宋期间成果时，亦将贬谪、迁谪等研究纳入考量范围。

在研究对象上，本书的研究主体是"流人文学"。关于"流人文学"，目前还未有界定，李兴盛先生提出的概念是"流人文化"，其中虽包括文学，却未将"流人文学"之定义及相关内容进行阐述。尚永亮先生长久致力于贬谪文学研究，但其研究对象并非单纯地降职官员，而大多指向唐五代贬官中的流放人员，因此，他对贬谪文学之界定⑤，对流人文学来说亦具参考价值，有鉴于此，本书第一次明确提出"流人文学"的概念，即被统治者认为有罪而被迫强制迁徙的人员创作的与流放相关作品。其范围主要指流人在戍地创作的文学作品，广义上也包括流人流徙前后创作的与流放相关的作品。此外，因本书重在文学研究，流人中的文人自是重点考察对象，于此，本书亦首次明确"流放文人"的概念，即有流放经历且有文学创作的人员。而这些流放文人创作的与流放相关之作品，则是本书研究的重中之重。

关于本书的研究意义，以往学者进行流贬研究时，基本皆引严羽《沧浪诗

---

① （宋）王溥撰：《唐会要》卷四一，中华书局 1955 年版，第 738 页。

② （宋）王溥撰：《唐会要》卷四一，第 738 页。

③ 其中原因，丁之方《唐代的贬官制度》和彭炳金《唐代贬官制度研究》两篇文章已作了考述，即唐代在贬官时，就混淆了"贬"和"流"的界限，把行政处分和刑事处罚混同使用。而在宋代的贬诏中，其对苏轼、苏辙等人的处罚皆名为"安置"，《宋史》对其贬官经历的记载也常用"徙"一词，这些皆为带有流放性质的惩处。

④ 在清代会典中，官员的降免，是在"吏部"条目；而对官员的发遣，则归于"刑部"条目，且会典还对流刑做了具体的条文规定。至此，贬谪和流放完全分离开，贬谪是行政降级的惩罚，流放则是刑法量罪的判决。

⑤ 尚永亮先生在《唐五代逐臣与贬谪文学研究》中提出贬谪文学大致由三大部分组成：第一部分是贬谪诗人在谪居期间创作的文学作品，这是贬谪文学的主体；第二和第三部分则是贬谪诗人在谪居前后以及非贬谪诗人在送别赠答、追忆述怀时创作的有关贬谪的文学作品，这是贬谪文学的侧翼。

话》、周辉《清波杂志》以及方回《瀛奎律髓》等书中关于"迁谪""逐客"之论述作为佐证，清代流人文学作为其中一段，其意义自然不出以上范畴，所以笔者于此便不再多言。而下面，则通过梳理回顾流贬研究史，考察清代时段的研究程度，从而引出深入探究的必要性。

二、研究现状的总结与反思

(一)流贬研究述论

截止目前，在中国知网输入"流放"或"贬谪"作为检索主题词，可查出 2565 篇社科论文①(包括学位论文、期刊论文)，根据流贬研究发文量趋势图(如图 0-2-1)可知：21 世纪以来，流贬研究日益兴盛，至 2022 年达到顶峰，年发文量 146 篇，后面虽有所降低，但仍保持较高态势。

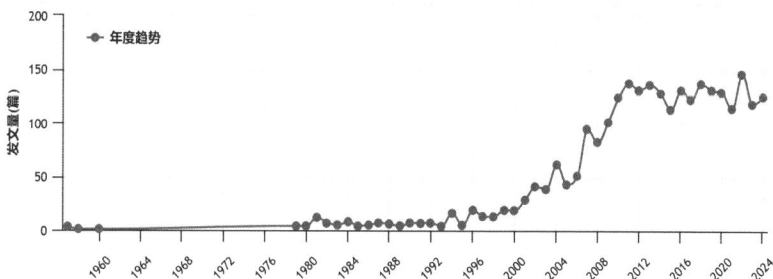

图 0-2-1　流贬研究发文量趋势图

对于这些研究文献，前人虽有所整理，如刘勇的《贬谪文学研究的现状与未来》②、刘庆华的《三十年贬谪文学研究的繁荣与落寞》③、李兴盛和邓天红的《改

---

① 包括文学、历史、社会等领域的研究，数据更新至 2024 年 6 月 30 日。

② 刘勇：《贬谪文学研究的现状与未来》，《九江学院学报》(哲学社会科学版)2010 年第 2 期。

③ 刘庆华：《三十年贬谪文学研究的繁荣与落寞》，《湖北社会科学》2011 年第 5 期。

革开放四十年来的东北流人问题研究述论》①等，但基本以定性分析为主，还未有学者从大数据视野来对全局进行整体探究。基于此种情况，本书拟从数字人文着眼，通过数据统计和关键词互现系统，对国内的流贬研究文献进行定量考察和可视化分析，同时结合定性分析，以准确、直观展现各朝代的研究成果，把握其发展流脉。

通过统计可知（见附录1），目前大陆研究成果共计1135项，包括专著58部、核心期刊论文618篇、学位论文459篇。这些成果不规则地分布在各个时期（如图0-2-2），多寡不均，其中唐、清、宋比重最高，合计866项，占总数76.3%，其他朝代合计约占总量的五分之一。台湾研究成果共计218项，包括专著7部、期刊论文87篇、学位论文124篇，这些研究成果在各朝的分布同样不均衡（如图0-2-3）。与大陆不同，台湾的研究更多集中在宋、唐两朝，分别有研究成果107项、79项，合计186项，占总数的85.32%，比重极高。可见中国古代流贬研究存在明显的时代差异，各朝用力不均，从而形成独具时段特色的研究史。而虑及本书着重研究清一段，下面则将其划为清之前与清代两部分论述。

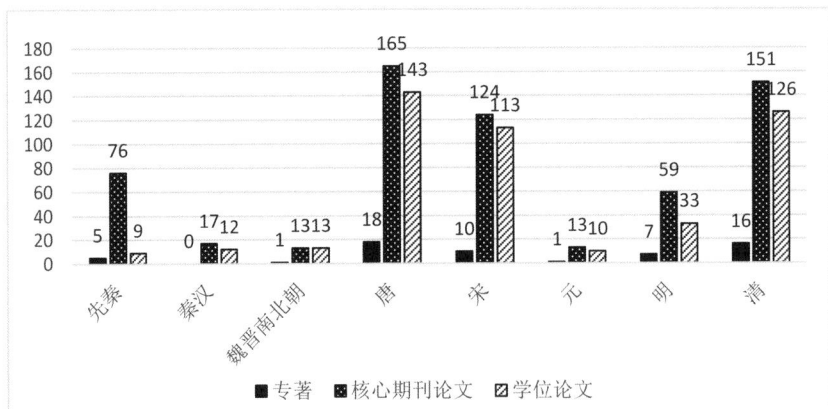

图 0-2-2　各朝流贬研究成果数量统计图（大陆）

①　李兴盛、邓天红：《改革开放四十年来的东北流人问题研究述论》，《地域文化研究》2018年第6期。

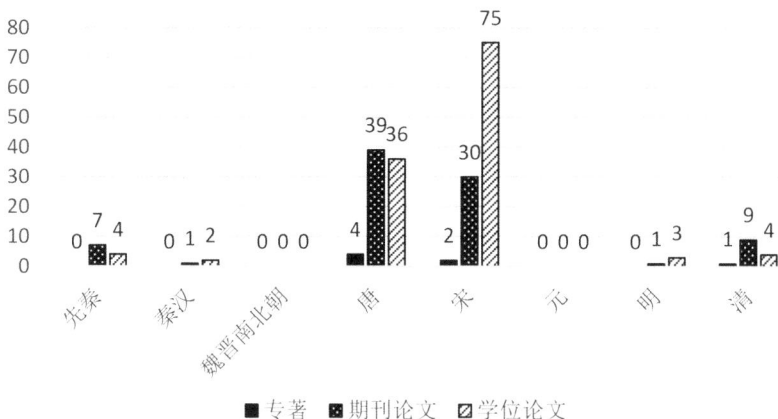

图 0-2-3　各朝流贬研究成果数量统计图(台湾)

1. 清前流贬研究述论

（1）先秦

先秦时段（见附录 1）的研究主要集中在对流贬文学始祖——屈原的考辨上。就其成果而言，大陆的学位论文和专著很少，总计 14 项，但期刊论文数量可观，有 76 篇，其关键词互现网络（见附图 2-1）形成以屈原作品和楚怀王为核心，并牵及湖湘、洞庭等地域文化因素和人格境界、文人士大夫等精神要素在内的先秦流贬研究系统。这些论文以考辨为主，如对屈原放逐的时间、地点、路线及其相关作品的考证等，有文章 45 篇，占比约 60%，主要研究者是潘啸龙、廖化津。学者们的反复论证，使得史实日益清晰，尤其是近年来利用出土文献进行探究，为厘清流贬之源奠定了基础。在此大系统外，还有一个由关注《诗经》《国语》而形成的贬谪文学研究体系，其主要耕耘者是尚永亮先生。他以弃逐视角重新审视上古文化现象，将弃子、弃妇同逐臣一样，纳入弃逐文学研究范畴。此举不仅为流贬文学寻绎源头，还构建了从弃逐到回归的文学母题，肯定此为研究之富矿。

台湾的相关研究成果较少，共 11 项（含期刊论文 7 篇、学位论文 4 篇）。他们的关注对象与大陆相似，同样集中于屈原，但在视角上，台湾学者更偏于从时空感、悲剧感、意象等层面对其流放作品进行解读。

（2）秦汉

秦汉时段的流贬研究比较薄弱。秦二世亡而汉承之，国土虽大，但流人甚少，其中的文人仅 20 名；① 且汉承秦制，两者的政治制度颇为相似，因此研究者常将秦汉合并探究，如现有的 12 篇学位论文，其中就有 6 篇为此类研究。有鉴于此，本书亦采用此划分方式，将秦与汉合并为一段。从现有科研成果来看，对此阶段的研究非常薄弱，只有 18 篇期刊论文（大陆 17 篇，台湾 1 篇）、14 篇学位论文，没有专著，难成系统。

就其研究对象来看，期刊论文聚焦于贾谊，注重对其流贬期间的文学创作，尤其是《鹏鸟赋》的解读，这些论文共 14 篇，数量虽不多，但呈现出多变的视角，它们除传统考辨、挖掘贾谊精神内涵及其文化史意义，还注重中外文学的相互比较，如王奥玲的《异曲中的同曲——英诗〈乌鸦〉与汉赋〈鹏鸟赋〉之比较》和樊颖的《穿越中西方象征诗林的"鸟"与"OWL"——〈鹏鸟赋〉与〈猫头鹰与夜莺〉中的"猫头鹰"意象之比较》，即通过跨文化视角探究不同文明之间的共通性。学位论文则重在考察秦汉的流徙制度，包括刘淑颖《秦汉迁徙刑与迁徙地》、凌云《两汉流贬制度与文学研究》2 篇博士论文和杨越《秦汉迁刑考论》等 4 篇硕士论文，试图结合史料来对秦汉的流刑做系统的梳整。

（3）魏晋南北朝

同秦汉的相似，魏晋南北朝的流贬研究亦显薄弱，基本集于江淹、谢朓等个案。此一时段战乱不止、朝代更替频繁，失去流贬现象繁荣之基础，因而流贬人员不多，其中魏晋 246 人，南北朝 142 人。② 从现有研究来看，台湾暂无相关研究成果，大陆有期刊论文 13 篇，主要探讨流刑制度与流人个案；有学位论文 13 篇，其中 5 篇着眼于个案，另 8 篇虽是整体性研究，但内容多限于对现象的归类，或将个案探究进行合并分析，创见不多。其中，罗昌繁的博士论文——《三国两晋贬谪文化与文学》值得关注，他在系统考察基础上，结合政治制度和时代背景，揭示贬谪文人在党争、暴政和朝代更替、门阀政治下的生存状态与心态演变，是目前对此期流贬文学研究较深入的论著。

---

① 数据来源于武汉大学文学院凌云博士的统计结果。
② 数据分别来源于武汉大学文学院罗昌繁博士和孙雅洁博士的统计结果。

另需注意，此阶段许多流贬文学研究归属至行旅文学层面。《文选》首立"行旅"类，收录潘岳、陆机、谢灵运等 11 位诗人行途所作诗歌 35 首，并含流贬诗 21 首，占 60%。这引起后人极大兴趣，部分学位论文便径直以此为研究对象，如《魏晋南北朝行旅诗研究》《六朝羁旅诗研究》等，惜多止于表层铺排，未及深入。田晓菲的《神游：早期中古时代与十九世纪中国的行旅写作》一书，则提供了新视角，作者以魏晋南北朝山水诗、晚清日记和游记等不同文体的"行旅写作"为探究对象，着重从行旅者的观想方式和行旅经验考察其对异域的接受和再现，从中探究古人的观念变迁与表达变化。

（4）唐代

唐代的流贬研究呈现繁荣景象，不但成果数量最多，而且广度与深度亦远胜它朝，形成颇为完备的贬谪研究体系。就知网能搜索到的 2565 篇论文之主题来看，唐代三大诗人柳宗元、刘禹锡、白居易的相关论文高居前三甲，共占 31.53%，优势明显。由此可得出：唐代贬谪文学乃现今流贬研究之重心。

首先，就数量而言，大陆的唐代流贬研究核心期刊论文 165 篇、学位论文 143 篇、专著 18 部，各项均居历朝榜首。其次，从研究对象来看，既有个案研究（如《白居易贬谪江州的前因后果》《论刘禹锡谪守和州期间的诗歌创作》《论柳宗元流寓文学创作的意象图式与隐喻编码》等），又有分时段（如《神龙初文人之贬与初唐士风》《论盛唐文人的贬谪心态》《论初唐贬谪现象较唐前的变化和对贬谪诗的影响》等）、分地域（如《论湖湘巫鬼民祀对湖湘迁谪文学的影响》《岭南意象视角下唐宋贬谪诗的归情》等）的探索，还有整体性（《唐代贬谪诗文意象分析》《唐诗中的罪与罚——唐代诗人贬谪心态与诗作研究》等）的探究，各项所占比重相当。学位论文和专著中，同样呈现出研究对象类别的广泛性。再者，从关键词互现网络图来看（见附图 2-2 和附图 2-3），期刊论文以刘禹锡（人物）、州刺史（贬谪官职）、永贞革新（政治事件）等为核心，构建了一个涵盖文学、政治、心态、地域多个层面的庞大系统。该系统将诗歌创作、意象群等文学因素和人格理想、政治抱负等精神层面相结合，并融入岭南道、湖湘等地域因素，形成了一个综合性的研究框架。学位论文网络中，柳宗元亦居核心位置，人物要素进一步凸显，并更侧重对创作背景、艺术特色、抒情方式等文学因素和士人心态、悲剧精神等心灵层面的探究，在深度挖掘中进一步细化。

　　唐代贬谪研究之最大贡献，莫过于探索的深入与体系的成熟。其一，学者在文人心态、精神、人格等层面用力颇深，尤以专著为典型，如《唐五代逐臣与贬谪文学研究》《唐代文士的生活心态与文学》《中国古代贬谪文化与经典文学传播研究》等，基本为对文人心态的研究；其二，此期探索注重与岭南、荆湘、巴蜀等地域相融，诸多学位论文甚至径直以地域命名，包括《论唐代岭南谪臣的家园意识》《盛唐荆湘贬谪诗人论》《中唐文人入蜀研究——以入蜀文人在蜀所作诗歌为考察对象》等；其三，在文本分析、艺术手法探析层面相当深入，如《元和贬谪文学艺术特征初探》《神龙之贬与沈宋诗风流变》诸文；其四，注重与历史、政治相结合，既考证史实，文史互证，亦关注政治环境、刑罚制度，如《唐宋时期安置刑的发展变化》《唐代流放和左降官制度与北方家族移民岭南》；其五，注重运用新兴的数字人文等方式进行统计分析和可视化呈现，早期有《唐五代贬官之时空分布的定量分析》《唐五代文人逐臣分布时期与地域的计量考察》，近期有《数字人文视角下〈全唐诗〉贬谪诗人的时空轨迹分析》等。可见，唐代的贬谪研究已构建起一个跨学科的研究体系，涵盖心灵史、文学地理学、文艺学等多个领域，并运用数据统计、文史互证、文艺分析、比较研究等多种方法，形成了较完备的研究框架，为其他朝代的相关研究树立了典范。

　　在关注此时段贬谪研究的诸学人中，尚永亮先生最引人瞩目。1993 年，其博士论文《元和五大诗人与贬谪文学考论》，首次将贬谪文学和现象纳入专门研究范畴，开拓了一个新领域；2007 年，他出版力作《唐五代逐臣与贬谪文学研究》，确立了研究范式。这之后，他又相继推出系列研究成果，培养了一批优秀的硕博生，同时拟整理出版"中国古代文学流贬研究丛书"，为流贬文学领域研究树立了典范，影响扩展到中国台湾地区及日本等地。其研究特点主要有五：一是根植于扎实考证和大数据分析；二是注重还原历史，文史结合；三是从文艺学角度入手，探究流贬人员创作的艺术特征及在贬谪前后之转变；四是与地域文化相结合，从文学地理学角度予以观照；第五点，亦其最突出之特征，即对文人心理与情感的细致深度剖析，尤其注重他们从高层跌落到底层的沉沦与苦闷。以上五点，由外及内，层层深入，对贬谪文学领域影响甚大。另吴在庆的研究亦值得关注，除心理学分析，他还注重生活史的呈现，在《唐代文士的生活心态与文学》一书中，他展现了谪宦在戍地的饮食起居等日常生活，相比于尚永亮先生仅呈现悲苦一面,其内容更为生动多样。

此期台湾学者的研究成果亦颇为丰硕,共有成果 79 项(包括专著 4 部、期刊论文 39 篇、学位论文 36 篇),他们在史实考察的基础上,对文人心态进行细致探索,并关注风景/书写、帝国/权力、身体/疾病等层面,所撰之文如《风景与焦虑:柳宗元永州所撰山水游记与辞赋之对读》《驯化与观看——唐、宋文人南方经验中的疾病经验与国族论述》《论柳宗元永州游记的空间书写——以身体知觉与气氛为考察基点》等。

(5)宋代

宋代的研究成果亦一片繁荣。在贬谪领域,学者常将唐宋合称,不仅因其时间相续,更在于诸多文学大家皆于此时出现,因此,对于宋之研究,与唐有较大的继承性和相似性。首先,宋代流贬研究亦硕果累累,大陆有专著 10 部、期刊论文 124 篇、学位论文 113 篇。其次,宋代亦聚焦明显,从附图 2-4 和附图 2-5可以看出,其形成了以苏东坡为核心,囊括秦观、黄庭坚等苏门诗人的研究体系。该体系不仅涉及人格理想、贬谪心态等精神层面,还涵盖了文学传统、艺术风格等创作方面,这与唐代形成的以刘禹锡、柳宗元等为中心的贬谪文学研究系统颇为相似。再者,宋之研究基本继承唐之研究方法,集中于文人心态、文学地理、诗歌艺术、制度考察等层面。

在承袭基础上,学者们对宋代流贬之研究亦有独特之处。一是整体探究中,他们常将唐分为初、盛、中、晚四时段,对宋却无此说,或分北宋、南宋(如期刊论文《论北宋谪官文化的形成——以黄州为中心》《"避世"与"抗世"的矛盾结合——南宋贬谪词对张、柳渔父意象的继承及其原因探析》,学位论文《北宋贬谪词研究》《南宋流寓两广诗人的诗歌研究》等),或整体观照(如期刊论文《宋代贬谪诗文的高旷情怀述论》《贬谪文化在北宋的演进及其文学影响——以元祐贬谪文人群体为论述中心》等,学位论文《宋代黄州谪宦研究》《宋代流人量移考》等),凝合性相对更强。二是个案研究更为凸显,其与整体研究在专著、核心期刊论文、学位论文中的比例分别为 8∶2、89∶37、69∶49,可见其绝对优势。其着眼点基本在苏轼的贬谪经历及创作上,而对苏轼及门下文人之研究,几占全部,包括专著《出处死生 苏轼贬谪岭南文学作品主题研究》《一蓑烟雨任平生 黄州之贬与苏轼的生命智慧》,期刊论文《苏轼谪居海南事迹系年》《苏门诗人贬谪诗作时间语汇定量分析》《论苏轼的岭南际遇与生命意识》，学位论文《苏轼黄州文学研究》《苏轼岭南书写及其文化意义》《苏门文人贬谪诗歌研究》等，从多个层面去探索和挖掘。三是对生活场景予以更多关注，如《宋朝贬谪官生活研究》《苏轼黄州时期的生活方式及社会意义》《论苏轼谪居黄州的思想与生活》《苏轼贬谪时期饮食生活书写》等，努力还原贬谪人员的休闲、起居、饮食等日常生活，研究更为精细化。四是提供民族学、民俗学之新视角，如《苏轼儋州文学创作中的民族民俗事象》等文章，关注以苏轼为代表的汉人群体与海南黎族间的文化融合。五是出现贬谪词研究的新景观，如《北宋贬谪词研究》《南宋贬谪词研究》等学位论文。以上五点，既是宋代贬谪文学研究之特色，亦是对流贬研究之推进。

台湾学者的研究亦值得关注，在对历朝流贬的研究中，他们最钟情于宋朝，有研究成果 107 项，包括专著 2 部、期刊论文 30 篇、学位论文 75 篇，数量远超其他朝代。同大陆学者相似，他们同样将研究重点聚集于苏轼及其门人的贬谪经历。然而，相较于大陆学者，他们的观察更为细致，更擅长从身体的细微变化以及生活的多个层面入手，来探讨流贬者的心境，如《苏轼谪居黄州的疾病与养生书写》《论苏轼寓居定惠院之生活与心境》《苏轼贬谪时期饮食生活书写》等。此外，他们对一些较为虚幻的状态，如梦境，较为关注，形成了《苏轼诗词中梦的研析》《苏轼涉梦书写研究》等系列论文，为苏轼及其门人贬谪相关的研究提供了新的切入视角。

(6)元代

逮及元朝，流贬研究呈断崖式下滑，大陆只有专著 1 部、核心期刊论文 13 篇、学位论文 10 篇，台湾则暂未找到相关研究，成果数量属历朝最低，且就其研究广度与深度而言，皆无法同唐宋相提并论。但元代亦有其独特之处，首先，元之流贬研究对象与前代不同，它基本集中于亡宋遗民文天祥、汪元量、家铉翁等个案上。① 对遗民来说，亡国之痛远甚流贬之苦，因此研究者在解读文本时，更关注其面对国破家亡时的不屈人格和忠贞气节，如《文天祥颂家铉翁诗的志士人格抒写》《诗以人重：南宋流人家铉翁的文学创作》等文章。其次，与注重对唐

---

① 严格来说，文天祥等人不应归于流人（详见本书第二章关于"类流放"概念的阐述），但现有研究基本将其划为流人，此处因着眼整体，因此也将其纳入综述范畴。

宋贬谪人员文本的解读不同，对元代之研究，更偏向于考证层面，如《亡宋祈请使群体及创作考论》《汪元量事迹杂考》等。再者，元代开启流贬书写自南转向北的新趋势，元之前，流人大多从北向南流徙，其诗文所呈现的景观乃是作为异域的南方，是充满瘴疠荒蛮之地。至元一代，主客体发生了转变，流人开始以异域之眼审视北方，从而展现新的北方书写和南方想象，如《汪元量〈醉歌〉、〈湖州歌〉、〈越州歌〉叙事研究》一文，作者从叙事学角度阐释了流人对江南的想象，揭示了北上遗民的心灵虚构。

（7）明代

走过元代的低谷期，明代的流贬研究呈现回升趋势，此阶段大陆有成果 99 项（包括专著 7 部、核心期刊论文 59 篇、学位论文 33 篇），台湾仅 4 项（含期刊论文 1 篇、学位论文 3 篇）。观其论文标题，虽还沿用"贬""谪"诸词，但"流人""流寓"等字眼明显增多，如《明初中原流寓作家研究》《明代东北流人文献考》等，此乃流贬研究由唐宋贬谪转向明清流放之迹象。

从研究对象看，探究者主要聚集于杨慎、王阳明、汤显祖等经典个案，从其期刊论文和学位论文来看，个案研究与整体研究的比例分别为 39∶21、27∶11，又以杨慎及其贬谪经历和创作最为凸显，在现有的 103 项研究成果中，以杨慎为直接探究对象的便有 31 篇（包括期刊论文 13 篇、学位论文 18 篇），占总数的 30%，在学位论文中，此比例甚至高达 52.78%，超过一半。就研究视角而言，以史料整理、史实考证为多，如《王阳明谪居龙场遗迹考录》《明初谪滇诗人平显考论》《汤显祖谪岭南历程考》，而从文学、心态学等角度展开的研究较少。值得注意的是，因杨慎、王阳明被贬至云贵地区，促使研究者对流人与少数民族、边疆文化融合之探索显著增加，包括《明中期杨慎与云南多民族文人交游活动考论》《王阳明谪黔诗文的"苗僚"视角及其启悟》，以及《在边疆书写历史：杨慎两部滇史中的云南神话叙事》《论王阳明对黔桂土司地区的治理与边疆稳定》等。又因王阳明兼具思想家的身份，且有龙场悟道这一典型事件，因而研究者还将流贬与哲学相结合，如《贵州少数民族在王阳明学说形成中的作用》《王阳明入黔的心理分析——易占对王阳明特定生存境遇下人生选择的影响》等。以上皆为明代流贬研究之特色所在。

2. 清代流贬研究述论

清代流贬研究呈现较为繁荣之局面。有清一代，《清史稿·刑法》《大清会典》对流刑作出了具体规定，"流"从"流贬"概念中析离出来，"流放"与"贬谪"不再混为一谈。至此，"流"完全成为一种刑罚，不同于吏治惩处的"贬谪"，因而清代的流贬研究，主要以流人为主。清代流人数量庞大，据李兴盛先生统计，数量达百万以上，① 但这庞大数量中，绝大多数为战俘、罪犯及被牵连的平民百姓，他们的名字和史料大多淹没在历史的洪流中，能留存信息的只是极少数。经笔者统计，清代实名流放 1822 人次，其中文人 440 人次，有流放相关别集的 148人次，为研究提供了丰富文献和可挖掘空间。因此，对清代流人研究成果亦较为可观，大陆有研究成果 293 项，包括专著 16 部、核心期刊论文 151 篇、学位论文 126 篇，仅次于唐代；台湾则显得逊色一些，共有成果 14 项，含专著 1 部、期刊论文 9 篇、学位论文 4 篇。

清代流人研究始于 20 世纪 20 年代，先行者乃百川，他于 1925 年在《法学研究》上发表《清末军流徒刑执行方法之变迁及吾人应有之认识》一文，从法学层面对流刑作了初步论述。1929 年，日本学者高岩撰写近四万字的论文《清代满洲流人考》，述及清代的流放制度、流人情况及其历史作用，是最早专门研究流人的著作。1948 年，谢国桢《清初流人开发东北史》一书由开明书店出版，全书 6 万多字，分十节，先对清代流刑、戍所、流放原因作概述，再择取函可、吴兆骞、陈梦雷等流人作专节分析，体例初具规模，是最早关于清代乃至中国流人史研究之专著。其后，大批学者如张玉兴、麻守中、李兴盛、齐清顺、周轩等投身该研究领域。1978 年，李兴盛先生确立以流人研究为毕生主攻方向，并于 1990 年撰写首部区域流人史——《东北流人史》，对流人的概念进行了初步界定；1996 年，李先生又在此书基础上，对流人历史通观论述，完成第一部流人通史——《中国流人史》，并对流人下了更准确的定义；1997 年，其所撰《中国流人史与流人文化概论》一文，乃最早的流人理论探索之作。2014 年，邓天红出版《流人学概论》一书，分为"导论编 流人学的视野""通论编 流人学基本知识""专论编 流人学的应用"三大板块，对流人学的学科定位、相关概念等皆作通述，乃理论探讨的开

① 参看李兴盛：《中国流人史》上，第 893~896 页。

拓性论著。在几代学人的共同努力下，清代流人研究从阶段性探究、宏观论述至理论构建，渐成体系。与此同时，史实梳理、文献整理等工作亦随即展开，并有不少成为硕博论文选题。至此，流人研究渐由晦学变显学。

目前研究有以下突出特点：一是以历史考察为主。投身该领域的重要学者如张玉兴、李兴盛、齐清顺、周轩等，大多有史学研究背景，因此其研究重点亦在流人史层面。鉴于清代材料纷繁复杂，研究者先须对其进行梳理考证。此项工作肇始于谢国桢著述《清初流人开发东北史》，随后周轩和李兴盛用力最勤，分别发表了《林则徐与南疆勘地》《清代新疆流放人物述略》《清代宗室觉罗流放人物述略》和《清初三次遣戍黑龙江地区的桐城方氏一家》《"荷戈绝域"的吴季子——吴兆骞》等文章，对重要流人予以详细查考。后来，周轩出版《清宫流放人物》《林则徐新疆资料全编》《清代新疆流放名人》等著作，尽可能收集整理新疆流人相关材料；李兴盛则推出《东北流人史》《江南才子塞北名人吴兆骞传》《吴兆骞杨瑄研究资料汇编》《黑龙江流寓人士传记资料辑录》等书，详细梳理东北流人史料。此现象在学位论文中同样表现明显，如《张佩纶前半生事迹考论》《李呈祥年谱》等，皆为史实考证之作。这些工作的开展，为后人之探索提供了宝贵的文献资料。

二是区域划分明显。清前期流人主要发往东北地区，中期则转向西北地区，这种地域划分亦体现在相应研究上。如李兴盛和周轩二人，虽皆长于史学研究，但方向不同。李兴盛先生长期供职于黑龙江社会科学院，主要探索东北流人，周轩任职于新疆大学，主要针对西北流人展开研究。从论文发表的刊物看，东北流人研究大多刊于《学习与探索》《北方文物》《学术交流》《社会科学战线》等东北地方刊物，西域流人研究论文主要发表在《西域研究》《新疆大学学报》等西北地区的刊物上。从学位论文所属院校来看，东北师范大学、辽宁大学、新疆大学、新疆师范大学高居前列，它们分别划分了东北、西北流人研究的领域。

由此，清代的流人研究形成两个系统（具体参见附图 2-6 和附图 2-7），一是以宁古塔、吴兆骞为中心，涉及"南山集"案、案狱等政治因素，清初诗坛、文学创作等文学要素，以及思想内涵、心路历程等精神层面，是一个涵盖地域、文学、政治、制度等方面的清初东北流人研究系统；二是以伊犁将军、西域诗为中心，连接遣犯、军流等制度要素，涉及祁韵士、铁保等文人，是一个包括军事、文学、政治、制度等领域的清中期西北流人研究系统。相比之下，前者的研究范围明显大于后者，这从研究成果数量上也可以得到佐证，如在核心期刊和学位论文中，东北与西北的研究成果比例分别为 77∶57、63∶48。

三是致力于文献整理工作。清代文人别集数量庞大，且多为刻本、抄本，散于各地档案馆、图书馆，要对其开展研究，文献整理和校对工作必不可少。为此，诸多学者辛苦耕耘，贡献卓著。李兴盛先生起步较早，1984 年，他整理出版张缙彦的《宁古塔山水记 域外集》；1992 年，他将《吴兆骞集》《卜魁集》《北戍草》等十余种流人作品编入《黑水丛书》出版；2009 年，李兴盛先生又组建《东北流人文库》，拟对其所见之东北流人作品进行整理校对，近两千多万字，原计划出版 50 册，惜因经费问题，只出版 11 册，但其规模亦属可观。近年来，辽海出版社在国家出版基金的资助下，整理影印出版了重要且珍稀的清代东北流人文献，编成《清代东北流人文献集成》，拟收录 300 种。2017 年，蒋寅先生等点校的第一辑出版，收录了戴梓《耕烟草堂诗钞》、徐灿《拙政园诗集》等 10 种。截至 2024 年，已出版了四辑，共 45 册。与此同时，西北的周轩和王星汉亦颇为用力，周轩主编《纪晓岚新疆诗文》《洪亮吉新疆诗文》《祁韵士新疆诗文》等，将西北著名流人之诗文收整辑录。2010 年，以王星汉为首席专家的国家社科基金重大项目《〈全西域诗〉编纂整理与研究》获批立项，拟系统收集校对目前西域尚存之别集，包括《吹芦小草》《啖蔗轩诗存》《天山集》等系列西北流人作品，惜至今未见出版。此外，亦有学者从事注释工作，1988 年，张玉兴推出《清代东北流人诗选注》，校注了 48 位东北流人的 500 多首诗。此书虽规模不大，但其开拓之功不可淹没。后又有王星汉《清代西域诗辑注》、王玮《中山诗钞校注》等相继出版。尽管如此，仍有大量别集未及整理，可见此项工作任重而道远。

相比前代，清代之流人研究主要在以下两个方面进行推进：首先是注重流人群体。宋之前的流放多是个人之弃逐，但清朝之流刑，不仅限于有罪者，还常牵连相关人员，从而形成了可观的群体流放现象。此已为研究者注意，如李兴盛的《中国流人史》，往往将同类案件牵涉人员划为一个整体进行研究；周轩的《清代宗室觉罗流放人物述略》《清代中后期河工流人略谈》亦偏于从群体视角展开研究；而方氏、左氏等家族，其凝聚力、群体性更强，因此亦有论文如《清代延令季氏家族文学研究》《清代科举家族桐城方氏研究》等，从家族文学角度进行探究。

其次是对民族关系予以更多关注。满洲贵族统治下的清王朝，一开始便对汉族施以野蛮政策，致使满汉矛盾激化，科场案、文字狱等流放事件，皆有明显的民族矛盾之色彩。研究者对此颇为关注，如《吴兆骞赎归与清初政治文化生态考论》一文，乃从满汉民族关系着眼进行分析。且有清一代，戍地所在的东北、西北亦为少数民族聚集区，因此流人如何与当地民族融合，亦成有趣话题，周轩的《清代新疆流人与民族关系》一文对此即有探究；另外，流人中的部分成员属少数民族，如满洲贵族铁保、回族人士丁澎等，对其心态，《铁保诗文研究》和《清初回族诗人丁澎谪戍关外时期的创作心态》等皆有探讨。

综上可见，目前对清代流人虽有较多探究，并有所突破，但整体而言，仍限于史实考证与文献整理层面，对文学方面的关注尤显不足，除台湾地区的几篇论文，如《是地即成土——清初流放东北文士之"绝域"纪游》《吴兆骞流放初期的创伤记忆与文学、宗教的追求》等有较深研究外，其他论著多停留在作品内容的大体概括、艺术特色的简单分析，以及思想情感的笼统总结上。据统计，此类期刊论文有 70 多篇，学位论文亦比比皆是，这种研究深度的缺乏，也为清代流人文学研究留下了较大的挖掘空间。

(二) 研究现状反思

1. 聚焦的不平衡与群体对象的被遮蔽

关于各朝的流贬研究，不但在成果数量上有差距，在深度上亦相差甚远。从成果数量看，无论是大陆还是台湾地区，其分布大致呈"山"字形，中心和两边凸出，中间部分凹陷，即研究专注的历史时期向唐集中，宋/清、明、先秦次之，其他朝代受到关注甚少，呈现极度不平衡。秦汉、魏晋南北朝以及元代流人数量少，其相关研究难及唐代情有可原。然而，清代流人数量众多且别集丰富，但其研究成果仍与唐存在不小差距。且就深度而言，唐宋之流贬研究已较为成熟、颇成体系，而清之研究则以史学为主，关于文学层面的探讨较为薄弱。所以，对清代流人文学开展深入研究，尤显必要。

另，目前的流贬研究主要集中于名人大家，如先秦时期主要关注屈原，唐代聚焦于柳宗元、刘禹锡，宋代以苏轼为主，清代重点探究吴兆骞。名家文章在一定程度上代表了时代创作的最高水准，因而能吸引众多学者的目光，并形成以名人为主体的研究惯例。此种方式广泛运用于文学史研究，如袁行霈先生的《中国文学史》，即以名家为线索梳理古代文学的发展流脉。一般而言，名家创作水平高，以其为典型有一定合理性，但随即带来了一个问题便是群体性地被遮蔽，即诸多文人及其创作被淹没在名家的光环之下。如提及唐宋文学，映入脑海的首先是八大家。梁启超曾批评古代史书实乃帝王将相家谱，以此观之，当今文学史亦多为名家创作史。且从文学发展的角度看，其"史"之形成，有赖于千千万万文人的共同推动，这些文人及其创作亦为文学史的重要组成部分，没有他们作为庞大基数，不断接受名家的创作风格并使之经典化，所谓的文学史恐难成完整的体系。一人高歌固然响亮，若不能引起集体共鸣，其声音亦很快被淹没。且文人之经历和创作各有差异，以一人而蔽之，恐怕不当，因此，在研究中应对群体加以重视。当然，这并非否定典型人物之探究，而是提倡在聚焦个体的同时，也应对群体予以关注，并将其置于流贬发展脉络中进行考察。通过横纵比较，得出其特性，而不是千篇一律地给每个作家、每个朝代贴上相同的标签。如此，方能实现个体与群体的相互协调，局部和整体的上下贯通。

2. 研究视角与方法的重复性移植

在视角和方法上，各朝代的流贬研究似乎皆喜于模仿前人范式，以至研究内容反复，难以出新。综而观之，历朝研究的先行者除具开拓之功外，还力寻新途径以形成自身研究特点。例如，对于先秦时期的研究致力于考辨，对唐宋时期则运用心态学、文艺学等多层视角，而对于清代的研究则长于史料收集和文献整理，以此推动研究进展。然而，后人在进入这一领域后，多习惯沿袭前人方式。如唐代领域，尚永亮先生最早且系统深入地探究了贬谪文人心态，其结合心理学、文艺学、文学地理等视角，对逐臣心态作了细致分析，揭示了个体心理之典型特点和演变过程。然纵观大陆成果，基本不出以上范围，大体承袭此模式。学位论文于此表现尤为明显，其大多聚集于韩愈、柳宗元、白居易等名家，个案题目重复，在方法和结论上亦基本承袭前人旧说。对宋代的相关研究中，文学地理学虽得到普遍运用，但研究者在探寻地域特征时，未能充分揭示其独特之处，所得结论也适用于他处。清代亦如此，拓荒者乃谢国桢，毕生致力于该领域乃李兴盛，他们皆长于史学，重在梳理史料，后人亦多踵随其步，以致清之研究虽整理了较丰富的材料，但在其他研究层面却显薄弱。

3. 心态史、生活史研究的欠缺

流贬文学研究在心灵史、生活史方面的探索尤显不足。古典文学研究之推进往往有两种方式，一是发现新材料，二是转变视角和方法。第一种主要集中于明清时期，通过挖掘和考述新史料来还原史实本身；第二种主要应用于宋之前的历史时期，包括运用数据统计、文学地理、文化人类学、文史互证等方式，变换角度看待同一现象，以求有新发现。这两种方式各有其优势。但文学并非单纯的史料学，若一味铺排材料，难触及其内核；新理论、新方法虽有助于启发思维，但过度依赖也会使文学研究变成一串串数据、一幅幅地图，文字本身的灵性、作家自身的心性随之被掩盖。从本质而言，文学乃人学、心学，所谓"故诗者，象其心而已"①、"文，心学也"②。因此，要研究古人创作，只有从心灵、心性入手，即采用心态史之视角，才能探究其本质。

对此，民国学者已有创获。20 世纪初，王国维在《红楼梦评论》中运用心理学分析法；而后，陈寅恪在《柳如是别传》中倡导的"同情之了解"，便是一种心态学观照；其他学者如郭沫若、鲁迅、王瑶、胡小石等人亦开始将心理学和古代文学研究相结合。此期的西方学者亦对心态颇为关注，1938 年，法国年鉴学派的吕西安·费弗尔提倡将历史和心理学结合，心态史学随即在法国兴起；20 世纪 60 年代末，雅克·勒高夫恢复年鉴学派注重心态史研究之传统，使得心态史学日益活跃。丹麦文学史家勃兰兑斯更是明确指出："文学史，就其最深刻的意义来说，是一种心理学，研究人的灵魂，是灵魂的历史。"③自此，心态史学逐渐被认可，"心态"亦成为个人或群体精神信仰和心灵情感之总称。至 90 年代，心态史的理论倡导依然活跃。1992 年，宁宗一提出"不妨把文学史作为'心史'来研究"④，1997 年，他发表《关注古代作家的心态研究》一文，将探索作家细致入微之心态提上日程；1999 年，许建平和曾庆雨在《文学史是鲜活的心态史：关于建

① （明）王夫之：《诗广传》卷五，清同治四年湘乡曾氏金陵节署刻船山遗书本，第 316 页。

② （清）刘熙载著，刘立人、陈文和点校：《刘熙载集》，华东师范大学出版社 1993 年版，第 571 页。

③ ［丹麦］勃兰兑斯：《流亡文学》，《十九世纪文学主流》第一分册，人民文学出版社 1980 年版，引言第 2 页。

④ 宁宗一：《关于文学史观与文学史编写的若干断想》，《文学遗产》1992 年第 5 期。

立心态文学史的思考》一文中正式提出"心态文学史"概念。① 自此，对作家心理、情感和灵魂之关注，成为此期古代文学研究者较为自觉之意识，代表成果有罗宗强《玄学与魏晋士人心态》（1991 年）、董乃斌《李商隐的心灵世界》（1992 年）、么书仪《元代文人心态》（1993 年）、赵园《明清之际士大夫研究》（1999 年）等，皆力求深入文人内心深处，探寻其心路历程和心态变化，挖掘其处于不同境地下的悲痛、焦灼、苦闷、孤独等复杂心理。尽管如此，相比于近年来其他热点领域，心灵史研究依然薄弱。因此，廖可斌于 2014 年重新呼吁"回归生活史和心灵史的古代文学研究"②，认为这样才能走出古代文学研究日益重复、琐细疏离之现状。

在流贬文学领域，流人从高层跌落至低层的生命体验、从家园到异域的千里跋涉，皆给其带来巨大的人生轨迹变迁和心理落差，并充分体现在他们的流放书写中。因此，从心态史视角切入，乃流贬文学研究之核心所在。然就现有研究成果而言，此方面显然有待深入。关于明清自不必说，其文学层面之探索还较为薄弱。对于唐宋时期虽有较深挖掘，无奈材料不多，研究大多只能从诗文着手。但中国古代文人之写作，多有修饰成分，如何透过这些表层描写观其内在，尤显重要。同时，文字本身的多义性和阅读体验的多重性，亦使研究者在体悟作者心理情感时，可能存在主观臆断之倾向。因此，文字的遮蔽性使得我们在探究文人书写背后的真实心态时，场景的还原显得尤显重要。只有通过实实在在、真真切切的生活场景，我们才能更大程度地体味作者的心态起伏，这就关系到研究的另一层面——生活史。

文学界的生活史研究更多是从史学领域借鉴而来的。20 世纪 20 年代，不少学者即注意到不能忽视日常生活之研究，陈东原《中国妇女生活史》（1928 年）和郭沫若《〈周易〉时代的生活》（1928 年）等作品将生活史纳入研究视野；30 年代，全汉升《宋代都市的夜生活》（1934 年）和傅安华《唐代社会生活一斑》（1937 年）等从生活史视角感知唐宋历史；40 至 70 年代，史学界的吕思勉、吴晗等亦有类

---

① 许建平、曾庆雨：《文学史是鲜活的心态史——关于建立心态文学史的思考》，《学术探索》1999 年第 1 期。

② 廖可斌：《回归生活史和心灵史的古代文学研究》，《文学遗产》2014 年第 2 期。

似著述。与此同时，西方学界也对日常生活予以了更多关注，如匈牙利的阿格妮丝·赫勒于 1970 年出版《日常生活》一书，将"日常生活"界定为"那些同时使社会再生产成为可能的个体再生产要素的集合"①，胡塞尔、海德格尔、维特根斯坦等思想家也对"日常生活"进行了相关的理论探讨。这些早期的探索，对今天的研究亦有启示作用。2011 年，常建华在《人民日报》上发表文章《从社会生活到日常生活——中国社会史研究再出发》，号召从日常生活层面把握中国历史，让生活史研究重新受到关注。

　　史学界和思想界的探索带给文学界来不小的启发，研究者亦开始从生活史的角度关注作家作品，其倡导者主要有宁宗一、廖可斌、张剑等。前文已述，廖可斌于 2014 年发表《回归生活史和心灵史的古代文学研究》一文，将"古代人在政治、经济、军事、教育、法律、科技、宗教、艺术、民族、伦理等各方面的社会生活"②，皆归入生活史范畴，以此拓宽古代文学研究的空间。2015 年，张剑发表《情境诗学：理解近世诗歌的另一种路径》一文，认为宋以后之诗歌日益呈现出日常化和私人化之趋势，应从生活史和心灵史层面去把握，并提出新的探寻路径：情境诗学。2018 年，张剑又在《日常生活史与中国古典文学研究》一文中再次强调了这一视角，以从琐碎日常生活中发现普遍性规律。值得注意的是，以上学者在提倡生活史研究时，同样肯定了心灵史研究的重要性，认为只有将两者结合起来，才能避免探究的琐碎化与平面化。这方面的实践，如彭梅芳的《中唐文人日常生活与创作关系研究》一书、曹逸梅的《午枕的伦理：昼寝诗文化内涵的唐宋转型》一文等，从日常生活现象切入，探求古人的心理状态和思想变化，给人耳目一新之感。

　　由此可见，生活史可作为心态史研究的一个切入视角，这对流贬文学来说亦有重要意义。流人在戍所的吃、穿、住、行，皆属生活史范畴，他们在诗文中的详细记录，既呈现了其生存状态，也是内心情感之投射。因此，吴在庆、梅大圣等人关注到唐代流贬文人的生活状态，惜史料不多，他们只能从正史和诗文中勾

---

① ［匈牙利］阿格妮丝·赫勒著，衣俊卿译：《日常生活》，黑龙江大学出版社 2010 年版，第 3 页。
② 廖可斌：《回归生活史和心灵史的古代文学研究》，《文学遗产》2014 年第 2 期。

勒线索，所呈现的流人生活场景和生存状态亦有限。而在对唐代难以实现的研究，在对清代的研究中却能做到。有清一代，流人除留下大量别集，还撰写了数量可观的方志、笔记、日记，且清代档案、史料之丰富，为历朝之冠。借助于此，我们不仅能够清晰地展现其流戍生活，最大限度地进行场景还原，还能细致地感知其心理状态及变化，进行精细化研究。以上这些优势，是历朝皆无法比拟的，惜此方面探究较少，因此，笔者将着力于此。

三、研究的突破与创新

鉴于现有流贬研究存在的问题，笔者拟从以下几方面进行突破：

（1）首次对清代流人文学进行整体考察和系统研究，第一次明确提出"流人文学""流放文人"的概念，并构建根植于政治史、生活史的流人文学及心态研究范式，以探究复杂政治背景下流放文人的多元书写和多重心态。同时，将目前以文献整理、史实考证为主的清代基础性研究，转变为以人和文学为中心的专门性研究，真正实现对清代流人及其创作的首次通观论述，完成第一部清代流人文学研究专著。

（2）摆脱以往以个案为核心的研究思路，将群体作为考察对象，重视其群体的身份认同感和凝聚性。于此，笔者首次提出"流人群体"的概念，① 即相互间有关联的流放人员总和。这种关联所指范围较广，同一时期、籍贯、戍地、原因等，皆可纳入其中。同时，虑及流放在不同时代的特点，提出"类流放"概念，即虽未有明文判处其为流刑，但其遭统治者强制迁徙之境遇、从高处跌落的生命体验、身处异域的回归渴望，与流人基本相同，可将其称为"类流放人员"，在此基础上的相关人员总和，则为"类流人群体"。由此，通过群体间的相互比较与映衬，突出某一群体的独特性。

（3）在研究方法上，通过文史结合，考察流人在不同历史境况下的心态特征；通过前后比对，中西关照，在比较中突出其个性之处。同时，借助影视学、

---

①　关于"流人群体"的概念，在清代流人研究中虽使用较多，但还未有人对其作出界定。邓天红《流人学概论》第一章有"流人群体的界定"一节，里面只是引用了李兴盛关于"流人"的概念，并未对"流人群体"作出界定。

戏剧学提出文本影像、记忆剧场的新理论，并从身体学、文学地理学、域外汉学、动物学等视角切入，进行作品分析和心态解读。

(4)充分利用清代丰富的文献资料，在生活史、心态史的研究上实现精细化。借助诗文、笔记、日记、戏曲、方志、档案等文献，细致展现流人的生存状态，考察其面对国破家亡、经济掠夺、政治高压、新旧交替等复杂环境的心态变化。

四、研究思路与章节安排

本书以清代历史发展为线索，考察不同时期流人的独特创作与多元心态，全书共分五章，其中第一章为总论，后四章为分论，各章节安排如下：

第一章从整体着眼，主要探究清代流放制度、流人类型及其时空分布特点。首先梳理"流放""流刑"的概念，阐述历朝刑罚之发展，从而引出对清代流放制度及其流人类型的论述。接着，借助大数据统计，编制清代实名流人情况表，对其籍贯属地、流放时间、身份属性、遣戍原因、流戍地点、戍地创作等进行全方位考察，并借助数据分析，从复杂交错的要素中探寻其时间发展脉络、空间分布规律，着重突出文人及其流放创作的分布特点，为后文的研究提供数据支撑与理论基础。

第二章着眼明末清初遗民流人群体的南北移动与身体书写。"遗民"这一身份具有鲜明的政治属性，"流人"则侧重于空间移动，在朝代更替的明末清初，"南/北"更多地指向政治场域的变动。本章主要从遗民流人群体频繁的身体书写切入，关注其身体表层的寒冷感知、内部的碎裂状态、梦中的意识重构，由外而内，逐层升华，揭示其身体变化、文学书写与南北政治空间转变之关系，同时，通过与宋末元初遗民流人之对比，凸显其独特的心态特征。

第三章重在考察清前期的科场案流人群体。随着清朝入主中原、一统华夏，"南/北"的政治壁垒逐渐被打破，帝国内部区域之"中心/偏远"划分及"繁华/穷荒"的差别渐趋明显，此时流人的感知也发生了转变，由清初的"南/北"政治指向转为"江南/东北"的地理概念。立足于此，本章先从经济层面探析科场案文人被迫由江南遣戍东北之原因，继而着眼于江南/东北两个相对的地域空间，并结合影视学构建"文本影像"的新理论，通过与同时期清帝东巡、高丽使臣北来的体验作比对，突出流人遣戍途中摄入影像的独特性；又借助戏剧学提出"记忆剧场"的概念，并在与历代文人江南记忆的比较中，得出流人剧场的独有特征，以揭示其从繁华家园前往穷荒戍地的巨大落差心理。

第四章转向清前中期的文字狱流人群体考察。帝国政权的日渐巩固与疆土的逐步扩张，彰显着皇权的集中与强化，并滋生出一系列以控制思想、巩固权力为目的的文字狱案件，使恐惧心理成为此期流人最典型的共性特征。本章第一节即着眼于此，并从时间和空间维度予以细析。此外，帝国的远征讨伐在扩展疆域的同时，也带来了流放区域从东北向西北的转移。因此，本章还着重探析流人在东北、西域两个相异地理空间的独特体验。第二节以从江南到东北的方家为典型个案，从其在戍地的类园林构建切入，探求其背后隐藏的故园思恋与家族习性。第三节则聚焦于自江南往西域之流人，通过其边塞体验和风土书写来解读流人的归思情怀。

第五章以清中后期中西冲突下的流人群体为主展开研究。自乾隆后期起，中国被卷入世界发展的洪流之中。此时，"中/西"所蕴含的"东/西"比对，更多属于文化概念范畴，而流人的书写和心态亦不再局限于个人命运的起落沉浮，而是与时代巨变紧密关联。基于此，本章立足于新旧交替的变革大背景，从流人独具特色的动物书写切入，在"犬/狼"所代表的中西文化冲突中，深入探究其面对西人入侵时的复杂心态；借助"羸马"意象，牵涉出流人的老病书写，探求其背后的国家指向；又从"雁/鹰"所指代的中西方文化入手，通过与俄国流人的相互比对，凸显清流人的回归心理。

如此，第一章与后面四章形成"总—分"的结构，四章又按时间线索逐步推进，并通过"南/北""江南/东北""江南/东北、西北""东/西"的空间转换，清晰勾勒出清代历史进程下流人的心态脉络。

第一章　清代流放制度与流人的总体考察

第一节　流放制度与流人类型

关于流放制度的研究，在史学尤其是法制史层面，已有专门探索，① 所述较详，笔者再叙似显多余。然而，因本书以流人及其创作为主要研究对象，而流人现象的产生，又根植于流放、流刑等制度要素，因此这里有必要对此内容加以阐述，以便开展后文之研究。

一、流放与流刑

流放是一种产生较早且使用长久的刑罚，在发展过程中，它逐渐由较轻程度的闰刑转变为仅次于死刑的主刑，成为五刑之一。"流"在《说文解字》中写作"㳅"，"㳅，水行也"②，又"放，逐也"③，因此，"流放"可视作顺着水流驱逐之意。在部落聚居的远古时代，人们对自然和集体的依赖性强，河流既是他们共同的生存基础，也是其生活空间的终点。因此，将有罪的族内人员置于河流之

---

① 如百川的论文《清末军流徒刑执行方法之变迁及吾人应有之认识》(《法学研究》1925年)，日本学者川久保悌郎的文章《清代配流边疆的罪徒》(弘前大学《人文社会》15号1958年)、《清代满洲的边疆社会》《清代的流刑政策与边疆》(弘前大学《人文社会》27号1962年)，叶志如的论文《从罪奴遣犯在新疆的管束形式看清代的刑法制度》(《新疆大学学报》1989年)，王云红的《清代流放制度研究》(北京师范大学博士学位论文，2006年)等。

② (汉)许慎著，(清)段玉裁注：《说文解字注》卷二一，上海古籍出版社1981年版，第567页。

③ (汉)许慎著，(清)段玉裁注：《说文解字注》卷八，第160页。

上，任其漂走，即表示将其逐出集体空间，让他独自面对未知世界，这样既能保证部族内部的安全稳定，亦能达到惩罚之目的。进入奴隶社会后，人们建立起以死刑、肉刑为中心的刑罚体系，此时的流放更多是作为一种辅刑，《尚书·舜典》《史记·五帝本纪》皆载："流宥五刑"①，且《史记》集解中引马融曰："流，放；宥，宽也。……五刑，墨、劓、剕、宫、大辟"②，皆说明流放不在五刑之中，且往往作为宽宥手段。此时之流放虽未制度化，却运用广泛，典型如"庸成氏实有季子，其性喜淫，昼淫于市。帝怒，放之于西南"③"流共工于幽州，放欢兜于崇山，窜三苗于三危"④等；后来的夏、商、周诸朝乃至战国，亦多有类似案例，如夏之桀（"成汤放桀于南巢"⑤）、商之太甲（"帝太甲既立三年，不明，暴虐，不遵汤法，乱德，于是伊尹放之于桐宫"⑥）、周之历王（"于是国莫敢出言，三年，乃流王于彘"⑦）、战国之屈原（"去故乡而就远兮，遵江夏以流亡"⑧）等。

　　至秦，流放初步制度化，其运用颇广，但仍属较轻之刑罚。秦代首次将迁、谪等作为惩罚手段，明文写于刑法中，如《秦律》中多次出现"谪""徙"等表流放之词。且有秦一代，中央集权，国土辽阔，具备了真正意义上的流放条件，因此

---

① （汉）孔安国传，（唐）孔颖达等正义：《尚书正义》卷三《舜典》，（清）阮元校刻：《十三经注疏》（清嘉庆刊本），中华书局 2009 年版，第 40 页。（汉）司马迁著，（南朝·宋）裴骃集解，（唐）司马贞索引，张守节正义：《史记》卷一《五帝本纪》，中华书局 1959 年版，第 24 页。

② （汉）司马迁著，（南朝·宋）裴骃集解，（唐）司马贞索引，（唐）张守节正义：《史记》卷一《五帝本纪》，第 28 页。

③ ［日］安居香山、中村璋八辑：《纬书集成》下《河图括地象》，河北人民出版社 1994 年版，第 1102 页。

④ （汉）孔安国传，（唐）孔颖达等正义：《尚书正义》卷三《舜典》，（清）阮元校刻：《十三经注疏》（清嘉庆刊本），第 40 页。

⑤ （汉）孔安国传，（唐）孔颖达等正义：《尚书正义》卷八《仲虺之诰》，（清）阮元校刻：《十三经注疏》（清嘉庆刊本），第 110 页。

⑥ （汉）司马迁著，（南朝·宋）裴骃集解，（唐）司马贞索引，（唐）张守节正义：《史记》卷三《殷本纪》，第 99 页。

⑦ 上海师范大学古籍整理组校点：《国语》卷一《周语》上，上海古籍出版社 1978 年版，第 10 页。

⑧ （战国）屈原著，（宋）朱熹撰，蒋立甫校点：《楚辞集注》卷四《九章》，上海古籍出版社、安徽教育出版社 2001 年版，第 80 页。

流放得到较大范围的运用，具体表现为"迁""徙""谪""逐"等诸种形式，其中"迁"与"徙"义近，即将有罪者迁离故土，遣往边地，如秦始皇九年"夺爵迁蜀四千余家"①、三十五年"徙刑者七十余万人，乃分作阿房宫，或作丽山"②、"徙三万家丽邑，五万家云阳"③。"谪"，乃"罚也"④，在秦代往往具军事意义，指将有罪者用以戍卫边防，如"始皇帝使蒙恬将十万之众北击胡，悉收河南地。因河为塞，筑四十四县城临河，徙适戍以充之"⑤。"逐"即驱逐，异于前三者，其对象乃是秦国之外的人，如"十二年，文信侯不韦死，窃葬。其舍人临者，晋人也逐出之"⑥。然而，从一些具体案例可知，流刑虽在秦时成为独立之刑罚，但仍附属于以劓刑为主的刑法体系，其惩罚力度亦轻于劳役之刑（"城旦"），如《云梦秦简·法律问答》载："五人盗，臧（赃）一钱以上，斩左止，有（又）黥以为城旦；不盈五人，盗过六百六十钱，黥劓（劓）以为城旦；不盈六百六十到二百廿钱，黥为城旦；不盈二百廿以下到一钱，罨（迁）之。"⑦

两汉期间，流刑有所发展，此时它虽仍是辅刑，却由前代的轻刑升级为"减死罪一等"之重刑。汉承秦制，两汉在继承秦代刑罚制度的基础上，亦有所改革，尤其将死刑犯人减死一等降为流刑之案例颇多，如西汉陈汤、李寻、解光等均应死罪，后皆免死而徙敦煌；东汉亦多有将死罪囚犯徙往戍边之诏令，如汉明帝时，"诏三公募郡国中都官死罪系囚，减罪一等，勿笞，诣度辽将军营，屯朔方、五原之边县；妻子自随，便占著边县"⑧，汉和帝"诏郡国中都官系囚减死一等，

---

① （汉）司马迁著，（南朝·宋）裴骃集解，（唐）司马贞索引，（唐）张守节正义：《史记》卷六《秦始皇本纪》，第 227 页。

② （汉）司马迁著，（南朝·宋）裴骃集解，（唐）司马贞索引，（唐）张守节正义：《史记》卷六《秦始皇本纪》，第 256 页。

③ （汉）司马迁著，（南朝·宋）裴骃集解，（唐）司马贞索引，（唐）张守节正义：《史记》卷六《秦始皇本纪》，第 256 页。

④ （汉）许慎著，（清）段玉裁注：《说文解字注》卷五，第 100 页。

⑤ （汉）司马迁著，（南朝·宋）裴骃集解，（唐）司马贞索引，（唐）张守节正义：《史记》卷一一〇《匈奴列传》，第 2886 页。

⑥ （汉）司马迁著，（南朝·宋）裴骃集解，（唐）司马贞索引，（唐）张守节正义：《史记》卷六《秦始皇本纪》，第 231 页。

⑦ 睡虎地秦墓竹简整理小组：《睡虎地秦墓竹简》，文物出版社 1978 年版，第 150 页。

⑧ （南朝·宋）范晔撰，（唐）李贤等注：《后汉书》卷二《显宗孝明帝纪》，中华书局 1965 年版，第 111 页。

诣敦煌戍"①等。

南北朝时期，流刑正式成为主刑，列入五刑。北魏将"赦死从流"定为量刑准则，流刑开始作为减死一等的刑罚列于法典，成为法定刑名，位列五刑之一；北齐确立死、流、刑、鞭、杖之五刑，亦同于北魏，将流刑视为降死一级之刑；北周则将流刑细化，按道里远近分五等。以上种种，标志着流放制度的正式确立。隋代则确定了笞、杖、徒、流、死的新五刑体系，并将流刑等级由五等减为三等。后代之流刑则在此基础上，结合各朝实际情况加以完善，如唐代在里数上予以增加；②宋代将刺、杖、流融为一体，独创刺配法；元代则正式将流放方向确定为"南之迁者之北，北之迁者之南"③；明代将它发展成充军，并建立卫所制度；清代亦吸收前代经验，不断将其完善化、系统化。

二、清代的流放制度

清朝流刑有详细的法律条文作为刑罚依据。清承明制，顺治三年(1646)，清廷在《明律》的基础上修成《大清律》；雍正三年(1725)，进一步修订为《大清律集解》《大清律例增修统纂集成》；乾隆五年(1740)，重修编订成《大清律例》。此外，清统治者模仿《大明会典》编成《大清会典》，从康熙、雍正、乾隆、嘉庆到光绪，不断修订，使其成为清代乃至古代封建社会最完备之法典；同时修撰《清朝文献通考》，记载清朝自开国元年至乾隆五十年的典章制度。这些律法典章，皆对流刑予以详细规定和记录，既为清廷律法的执行提供了明文细则，也为后世研究保留了可观文献。

据留存的律法典章，可从以下方面了解清代流放制度。就刑罚制度构成而言，清代流放制度以流刑为正刑，以迁徙、充军、发遣为闰刑，同时配以刺字、杖刑、追赃为附加刑，并规定可用枷号、赎刑作为替代，可见其体系完备且复杂多样，下面则一一分述。

---

①　(南朝·宋)范晔撰，(唐)李贤等注：《后汉书》卷四《孝和孝殇帝纪》，第182页。

②　隋朝流刑等级的三等，其流放距离分别为一千里、一千五百里、二千里；唐代则为二千里、二千五百里、三千里。

③　(元)陶宗仪：《南村辍耕录》卷二《五刑》，中华书局1959年版，第25页。

正刑，即主刑，且"盖罪莫重于死，死罪之次，即为流"①"流者，不忍加诛，则放流之，使之一去不反也"②，可见与隋以来的朝代一样，清之流刑依旧处徒刑与死刑之间，是流放制度的正刑。

闰刑，乃未列入名例律（即五刑之外）的刑罚，又称"非刑之正"。例如，明代的凌迟、充军，清代的戮尸、枭首等。在清代流放制度中，闰刑有发遣、充军、迁徙几种，"发遣"乃其中最重的惩罚，该词在明代律法中已出现，含流放、发配之意，至清代则演变成正式的刑罚用语。就其特点来看，"发遣"带有满洲奴隶制色彩，使用时间长久。早在入关前，后金政权就常将明朝百姓掳掠至东北充当奴隶，如朝鲜《成宗实录》载："野人剽掠上国边氓，做奴隶使唤，乃其俗也"③，"野人"指野人女真，"上国"则指明朝；又皇太极遣范文程谕督察院道："前得辽东后，其民人抗拒该杀者，已戮之二、三次，各自情愿为阿哈者，准其为阿哈"④，"阿哈"即满语里"奴隶"之意。入关后，类似现象仍不绝于书，只是将其改名曰"发遣"，如雍正时傅鼐"免死，发遣黑龙江"⑤，嘉庆时期阿迪斯"初以三等侍卫坐阿桂征缅甸无功，夺职，发遣广西右江镇。逾年赦复官……以川西盗发，逮问，发遣伊犁"⑥，咸丰朝又有谢森墀、潘祖同、潘敦俨等因科场案，"俱免死，发遣新疆"⑦，可见此闰刑持续时间之久。就类别而言，"发遣"主要将罪犯发配至东北或西北，按形式可分种地、当差、为奴多种，按期限可分为可释回、不可释回两类，即"且同一遣罪又分数等，有到配种地者，有当折磨差使者，有给披甲人为奴者，有遇赦准释回者，又有终身不准释回者"⑧。充军、迁徙则轻于发遣，充军乃沿用明代之名，分为附近、近边、边远、极边、

---

① （清）刘锦藻撰：《清朝续文献通考》卷二五〇《刑考》九，商务印书馆 1955 年版，第 9955 页。

② （清）刘锦藻撰：《清朝续文献通考》卷二五〇《刑考》九，第 9955 页。

③ 《成宗实录》卷八〇，学习院东洋文化研究所刊《李朝实录》第 16 册，昭和三十三年（1958）版，第 54 页。

④ 季永海、刘景宪译：《崇德三年满文档案译编》，辽沈书社 1988 年版，第 23 页。

⑤ 赵尔巽等撰：《清史稿》卷二九一《列传》七八，中华书局 1977 年版，第 10290 页。

⑥ 赵尔巽等撰：《清史稿》卷三一八《列传》一五〇，第 10747 页。

⑦ 赵尔巽等撰：《清史稿》卷二十《本纪》二十，第 755 页。

⑧ （清）刘锦藻撰：《清朝续文献通考》卷二五〇《刑考》九，第 9955 页。

烟瘴五军，其中"附近二千里，近边二千五百里，边远三千里，极边、烟瘴俱四千里"①，至乾隆时期，又制定了更为详细的《五军道里表》作为发配依据。充军以里数为标准，就使清代流人在地域分布上，并不像汉唐流人大多聚于极边荒蛮地区，而是广布于全国。此外，与明不同，清代流人有充军之名，有些却无充军之实，更多只是在各州县当差而已。迁徙之刑则轻于充军，在以往朝代，迁徙针对所有民众，而清廷则主要用于惩治西南少数民族的犯罪行为，即"惟条例于土蛮、瑶、僮、苗人仇杀劫掳及改土为流之土司有犯，将家口实行迁徙"②。

附加刑，乃补充主刑适用之刑罚方式，就流刑而言，其附加刑主要有刺字、杖刑、追赃三种。刺字源于墨刑，乃上古五刑之一，即根据罪状不同，分别在犯人面庞、手臂等部位刺字，以墨涂之。有清一代，此刑罚作为附加方式，广泛用于流刑，以达标识和惩戒犯人之双重目的，如《大清会典》就规定："由新疆改发内地者，面刺'改发'字，应刺事由者仍刺之。由烟瘴改发极边者，面刺'烟瘴改发'字。"③杖刑是用大竹板或大荆条来拷打犯人脊背、臀腿的刑罚，也是新五刑之一。在流放制度中，它往往作为流刑的附加刑，即流人到达戍所后，先依律折责行杖，接受惩罚。然而，在执行过程中，除一般军流外，其他流犯并不需要强制加杖。追赃则是针对贪污受贿、抢劫欺诈等流犯所适用的刑罚，典型如咸丰十年（1860），"宝源局监督张仁政因侵蚀畏罪自尽，命瑞常偕尚书沈兆霖按之，得前任监督奎麟、瑞琇赃私状，并论大辟，追赃后遣戍"④。

流刑替代刑主要有枷号、赎刑两种。枷号主要适用于旗人，《大清律例》犯罪免发遣条曰："凡旗人犯罪，笞、杖各照数鞭责。军、流、徒，免发遣，分别枷号。徒一年者，枷号二十日，每等递加五日。……流二千里者，枷号五十日，每等亦递加五日。充军附近者，枷号七十日；边卫者，七十五日；边远、沿海、

---

① 赵尔巽等撰：《清史稿》卷一四三《刑法》二，第 4195 页。
② 赵尔巽等撰：《清史稿》卷一四三《刑法》二，第 4195 页。
③ 《光绪会典二》卷五三《刑部》，《大清五朝会典》第 17 册，线装书局 2006 年版，第 495 页。
④ 赵尔巽等撰：《清史稿》卷三八九《列传》一七六，第 11723 页。

边外者，八十日；极边、烟瘴者，九十日。"①即旗人犯流徙之罪，可用戴枷替代，具体枷号时间长短据罪行轻重判定，此乃优待旗人之举。赎刑的对象范围较广，根据对象和银数之不同，可分三种：一曰纳赎，对象广泛，银数最重；二曰收赎，主要针对老幼废疾及妇人，银数甚微；三曰赎罪，主要面向官员之正妻、例难的决②及妇人有力者，数额介于纳赎与收赎之间。此外，清廷还在此基础上另立捐赎制度，即为筹措军饷或其他款项而实行的捐款赎罪制度，包括认工赎罪、河工捐赎等多种形式，著名如方拱乾一家以认修前门城楼赦还，吴兆骞、傅作楫以捐资被赎等。

由此，以流刑为主刑，并辅之以闰刑、附加刑、替代刑，清代形成了一套系统而完备的流放制度。

三、清代流人的群体类型

清代流放制度的完备性，不仅体现在法律系统的完善上，还体现在对流放对象、地点等的细致规定上，由此形成了清代多样的流人群体。

(一)流放对象及相应群体

就流放对象的籍贯而言，可分为民人、旗人两类；就其身份来看，可划分为官员与非官员。清代刑法之对象乃普通民众，即针对人们的盗窃、抢劫、杀人等违法行为予以惩处，流刑亦不例外，因此，民人、非官员必是其刑罚对象。下面主要讨论的是旗人和官员，作为区别于普通民众的特权群体，对于他们的处罚亦有特殊之处。

旗人乃清朝统治阶级，包括满洲、蒙古、汉军八旗。清初，旗人(包括一般旗人和宗室旗人)在流放刑罚中享有折枷之权。其中，觉罗、宗室作为天潢贵胄，享受的政治优待更多，其犯罪不进入普通司法程序，犯徙常用圈禁替代，具体规定如下：按时间计，犯徙一年，折半年圈禁，徙三年折以一年；按里程计，流三

---

① 田涛、郑秦点校：《大清律例》卷四，法律出版社1999年版，第91页。
② 按律例规定，不能执行笞、杖刑的罪犯，可赎免，称为"例难的决"。

千里，折两年圈禁，极边充军折三年。但自清中期始，旗人数量增多，且宽容的处罚使其有恃无恐，相应的犯罪案例亦大为增加，这就促使清廷不断对《犯罪免发遣》条例进行修订，如乾隆十六年（1751）规定："凡八旗满洲、蒙古汉军奴仆，犯军流等罪，除已经入籍为民者，照民人办理外，其现在旗下家奴犯军流等罪，俱依例酌发驻防为奴，不准折枷。"①乾隆二十一年（1756）又增订："凡旗人殴死有服卑幼……其有情节惨忍者，发往黑龙江三姓等处，不准枷责完结。"②道光五年（1825）则修订为："凡旗人窝窃、窝娼、窝赌及诬告、讹诈、行同无赖不顾行止……均销除本身旗档，各照民人一例办理。"③如此，清廷从对象、原因层面具体限定了旗人特权。于是清中叶后，旗人的司法特权逐渐消失，由此形成了数量可观的旗人流放群体。

官员作为享有一定等级和权力的社会群体，对其惩处亦有特殊之处。犯流徙之罪的官员称为官犯、废员、遣员、戍员、革员等。《清史稿》载："若文武职官犯徒以上，轻则军台效力，重则新疆当差。成案相沿，遂为定例。"④《清朝续文献通考》亦载乾隆时期的规定："官犯一项定章：凡职官犯罪，按民人应拟徒者，职官从重发往军台效力；按民人应拟流者，职官从重发往新疆效力。以其知法犯法，故较民人加重数等，以警官邪。"⑤从这些规定可知，惩罚官犯往往采用军台效力、新疆当差两种方式，前者力度轻于后者。此举使遣戍官员向军台和新疆两个方向集中，如扬州知府谢启昆、东台知县徐跃龙、正定府知府方立经等因文字狱被发往军台；黑龙江打牲总管舍尔图、副总管齐三和蒙库瑚图灵阿等则因越诉而被戍新疆充当苦差，从而形成了流放官员群体。

就惩处力度而言，与一般民众犯罪相比，同样罪行，官员需从重处罚，以起警戒效果。但就官犯内部来说，不同时期则存在差异。清初惩罚较重，清中叶较宽容，如顺治十六年（1659）规定："定官员犯贪赃至十两以上者，不分枉法不枉

---

① （清）薛允升撰，胡星桥、邓又天等点校：《读例存疑点注》，中国人民公安大学出版社 1994 年版，第 23 页。
② （清）薛允升撰，胡星桥、邓又天等点校：《读例存疑点注》，第 24 页。
③ （清）薛允升撰，胡星桥、邓又天等点校：《读例存疑点注》，第 25 页。
④ 赵尔巽等撰：《清史稿》一四三《刑法》二，第 4195 页。
⑤ （清）刘锦藻撰：《清朝续文献通考》卷二五〇《刑考》九，第 9955 页。

法，俱籍产入官，至是免其籍没，责四十板，不准折赎，流徙席北地方。"①可见，官员虽贪赃数额不大，却被处以重刑，且不准折赎。至康熙时期，则为"文武见任官员犯流罪以上者，照应得之罪的决徒罪以下，准其折赎"②，即允许流徙官员折赎。至乾隆朝，"定职官举贡生监犯发遣者，免其为奴。凡黑龙江宁古塔等处发给披甲为奴之犯，有曾为职官及举贡生监者，查明照例一概免其为奴，即于成所另编入该旗该营，令其出户当差。并谕：嗣后法司定案除反叛强盗免死减等人犯外，其职官举贡生监等有罪应发遣者，不得加以为奴字样"③，从法规上保障了官员的体面尊严，是对其尊重的善意之举。

(二) 流放地点及相应群体

在流放地点上，清代的戍地分布较广，但大多集中在东北、西北的寒苦极边和西南的烟瘴之地，从而形成了不同的地域流人群体。前代的流放区域虽亦有集中地，但往往是一个大的区域概念，如魏晋的辽西、唐宋的岭南、元代的东北等，而清代除西南地区所指较宽泛，东北和西北的戍地则集中在几个具体的地方。《清史稿·刑法志》载：流人"初第发尚阳堡、宁古塔，或乌喇地方安插，后并发齐齐哈尔、黑龙江、三姓、喀尔喀、科布多，或各省驻防为奴。乾隆年间，新疆开辟，例又有发往伊犁、乌鲁木齐、巴里坤各回城分别为奴种地者。咸、同之际，新疆道梗，又复改发内地充军。"④可见清代往往有明确指定的流放地点，而结合史料可知，尚阳堡、宁古塔、乌鲁木齐、伊犁四处尤为重要，下面将重点阐述这四个地方。

尚阳堡和宁古塔皆处东北地区，前者属盛京将军辖区，在今辽宁开原市东四十里，又作上阳堡，因地处偏僻，它于天聪七年(1633)即被定为发配免死人犯之地，所谓"安置罪人，始于天聪七年八月，后以为例"⑤。清前期，尤其是顺治年

---

① (清)刘锦藻撰：《清朝文献通考》卷二三〇《刑考》九，浙江古籍出版社 1988 年版，第 6677 页。

② (清)刘锦藻撰：《清朝文献通考》卷二九〇《刑考》十五，第 6728 页。

③ (清)刘锦藻撰：《清朝文献通考》卷二四〇《刑考》十，第 6683 页。

④ 赵尔巽等撰：《清史稿》一四三《刑法》二，第 4195 页。

⑤ (清)杨宾：《柳边纪略》卷一，黑龙江大学出版社 2014 年版，第 360 页。

间的流人大多被安置于此，包括因直言而被遣戍的李裀、季开生，因结党而遭流放的陈之遴，以及因科场案而被流徙的张贲、张恂、孙旸诸人，形成了以科场案流人为主体的尚阳堡流人群体。宁古塔，乃满语"六个"之意，《宁古塔纪略》载："相传昔有兄弟六个，各占一方，满洲称六为宁古，个为塔，其言宁古塔，犹华言六个也。"①宁古塔在清代归吉林将军管辖，有新旧两城，旧城位于松花江左岸支流海浪河南岸，今为黑龙江省海林市长汀镇旧古城村；新城在今黑龙江省宁安市城地，与旧城相距 25 千米，康熙五年（1666）迁建于此。宁古塔地处偏僻，人烟稀少，常年冰封，所谓"宁古塔，……其地重冰积雪，非复世界，中国人亦无至其地者"②，极为寒苦。这些恶劣条件使其成为流放地的绝佳选择。自顺治年间开始，宁古塔成为重要戍所，因抗清而被戍的郑芝龙、郑芝豹，因结党而遭牵连的陈之遐、陈坚永一家，以及因科场案而被流徙的吴兆骞、方拱乾等人，皆被安置于此，人员众多且复杂。

乌鲁木齐和伊犁皆处西北的新疆地区。乾隆中期统一天山南北后，便将乌鲁木齐、伊犁、叶尔羌、阿克苏等地辟为戍所。自此，流人发往新疆之诏令屡见于书，如乾隆四十六年（1781）下令："嗣后各省邪教为从之犯，……如有情节较重应发新疆、黑龙江者，改于到配后，加枷号六个月。"③嘉庆时期也有规定："惟新疆各处幅员广阔，在在需人。是以于嘉庆四年、将积匪猾贼等六条，改发伊犁酌拨当差。今吉林、黑龙江等处，……将会匪一项，全行发往新疆。"④由此，新疆逐渐成为清中后期的流人集中地，乌鲁木齐和伊犁尤为突出。乌鲁木齐地处天山南路，乾隆帝平定准噶尔后，将此地命名为"乌鲁木齐"。为开发西北和保卫边防，自乾隆二十五年起，大量的官犯如高宗瑾、观战、林雨化等被遣戍于此，又以文人官员纪昀、和瑛最具代表性。伊犁地处天山北部的伊犁河谷内，亦在乾隆时期定名，取义于"犁庭扫闾"，寓意平定准噶尔之举功盖千秋，并昭示西陲的长久安宁。此外，清廷于此设置总管伊犁等处将军，统筹新疆事务，并在伊犁河谷开展大规模建设，修建"伊犁九城"。自此，伊犁成为新疆的政治和军事中

---

① （清）吴桭臣：《宁古塔纪略》，黑龙江大学出版社 2014 年版，第 561 页。
② （清）王家祯：《研堂见闻杂录》，上海书店 1982 年版，第 288 页。
③ 《高宗纯皇帝实录》卷一一三二，《清实录》第 23 册，中华书局 1986 年版，第 131 页。
④ 《仁宗睿皇帝实录》卷一四八，《清实录》第 29 册，中华书局 1986 年版。

心。从乾隆中期开始，为建设和边防需要，大批有罪官员被遣于此，所谓"自巡抚以下至簿尉，亦无官不具。又可知伊犁迁客之多矣"①，有内阁候补中书徐步云、直隶通永兵备道李调元、福建台澎兵备道杨廷理等，并以翰林院编修洪亮吉和两广总督林则徐最为著名。由此，新疆地区形成了富有西域特色的西北流人群体。

综上，流放有着悠久的历史，并在发展中不断完善。至清代，形成了完备成熟的制度体系，并在惩处的对象、地点等层面作了细致规定，由此形成了不同的流人群体。这些流人群体的具体分布情况将在下面两节中结合数据统计进行详细阐述。

第二节　流人的时间分布特点

关于清代流人的分布规律，李兴盛先生在《中国流人史》中已有论述，但需注意的是，李先生所用数据较为笼统，多据历史记载来推测结论，从而得出清代流人数量惊人的观点。② 此方式虽有一定可信性，但也存在诸多问题。首先，数据的模糊性使结果的说服力不够充分；其次，李先生致力于东北流人史研究，颇有建树，但对西北流人的探究稍显不足，容易形成数量上东北多于西北之片面印象。为此，笔者在前人研究的基础上，仔细翻检史料，辑得清代实名流放人员 1822 人次（见附录 3）。接下来，借助数据分析，探究清代流人的分布特点。

一、整体时间分布

在时间分布上，清代 1822 人次流放分散在天聪至宣统近三百年间。从现有记录来看，有清一代，实名流放始于天聪五年（1631）九月，明监军道太仆寺卿张春因在大凌河之役中抗清兵败被执，押解北上，因于盛京三官庙；终于宣统三年（1911）闰六月初七日，时正红旗汉军副都统霍伦泰和法部候补主事明安泰因贪图

① （清）洪亮吉：《天山客话》，国家图书馆藏民国七年（1918）抄本，第 7~8 页。
② 参看李兴盛：《中国流人史》上，第 893~896 页。

他人财产，被革职发往甘肃巴藏效力。至此，流人遣戍随着清廷的覆灭而走向结束，时间跨度为 280 年。

从各朝整体情况来看（如图 1-2-1），12 朝平均流放人次超过 150，但分布却多寡不均，少的如天聪、崇德、宣统等朝，仅约 10 人，这与其处于王朝更替期间且朝代持续时间短相关；多的如乾隆、嘉庆、康熙等朝，分别达 677、271、192 人次，人数众多，这根源于王朝政权的稳定和统治时间的长久。其发展变化情况为：自天聪朝起，流放人次呈上升态势，至乾隆朝达到顶峰，随即呈下降趋势，直至宣统朝结束。就各年情况而言（如图 1-2-2），清代年均流放人次 6.5，其中乾隆四十七年（1782）达到顶峰，年流放 68 人次。此外，顺治十五年（1658）、乾隆五十年（1785）的流放人次也较为可观，分别为 58 人次和 53 人次。其起伏变化与各朝趋势基本一致，即中间高，两边低。结合以上两分布图可以看出，清代流放人员形成两个聚集区：一是以顺治十五年（1658）为中心，向前至顺治六年（1649），往后至顺治十八年（1661）的时段，时长 13 年，总人次为 144，年均人次约 11；二是以乾隆四十七年（1782）为中心，始于乾隆十九年（1754），终于嘉庆十九年（1814）的乾嘉时段，时间跨度 61 年，总人次 898，年均约 14.7。相比于前者，后者无论在时间跨度、总量还是平均值上，均占优势地位。由此，清代流人在整体上形成以乾隆四十七年为中心，以乾嘉时段为辐射圈，向两边缓慢下降的时间分布图。

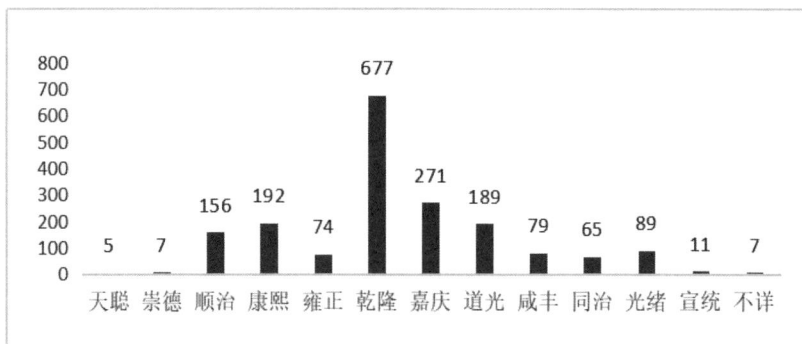

图 1-2-1　清代各朝流放人次分布图

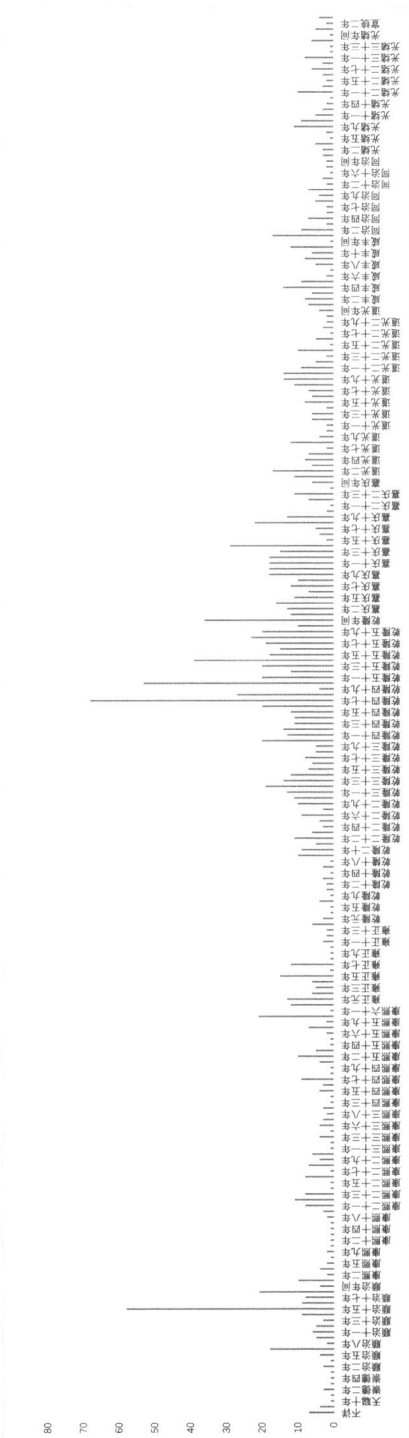

图1-2-2　清代历年流放人次分布图

二、各朝时间分布

依托时代背景，并结合流人数量、身份、原因诸要素，可将清廷各朝的流放情况陈列出来（见表 1-2-1）。

天聪朝（1627—1635）

天命十一年（1626），后金大汗努尔哈赤（后追封为"清太祖"）逝世后，第八子皇太极才德冠世，继承汗位，改次年（1627）为天聪元年。自继位起，皇太极多次率兵征明，先后发动宁锦、杏山、松山之战，不断南下侵扰。他们沿途斩杀掳掠，并将俘获之人畜带回辽东，以补充人力物资。由此，产生了清代第一批实名流人，即以明监军道太仆寺卿张春为代表的抗金官兵。《明史·张春传》载："（崇祯）四年八月，大清兵围大凌河新城，命春监总兵吴襄、宋伟军驰救"①，激战后，将士焚死甚多，张春及参将张洪谟、杨华徵，游击薛大湖等 33 人均被俘获，押解至盛京。由此可见，天聪一朝，王朝时间较短，且处于明清交替的动乱时期，流放人数虽多，但实名人员较少，只有 5 人次，年均不到 1 人，其身份主要是明朝官兵，并有文人 1 位，皆因抗清而被俘虏流放盛京。

崇德朝（1636—1643）

1636 年 5 月，皇太极称帝，改年号"崇德"，定国号"大清"，并将族名女真改为满洲，自此，清王朝正式以新政权名义与明朝对立。面对东有朝鲜、南有明朝的包围态势，崇德元年十一月，皇太极一方面以"败盟逆命"为由征伐朝鲜，大获全胜，自此，清廷代明将朝鲜变成自己的藩属，其王子李㴭、李濬诸人皆被清军虏获当人质。另一方面，多次兴兵南下，并在途中虏获大量人口，其中就有明朝诸生苗君稷、清初著名学者颜元之父颜昶等，他们皆于战乱中被掳至东北，开始流放生活。总而言之，崇德一朝，历时 8 年，总流放 7 人次，年均不足 1 人次，人员主要流往盛京，与天聪朝较为相似。但与前朝不同的是，此期实名流放

---

① （清）张廷玉等撰：《明史》卷二九一《列传》第一七九，中华书局 1974 年版，第 7464 页。其中崇祯四年八月即天聪五年八月。

表 1-2-1　清代各朝流放情况表

朝代	起止时间	历时	总人次	年均人次	官员人次	官员比例	文人人次	文人比例	主要原因	主要流放地
天聪	1627—1635	9	5	0.56	5	100%	1	20%	抗清	盛京
崇德	1636—1643	8	7	0.88	4	57.14%	2	28.57%	战争	盛京
顺治	1644—1661	18	156	8.67	51	32.69%	88	56.41%	抗清、结党、遭陷、科场案	盛京、吉林
康熙	1662—1722	61	192	3.15	124	64.58%	77	40.10%	结党、失职、偷盗犯奸、抗清、文字狱	盛京、吉林、黑龙江
雍正	1723—1735	13	74	5.69	54	72.97%	37	50.00%	文字狱、结党	黑龙江、陕西
乾隆	1736—1795	60	677	11.28	545	80.50%	111	16.40%	失职、贪赃、文字狱、作乱	新疆
嘉庆	1796—1820	25	271	10.84	250	92.25%	47	17.34%	失职、贪赃	新疆
道光	1821—1850	30	189	6.3	177	93.65%	30	15.87%	失职、中西冲突、偷盗犯奸	新疆
咸丰	1851—1861	11	79	7.18	75	94.94%	18	22.78%	失职、贪赃	新疆
同治	1862—1874	13	65	5	56	86.15%	8	12.31%	失职、作乱	黑龙江
光绪	1875—1908	34	89	2.62	88	98.88%	20	22.47%	中西冲突、失职	黑龙江
宣统	1909—1911	3	11	3.67	11	100%	1	9.09%	失职、贪赃	新疆、甘肃

人员中开始有非官员，且出现域外人士流徙中国的新景观。

顺治朝（1644—1661）

崇德八年（1643），皇太极逝世，各方势力对皇位展开激烈争夺，最终达成皇九子福临即位、睿亲王多尔衮摄政的协定，定1644年为顺治元年。同年9月，清军入关，定都北京，清廷入主中原，逐渐建立起对全国的统治。从时局发展和流人情况来看，可将其分为两个阶段，一是顺治元年至十四年（1644—1657），王朝政权还未巩固，清廷一方面延续以往攻城抢掠之行径，南下攻打南京、扬州、杭州等地的同时，亦掳走大量女子至京师，由此形成宋蕙湘、赵雪华等江南女子流往北地的独特景观；另一方面，清廷为控制民众，暴力推行圈地和剃发易服政策，所谓"留发不留头，留头不留发"，对顽强抵抗的扬州、嘉定等地血腥屠城，由此激化民族矛盾，反清复明之呼声此起彼伏。于是，郑芝豹、郑世忠、郑世恩等家族成员，皆因参与抗清而被戍宁古塔；函可因撰写《再变记》，记录抗清事件而被流徙盛京，并牵连其门徒今猎等人；左懋泰被仇家诬陷有抗清之嫌，全家远戍铁岭。二是顺治十五年至十八年（1658—1661），王朝政权渐趋巩固，并利用各党派斗争来维持权力平衡。于是，此期因结党或由此牵连被流放的人员有18位，陈之遴及其一家便是其中的牺牲者；而官僚之间的相互打击，也使诸多官吏遭陷流徙，又以浙江台州抗粮案为典型，其中便有陈大捷、陈弦诵等19人因遭诬陷而流放尚阳堡。此外，对逐渐向其靠拢的汉族士人，统治者笼络与打击并重，借开科取士之机，趁机发动科场案，使得大批江南士人如吴兆骞、方拱乾等流徙宁古塔。由此可见，与天聪、崇德时期相比，随着政权逐步稳定，顺治朝流放人员大量增加（总156人次，年均8.67人次），牵涉面越来越广，涉及人员亦随之增加，文人数量则一跃增至88人次，并集于尚阳堡、宁古塔、铁岭一带。

康熙朝（1662—1722）

1661年，年仅8岁的玄烨即位，改1662年为康熙元年，由鳌拜等四大臣辅政。康熙帝虽于14岁（1667年）亲政，但直至1669年智擒鳌拜，才实操朝政大权。此后半个多世纪，康熙帝在军事上削平三藩、统一台湾、驱逐沙俄、西征漠北，为大一统王朝的发展奠定了坚实基础；在政治与文化上，他通过开设博学鸿词科和发动文字狱，降服汉族士人；至晚年，却因过于宽容，使得朝廷吏治腐败，又对继承人举棋不定，酿成九子夺嫡之悲剧。以上种种，皆在流放中有所反映。统一全国的战争，无疑需消灭反清力量。于是，因联络抗清武装事泄被捕（即浙东通海案）的祁班孙，因此事牵连的杨越、李甲等人，皆被发往宁古塔；又有觉罗巴布尔、宜思孝等官员，因在对抗三藩之乱中作战不力，被遣戍吉林；还有陈梦雷、田起蛟等人，因被诬以附逆而流徙盛京。文字狱的爆发，以《南山集》案为最，刘岩、方登峄、方式济等大批江南文人因牵连而远戍北地；而晚年吏治的松弛，使得官员贪腐成风，其中就有河南官员李锡、李廷臣、白澄等因此而被发往甘肃效力。在继承人问题上，皇子们拉帮结派，官员们因利而结成太子党、八爷党，对康熙的皇权构成极大威胁，后来，王掞、陶彝等官员皆"以言建储"，被发往西北军前效力。总体观之，康熙朝立朝时间最长，流放总人次为192人，超过了前三朝，但年均流放人次为3.15，远低于顺治朝。从流人的身份来看，有官员124人次，占总人次的64.58%，相当于顺治朝（32.69%）的两倍，文人则降为77人次，占40.1%，低于顺治朝的56.41%。可见，与前朝相比，康熙朝流刑的惩治对象主要是官员而非文人，并多发往盛京、吉林、黑龙江一带。

雍正朝（1723—1735）

胤禛于1722年即位，改次年为雍正元年，其在位时间仅13年，较清朝其他帝王要短。但在短短十几年中，雍正皇帝勤于政事，锐力改革，设立军机处和秘密立储制度；在经济上大力整顿财政，实行耗羡归公；于军事上出兵青海，平定罗卜藏丹津叛乱。以上改革和举措，虽有提高行政效率、惩治贪腐现象、巩固国家统一之目的，但其核心是强化皇权。从雍正一朝来看，打击朋党始终是其巩固帝位的政治手段，并有19人因结党或与之牵连而遭流放，前期为打击诸皇子，他将胤禩及其党人秦道然、勒什亨等发往西宁，把结诚亲王胤祉的陈梦雷流放黑龙江，又将党附廉亲王胤禩的阿尔松阿发往盛京；后期则指向年羹尧党人，如把马巍伯发往阿尔泰军营效力等。另外，雍正继位的合法性一直饱受争议，出于对人言的畏惧和权力集中的需要，他实行文化专制，制造汪景祺《西征随笔》案、查嗣庭试题讥刺案、吕留良案等诸多文字狱。于是，当事者往往被枭首戮尸，其家人则遭牵连流放，包括汪连枝、查嗣瑮、吕懿兼诸人，共计21人次，占总数的 28.38%。纵观雍正一朝，共流放人员 74 人次，年均 5.69 人次，历朝虽短，但平均数却是康熙朝的近两倍，足见其政治之严酷。从流人身份来看，官员、文人分别为 54(72.97%)、37(50%)人次，可见惩治官员和打击文人，是其施行流刑的主要目的。从戍地来看，则以东北和陕甘一带为主。

乾隆朝(1736—1795)

乾隆朝是清代的全盛时期，弘历皇帝精明强干、开疆扩土，流人数量亦随之到达顶峰，共计 677 人次，年均超 11 人次，均居历朝榜首。结合乾隆朝的社会政治背景，可将此朝流放划为三时段：

一是乾隆元年(1736)至十八年(1753)，此乃乾隆的初政阶段。为缓解雍正改革带来的尖锐矛盾，纠正过激弊政，乾隆帝贯彻"宽严相济"的为政之道，用宽缓之法替代父亲的严苛之政。因此，在这 18 年间，仅流放 22 人次，年均 1.22 人次，数量极少。

二是乾隆十九年(1754)至四十五年(1780)。史学界常将乾隆十三年(1748)作为弘历皇帝施政方针转变的分界线，自此开始，其由宽转严，实行高压统治，并大兴文狱以控思想言论，君主专制达登峰造极之地步。这一政治环境对流人的影响在六年后开始凸显，自乾隆十九年起，流人数量呈攀升之势，在 1754 至 1780 年的 27 年间，流放 251 人次，年均 9.30 人次。在已知流放原因的 112 人次中，有 44 人次与文字狱相关，占 39.29%，比重极高。其中有蔡显《闲渔闲闲录》案，蔡氏家人蔡必照及其门人刘朝栋、吴承芳等，均责杖一百，发往新疆充当苦差；王锡侯《字贯》案中，其子孙王霖、王牡飞等，被发谴至黑龙江为奴；徐述夔《一柱楼诗》案中，谢启昆、涂跃龙等官员因牵连而遣戍军台。

三是乾隆四十六年(1781)至六十年(1795)。弘历皇帝步入中晚年，好大喜功，生活奢侈，任意挥霍，官僚地主竞相仿效，贪腐之风盛行，1781 年爆发了清代第一大贪污案——甘肃冒赈案，牵涉各级官员 113 人，缴赃银 281 余万两，其中，谢桓、宗开煌、陈庭学等 36 位官员，或因直接参与，或遭牵连，于四十七年(1782)被流放黑龙江或新疆。随后又有乌鲁木齐浮销粮价案，善达、木和伦等诸多官吏遭流徙。因此，乾隆四十七(1782)年，年流放量达 68 人次，为历朝之冠。而统治阶级的奢靡腐化，亦加剧对百姓的盘剥，致使社会矛盾尖锐，各地民众起义风起云涌，如河南柘城农民起义、台湾天地会等。作乱起事的首领往往被枭首，跟从者则发往边地为奴。因此，贪腐官员和起义民众构成了乾隆后期的流放主力，以致 15 年间流放 368 人次，年均 24.53 人次，数量和比例可谓之高。

总体而言，乾隆朝流人分期明显，从初期至中晚期，数量愈来愈多，年均量亦越来越大。从流放地点来看，虽还有部分人员遭流放至黑龙江等东北地区，但因守卫西北领土之需，更多是被发往新疆尤其乌鲁木齐一带，流放地自此也从东北转向了西北。

嘉庆朝（1796—1820）

嘉庆帝颙琰于乾隆六十年被正式立为太子，次年（1796）正月受父皇禅让继位。然而，在嘉庆四年（1799）之前，国家政权仍掌握在乾隆帝手中。嘉庆帝亲政后，打出"咸与维新"之旗号，整肃朝纲，修饬内政，广开言路，以图扭转乾隆末年以来的衰败局面。但作为守成之君，他未能从根本上改变清朝政局之颓败，且此时内有白莲教、天理教等农民起义，外有西方殖民帝国的虎视眈眈，清廷开始由盛转衰，史称"嘉道中衰"。嘉庆朝的流人特点亦与朝政时局、社会风气紧密关联，总体来看，嘉庆在位 25 年，流放 271 人次，年均 10.84 人次，在各朝中仅次于乾隆，平均数较高。从流放对象来看，官员 250 人次，占总数的 92.25%，文人 47 人次，占比 17.34%，可见官员乃嘉庆朝的主要打击对象。从流放原因来看，除去其他和不详的 85 人外，流放主要出于失职（84 人次）和贪赃（50 人次）。综合来看，嘉庆朝流放的惩处对象主要是失职或贪赃官员，他们或在对抗农民起义中表现怯懦，如兴肇、庆成、宜绵等镇压白莲教起义不力，穆兰、明福等人面对天理教起义时临阵畏惧，皆被革职发往新疆效力赎罪；或因办理案件出错，甚至酿成人命，如周丰、吴兆熊、陆树瑛等被革职遣戍新疆。更有魏廷鉴、陈锡钰等参与直隶司书王丽南侵吞库银一案，被发往黑龙江充当苦差；还有王嘉鼎、钱树堂等书史，因参与工部书吏王书等人用假印冒领三库银案，被发往黑龙江为奴。值得注意的是，嘉庆帝结束了文字狱，因此自嘉庆之后，便不再有人员因文字而获罪谪戍。

41

道光朝（1821—1850）

道光帝即位后，"嘉道中衰"的局面依旧。尽管他厉行节俭，勤于政务，整顿吏治，改革盐政，但社会弊端积重难返。此时之清朝，国内官员腐败，民众起义不断；外有英殖民者入侵，用坚船利炮打开中国大门，致使中国开始沦为半殖民地半封建社会。在此背景下，流人之特点亦发生改变，道光一朝30年，流放189人次，年均6.3人次，在清代处中等位置，主要流往新疆。其流人中，有官吏177人次，占总人次的93.65%，文人30人次，占15.87%，可见主要流放对象是官吏。从流放原因来看，失职人次最高，为68，占已知原因人次（170）的40%；中西冲突次之，为29。而此二因，皆与内忧外患、鸦片泛滥之时局息息相关。从失职官员来看，他们多因难以镇压农民起义而获遣，如两广总督李鸿宾因镇压瑶民起义不善，被发往乌鲁木齐效力赎罪；汉阳知府杨炳堃因镇压李沅法起义失败，遭戍新疆。从中西冲突来看，中松杰、通桂等人因沾染鸦片之瘾而遭遣戍，林则徐则由于抵抗鸦片而被流放。还有因抵抗西人不力而遭流放者，如道光二十年（1840），因定海被英军攻陷，罗建功、钱炳焕等人皆被发往新疆当苦差；伊里布、琦善等在抵御英军时妥协求降，被遣戍军台；因海疆失事，周维藩、舒恭受等诸多官员皆被发配新疆。

咸丰朝（1851—1861）

1850年，道光皇帝在弥留之际留下密旨，将皇六子奕訢封为亲王，皇四子奕詝立为皇太子，才略平庸的奕詝战胜了文武双全的奕訢，成为清朝第九代君主，也开启了他短暂而悲苦的一生。此时，清廷内忧外患加剧，所谓"文宗初基，东南糜烂，天下岌岌"①，历朝积累之弊端在此时全面爆发，官吏腐败丛生，农民起义不断，英、法、俄诸国步步紧逼。在吏治层面，咸丰帝登基初期，意图中兴，任用肃顺等改革派官员，打击贪污腐败，因此有14人因贪赃而遭遣戍，包括领催穆通阿、安徽护理庐州知府立诚等，一定程度上压制了官场贪贿之风。然

---

① （清）郭嵩焘撰，梁小进主编：《郭嵩焘全集》第13册《致曾国荃》，岳麓书社2018年版，第198页。

而，社会矛盾并未因此缓解，咸丰元年（1851），太平天国起义爆发，迅速以燎原之势席卷南方诸省；咸丰三年（1853），其定都南京，开始以新政权同清廷对立。在清廷忙于镇压太平军时，英、法两次组成侵华联军，攻入北京，咸丰帝仓皇逃往热河，并先后与列强签订《天津条约》《北京条约》，中国半殖民地半封建社会程度进一步加深。时代之巨变，亦在流人中留下烙印，从咸丰朝流人来看，总流放 79 人次，主要发往新疆。其中，因失职有 31 人次，占 39.24%，比重最高，且多为镇压太平军不力之军官，如已革湖广总督程矞采、已革湖北巡抚龚裕、文华殿大学士赛尚阿等。此外，亦有因中西冲突而流放之官员，如已革直隶总督谭廷襄、现任直隶总督张殿元，因调度无方，使天津海口陷于英法联军的侵略之中，被发往军台效力。

同治朝（1862—1874）

咸丰十一年（1861）七月，咸丰帝病重，而太子载淳年仅 6 岁，为平衡朝局，他精心设计了肃顺等"顾命八大臣"和慈安、慈禧两宫皇太后相互制衡的辅政模式。然而，回京不久，奕䜣连同两宫太后发动"辛酉政变"，打破其设定的权力格局，改由奕䜣辅政，慈安、慈禧垂帘听政，后又渐被慈禧抢夺最高权力，实质掌舵清廷达 47 年。此时，晚清的两位帝王同治、光绪皆手无实权，仅是傀儡。因此，要解读同光两朝政治，着眼点应放在慈禧而非帝王上。同治时期，继续着咸丰朝的内忧，农民起义如火如荼，慈禧以维护皇权为根本，对内采用"以汉制汉"之策，扶植曾国藩、左宗棠、李鸿章等湘淮武装力量，镇压农民军；对外则奉行"借师助剿"之方针，联同外国侵略者扑灭国内民众运动，以求苟安。可见其矛头指向，乃着重于内部反动势力，而非外来侵略力量，因此流人亦多与农民起义相关联。例如，同治元年（1862），陕甘总督乐斌因庇护匪人，被革职发往新疆效力赎罪，相关官吏如书吏佘奎、候补知府章桂文、知县彭雨亭等，皆被牵连发往黑龙江充当苦差；同治十二年（1873），甘肃回民起义领袖马化漋被处死，其亲属马化凤、马哑哑等，皆遭发往黑龙江为奴。整体观之，同治一朝历时 13 年，流放 65 人次，年均 5 人次，较咸丰朝有所下降。其中，官吏 56 人次，占 86.15%，文人仅 8 人次，占 12.31%，足见与前代相比，对官吏和文人的打击力度皆有所下降，且相对于中期流人集于新疆，同治朝则偏于黑龙江。

光绪朝（1875—1908）

同治帝逝世后，年仅四岁的醇亲王奕譞之子载湉被慈禧选定继承皇位，开始了他奋争而悲惨的一生。作为名义上的皇帝，光绪帝手无实权，大权仍由慈禧把持，双方因利益和矛盾，逐渐形成帝党与后党两股势力集团。面对深重的内忧外患，于内，他们皆主张镇压农民起义；于外，以慈禧为首的顽固势力偏于妥协，而以光绪帝为首的帝党力主战争，并试图通过学习西方，变法图强，具体实践为1898年的维新变法，但很快就被慈禧控制并将其清洗。这些愈积愈深的阶级、民族与党派矛盾，不但决定着晚清历史走向，也昭示着流人类型的新变。光绪一朝，流放89人次，年均2.62人次，频率很低，仅高于天聪、崇德两朝，并主要发往黑龙江。其流放原因主要有二，一是中西冲突，有29人次；二是失职，有22人次，此二因皆与前文所述的外患内忧相关。在光绪十年（1884）的中法战争中，周炳林、覃志成等7位将士因北宁失守、清军溃散而逃，被发配黑龙江或遣戍军台，周善初、徐延旭诸将亦被牵连流徙；光绪二十一年（1895），因甲午中日战争惨败，丰陞阿、刘超佩等人遭流放；光绪二十四（1898）年，戊戌六君子在维新变法后被杀于菜市口，与变法派有关联的户部左侍郎张荫桓、礼部尚书李端棻等皆被发配新疆。而失职流人中，大多为镇压农民起义不力之官员，如吉尔洪额、依勒和布等，因在新疆围剿叛军时作战不力，被发往福建。

宣统朝（1909—1911）

慈禧太后病逝前，立溥仪为继承人，并由载沣摄政。在风雨飘摇的晚清近代，宣统朝只持续了三载。随着辛亥革命的一声炮响，大清近三百年的封建统治宣告结束。王朝的短暂及时局的动荡，使得宣统一朝流人数量较少，仅11人次，年均3.67人次。从流放原因来看，宣统朝明显带有浓厚的新旧交替色彩，一方面，官员传统的贪腐之习依然延续，姚学镜、霍伦泰诸人皆因贪赃而遭遣戍；另一方面，近代社会带来了铁路等新兴事物，腐败之风则渐向新兴部门渗透，如李德顺、曹嘉祥等人，皆因津浦铁路局的官场败坏而被流戍军台。

综而观之，流人的时间分布有着明显的时代性。就人数而言，从天聪至乾隆，年流放人次基本呈上升趋势；自乾隆至宣统，则呈下降态势；从身份来看，官员和文人的比重整体呈增长趋势。流放原因经历了"对外—对内—对外"的转变，遣戍地点则基本呈"东北—西北—东北"的转向。此变化过程与清朝的社会经济发展恰好吻合，王朝伊始，往往要通过对外的南征北伐来建立政权，因此流放对象自然多是外部人员，此时清廷只盘踞东北一带，流放地自然只能选址于此。随着王朝的稳固和发展，外在威胁消失，矛头则转向内部不予配合的士人和百姓，这时的统治者拥有更广阔的疆域来施行流刑，亦有更充沛的精力来惩治他们认为的有罪之人，于是流人数量增长，流放地域也随即扩至待开发的西北地区。而当王朝走向衰败后，国土逐渐沦丧，内忧外患使统治者疲于应对，无暇顾及其他，因此流放人员亦逐渐减少，最后随着帝国的灭亡而走向终结。

　　以上分别从整体和各朝阐述了清代实名流人的时间分布特征，为下文的研究提供了大的叙述背景。然而，本书既名曰"流人文学研究"，重点自应落在文人上，因此，还有必要对流放文人的时间分布特点进行论述。

三、流放文人的时间分布

　　据笔者统计，清代有流放文人440人次，占总数的24.15%，约1/4。作为实名流人的一部分，文人的时间分布特点与整体流人大致相近，但亦有其独特之处。就起始时间而言，清代的文人流放同样始于天聪五年（1631）九月被囚禁至盛京的张春，但结束时间稍早一年，宣统二年（1910），天津议事会议员温世霖因救国请愿，被遣戍新疆迪化（今乌鲁木齐），并于戍所创作了《昆仑旅行日记》。至此，清代文人流放落下帷幕，时间跨度为280年。就时间分布来看，清代的流放文人不均匀地分布在12朝中，朝代人均36.67人次。顺治至嘉庆五朝皆在平均线上，其中乾隆朝遥遥领先（111人次），顺治朝（88人次）、康熙朝（77人次）次之；而前段的天聪、崇德和后面的道光以下诸朝，皆在平均线下，甚至还有四朝出现个位数（天聪1、崇德2、同治8、宣统1），可见文人基本聚集在前中期。从总体趋势来看（如图1-2-3），文人与流人在各朝的分布情况大体相似，即中间高、两边低，但同中有异。在流人分布图中，乾隆朝一枝独秀，虽也有顺康二朝的小高峰，但与前者相比，难望其项背；而文人分布图中，乾隆朝虽仍处领先地位，但顺康二朝亦不逊色。因此，在分布图形上，流人分布图较接近等边三角形，文人则更像直角三角形。从具体年份来看（如图1-2-4），这种形状的差异则更明显些，可以更清楚地划分出流放文人的两个聚集区，一是顺治时段，以顺治十五年（1658）为中心，向前推至顺治六年（1649），向后延至顺治十八年（1661），时长13年，总人次79，年均6.08人次，这一集聚区与总流人的分布区重合，可见在此时段，遭流放的大部分为文人。二是康熙末年至雍正初年，以康熙六十年（1721）为中心，前后分别延伸至康熙五十二年（1713）和雍正五年（1727）的时段，时长15年，总人次57，年均约3.8人次，这早于总流人分布的乾嘉集聚区，往前推了约60年。另，结合各朝文人占总流人比重可知，顺雍康三朝最高，分别为56.41%、50%、40.1%，据此可得出，清代流放文人主要集于前中期，前期尤为凸显。

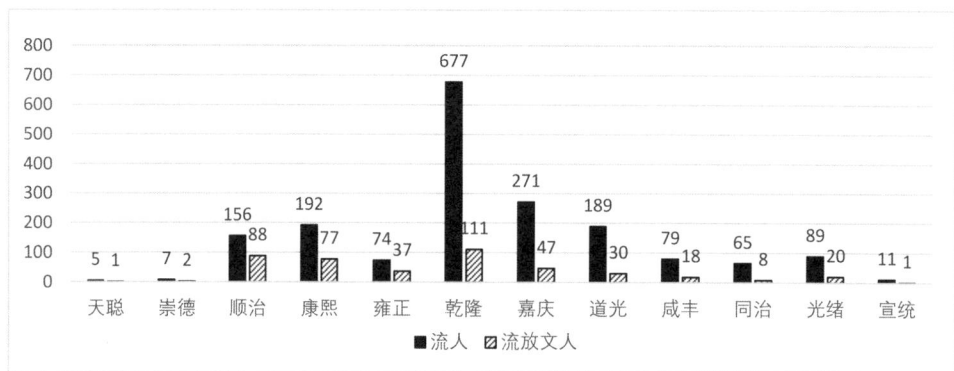

图 1-2-3 清代各朝流人与流放文人分布对比图

本书着重流人文学研究，因此文人作品的多少和内容又是重中之重，据笔者统计，在流放的440位文人中，目前能肯定有创作的为341人次（包括226人次有别集），其中与流放相关的创作202人次，别集148人次，分别占总数（440人次）的45.9%、33.64%，可见流放对清代文人创作影响虽不小，但并非起决定作用。这些创作同样不均衡地分布在各朝，从图1-2-5可以看出，流戍作品主要分布于顺治至道光六朝，大致相当于清廷入主中原至晚清时段，又以顺治、康熙、嘉庆三朝最多，分别为52、48、31人次，共计131人次，占总数（202人次）的64.85%，接近2/3，这三朝历时104年，年均约1.26人次。雍正、乾隆、道光三朝次之，分别为18、17、13人次，共计48人次，占总数的23.76%，此三朝历时103年，年均约0.47人次。而天聪、崇德、咸丰至宣统诸朝，历时78年，

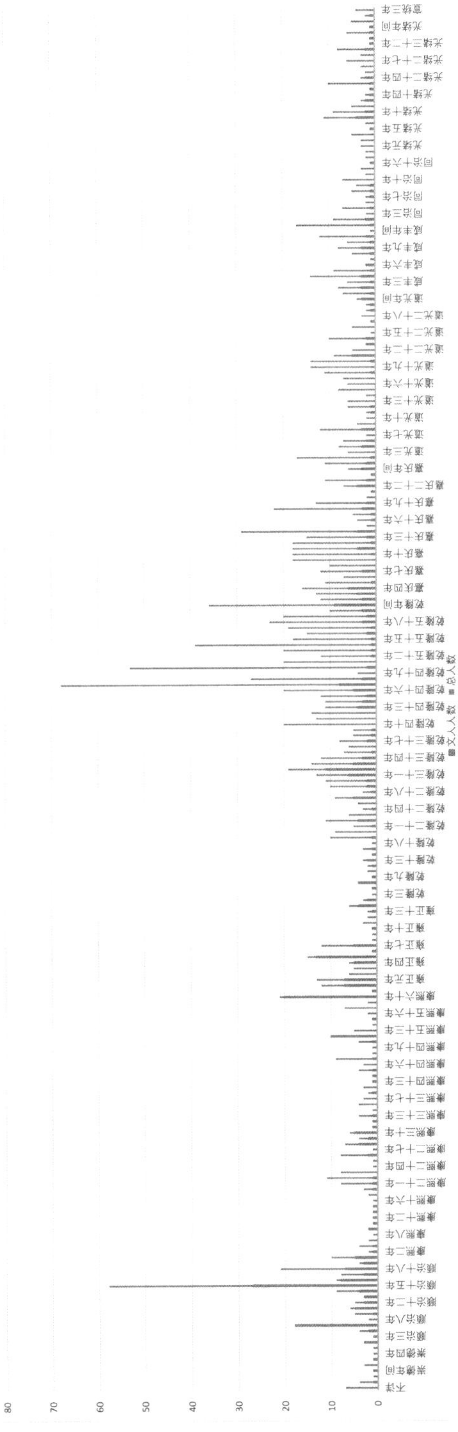

图1-2-4 清代历年流人与流放汉人人数分布对比图

合计仅 17 人次，年均约 0.22 人次。流放别集的分布及趋势与创作分布基本一致，如顺康嘉三朝中，文人的流放别集尤为丰富，有顺治时期函可《千山诗集》、左懋泰《徂东集》、郝浴《中山诗钞》、陈之遴《浮云集》、吴兆骞《秋笳集》等 32 人次的创作，康熙朝祁班孙《紫芝轩集》、高启元《出塞草》、杨瑄《塞外草》、讷尔朴《画沙集》等 30 人次的创作，还有嘉庆朝杨廷理《西来草》《东归草》，舒其绍《听雪集》，洪亮吉《万里荷戈集》《天山客话》《伊犁日记》《百日赐还集》等 27 人次创作；雍乾道三朝亦较为可观，分别有 15、16、12 人次创作了流放别集，如雍正朝谢济世《西北域记》、查嗣瑮《查浦诗钞》、沈元沧《西征集》等，乾隆朝卢见曾《出塞集》，帅念祖《多博吟》，徐世佐《出塞集》，纪昀《乌鲁木齐杂诗》《乌鲁木齐杂记》等，道光朝方士淦《伊江杂咏》、英和《卜魁集》、金德荣《塞外游草》等。其他诸朝则较少，合计仅 16 人次有流放别集，典型如天聪朝张春《不二诗集》，崇德朝苗君稷《焦冥集》，咸丰朝程庭桂《戍庐随笔》、雷以诚《雨香书屋诗续钞》，同治朝田兴恕《更生诗草》，张光藻《北戍草》《龙江纪事》，光绪朝安维峻《出塞吟》、张荫桓《荷戈集》，宣统朝温世霖《昆仑旅行日记》等。可见在清廷的开国及衰亡阶段，文人的流放创作皆较少，而前中期尤其是前期则较为丰富。对比文人的分布情况（如图 1-2-5），可知流放创作与文人之分布并不完全等同，如顺康二朝有文人 88、77 人次，低于乾隆朝的 111 人次，但前两者的流放创作（52、48）与相关别集（32、30）人次，均远高于后者（17、16）。

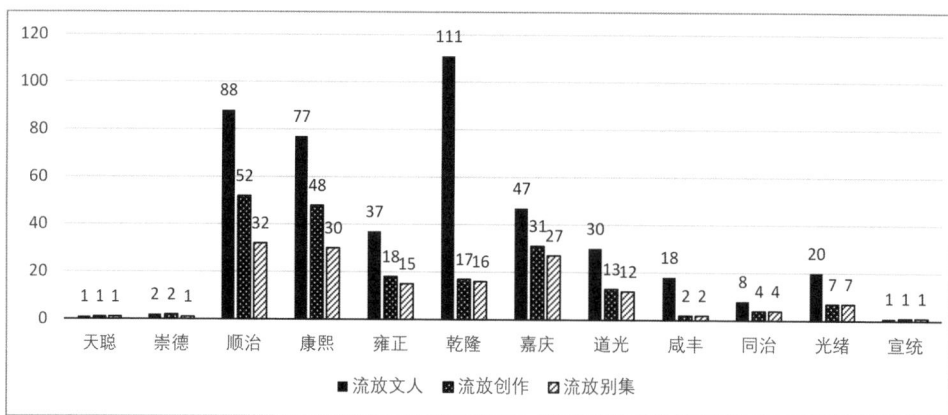

图 1-2-5 清代各朝流放文人及其创作分布对比图

综上所述，清代流人在时间分布上呈现出明显的朝代特点，并以乾隆朝为盛，文人的分布趋势与之大同小异，在以乾隆朝为主的基础上，顺康二朝亦占据重要地位。而流放创作的分布特征虽与各朝文人数量有一定关联，但并不完全一致，此时，乾隆朝退居其后，呈现出顺康嘉三朝繁荣的局面。由此可得出，清代前中期(尤其是前期)乃流放文学创作的繁荣阶段，亦是本书研究的重心所在。

第三节　流人的空间分布特征

清代1822人次流人被统治者流成至各地，他们在各地分布情况如何？主要来自何处？其籍贯和流放地之间又有怎样的联系？对此，以下分别从静态和动态视角着眼，探究其空间分布特征。

一、静态分布

(一)整体规律

整体来看，1822人次流人，除去具体流放地不详的322人次外，① 其余1500人次不平衡地分布在22个行政区，平均各地约68.18人次。根据流人数量的多少，可将这些地区划分为五个梯度，第一梯度新疆，即地理区域的西北一带，共784人次，占总数(1822人次)的43.03%，将近一半，比重远胜其他各省；第二梯度黑龙江、盛京、吉林东北三省，总计597人次，占总数的32.77%，近1/3，三省流人人次均在100以上，黑龙江以284人次独占鳌头；第三梯度直隶、甘肃、蒙古、京师②、

①　这其中包括目前无法查证其流放省区和遣戍军台的流人，由于军台设置在张家口至阿尔泰之间，其中有山西、蒙古、甘肃、新疆诸多行政区划，因此若史料记载中只述其"遣戍军台"，则很难据此判断其流放地，所以亦将其归入"不详"。

②　将京师划归流放区，主要基于流人的定义。即"流人就是统治阶级认为有罪而被强制迁徙(流放或贬逐)之人，即流放或贬逐者"，其关键有二：一是"统治者认为有罪"，强调统治者的主观判断；二是"被强制迁徙"，包含从中心区到边缘区、从边缘区到中心区两个方向，大多流放者属前者，但有部分人员较特殊：a. 明末清初，因清军入关，被边兵当作罪人或奴隶从江南掳掠到京师的女子，如宋蕙湘、叶齐等；b. 被夺官，发往京师周边效力赎罪的，如许容、孙嘉淦；c. 因作乱或牵连，被从地方强制押解到京师为奴的，如"王者敬之子王宿、布文彬之妻及子布二劲儿亦解送北京为奴"。以上三类，虽是到京师，但符合"统治者认为有罪""被强制迁徙"两个条件，因此亦可纳入流人范畴，只不过他们属流人的旁支。

陕西五地，即国土北部和中部地区，五省流人皆在 10~30 人次，其中直隶最高（27），京师、陕西最低（12），五省共 88 人次，占总数的 4.83%，比重较小；第四梯度山西、云南、福建、江苏、浙江、湖北、贵州、广西、四川、山东、河南、广东、西藏 13 省，人次均为个位数，合计 31 人次，仅占 1.7%，比重微乎其微；第五梯度安徽、江西、湖南、青海 4 省，人次为零。可见同一梯度内各省之间差别不大，但不同梯度间相差明显，尤以第一、二梯度与第三、四、五梯度之间分层严重。

将以上数据呈现于地图上（如图 1-3-1①），可以清晰地观察其地域分布规律。

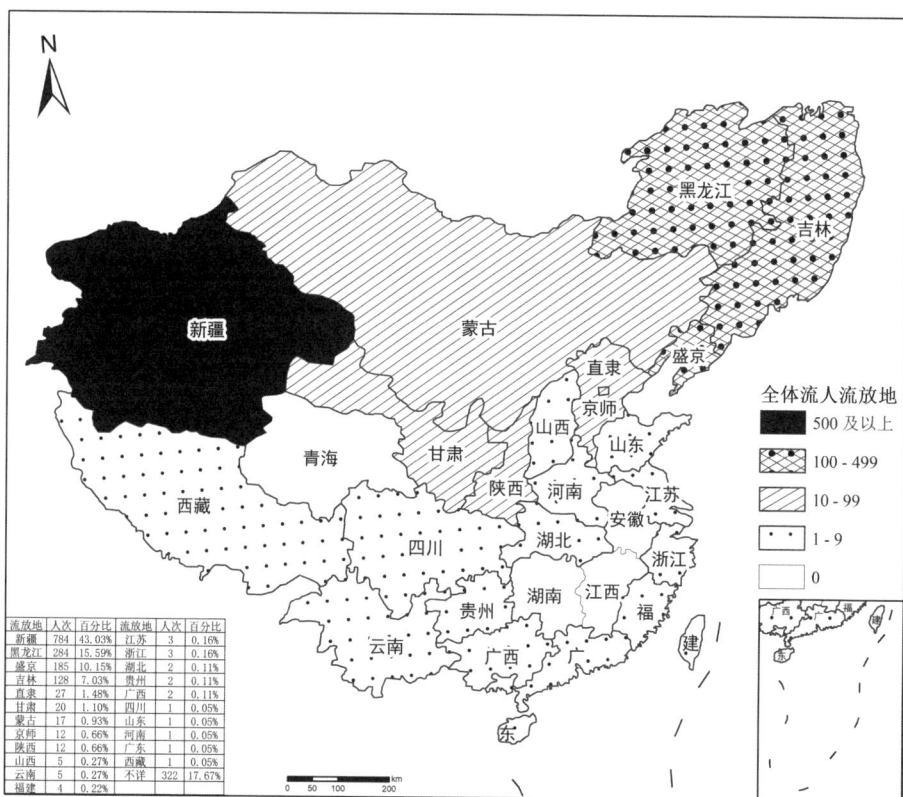

图 1-3-1　清代流人流放地分布图

① 分布图中的数据来源于后文所附《清代实名流人情况表》，底图出自谭其骧主编：《中国历史地图集 第八册：清时期》，中国地图出版社 1996 年版，第 3~4 页，分布图则在底图的基础上勾勒而成。

就大范围而言，清代流人主要分布在北方，南方极少；北方流人则集中于西北、东北两角，尤以西北最密集，形成了东西北角夹击北方、中原一带的分布态势；南方则呈现出沿海、延边诸省包围内陆省份的格局。无论南北，皆呈现出由外而内、由边远向中间减少的合拢趋势。据此可以归纳出，在清代实际流放中，戍地选址首先着眼于边远地区，但也不乏居中省份。

以上乃清代流人整体的空间分布状况，下面将聚焦于流人集中地作具体分析。

(二)四大集中地

清代流人主要聚于盛京、吉林、黑龙江、新疆四地，据其流放具体信息，可制成四地流人时间分布图(如图1-3-2)和四地流放信息表(见表1-3-1)，下面对其详情展开论述。

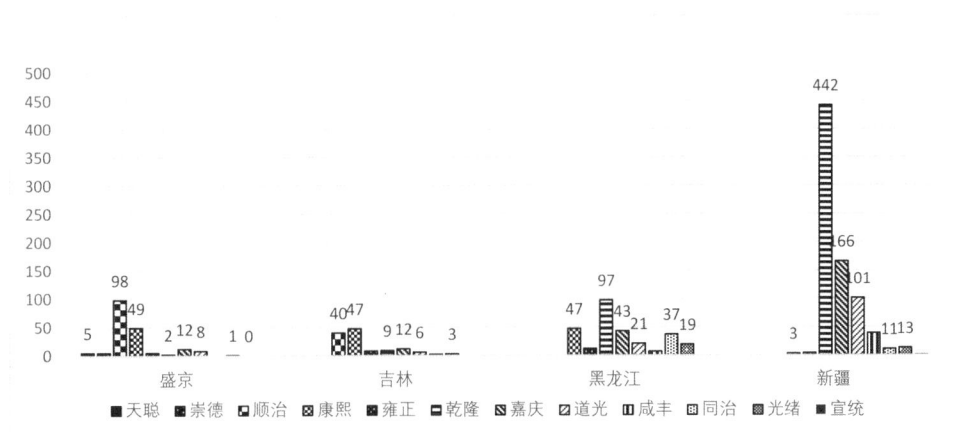

图 1-3-2 四地流人时间分布图

表 1-3-1 四地流放信息表

区域	开始时间	结束时间	时长	总人次	年均人次	集中期	官员	文人	原因
盛京	天聪五年	同治元年	232	185	0.80	顺治、康熙	104	81	科场案、遭陷
吉林	顺治十一年	同治五年	213	128	0.60	康熙、顺治	63	39	失职、抗清、科场案

续表

区域	开始时间	结束时间	时长	总人次	年均人次	集中期	官员	文人	原因
黑龙江	康熙二十二年	光绪三十年	222	284	1.28	乾隆、康熙	178	46	贪赃、偷盗犯奸、文字狱、失职
新疆	康熙五十九年	宣统三年	192	784	4.08	乾隆、嘉庆	734	128	失职、贪赃

盛京

盛京①是最早的流放地，始于天聪五年(1631)的流人张春，一直延续到同治元年(1862)的英蕴，时长 232 年。在这两百多年间，遣戍至此的流人有 185 人次，年均约 0.8 人次。从时间分布看，盛京流人可分为三个阶段，第一阶段，天聪、崇德时期，乃其肇始期，流人共 10 人次，此时满洲贵族仍处后金阶段，仅盘踞东北，故其所掳之流人常安置于此。此阶段流人数量虽多，但实名留存的很少，除前文常提及的张春、张洪谟等明朝抗将外，还有来自朝鲜的李淏、李濬诸王子。第二阶段，顺康时期，乃其繁盛期，流人共 147 人次，其中顺治朝以 98 人次居首。此时，盛京流人与顺治朝的高峰期基本重合，大部分人因科场案或遭陷害而流徙于此。此期的盛京流人常被安置于尚阳堡、铁岭②，各有流人 60、23 人次，占总数的 44.86%，将近一半，由此形成以尚阳堡、铁岭为中心的盛京流人群体。第三阶段，雍正至同治时期，仅有流人 27 人次。此时流往盛京之人以失职居多，如嘉庆四年(1799)的翰林院学士铁保、嘉庆十八年(1813)的吏部侍郎凯音布、道光十九年(1839)的宗室成员有麟等。可见，从天聪至同治，盛京流人数量呈现先上升后下降的变化趋势。从流人身份来看，有官员 104 人次，文人

---

①　盛京既可以指沈阳，即后金的都城，又可指今辽宁省，甚至可包括今天辽、吉林、黑龙江在内的东北地区。为了不相互混淆，这里主要指今辽宁省。

②　此时的流放地还包括沈阳，但因在清代的区域概念中，"沈阳"时而与"盛京"等同，又时而与之相分离，因此说流人流徙盛京，就难以判断他是否徙于沈阳，为避免混淆，这里不再讨论。

81 人次，占比分别为 56. 22%、43. 78%。要而言之：盛京流人以清前期的官员文人为主。

吉林

顺治十一年(1654)十二月，吏科给事中陈嘉猷因拟代广西巡抚王一品题请安置内地之职，被遣戍宁古塔，成为流放宁古塔也是流戍吉林第一人，自此，吉林开始成为流放地。同治五年(1866)，领队大臣图库尔因塔尔巴哈台失陷一案被遣戍于此，为吉林流人史画上句号。在这 213 年间，共有 128 人次流戍至吉林，年均 0. 6 人次，频率低于盛京。就时间分布来看，吉林成为流放地的时间虽较盛京晚 23 年，但其整体分布样态与盛京的第二、三阶段较为相似，呈现出阶梯状，即流人集中于顺康二朝，雍正之后较少。其中顺康二朝合计 87 人次，占总数的 67. 97%，其中，康熙朝流人数高于顺治朝；雍正至同治时期，6 朝 143 年间(雍正二年至同治五年)仅 40 人发往于此，每朝仅 6. 67 人次，年均约 0. 28 人次，频率很低。结合原因来看，顺康至乾隆时期的吉林流人主要安置于宁古塔，多因失职、抗清、科场案获罪，与顺康朝流人特点相应。雍正朝的吉林流人主要因文字狱牵连，典型如雍正七年(1729)，吕家的吕懿兼、吕敷先诸人因父吕留良文字狱案遭流戍于此；乾隆朝原因较复杂，文字狱、科场案皆有，但人数不多；嘉庆朝的吉林流人多源于失职，如嘉庆八年(1803)，护军努尔瑚讷、长玉、福森保诸人因未能阻挡"逆犯"陈德闯进宫中，被发往拉林；道光及以下诸朝流人寥寥，不再细述。总体观之，从流放原因来看，失职、抗清、科场案乃其主要原因。从流人身份来看，官员、文人分别为 63、39 人次，占比分别为 49. 22%、30. 47%，皆低于盛京流人。要之：吉林流人以清前期的官员文人为主。

黑龙江

黑龙江作为流放地的时间晚于盛京和吉林，其始于康熙二十二年(1683)，当时"三藩"将领杨一豹被迫降清，清廷将其安插于黑龙江驿站；终于光绪三十年(1904)，翰林院编修陈宝莹因与旅店女私奔，被发往黑龙江齐齐哈尔。在这 222 年间，黑龙江共计有流人 284 人次，年均 1. 28 人次，高居东北三省之首。就其时间分布来看，各朝不均，主要集中于清中期，尤其是乾隆、嘉庆、同治三朝，分别为97、43、37人次，三朝合计177人次，占比62.32%。黑龙江流人主要安置在齐齐哈尔和瑗珲两地，如康熙五十二年(1713)，方登峄一家受戴名世《南山集》案牵累，被遣戍至卜魁(齐齐哈尔)；康熙二十六年(1687)，原任湖广总督蔡毓荣因隐藏吴三桂孙女为妾，匿取逆财，减死鞭一百，枷号三月后，发往瑗珲，贡生何世澄为报蔡毓荣赏识之恩，亦随其至戍所。从其流放原因来看，遣往此地的流人以贪赃、偷盗犯奸、文字狱、失职为主，分别有62、42、41、38人次，占比21.83%、14.79%、14.44%、13.38%。这些数据与乾嘉两朝的流放特点基本相似，于此便不再赘述。这些流人中，可查证为官员者178人次，非官员102人次，文人仅46人次，可见黑龙江主要是作为惩罚官员的流放地。要而言之：黑龙江流人以清前中期的官员非文人为主。

新疆

康熙五十九年(1720)，西安将军席柱因事被发往新疆阿尔泰军前效力，开启了新疆流人史；宣统三年(1911)，五原厅同知姚学镜因办理垦务有偷盗犯奸之举，被遣戍新疆赎罪，新疆流放史落下帷幕。与东北三省相比，新疆作为流放地的开始时间最晚，但它后来居上，一直到宣统三年清廷覆灭之际，它作为流放地的职能才宣告结束。在这192年间，共有784人次流戍于此，占总数(1822人次)的43.03%，近乎一半，远超其他省区。就整体而言，流人主要聚于乌鲁木齐和伊犁，分别有463、168人次。其集中分布时间乃清中后期，尤其是乾嘉道三朝，又以乾隆朝为最，达442人次，嘉庆、道光二朝分别为166、101人次。结合流人身份与原因观之，784人次中，有官员735人次，占93.75%，可知废员处于绝对优势。除去原因不详的358人次外，可查证有152人因失职而遣戍于此，占流放原因废员总数(377人次)的40.32%，可见失职官员乃新疆流人主力。这些官员远戍西域荒土，不但在开垦拓荒上起到一定领导作用，且常参与保卫边疆之斗争，这就为流人的悲苦心态注入了豪壮之气，因而新疆流人著作常以"荷戈"命名，如林则徐《荷戈纪程》、张荫桓《荷戈集》等。要之：新疆流人以清中后期官员为主。

综上所述，盛京、吉林、黑龙江、新疆四地，乃清廷流人最集中、持续时间最长之地区，它们自天聪、顺治、康熙以来依次作为戍地，并分别聚集了清代初期、前期、前中期和中后期的流人。

二、动态分布

（一）籍贯与流放地的对接与流动

若要更细致地探究流人空间分布特点，还需从籍贯上予以考虑，即地与地之间的关系，包括这些流人大多来自何地？其籍贯和流放地之间是怎样一种流动对应关系？下面先就两者整体的分布对应情形进行论述。

通过收集统计得出，1822 人次流人，除去旗籍的 542 人次①、不详籍贯的 520 人次外，其余的 760 人次来自国内 23 个行政区、周边 2 个附属国、1 个西方国家，各地平均 29.23 人次。从数量多寡和区域关联度来看，可将其划分为 5 个梯度，第一梯度为浙江、江苏两省，总人次 245，占总数（1822 人次）的 13.45%，每省均在 100 以上，均数为 122.5，远在各省平均数之上。第二梯度为福建、山东、河南、安徽、直隶、江西 6 省，每省人次区间为 40~80，其中福建最多（72 人次），江西最少（44 人次），总体呈沿海向内地减少之趋势。此六省合计 321 人次，占总数的 17.62%，比重是第一梯度的 1.31 倍，但每省平均 53.5 人次，不及第一梯度平均值的一半，密度相对要低。第三梯度乃湖南、广东、山西、湖北、四川、陕西 6 省，每省人次区间为 10~40，合计 139 人次，占总数的 7.63%，比重较小，平均数约 23 人次，低于全国平均值，且相对于第二梯度，又降了一倍多。第四梯度是贵州、云南、广西、京师、甘肃、盛京、西藏、新疆、青海 9 省，以及朝鲜、越南、意大利诸国，多至 9 人次，少则只有 1 人次，合计 55 人次，仅占总数的 3.02%，微乎其微，每地均数仅 5 人次，与上一梯度相比，急剧下降。第五梯度是黑龙江、吉林、蒙古三地，无人遭受流放。由此，将这些数据呈现于地图上（如图 1-3-3②），便可直观地看出其分布规律，即以江

---

① 旗人的分布比较复杂，因而难以在地图上呈现。

② 分布图中的数据来源于后文所附《清代实名流人情况表》，底图出自谭其骧主编：《中国历史地图集 第八册：清时期》，第 3~4 页，分布图则在底图基础上勾勒而成。

浙为中心，分别向南、北、中三个方向辐射开去，并逐层递减，总体呈现为扇形。

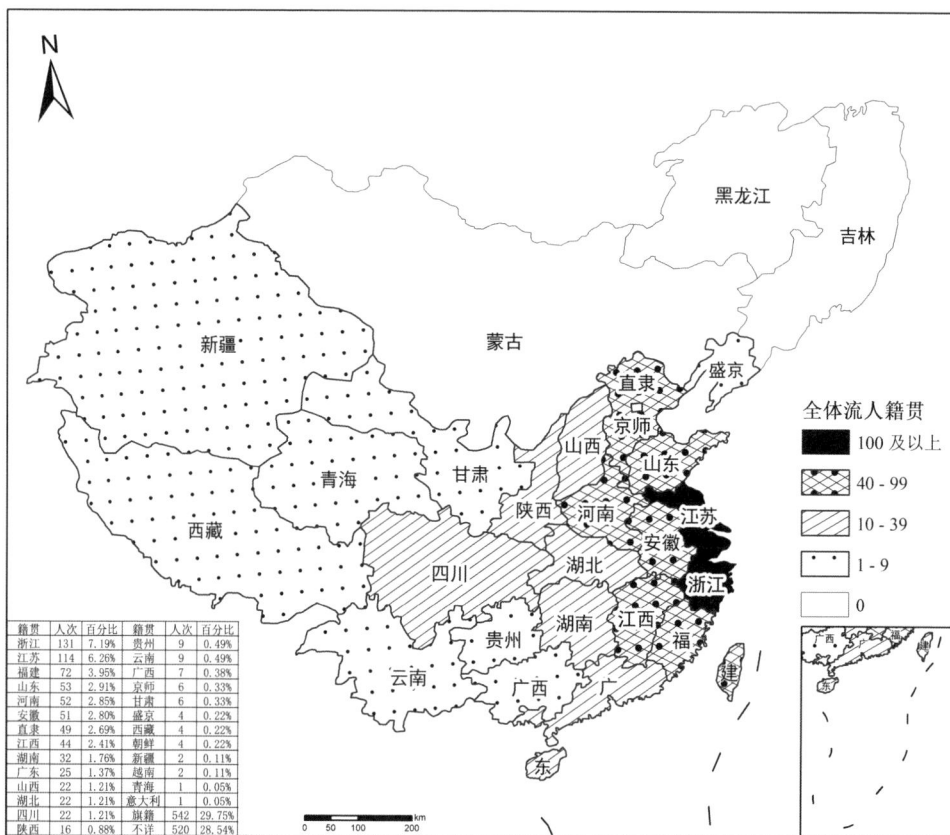

籍贯	人次	百分比	籍贯	人次	百分比
浙江	131	7.19%	贵州	9	0.49%
江苏	114	6.26%	云南	9	0.49%
福建	72	3.95%	广西	7	0.38%
山东	53	2.91%	京师	6	0.33%
河南	52	2.85%	甘肃	6	0.33%
安徽	51	2.80%	盛京	4	0.22%
直隶	49	2.69%	西藏	4	0.22%
江西	44	2.41%	朝鲜	4	0.22%
湖南	32	1.76%	新疆	2	0.11%
广东	25	1.37%	越南	2	0.11%
山西	22	1.21%	青海	1	0.05%
湖北	22	1.21%	意大利	1	0.05%
四川	22	1.21%	旗籍	542	29.75%
陕西	16	0.88%	不详	520	28.54%

图 1-3-3 清代流人籍贯分布图

此外，通过数据分析可以发现，流人籍贯与流放地之间存在互补的对应关系，且某地在两者间所跨梯度越大，其人员流动程度也越大。首先，比较流人籍贯与流放地分布图可知，籍贯密集区往往是戍地稀疏区，反之亦然，如江浙一带，在籍贯分布图位列第一梯度，聚集籍贯可考流人（760）的32.24%，即近1/3流人来自此地，但其接收流人仅6人次，在流放地分布图中处第四梯度；又如西北的新疆和东北的黑龙江、吉林、盛京三省，乃流放地分布图的第一、二梯度，共计流人1381人次，占流放地可考人次（1500）的92.07%，是极其密集的流放区域，但这些地区仅 6 人次流人出自于此，处于籍贯分布图的第四、五梯度。与之相类似，籍贯地中处于第二梯度的福建、河南、山东和处于第三梯度的广东、山西、湖北、四川诸省，在流放地分布图中则归于第四梯度。由此，形成了籍贯和流放地之间的互补对应关系。同一省区在两者间所跨梯度越大，人口流动越频繁，如新疆、黑龙江、吉林、盛京诸省，它们从籍贯第四或第五梯度跨至流放地第一或第二梯度，人口流动数量庞大，成为流人集中输入区；江苏、浙江则从籍贯第一梯度降至流放地第四梯度，人口流动亦非常可观，成为流人主要输出地；而像云南、贵州、广西、西藏诸省一直处于第四梯度，人口流动很小，甚至可以忽略不计。

以上乃从整体梯度分布着眼，为进一步细化，下面具体考察省与省之间的对接关系。据流人籍贯与流放地的对应关系，可制出《清代流人籍贯与流放地对应表》（见表 1-3-2）。从籍贯往戍地方向来看，河南、山东主要流入东北三省，其中前者徙往黑龙江的流人最多，为 27 人次，后者以遣戍盛京为主，共22 人次。其他诸省如江苏、福建、浙江、安徽等地流人，大多流入新疆，其中江苏居首（51 人次），福建次之（49 人次）。其他的流人籍贯与流放地之间，亦有或强或弱的对接关系，尤以旗人明显，其流入新疆达 264 人次，占旗人流人总数（542 人次）的 48.71%，近乎一半。由此，形成一个南北交错、东西互通的流动网络。以流放地追溯籍贯，新疆、黑龙江、直隶、甘肃、蒙古诸省流人主要来自旗籍，其中新疆最多，有 264 人次，占流向新疆已知籍贯流人数量（614）的约 42.3%，近乎一半，黑龙江次之，为 64 人次，远低于新疆。综合前面所述，可推知旗人和新疆之间形成较为稳定的流放对接关系。盛京、吉林、陕西流人则主要出自浙江，分别为 26、23、9 人次，占其已知籍贯流人数量的 21.31%、26.14%、75%，[①] 从浙江发往此三地的流人数分别占其已知流放地流人总数[②]的 22.41%、19.83%、7.76%。这表明，与陕西相比，浙江与东北的盛京、吉林之间有着更紧密的流放对接关系。

---

① 盛京、吉林、陕西有已知籍贯的流人分别为 122、88、12 人次。
② 浙江籍贯的流人有 131 人次，已知流放地的流人为 116 人次。

表 1-3-2　清代流人籍贯与流放对应表

籍贯地

流放地	旗籍	浙江	江苏	福建	河南	安徽	直隶	江西	山东	湖南	广东	山西	四川	湖北	陕西	云南	贵州	广西	京师	甘肃	西藏	朝鲜	新疆	盛京	越南	意大利	青海	不详	小计
福建	2	0	0	0	0	0	0	0	1	0	0	0	0	0	0	0	0	0	0	0	0	0	0	0	0	0	0	1	4
甘肃	11	0	2	0	2	0	0	0	0	0	0	0	0	0	0	0	0	0	0	0	0	0	0	0	0	0	0	4	20
广东	1	0	0	0	0	0	0	0	0	0	0	0	0	0	0	0	0	0	0	0	0	0	0	0	0	0	0	0	1
广西	1	0	0	0	0	0	0	1	0	0	0	0	0	0	0	0	0	0	0	0	0	0	0	0	0	0	0	0	2
贵州	0	0	0	0	0	0	0	0	0	1	0	0	0	0	0	0	0	0	0	0	0	0	0	0	0	0	0	1	2
河南	0	0	0	0	0	0	0	1	0	0	0	0	0	0	0	0	0	0	0	0	0	0	0	0	0	0	0	0	1
黑龙江	56	7	6	7	26	1	1	7	2	5	1	3	2	3	0	1	0	1	0	0	0	0	0	2	0	0	0	115	246
黑龙江（齐齐哈尔）	8	7	1	0	1	13	1	2	0	0	0	0	0	0	0	1	0	0	0	0	0	0	0	0	1	0	0	3	38
湖北	0	0	0	0	0	0	0	0	0	0	0	0	0	0	1	1	0	0	0	0	0	0	0	0	0	0	0	0	2
吉林	24	0	0	8	0	0	0	0	0	0	0	0	0	0	0	0	0	0	0	0	0	0	0	0	0	0	0	13	45
吉林（宁古塔）	9	21	6	7	2	6	1	0	2	0	0	0	0	0	1	1	0	0	0	0	0	0	0	0	0	0	0	27	83
江苏	2	0	1	0	0	0	0	0	0	0	0	0	0	0	0	0	0	0	0	0	0	0	0	0	0	0	0	0	3
京师	1	1	4	0	0	0	1	0	1	0	0	0	0	0	1	0	0	1	0	1	0	0	0	0	0	0	0	1	12
蒙古	11	3	1	0	0	0	0	0	0	0	0	0	0	0	0	0	0	0	0	0	0	0	0	0	0	0	0	2	17
山东	1	0	0	0	0	0	0	0	0	0	0	0	0	0	0	0	0	0	0	0	0	0	0	0	0	0	0	0	1
山西	4	0	0	0	0	0	0	0	0	0	0	0	0	0	1	0	0	0	0	0	0	0	0	0	0	0	0	0	5
陕西	1	9	0	0	0	0	0	0	0	2	0	0	0	0	0	0	0	0	0	0	0	0	0	0	0	0	0	0	12
盛京	32	7	7	1	0	1	3	0	5	0	1	0	1	0	1	0	0	0	1	1	0	2	0	0	0	0	0	33	95

续表

籍贯地	旗籍	浙江	江苏	福建	河南	安徽	直隶	江西	山东	湖南	广东	山西	四川	湖北	陕西	云南	贵州	广西	京师	甘肃	西藏	朝鲜	新疆	盛京	越南	意大利	青海	不详	小计
盛京（尚阳堡）	0	18	7	0	1	1	1	0	4	1	0	0	0	0	2	0	0	0	0	0	0	0	0	0	0	0	0	30	65
盛京（铁岭）	0	1	1	0	2	0	3	5	13	0	0	0	0	0	0	0	0	0	0	0	0	0	0	0	0	0	0	0	25
四川	1	0	0	0	0	0	0	0	0	0	0	0	0	0	0	0	0	0	0	0	0	0	0	0	0	0	0	0	1
西藏	1	0	0	0	0	0	0	0	0	0	0	0	0	0	0	0	0	0	0	0	0	0	0	0	0	0	0	0	1
新疆	38	5	10	0	1	2	1	3	10	2	1	0	3	3	0	0	3	0	0	1	0	0	1	1	0	0	0	65	153
新疆（乌鲁木齐）	155	25	26	46	6	15	25	10	6	12	20	13	8	7	5	6	5	3	3	3	0	0	0	0	0	0	1	65	463
新疆（伊犁）	71	9	15	3	4	4	3	1	3	3	0	4	2	1	3	0	1	1	1	0	0	0	0	0	1	0	0	39	168
云南	0	0	0	0	0	0	0	0	0	0	0	0	0	0	0	1	1	0	1	0	0	0	0	0	0	0	0	1	5
浙江	1	1	0	0	0	0	0	0	0	0	0	0	0	0	0	0	0	0	0	0	0	0	0	0	0	0	0	1	3
直隶	21	0	0	0	0	0	1	1	0	0	0	0	0	0	0	0	0	0	0	1	0	0	0	0	0	1	0	2	27
不详	94	15	24	8	2	8	10	12	5	3	2	4	4	6	1	1	0	2	1	0	4	2	1	1	0	0	0	115	322
小计	542	131	114	72	52	51	49	44	53	32	25	22	22	22	16	9	9	7	6	6	4	4	2	4	2	1	1	520	1822

(二)流放地之间的区域移动

此外还应注意,流放地之间亦存在明显的移动变化趋势,即某段时期集于东北,某个时间又转至西北。结合清代行政区划和地理情况,可将黑龙江、吉林、盛京划为东北地区,新疆归于西北地区,并将每年流人的戍地情况标识出来,形成清代流放区域年份分布图(如图1-3-4),可清晰观其流放集中地的转移状况。从图中可以看出,在康熙朝及之前,流放地完全分布在东北一带,尤以顺治六年(1649)至康熙元年(1662)最集中,并在顺治十五年(1658)达到顶峰,年流放东北61人次;康熙五十九年(1720),开始出现西北流放地,标志事件为西安将军席柱自备鞍马,被发往新疆阿尔泰军前效力。但一直到乾隆二十二年(1757),都只有零散人员遣戍于此。自乾隆二十二年(1757)起,流放集中区开始移至西北,标志事件乃湖北巡抚卢焯因贪赃而被流戍新疆巴里坤,自此直到同治元年(1862)的106年间,西北接收了大量流人,并在数量上占据绝对优势。其中,又以乾隆五十四年(1789)为最,年流放西北流人达37人次。从同治元年(1862)至光绪二十一年(1895)的34年间,出现了短暂的东北回流现象,但人数不多。最后的15年(光绪二十三年至宣统三年),则以西北作为清代流放制度的终结。可见清代流放地总体趋势为:集中东北——大规模西北——少量东北——少量西北。

将流放地的移动趋势具体到各朝,则可愈加细化其转移过程。从数据分布来看,天聪朝流人皆发往盛京,崇德朝除2人次不详外,其余6人次亦皆遣至盛京;顺治朝亦以盛京流人最多(98人次),占已知戍地流人总数(144人次)的68.05%,其余流人则分别发往吉林和京师。与崇德朝相比,流放地不局限于盛京,开始在东北散布开来,同时有向南零星移动之趋势,但总体仍停留在北方。康熙朝亦以盛京流人为最(49人次),吉林(47人次)、黑龙江(47人次)次之,其余流人则零散分布于新疆、甘肃、蒙古、京师、河南、广西诸省。与前朝相比,流放地仍集中于东北,但已向南移至河南甚至广西,并往西向蒙古、甘肃一带渗透。至雍正朝,发往黑龙江的流人最多(12人次),但优势不明显,随后的陕西(8人次)、蒙古(8人次)两地数量皆与之相近,此时流放地进一步向西聚集。同时,在福建、江苏、湖北、贵州四省亦出现首例流人,可见流人已开始向

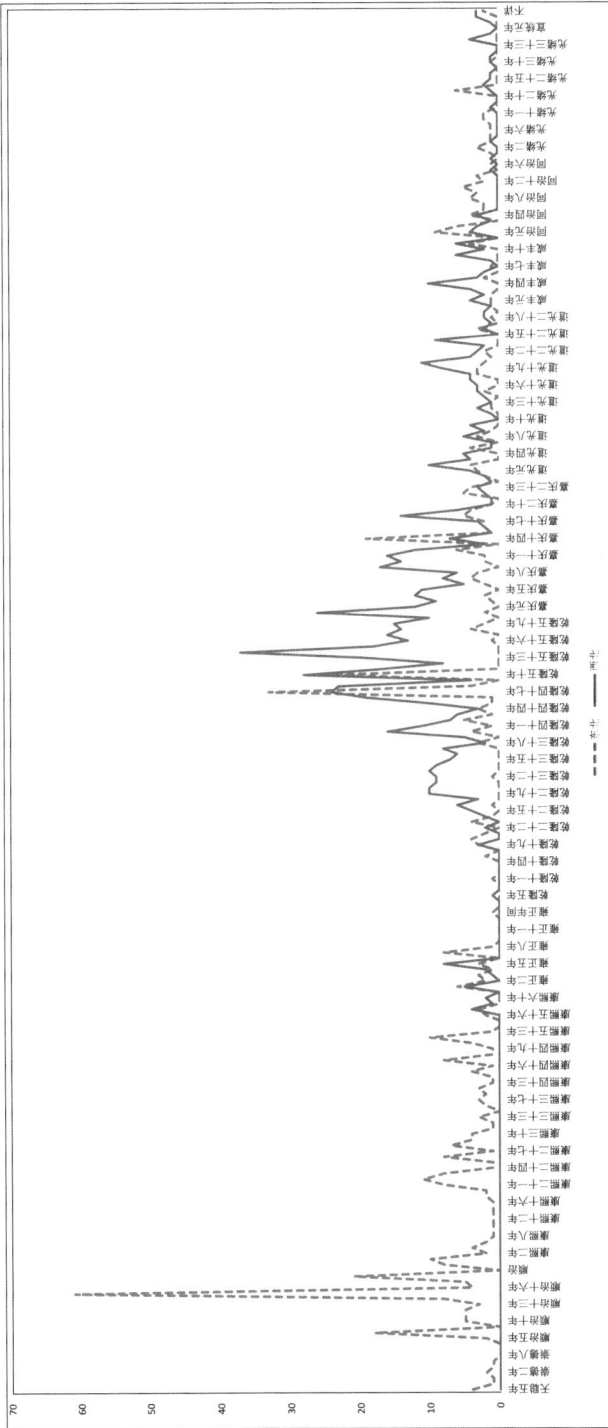

图1-3-4 清代流放区域年份分布图

沿海、内陆两个方向移动。乾隆朝流往新疆的流人数量激增，达442人次，分别占本朝(579人次)与全清(1500人次)已知戍地流人总数的76.34%、29.47%，均居榜首，足见此时流往新疆的绝对趋势。与之相应，流至盛京、吉林的流人较顺康两朝大为减少(分别为2、9人次)，发配黑龙江的流人虽仍不少(97人次)，但与新疆相比，难望其项背，此时流放地已基本移至西北；另，此时直隶、云南、浙江、四川、山东、西藏出现首例流人，表明戍地范围进一步扩散，基本囊括全国大部分区域。嘉庆、道光、咸丰三朝，流放地仍以遣戍新疆为主，分别为166、101、39人次，占本朝已知戍地流人总数①的67.2%、69.66%、79.59%，表明人数虽在递减，比重却在增加，流往西北之趋势愈加明显，与之相应，发往东北三省的流人则不断减少。此外，就流放地域的广度观之，除东北、西北角外，嘉庆朝其他流人只分布在直隶、陕西、云南、浙江、湖北五省，较乾隆朝的分布区域有所缩小，道光朝进一步缩至直隶、陕西两地，咸丰朝则仅剩甘肃，戍地缩减之趋势日益明显。至同治、光绪二朝，从流人分布密度来看，黑龙江一枝独秀，分别为37、19人次，占本朝已知戍地流人总数②的67.27%、44.19%，比重不小，表明流往东北的趋势开始回升。但此时发往新疆的流人也不少，分别为11、13人次，说明同光两朝，流人有向东北、西北共同流动之势，但以东北尤其黑龙江为主。从流人分布广度来看，此时较咸丰朝的地域范围有所扩大，除西北角外，直隶、云南、福建等地亦有流人分布。至宣统，零星的几个流人分散于新疆、甘肃等地，最后随着短暂宣统王朝的结束，流人放逐亦于1911年画上句号。

由此可见，清廷流放地域的转移可以康熙、乾隆、同治三朝为界，康熙朝之前，流人基本集于东北；康熙朝开始，流人向全国扩散；至乾隆朝，流人的集中密度和分布广度皆达高峰，并实现了流放地由东北向西北的转移；至同治、光绪朝，流人则从大规模的西北流动，变成少量的东北、西北方向，分布区域较乾嘉时期进一步缩减。

---

① 嘉庆、道光、咸丰三朝已知戍地的流放人次分别为247、145、49。
② 同治、光绪两朝已知流放地的流人分别为55、43人次。

三、流放文人的空间分布

清代共有流放文人 440 人次，除去戍地不详的 97 人次，剩余的 343 人次不均衡地分布在 18 个行政区中，平均约 19.06 人次。按各地人口稠密程度，可将这些地区分为五个梯度，第一是西北的新疆，遣戍 128 人次，占总数(440 人次)的 29.09%，接近 1/3；第二是盛京、黑龙江、吉林，合计 166 人次，占比 37.73%，超过 1/3，但平均各省仅 55.33 人次，远低于新疆；第三乃陕西、京师、蒙古，即地图中北部，流放 28 人次，占总数 6.36%，比例很小，各省均数仅为 9.33；第四为直隶、甘肃、云南、山西、江苏、浙江、河南、湖北、福建、广西、贵州 11 省，共计 21 人次，大部分省区只 1~2 人次，比重很小，甚至可忽略不计；第五即山东、安徽、江西、广东、湖南、四川、青海、西藏 8 省，数量为 0。

与全体流人的区域梯度相比，流放文人的分布梯度有明显变化，即同一梯度内的省区顺序有所调整，不同梯度包含的省区也发生了变化，具体可见表 1-3-3 和表 1-3-4)。

表 1-3-3　清代流人流放地分布数据表

梯度	流放地	人次	比例
第一	新疆	784	43.03%
第二	黑龙江	284	15.59%
	盛京	185	10.15%
	吉林	128	7.03%
第三	直隶	27	1.48%
	甘肃	20	1.10%
	蒙古	17	0.93%
	京师	12	0.66%
	陕西	12	0.66%

梯度	流放地	人次	比例
第四	山西	5	0.27%
	云南	5	0.27%
	福建	4	0.22%
	江苏	3	0.16%
	浙江	3	0.16%
	湖北	2	0.11%
	贵州	2	0.11%
	广西	2	0.11%
	四川	1	0.05%
	山东	1	0.05%
	河南	1	0.05%
	广东	1	0.05%
	西藏	1	0.05%
	不详	322	17.67%

表 1-3-4 清代流放文人流放地分布数据表

梯度	流放地	人次	比例
第一	新疆	128	29.09%
第二	盛京	81	18.41%
	黑龙江	46	10.45%
	吉林	39	8.86%
第三	陕西	10	2.27%
	京师	9	2.05%
	蒙古	9	2.05%

梯度	流放地	人次	比例
第四	直隶	5	1.14%
	甘肃	4	0.91%
	云南	3	0.68%
	山西	1	0.23%
	江苏	1	0.23%
	浙江	2	0.45%
	河南	1	0.23%
	湖北	1	0.23%
	福建	1	0.23%
	广西	1	0.23%
	贵州	1	0.23%
	不详	97	22.05%

首先，第一、二梯度的行政区不变，表明文人跟随整体人员的分布特征，依然集中在西北、东北两角。然而，因各省流人中文人所占比例大小有差，同一梯度内的顺序即有所变更，黑龙江、盛京、吉林三地流人总数分别为 284、185、128 人次，文人占其中的 16.20%、43.78%、30.47%，这就使得流放文人数量排序与整体流人相比发生了调整，盛京超过黑龙江，居于第二梯度第一的位置。基于同样的因素，其他梯度内部区域的排序亦发生变动，如整体流人的第三梯度中，蒙古高于京师、陕西，但至流放文人内，陕西略胜京师与蒙古。另，这种变化还造成第三、四、五梯度包含区域的变化，最明显的莫过于因文人比重较少，原属整体流人第三梯度的省区，变成了流放文人中的第四梯度，典型如直隶、甘肃两省，原属于第四梯度的山东、广东、四川、西藏四地，一变为无人区，降为

文人分布中的第五梯度。将流放文人的分布数据呈现在地图上（如图 1-3-5①），可以发现其特点大体与全体流人相符，即集中于西北、东北两角，并呈由外向内、从北往南减少之趋势。只是与全体流人分布图相比，因第五梯度数量增加，所以空白区增多。

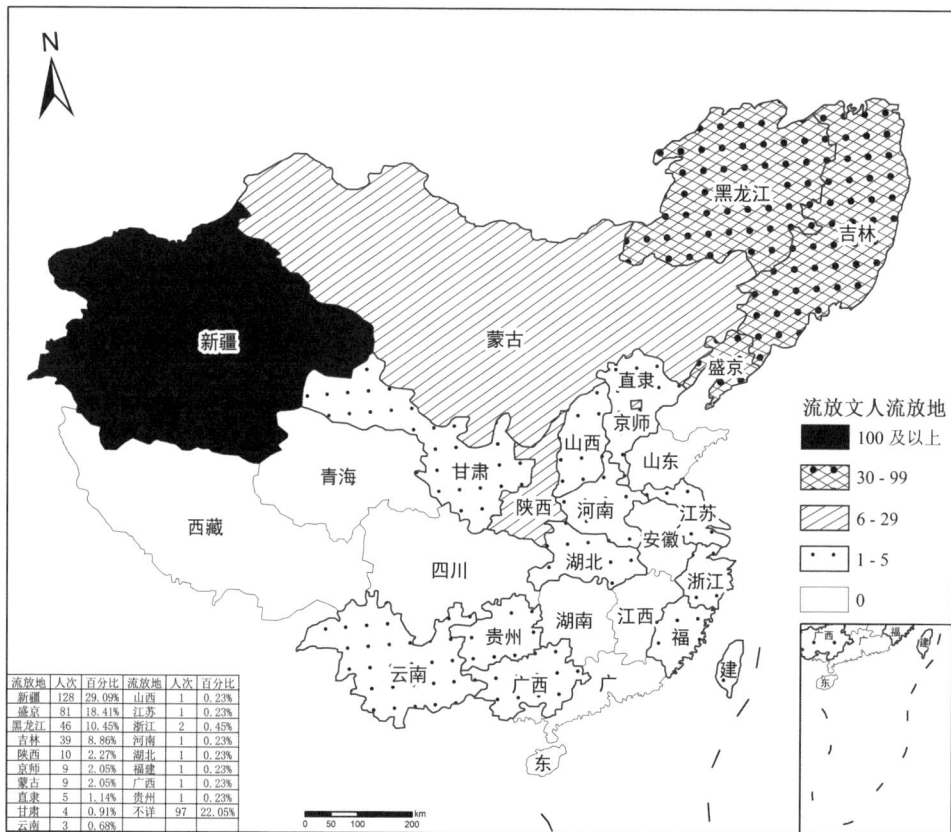

流放地	人次	百分比	流放地	人次	百分比
新疆	128	29.09%	山西	1	0.23%
盛京	81	18.41%	江苏	1	0.23%
黑龙江	46	10.45%	浙江	2	0.45%
吉林	39	8.86%	河南	1	0.23%
陕西	10	2.27%	湖北	1	0.23%
京师	9	2.05%	福建	1	0.23%
蒙古	9	2.05%	广西	1	0.23%
直隶	5	1.14%	贵州	1	0.23%
甘肃	4	0.91%	不详	97	22.05%
云南	3	0.68%			

流放文人流放地
- 100 及以上
- 30 - 99
- 6 - 29
- 1 - 5
- 0

图 1-3-5　清代流放文人流放地分布图

结合文人籍贯观察，440 人次中，有旗籍 55 人次，不详 38 人次，剩余 347 人次分布在 21 个行政区和 1 个附属国中，各地平均 15.77 人次，约为全体

---

① 分布图中的数据来源于后文所附《清代实名流人情况表》，底图出自谭其骧主编：《中国历史地图集 第八册：清时期》，第 3~4 页，分布图则在底图的基础上勾勒而成。

流人各地平均值(29.23人次)的一半。据人数多寡,同样可分为五个梯度,第一梯度为浙江、江苏,两省数量相当,合计147人次,占总数(440人次)的33.41%,将近一半,属文人流放来源的密集区。第二梯度是山东、安徽、直隶、江西4省,人次皆在20~35,合计117人次,均值29.25人次,接近全国各地平均值的2倍,属文人流放来源的次密集区。第三梯度乃福建、湖南、河南、山西、陕西、湖北、四川、广西、广东9省,人次在5~11,合计70人次,各地均数约7.78人次,仅为全国平均值的一半左右,可称作分散区。第四梯度则是贵州、云南、盛京、甘肃、京师、新疆6省和越南,合计仅13人次,均值约2.17人次,不足全国平均数的1/7,可称作稀疏区。剩余的黑龙江、吉林、蒙古、青海、西藏,数量为0,可谓无人区。

　　与全体流人相比,文人的分布特点大同小异(见表1-3-5和表1-3-6)。首先,梯度内部的区域顺序亦有变化,如第三梯度中,广东流人总量高于湖北、四川、陕西,但后三省的文人数量却高于前者。其次,就每个梯度所含区域来看,除第一梯度外,其他皆有调整,如原属全体流人籍贯分布第二梯度的福建、河南,在流放文人籍贯分布中降为第三梯度,原在前者第四梯度的广西,则升为后者的第三梯度,而原属前者第四梯度的朝鲜、青海、意大利,则一变为后者的无人区。由此而形成的流放文人籍贯地分布图(如图1-3-6①),可以发现其分布图与全体流人有相似之处,即皆以江浙为中心,向南、北、中三个方向辐射开,离中心越远,分布越稀疏。然与之相比,流放文人分布图有更多的行政区不参与其中,因此空白部分增多,呈现的形状更偏于波浪形而非扇形。

表1-3-5　清代流人籍贯地分布数据表

梯度	籍贯	人次	比例
第一	浙江	131	7.19%
	江苏	114	6.26%

---

　　①　分布图中的数据来源于后文所附《清代实名流人情况表》,底图出自谭其骧主编:《中国历史地图集　第八册:清时期》,第3~4页,分布图则在底图基础上勾勒而成。

续表

梯度	籍贯	人次	比例
第二	福建	72	3.95%
	山东	53	2.91%
	河南	52	2.85%
	安徽	51	2.80%
	直隶	49	2.69%
	江西	44	2.41%
第三	湖南	32	1.76%
	广东	25	1.37%
	山西	22	1.21%
	湖北	22	1.21%
	四川	22	1.21%
	陕西	16	0.88%
第四	贵州	9	0.49%
	云南	9	0.49%
	广西	7	0.38%
	京师	6	0.33%
	甘肃	6	0.33%
	盛京	4	0.22%
	西藏	4	0.22%
	朝鲜	4	0.22%
	新疆	2	0.11%
	越南	2	0.11%
	青海	1	0.05%
	意大利	1	0.05%
	旗籍	542	29.75%
	不详	520	28.54%

表 1-3-6 清代流放文人籍贯地分布数据

梯度	籍贯	人次	比例
第一	浙江	74	16.82%
	江苏	73	16.59%
第二	山东	34	7.73%
	安徽	34	7.73%
	直隶	26	5.91%
	江西	23	5.23%
第三	福建	11	2.50%
	湖南	10	2.27%
	河南	9	2.05%
	山西	8	1.82%
	陕西	8	1.82%
	湖北	7	1.59%
	四川	6	1.36%
	广西	6	1.36%
	广东	5	1.14%
第四	贵州	3	0.68%
	云南	3	0.68%
	盛京	2	0.45%
	甘肃	2	0.45%
	京师	1	0.23%
	新疆	1	0.23%
	越南	1	0.23%
	旗籍	55	12.50%
	不详	38	8.64%

　　而至于流放文人籍贯与戍地的相互关系，大致与全体流人的特征相似，这里便不再展开论述。

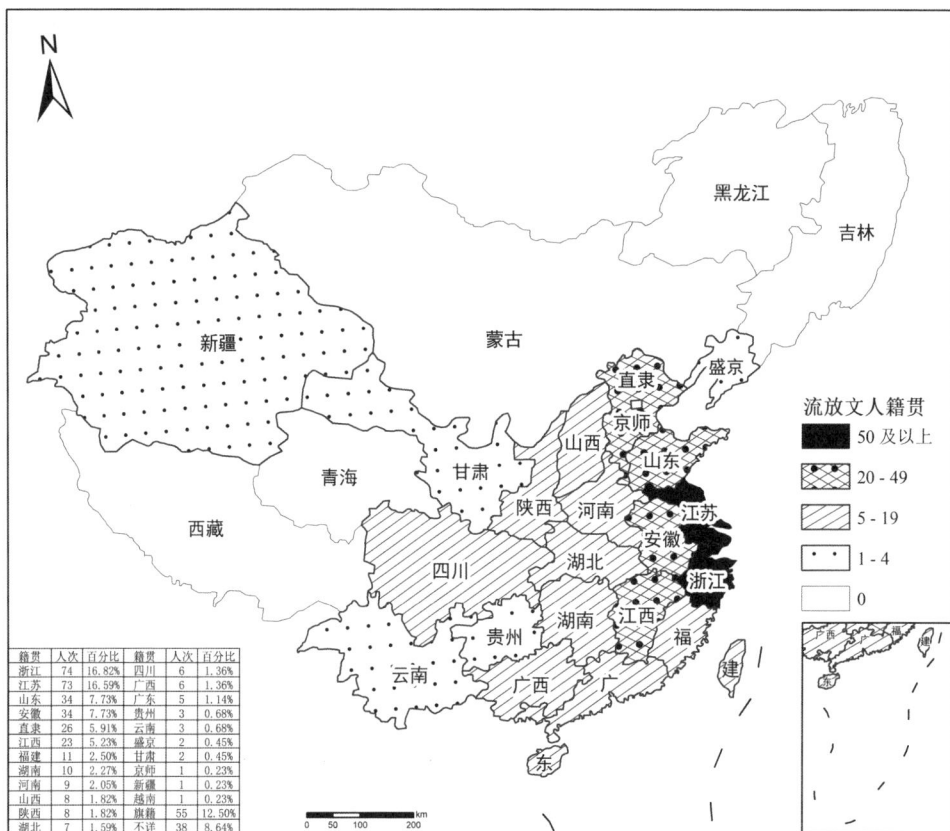

籍贯	人次	百分比	籍贯	人次	百分比
浙江	74	16.82%	四川	6	1.36%
江苏	73	16.59%	广西	6	1.36%
山东	34	7.73%	广东	5	1.14%
安徽	34	7.73%	贵州	3	0.68%
直隶	26	5.91%	云南	3	0.68%
江西	23	5.23%	盛京	2	0.45%
福建	11	2.50%	甘肃	2	0.45%
湖南	10	2.27%	京师	1	0.23%
河南	9	2.05%	新疆	1	0.23%
山西	8	1.82%	越南	1	0.23%
陕西	8	1.82%	旗籍	55	12.50%
湖北	7	1.59%	不详	38	8.64%

图 1-3-6　清代流放文人籍贯分布图

此外，从本书研究重点出发，同样还应注意有流放相关创作的文人空间分布特点。在 440 人次中，确定有创作的 341 人次（有别集 226 人次），其中与流放相关为 202 人次（有别集 148 人次），是本书的主要关注对象。在 202 人次中，除去戍地不详的 25 人次，其余 177 人次流放至新疆、盛京等 12 个省区，其中新疆、盛京、黑龙江、吉林分别有 52、53、25、20 人次，合计 150 人次，占总数（202人次）的 74.26%，可见西北、东北一带乃流放作品的集中产区。另从图 1-3-7 可以看出，在戍地分布上，流放文人、有流放创作、有流放别集的分布趋势基本一致，即从新疆、盛京到黑龙江、吉林，呈下降走态。但若从地理方位观之，新疆所在的西北一带，其流放文人数量及相关创作、别集分别为 128、52、44，低于盛京、黑龙江、吉林所在的东北地区。由此可以得出，清代流人文学研究的流放区域重心在东北、西北，又以东北为主。

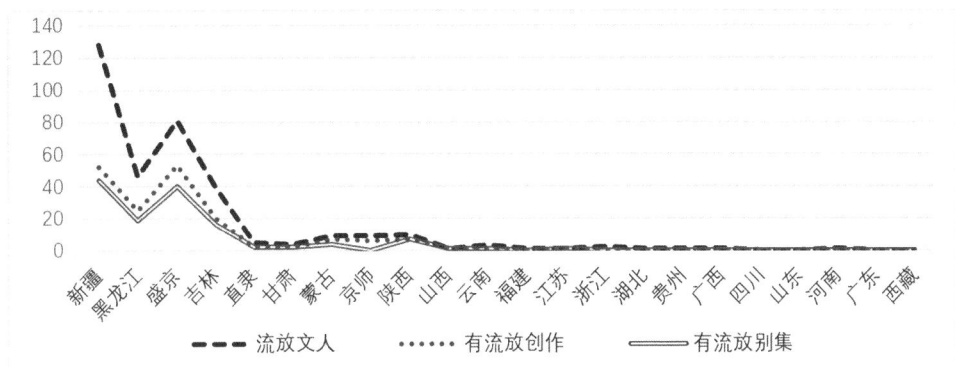

图 1-3-7 清代流放文人及其相关创作的戍地分布图

从文人籍贯来审视，清代有流放创作的 202 人次中，除去籍贯不详的 4 人次，其他 198 人次来自全国 19 个行政区（如图 1-3-8），其中江苏、浙江、安徽位列前三名，分别有 46、43、20 人次，占总数（202 人次）的 53.96%，相应的别集人次为 30、31、15，占已知籍贯总数（147 人次）的 51.7%，集中了一半以上的流放作品，其他籍贯区的流放创作则相对较少。通过与籍贯区流人、文人数量相比，会发现其作品的数值与流人乃至文人的数量排序皆有差别，尤在旗人上表现明显。在流人总量中，旗人有 542 人次，占总数（1822 人次）的 29.75%，远高于

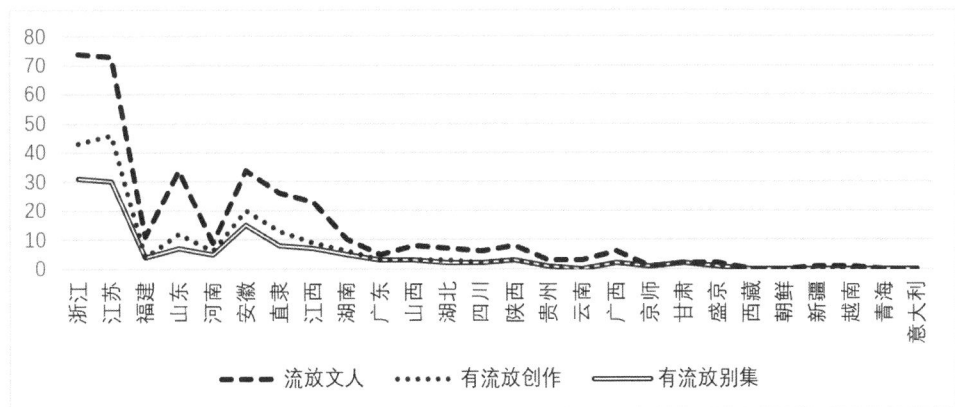

图 1-3-8 清代流放文人及其相关创作籍贯地分布图

其他各省。但在文人数量中，仅有 55 人次，低于浙江和江苏，在创作上，又被安徽超过。由此可以得出：流人创作主要来自汉人，又以江南一带(包括浙江、江苏、安徽)的文人为重。

据此，结合文人及其流放创作的空间分布状况，可知来自江南，并遣往东北、西北的文人及其作品，乃清代流人文学研究之要点，又以东北为重。其中的典型包括孙旸《孙蔗庵先生诗选》，吴兆骞《秋笳集》，方拱乾《出关集》《入关集》《绝域纪略》，祁班孙《紫芝轩集》，方登峄《述本堂诗集》，方式济《出关诗》，张光藻《北戍草》等，皆是从江南戍往东北一带的流放作品。而曹麟开的《塞上竹枝词》《新疆纪事诗》，蒋业晋的《出塞草》，邓廷桢的《双砚斋诗钞》等，乃自江南出发，荷戈西北所作。

综上所述，前中期从江南流戍到东北、西北的文人及其作品，是清代流人文学研究的重点，又以前期的东北为最。据此，结合其流放原因，下文则分别选取清初由南往北的遗民流人、清前期自江南到东北的科场案流人、前中期从江南至东北和西北的文字狱流人、中后期的中西冲突流人为研究对象，点、线、面结合，通过对典型群体的分析，以窥清代流人文学之特点。

第二章　清初遗民流人的北地遣戍与身体书写

　　明万历皇帝自十四年(1586)起，倦怠朝政，静摄深宫，30 年不上朝，[1] 以致"神宗末年，废坏极矣"[2]。泰昌皇帝登基未足月而崩，"措施未展，三案构争，党祸益炽"[3]。天启帝又好于木技，皇权旁落，朝野党争不断。诸多积弊，终在崇祯朝爆发。自朱由检继位以来，虽励精图治，立志中兴，然内有东林党文官集团之斗争，外有努尔哈赤后金军与李自成农民军之威胁，且宁远、松山诸战连绵不绝，饥荒、瘟疫等灾祸横行，大明王朝处在内忧外患、风雨飘摇之中。此间，明朝、大顺、大清三股势力交战不止，互有胜负。随着李自成攻克帝京、崇祯自缢，明王朝大厦既倾；后李自成败走武昌，大顺政权覆灭；清朝则入主华夏，继明而统摄中原。

　　在新旧交替的朝代变革中，有一批明朝旧人，如张春、释函可、祁班孙、杨越及郑芝豹一家，因忠于旧朝、参与抗清而被清廷远戍东北；又有诸生苗君稷及宋蕙湘、赵雪华、叶齐、吴芳华、王素音等南国女子，因清军攻陷南明而被掳北行。其中曲折，简述如下：

　　张春(1565—1640)，字景和，号泰宇，陕西西安同州(今陕西省大荔县)人，官至明朝永平兵备参议、太仆少卿。天聪五年(1631)，清兵围大凌河新城，张春率兵驰援，战败被俘，被软禁于盛京三官庙。皇太极对其礼遇有加，但张春誓不

---

　　① 万历十四年(1586)起，明神宗开始怠政，不上朝、不接见阁臣、不参加祭祀大典，即所谓"不郊不庙不朝者三十年，与朝廷隔绝"(孟森撰：《明史讲义》，上海古籍出版社 2002 年版，第 255 页)。

　　② (清)张廷玉等撰：《明史》卷二二，第 306 页。

　　③ (清)张廷玉等撰：《明史》卷二一，第 295 页。

投降，于崇德五年(1640)十二月十三日忧愤而死，康熙三十年(1691)归葬。

释函可(1612—1660)，字祖心，号剩人，广东惠州博罗人。因撰写《再变纪》记录抗清事件，于顺治五年(1648)被捕，并流徙盛京。流戍期间，他积极弘扬佛法，并创建东北首个诗社——冰天诗社。顺治十六年(1659)腊月初四日，①函可圆寂于戍地。

祁班孙(1635—1673)，字奕喜，山阴(今浙江绍兴)人，南明弘光朝苏松巡抚祁彪佳之次子，其父为国殉难后，举家不应科考，绝意仕途。他曾与祁理孙毁家纾难，力图复明，康熙元年(1662)，因联络海上抗清武装张煌言、郑成功事泄被捕(浙东通海案)，流放宁古塔。康熙三年(1664)三月，又被发配至兀喇(吉林乌拉)，入吉林水师营。康熙四年(1665)十月，祁班孙从戍地逃归，剃度吴县尧峰，住毗陵马鞍山寺，人称"咒林明大师"。

杨越(1622—1691)，原名杨春华，字友声，山阴(今浙江绍兴)人，南明诸生。明亡后散资结客，与祁班孙诸人致力反清。康熙元年(1662)，因浙东通海案牵连被流放宁古塔，改名越，康熙三十年(1691)十一月于此地卒。

郑芝豹(生卒年不详)，字曰文，号若唐，泉州府南安县安平港(今福建省晋江市安海镇)人，崇祯年间官水师副总兵。明亡后效力隆武政权，任左都督，封澄济伯。郑芝豹乃郑成功之叔父，因举家抗清，其与郑世忠、郑世恩、郑世荫、郑世默等家族成员，均于顺治十四年(1657)被流放至宁古塔，并多死于戍地。

苗君稷(1620—1691之后)，字有郤，号焦冥，北京昌平人。明朝诸生，文章议论颇得乡人器重，且与时人高士奇、龚鼎孳等多有交往。后因时事变故，遭逢多难，于崇德年间被清兵掳至辽东，屡拒出仕，自请入盛京三官庙为道士。自此，他除中途三次返乡，大半生皆在辽东度过，流寓达50多年，并与函可、郝浴、方拱乾等东北流人多有诗词唱和。

宋蕙湘(1631—不详)，金陵(今江苏南京)人，南明弘光朝宫女；叶齐，字思任，扬州人，吴尔高之妻；赵雪华，不知何许人。这三人皆于顺治二年

---

① 此为农历，按阳历应是1660年，所以现在一般将其卒年标为1660。

(1645)，在清兵攻陷南京时被掳至京师。吴芳华，武林（今浙江杭州）人，康某之妻；叶子眉，广陵（今江苏扬州）人，弘光西宫才人，两人分别于顺治三年（1646）、五年（1648）遭清兵掳掠北行。王素音，湖南长沙人，亦于顺治初年被掳。

从以上诸人经历可知，他们皆是被强制迁移的流人，并兼其遗民之身份。关于"遗民"的概念，以往学者已有较多探讨，① 可归纳如下：就时间来看，遗者，留也，即遗民须处易代之际；按类型可划分为三种：一则泛指后裔；二指亡国之民，即前朝留下的百姓；三是改朝换代后不仕新朝之人。由此观之，以上所述流人大多处明末清初的易代之际，其中宋蕙湘、赵雪华等江南女子，以及冰鬼、石子等冰天诗社成员，② 还有因清军攻陷而被掳去的苗君稷，属第二类。函可、祁班孙等，其坚决拥护旧朝、抵抗新廷之行为，符合第三类遗民的定义，且有诗收录于清人黄容《遗民录》、卓尔堪《明遗民诗》中，可确定其遗民身份。另有流人张春，其遣戍期间虽明朝尚存，但他不屈于后金诱降，在明廷将亡而坚守忠贞，甚至为之就义，实与不仕新朝之遗民无异，因此也应归属第三类。这两类遗民流人在时空分布上存在细微差异，第二类流人以南国女子为主体，她们于顺治初年被掳去，其后生死未卜，流放时间长短不得而知；在空间移动上，她们从江南被带至华北（京师），属较短距离的流放。第三类流人的分布时段较广，自天聪五年的张春、顺治五年的函可，一直到顺治十四年的郑芝豹一家、康熙初年的祁班孙、杨越等，时间跨度 30 多年；就其流放时长而言，他们基本是被终生流放。就空间分布来看，其籍贯不一，从江南（祁班孙）到闽南（郑芝豹一家）乃至岭南（函可），散布于东南一带；其流放地则集中在盛京、宁古塔等东北区域，因此

---

① 其中包括古代顾炎武《广宋遗民录·序》、邵廷采《宋遗民所知传》以及卓尔堪《明遗民诗》、黄容《明遗民录》、张其淦《明代千遗民诗咏》等，都对"遗民"的概念有所界定；今人则有张兵的《遗民与遗民诗之流变》一文、赵园的《明清之际士大夫研究》一书等作了梳理，皆可参看。

② 据何宗美考证，冰天诗社成员除函可、苗君稷外，还有"涌狂""大铃""正羞""镇君""希与""锦魂""青草""雪蛆""冰鬼""石人""沙子""狂封""不二""丁仙"等人，这些人虽实名难考，但可基本确定为遗老流民，具体可参看何宗美：《明末清初文人结社研究》《冰天诗社成员略考》，南开大学出版社 2003 年版，第 375~380 页。

流动方向大体是从东南至东北。尽管两类遗民流人在遗民类型及时空分布上存在细微差别，但"忠于故国"是他们始终的恪守，且遗民身份亦是其区别于其他类型流人(如科场案、文字狱流人)最突出的特点。因此，放置于整个清代流人史中进行观照，其内在之共性显然更突出。此外，两者在流放时间上虽有差异，但无疑皆处明末清初的易代之际，这就使其创作有了共同的时代背景；在空间移动上，无论从江南往华北，还是自东南至东北，其整体方向皆从南向北，从而促使其地域书写上的渐趋相近。因此，下文将此二类视为一整体，即遗民流人群体，通过文本以窥其心迹。

从其创作来看，他们大多有流放相关作品，其中函可、苗君稷、祁班孙所作诗文较多，并有《千山诗集》二十卷①、《焦冥集》二卷②、《紫芝轩集》一卷③等别集留存；其他人则作品较少，宋蕙湘等女子④有题壁诗一二首，冰天诗社成员则存只言片语⑤，其他如张春⑥、杨越⑦等亦只存零星诗歌，因此，函可、苗君稷、祁班孙及其流戍文本，是本章研究之重。从文本容量来看，函可《千山诗集》收诗 1432 首，主要记其流放期间的所见所感，按内容可分为三类：一是写景咏物之作，诗如《雪花歌》《山雪歌》等写东北独有之雪景；二是感伤述怀之作，包括

---

① 《千山诗集》二十卷，基本作于流放期间。今人整理本较多，包括 2007 年杨辉校注的《千山诗集校注》、2008 年台湾"中央"研究院整理的《千山诗集》、2011 年李兴盛整理的《千山诗集 不二歌集》和 2015 年张红等人点校的《函可和尚集》，本书采用李兴盛的整理本，即(清)释函可，(明)张春著，李兴盛整理：《千山诗集 不二歌集》，黑龙江大学出版社 2011 年版。

② 《焦冥集》的古籍本藏在广东中山图书馆，为孤本，收在《中国古籍珍本丛刊 广东省立中山图书馆卷》第 53 册，同时今人整理的《沈阳历史文化典籍丛书(第六辑)》也有收入，本书采用中山图书馆所藏版本。

③ 《紫芝轩集》与流放有关，收在《清代诗文集汇编》798，名为《紫芝轩逸稿》，书中所引用的祁班孙诗歌皆出自此书。

④ 宋蕙湘、叶子眉之作分别见于《明季南略》卷六、卷十三，吴芳华、王素音之诗收录于施淑仪主编的《清代闺阁诗人征略》卷一，叶齐、赵雪华之诗难寻其迹，李兴盛所著的《中国流人史》有将其载入。

⑤ 冰天诗社成员的诗歌皆收在今人李兴盛整理的《千山诗集 不二歌集》中。

⑥ 张春的流放诗文收在今人李兴盛整理的《千山诗集 不二歌集》中。

⑦ 杨越的流戍诗歌收在李兴盛的《历代东北流人诗词选注》中。

"家乡已荡尽，胡为身独留？"①"乡邑久已破，眼中无别亲"②等家国破碎的悲号，以及"僧老身易槁，雪薄骨成尘"③"何为弃道途，隐没众草并"④等对自身命运的哀叹；三是赠答唱酬之作，有《木公以闽茶寄山中感赋》《辛卯寓普济作八歌》诸篇。函可因留存诗歌丰富，且兼具僧侣、遗民、流人多重身份，因此吸引较多研究者关注。目前对函可的探究，既有从宗教视角出发的，⑤亦有从遗民和流人角度进行切入。⑥早期研究多为史实考述，如陈寅恪、谢国桢、李兴盛等人，⑦随后是宗教学、文学层面的分析，前者如台湾的杨燕韶，后者有何宗美、李舜臣等。前人的爬疏和探索，使函可研究日趋深入，但从文学层面来看，大多采用传统的文本分析法，并得出基本相似之结论，⑧在考察流放给函可带来的书写转变和心态影响方面，略显不足。如同属遗民，处于明末清初的函可与其他易代之际的遗民相比，有何不同？同为流人，作为遗民的函可又与清前中期科场案、文字狱流人有何差异？遗民与流人这两重身份，在他身上是如何交融与呈现的？这些复杂因素都需深入挖掘，惜乎现今未有此方面的细致探究。苗君稷的《焦冥集》收诗438首，除少部分中途归家所作外，其余基本为流放时期的作品。其诗歌内容与函可相近，亦可分为三类："白雪滴金茎，春风满禁城"⑨"穷阴瞑不散，辽左雨淋漓"⑩等写东北之景；"半生方几许，短发渐飘萧。只恐霜前雁，衔愁又度辽"⑪"时序

---

①　（清）释函可著，李兴盛整理：《千山诗集》卷二《静夜吟》，第 26 页。

②　（清）释函可著，李兴盛整理：《千山诗集》卷四《尸林行后作》，第 74 页。

③　（清）释函可著，李兴盛整理：《千山诗集》卷三《雪晴见月》，第 58 页。

④　（清）释函可著，李兴盛整理：《千山诗集》卷四《豆叶》，第 67 页。

⑤　这方面的研究有：杨燕韶著：《明季岭南高僧：函可和尚的研究》，文史哲出版社 2013 年版；胡晓婷：《诗与禅——函可禅诗研究》，广州大学硕士论文，2013 年；等等。

⑥　严迪昌《清诗史》、刘世南《清诗流派史》、何宗美《明末清初文人结社研究》、时志明《山魂水魄 明末清初节烈诗人山水论》等著作都有论及函可，侧重其遗民身份；李舜臣所编《岭外别传 清初岭南诗僧群研究》、邱林山的论文《遗民诗僧函可与清初诗坛》等，则注意到他作为遗民和流人的双重身份。

⑦　陈寅恪的《柳如是别传》、谢国桢的《清初东北流人考》以及李兴盛的《东北流人史》《中国流人史》都有对函可的生平行迹进行考述。

⑧　如基本将函可的创作、行为、心态等，归结于他坚贞不屈的气节、忠于故国的思想。

⑨　（清）苗君稷：《焦冥集》卷一《春兴四首》，第 126 页。

⑩　（清）苗君稷：《焦冥集》卷一《苦雨》，第 126 页。

⑪　（清）苗君稷：《焦冥集》卷一《中秋》，第 124 页。

何尝促，年光我自催。独怜残夜咏，不共故人裁"①等，抒发自怜、思乡之情；《戊戌清明后一日送剩公归山》《怀铁岭诸君子》《赠坦庵方公》等，乃赠答之作。目前对苗君稷及其作品的研究较少，主要有刘刚的博士学位论文《顺治朝东北贰臣流人和方外流人研究——以陈之遴和苗君稷为个案的考察》，该文对苗氏生平、交游及辽东生活做了细致考察，对其流戍心态亦有阐述，惜其偏重历史文献层面，文学探究显得不足。祁班孙的《紫芝轩逸稿》收录流放诗作52首，其中《迁所十五首》等侧重戍地风景描写，"寒冰结马尾，巉雪摧车轮"②"山花开野甸，飞来常覆茵"③等，分别展现了东北独有的气候与花草；《有怀》《听笛十韵》为述怀之作："春晚愁珠阁，妆成却翠屏。……玉塞凭高望，金鸿入夜听"④"急管度离亭，愁曾掩泪经……迟回昔别路，何处感飘零"⑤等，满怀思乡不得归的悲婉愁绝；《复还兀喇留别松陵吴生感怀凤昔率成三十五韵》《寄陶十七甥》则属赠答唱酬之诗。可见其流放文本的主要内容，仍不出函、苗二人之范畴。然祁氏的生平资料与所存作品不多，因此少有研究涉及，⑥ 且多限于生平和诗歌的大致梳理。其他流人如宋蕙湘、张春、杨越诸人，因生平不详、文本稀少，相关研究更是难觅。另外，就整体而言，以往研究常将这些遗民流人归入清初流人群体中，⑦ 注重他们与其他流人的共性，而非挖掘其个性，显然无法凸显其特征。因此，细致而深入地探究这些遗民流人，尤显必要。

---

① （清）苗君稷：《焦冥集》卷一《癸卯除夕感怀》，第 137 页。

② （清）祁班孙：《紫芝轩逸稿》《迁所十五首·六》，《清代诗文集汇编》编纂委员会编：《清代诗文集汇编》798，第 10 页。

③ （清）祁班孙：《紫芝轩逸稿》《迁所十五首·一》，《清代诗文集汇编》编纂委员会编：《清代诗文集汇编》798，第 9 页。

④ （清）祁班孙：《紫芝轩逸稿》《有怀》，《清代诗文集汇编》编纂委员会编：《清代诗文集汇编》798，第 3 页。

⑤ （清）祁班孙：《紫芝轩逸稿》《听笛十韵》，《清代诗文集汇编》编纂委员会编：《清代诗文集汇编》798，第 4 页。

⑥ 目前主要是期刊论文《祁班孙交游考》（刘彭冰、陈晨，《古籍研究》2007 年第 2 期）和硕士论文《明遗民文人魏耕、祁班孙研究》（张哲，上海大学 2008 年）。

⑦ 有谢国桢的《清初流人开发东北史》、何宗美的《明末清初文人结社研究》等著作，姜雪松的《清初东北流人诗初探》、杨丽娜的《清代东北流人诗社及流人诗作研究》等学位论文，以及刘磊、王珏的《清初流人诗与东北地域文化的"疏"与"合"》等期刊论文。

通过对科场案、文字狱流人与以函可为代表的遗民流人进行比较，可以发现，在流放文本中，遗民流人于身体器官及相关词汇的书写频率远高于前两者（如图 2-0-1①），可见身体书写是其最重要的特点之一。在社会权力体系中，身体不仅仅是肉体，正如诸多学者所指出的："肉体也直接卷入某种政治领域"②"你的细胞与思想之间存在着极为直接的相互关系，而且超出你想象的程度"③，人的身体会被作为象征符号，表达社会结构和人们的宇宙论。④ 可见，借助流人的身体书写，可进一步还原其生活的政治场域，解构其中的权力关系，透视其背后潜藏的人物思想与心灵轨迹。

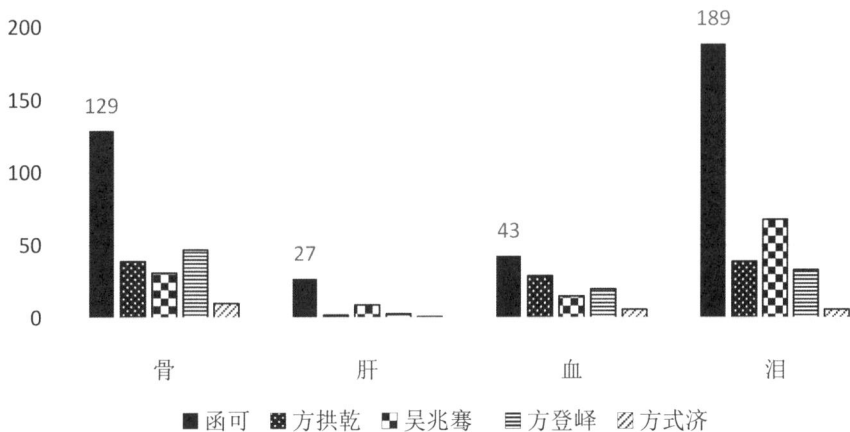

图 2-0-1　清代东北流人身体书写高频词图

① 清代东北流人的流放创作中，函可有诗歌约计 85339 字、方拱乾 73559 字、吴兆骞诗文 73450 字、方登峄 34287 字、方式济 7912 字。其中，"骨""肝""血""泪"在函可流放诗歌中分别出现 129、27、43、189 次，在五人中最高。且从身体书写占自身流放创作比重看，这四字在五人流放文本中共计出现 388、109、123、103、23 次，分别占比约 0.45%、0.15%、0.17%、0.3%、0.29%，函可依然高居榜首。

② ［法］米歇尔·福柯著，刘北成、杨远婴译：《规训与惩罚 监狱的诞生》（修订译本），生活·读书·新知三联书店 2012 年版，第 27 页。

③ ［美］肯·戴奇沃迪著，邱温译：《身心合一》，当代中国出版社 2010 年版，第 22 页。

④ ［英］玛丽·道格拉斯（MARY DOUGLAS）著，赵玉燕译：《自然象征 宇宙论的探索》，商务印书馆 2023 年版，第 88～105 页。

　　回顾历史可以发现，早在宋末元初之际，家铉翁①、文天祥②、汪元量③、谢枋得④等南宋士人，就因宋朝灭亡而成遗民，并被元廷押送北上。他们和明末清初遗民流人一样，面对异族入侵之境况，遭受国破家亡、流徙北地之双重痛楚，并于途中写下诸多北行诗篇。就身份而言，他们与函可等人同属遗民，虽然并非严格意义上的流人，然其被异族统治者强制迁移的经历、从高到低的地位变化、徙居异地的盼归之思等，实与流人无异，因此可将他们称为"类流放"人员。⑤ 而与明末宫女相似，宋末之王清惠⑥等宫中女子，亦被押解至京城，留下凄婉的题壁诗。那么，在相似的历史背景和情感表达之下，两者又有何区别呢？本章即以宋末元初类流放人员（为叙述方便，下文统称为宋末元初遗民流人）为

---

　　① 家铉翁（1213—1297），号则堂，眉州眉山（今四川眉山市）人。宋理宗时以荫补官，赐进士出身，官至端明殿学士兼签书枢密院事。德祐二年（1276）二月初六北行赴元，以请元送回宋宗室，其间宋亡，闻之大哭，元人欲官之，不受，被元人监禁。前两年被禁在大都、渔阳，解禁后，自燕徙瀛，开始了长达近十七载羁縻河间生活，直到元世祖至元三十一年（1294）六月始得还乡。有《则堂集》六卷，里面主要是他羁旅北方时候的作品，本书所引用的家铉翁诗歌如无特别说明，皆出自《则堂集》（《钦定四库全书》本）。

　　② 文天祥（1236—1283），初名云孙，字宋瑞，又字履善。道号浮休道人、文山，吉州庐陵（今江西省吉安市）人。状元出身，官至右丞相兼枢密使。在宋末元军入侵之际，文天祥毁家纾难，率兵勤王，于祥兴元年（1278）在五坡岭被俘，被押解至元大都，囚禁达三年之久，誓死不屈，于元世祖至元十九年十二月（1273）从容就义。其在北徙期间，有《指南录后序》三卷、《吟啸集》一卷，经后人整理，收在《文天祥诗集校笺》中。本书所引用的文天祥诗歌如无特别说明，皆出自《文天祥诗集校笺》第3册（文天祥撰，刘文源校笺，中华书局2017年版）。

　　③ 汪元量（约1241—约1317），字大有，号水云，钱塘（今浙江杭州）人。宋时以晓音律、善鼓琴供奉内廷，宋亡后，他与三宫被元人一起迁往大都，从元世祖至元十三年（1276）五月初二至大都，到二十五（1288）年九月南归，他滞留北地十多年，以其琴声伴随宋室三宫，并曾去狱中探望文天祥。在北徙期间，他写下了诸多诗篇，收在《湖山类稿》《水云集》中，今人整理有《汪元量集校注》（胡才甫校注，浙江古籍出版社1999年版），本书所引用的汪元量诗歌如无特别说明，皆出自此书。

　　④ 谢枋得（1226—1289），字君直，号叠山，信州弋阳（今江西省弋阳县）人。宝祐四年（1256）与文天祥为同科进士，先后任抚州司户参军、江东提刑、江西招谕使等职。他参与抗元斗争，终因寡不敌众而失败，于是隐姓埋名，逃亡福建。元统一中原后，派人诱降，谢枋得严词拒绝，并写《却聘书》。元世祖至元二十三年（1286）十月十八，谢枋得被强制押往大都，绝食五天而死。著有《叠山集》。

　　⑤ 本书第三节所涉及的李煜、苏武亦属于此类。

　　⑥ 王清惠，生卒年不详，宋代昭仪。临安沦陷后，与汪元量等人随同宋室被遣往大都，途经汴梁夷山驿站时，作题壁词《满江红·太液芙蓉》，传遍中原。

参照，从身体文化学的视角切入，探析明末清初遗民流人独特的流放书写与遣戍心态。

第一节　寒侵·冷地·冰心：流人的寒冷体验与北方抗拒

从图 2-1-1①可以看出，在遣戍东北的三类流人群体中，以函可为代表的清初遗民在寒冷书写之频率上远高于前中期的科场案和文字狱流人。其中，又以感觉体验中的"寒"与冰冷意象之"雪"最为突出，分别达 304 次和 464 次，兼具知觉与意象的"冰"字亦达 122 次。可见，在东北流人的异域感知中，"寒冷"乃明末清初遗民流人最显著之特点。通过比对宋末元初遗民流人文的本会发现，同处于朝代更替之际、冰冷之期②的他们，亦频繁书写身体的寒冷感知。那么，这些关于身体的知觉传达着怎样的信息呢？对此，汪民安在解读福柯身体学时曾指出："身体更多是被动性的，它不是改变世界，而是消极但又敏感地记录、铭写、反射世界。他们都将身体和社会、制度、律法、权力关联起来，将身体作为一个重要的楔子插入社会之中。"③由此观之，流人的身体之寒，不仅仅停留于记录东北的气候特征，还交杂着政治与权力、惩罚与反抗的复杂因素。从温暖南国至严寒北疆，空间、气候、政权皆发生了跨界移动，并作用和呈现于流人的身体之上。在此过程中，遗民的身体遭受了怎样的寒冷摧残？寒冷惩罚背后潜藏着怎样的权力意味？面对权力的惩处，流人又是如何进行抵抗的？此乃本节探究的重点。

---

①　清代东北流人的流放创作中，函可有诗歌约计 85339 字、方拱乾 73559 字、吴兆骞诗文 73450 字、方登峰 34287 字、方式济 7912 字。其中，"寒""冷""冻""冰""雪"在函可流放诗歌中分别出现 304、70、17、122、464 次，除"冻"字屈居第二外，其他皆排第一。且从寒冷书写占自身流放创作比重看，这五字在五人流放文本中共计出现 977、424、423、287、56 次，分别占比约 1.14%、0.58%、0.58%、0.83%、0.71%，函可依然高居榜首。

②　从中国古代气候的冷暖分期来看，元世祖至元十四年（1277）到元顺帝至正二十七年（1367）为冷期，对照家铉翁等宋末元初流人的北徙时间，得知其恰处于冷期。明代后半期（从万历二十八年到崇祯十六年）为小冰河期，清朝大部分时间（顺治元年至光绪六年）为冷期，因此明末清初流人亦处冷期。具体的气候分期可参看刘昭民所著的《中国历史上气候之变迁》（台湾"商务印书馆"1982 年版）。

③　汪民安编：《身体的文化政治学》，河南大学出版社 2004 年版，导言第 16 页。

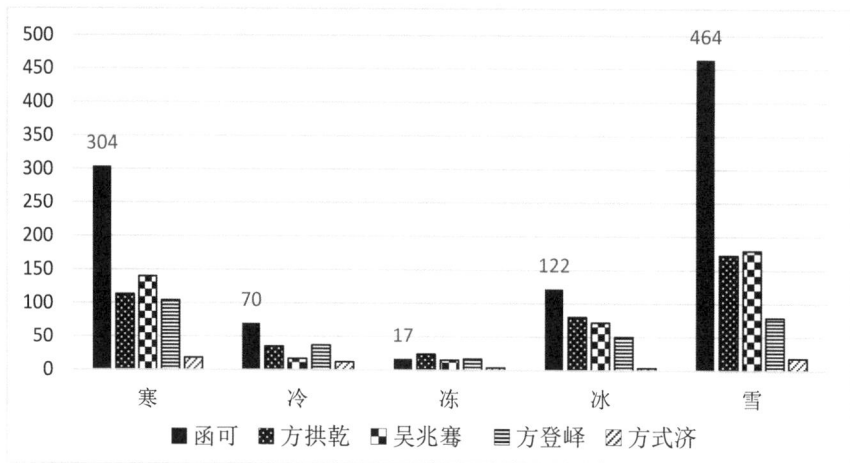

图 2-1-1　清代东北流人寒冷书写高频词图

一、流人遭受的寒冷摧残

从踏上北地的那一刻起，异域的寒冷就由外向内一点点侵蚀流人的身体。人的寒冷感知属肤觉中的冷觉或凉觉，① 其侵入往往从皮肤、毛发等身体表层开始，如流人所述："寒风萧萧吹我衣"②"劲气萧萧入短襟"③"来时雨雪侵驼褐"④，从"吹"到"入"再至"侵"，严寒逐渐透过外衣，向身体逼近；接着，"短衣冻指不能结"⑤"寒刮肌肤北风利"⑥，寒风进而冰冻手指、涂刮肌肤，其侵略

---

① 生理学中，常将人的皮肤受外界刺激而引起的感受称为肤觉，主要包括触觉、温度觉、痛觉三种，温度觉又可分为热觉、冷觉（凉觉）。或又可将其表述为四个觉点，即触点、温点、凉点、痛点。

② 家铉翁：《则堂集》卷五《九日偶成呈彦举》，第 14 页。

③ （宋）汪元量著，胡才甫校注：《汪元量集校注》卷三《秋日酬王昭仪》，浙江古籍出版社 1999 年版，第 99 页。

④ （宋）汪元量著，胡才甫校注：《汪元量集校注》卷三《燕山送黄千户之盱江》，第 96 页。

⑤ （宋）汪元量著，胡才甫校注：《汪元量集校注》卷三《浮丘道人招魂歌·三》，第 110 页。

⑥ （宋）文天祥著，刘文源校笺：《文天祥诗集校笺》第 3 册卷十三《胡笳曲·右三拍》，中华书局 2017 年版，第 1205 页。

性显现；"手指冻欲皱"①"同招霜雪惨肌肤"②，在冰雪风霜的折磨下，身体表层因寒冷袭来而遭受侵害，以致干裂而惨不忍睹；随后，寒冷突破身体表层，向肉体进攻，致皮肉坏死："皮肉冻死伤其寒"③"手脚冻皱皮肉死"④；然而，风雪侵袭的脚步并未停歇，它们穿透皮肉，使筋骨颤栗："弥天风雪骨毛寒"⑤"骨战唇摇肤寸裂"⑥；最后，寒冷刺骨，透彻筋髓，整个身体皆被冰冷控制："边霜寒彻骨"⑦"又添彻骨一番寒"⑧"今年绝漠冰雪堆，发白面皱骨欲摧"⑨。如此一步步，一层层，由外而内，寒冷逐渐将流人的身体侵蚀和摧残。

通过比较，更能感受到遗民流人身体所受寒冷之严酷。除宋末元初和明末清初之流人外，同处于社会变动之际的晚唐文人，亦有群体的寒冷感知与集中书写，⑩ 如项斯"手冷怕梳头"⑪、李义山"冷臂凄愁髓"⑫、章孝标"秋入发根凉"⑬、司空图"白发怕寒梳更懒"⑭等，道尽凄凉寒意。然仔细比较后发现，唐

---

① （清）祁班孙：《紫芝轩逸稿》《出都十一首·三》，《清代诗文集汇编》编纂委员会编：《清代诗文集汇编》第798，第8页。

② （清）祁班孙：《紫芝轩逸稿》《拟古二首·一》，《清代诗文集汇编》编纂委员会编：《清代诗文集汇编》798，第15页。

③ （宋）汪元量著，胡才甫校注：《汪元量集校注》卷三《浮丘道人招魂歌·六》，第111页。

④ （宋）文天祥著，刘文源校笺：《文天祥诗集校笺》第3册卷十三《胡笳曲·右十二拍》，第1217页。

⑤ （清）"丁仙"：《丁仙答》，（清）释函可著，李兴盛整理：《千山诗集》卷二十，第412页。

⑥ （清）释函可著，李兴盛整理：《千山诗集》卷五《寒夜作》，第98页。

⑦ （清）释函可著，李兴盛整理：《千山诗集》卷十四《答育侍者》，第287页。

⑧ （清）释函可著，李兴盛整理：《千山诗集》卷十六《贺孝公被挞二首·二》，第339页。

⑨ （清）释函可著，李兴盛整理：《千山诗集》卷五《忆江南》，第98页。

⑩ 对晚唐时期由于寒冷而引发的文人身体书写，陈婷的硕士论文《身体视阈下的晚唐诗歌研究》有一些论述，可参看。

⑪ （唐）项斯：《晓发昭应》，（清）彭定求等编：《全唐诗》第9册卷五五四，中华书局1999年版，第6469页。

⑫ （唐）李商隐：《和郑愚赠汝阳王孙家筝妓二十韵》，（清）彭定求等：《全唐诗》第8册卷五四一，第6291页。

⑬ （唐）章孝标：《答友人惠牙簪》，（清）彭定求等编：《全唐诗》第8册卷五〇六，第5795页。

⑭ （唐）司空图：《重阳四首·四》，（清）彭定求等编：《全唐诗》第10册卷六三四，第7330页。

人所感之寒，多是手、臂等皮肤外层或毛发表层之凉，介于流人身体冷觉的第一、二层次之间；而流人所受之寒，如上文所述，更多是深入皮肉骨髓的透彻冰冷，如此一来，轻重程度立显。另唐人之寒多限于感觉，有时甚至只是"凉"而已，危害性不大；但流人所感之寒却是摧残性的，所谓"来时雨雪侵驼褐"①"骨肉冻折命如丝"②"肯怯层冰骨已残"③"发白面皱骨欲摧"④，其所用的"侵""折""残""摧"等动词，极具入侵与破坏性，作用于身体时，乃是将肉体急剧拉扯蹂躏之痛觉，可见此时，流人的寒冷之感已不仅仅停留在生理上的凉觉，而是透过身体表层，变成通往感觉神经的强烈痛觉，其身体摧残性之大，远胜于唐人。由此可见，东北气候之恶劣、流人所受之身体痛苦，非同一般。

然而，同是寒冷，明末清初遗民流人的冰冷之感又胜于宋末元初之文人。首先，就寒冷书写的频率来看，前者数以百计，后者只以十计，前者明显更高。其次，就寒冷对身体的摧残程度而言，前者所受的身体摧残又胜于后者，如同是描写毛发惨遭风雪侵入，文天祥道："东风吹雪鬓毛斑"⑤，寒风吹雪，渗入毛发，冷冷寒斑浮现，此乃现象描述；函可则云："耐尽冰寒鬓已霜"⑥，长久置身于冰天雪地，毛发逐渐失去生命力，变得衰老而惨白，并与霜雪混为一体，"耐"字暗含长期忍耐之意，凸显身体所受的折磨之重，"尽"则表明寒冷方式的极尽多样，因而无论是在时间长度还是伤害程度上，都甚于文氏。再者，寒冷对两者的侵入深度也不尽相同。对于宋末元初文人，寒冷多渗入皮肉层，但对于明末清初流人，寒冷却深入到骨髓，即"冰雪已多曾彻骨"⑦"一片钟声和骨冷"⑧等，足见寒冷入侵之深。

---

① （宋）汪元量著，胡才甫校注：《汪元量集校注》卷三《燕山送黄千户之旴江》，第99页。

② （清）释函可著，李兴盛整理：《千山诗集》卷五《哀王孙》，第95页。

③ （清）释函可著，李兴盛整理：《千山诗集》卷十六《谢江南诸友寄笔墨》，第337页。

④ （清）释函可著，李兴盛整理：《千山诗集》卷五《忆江南》，第98页。

⑤ （宋）文天祥著，刘文源校笺：《文天祥诗集校笺》第3册卷十三《正月十三日》，第1160页。

⑥ （清）释函可著，李兴盛整理：《千山诗集》卷十五《闻宗尉为戴子直冤》，第314页。

⑦ （清）释函可著，李兴盛整理：《千山诗集》卷十三《重送阿字》，第272页。

⑧ （清）"涌狂"所作诗歌，（清）释函可著，李兴盛整理：《千山诗集》卷二十，第395页。

　　如此严酷之寒冷，使清代流人的身体渐渐消瘦、病重，甚至濒临死亡。苗君稷有诗"体轻冰縠冷"①，其中"縠"即细纱织成的皱状丝织物，此句点出其身形瘦弱、衣着单薄、寒意顿生之模样。又函可诗曰："山冷僧俱瘦"②"官冷兼冰冷，身形似鹤形"③，更直接写出因环境严寒，身体日渐孱弱，甚至枯瘦如野鹤之状。这种寒冷气候的进一步惩罚，便是加重流人所患之病。典型如苗君稷，他"老来长病肺，肘后检医方"④，身患肺病，本应好生调养，然东北的冰冷对他无疑是雪上加霜。函可诗云："况复寒伤肺"⑤，在中医看来，过度寒冷所形成的"寒邪"会对肺部形成刺激，使肺气不宣，加重病症；现代医学也证明了寒冷刺激会引发咳嗽，使肺病愈加严重。因而苗君稷对寒冷极其恐惧："清宵起坐畏天寒，病后微躯更老残"⑥；即使是畅爽的秋风，对他来说也是寒风袭来，诱发肺病而难以忍受："秋风宜渐爽，肺病又相侵"⑦。最终，在一层层风雪的袭击和一次次疾病的折磨下，苗君稷于1691年之后死于肺病。函可也有类似描写，其《不寐作》诗云："约略三更候，掩扉强依床。敝絮轻如纸，病骨冷如霜。辗转多呻吟，百计觅睡方。四更至五更，揣摩竟难详。"⑧夜已三更，他仍无法入眠，本就生病的身体，在寒风敝絮中冰冷如霜，愈发严重，于是他一直呻吟痛楚，彻夜难眠。又其有《寒》诗曰："重裘仍旧怯衣单，行道何曾泣路难。自是病夫禁不得，不关冰雪迫人寒。"⑨前句述其虽穿双重裘衣，却依旧感觉衣物单薄，后句则巧用反语，说自己之所以畏严惧寒，乃出于身薄体弱，与冰雪何干？话似有理，却饱含了流人对严寒使病情恶化的埋怨与无奈。

　　而最严重的，是寒冷唤起了流人内心的死亡恐惧，它带来的痛苦，甚至远超死亡之苦楚，其中又以函可最为典型。死亡恐惧，是人类最恒久和普遍的恐惧之

---

① （清）苗君稷：《焦冥集》卷二《酬和澹人高录事·三》，第162页。
② （清）释函可著，李兴盛整理：《千山诗集》卷七《游大安寺》，第161页。
③ （清）释函可著，李兴盛整理：《千山诗集》卷八《赠辽阳陈令公十韵》，第169页。
④ （清）苗君稷：《焦冥集》卷二《病肺》，第156页。
⑤ （清）释函可著，李兴盛整理：《千山诗集》卷四《示诸子》，第83页。
⑥ （清）苗君稷：《焦冥集》卷二《和陈子朔风诗》，第165页。
⑦ （清）苗君稷：《焦冥集》卷二《秋怀陈子心简·二》，第161页。
⑧ （清）释函可著，李兴盛整理：《千山诗集》卷四《不寐作》，第80页。
⑨ （清）释函可著，李兴盛整理：《千山诗集》卷十六《寒》，第358页。

一。罗马哲学家塞涅卡曾言："在我们身上有对自己的爱，有天生的自我保全意志，有拒绝毁灭的意向；因此总觉得，死亡剥夺我们的许多福利并且使我们离开所习惯的一切。"①如何面对这种恐惧，是很多宗教信仰着力解决的问题。佛教提出生命无穷无尽、无常变灭，死亡并非消失，而是生命在另一世界的延续，因此佛教徒往往能看淡生死。儒家则指出"二者不可兼得，舍生而取义者也"②，后来甚至演变成"饿死事小，失节事大"的理念，即用节义之大气凛然来掩盖死亡的恐惧。兼具佛教信徒和明朝遗民身份的函可，既有"黄沙为棺，白云为椁。我则如是，千秋寥落"③般超越死生之慧根，亦有"忠义既以明，天下争一死"④般舍生忘死的气节，显然佛儒思想并通，本应无惧死亡。但他这种不执着于生死的意念，却在寒冷面前发生了改变，一方面，寒冷唤醒其对死亡的恐惧，所谓"半个孤僧连雪倒，数篇新句忍寒披。鬼当哭处予偏妒，血到漓时佛更悲。三日下来应冻死，早成一首哭冰诗"⑤，看到友人逐渐被风雪夺去生命，他便对死亡心生害怕，猜想自己死期逼近，并将其缩短在三日之内。"只愁深夜后，冻杀蠹书虫"⑥，"蠹书虫"即蛀书之虫，乃作者自比，此时死亡时间进一步缩短至今晚深夜之后，即阴盛寒极之时，恐惧感进一步增强。"寒躯几欲死"⑦，则将时间压缩至微乎其微间，千钧一发，令人窒息。如此一来，寒冷越来越近，时间越缩越短，死神步步紧逼，函可也在寒冷的不断逼近中，害怕生命将被夺去，显得愁苦而紧张，与其无惧生死的形象相悖。另一方面，寒冷带来的痛苦又超过死亡本身，给他以更大的恐惧感，其曰："死去亦闲事，奈兹朝暮寒"⑧，与严寒相比，死亡根本不值一提，这虽掩盖了死亡的恐惧感，却增强了寒冷的威胁性；再如"衣破露肘臂，所苦不得死"⑨，破衣敝絮无法遮盖身体，在寒冷侵袭下，他比死

---

① 　[古罗马]塞涅卡语，转引自[俄]尤里·谢尔巴特赫著：《恐惧感与恐惧心理》，华文出版社 2008 年版，第 62 页。

② 　杨伯峻译注：《孟子译注》卷十一《告子上》，中华书局 1960 年版，第 265 页。

③ 　（清）释函可著，李兴盛整理：《千山诗集》卷二三《短歌行》，第 23 页。

④ 　（清）释函可著，李兴盛整理：《千山诗集》卷三《秋思新泪》，第 34 页。

⑤ 　（清）释函可著，李兴盛整理：《千山诗集》卷九《读雪斋新诗》，第 190 页。

⑥ 　（清）释函可著，李兴盛整理：《千山诗集》卷七《题俗龛》，第 155 页。

⑦ 　（清）释函可著，李兴盛整理：《千山诗集》卷四《腊月九日夜》，第 65 页。

⑧ 　（清）释函可著，李兴盛整理：《千山诗集》卷六《晚兴》，第 106 页。

⑨ 　（清）释函可著，李兴盛整理：《千山诗集》卷三《雨夜留戴子共榻》，第 54 页。

还要痛苦。

要之，元初与清初的遗民流人皆深受北方寒冷之摧残，后者又甚于前者，而这两者的共性和差别，除与气候期和地域相关，[1] 还与其中包含的权力运用密切关联，下面则着重从这一方面进行分析。

二、统治者的规训与惩罚

遗民，作为前朝遗留的民众，与新朝有着天然的身份隔膜，并有相当一部分不愿与新朝合作，甚至抵抗者。因此，对新建王朝而言，如何使遗民规训乃重要问题。蒙古灭宋建元后，为维护本族统治出台一系列规定。早在元世祖至元九年（1272），元即颁布"禁汉人聚众与蒙古人斗殴"之禁令[2]，同时对汉人打猎、习武等活动作出限制；直到元顺帝至元三年（1337），还规定汉人、南人不得持寸铁。这种试图通过限制身体发展、驯化其服从的方式，无疑是身体控制的手段之一。清初入关时，满洲贵族则对民众强制施行剃发易服令，想借由身体特征之改变完成对旧民的改造，为其贴上新的身份标签。对于不服从者，或杀头，或鞭笞，通过身体的惩戒来实现掌控。元、清统治者的方式，恰如福柯所指出的："肉体也直接卷入某种政治领域；权力关系直接控制它，干预它，给它打上标记，训练它，折磨它，强迫它完成某些任务、表现某些仪式和发出某些信号。"[3]除此之外，流放——作为运用权力将身体从熟悉空间转移到异地疆域的一种刑罚，也在规训与惩罚中发挥了重要作用。元大都所在的华北，相对于温暖的江南，无疑是寒冷陌生地带；清皇族龙兴之东北，则是充斥残冬与冰冷的极边异域，它们带给流人的寒冷之感，大大方便了统治者权力的施行，使其成为戍地的绝佳选址。

（一）寒冷北地：运用感觉的身体惩戒

首先，以感觉特征观之，人对寒冷的感知最明显。生理学家将皮肤的感觉用四个觉点表示，即触点、温点、凉点、痛点。其中，每人"约计有凉点三十万，温

---

① 在气候期层面，南宋后半期为暖期，元代为冷期；明代后半期为小冰河期，清朝大部分时间为冷期，因此明末清初自然冷于宋末元初。在地域上，宋遗民困于华北，明遗民流戍东北，东北气候自要寒于华北。

② （明）宋濂撰：《元史》卷七《世祖本纪》，中华书局 1976 年版，第 141 页。

③ ［法］米歇尔·福柯著，刘北成、杨远婴译：《规训与惩罚 监狱的诞生》，第 27 页。

点三万"①，前者密度远高于后者，因此人对冰凉非常敏感，"我们的外皮最怕冷，是永远保持警戒的卫兵。热的感受体则在皮下较深处，数量也较少"②。这个结论还可以在文本书写中得到印证，如图 2-1-2 所示，在古代的诗、词、曲等全集中，寒、冷等词的出现频率远高于热、暖等词汇，可见寒冷之感更易让身体察觉，并且铭记更深。此外，从感觉的时间来看，"凉觉顷刻即现，温觉逐渐发生。凉觉接续不断，温觉忽断忽续，凉觉的感受性较强"③，可见冰冷之感不但来得快，持续时间亦更长。人体这种生理特性，无疑给统治者提供了有效利用空间，他们通过强化外界的冰冷环境，使流放北方之遗民置于"寒雨飒飒枯树湿"④"严天常见雪堆堆"⑤和"寒冰结马尾，巉雪摧车轮"⑥的冰天雪地中，使其"无日不增痛"⑦

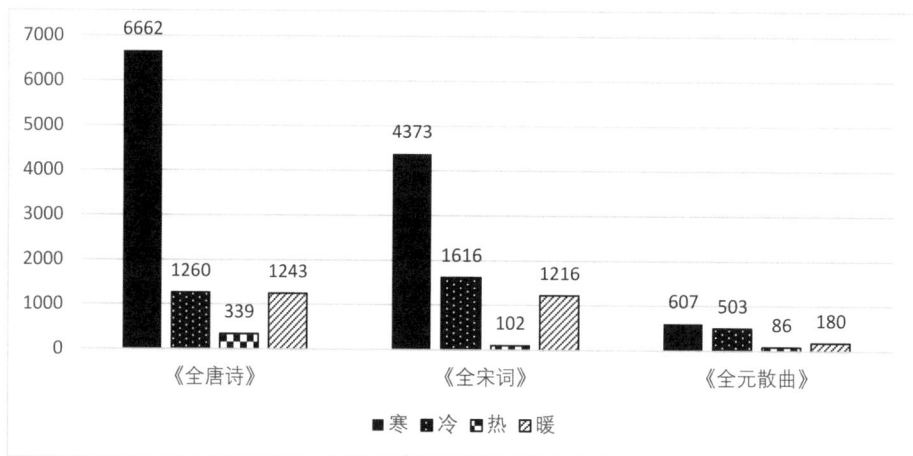

图 2-1-2 古代总集温度词出现频率图

① 张耀翔：《感觉心理》，工人出版社 1987 年版，第 11 页。
② 郭力家编著：《感觉画廊》，中国文联出版公司 1997 年版，第 168 页。
③ 张耀翔：《感觉心理》，第 16 页。
④ （宋）文天祥著，刘文源校笺：《文天祥诗集校笺》第 3 册卷十三《胡笳曲·右十五拍》，第 1222 页。
⑤ （宋）汪元量著，胡才甫校注：《汪元量集校注》卷三《卢奉御自上都回见访》，第 97 页。
⑥ （清）祁班孙：《紫芝轩逸稿》《迁所十五首·六》，《清代诗文集汇编》编纂委员会编：《清代诗文集汇编》798，第 10 页。
⑦ 清代女诗人叶齐的题壁诗，引自李兴盛著：《中国流人史》上，第 926 页。

"此身已判入黄泉"①，通过加剧其身体的冷觉，统治者达到惩处之目的。

其次，人的感觉强烈程度还与身体适应性密切关联。一方水土养一方人，人类在长期生存演化中，逐渐形成了对周围环境的适应，如冷地之人抗寒，炎方之人耐热。又《黄帝内经》曰："人以天地之气生，四时之法成"②，"天地"着重于地域空间，"四时"则强调时间要素，且"从阴阳则生，逆之则死"③，说明人的身体和机理须遵循天地、四时之变化，即抗寒之人宜生活在寒冷地区，耐热之人应以温暖地带为主。从流人的生活空间来看，因南宋偏居南方一隅，文天祥、家铉翁、谢枋得等人的前期足迹也限于此。明朝地域辽阔，然函可活动于岭南和江南，宋蕙湘、叶齐等皆为江南女子，张春生在陕西同州，苗君稷乃北京昌平人。岭南、江南皆处长江之南，温热潮湿，陕西、京师虽在长江之北，但相对东北而言，仍较为温暖，由此，他们形成了对温热环境的身体适应。此外，孟德斯鸠曾指出：南方的炎热气候会使人的毛细血管扩张，感受性因而极端敏锐；北方的寒冷则让人皮肤及神经收缩，对外界的感受性也相对迟钝。④ 所以，这些长期生活在南方的遗民，感受灵敏，到北方后，这种敏锐性便使其对寒冷的感受尤其明显。如文天祥从岭南一路押解至华北，其诗"铁马行麤南地热，赭衣坐拥北庭寒"⑤便形象地描画了这种温度变化和身体落差。岭南属热带、亚热带季风海洋性气候，高温多雨是其主要特征；而华北属暖温带半湿润大陆性气候，冬季寒冷干燥，时间较长，夏季高温多雨，但时长较短。可见，相对于炎热的岭南，尽管华北地区亦有高温时段，但整体仍属寒地。因此，文天祥从湿热的岭南移至凉润的华北，自然会有身体感受的落差，即从热到寒的感觉转换。而与华北相比，东北之寒更甚，其属温带季风气候，日照时间较短，低温持续更久。对此，函可诗

---

① （清）王素音：《题壁诗三首·三》，施淑仪辑《清代闺阁诗人略》，上海书店出版社1987年版，第78页。

② （唐）王冰编，戴铭、张淑贤、林怡、戴宇充点校：《黄帝内经素问》卷八，广西科学技术出版社2016年版，第44页。

③ （唐）王冰编，戴铭、张淑贤、林怡、戴宇充点校：《黄帝内经素问》卷一，广西科学技术出版社2016年版，第3页。

④ 参看［法］孟德斯鸠：《论法的精神》卷三，商务印书馆1961年版，第227~240页。

⑤ （宋）文天祥著，刘文源校笺：《文天祥诗集校笺》第3册卷十三《己卯十月一日至燕越五日罹狴犴有感而赋》之五，第1120页。

中写道："今年十月将出门，北风吹发冻逾早"①，而后来流人吴兆骞亦有关于东北气候的描述，可作为函可诗的旁证，其曰："宁古寒苦，天下所无。……八月中旬，即下大雪。九月初，河水尽冻，雪才到地，即成坚冰，虽白日照灼，竟不消化，一望千里，皆茫茫白雪，至三月中，雪才解冻，草尚未有萌芽也。"②从中可知，在空间上，东北的寒冷远甚天下任何地方，首屈一指；就时间维度来看，八至十月份，当南方还处于秋高气爽之时，东北早已漫天飞雪，冰霜冷冻至次年三月才开始消解，寒冷期长达半年以上，可见其严寒之极酷。由此观之，统治者的流放行为，对流人而言，无疑是一种不见血的身体杀戮方式，它既从空间上改变了流人的南北地域，又从时间上剥夺了他们感受温暖气候的机会，使其身体与自然相逆，向死亡边缘靠近。难怪王素音道："此身已判入黄泉"，后来吴兆骞亦在家书中言："人说黄泉路，若到了宁古塔，便有十个黄泉也不怕了。"③

可见，在身体权力掌控中，元、清统治者皆运用人体对寒冷的抵触感觉、通过移动流人的身体强化寒冷，以对其进行惩戒。但仔细探究会发现，两者的侧重点又有所不同。

(二) 规训：元朝对宋遗民流人的身体驯化

元朝统治者对待宋之遗民流人，重在规训。崖山海战后，南宋政权虽宣告覆灭，但仍有大批忠于旧朝的仁人志士继续活动。面对这些坚守气节的宋遗民，元朝表现出极其欣赏的姿态，并企图通过招降，致使天下归心。德祐二年(1276)，家铉翁北行赴元以请求送回宋宗室，元朝赞其节高，欲赐高官，然家铉翁义不事二君；元世祖至元三十一年(1294)，家铉翁已羁留北方18年，然元成宗还欲擢之。又如汪元量北解后，元世祖赞其琴艺，于十四年(1277)命其为岳渎降香的代

---

①　(清)释函可著，李兴盛整理：《千山诗集》卷五《癸巳冬四日诸公同集普济话别》，第97页。

②　(清)吴兆骞著，李兴盛整理：《归来草堂尺牍》《家书第六》，黑龙江大学出版社2010年，第247页。

③　(清)吴兆骞著，李兴盛整理：《归来草堂尺牍》《家书第六》，黑龙江大学出版社2010年，第247页。

祀使，祭祀名山；文天祥被俘北上后，元世祖"既壮其节，又惜其才"①，接连派遣宋旧臣留梦炎、宋幼主瀛国公、平丞相博罗等来劝降，甚至亲自前往，以宰相之职许之；谢枋得亦有《上丞相留忠斋书》等，所述乃元统治者对其征聘之事。以上举措，皆可见元朝对遗民所持乃招降姿态，或者说是一种耐心的劝导和规训。所谓"规"，本义乃画圆之器具，引申义为法度、准则，如《荀子》有云："木直中绳，輮以为轮，其曲中规"②；又可表划分一定范围，《国语·周语中》所言："昔我先王之有天下也，规方千里以为甸服"③，即方圆千里皆帝王统治范畴。"训"，从言，川声，"说教也"④，即通过言语来教育和引导，又含顺从、归顺之意，如《诗经·大雅》所言："四方其训之。"⑤结合起来看，"规训"，乃将人员圈划在一定范围内，按相应准则，对其进行引导教育，以使其顺从。关于"规训"的理论探讨，最著名的莫过于福柯的《规训与惩罚》，他认为权力通过监狱、军营等场所，对身体进行操控、驯化，使其服从、配合，这与中国传统意义上的解释亦是相通。

　　由此再反观元朝对宋末遗民流人的处理方式，其本质是一种明显的身体规训行为。首先，元廷不以杀掉他们为主要目的，甚至最后还允许家铉翁、汪元量南归；而对于文天祥和谢枋得，元统治者本欲招降，奈何其拒不变节、以死明志。由此，元朝对待宋末遗民的出发点，并非传统意义上的消灭旧朝对抗力量，而是通过招降使其归顺。其次，元朝通过囚禁的方式，"规"其身体。文天祥、谢枋得皆被羁于狱中，受人看管，其一举一动皆在元人耳目之下，不得自由，此即所谓的"敞景式监狱"、被封闭的空间；家铉翁前两年被禁于大都、渔阳，之后虽在河间生活，但仍属圈禁范畴，时间甚至长达十七年；汪元量相对上述人员来说，看似稍显自由，但仍滞留北地十多年才得南归。总之，元统治者皆把他们放

---

① （元）脱脱等撰：《宋史》卷四一八，中华书局 1977 年版，第 12540 页。

② （战国）荀况著，（唐）杨倞注，耿芸标校：《荀子》，上海古籍出版社 2014 年版，第 1 页。

③ （战国）左丘明撰：《国语》，上海古籍出版社 2015 年版，第 37 页。

④ （汉）许慎撰，（清）段玉裁注：《说文解字注》卷五，第 91 页。

⑤ （汉）毛公传，郑玄笺，（唐）孔颖达等正义：《毛诗正义》卷十八《大雅·荡之什·抑》，（清）阮元校刻：《十三经注疏》（清嘉庆刊本），第 645 页。

在一个被阻断、割裂、静止、冻结的空间中，将其固定在一定位置上，并专门派人监视，使他们与过去的空间隔绝，同时通过训导，引导其身份认同发生变化。因此，宋末遗民普遍感受到强烈的囚禁之感，如"大笑出门去，谁能笔砚囚"①"北行十三载，痴懒身羁孤"②"两月缥囚里，一年忧患余"③"岁暮难为客，天涯况是囚"④等，他们并常以"楚囚"自比："珍珠络臂夸燕舞，纱帽蒙头笑楚囚"⑤"风雪重门老楚囚，梦回长夜意悠悠"⑥"文王思舜意悠悠，一曲南音尉楚囚"⑦，道尽其被圈划而不得自由的囚禁之感。再者，元廷以驯化流人身体为终极目标。在元朝看来，遗民的身体是一种可操练的肉体，一方面，他们将遗民身体进行迁移、囚禁，并借助外在寒冷的侵袭，对其产生警示；另一方面，又以高官厚禄诱之，以身体的享受为诱导，试图使他们脱离民族气节之意念控制，而服从于身体的渴求。终其目的，乃通过榨取时间、限制行动、消耗力量、磨灭意志，以实现对遗民流人在肉体和精神上的规训。

(三)惩罚：清廷对明遗民的肉体惩处

清廷对明遗民的处理方式与元朝有所不同，他们更注重肉体的惩罚。对明遗民，清廷一开始亦偏于规训，如颁布剃发易服命令，按照统一标准对其身体进行集体化操练，使其服从。但此起彼伏的反剃发等抗清运动，让清廷改变了原有策略，由劝导变强制，换之为"留发不留头，留头不留发"，用权力话语来阐释，即不服从规训者，则处之以刑法。如此一来，惩罚便成了规训未遂的处理方式，是一种更酷烈、更血淋淋的身体惩处。从"惩罚"的性质来看，"惩"，戒也，从

---

① （宋）汪元量著，胡才甫校注：《汪元量集校注》卷三《送张舍人从军》，第124页。
② （宋）汪元量著，胡才甫校注：《汪元量集校注》卷四《南归对客》，第177页。
③ （宋）文天祥著，刘文源校笺：《文天祥诗集校笺》第3册卷十三《己卯十月一日至燕越五日罹狴犴有感而赋·十三》，第1131页。
④ （宋）文天祥著，刘文源校笺：《文天祥诗集校笺》第3册卷十三《除夜·二》，第1236页。
⑤ （宋）汪元量著，胡才甫校注：《汪元量集校注》卷三《登蓟门用家则堂韵》，第96页。
⑥ （宋）文天祥著，刘文源校笺：《文天祥诗集校笺》第3册卷十三《己卯十月一日至燕越五日罹狴犴有感而赋·六》，第1122页。
⑦ （宋）文天祥著，刘文源校笺：《文天祥诗集校笺》第4册附录一《汪水云援琴访予缧继弹而作十绝以送之·文王思舜》，第1684页。

心，征声，即通过惩处使其停止不当行为；"罚"，从刀，从詈，即对犯罪者处以肉体或精神伤害以戒之。相比"规训"，"惩罚"在手段上更严酷，在力度上也更强悍。就惩罚方式来看，酷刑是清廷常用手段之一，它不但可使受惩者身体损伤，还能作为展示统治者最高权力的仪式，从中挖掘真相。清廷似乎深谙此道，对于抗清程度不同的遗民，他们的惩处方式也轻重有别，如苗君稷虽以遗民自居，但坚定性不强，因而在居辽北期间，皇太极曾前往拜访，以劝降规训。而函可、祁班孙、杨越等人不仅追认前朝，还有着强烈的抗清思想，函可撰《再变记》以抒故国之思，祁、杨二人积极联络张煌言、郑成功等海上抗清武装，以求复国，因此，清廷对他们的惩处方式就更为严厉。如抓获函可后，清廷怀疑其有同党，于是"拷掠至数百……夹木再折……项铁至三绕，两足重伤"①，以致其"血淋没趾"②，想通过身体上的酷刑来获取真相，并达到惩罚目的。然而，经拷打数百之后，函可"但曰：'某一人自为'"③，夹刑之后仍"无二语"④，致使清廷无法从中获知真相；且在伤痕累累之后，函可依旧"屹立如山"⑤"走二十里如平时"⑥，显然，清廷期待的身体惩罚效果亦未达到。

既然酷刑效果不佳，长时间流放便成为清廷的第二种有效选择，即福柯所说的时间因素的介入。关于以时间为主的惩处，福柯指出："按日计算的带枷示众柱刑，按年计算的流放，按死亡小时计算的轮刑。但这是一种折磨的时间，而不是协力改造的时间。……时间乃是惩罚的操纵者。"⑦遗民所遭受的长时间流放，

---

① (清)释函罡：《千山剩人可和尚塔铭函》，李兴盛整理：《千山诗集 不二歌集》，第11页。

② (清)郝浴：《奉天辽阳千山剩人可禅师塔碑铭》，李兴盛整理：《千山诗集 不二歌集》，第15页。

③ (清)释函罡：《千山剩人可和尚塔铭函》，李兴盛整理：《千山诗集 不二歌集》，第11页。

④ (清)释函罡：《千山剩人可和尚塔铭函》，李兴盛整理：《千山诗集 不二歌集》，第11页。

⑤ (清)郝浴：《奉天辽阳千山剩人可禅师塔碑铭》，李兴盛整理：《千山诗集 不二歌集》，第15页。

⑥ (清)释函罡：《千山剩人可和尚塔铭函》，李兴盛整理：《千山诗集 不二歌集》，第11页。

⑦ [法]米歇尔·福柯著，刘北成、杨远婴译：《规训与惩罚 监狱的诞生》，第121页。

无疑也归属其中。苗君稷、杨越、函可自流放后，一直被弃戍地，直至病死，他们在戍地的时长分别为53年、30年、12年，这同时也是他们的受惩时长。单从数字来看，这些时间已然漫长，因此这种惩罚使他们产生了缓慢长久的时间感。如"久作东方客，惟闻笛弄梅"①"我头久已白，我齿久已坠"②等诗句，反映了他们的身体早已被摧残许久，觉得漫长而难熬。更进一步，则是超越具体时间的无尽等待，就遗民自身而言，自流放之日起就盼归，至死却不能归，这个时间对他们来说，是耗尽整个后半生乃至遥遥无期的等候。诚如福柯所言："一种使人类免于酷刑的恐怖但却持续地令人痛苦的剥夺，在罪犯身上产生的效果要比转瞬而逝的痛苦大得多……它能不断地使看到它的民众记起复仇的法律，使所有的人对有教益的恐怖时刻历历在目。"③可见这种时间操控惩罚的力度之重。如此观之，清廷的目的显然达到了，诚如前文所述，函可等人对寒冷的恐惧，远胜于死亡，这种漫无止境的冰冷折磨，使其痛不欲生。

另外，与元朝将宋遗民进行囚禁的规训方式不同，清廷把明遗民流放，是一种放逐性、任其在冰天雪地被吞噬的惩罚措施，这种被弃感、驱逐感，使他们极易感到孤独和寒冷。通过统计发现，"孤""独"在函可流放诗作中分别出现177次和196次，不但远高于因科场案、文字狱而被遣戍东北的流人，④也远超宋末元初的遗民流人。他们不停地叹息："孤身迢递出长边"⑤"孤身绝域守寒毡"⑥"只恐风霜独倚门"⑦"孤雁鸣嗷嗷，夜中谁忍闻"⑧，感慨孤身流放异域、独遭寒冷之悲凉。而这种孤独，也作用于其身体，据心理学家研究发现："冷或热

---

① （清）苗君稷：《焦冥集》卷一，第132页。
② （清）释函可著，李兴盛整理：《千山诗集》卷四《示诸子》，第83页。
③ ［法］米歇尔·福柯著，刘北成、杨远婴译：《规训与惩罚 监狱的诞生》，第121页。
④ "孤"在科场案流人方拱乾、吴兆骞和文字狱流人方登峄、方式济的流放文本中，出现的频次分别为81、57、21、11，"独"出现的频次则为93、95、23、6。
⑤ （清）苗君稷（"焦冥"）的诗歌，引自（清）释函可著，李兴盛整理：《千山诗集》卷二十，第404页。
⑥ （清）释函可著，李兴盛整理：《千山诗集》卷十五《喜遇沈谦受》，第323页。
⑦ （清）"阿玄"的诗作，引自（清）释函可著，李兴盛整理：《千山诗集 不二歌集》卷二十，第399页。
⑧ （清）祁班孙：《紫芝轩逸稿》《出都十一首·三》，《清代诗文集汇编》编纂委员会编：《清代诗文集汇编》798，第8页。

的感觉不只是由室内温度决定，还会受心理状态的影响"①，且"温暖对孤寂感有缓解作用"②，由此可反推：孤独感会增强身体的寒冷之感。因此，他们的孤独与寒冷，常常相伴而生，如"巢松孤鹤冷"③"孤眠冷莫辞"④"感君霜夜一孤吟"⑤"到处孤云共一间，弥天风雪骨毛寒"⑥等，两者相互催发，更加剧流人身体和精神的痛苦。

可见，元、清统治者皆运用权力，借助遣戍寒冷北地的方式，来实现对旧朝遗民流人的惩戒，其区别则在于侧重点的不同。然而，诚如福柯所指出："哪儿有权力，哪儿就有反抗。"⑦权力的高度镇压也预示着反抗力量的积蓄和来临，而在这个反抗模式中，身体便是重要的场所。那么，面对统治者规训与惩罚带来的摧残，流人又是如何通过身体进行抵御、救疗乃至权力消解的呢？

三、流人的反抗抵御与身心内化

(一) 反抗：以绝食为路径的身体表演

在遗民流人被新朝统治者俘获之时，他们往往用绝食以示身体上的抵抗，且宋遗民表现更为突出。如家铉翁"闻宋亡，旦夕哭泣不食饮者数月"⑧；文天祥在被押解前往大都路上，绝食八日；谢枋得被解送大都后，绝食四日而死；张春于沈阳狱中，"食必西来粟"⑨，在回明朝无望后，"遂不食，四日而卒"⑩。虽异代

---

① 　[美]塞尔玛·洛贝尔著，靳婷婷译：《感官心理学　身体感知如何影响行为和决策》，中信出版社 2018 年版，第 13 页。

② 　[美]塞尔玛·洛贝尔著，靳婷婷译：《感官心理学　身体感知如何影响行为和决策》，第 12 页。

③ 　(清)释函可著，李兴盛整理：《千山诗集》卷六《游七岭寺》，第 127 页。

④ 　(清)释函可著，李兴盛整理：《千山诗集》卷七《木公以〈新斋成述怀〉诗六首寄山中依韵奉和·五》，第 158 页。

⑤ 　(清)"不二"所作诗歌，引自(清)释函可著，李兴盛整理：《千山诗集　不二歌集》卷二十，第 409 页。

⑥ 　(清)"丁仙"：《丁仙答》，(清)释函可著，李兴盛整理：《千山诗集》卷二十，第 412 页。

⑦ 　[法]福柯著，黄勇民、俞宝发译：《性史》，上海文化出版社 1988 年版，第 77 页。

⑧ 　(元)脱脱等撰：《宋史》卷四百二十一，第 12598 页。

⑨ 　(明)张春著，李兴盛整理：《不二歌集》卷一《明夷子不二歌》，第 446 页。

⑩ 　(清)左懋泰：《张公传》，(明)张春著，李兴盛整理：《不二歌集》附录，第 478 页。

相隔，但他们都不约而同地进行自我绝食。绝食，又称禁食，即将饥饿作为自我摧残的手段，主动放弃对食物的需求，从而在时间的流逝中慢慢消耗自己的身体，直至殆尽，其突出特点便在于其强烈的抗议性。首先，就生理特征而言，人体需要通过食物获取能量以维持正常生命活动。一旦停止进食，人体首先会缺钠，导致易倦怠乃至昏倒；绝食三日后，人的饥饿感会减少甚至消失，这时人体会从肝脏中抽取肝糖转化成葡萄糖以维持生存，甚至会动用蛋白质组织。然而，人体各个系统皆需葡萄糖和蛋白质来维持正常运转。在无法获得补充后，身体会因各种元素的大量流失以致死亡。因而，选择绝食无疑就阻断了身体的能量供应，将其推向死亡的绝地。其次，就社会意义来看，身体是人类在社会栖居的工具，也是表达社交礼仪的场所，它既能表示对社会的融入，亦可传达其拒绝态度，"例如儿童往往通过哭闹、踢打、拒绝吃睡、弄乱弄脏来表达他们对父母某种要求的不满。囚犯……也会有同样的举动。在此，身体是表示拒绝或抗议的工具"。① 所以，绝食作为一种摧残乃至毁灭身体的方式，也是一种无声抵抗。这种方式有着悠久的历史，并在世界各国得到普遍运用。东晋高僧鸠摩罗什之母欲出家，丈夫不允，她便绝食六天以致垂死，迫使丈夫同意；宋代的何桌、杨业被俘获后皆绝食而死；就世界范围而言，最著名的例子莫过于甘地，他一生绝食十多次，以反对英国的殖民统治和宗教残杀，带有强烈的政治抗议性。而遗民流人也是通过绝食来表达其反抗心理。前文已述，饥饿会加剧流人的寒冷感，然而面对新朝统治者的寒冷规训和惩罚，流人却反向逆行，通过绝食加剧身体的饥饿，使自身陷入饥寒交迫的境地。在这个主动放弃食物、摧毁身体的过程中，蕴含着巨大的悲愤、抗争和无奈，甚至不惜牺牲自己的生命。

此外，这种绝食反抗行为，也是一种身体表演。文天祥、谢枋得、张春等人皆不惧死，但他们为何不选择果断自杀，以免受身体和精神折磨，而是选择绝食这种慢性致死的方式呢？关键便在于两种致死方式含义和效果之不同。自遗民流人被俘获始，他们就处于故国和新朝民众的注视之下，此时，围绕着他们形成了一个特殊场域，并对其行为进行凝视，一旦他们卑躬投降，便被冠以"贰臣"之

---

① ［美］约翰·奥尼尔（John O'Neill）著，张旭春译：《身体形态 现代社会的五种身体》，春风文艺出版社 1999 年版，第 9 页。

名，被永远钉在历史的耻辱柱上，如后来的钱谦益等人；而如若他们顽强抵抗，即使挫败，故国人民仍会致以敬佩之情，新朝人士也可能会为之树碑立传，如陈子龙等人。因而，此刻他们的一举一动都显得尤为重要，直接自杀，就表明自己已完全绝望，且没有留给观众足够的观看时间，也无法与新朝统治者进行充分的对话和对抗。绝食则与之不同，它是一个缓慢的过程、一种苦行僧式的行为、一种赴死的表演，不但让能观众看到其坚贞气节，还给其留足观看时间。这个充足的时段，能强化他们在观众心中的高大特征，塑造自己的英雄形象，同时也在向新朝统治者传递一种信息：我在反抗，但我留有一定的谈判时间。如此一来，他们的诉求就能够得到倾听，从而真正实现通过身体进行反抗之目的。

（二）抵御：借助外力的身体救疗

遗民流人亦借助外物和外力来抵御寒冷，从而实现身体的救疗，清人于此表现尤为明显。与绝食的自我毁灭不同，大部分流人偏于采用自我保存的方式，来实现身体和生命的延续，而添加衣物、补充食物便是其主要途径。首先，前文已述，寒冷的侵袭是从穿透衣服进入皮肤开始的，所以衣物便是保护身体免受寒冷的重要屏障。函可对此颇有体悟，在冰天雪地中，即使是破旧衣物，仍有甚于无："破衲亦遮寒"[1]"老僧有破衲，朝夕幸得披"[2]，破衲，为身体和严寒之间筑起一层薄弱防线，让生命得以延续；但单薄衣服的抵御能力往往微不足道，即"布衲抛残不耐寒"[3]，它们无法抵御严寒的侵袭，以至"衲衣一片寒侵髓"[4]，寒冷仍能穿透皮肤而深入骨髓。于是，衣服的增多加厚便成了流人的重要需求，这时"城中寄衣来"[5]"寄衣只为冰霜冷"[6]，故人寄来的衣物将他们从生死线上拉了

---

[1] （清）释函可著，李兴盛整理：《千山诗集》卷三《示学人三十首·五》，第40页。

[2] （清）释函可著，李兴盛整理：《千山诗集》卷三《戴子卖衣买粟》，第56页。

[3] （清）释函可著，李兴盛整理：《千山诗集》卷五《癸巳冬四日诸公同集普济话别》，第97页。

[4] （清）释函可著，李兴盛整理：《千山诗集》卷二十《招诸公入社诗·召冰鬼》，第412页。

[5] （清）释函可著，李兴盛整理：《千山诗集》卷十四《木公寄衣》，第299页。

[6] （清）释函可著，李兴盛整理：《千山诗集》卷十二《接本师书并衣杖诸物》，第245页。

回来，让他"感激泪如端"①"开缄百拜泪淋漓"②，感激不尽甚至痛哭流涕。其次，前文亦述饥饿会加剧身体的冰冷感，为了充饥，他们竭尽所能，食糙米（"粗粝亦充腹"③）、炊野菜（"厨炊野蕨馨"④），甚至到了敲碎冰块化为清水（"敲冰煮石自清吟"⑤）、焚烧粪便作为燃料（"粪火煨芋好共尝"⑥）、用石头煮作汤水（"更汲寒泉煮石头"⑦）的地步。这些极端的行为，所体现的正是他们不愿被寒冷吞噬的强烈生存欲望，是对肉体生命的积极救疗。

这种行为，也是他们区别于宋遗民的重要特点。如前文已述，元朝对宋遗民重在规训而非惩罚，因此给予他们不错的待遇，如汪元量随宋室北遣，途中"行厨日给官中粟，递驿时供塞上酥"⑧，即元使每日为其提供饭食香酥，可见接待之周到；且汪氏居北十三年，其生活虽不及从前，但对衣食并无太多担忧，还多次出席宫中筵席宴会。文天祥被解往燕京后，馆舍人员亦设宴殷勤招待。谢枋得至大都后，尚书留梦炎还将其安排至悯忠寺休养。因此，在他们的北地流放诗文中，很少能发现衣食匮乏之描写。相反，面对元统治者抛来的暖衣美食等身体舒适诱惑，他们却多明确予以拒绝，正如前文所述的绝食方式一样，表现出一种向死的心态。与之不同，清廷将明遗民远戍到荒无人烟的极寒之地，无食无衣，欲置之于死地，而清初流人则通过添衣进食以留存身体的方式，表现出强烈的求生意志。

（三）消解：融于冰雪的身心内化

默契的是，在历经严霜暴雪后，元、清两代的遗民流人皆与寒冷达成和解，并将冰雪之特性融入内心，化作不屈的生命意志和澄澈的人格品性。流戍多年，日复一日、年复一年地与冰雪风霜为伴，让他们对此已习以为常（"冰霜

---

① （清）释函可著，李兴盛整理：《千山诗集》卷十四《木公寄衣》，第299页。
② （清）释函可著，李兴盛整理：《千山诗集》卷十二《接本师书并衣杖诸物》，第245页。
③ （清）释函可著，李兴盛整理：《千山诗集》卷三《示学人三十首·五》，第40页。
④ （清）释函可著，李兴盛整理：《千山诗集》卷八《赠辽阳陈令公十韵》，第169页。
⑤ （清）苗君稷：《焦冥集》卷一《至日》，第139页。
⑥ （清）"大铃"的诗作，引自（清）释函可著，李兴盛整理：《千山诗集》卷二十，第396页。
⑦ （清）释函可著，李兴盛整理：《千山诗集》卷二《千山寄诸子五首·二》，第319页。
⑧ （宋）汪元量著，胡才甫校注：《汪元量集校注》卷二《幽州会同馆》，第93页。

已是经来惯"①"负屈以来经廿载，任教风雪夜冥冥"②），甚至将其视为生活中的一位好友（"寒冰到死为朋友"③）、生命中的一份陪伴（"清泉遥酌冰方结，寒雪和魂白到君"④）。于是，冰雪、风霜等严寒意象逐渐渗入他们的血液、肌骨乃至灵魂，内化成他们的人格品性特征。

其中最显著的表现便是"岁寒"所象征的不屈意志。"岁寒"之"岁"指年岁，"寒"即寒冷，其意为一年中的寒冷时节。"岁寒"一词最早出自《论语》，其曰"岁寒，然后知松柏之后凋也"⑤，年岁严寒之时，才知松柏是最后凋谢的，用以衬托松柏耐寒而坚忍之品性。自此，"岁寒"常被比作困境，如"终身执此调，岁寒不改心"⑥"岁寒众木改，松柏心常在"⑦"岁寒落落见孤松，不忍低眉宁枯槁"⑧等，而南宋马远所绘的"岁寒三友图"，更是将"岁寒"与松、竹、梅之关系固定下来，象征着在严酷的外在环境中，松、竹、梅迎寒而立的坚韧品性，即所谓的"岁寒心"。自此，"岁寒心"作为坚韧不屈的品性代称，被后人频繁使用，如"岂伊地气暖，自有岁寒心"⑨"众芳摇落尽，独有岁寒心"⑩"多节本怀端直性，露青犹有岁寒心"⑪等。这些历经连年寒冷的流人，似乎更能体悟到"岁寒"的真谛，家铉翁道："君不见新甫之柏徂徕松，可栋可楹皆在雪霜后"⑫，又云："余家乎

---

① （清）释函可著，李兴盛整理：《千山诗集》卷十五《高寒还叔侄复至》，第 323 页。

② （清）释函可著，李兴盛整理：《千山诗集》卷十七《腊八》，第 363 页。

③ （清）释函可著，李兴盛整理：《千山诗集》卷十五《立春》，第 316 页。

④ （清）"春侯"所作诗歌，引自（清）释函可著，李兴盛整理：《千山诗集》卷二十，第 398 页。

⑤ 杨伯峻译注：《论语译注》，中华书局 1980 年版，第 95 页。

⑥ （南朝·宋）鲍照、鲍令晖著，钱仲联校：《鲍参军集注》附鲍令晖诗《拟客从远方来》，上海古籍出版社 1980 年版，第 421 页。

⑦ （唐）张说：《代书寄薛四》，（清）彭定求等编：《全唐诗》第 2 册卷八六，第 925 页。

⑧ （宋）程俱著，徐裕敏点校：《北山小集》卷四《戏赠江仲嘉司兵》，人民文学出版社 2018 年版，第 71 页。

⑨ （唐）张九龄著，熊飞校注：《张九龄集校注》卷二《感遇十二首·七》，中华书局 2008 年版，第 178 页。

⑩ （唐）张说：《和魏仆射还乡》，（清）彭定求等编：《全唐诗》第 2 册卷八七，第 949 页。

⑪ （唐）刘禹锡著，瞿蜕园笺证：《刘禹锡集笺证》外集卷五《酬元九侍御赠璧竹鞭长句》，上海古籍出版社 1989 年版，第 1286 页。

⑫ （宋）家铉翁：《则堂集》卷五《陈子新前后十年叶赞府寮修明学政讲堂成以诗美之》，第 16 页。

岷之下兮，有梅萧萧，有竹森森。今洎乎瀛之野兮，秋草萋萋，黄沙冥冥。……
皓兮苍兮，吾独想其岁寒之心"①。他亲眼目睹在寒风冷霜的侵袭下，万物皆呈
凋零衰败之态，但松柏、梅花、翠竹依然挺立，这种"岁寒之心"，不仅是植物
所独有，亦是历经寒冷折磨后的诗人所独有之品性。对此，文天祥表达得更为直
接："岁寒心匪他"②"青青岁寒后，乃知君子心"③。跨越千年，远戍寒极之地的
明遗民亦呼喊出："岁寒松愈苍"④"苍松独抱岁寒心"⑤"千秋莫负岁寒盟"⑥，表
达了同样的坚守和不屈。此时的他们，"冰霜为骨羽为衣"⑦"坚冰到骨两条
铁"⑧，身体已同冰雪完全融为一体，展现出坚贞不移、坚不可摧的气节。

　　其二则是冰雪所蕴含的澄澈纯洁品性。冰、雪乃水汽在低温状态下的凝结
物，因而常被视为寒冷的象征。然而，冰雪因其晶莹无瑕之形态，也常被视为纯
洁之物，常见的词如"冰清玉洁""冰雪聪明"等，并常见于古诗中，如"净心抱冰
雪"⑨"一片冰心在玉壶"⑩"孤光自照，肝肺皆冰雪"⑪等，以冰雪比喻心之纯净
与贞洁。纵观遗民流人的诗歌，"冰雪"一词亦频频出现，有文天祥之"冰壶玉鉴
悬清秋"⑫"清操厉冰雪"，函可之"冰心互映彻"⑬"冰作肝肠我作邻，爱君清冷

---

① （宋）家铉翁：《题梅竹图》，曾枣庄、刘琳主编：《全宋文》第349册，上海辞书出版
社、安徽教育出版社2006年版，第91页。
② （宋）文天祥著，刘文源校笺：《文天祥诗集校笺》第4册卷十五《第一百七十一》，第
1536页。
③ （宋）文天祥著，刘文源校笺：《文天祥诗集校笺》第4册卷十五《第一百七十四》，第
1539页。
④ （明）张春著，李兴盛整理：《不二歌集》卷一《明夷子不二歌》，第447页。
⑤ （清）苗君稷：《焦冥集》卷一《至日》，第139页。
⑥ （清）"寒还"所作诗歌，引自《千山诗集　不二歌集》卷二十，第396页。
⑦ （清）释函可著，李兴盛整理：《千山诗集》卷九《赠苗炼师》，第193页。
⑧ （清）释函可著，李兴盛整理：《千山诗集》卷九《与薪夷同榻不寐》，第186页。
⑨ （南朝·陈）江总撰：《江令君集》卷二《入摄山栖霞寺（有序）》，国家图书馆藏明天启
崇祯年间刻本，第33页。
⑩ （唐）王昌龄著，胡问涛、罗琴校注：《王昌龄集编年校注》卷三《芙蓉楼送辛渐》，巴
蜀书社2000年版，第149页。
⑪ （宋）张孝祥著，徐鹏校点：《于湖居士文集》卷三一《念奴娇·过洞庭》，上海古籍出
版社2009年版，第304页。
⑫ （宋）文天祥著，刘文源校笺：《文天祥诗集校笺》第3册卷十三《胡笳曲·右十三
拍》，第1218页。
⑬ （清）释函可著，李兴盛整理：《千山诗集》卷八《同社中诸子赋百韵》，第168页。

绝纤尘"，苗君稷之"遥看河山异，难忘冰雪情"①"平生幽兴浑如昨，一片冰心雪里藏"②等。家铉翁甚至专门撰写《雪庵记》《雪崖说》两文，文中写道："蜀之西有雪山焉，……余爱之仰之，暇日必升高丘以望。当其喜而泰舒，山与余心俱明；当其静而敛藏，山与余心俱肃。"③又云："学道君子以心晤雪，以雪洗心。"④展现了其与冰雪融为一体的纯洁品性。

至此，通过绝食反抗、衣食救疗、冰雪内化，流人从借助寒冷毁灭自己，转变为积极抵御冰冷，最终与严寒和解并内化合一。他们由外到内、层层深入地运用自己的身体，对新朝统治者的权力控制进行了抵抗。

综上所述，元、清统治者皆通过异域流放的方式，并借助寒冷之侵袭，以对宋、明遗民施行惩戒，而流人则通过身体对寒冷的抵御，表达了对北方统治者权力的抵抗。可见，寒冷与冰雪，既是彼此对抗的媒介，亦为流人彰显不屈之纯粹品性、表达其南方认同和北方抗拒的载体。

第二节　身裂·国破·物残：流人的残缺
书写与南方认同

遗民流人的文学创作中，"残缺书写"现象较多，通过清代东北流人残缺书写高频词(如图 2-2-1)可以看出，以函可为代表的遗民流人作品中，"破""碎""残""剩""裂"等词的出现频率，远高于因科场案、文字狱等被流放的文人，成其群体创作的突出特点。⑤ 这些词意思相近，所指相似，皆表物体的残缺、不完

---

① （清）苗君稷：《焦冥集》卷二《送别王京兆拜大理乡二十韵》，第 152 页。

② （清）苗君稷：《焦冥集》卷二《梅花五首》之三，第 153 页。

③ （宋）家铉翁：《则堂集》卷一《雪庵记》，第 5 页。

④ （宋）家铉翁：《雪崖说》，曾枣庄、刘琳主编：《全宋文》第 349 册，上海辞书出版社、安徽教育出版社 2006 年版，第 140 页。

⑤ 清代东北流人的流放创作中，函可有诗歌约计 85339 字、方拱乾 73559 字、吴兆骞诗文 73450 字、方登峄 34287 字、方式济 7912 字。其中，"破""碎""残""剩""裂"在函可流放诗歌分别出现 82、28、203、39、16 次，皆居首位。且从寒冷书写占自身流放创作比重看，这五字在五人流放文本中共计出现 368、133、86、98、19 次，分别占比约 0.43%、0.18%、0.12%、0.29%、0.24%，函可依然高居榜首。

整，其中既有"断臂徒然卒未宁"①"身世肝肠伤半碎"②的肢体残损，也有"残山断磊迥相殊"③"剩水残山一点心"④的山河破碎，还有"荒烟落日残"⑤"残月忆刀痕"⑥的残败景象，从身体到家国，皆分散而碎裂。对于此种专门描写残缺破碎之文学现象，笔者称其为"残缺书写"。那么，这些残缺书写呈现了遗民流人怎样的心态？与宋末元初相比，明末清初遗民流人的书写又有何不同？破碎的身体、家国和风景之间又存在怎样的内在联系？下面将予以深入探究。

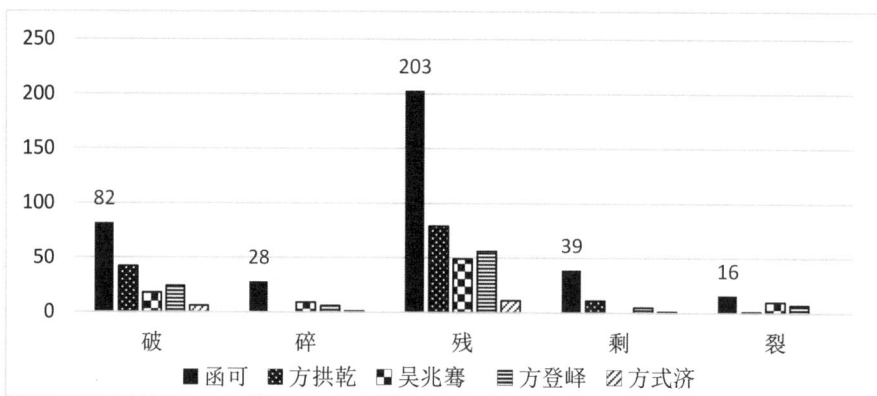

图 2-2-1　清代东北流人残缺书写高频词图

一、流人的身体书写与家国时局

在元、清遗民流人的文学书写中，身体的残缺与破碎频频出现。身体之残损，首先让人想到肢体的残疾，在文学书写中，最早且最典型的例子莫过于《庄

---

①　（清）释函可著，李兴盛整理：《千山诗集》卷十《心》，第 210 页。

②　（清）"天口"所作诗歌，引自（清）释函可著，李兴盛整理：《千山诗集》卷二十，第 405 页。

③　（清）苗君稷：《焦冥集》卷一《和姜少京兆见赠六十初度原韵》，第 168 页。

④　（清）释函可著，李兴盛整理：《千山诗集》卷十二《乙未生日四首·二》，第 248 页。

⑤　（清）苗君稷：《焦冥集》卷一《赠戴孝臣》，第 123 页。

⑥　（清）祁班孙：《紫芝轩逸稿》《□摆国旧城》，《清代诗文集汇编》编纂委员会编：《清代诗文集汇编》798，第 3 页。

子》，其《人间世》《德充符》《大宗师》等篇章，出现了支离疏、王骀、子舆等人物，他们或肢体断裂，或断足无趾，或佝偻驼背，身体极度残缺破损。虽然这些皆是庄子为阐明自身道学而虚构之人，但对他们的身体描写，如"颐隐于脐，肩高于顶，会撮指天，五管在上，两髀为胁"①等，都是客观的呈现，让人触目惊心，无限哀怜。而宋末元初、明末清初的变革之际，遗民流人的诗文中亦出现大量的身体残缺书写，或表现为"齿发衰谢气如虹"②"客髯衰残大漠风"③，描绘牙齿脱落、鬓发衰白的衰老之志；或表现为"孤城此日肠堪断"④"肝肠碎尽骨空存"⑤，肝肠寸断，碎裂成灰；又"三更共卧吹残骨"⑥"今日形骸迟一死"⑦，骨头残损，只剩枯骸；乃至"白刃飞空肢体裂"⑧"我身如断梗"⑨，肢体分裂，全身断碎；甚至"一片心如千片碎"⑩"翠羽无声魂已碎"⑪，心已裂碎，魂飞魄散。从局部到整体，由外层至内部，层层深入，身体各个部分都已分崩离析、残损破碎。然而，比照实际情况，可知以上书写皆非客观现象之陈述，他们大多数人，如汪元量、家铉翁、祁班孙和冰天诗社成员等，虽被遣戍异地，但统治者并未对其动刑以致肢体残损；而如文天祥、张春等人虽被处死，但行刑之前，其身体无疑是完整的；函可虽遭受肉体刑罚，以致血流于趾，但绝未到"断臂""骨残"之境地，至于"肝裂""心碎""魂断"，更是一种非现实的夸张描述。那么，遗民流

---

① （清）郭庆藩辑，王孝鱼整理：《庄子集释》卷二中，中华书局1961年版，第180页。

② （宋）家铉翁：《则堂集》卷五《朱信叔洛阳人往佐长安省幕》，第17页。

③ （清）苗君稷：《焦冥集》卷二《和杨子谦六丙辰秋末见怀之作》，第171页。

④ （宋）文天祥著，刘文源校笺：《文天祥诗集校笺》第3册卷十三《胡笳曲·右七拍》，第1210页。

⑤ （清）"刺翁"所作诗歌，引自（清）释函可著，李兴盛整理：《千山诗集》卷二十，第405页。

⑥ （清）释函可著，李兴盛整理：《千山诗集》卷十一《寄孝公》，第234页。

⑦ （宋）文天祥著，刘文源校笺：《文天祥诗集校笺》第4册卷十四《览镜见须髯消落为之流涕》，第1251页。

⑧ （宋）汪元量著，胡才甫校注：《汪元量集校注》卷三《浮丘道人招魂歌九首·三》，第110页。

⑨ （清）释函可著，李兴盛整理：《千山诗集》卷四《阿字行后作七首·三》，第73页。

⑩ （宋）文天祥著，刘文源校笺：《文天祥诗集校笺》第3册卷十三《自叹（绿槐云影弄黄昏）》，第1178页。

⑪ （清）释函可著，李兴盛整理：《千山诗集》卷十六《忆故山梅》，第348页。

人为何要如此夸大地描摹身体的残缺呢？对此，我们亦可从其诗文中找到答案。

家国破碎乃遗民流人身体残缺书写的本质动因。汪元量有诗云："有官有官位卿相，一代儒宗一敬让。家亡国破身漂荡，铁汉生擒今北向。忠肝义胆不可状，要与人间留好样。惜哉斯文天已丧，我作哀章泪凄怆。呜呼九歌兮歌始放，魂招不来默惆怅。"①此乃文天祥就义后，汪元量为他所写的招魂歌，诗中"身""肝""胆""泪""魂"，皆与身体有关，除"泪"是作者所属外，其余皆归于文天祥。全诗以身体的转移为线索展开，开头第一句，写其身居高位；接着，身体漂泊，被移至北方；然而，身体部位的肝胆却不肯服从；后来，肉体被消灭，牵动了作者的泪水；最后，作为身体内核的灵魂，四处飘散不得归来。在此过程中，导致身体从高位到低位、由完整变飘零、自南方至北方的关键点，便是"家亡国破"。又函可有诗曰：

和掌邦弟二首有小序

阿字出塞，简布袋破纸，有二诗，云是予族弟掌邦所寄也。掌邦，名宗礼。从楚江入匡谒栖贤，留十余日便辞。欲相访，业八阅月，竟不知飘泊何所？呜呼！投荒以来，骨肉凋残殆尽，乃不意复有掌邦其人，又复能作是语。因和其韵，亦异地埙篪也。

之一

袈裟一搭是吾忧，万井风烟况未收。早是无家心已断，忽闻有弟泪重流。洞庭波泛孤鸿影，华表霜寒老鹤愁。两地月明遥共望，何时还照合江楼？

之二

空囊墨化苍龙吼，野寺钟残黑雾屯。数代弓裘归马革，十年心胆碎鸰原。急将短铗弹庾岭，莫遣长歌度蓟门。荒垄遗编重拭目，离支树下好招魂。②

---

① （宋）汪元量著，胡才甫校注：《汪元量集校注》卷三《浮丘道人招魂歌九首》之九，第113页。

② （清）释函可著，李兴盛整理：《千山诗集》卷十二《和掌邦弟二首》，第256～257页。

此诗乃作者在戍地收到族弟之诗后所作，其中的身体家国意味尤为明显，并主要体现在颔联中。第一首"早是无家心已断，忽闻有弟泪重流"，与身体相关的"心""泪"皆发生了变化，心由完整变断裂，乃因为"无家""骨肉凋残殆尽"，泪从收住到重流，则由于"有弟"，即还有家人在，因此，引起身体变化的原因在于家的有无。第二首中，"弓裘"指父子世代相传之事业，"马革"乃古代战士包裹牺牲战友尸体之物品，所谓"马革裹尸"是也，"鸰原"则出自《诗经·小雅》"脊令在原，兄弟急难"①，意为兄弟友爱。由此，颔联的寓意尤为明显，在这十年中，作者心胆皆碎，其原因既由于家族基业在战乱中凋零殆尽，又与对兄弟的牵挂息息相关，如此一来，便将其身体的碎裂指向了家园的破碎。其他如"半刻山河惟裂眦，千秋杀活在拈须"②"赤县神州心碎尽，更堪洒血极西楼"③等，他们的目眦尽裂、心魂破碎、血洒热土，其动因皆在于国破家亡、山河破碎。

更进一层，遗民流人将自身躯体与家国紧密捆绑的行为，乃是身体家国化的表现。从字源来看，"家"最早见于甲骨文，本义指屋内、住所；"国"始见于商代，本义为疆域、地域。可见，"家"和"国"最初都强调一定的地域范围，包括其中的花草树木、山川河流等。当这些自然物象被划入家、国领地时，它们亦渐成家、国之代称，如"家园""桑梓"常用来指代家乡，"江山""山河"则与国家等同，并有了"忽忆家园须速去，樱桃欲熟笋应生"④"乡禽何事亦来此，令我生心忆桑梓"⑤和"两地江山万馀里，何时重谒圣明君"⑥"待重头，收拾旧山河"⑦等

①　(汉)毛公传，郑玄笺，(唐)孔颖达等正义：《毛诗正义》卷九《小雅·棠棣》，(清)阮元校刻：《十三经注疏》(清嘉庆刊本)，第321页。

②　(清)"雪蛆"所作诗歌，引自(清)释函可著，李兴盛整理：《千山诗集》卷二十，第400页。

③　(清)释函可著，李兴盛整理：《千山诗集》卷十三《元旦哭喇嘛二首·二》，第269页。

④　(唐)白居易著，顾学颉校：《白居易集》外集卷上《寿安歇马重吟》，中华书局1979年版，第1512页。

⑤　(唐)柳宗元著：《柳宗元集》卷四三《闻黄鹂》，中华书局1979年版，第1249页。

⑥　(唐)沈佺期：《遥同杜员外审言过岭》，(清)彭定求等编：《全唐诗》第2册卷九六，第1038页。

⑦　(宋)岳飞：《满江红·怒发冲冠》，唐圭璋编：《全宋词》第2册，中华书局1965年版，第1246页。

诗词，用樱桃、熟笋、乡禽、桑梓、江山、山河等作为家国的代指符号。另，古人崇尚天人合一，他们在仰观天象、俯察地法的过程中，远取诸物、近取诸身，将天地万物与自身相联。于是，山川、河流、花木等往往成为身体的外化：坚硬山峰使人联想到自身骨骼，流淌河流则关联到身体血液，葱茏草木则被视为皮肤上的毛发。因而在盘古开天辟地的神话中，其身体被视为化作天地万物，所谓"盘古，垂死化身。气成风云，声为雷霆，左眼为日，右眼为月，四肢五体为四极五岳，血液为江河，筋脉为地理，肌肉为田土，发髭为星辰，皮毛为草木，齿骨为金石，精髓为珠玉，汗流为雨泽"①，如此，风雨雷电等自然现象俨然成了身体行为的外化，山林江海即变为肉体的化身。既然山川河流、花草树木归属于家国，于是通过"山河象征着家国，身体幻化成山河"的对等连接，身体便实现了家国化。

此外，中国古代的家国同构理念，其本质乃身、家、国一体。《孝经》有云："身体发肤，受之父母，不敢毁伤，孝之始也；立身行道，扬名于后世，以显父母，孝之终也。夫孝，始于事亲，中于事君，终于立身。"②这首先肯定了父母血亲所构成的家庭乃身体之源，接着阐明了身、家、国三者之关系，即家、国是身体场域的推广和扩大，三者层层推进、异质同构。在此三者构成的体系中，"孝"乃个人身体对家庭遵守的伦理规约，推至国家，则为"忠"。因此，在二十四孝中，"啮指痛心""卖身葬父""卧冰求鲤"等故事，即通过身体承受的痛觉来实现对家庭伦理的恪守；而"以身殉国""为国捐躯"等行为，则是借助身体的毁灭来履行对国家的责任。

这种身体家国化与身、家、国三位一体的政治纲常，无疑给遗民流人提供了思想基础，使其在国破家亡、山河破碎之际，频频将身体与家国紧密联结。汪元量的《浮丘道人招魂歌》九首，基本为身体家国化的写作，举其二为例："有母有母死南国，天气黯淡杀气黑。忍埋玉骨崖山侧，蓼莪劬劳泪沾臆。孤儿以忠报罔极，拔舌剖心命何惜。地结苌弘血成碧，九泉见母无言责。呜呼二歌兮歌复忆，

---

① （明）董斯张撰：《广博物志》卷九引《五运历年纪》，上海古籍出版社1992年版，第178页。

② （唐）李隆基注，（宋）邢昺疏、金良年点校：《孝经》卷一，上海古籍出版社2014年版，第5~6页。

魂招不来长叹息。"①诗中，儿之舌与心、死去之母和南国分别指涉身、家、国三个场域，"南国"之"南"则突出国家政权的属性，此三者的运行是以儿子对母亲之孝顺、对国家之忠诚来维系的。然而，战争杀气袭来，母亲消殒，象征着家庭的破灭，儿子的身份也由此发生改变，成为"孤儿"，"孝"的行为基础随之消失。此时，身体把对家庭的孝顺转化为对南国之忠诚，立志通过"拔舌剖心"的身体残损，来实现对国家的拯救。最后，身体虽消失，但作为忠贞象征的"碧血"，却宣告了身体国家化的实现。又如文天祥之"在秦张良椎，在汉苏武节。为严将军头，为嵇侍中血。为张睢阳齿，为颜常山舌"，此乃文氏借忠烈前贤之事以显其志，诗中张良之椎骨、严颜之头颅、嵇绍之碧血、张巡之碎齿、颜杲卿之断舌，这些器官部位已不仅仅属于他们的身体，而是上升至国家层面，成为家国气节之象征，完成了身体的家国化。再如朱美人之"不免辱国，幸免辱身。不辱父母，免辱六亲"②、家铉翁之"说出忠臣报国心，四座闻者为堕泪"③等，亦是如此。

此种身体与家国同化的心理，也在明末清初的遗民流人中得到传承，其中又以函可最具典型性，其有诗曰：

静夜吟

秋夜如漆我心忧，醒亦忧，寐亦忧，兼之蟋蟀，苦鸣不休。揽衣忽坐起，还卧泪横流。大风吹树何飕飕？床头书鬼声啾啾。家乡已荡尽，胡为身独留？

我有一点心，暗风吹已碎。一半福州山，一半浔江水。④

怀梁非馨

廿年作客白门秋，辛苦还家短发留。半壁又虚惟裂眦，匝天何处可埋

---

① （宋）汪元量著，胡才甫校注：《汪元量集校注》卷三《浮丘道人招魂歌九首》之二，第109~110页。

② （宋）朱美人：《袖中遗诗》，引自（元）杨瑀、孔齐撰，李梦生、庄葳、郭群一校点：《历代笔记小说大观 山居新语；至正直记》，上海古籍出版社2012年版，第30页。

③ （清）家铉翁：《则堂集》卷五《赠谈故人高鹏举》，第15页。

④ （清）释函可著，李兴盛整理：《千山诗集》卷二《静夜吟》，第26页。

头。文章自合随身老，贫贱除非到死休。绝塞忽思酬唱地，西湖有月大如瓯。①

两诗同样关联身、家、国三个场域，第一首中，国用山河来代称，即"福州山""浔江水"，前者位于闽南，后者地处岭南，进一步指出此乃南方故国。然而，家之破灭荡尽，使身体已无所皈依，这时，独立于肉体之外的"心"，在国破家亡之时亦破碎不堪，并分别转变为"福州山"和"浔江水"，实现了身体的家国化。第二首开篇即道：身体虽远离故乡多年，但在回归之时，依然保留着受之于父母的头发，此时，头发便成为身与家相认的符号。颔联的"半壁"代指国家的残山剩水，家国之残破牵动着身体器官的破裂，一旦破亡，身体便无安葬（"埋头"）之处，随即消殒。在以上逻辑链中，身体连接着家与国，而身的家国化，亦使其随家国局势之变化而改变。另冰天诗社成员"天口"的"先子遗文付弟昆，辞家久矣托空门。杖头欲豁天人眼，笔底先招忠义魂。身世肝肠伤半碎，乾坤风雨冷全吞。田衣泪渍缘何事？到死知君不哭冤"②，"刺翁"之"小雁城边大雁村，村中尤觉雪霜繁。饥来却忆周人粟，寒极难吹伯氏埙。骨肉幸馀心已碎，诗书无用卷犹存"③等诗，同样是身体家国一体化之表现。

　　因此，遗民流人的残缺书写，是对国破家亡的反映，其内在动因根植于身家国的一体化。在三者的关联文本中，流人还通过对"闽南""岭南""南国"等南方区位的强调，以彰显对南方故国的追慕。然而，同样是身心俱裂、山河破碎，与宋末元初相比，明末清初的遗民流人又有哪些别样的体验呢？

二、清初流人的独特体验

　　宋末元初与明末清初之遗民流人皆有身体残缺的书写，但后者不仅在数量上

---

①　（清）释函可著，李兴盛整理：《千山诗集》卷十《怀梁非馨》，第195页。

②　（清）"天口"所作诗歌，引自（清）释函可著，李兴盛整理：《千山诗集》卷二十，第405页。

③　（清）"刺翁"所作诗歌，引自（清）释函可著，李兴盛整理：《千山诗集》卷二十，第398页。

占绝对优势，① 在范围和程度上亦远超前者。这些特点如何呈现？其背后动因又是什么？下面将予以探究。

（一）依附性：清流人对躯体存活的渴求

着重于残魄、残躯之书写，乃清初遗民流人的突出特点。就身体部位而言，宋遗民多着眼于发、肤、眼、骨、肠、心、魂的破碎书写，明遗民除以上皆有涉及外，还兼及肝（"肝肠碎尽骨空存"②"当复肝肠断"③）、臂（"断臂徒然卒未宁"④"彦先刃左臂"⑤）、头（"断头心罔贰"⑥）的断裂描写，其中，8 处"残魄"文本和 21 处残躯书写，是其最突出的特点。遗民往往格外重视身体之精神层面，具体表现在对魂、魄等能离开人体而存在之精气的描写，如清初遗民流人写有 5 处魂之断碎，包括"翠羽无声魂已碎"⑦"收拾残魂卧佛灯"⑧"收拾残魂礼佛名"⑨等，同宋遗民的"万里云山断客魂"⑩"魂断苍梧帝"⑪一样，表现身体精神层面的破灭。但元流人基本忽略了"魄"，清流人则对其颇为关注，如"收回残魄日星昭"⑫"好呼残魄尽将归"⑬"尽吹残魄返其乡"⑭等，要探究其中寓意，得从"魂"

---

① 通过笔者统计，在描写身体残缺上，元流人有 10 多处，但清流人却达 100 多处，远胜于前者。

② （清）"刺翁"所作诗歌，引自（清）释函可著，李兴盛整理：《千山诗集》卷二十，第 405 页。

③ （清）祁班孙：《紫芝轩逸稿》《出都十一首·十》，《清代诗文集汇编》编纂委员会编：《清代诗文集汇编》798，第 9 页。

④ （清）释函可著，李兴盛整理：《千山诗集》卷十《心》，第 210 页。

⑤ （清）释函可著，李兴盛整理：《千山诗集》卷三《秋思新泪》，第 35 页。

⑥ （清）释函可著，李兴盛整理：《千山诗集》卷三《秋思新泪》，第 34 页。

⑦ （清）释函可著，李兴盛整理：《千山诗集》卷十六《忆故山梅》，第 348 页。

⑧ （清）释函可著，李兴盛整理：《千山诗集》卷十《读宗尉寄戴子书有感》，第 211 页。

⑨ （清）释函可著，李兴盛整理：《千山诗集》卷十一《李公赎陈氏为尼三首·三》，第 223 页。

⑩ （宋）文天祥著，刘文源校笺：《文天祥诗集校笺》第 3 册卷十三《感兴》，第 1158 页。

⑪ （宋）文天祥著，刘文源校笺：《文天祥诗集校笺》第 4 册卷十五《景炎宾天第三十一》，第 1391 页。

⑫ （清）释函可著，李兴盛整理：《千山诗集》卷九《寄澹心》，第 181 页。

⑬ （清）释函可著，李兴盛整理：《千山诗集》卷十六《重哭左吏部八首》之四，第 343 页。

⑭ （清）释函可著，李兴盛整理：《千山诗集》卷十九《三五七言》，第 389 页。

"魄"之关系着手。魂、魄皆指人之精神灵气，常合并使用，如"魂飞魄散""失魂落魄"等。但两者又稍有别，《内观经》曰："三月阳神为三魂，动以生也。四月阴灵为七魄，静镇形也……动以营身之谓魂，静以镇形之谓魄。"①孔颖达疏《昭公七年》提到："魂魄神灵之名，本从形气而有。形气既殊，魂魄各异。附形之灵为魄，附气之神为魂也。"②即"魂"指脱离人体而存在之精神，"魄"则强调依附于形体而显现，两者区别之关键在于无形与有形，即能否让精神有依附之处。可见相比于元流人，清流人更注重有形躯体之依托。此种态度亦可从以下例中得到验证，明末清初遗民流人有"病后微躯更老残"③"残身久拼馀双眼"④"残躯委冰雪"⑤等描写共 21 处，"躯""身"乃着眼于完整之躯体，表明他们关注的不仅仅是某个器官的破损，还包括整个躯体之残缺，但此类书写在元初流人的文本中几乎难觅踪迹。

此特点之形成，与宋、明遗民的不同态度密切相关。就前者而言，他们更注重气节，所持乃赴死之心，如文天祥、谢枋得被俘后，只求一死，并在囚禁之时毫不犹豫地选择绝食以加速死亡。但后者却非如此，除张春外，他们更多地心怀求生之渴望，因此借助添衣进食来抵御身体寒冷，通过结社集会来驱除内心的孤独，以保存自身的完整躯体。函可诗中，"死"字虽频繁出现 154 次，但"生"字出现频率更高，达 308 次，说明在面对生死抉择时，其内心对生存之渴望超越了死亡带来的解脱。而尤其"微贱一茎草，寄生枯木中"⑥"虽无好处去，犹自惜余生"⑦"眼看鲸海波涛细，犹可残生见世人"⑧等诗句，更表明其在艰难绝境中，依然存有苟延残喘的求生意志。由此再反观其"残魄"之书写："逻娑残魄又重

① 《云笈七签》卷十七《太上老君内观经》，书目文献出版社 1992 年版，第 133 页。

② （晋）杜预注，（唐）孔颖达等正义：《春秋左传正义》卷第四四《昭公七年》，（清）阮元校刻：《十三经注疏》（清嘉庆刊本），第 764 页。

③ （清）苗君稷：《焦冥集》卷二《和陈子朔风诗》，第 165 页。

④ （清）释函可著，李兴盛整理：《千山诗集》卷十三《入山有感示诸子》，第 272 页。

⑤ （清）释函可著，李兴盛整理：《千山诗集》卷六《生日四首》之四，第 105 页。

⑥ （清）释函可著，李兴盛整理：《千山诗集》卷二《树中草》，第 29 页。

⑦ （清）释函可著，李兴盛整理：《千山诗集》卷六《立秋后一日孤雁忽飞去四首·三》，第 122 页。

⑧ （清）释函可著，李兴盛整理：《千山诗集》卷九《元日有感二首·二》，第 184 页。

圆"①"好呼残魄尽将归"②"尽吹残魄返其乡"③等，他们依附于此残魄之躯体，其目的乃"重圆""将归""返乡"，即依托身体实现归乡念想。由此，这个残缺躯体化作连接北方异域和南方故国的重要媒介，而回归故园的渴望，也成为他们拖着破碎躯体在异地残存苟活的最大动力。

(二) 碎裂状：身体与家国的剧烈变动

此外，清流人书写身体碎裂状态之程度，亦远甚于元流人。以"心"的破碎书写为例，就频率而言，宋末元初遗民流人只有 3 处，即"一片心如千片碎"④"梦啼死血丹心破"⑤"灯前心欲碎"⑥；明末清初遗民流人则多达 12 处，诸如"骨肉幸馀心已碎"⑦"赤县神州心碎尽"⑧"骨残心碎无完肌"⑨"忽焉裂心肝"⑩等。从"心"的破碎程度来看，元远不及清，文天祥写其心如"千片碎"，通过给出具体数量，以示其碎裂之重。在此层面，清流人的"心俱碎""心碎尽"或与其相当。但清人还写道："早是无家心已断，忽闻有弟泪重流"⑪"双轮腹上过，忽焉裂心肝"⑫，给心碎增加了断截、开裂的动作，令人如闻心肝断裂之声，加剧了其破

---

① （清）释函可著，李兴盛整理：《千山诗集》卷十《同诸子过寿大翁》，第 212 页。

② （清）释函可著，李兴盛整理：《千山诗集》卷十六《重哭左吏部八首・四》，第 343 页。

③ （清）释函可著，李兴盛整理：《千山诗集》卷十九《三五七言》，第 389 页。

④ （宋）文天祥著，刘文源校笺：《文天祥诗集校笺》第 3 册卷十三《自叹（绿槐云影弄黄昏）》，第 1178 页。

⑤ （宋）文天祥著，刘文源校笺：《文天祥诗集校笺》第 3 册卷十三《去年十月九日予至燕城今周星不报而赋长句》，第 1227 页。

⑥ （宋）文天祥著，刘文源校笺：《文天祥诗集校笺》第 4 册卷十四《病目二首・二》，第 1348 页。

⑦ （清）"刺翁"所作诗歌，引自（清）释函可著，李兴盛整理：《千山诗集》卷二十，第 398 页。

⑧ （清）释函可著，李兴盛整理：《千山诗集》卷十三《元旦哭喇嘛二首・二》，第 269 页。

⑨ （清）释函可著，李兴盛整理：《千山诗集》卷五《辛卯寓普济作八歌・七》，第 93 页。

⑩ （清）祁班孙：《紫芝轩逸稿》《出都十一首・二》，《清代诗文集汇编》编纂委员会编：《清代诗文集汇编》798，第 8 页。

⑪ （清）释函可著，李兴盛整理：《千山诗集》卷十二《和掌邦弟二首・一》，第 256 页。

⑫ （清）祁班孙：《紫芝轩逸稿》《出都十一首・二》，《清代诗文集汇编》编纂委员会编：《清代诗文集汇编》798，第 8 页。

裂之惨状。从心碎的直接诱因来看，文天祥写道："鬼影青灯照孤坐，梦啼死血丹心破"①，通过鬼影、青灯、啼血营造出一幅阴森悲凄的画面，在此图景中，流人听到梦中杜鹃啼血之哀鸣，于是丹心破碎，即点出其心碎与强烈的外在氛围有关。相比之下，函可却是"我有一点心，暗风吹已碎"②"风吹寸草心俱碎"③，一点风吹草动都能让他心肝碎裂，足见诱因之细微，流人内心之敏感；甚至"遇物皆心碎"④，无论什么物体，只要身体看到、听到或闻到，都足以使他心碎，可见诱因之无处不在。再从心碎的来袭速度来看，文天祥的描写偏于感觉的直接呈现，没有速度上的表现，但清流人却是"忽焉裂心肝"，一瞬间心就破裂，来得急速而突然。

又以"骨"的残缺书写为例，元流人只有"战骨当速朽"⑤"遗骸不惜弃草芜"⑥2 处，而清流人则有 12 处，在数量上更具优势。从"骨"的残损程度来看，元亦不及清，如同写"朽骨"，即腐烂的骨头，文天祥道："战骨当速朽"，"当"表应当、必当，是一种猜想和假设，即在战骨还未腐朽之时，就给它预测了结局。苗君稷则曰："朽骨蔓青萝"⑦，尸骨上已爬满青萝，表明战骨丢弃时间之久，腐朽的过程已经发生；又函可云："崩崖搜朽骨"⑧，即在断崖之间搜寻朽骨，说明骨头之腐朽在"搜"这个动作之前已然完成。这两句无疑皆表示尸骨已经残缺、腐烂，甚至逐渐被自然之物掩盖，腐朽不堪而难寻其迹。与文天祥的将发生相比，清流人所写的已发生行为，其呈现的残缺程度显然更重，在视觉上亦能给人更大的冲击力。而对"断肠"的描写也是类似，宋遗民多诉其"肠断"，如

---

① （宋）文天祥著，刘文源校笺：《文天祥诗集校笺》第 3 册卷十三《去年十月九日予至燕城今周星不报而赋长句》，第 1227 页。

② （清）释函可著，李兴盛整理：《千山诗集》卷二《静夜吟》，第 26 页。

③ （清）释函可著，李兴盛整理：《千山诗集》卷十一《寄谦公》，第 235 页。

④ （清）释函可著，李兴盛整理：《千山诗集》卷六《晚兴》，第 106 页。

⑤ （宋）文天祥著，刘文源校笺：《文天祥诗集校笺》第 4 册卷十五《淮西帅第二十五》，第 1385 页。

⑥ （宋）文天祥著，刘文源校笺：《文天祥诗集校笺》第 4 册附录一《赴刑歌》，第 1698 页。

⑦ （清）苗君稷：《焦冥集》卷二《赠苏生归自南粤十八韵》，第 165 页。

⑧ （清）释函可著，李兴盛整理：《千山诗集》卷八《同社中诸子赋百韵》，第 167 页。

"说到悲秋更断肠"①"孤城此日肠堪断"②"断肠分手各风烟"③，但明遗民除"流离异域断肠紫"④"生人空断九回肠"⑤"是处皆肠断"⑥等15处反复描写其"断肠"外，还将其同肝的碎裂粘合在一起，即"当复肝肠断"⑦"身世肝肠伤半碎"⑧"肝肠碎尽骨空存"⑨等，如此，不但涉及多个器官，更把肠从"断"到"半碎"再到"碎尽"的惨状极致呈现。

可见，虽同处易代之际，但元遗民流人的身心破裂程度远不及清流人，而造成这种差异的原因，与时局和士人心态紧密关联。前文已述，遗民流人普遍有身体家国一体化之心理，因此故国局势无疑是其心态变化之根本动因。公元1127年，金军南下，掳走徽钦二宗，而后康王赵构迁都临安，开始了半壁江山的南宋时期。在这150多年里，面对北方辽金的威胁和大好河山的沦陷，南宋士大夫心头始终萦绕着残剩破碎之感。在艺术领域，画家马远、夏圭打破传统的全景山水绘画格局，在画面的一角、半边上大做文章，故被称为"马角""夏半边"，其代表作有《踏歌行图》(如图2-2-2)、《雪图》、《江山佳胜图》及《溪山清远图》(如图2-2-3)等。这些图景中，峭拔瘦硬的山峰往往被置于一角，泛舟小船也常被搁于下半边，如此构图，在留给观者想象空间的同时，也传达了作者的残山剩水之感。此时的花鸟画亦发生改变，残景小幅画作逐渐多于传统的全景大幅轴画，他们常截取"折枝碎叶"来苦心经营，以描摹出衰残败落之景，典型如梁楷的《秋柳

---

① （宋）文天祥著，刘文源校笺：《文天祥诗集校笺》第4册卷十四《又三绝·三》，第1320页。

② （宋）文天祥著，刘文源校笺：《文天祥诗集校笺》第3册卷十三《胡笳曲·右七拍》，第1210页。

③ （宋）文天祥著，刘文源校笺：《文天祥诗集校笺》第3册卷十三《胡笳曲·右十六拍》，第1223页。

④ （清）苗君稷：《焦冥集》卷一《丙午清明》，第141页。

⑤ （清）释函可著，李兴盛整理：《千山诗集》卷十二《乙未生日四首·一》，第248页。

⑥ （清）释函可著，李兴盛整理：《千山诗集》卷六《偶感》，第107页。

⑦ （清）祁班孙：《紫芝轩逸稿》《出都十一首·十》，《清代诗文集汇编》编纂委员会编：《清代诗文集汇编》798，第9页。

⑧ （清）"天口"所作诗歌，引自（清）释函可著，李兴盛整理：《千山诗集》卷二十，第405页。

⑨ （清）"刺翁"所作诗歌，引自（清）释函可著，李兴盛整理：《千山诗集》卷二十，第405页。

双鸦图》(如图 2-2-4)等。另在雕塑领域，亦出现大量"残躯断臂"的佛教塑像，与山水花鸟画中的"残山剩水""折枝碎叶"相呼应。放眼文学领域，宋室南渡后，这种感叹半壁江山、盼望收复失地的悲痛与无奈之感，如幽灵般跟随着宋人，从李清照的"江山留与后人愁"①"欲将血泪寄山河，去洒东山一抔土"②，到范成大的"残山剩水一人心"③，再到陆游的"但悲不见九州同"④，延绵而下，不绝如缕，以至文天祥在亡宋北解之前，就已有"山河破碎风飘絮"⑤之哀叹。因此可以说，自宋南移后，士人就早有家国破碎的心理准备，这种苦痛焦灼虽煎熬着宋人一百多年，但在某种程度上，也使其形成了一定的心理适应。因此，当危难真正来临时，山河破碎、国破家亡给他们的冲击力，也就不显其大了。

图 2-2-2　踏歌行图

---

①　(宋)李清照著，徐培均笺注:《李清照集笺注》卷二《题八咏楼》，上海古籍出版社 2002 年版，第 241 页。

②　(宋)李清照著，徐培均笺注:《李清照集笺注》卷二《上枢密韩公工部尚书胡公》，第 222 页。

③　(宋)范成大著，富寿荪标校:《范石湖集》卷九《与胡经仲陈朋元游照山堂》，上海古籍出版社 2006 年版，第 108 页。

④　(宋)陆游，钱仲联校注:《剑南诗稿校注》第 8 册卷八五《示儿》，上海古籍出版社 2005 年版，第 4542 页。

⑤　(宋)文天祥著，刘文源校笺:《文天祥诗集校笺》第 3 册卷十《过零丁洋》，第 825 页。

图 2-2-3　溪山清远图

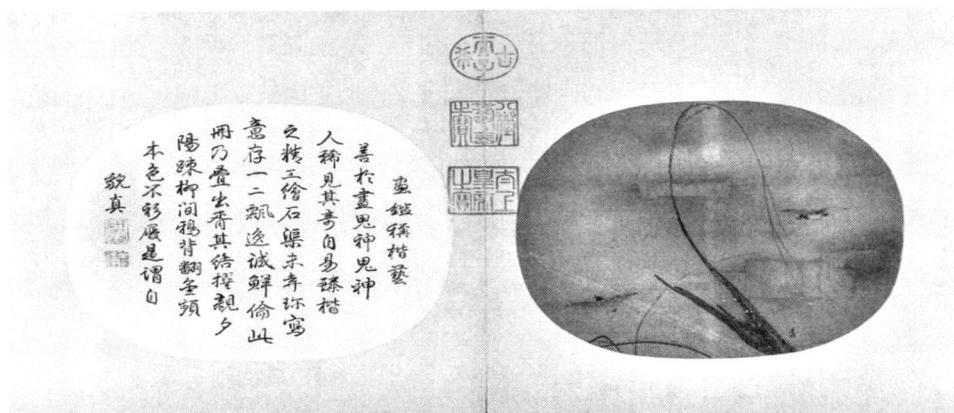

图 2-2-4　秋柳双鸦图

对比之下，明朝的情况则大不相同，疆域的长久辽阔养成了明人对国土完整的强烈认同感。有明一代，其领土东至日本海和外兴安岭，北到阴山，西抵新疆哈密，南达缅甸和暹罗北部，并曾收复越南，虽其领地后来有所回缩，但依然疆域辽阔。因而"天朝"之心态在明人心中泛起，他们积极对外广布皇恩，大力开疆拓土，例如，明成祖派遣郑和七下西洋，宣扬国威，高丽、日本等国则频繁遣使来华朝贡；万历皇帝通过三大征，先后在西北、西南和朝鲜展开大规模的军事行动，巩固明帝国疆土，维护其在东亚的霸主地位。这种天朝盛世的自豪感亦在文学上有所呈现，最具典型的莫过于永乐至成化年间的台阁体，即以杨士奇、杨荣、杨溥为代表的馆阁文臣，颂圣德，歌太平，文风雍容典雅，华贵精致，诗如"大明一统御乾坤，雨露生成总帝恩。宣德年年调玉烛，华夷长戴圣皇尊"[1]，"海宇升平日，元宵节令时。彩云飘凤阙，瑞霭绕龙旗。歌管春声动，星河夜色迟。万方同燕喜，千载际昌期"[2]，"圣皇盛德被万方，体徵协应年丰穰。薄海内外民乐康，和气生祥来海邦"[3]等，道尽天朝的繁荣昌盛与君臣的自豪荣耀。之后的前后七子、唐宋派、公安派，或主张复古，或提倡求真，但都难寻悲怆之音，与南宋人的心态迥然有别。一直到晚明陈子龙、夏完淳的末代悲歌，才打破了这一局面。因此，对于明人而言，长期较为和平安定的局面，使其对家国有着深切的认同感，也养成了他们对和平环境长久适应的惰性。而当这种局面忽然被打破，给他们的震动冲击就尤显巨大，1644 年，崇祯帝上吊自杀，宣告明王朝276 年统治的覆灭，这个消息来得那么突然，以致当时的南京朝廷都难以置信，官员尚且如此，这些以身许国的士人，其反应自然更加强烈。因此，当这些长久适应于辽阔疆域之人，骤然变为既需面对国破家亡的事实，又得遭受流放异地的痛苦时，其身心的撕扯、破碎、断裂之感，也就异常剧烈了。

---

① （明）杨士奇：《东里续集》卷六十一《元夕赐观灯诗（有序）·十》，《钦定四库全书》本，第 6 页。

② （明）杨荣撰：《文敏集》卷一《元夕赐观灯五首·一》，上海古籍出版社 1911 年版，第 18 页。

③ （明）杨溥撰，王国灿校注：《杨文定公诗集》之三《麒麟诗（有序）》，原书无页码，在古籍本顺数第 49 页。

三、遗民流人的残缺感知

外力作用于身心，身心又转而关照外物，在身体断裂、家国破碎的影响下，遗民流人渐生残缺视角，并以此来感知自然万物和自身生命。

(一)残破像：流人眼中的风景呈现

遗民流人以残缺之眼耳观物取声，呈现的风景皆是残破之像、残碎之声。王国维曾指出："以我观物，则物皆著我之色彩"①，即世间万物，或喜或悲，或圆或缺，乃心境之呈现、主观情感之外化，以此观照遗民流人的风景书写，便可知悉。家铉翁有诗曰："前津风色恶，断岸寄孤艇"②，此句所绘之图景与残山剩水图颇为相似，画面只选取渡口的前方("前津")、隔断的江岸("断岸")为一角，再缀以孤零零的舟艇，给人以断裂残损之感。从广义上看，风景的呈现不仅包括视觉画面的展现，还包括听觉感知的摄入，汪元量诗"呜呼三歌兮歌声咽"③"呜呼六歌兮歌欲残"④，乃从听觉切入。两句虽用词不同，却异曲同工，"咽"即"哽咽"，指哭泣时不能痛快地发出声音，迫使泪水由嗓子倒灌进胃里，即哭声不时被阻断、切碎，因而"呜呼三歌兮歌声咽"表示歌声夹杂着哭声，时断时续地被后者切断，形成残碎之感；"呜呼六歌兮歌欲残"则更为直接，径直写出歌声延续到后面，残破而零碎。

清流人同样传递着这种残缺感知，以呈现残破之像、残碎之物、残断之声。以苗君稷为例，其有诗曰：

望医巫闾

闾山开辟属虞封，镇表龙荒百世宗。秋色南收溟海阔，苍烟北绕蓟门

---

① 王国维著，徐调孚校注：《人间词话》，中华书局2015年版，第2页。

② (宋)家铉翁：《则堂集》卷五《风雨归舟图》，第21页。

③ (宋)汪元量著，胡才甫校注：《汪元量集校注》卷三《浮丘道人招魂歌·三》，第110页。

④ (宋)汪元量著，胡才甫校注：《汪元量集校注》卷三《浮丘道人招魂歌·六》，第112页。

重。危岩忽断云中雨，旷野犹闻岭外钟。不是登临甘自负，只愁溪路暝仙踪。①

出关夜行

夜行心竞日，出塞路犹难。风起苍茫会，衣添瞬息寒。村寒鸡唱杳，海阔月生残。晓问东来客，前途雨雪漫。②

医巫闾山，古称于微闾、无虑山，位于今辽宁省境内。结合苗君稷流戍盛京之史实，可知此二诗乃其戍途所作。诗中描绘了沿途所见之东北景象，以颈联值得关注，其中"危岩忽断云中雨，旷野犹闻岭外钟"，写丛林之上，细雨迷蒙，云雾连绵不绝，却忽被直耸入空的山岩截断，造成视觉上的阻隔和断裂；宽广的原野上，似乎听到山岭外传来的钟声，隐隐约约，时断时续，声音的残碎感由此而生。又第二首的颈联中，"杳"为象形字，甲骨文写作"❧"，上部为"木"（树木），下面为"日"（太阳），即太阳落在丛林中，行将昏暗，以此表幽暗之意，其引申义为渺茫深远，如"奇秀深杳"③"杳不知所之也"④；或意为消失不见，如成语"杳无音信"。因此，苗诗之"村寒鸡唱杳"，"唱"则说明有声发出，但在荒寒村寨中，鸡鸣之声深远渺茫、似有似无，给人以零碎残断之感，此乃声之残。"海阔月生残"则语意明了，重在写"残月"，突出了物之损、景之残。放眼其他同代遗民流人之诗作，皆与此相似，既有"残月若朦胧"⑤"残月忆刀痕"⑥之残景，亦有"荷芰已残曾可制"⑦"一枝残菊夕阳西"⑧之残物，还有"不二

---

① （清）苗君稷：《焦冥集》卷二《望医巫闾》，第153页。

② （清）苗君稷：《焦冥集》卷二《出关夜行》，第146页。

③ （唐）李朝威著：《柳毅传》，中华书局1985年版，第2页。

④ （唐）杜牧：《阿房宫赋》，（清）董诰等编：《全唐文》第8册卷七四八，中华书局1983年版，第442页。

⑤ （清）释函可著，李兴盛整理：《千山诗集》卷三《与希焦二道者夜谈漫纪》，第53页。

⑥ （清）祁班孙：《紫芝轩逸稿》《灰摆国旧城》，《清代诗文集汇编》编纂委员会编：《清代诗文集汇编》798，第3页。

⑦ （清）"光公"的诗作，引自（清）释函可著，李兴盛整理：《千山诗集》卷二十，第406页。

⑧ （清）释函可著，李兴盛整理：《千山诗集》卷十五《残菊》，第309页。

歌残天地沉"①"曲残酒醒身凋丧"②之残声，这些残缺之象相互聚拢，形成了一幅由残阳缺月、枯枝败菊、碎声断曲拼凑而成的残景画面。

而回溯以往文学，亦曾出现较多残破景象之书写，如"一道残阳铺水中"③"月随波动碎潋滟"④"花褪残红青杏小"⑤"杨柳岸晓风残月"⑥等，从这些景象来看，虽然物体被拆碎以致残损，但呈现出来的更多是一种残缺之美感，而遗民流人所传达的，则偏于凄断绝望之悲感。在视觉上，前文已述苗君稷有"海阔月生残"句，颇似王湾的"海日生残夜"⑦，但两句所表达的情感却大相径庭。前者描绘的是如此景象：望眼为辽阔之景，心情开阔疏朗，但月亮转而生残，画面从圆变缺，情感亦由喜转悲，同后句的"前途雨雪漫"相呼应；但"海日生残夜"却是这样的画面：还未消退的残夜使海面笼罩着凄凉之感，而此时一轮红日在苍茫海上升起，突破残夜而生，驱逐黑暗，带来希望，情感从悲到喜。又函可有诗云："钟山王气散残霞"⑧，所写乃残霞散开之景。前人谢朓有"余霞散成绮"⑨句，但前者乃描摹在王朝衰亡背景下，王气黯然消尽，残霞亦随之散尽的悲凄之景；后者却展现出残余晚霞如同锦缎在天边散开的美景。在声音层面上，同样写呜咽之声，汪元量的"呜呼三歌兮歌声咽"充满悲痛之感，而白居易的"幽咽泉流冰下难"⑩句，则写声音忽被阻断，低沉断续，如同冰下的泉水幽咽地艰难流淌，但

---

① （清）"不二"的诗作，引自（清）释函可著，李兴盛整理：《千山诗集》卷二十，第409页。

② （清）释函可著，李兴盛整理：《千山诗集》卷五《山雪歌》，第101页。

③ （唐）白居易著，顾学颉校：《白居易集》卷十九《暮江吟》，第424页。

④ （唐）温庭筠著，（清）曾益等笺注：《温飞卿诗集笺注》卷二《三洲词》，上海古籍出版社1998年版，第52页。

⑤ （宋）苏轼著，邹同庆、王宗堂校：《苏轼词编年校注》中册《蝶恋花·花褪残红青杏小》，中华书局2002年版，第753页。本书所引用的苏轼词皆出自此书，为避繁复，后文不再详细出注。

⑥ （宋）柳永：《雨霖铃·寒蝉凄切》，唐圭璋编：《全宋词》第1册，第21页。

⑦ （唐）王湾：《次北固山下》，（清）彭定求等编：《全唐诗》第2册卷一一五，第1171页。

⑧ （清）释函可著，李兴盛整理：《千山诗集》卷九《寄徐氏昆仲》，第182页。

⑨ （南朝·齐）谢朓著，曹融南校注集说：《谢宣城集校注》卷三《晚登三山还望京邑》，上海古籍出版社1991年版，第278页。

⑩ （唐）白居易著，顾学颉校：《白居易集》卷二十《琵琶引》，第242页。

因有琵琶声的衬入，反而多了层哀凄之美。

（二）剩余感：清流人的被弃之殇

当遗民流人把残缺的视角投向自身生命时，便产生一种强烈的剩余感，此种剩余感乃清流人所独有，并突出表现在对时间消逝的残剩感上。清流人对时间非常敏感，一点一滴的时间流逝都足以引其关注和恐慌，苗君稷诗曰："时序何尝促，年光我自催。独怜残夜咏，不共故人裁"①，函可云"眼看归路消残暑，盼盼春来未可知"②，"夜"即当天夜晚，"暑"即日影，两者皆指时光，并着眼于一天的时间。在遗民流人看来，夜晚只剩残夜，今日逐渐消逝，一种被催促感、紧迫感随即显现。接着，他们又将关注点扩大到春夏秋冬四季，如"春残雪不消"③"凉风送残暑"④"书到秋残泪已频"⑤"不意残冬尽"⑥等，在他们眼中，季节的变换亦匆匆，留给自己的只是残缺之季。接下来，时间视野进一步拓宽："向道残年病可哀"⑦"辽东何以送残年？"⑧"菜根共咬消残岁"⑨，年岁被纳入其恐慌区域，他们的时间配额变成以年为单位，并在不断缩减。最后，"飘零寄此生"⑩"收拾残生过好时"⑪"犬马残生偷旦夕"⑫等诗句表明，日积月累的时间消逝终于产生质变，只剩下残余不多的生命。在这种时光不断流逝、残留时间越来越少的过程中，清初遗民流人的剩余感亦随之增强。相比之下，宋末元初遗民流人却几乎未有此类体验和书写，其中差别，或可借由对比两者心境及其时代背景来解读。

元统治者对宋遗民的规训目的和宋遗民的赴死心态，让宋遗民淡忘了时间，

① （清）苗君稷：《焦冥集》卷一《癸卯除夕感怀》，第137页。
② （清）释函可著，李兴盛整理：《千山诗集》卷九《除夕别皈藏》，第183页。
③ （清）释函可著，李兴盛整理：《千山诗集》卷七《游龙泉寺》，第162页。
④ （清）苗君稷：《焦冥集》卷一《立秋前二日怀剩公》，第124页。
⑤ （清）释函可著，李兴盛整理：《千山诗集》卷十二《哭邢孟贞》，第247页。
⑥ （清）苗君稷：《焦冥集》卷一《乙巳除日立春》，第140页。
⑦ （清）释函可著，李兴盛整理：《千山诗集》卷十七《慰老僧病》，第367页。
⑧ （清）释函可著，李兴盛整理：《千山诗集》卷十一《辛卯岁除》，第219页。
⑨ （清）释函可著，李兴盛整理：《千山诗集》卷九《再得甦筑堡中信》，第192页。
⑩ （清）苗君稷：《焦冥集》卷二《戊午除夕咏怀》，第166页。
⑪ （清）释函可著，李兴盛整理：《千山诗集》卷十五《拈笔寄木公》，第327页。
⑫ （清）释函可著，李兴盛整理：《千山诗集》卷十七《谢与乐兄赠药》，第375页。

而清廷对明遗民的惩罚弃逐及明遗民苟活之渴求，使其在夹缝中生出强烈的剩余感。一方面，元廷对文天祥诸人以规训为主，试图拉拢其加入新朝，虽然他们拒绝了，却在客观上形成一种被需要感。另一方面，谢枋得等人皆持赴死心态，对其而言，为国捐躯、以身报国即是最好归宿，且其滞留北地时间较短(除家铉翁外)，因此无暇自哀，更多是想着如何以身殉国，如文天祥面对元主招降，只求刀下快死，并作诗云："生前已见夜叉面，死去只因菩萨心"①"当其贯日月，生死安足论。……鼎镬甘如饴，求之不可得"②，表达了忠于故国、甘愿赴死之决心。旧朝既在现实中需要这些遗民流人抗元以复国，又在心理上盼望他们通过殉国作出忠贞榜样，由此形成了故国对他们的需求。所以，无论旧国还是新朝，皆把文天祥等人作为拉拢对象。由马斯洛需求层次理论③观之，新旧朝对他们的争取，使其尊重需求得到满足；而以身殉国、青史留名之举，又满足了其自我实现之需要，因此他们自无剩余之感。

清初遗民流人与宋末遗民大不相同。首先，前文已述，清廷对他们的态度以惩罚为主，将其流放到冰天雪地中，任其生死。因此，他们对新朝来说乃是多余，不但没有被需要，反而被驱赶和丢弃。其次，清初遗民流人虽追认旧朝，但明朝已亡，他们已无寄托忠义的国体。更重要的是，流戍至荒寒东北的他们，无法像宋遗民那样，通过在人群中进行绝食等抵抗行为来实现殉国的身体表演。如此一来，他们的忠义之举因缺少观看者而难以获得崇敬度，其被尊重之需求难以得到满足。且殉国不成的他们，在无法满足自我实现的需求后，不得不转向最低层次的生理需求，即通过添衣进食来残存苟活，以维持基本的生命活动。此时，其心态亦完全转变，如苗君稷认为自己乃"遗氓"，函可自称为"剩人"，"遗"即遗留、剩下，"剩"即残剩、剩余，他们这种自我的身份界定，俨然已确定自己乃剩余之人。因此，他们由剩余感推而广之，将生命的时间也视为残剩之物。

---

①　(宋)文天祥著，刘文源校笺：《文天祥诗集校笺》第 3 册卷十三《己卯十月一日至燕越五日罹狴犴有感而赋》之四，第 1119 页。

②　(宋)文天祥著，刘文源校笺：《文天祥诗集校笺》第 4 册卷十四《正气歌》，第 1273 页。

③　马斯洛需要层次理论中，将人之需求分为五个层次，第一是生理需要，包括食物、水分、空气、睡眠、性的需要等；第二是安全需要，即人们需要稳定、安全、有秩序的环境；第三是归属和爱的需要；第四是尊重的需要；第五则是自我实现的需要。

综上所述，遗民流人的残缺书写是一个整体的呈现。在身体与国家相融的过程中，国破家亡、山河破碎是其身心俱碎的内在动因，而断碎的身体也使他们以残缺的视角去打量自然之景和自身生命，从而形成了独具特色的身体残缺文学。

第三节　梦回故园·家国想象：流人的意念
建构与南方追认

在遗民流人的文学作品中，有诸多关于"梦"的书写，如函可诗中，"梦"出现 157 次，远高于因科场案、文字狱等被遣戍东北之流人，[①] 可见写"梦"乃明末清初遗民流人的一个突出特点。从"梦"本身的特征看，它是一种既依赖身体又超越其中的现象。在甲骨文中，"梦"有多种字形："𦒟""𦒣""𦒠""𦒡"，右侧表示床，左侧则像人倚床而卧之形状，可知"梦"的形成依托于人之身体，一旦脱离人本身，便无所谓"梦"。对此，希腊哲学家亚里士多德曾道："'做梦'属于感觉机能的活动"[②]，"只有，人在睡眠中，在绝未脱出睡眠的境界以内，从他的感觉机能的活动（运动）之中，兴起的心理印象（幻觉）这才是'一个梦'"[③]，这说明梦之形成依赖于人的感觉，而"感觉客体，依凭各项感觉器官，引发我们的感觉"[④]，即"感觉"与身体密不可分，从而肯定了梦的身体性。此看法亦在后来的研究中得到印证，尤以奥地利心理学家弗洛伊德为典型，其所著的《精神分析引论》一书，通过实验论证了梦源于躯体刺激。因此，可得出，"梦"首先须依赖于人的身体，属身体学范畴。然而，"梦"又不同于一般的身体现象，它往往超脱身体而存在。《说文解字》有道："𥧌，寐而觉者也"[⑤]，"𥧌"即"梦"字，说明"梦"乃人睡觉时的精神活动。而《墨子》所云"梦，卧而以为然也"[⑥]，荀子指出

---

① 据笔者统计，在科场案流人方拱乾、吴兆骞，文字狱流人方登峄、方式济的流放诗文中，"梦"出现的频次分别为 82、69、54、5。

② ［古希腊］亚里士多德著，吴寿彭译：《灵魂论及其他》，商务印书馆 1999 年版，第 266 页。

③ ［古希腊］亚里士多德著，吴寿彭译：《灵魂论及其他》，第 275 页。

④ ［古希腊］亚里士多德著，吴寿彭译：《灵魂论及其他》，第 266 页。

⑤ （汉）许慎撰；（清）段玉裁注：《说文解字注》卷十四，第 347 页。

⑥ 吴毓江撰，孙启治点校：《墨子校注 上》卷十上，中华书局 1993 年版，第 471 页。

"心，卧则梦"①等，以及弗洛伊德的实验研究，皆说明梦乃人类潜意识之产物，归属心理精神层面，有别于一般意义上的身体学。可见，"梦"既源于身体又超越其中，这种特性使其在探究人之心态时，有难以替代的作用和独特魅力。诚如德裔美国心理学家、精神病学家卡伦·霍尼所述："我们在梦里会与真实的自我更加接近"②，弗洛伊德亦指出梦皆以自我为中心，"我们可以把对梦的研究看作是探讨内心深处心理过程的最可靠方法"③。因此，梦中之人更接近"真我"，通过对梦的解码，亦能深入到无意识的晦暗地带，更清楚地认识人本身。由此，流人的"梦"便成为我们探测其内心真实想法的重要媒介。

另回溯前代，可知早在南唐末年、宋末元初，那些处于国破家亡之际，被迫离开南方故土而北上之人，如李煜、汪元量、文天祥等类流放人员（为叙述方便，下文统称为遗民流人），就已于文本中大量书写"梦"。那么，这些流人主要做了什么梦？为何会做这样的梦？梦的结局如何？又折射出流人怎样的心理意识？与前人相比，明末清初遗民流人之"梦"又有何独特之处？下面将予以探究。

一、流人梦中的家国重构与回归念想

遗民流人常在梦中魂归旧时家国，并以视象形式呈现这种梦境。他们写道："故国梦重归"④"一梦到家园"⑤，或是"梦去还疑到故园"⑥"一样梦还乡"⑦，其核心主题皆在"回归"，即归国还家。另函可有诗云："明知乡国没，仍梦到西湖"⑧，"乡国"包含两层意义，"乡"在地理区划中泛指村落、小市镇，而在心理

① （清）王先谦撰，沈啸寰、王星贤点校：《荀子集解》卷十五，中华书局1988年版，第396页。

② ［美］卡伦·霍尼著，贾宁译：《自我的挣扎》，译林出版社2017年版，第412页。

③ ［奥］西格蒙德·弗洛伊德著，林尘、张唤民、陈伟奇译：《自我与本我》，上海译文出版社2011年版，第11~12页。

④ （南唐）李煜著：《李煜词集》《子夜歌·人生愁恨何能免》，上海古籍出版社2016年版，第9页。

⑤ （清）叶齐所作的题壁诗，引自李兴盛著：《中国流人史》上，第926页。

⑥ （清）"光公"所作诗歌，引自（清）释函可著，李兴盛整理：《千山诗集》卷二十，第398页。

⑦ （清）释函可著，李兴盛整理：《千山诗集》卷十四《同谦受枕上》，第292页。

⑧ （清）释函可著，李兴盛整理：《千山诗集》卷八《沈阳杂诗二十首·九》，第124页。

概念层面则指自己生长之地，即家乡、故乡；"国"指有土地、人民和主权的整体，乃政治概念。在古人心理界定中，"国"常与"朝代"概念等同，"故国"即"旧朝"。因此，朝代灭亡，江山易主，即使山河依旧，也依然是"亡国"，遗民流人也就成了故国遗民。"明知乡国没"道出这样的事实：故乡和旧国皆已破亡，不复存在，但作为遗民的流人，在已知这一事实后，"仍梦到西湖"。"西湖"在此处是以部分代替整体，象征着江南、南方乃至整个南国，是故国的代名词。这其中，连接"没"与"到"之间的关键，便是"梦"。所以，此句不仅道出了家、国皆亡之事实，同时也指出遗民流人梦中回归的两个主题：梦归故乡与梦回旧国。通过比较可知，在共同的回归主题下，不同时期遗民流人的"梦"同中有异，即五代和宋末遗民的"梦"偏于梦回旧国，重构国家；明末清初流人的"梦"则侧重回归故乡，想象家园。

（一）梦回旧国：五代与宋末遗民流人的国家重构

五代和宋末的诸多遗民流人，如李煜、家铉翁、王清惠、文天祥等，往往借助梦境返回旧国，并在梦中重构国家。李煜在亡国北徙后的作品中鲜有"家"与"乡"字，而是频频出现"国"字，以其《望江南》为例，之一云："闲梦远，南国正芳春。船上管弦江面绿，满城飞絮滚轻尘。忙杀看花人"，之二曰："闲梦远，南国正清秋：千里江山寒色暮，芦花深处泊孤舟，笛在月明楼"①。两首词的开篇，即表明他牵挂的是作为整体的南国、故国。接下来，他通过想象，在梦中实现对旧国的重构。关于梦与想象的联系，亚里士多德曾向门徒反复强调：梦要靠想象的能力。霍布斯亦指出："睡眠中的想象称为梦"②，济慈也曾道："想象力与亚当之梦好有一比"③。如此种种，皆说明想象对梦境是不可或缺的。在李煜的梦词中，想象力无疑起着重要的作用，975 年，南唐兵败投降，宣告小朝廷之灭亡，自此，"国"便在现实中消失，要将其重现，只能借助"梦"。因而词首句便云："闲梦远"，将画面从当下的场景拉回至远处的江南。然后，他分别想象

① （南唐）李煜著：《李煜词集》《望江南·闲梦远》，第 31～32 页。

② ［英］霍布斯（Hobbes）著，黎思复、黎廷弼译：《利维坦》，商务印书馆 1985 年版，第 8 页。

③ ［英］约翰·济慈（John Keats）著，傅修延译：《济慈书信集》，东方出版社 2002 年版，第 51 页。

着南国的春景和秋色："船上管弦江面绿，满城飞絮滚轻尘""千里江山寒色远，芦花深处泊孤舟"，前句与"还似旧时游上苑，车如流水马如龙。花月正春风"①的梦中景象相似，春天时节，江水碧波微漾，船上乐声轻扬，暖风轻拂而过，满城柳絮飞舞，游人如织，车水马龙，扬起了滚滚轻尘；后句则是清秋景象，连绵起伏的千里江山，笼罩于寒雾之中，那芦花丛的深处，停泊着一叶孤舟。在他的想象重构中，春天的江南如同活泼开朗的女子，热情而灵动；秋天的江南则宛若娴静淡雅之佳人，虽有淡淡哀愁，却掩盖不住其清纯美丽。如此，现实中已消失的南国便在脑海里得到重建，它不再是败亡后的残山剩水，也不曾有过"最是仓皇辞庙日，教坊犹奏别离歌"②的悲伤历史，而是一派欣欣向荣的繁华景象。

　　家铉翁等宋末遗民的北徙诗歌亦与之相似，面对国家破亡的现实，他们不断在心里反刍痛苦，在梦里遥想故国。家铉翁写有多首题为"纪梦"之诗篇，③其一云："何年沧海变桑田，绛阙琼宫尚俨然。"乃从现实跳脱出来，用反问语气否定现实中国破之局面：什么时候沧海变桑田了呢？看宫殿还是从前的模样呀！于是，他通过梦境，把昔日金碧辉煌的殿阁楼宇重新展现。又如"天风吹我上瑶京，谒帝通明羽卫森"，"瑶"即美玉，象征着美好、珍贵，"瑶京"指繁华之京城，诗人在梦中重构了这样的景象：一阵风来，我如上云端，回到繁华京城，在灯火通明、卫队森严的宫殿拜谒了帝王。如此一来，已经消失的宋代帝王、军队、宫殿等国家要素，便在诗人梦中实现重组，并依照国法典章有序进行。又王清惠有《满江红》词曰："太液芙蓉，浑不似、旧时颜色。曾记得、春风雨露，玉楼金阙。名播兰簪妃后里，晕潮莲脸君王侧。忽一声、鼙鼓揭天来，繁华歇。龙虎散，风云灭。千古恨，凭谁说。对山河百二，泪盈襟血。客馆夜惊尘土梦，宫车晓碾关山月。问嫦娥、与我肯从容，同圆缺。"④词中的"梦"，不再仅仅表达对个人流亡之感慨，而是面对"山河百二，泪盈襟血"后激起的故国想象。凭借曾经的记忆，她超越眼前"龙虎散，风云灭"之状，重绘旧国繁荣之象：春天时节，宫阙楼宇笼罩在微风细雨中，妃嫔们也沐浴在帝王的恩宠下，一派祥和之景。

---

① （南唐）李煜著：《李煜词集》《望江南·多少恨》，第14页。

② （南唐）李煜著：《李煜词集》《破阵子·四十年来家国》，第51页。

③ （宋）家铉翁：《则堂集》卷六《纪梦》，第7页。

④ （宋）王清惠：《满江红》，唐圭璋编：《全宋词》第5册，第3344页。

（二）梦归故乡：清初遗民流人的家园想象

相比之下，清初遗民流人多在梦里回归故乡，想象着此时的家乡样貌、亲人模样和风物特产。如函可、苗君稷、赵雪华、叶齐、祁班孙等人的诗作中，虽也有"国"之痕迹，如"乡国万里梦"①"乡国馀残梦"②等，但更多是对故乡的记挂，其曰："一梦到家园"③"家山应自添新梦"④"万里乡关三岁梦"⑤"五更曾梦度江春"⑥等，皆是对家乡的魂牵梦萦。这些遗民流人身逢改朝换代、兵荒马乱之时代，又遭受遣戍北地的空间迁移，因此难以获悉家乡境况。在长时间的流放中，故乡的样貌对其而言亦渐趋模糊，此时家乡如何？他们只能借梦来想象。函可有诗云：

同阿字诸子夜坐

　　流光如矢命如尘，冰作生涯鬼作邻。岁底又添门外雪，灯前几个岭南人。大家共话俱含泪，各自伤心不为贫。去去且将拳作枕，梦中同迓故园春。⑦

此诗写其于东北戍地同诸人夜坐共话故乡之事。开篇即道出时间飞逝，流人已滞留塞外多年，直至年老而近黄泉路，却依然不得归乡。此时又至岁末，东北的雪下了一次又一次，然而千里之外的岭南故乡，现在境况如何呢？流人们不得而知，只能在灯下共叙以抒乡愁。而这种对故园深切渴望的无意识，催生出流人的梦境："去去且将拳作枕，梦中同迓故园春"，"迓"即迎接，写同为岭南诸子的流人们，一起在梦中迎接春回故乡之景象。由此，故乡充满春意的温暖样貌得以

---

① （清）苗君稷：《焦冥集》卷一《剩公留南塔志喜》，第 125 页。
② （清）释函可著，李兴盛整理：《千山诗集》卷七《同陈公叙昔有感》，第 134 页。
③ （清）叶齐的题壁诗，引自李兴盛著：《中国流人史》上，第 926 页。
④ （清）"薪夷"的诗作，引自（清）释函可著，李兴盛整理：《千山诗集》卷二十，第 406 页。
⑤ （清）"搰搥"的诗作：《答诸公见赠》，引自《千山诗集 不二歌集》，第 410 页。
⑥ （清）释函可著，李兴盛整理：《千山诗集》卷十一《壬辰元旦》，第 220 页。
⑦ （清）释函可著，李兴盛整理：《千山诗集》卷十三，第 270 页。

在流人梦中呈现。其又有《夜》诗曰："明月照梦中，荒荒万里白。惊起揽衣裳，犹疑是乡国"①，在明月的映照下，眼前万里荒芜之景素白而静谧，在荒寒与暖意的交织中，流人产生了错觉，以为此乃月下故乡之景。由此，这个已经模糊的家乡，又一次通过流人的记忆和想象进入梦中，实现场景再现。

另，亲人的模样和近况亦频频出现在他们梦里。在冰天雪地的塞外，他们与家乡亲人的消息屡屡中断，而梦则给其提供了重逢再见的场域。如苗君稷诸诗：

立秋

凉飔未解暑，蟋蟀忽鸣秋。边树疑先落，冥鸿欲寄愁。月明双杵动，花发故山幽。弟妹遥相忆，知吾已白头。②

雪夜忆弟

不寐冬残夜，空堦雪自飞。连枝怀玉树，双泪湿荷衣。风逐檐铃碎，寒催宫漏稀。一书犹未寄，魂梦已先归。③

怀舍弟病三首 之一

何处动秋声，中宵蟋蟀鸣。有书传绝塞，无梦到昌平。抱病难为弟，相携愧作兄。那堪风落木，萧瑟不胜情。④

第一首诗写于立秋时节，时凉风初起、黄叶凋落，明月夜、捣衣声、山花香，勾起了流人对故乡和亲人的思念。然而，此时他身处异地，与家乡相隔万里，只能期望大雁传递愁思，并想象月光下的兄弟姐妹们，亦在远方遥想自己，这种情感颇有杜甫"今夜鄜州月，闺中只独看。遥怜小儿女，未解忆长安"⑤的韵味。第二

---

① （清）释函可著，李兴盛整理：《千山诗集》卷十四《夜》，第291页。
② （清）苗君稷：《焦冥集》卷一，第127页。
③ （清）苗君稷：《焦冥集》卷一，第125页。
④ （清）苗君稷：《焦冥集》卷一，第141页。
⑤ （唐）杜甫著，萧涤非主编：《杜甫全集校注》第2册卷三《月夜》，人民文学出版社2013年版，第733页。

首诗，寒冬时节，其思乡之情愈加强烈，于是他"一书犹未寄，魂梦已先归"①，无须借助家书远寄和鸿雁传笺，而是通过梦率先归家，并于梦中实现与亲人相见之夙愿。第三首诗，又到新一年秋季，秋声又起，搅动着他对故乡的浓浓思绪，尤其是家中兄弟之病，成为其长久之牵挂。此时，即使有家书传递，依然难解其思念之苦，他慨叹为何梦中不见故乡昌平，以慰其亲眼看望兄弟之愿。于此，流人比对了连接塞外和故乡的三种媒介——鸿雁、书信、梦境，它们皆可跨越千山万水，实现信息和情感的传递。然而，鸿雁飞得再快，亦不及梦之速度，书信写得再详细，亦不如梦境清晰，梦境为流人和亲人提供了宛如真实的重逢之所。函可亦与之相似，想念家人，他便写道："半壁山河愁处尽，一家骨肉梦中圆"②"老梦独能追去处，依稀犹见弟和兄"③，只有在梦中他才得以同亲人再见团圆。此外，许久不见的家人模样和近况，他也皆在梦中得知，所谓"北风吹不歇，梦中道路寒。故里逢父老，凛冽多惨颜"④，他想象着在梦里重见父老乡亲之场景，此时的他饱经风霜、愁容惨淡，诗中虽未提及乡老的反应，却也暗示了他们的惊讶与悲伤。又有《梦安仲叔》诗曰："昨夜分明见，长须叔不痴。衣冠非此日，言笑尚前时"⑤，在梦里，函可描摹着此时安仲叔的模样：他依旧是长长的白须，衣着虽有改变，却还是谈笑如从前。再如其"闺中少妇独夜眠，心心嘱梦去寒边"⑥"吁嗟复吁嗟，万里馀妻女。春闺梦或逢，肯道寒边苦"⑦等，无不在梦中想象远在家乡的妻儿境况，犹如杜诗之"香雾云鬟湿，清辉玉臂寒"⑧那样凄楚感人。

再者，故乡的风物特产亦频繁出现在清初遗民流人梦中。此方面以函可最为典型，他生于岭南，游历江南，在其心理区域中，二者皆属南国，都是故乡的象

---

① （清）苗君稷：《焦冥集》卷一《雪夜忆弟》，第 125 页。
② （清）释函可著，李兴盛整理：《千山诗集》卷十《得博罗信三首》之三，第 201 页。
③ （清）释函可著，李兴盛整理：《千山诗集》卷十三《牛庄问阿字诸子信，不得》，第 279 页。
④ （清）释函可著，李兴盛整理：《千山诗集》卷四《寒梦》，第 84 页。
⑤ （清）释函可著，李兴盛整理：《千山诗集》卷六《梦安仲叔》，第 127 页。
⑥ （清）释函可著，李兴盛整理：《千山诗集》卷二《关山月》，第 29 页。
⑦ （清）释函可著，李兴盛整理：《千山诗集》卷三《哭吴岸先》，第 55 页。
⑧ （唐）杜甫著，萧涤非主编：《杜甫全集校注》第 2 册卷三《月夜》，第 733 页。

征。对于岭南，他于梦中想象着飘香的荔枝，正鲜红饱满地挂在枝头："如何昨夜梦？颗颗荔枝丹"①；对于江南，他仿佛听到秦淮岸边的小鼓，依旧多情地敲着，声声回荡在梦中："梦里秦淮鼓"②"多情最是秦淮鼓，梦里声声到海滨"③。而故乡的梅，在其梦中出现最频繁。梅原产于中国南方，因其花凌寒而开、高洁谦虚之品性，历来备受文人青睐，吟咏之诗从未间断。但对函可而言，他所关注的并非梅之品性，而是梅乃家乡之物产、故乡之象征，其曰："嗟予岭海梅花梦"④"几年梦去绕梅开"⑤，"岭海"即岭南，故乡岭南的梅花常潜入其梦，也将他的心魂带回了家乡，此时的"梅"，俨然成为家乡的标志，并作为连接异域与家园之媒介。另其有《小春》诗云："九十春光寒梦里，小春敢望暖风回。遥知故里无人处，又是梅花绕屋开"⑥，此诗充满了浪漫的想象：春天悄然而至，东北依旧是冰天雪地，而借助梦境，流人得以望见千里之外的岭南，早已春意满园，荒废的故宅中，梅花环绕着小屋，尽情盛开。

由此可见，前代流人往往梦回旧国，并在梦中重构国家；清初流人则常梦归故乡，通过对家乡之景、人、物的想象，将逐渐模糊的家园印象清晰化，使"梦"有更明确的寄托之所、相关之人和标志物件，从而实现跨越千山万水的回归。那么，遗民流人为何反复作归梦？清代与前代流人的归梦为何存在如此差异呢？下面将进一步探究。

二、流人梦回故园的心理动因

(一)个体潜意识与集体无意识：流人回归心理的共因

要探求流人归梦之因，需先了解梦是如何产生的。关于梦的生成原因，一

---

① （清）释函可著，李兴盛整理：《千山诗集》卷六《沈阳杂诗二十首》之十六，第 126 页。
② （清）释函可著，李兴盛整理：《千山诗集》卷七《喜无为三子至二首》之二，第 160 页。
③ （清）释函可著，李兴盛整理：《千山诗集》卷十七《怀江南》，第 364 页。
④ （清）释函可著，李兴盛整理：《千山诗集》卷九《招高一、戴三同过北里，喜刺翁、春侯至，兼订后会》，第 187 页。
⑤ （清）释函可著，李兴盛整理：《千山诗集》卷十《接与治书》，第 199 页。
⑥ （清）释函可著，李兴盛整理：《千山诗集》卷十五《小春》，第 309 页。

直吸引着人们孜孜不倦地探索，古语有云：“日有所思，夜有所梦”，说明心有所想，便易诱发梦幻。宋朱熹亦云：“夜之梦，犹寝之思也”①“心存这事，便梦这事”②。程颐更在此基础上，提出“心动成梦说”。可见古人已对梦之成因有所关注，并将其指向心理层面。然而，中国古代的思想理论往往较混沌模糊，多是感受性、印象式的片段阐发，系统性和科学性稍显薄弱，在此方面，西方的研究则可与其相互补充。就世界范围而言，真正将“梦”纳入科学研究范畴并产生巨大影响的，当属奥地利心理学家弗洛伊德，其代表作品为《精神分析引论》和《梦的解析》③。弗洛伊德通过大量分析实验，提出“梦因愿望而起，梦的内容即在于表示这个愿望，这就是梦的主要特性之一”④“产生梦的动机力量是由潜意识提供的”⑤等观点，即梦之本质是潜在意识愿望的曲折表达，是被压抑的潜意识欲望伪装的、象征性的满足，这就把梦的研究指向了心理深层的潜意识领域。瑞士心理学家荣格也认同弗洛伊德的观点，并阐述道：“我们的意识不能感知到的东西，常常被我们的潜意识感知，潜意识通过梦的方式向人们显露启示要旨。”⑥然而，弗洛伊德强调的是个人潜意识，且将其内在动机皆归因于性欲望，这种泛性论遭到了荣格、列夫丘克等人的批判。作为弗洛伊德的得意门生，荣格拒绝接受弗洛伊德以性本能解释行为的观点，同时超越个体潜意识之局限，将内在动因追溯至人类世代积累的经验遗传上，提出了“集体无意识”的概念，他认为“集体无意识”是由遗传力量而形成的精神气质，且“这部分无意识不是个别的，而是普遍的。它与个性心理相反，具备了所有地方和所有个人皆有的大体相似的内容和行为方式。换言之，由于它在所有人身上都是相同的，因此它组成了一种超个

---

① （宋）朱熹撰，朱杰人、严佐之、刘永翔主编：《朱子全书》第 15 册卷三四，上海古籍出版社、安徽教育出版社 2002 年版，第 1211 页。

② （宋）朱熹撰，朱杰人、严佐之、刘永翔主编：《朱子全书》第 15 册卷三四，第 1211 页。

③ 又有译为《释梦》。

④ ［奥］弗洛伊德著，高觉敷译：《精神分析引论》，商务印书馆 2009 年版，第 96～97 页。

⑤ ［奥］弗洛伊德著，孙名之译：《释梦》，商务印书馆 2009 年版，第 536 页。

⑥ ［瑞士］荣格等著，张月译：《潜意识与心灵成长》，上海三联书店 2009 年版，第 29 页。

性的共同心理基础，并且普遍地存在于我们每一个人的身上"①。这无疑为我们探寻梦之成因提供了更深层次的源头，也为揭开遗民流人的归梦现象提供了理论依据。

从个体潜意识角度分析可知：遗民流人被迫离开故园后，内心涌动的回归欲望被现实压制，因此只能通过梦来实现。在解读流人文本时，不宜将其一首一首孤立看待，而应把发遣初始、流徙期间、流放后期之作视为一个整体，从中寻觅其心迹脉络。对此，尚永亮先生颇有建树，他曾于《唐五代逐臣与贬谪文学研究》一书中提出了"放逐与回归……是横亘于中国贬谪文学中的一条主要线索"②，此后，他追溯上古时期的弃逐现象，抽取出"抛弃——救助——回归"的情结模式，并认为这一模式不仅在上古时期一再呈现，亦反复出现在后世的贬谪文学中，由此形成了弃逐文化的根本性母题。③ 此母题的提取，无疑提纲挈领，触及了流贬文学的内在发展脉络，遗民流人的归梦亦可归于此大母题之下。由梦的形成原因出发，并结合遗民流人的实际，可将其归梦的形成过程进一步具化为"离——念——阻——梦"的模式。对于人类来说，若长久居于故园，便无所谓的"盼归""归来"之说。因此，离开，是归梦的起点。李煜《破阵子》词曰："四十年来家国，三千里地山河。凤阁龙楼连霄汉，琼枝玉树作烟萝。几曾识干戈。一旦归为臣虏，沈腰潘鬓消磨。最是仓皇辞庙日，教坊犹奏别离歌。垂泪对宫娥。"④上片写南唐旧日的繁华景象，楼阁高耸，花繁树茂，何曾经历战争的侵扰。然而，"一旦"之间，帝王沦为俘虏，熟悉的家国已不再属于自己，"辞""别离"标志着"离"的开始。与之相似，王清惠的"忽一声、鼙鼓揭天来，繁华歇""流离万里行"，家铉翁的"离群久索居"⑤，以及函可的"况当流离际"⑥"流离十

---

①　[瑞士]荣格(Jung, C. G)著，冯川、苏克译：《心理学与文学》，生活·读书·新知三联书店 1987 年版，第 52~53 页。

②　尚永亮：《唐五代逐臣与贬谪文学研究》，武汉大学出版社 2007 年版，第 516 页。

③　尚永亮：《弃逐与回归 上古弃逐文学的文化学考察》，上海古籍出版社 2017 年版，第 34~35 页。

④　(南唐)李煜著：《李煜词集》，第 51 页。

⑤　(宋)家铉翁：《则堂集》卷五《孔同知孔圣衣裔垂念逆旅用意勤甚诗以谢之》，第 3 页。

⑥　(清)释函可著，李兴盛整理：《千山诗集》卷六《思友》，第 106 页。

载裓孤存"①，光公的"惊魂未定又离群"②等，皆说明他们在国破家亡之际，被强迫迁移异地，踏上了离开故园的路程。在流徙时间的积累中，他们"客"的感觉逐渐凸显："客逢时节转堪哀"③"忽闻啼鸟换，遂使客心惊"④"客子临风双泪落"⑤。从字源来看，"客"乃形声兼会意字，"宀"表房屋，"各"表音亦表意，"客"的金文写作"𡧍"，形如脚趾自门外入口，表示家中有外人来；又《说文解字》曰："客，寄也"⑥，这进一步表明"客"乃相对于有家主体而言的客体，是暂时寄托于此的他者。所以，对于"客"来说，他们是没有主体性的，即使被奉为"贵客"，其主动权依旧掌握于主人手中，一旦主人消解其"贵"的地位，那他就与外来者无甚区别。由此可知，被迫离开故园之流人，面对异域往往持排斥心理，对他们而言，北地的国家、土地、风景皆是陌生的，即使被当作"贵客"来善待规训，他们依然没有在故园的自主之感，于是他们哀痛、心惊、落泪。那如何消除"主—客"之间的冲突呢？唯一的办法即返回熟悉的南方故园。因此，其盼归之念想从未间断："九度附书归洛阳"⑦"塞鸿起朔漠，经时尚南归"⑧"剑铗不弹声欲绝，发肤既尽骨思归"⑨等，长吁短叹，反复吟咏。然而，现实却是残酷的，李煜、文天祥、谢枋得、张春等人被囚禁起来，函可、祁班孙等遭放逐东北，身体和意念的错位，使他们想归而不得，正如"来岁如今归未归"⑩"人隔关河归未得"⑪"骨肉丧尽不得归"⑫等诗句所表述的那样，回归的欲望受到现实的

①　(清)释函可著，李兴盛整理：《千山诗集》卷十二《沈城即事》，第252页。

②　(清)"光公"的诗作，引自(清)释函可著，李兴盛整理：《千山诗集》卷二十，第398页。

③　(宋)汪元量著，胡才甫校注：《汪元量集校注》卷三《燕山九日》，第100页。

④　(清)苗君稷：《焦冥集》卷一《春兴四首·一》，第126页。

⑤　(清)祁班孙：《紫芝轩逸稿》《时孝子寻亲诗》，《清代诗文集汇编》编纂委员会编：《清代诗文集汇编》798，第13页。

⑥　(汉)许慎撰，(清)段玉裁注：《说文解字注》卷十四，第341页。

⑦　(宋)文天祥著，刘文源校笺：《文天祥诗集校笺》第3册卷十三《胡笳曲·右七拍》，第1210页。

⑧　(清)祁班孙：《紫芝轩逸稿》《迁所十五首·十五》，《清代诗文集汇编》编纂委员会编：《清代诗文集汇编》798，第10页。

⑨　(清)释函可著，李兴盛整理：《千山诗集》卷十一《哭晋中张子》，第237页。

⑩　(宋)文天祥著，刘文源校笺：《文天祥诗集校笺》第3册卷十三《胡笳曲·右一拍》，第1202页。

⑪　(宋)汪元量著，胡才甫校注：《汪元量集校注》卷三《燕山九日》，第100页。

⑫　(清)释函可著，李兴盛整理：《千山诗集》卷五《辛卯寓普济作八歌·一》，第92页。

阻碍和压制，无法得到满足。于是，受压抑的归思藏存于潜意识中，催生形成梦境。在整个过程中，他们借助"梦"这个不受时空限制的载体，实现了欲望的满足，终得回归故里。也正因此，在其北徙作品里，才会出现大量梦回故园之书写。

更进一步，遗民流人常梦回故园，这可归因于流人乃至人类世代积累的"回归"集体无意识。在以农耕为主的原始时期，土地是人类赖以生存之根本，人们在大地上栖息，从田地中获取食物，逐渐形成了对土地的依恋和崇拜，即所谓的"恋地情结"。对此，前人已有探究，① 这里便不再赘述。此种依恋关系，亦使原有土地对人产生了巨大的控制力和吸引力。然而，人常要四处活动，但土地却不可移动，这一难以调和的矛盾，便使"回归故里"成为离开故土之人永恒的期盼，"客死他乡"亦成为古人一生最大的悲哀。而流人，作为长久被迫迁移出故乡的人，无疑是离开故土之人的典型代表。因此，这种原始时期的恋地情结、"回归"的集体无意识就作为一种先天经验，镌刻在他们的大脑中，使其不需经过亲身经验，都能获得这样的思维，从而写出大量梦归家国的文本。②

更重要的是，他们还将"回归"意识世代积累，使其成为流人的共性特征。在前代流人（包括类流放人员）中，放逐汉北之屈原、北海之苏武、潮州之韩愈、黄州之苏轼等，皆反复吟咏归来之主题，③ 或"鸟飞反故乡兮，狐死必首丘"④，或"潮阳南去倍长沙，恋阙那堪又忆家"⑤，"嗟予潦倒无归日，今蹉跎已半生"⑥。苏武诗文虽已亡佚，但其遭匈奴流放十九年，依然"杖汉节牧羊，卧起操

---

① 包括［美］段义孚所著《恋地情结：对环境感知、态度与价值观的研究》等著作。

② 对弃逐流贬之人的回归情结，尚永亮先生在《弃逐与回归——上古弃逐文学的文化学考察》一书中已有所关注，但他侧重从马斯洛需求理论去阐释，而非探求其内在的潜意识，本书则着力于后者。

③ 对于唐代流贬文人的回归意识，尚永亮、程建虎的《唐代逐臣别诗中的回归情结、艺术表现及其成因探析》一文已有所论述，可看。

④ （战国）屈原著，（宋）朱熹撰，蒋立甫校点：《楚辞集注》卷四《九章·涉江》，第82页。

⑤ （唐）韩愈著，钱仲联集释：《韩昌黎诗系年集释》卷十一《次邓州界》，上海古籍出版社1984年版，第1103页。

⑥ （宋）苏轼著，（清）王文诰辑注，孔凡礼点校：《苏轼诗集》卷二十一《侄安节远来夜坐三首·一》，第1094页。

持，节旄尽落"①，乃是忠贞不屈、盼归汉地之现实行动。这种回归意识的世代强化，使得有相似经历的后来者，皆不厌其烦地将其反复咀嚼。遗民流人更是如此，在戍地，他们会想到牧羊未归的苏武："苏李泣河梁"②"北海风沙漫汉节"③"妆点全宜苏子羊"④；会忆起远在岭南的韩愈："韩子留衣尚在潮"⑤"韩吏部之潮阳夕迁，珍重三书，萧条只杖。每长歌以当泣，宁寡和而益高"⑥；还有那弃逐于朝堂之外的苏轼："昔年仙子谪黄州，赤壁矶头汗漫游"⑦"妙喜多言五岭远，苏公好咏一生难"⑧等。每一个前代流人的归思，都能将他们潜藏于内心的回归欲望唤起。以函可的《过北里读〈徂东集〉》为例：

> 余家五岭本炎方，孤身远窜三韩地。四月五月不知春，六月坚冰结河底。今年天气稍冲和，秋尽雪飞到山寺。出门仰天天欲沉，只杖栖栖过北里。北里先生拥毳吟，诗成煮雪讶予至。未曾展读泪先倾，拭泪同歌悲风起。……何人继者屈子骚，汨罗万古流弥弥。可怜秦火恨不灰，汉室苏卿唐子美。苏卿啮雪声韵凄，子美三迁足诗史。五代波颓宋代儒，眉山山下出苏轼。苏轼流离儋惠间，珠崖鹤岭供指使。更有文山第一人，浩浩乾坤留正气。……⑨

---

① (汉)班固撰，(唐)颜师古注：《汉书》第8册卷五四《李广苏建传》，中华书局1962年版，第2463页。

② (宋)汪元量著，胡才甫校注：《汪元量集校注》卷三《读文山诗稿》，第124页。

③ (宋)文天祥著，刘文源校笺：《文天祥诗集校笺》第4册卷十四《感怀二首·二》，第1310页。

④ (清)"青草"的诗作，引自(清)释函可著，李兴盛整理：《千山诗集》卷二十，第401页。

⑤ (清)释函可著，李兴盛整理：《千山诗集》卷十《步左公赠韵二首·二》，第215页。

⑥ (清)"搞搔"所作的序言，引自(清)释函可著，李兴盛整理：《千山诗集》卷二十，第393页。

⑦ (宋)文天祥著，刘文源校笺：《文天祥诗集校笺》第4册卷十四《读〈赤壁赋〉前后二首·一》，第1253页。

⑧ (清)"东耳"的诗作，引自(清)释函可著，李兴盛整理：《千山诗集 不二歌集》卷二十，第405页。

⑨ (清)释函可著，李兴盛整理：《千山诗集》卷五《过北里读〈徂东集〉》，第89~91页。

此诗前面部分主要交代创作背景，即函可读左懋泰诗集《徂东集》后所作，开篇一二句，"家"与"孤"的对比，从"炎方"流窜至"三韩地"的叙述，就奠定了全诗盼归的主题。后文中，他历数前贤所受之苦难，所举之屈原、苏武、苏轼、文天祥，皆是流贬之士、盼归之人。函可通过追溯和歌咏，表明自身对回归集体无意识的认同，也是其作为清代流人，对前代流放者回归意识的继承。

此外，这种回归意识的代际积累还体现在他们的相续相接上。作为流贬文学始祖的屈原，"信而见疑，忠而被谤"[1]，两次遭流放以致投河自尽，他经历亡国且不得归来之痛楚，唤起后代遗民流人的深刻共鸣。文天祥曾作《端午初度》《端午即事》等多首诗歌以示追念："所思多死所，焉用独生存。可惜菖蒲老，风烟满故园"[2]"故人不可见，新知万里外"[3]等，是他对屈原欲回故国而不得之遗憾的深切体认；"我欲从灵均，三湘隔辽海"[4]，则是其对屈原步伐的主动跟随。由此，回归的集体无意识便在遗民流人群体中跨越时空，从战国之屈原传递至宋代之文天祥。至明末清初，张春有诗："万或得一当，不愧文天祥"[5]，函可诗云："於赫文文山"[6]"更有文山第一人"[7]，在对文天祥进行歌咏和效仿的同时，也将回归的集体无意识从宋末递续至清初。因此，此条脉络便可铺叙为"（战国）屈原——（宋末元初）文天祥——（明末清初）函可"，在代际的传递与积累中，回归的集体无意识亦在流人中得到继承与强化。

以上探讨了遗民流人梦归故园的共同因素，但前文亦述，其回归是有所差别的，前代流人重在梦归故国，清初流人偏于梦回家乡，这种差异的主要根源在于两者身份之不同。

---

① （汉）司马迁著，（南朝·宋）裴骃集解，（唐）司马贞索引，（唐）张守节正义：《史记》卷八十四《屈原贾生列传》，第 2482 页。

② （宋）文天祥著，刘文源校笺：《文天祥诗集校笺》第 4 册卷十四《端午初度》，第 1257 页。

③ （宋）文天祥著，刘文源校笺：《文天祥诗集校笺》第 4 册卷十四《端午即事》，第 1259 页。

④ （宋）文天祥著，刘文源校笺：《文天祥诗集校笺》第 4 册卷十四《端午即事》，第 1259 页。

⑤ （明）张春著，李兴盛整理：《不二歌集》卷二《明夷子不二歌》，第 447 页。

⑥ （清）释函可著，李兴盛整理：《千山诗集》卷三《秋思新泪》，第 36 页。

⑦ （清）释函可著，李兴盛整理：《千山诗集》卷五《过北里读〈徂东集〉》，第 90 页。

(二)身份差异：归国与回乡的内在驱动

通过身份比对发现，梦回旧国者大多为帝王或臣子，梦归故乡者基本是平民。前文已述，李煜、家铉翁、王清惠、文天祥等人多对故国魂牵梦萦，对家却鲜有涉及，这种对旧国深沉依恋甚至远超故乡的心理，其背后动因又是什么呢？对此，哲学上的一些研究或许能为我们提供答案。心理学家杰森曾述："梦的内容往往决定于梦者的人格，决定于他的年龄、性别、阶级、教育标准和生活习惯方式，以及决定于他的整个过去生活的事件和体验。"①希尔德布朗特亦指出："不管梦见什么，梦总是取材于现实，来源于对现实沉思默想的理智生活……不论梦的结果如何变幻莫测，实际上，总离不开现实世界；梦中的无上庄严与滑稽结构，其基本材料不是来源于我们亲眼目睹的感性世界就是在我们醒时思想中已占有一席之地。换句话说，梦来源于我们不管是外部还是内部的已有经验。"②而在古代中国，亦早有"南人不梦马，北人不梦船"之俗语，指做梦的材料皆来自日常生活，与现实紧密相连。以上诸论，前者强调身份对梦的决定作用，后两者则侧重人的现实经历，两种观点看似有差异，实乃殊途同归，因为个人之经历，往往由其身份决定，尤其在注重等级的古代社会，身份基本决定了其所见所闻及人生历程，因此，后者的观点从属于前者。

从身份角度来看，李煜乃南唐君主，《诗经·小雅》云："溥天之下，莫非王土。率土之滨，莫非王臣。"③在古代家国同构的格局下，家是小国，国乃大家，父为"家君"，君为"国父"。所以在帝王眼中，治国即齐家，国亡则家无，"国"显然居于首位，它的存在与否决定了自身存在的可能性与合法性。因此，作为帝王的李煜，他所关注的焦点乃是作为统一国家的"南国""故国"，其梦中构建的也是在空间上比家更为广大的江南、南方。家铉翁、文天祥乃南宋旧臣，家铉翁以荫补官，曾知常州，迁浙东提点刑狱，入为大理少卿，后又官至端明殿学士兼签书枢密院事；文天祥以进士出身，补授承事郎、签书宁海军节度判官，后至右

---

① ［奥］弗洛伊德著，孙名之译：《释梦》，第7页。

② ［奥］弗洛伊德著，孙名之译：《释梦》，第9页。

③ （汉）毛公传，郑玄笺，（唐）孔颖达等正义：《毛诗正义》卷十三《小雅·谷风之什·北山》，（清）阮元校刻：《十三经注疏》（清嘉庆刊本），第444页。

承相兼枢密使。在家国同构体系中，臣子既与平民同属帝王子民，又区别于普通百姓，他们作为国家行政体系的重要一员，亦协同君王管理庞大的国家。于是，古代臣子往往滋生出复杂的心理，一方面，他们虽居庙堂之上，但也需同平民般对君王俯首听命，这种亲近帝王又卑顺隐忍之心理，逐渐形成了独特的臣妾人格；另一方面，自小受儒家修齐治平思想熏染的他们，得入天子阁，便幻想"致君尧舜上，再使风俗淳"①，不自觉地视自身为国家体系的一分子，那些地方长官，亦常被唤作"父母官"，等同于一地之君父。因此，他们常会对国家生出强烈的责任感，把救亡图存视为自身使命，如同家铉翁北行祈请以求存国、文天祥集兵抗元力图救国一样。而一旦国家覆亡，他们不但有亡国之悲，更有未能挽大厦于将倾的自责感，因而其悲痛之感并不亚于君王。于是，"故国"便如同幽灵般始终缠绕着他们，使其深沉依恋，魂梦不止。另如汪元量、王清惠，前者乃宫廷琴师，后者为宫女，其生活依赖于皇室。在南宋灭亡、宋室被遣北上后，他们亦跟随前往，可见其命运始终与故国存亡紧密相连，这种特殊的身份和经历，也使其对"旧国"的认可度高于"故乡"。

相比之下，函可早年出家为僧，与国家权力体系交集较少；苗君稷乃明朝诸生，即通过考试而进府、州、县学校学习的生员，虽可归入士人行列，但他还未真正进入国家行政体系；另叶齐乃扬州女子、吴尔高之妻，吴芳华为武林人、康某之妻，其他如赵雪华、叶子眉等，皆同叶、吴二人，属社会底层的普通百姓，较难触及社会上层。因此可以说，函可、苗君稷等人，基本属于平民阶层，对他们而言，改朝换代、江山易主，乃上层之变动，与其关系不大。但在这一变动过程中，战争频繁爆发，使得故园被毁、妻离子散，这些直接的、血淋淋的伤害，才更能刺痛他们的神经，所以故乡对他们而言，要比故国更魂牵梦萦。

可见，基于回归意识的共性，遗民流人内心充满了回归之渴望，并在受阻时用梦寄托愁思；又因身份的不同，形成了两者梦归之地的差异，出现了前文所述的梦回故国、梦归家乡的不同书写。然而，不管是何梦，无论梦中多么美好，它们最终都走向了共同的结局。

---

① （唐）杜甫著，萧涤非主编：《杜甫全集校注》第 1 册卷二《奉赠韦左丞丈二十二韵》，第 277 页。

三、流人归梦的实现与破灭

似真似幻乃梦之突出特点，这已为人所共知。因此，梦的相似性常使遗民流人如入其境，这在补偿其回归欲望的同时，亦使他们的盼归之情愈加强烈。在这方面，家铉翁的诗歌颇具代表性，其曰："我家苕源山深处，万竹森森饱风雨。一从脚踏黄沙堆，不见此君四寒暑。夜来有梦到家山，苍筱翠干犹依然。"①开篇写家乡深山的竹林之景，茂密高大，郁郁葱葱；离家四年后，竹林又现于梦中，苍翠欲滴、修直挺拔，还是它原来模样。如此，梦境里的竹海就与现实中家乡的竹林完成了对接，通过相似性的还原与重现，将作者因时空阻隔而不能回归家国的渴望实现。正如弗洛伊德在《梦的解析》中多次强调"梦是愿望的实现"②，使其心理得到补偿性满足。又家铉翁有《纪梦》诗曰："天风吹我上瑶京，谒帝通明羽卫森。班退归来清梦觉，红云犹自满衣襟。"③前文已述，第一句是已消失的国家宫殿和军队在梦中还原，使家氏仿佛重回旧境；后一句则转入梦后的写作，醒来之后，他感觉自己刚才应是在作梦，但衣襟环绕的红云却让他半信半疑。"红云"显然对应前文的"天风"，是作者曾经腾升飞入天空、亲眼望见旧国的证明，如此一来，本应虚幻的梦境就多了几分真实。而流人也是在这种梦的相似性中，似乎真的回到过旧朝，心中长久的故国渴望顿时得到满足。再如其"梦魂几度如相逢，别来已久知相忆"④，以及文天祥的"梦回恍忆入新蒭，不知传舍何时了"⑤等，皆描写与现实相似的梦境重现，以寄托其思归念旧的款款深情。

这种梦的相似性及其补偿作用，同样在清代遗民流人的梦境中有所呈现。函可《夜》诗曰："明月照梦中，荒荒万里白。惊起揽衣裳，犹疑是乡国。"⑥此诗主

---

① （宋）家铉翁：《则堂集》卷五《谢舜元以墨竹为赠》，第20页。

② ［奥］弗洛伊德（Freud，S.）著，赖其万、符传孝译：《梦的解析》，作家出版社1989年版。

③ （宋）家铉翁：《则堂集》卷六，第7页。

④ （宋）家铉翁：《则堂集》卷五《寄洞霄道友清溪翁》，第22页。

⑤ （宋）文天祥著，刘文源校笺：《文天祥诗集校笺》第4册卷十四《移司即事》，第1295页。

⑥ （清）释函可著，李兴盛整理：《千山诗集》卷十四《夜》，第291页。

要着眼于视觉，作者在月光下入梦，却惊讶地从中醒来，原因在于梦中月色下的皓白之景象，与故乡风景极其相似，以致让他怀疑回到了故园。梦境于此，相似乃至逼真地倒映出家乡的样态：皎皎明月、宁静村庄，而这也是流人记忆中的故乡印象。如此一来，梦境、现实、记忆三者交融，通过家乡相似场景的呈现，使其长久的回归渴望得到了满足。另函可《晓钟二首》之一，则从听觉切入，诗云："夜寒愁思独纷纷，梦入浮山几片云。清晓无端一百八，数声犹在旧乡闻。"①寒风之夜，流人在梦中回到故乡罗浮山，清晨起来，无端多了诸多烦恼，② 忽然钟声入耳，细闻之，似是自己于家乡常听之旋律。于此，梦似乎又是真实的，它把故园特有的钟声在梦境中重现，甚至在作者醒后，还如闻耳畔。而正是这种梦境的相似性，使作者因梦之虚幻而滋生烦恼时，那梦中回响的熟悉钟声，治愈其思乡盼归之苦。

　　然而，梦的虚幻性又终使流人走向悲痛。前文已述，梦是人暂时超越身体、通过想象而形成的，既是想象而成，就决定了其虚假而不真实的本质，即虚幻性。对此，中国古代有"黄粱一梦""白日梦"之俗语，皆表明梦乃虚幻一场、转眼即成空。西方学者对此亦有阐述，包括法国哲学家笛卡儿、德国哲学家叔本华等，其中美国心理学家伯恩、埃克斯特兰德一针见血地指出："正常做梦指我们几乎人人都有过的体验，那就是醒过来，回忆起似乎发生在一个非物质世界里的景象和事件，这个世界我们回忆起来纯粹是存在于想象中的。"③这明确指出梦只存于想象中，肯定了其虚无缥缈之性。可见，梦的虚幻性乃古今中外文明的共同体认。对此，遗民流人亦早知晓，如"百年一大梦，所历皆黄粱"④"好丑元来都是幻，蓬庐一付梦魂中"⑤"魂飘万里村俱幻，梦到三更月共知"⑥"今年更比去年

---

① （清）释函可著，李兴盛整理：《千山诗集》卷十七《晓钟二首·一》，第 360 页。
② 诗中的"一百八"是佛教习用之数。佛教认为人生之烦恼凡一百零八种，为去除烦恼，故贯珠一百八颗，念佛一百八遍，叩钟一百八下等。
③ ［美］伯恩（Bourne，L. E.）、埃克斯特兰德（Erstrand，B. R）编，韩进之等译：《心理学原理和应用》，知识出版社 1985 年版，第 366～367 页。
④ （宋）文天祥著，刘文源校笺：《文天祥诗集校笺》第 4 册卷十四《七月二日大雨歌》，第 1287 页。
⑤ （宋）文天祥著，刘文源校笺：《文天祥诗集校笺》第 4 册卷十四《宫籍监五首·五》，第 1299 页。
⑥ （清）释函可著，李兴盛整理：《千山诗集》卷十一《白蜡梅花》，第 221 页。

穷，梦到梅花香亦空"①等，所述皆是他们对归梦成幻的清醒认知。

但是，流人在哲理上对梦的认知并不能舒解其内心之惆怅，反而使他们在梦碎之时，悲痛不已。这方面的描写较多，如李煜之"故国梦重归。觉来双泪垂"②，汪元量之"十年旧梦风吹过，忍对黄花把酒杯"③，叶齐之"醒来空下泪，一梦到家园"等，皆写其归梦醒来后的落寞哀伤。以文天祥的《先两国初忌》④为例，前面部分，"北风吹黄花，落木寒萧飕……空庭鬼火阗，天黑对牢愁"，点出了北方的寒冷萧瑟，以及囚地的暗湿阴森，这种异域的艰苦环境，使流人不禁"昨夕梦堂上，乐昔欢绸缪"，他梦回故乡，与亲人共享相聚之欢乐；然而"觉来尚恍惚，血涕连衾裯。晨兴一瓣香，痛如螫在头"，梦醒之后，才发现梦中场景皆是假象，不禁血泪俱下，痛在心头。于是作者脑海中的阀门似被打开，痛数着亲人所遭之悲苦："吾家白云下，万里同关忧。遥怜弟与妹，几筵罗庶羞。既伤母在殡，又念兄在囚"，家中老母已然离世，只剩弟妹在乱世中相依为命，家破人亡，各在一方。至此，梦境里的乐景彻底被现实中的惨状替代，梦的虚幻性得到证实，亦使流人之前的幻想彻底破灭，由梦中的欢乐开怀陡转为现实中的悲痛欲绝。函可归梦破碎的情形也与之相近，其有诗曰：

不寐作

城中有更鼓，一更如夜长。山中无更鼓，长夜益凄凉。初更剔灯坐，灯花灿光芒。但愿得好睡，不复望嘉祥。伏枕当二更，须臾到旧乡。梦怯王令严，回首何匆忙。开眼见窗白，疑是日之光。披衣步前檐，星斗乱交横。约略三更候，掩扉强依床。敝絮轻如纸，病骨冷如霜。辗转多呻吟，百计觅睡方。四更至五更，揣摩竟难详。只闻山鬼啸，不闻鸡口张。盼盼复盼盼，天运岂无常。同卧皆熟寐，唯予起彷徨。将恐长如此，万古黑茫茫。⑤

---

① （清）释函可著，李兴盛整理：《千山诗集》卷十五《偶成》，第317页。

② （南唐）李煜著：《李煜词集》《子夜歌·人生愁恨何能免》，第9页。

③ （宋）汪元量著，胡才甫校注：《汪元量集校注》卷三《燕山九日》，第100页。

④ （宋）文天祥著，刘文源校笺：《文天祥诗集校笺》第4册卷十四《先两国初忌》，第1313~1314页。

⑤ （清）释函可著，李兴盛整理：《千山诗集》卷四《不寐作》，第80页。

开篇亦由塞外荒凉之景引入，接着流人伏枕而睡，悄然入梦，瞬间便回到了故乡。然而"梦怯王令严，回首何匆忙"，新廷的力量迫使他在梦中只能匆匆看一眼自己的家园；梦醒时分，又是寒光映射、星斗乱横的东北寒凄之景，梦中一切，转眼成空。于是，他不禁发出感叹：现在的自己只能拖着病瘦之躯，在异地他乡苦苦哀吟，辗转而难以成眠，诗中"多""百"等数量之词，更将其梦碎后的悲绝之感凸显。

综上所述，元清两朝的遗民流人皆对故园充满想象，并借助梦境来分别实现了重构国家与回归家乡，其生成原因既出于潜意识，也受其身份影响。但就结果而言，他们又殊途同归，即在梦境的相似性中，补偿了内心对故园的渴望，也从梦的虚幻感里，滋生出更大的悲痛。

第三章　清前期科场案与士人的东北流徙

顺治之初，睿王摄政，虽已入主中原，然天下未定。清廷一方面追歼农民军之余部，另一方面力降南明之旧臣，致兵事连连；又行剃发投充之策，有江阴嘉定之屠，使满汉冲突日甚。到摄政王薨，顺治帝独掌朝柄，废圈地、用汉官、定礼制，以期抚民众、缓矛盾、安天下。于此，科考之制重开，以揽天下尤其江南士子之心，然丁酉一年，南北两闱，或舞弊，或行贿，或贪赃，致士子怨愤、帝王震怒，终酿科场之案，并牵连诸多文人流徙东北。

在北闱一案中，有李遂升、诸豫、陆庆曾、张天植等 35 人被流放至尚阳堡或铁岭，又以张恂、张贲、孙旸颇具代表性。

张恂（1617—不详），字穉恭，号壶山，陕西泾阳人，崇祯十六年（1643）进士，顺治初官中书舍人。顺治十五年（1658），因其弟张汉在北闱科场案中贩卖关节，张恂被牵连遣戍尚阳堡。康熙二年（1663），他援例赎还。其擅诗文，精绘画，著有《樵山堂集》四册九卷，国家图书馆藏有 1644 年刻本，所收诗词皆作于崇祯末年与顺治初年，鲜有流放作品；另其著《西松馆集》《绣佛斋诗余》《雪鸿草诗》等，今已不可见。有部分诗歌收在《诗观初集》，其中个别与流放相关。

张贲（1620—1675），字绣虎，号白云道人，又名张绣虎，浙江钱塘（今杭州市）人，贡生。顺治十四年（1657），他借北闱考官李振邺买关节作弊之机，向其索贿，次年被发往尚阳堡，后经斡旋得释。其才华横溢，著有《白云集》四册十七卷，① 国家图书馆藏有乾隆年间刻本，中有较多流放作品，包括《长白山记》《宁古台新城记》《宁公台杂诗二十二首》等。

孙旸（1626—1701），字寅仲，一字赤崖，号蔗庵，江苏常熟人。因于北闱乡

---

① （清）张贲：《白云集》，国家图书馆藏乾隆年间刻本。本章所引张贲诗歌皆出自此书。

试中向考官李振邺买关节作弊，遭流徙尚阳堡，康熙二十年（1681），被友人赎还。著有《孙蔗庵先生诗选》两册五卷，包括《沈西草》《入关草》《归来草》《怀旧草》《芥阁诗》各一卷，国家图书馆藏有善本。① 其中，《沈西草》作于戍所，其他各卷亦有与流放相关诗作。

南闱一案中，则有姚其章、钱威、吴兰友、伍成礼共计15人遭流放东北，其涉足之地包括宁古塔、尚阳堡、铁岭等，又以吴兆骞、方氏一家为典型：

吴兆骞（1631—1684），字汉槎，号季子，江苏吴江（今属苏州市）人。他生于官宦世家，天资聪颖，少有才名，被吴伟业誉为"江左三凤凰"之一。顺治十五年（1658），因南闱科场案牵连流戍宁古塔，次年启程，后得顾贞观、徐乾学、纳兰性德合力援救，于康熙二十年（1681）放还。吴兆骞著述颇丰，有《秋笳集》《归来草堂尺牍》《词赋协音》《天东小纪》等，且大多作于流放期间。因吴兆骞诗名较大，其著述整理本颇多，本书采用李兴盛先生2010年点校本。②

方氏一家乃安徽桐城人，因第五子方章钺在南闱科场案有舞弊之嫌，其父方拱乾，其兄方孝标、方亨咸、方育盛、方膏茂，皆于顺治十五年（1658）十一月被牵连流戍宁古塔，次年踏上戍途，顺治十八年（1661）十月，以认修前门城楼赦还。其中各人生平及相关著述如下：

方拱乾（1596—1666），字肃之，号坦庵，又号云麓老人、江东髯史等，晚年更号甦庵。他少颖悟，善书法，工诗文，明崇祯元年（1628）戊辰科进士，入清后官少詹事，兼翰林学士。其著述颇丰，包括《白门集》《铁鞬集》《裕斋集》《出关集》《入关集》《绝域纪略》等，后三集与流放有关，收录于李兴盛先生整理的《何陋居集·甦庵集》③中。

方孝标（1618—1696），原名方玄成，避圣祖讳，以字行，号楼冈，寓居金陵。顺治六年（1649）进士，官至内弘文院侍读学士。著有《钝斋诗选》《钝斋文

---

① （清）孙旸：《孙蔗庵先生诗选》，国家图书馆藏抄本。本章所引孙旸诗歌，若无特殊说明，皆出自此书第一册。

② （清）吴兆骞、戴梓著，李兴盛整理：《秋笳集 归来草堂尺牍 耕烟草堂诗钞》，黑龙江大学出版社2010年版。本书所引吴兆骞诗文皆出自此书。

③ （清）方拱乾著，李兴盛整理：《何陋居集 甦庵集》，黑龙江大学出版社2010年版。本书所引方拱乾诗歌皆出自此书。

选》《钝斋二集》《光启堂文集》《滇黔纪闻》《易论》等，因其死后，《滇黔纪闻》一书引发文祸，其著述亦遭严禁。留存至今主要有《钝斋诗选》《钝斋文选》《光启堂文集》，别集中收有流放作品，前者有唐根生、李永生的点校本，[1] 后两者则收入石钟扬、郭春萍点校的《方孝标文集》[2]中。

方亨咸（1620—1681），字吉偶，号邵村。顺治丁亥进士，官至御史。工诗文，善书法，著有《塞外乐府》《邵村诗词》《楚粤使稿》《怡亭笔记》《苗俗纪闻》等，然基本已佚，《扶轮新集》《龙眠风雅续集》辑其诗近 200 首，包括零星流放诗作。

方育盛（生卒年不详），字与三，号栲舟，顺治甲午举人。性敦敏，工诗赋，著有《栲舟诗集》《无目诗集》《其旋堂诗集》，《其旋堂诗集》乃流放期间所作，惜已不得见。其著述大多散佚，《扶轮新集》《龙眠风雅全编》辑其诗 130 多首，包括零星流放诗作。

方膏茂（1626—1681），字敦四，号寄山。其人英俊倜傥，博闻强记，顺治十二年（1655）中会试副榜，后两次会试皆未中举，遂绝意仕途，以读书著述为乐，著有《余斋集》，惜已佚，现只存零星诗歌。

其他几人，如北闱案之诸豫、陆庆曾、张天植，南闱案之钱威、孙楗，其生平鲜有记载，且著述多已散佚，于此便不再展开论述。

就以上文人的流放创作观之，以张贲、孙旸、吴兆骞、方拱乾、方孝标最为丰富，并集于戍途与戍地中。在前往东北途中，他们就所见所闻详加记录，如张贲《发京师》《渡潞河》《山海关》《松山》诸诗，孙旸《欢喜岭》《出关次前卫简六兄》《游闾山》，吴兆骞《晓发抚宁题逆旅壁》《山海关》《塔山道中望海二十韵》，方拱乾《出塞送春归》《塔山杏山》《松山》《广宁城头》，方孝标《出塞送春归》《发襄城》《十八岭》《四道岭》等，将沿路目睹之风景，自身之体验，如游记般铺叙开来。在居处东北期间，他们则对戍所之风土人情、所思所感细腻书写，典型如张贲

---

[1] （清）方孝标撰，唐根生、李永生点校：《钝斋诗选》，黄山古籍出版社 2014 年版。本书所引方孝标诗歌皆出自此书。

[2] （清）方孝标撰，石钟扬、郭春萍校点：《方孝标文集：光启堂文集 钝斋文选》，黄山书社 2007 年版。本书所引方孝标之文皆出自此书。

《宁古台新城记》《宁公台杂诗二十二首》，孙旸《秋思四首》《岁暮感怀六首》《立秋和陆绣闻韵》，吴兆骞《自密将夜归登旧宁古台》《八月十五夜望月作》诸诗及《归来草堂尺牍》中的血泪家书，方拱乾《宁古塔杂诗》《腊月八日忆长干塔》《儿章铖摘菌子、黄芽菜供晚食》，方孝标《夜坐》《答吴汉槎借读通鉴纲目》《得家书》等，既有东北地区"衣冠都朴野，天地自洪蒙"①"荬稗公然熟，癭瓢香色多"②的异域风貌，亦有"荒原四望还高下，满目归鸿鬐欲星"③"盈盈应照去年人，望望还迷旧乡路"④的归乡之思。

就研究状况来看，因张恂、张贲、孙旸之别集藏于国家图书馆，难观其貌；又方亨咸、方育盛、方膏茂只留零星流戍诗歌，难成规模，因此与他们相关之研究甚少。目前研究的关注点乃集于吴兆骞、方拱乾、方孝标等个案上，或从史学层面探其流徙原因，考察清初政治生态；⑤ 或从文学角度分析他们的流放书写，解读其戍地心态，⑥ 涉及内容、艺术、情感诸方面；还有将他们视作清前期东北流人群体，从整体着眼进行考察，如谢国桢《清初东北流人考》⑦、何宗美《清初东北流人及其流人结社》⑧、李德新《清前期东北流人研究（1644—1795）》⑨等，但这些研究依然主要基于文史视角。

基于此期流人大多出自江南而流往东北之经历，结合现有研究状况，本章拟

---

① （清）张贲：《白云集》第 4 册卷十四《宁公台杂诗二十二首·一》，第 16 页。

② （清）方拱乾著，李兴盛整理：《何陋居集　甦庵集》《宁古塔杂诗·六》，第 19 页。

③ （清）孙旸：《孙蔗庵先生诗选》第 1 册《岁暮感怀六首·六》，第 15 页。

④ （清）吴兆骞著，李兴盛整理：《秋笳集》卷三《八月十五夜望月作》，第 91 页。

⑤ 如李兴盛的《一代奇才千秋恨——纪念边塞诗人吴兆骞逝世三百周年》（《学习与探索》1984 年第 4 期）、麻守中《清初桐城方氏两次遭戍东北考》（《史学集刊》1984 年第 4 期）、金卫国《桐城桂林方氏家族与清朝政治及文化研究》（南开大学 2011 年博士学位论文）等。

⑥ 如马大勇《流放诗人方拱乾论》（《黑龙江社会科学》2003 年第 1 期）、陈才训的《吴兆骞赎归与清初政治文化生态考论》（《北京社会科学》2012 年第 6 期）、严志雄《流放、帝国与他者——方拱乾、方孝标父子诗中的高丽》（《中国文哲研究通讯》第二十卷第二期）等。

⑦ 收录于谢国桢著，谢小彬、杨璐主编：《谢国桢全集》第 7 册，北京出版社 2013 年版。

⑧ 收录于何宗美著：《明末清初文人结社研究》，上海三联书店 2016 年版。

⑨ 李德新：《清前期东北流人研究（1644—1795）》，东北师范大学博士学位论文，2014 年。

先从史实入手，对其流戍过程与原因再作梳理和阐发。同时，为了突破现有的研究模式，笔者提出"文本影像""记忆剧场"的概念，借助影视学、戏剧学理论重新解读其戍途见闻与戍地怀想，以深窥流人内心的波澜。

第一节　从江南到东北：士人流徙的经济动因

一、问题提出：科案矛头为何直指江南士子

关于丁酉顺天乡试(北闱)科场案，题为"信天翁"所撰的《丁酉北闱大狱纪略》①有详细记录，其大致经过如下：顺治十四年(1657)，考官李振邺、张我朴等人欲敛财纳贿、巴结权贵，公开售卖关节。② 阅卷时，他们公然翻找试卷，按事先拟定名单录取举人。榜单一出，士子哗然，纷纷贴告示、哭文庙以泄其愤。给事中任克溥奏参，顺治帝闻后大怒，查明李振邺等人受贿属实后，便下旨将李、张等七人处斩，父母、妻子、兄弟俱流徙尚阳堡，并把孙旸、王树德等行贿举子及其家人遣戍东北，责令中举者来京复试，将文理不通者革去举人资格。

顺天科案后不久，江南(南闱)爆发科场案，《世载堂杂忆》记曰："正主考左必蕃，副主考赵晋，榜发，两江士论哗然。虽获隽者多江南名士，而中式举人，大半由出卖关节获选。士子群集贡院前，在贡院大门张一联曰：'赵子龙一身是胆，左丘明有目无珠。'并于贡院大字上，将'贡'字改为'卖'字，把'院'字用纸贴去'阝'旁，变成'完'字。于是贡院变成'卖完'，京师内外哗然。"③给事中阴应节将此事上奏朝廷，顺治帝大怒，严旨查办，将考官方犹、叶楚槐等人处绞，把方章钺等人各责四十板，家产籍没，父母、兄弟俱流徙宁古塔，又将复试不合格者革去举人资格，把处理此案的图海等官员革职。

---

① （清）信天翁撰：《丁酉北闱大狱纪略》，商务印书馆1917年版。

② （清）赵翼《陔馀丛考》卷二十九"关节"条说："盖关节之云，谓竿牍请嘱，如过关之用符节耳。至后世举子所谓关节，则用字眼于卷中以为识别者。"晚清商衍鎏《清代科举考试述录》中道："关节，为密通字眼，其易藏者，多用虚字以为暗示。"所谓的"关节"就是考生与考官串通作弊而约定的字眼和符号。

③ （清）刘禺生撰，钱实甫点校：《世载堂杂忆》，中华书局1960年版，第17页。

从以上叙述可知，虽同为科场案，但两者的处理和结果却有所差别。为方便比对和分析，现将《世祖章皇帝实录》中对南北闱科案之记载分列如下（见表 3-1-1），再细加分析。

表 3-1-1　南北闱科场案比对表①

	北闱科场案	南闱科场案
背景	顺治十四年十月乙酉：朕年来屡饬科道各官，据实陈奏，以广言路。乃不抒诚建议，或报私仇，或受嘱托，或以琐细之事，渎陈塞责。虽巧饰言词，而于国家政治，有何裨补？今各部院衙门弊端及诸臣行事，朕尚有所闻见，尔等岂有不知？若明知隐匿，不行据实陈奏，岂不有玷言官之职？以后宜悉心改悔，恪尽乃职，若仍蹈前辙，决不尔贷。	顺治十四年秋七月乙巳：命内翰林国史院侍讲方犹、弘文院检讨钱开宗为江南乡试主考官。谕曰：江南素称才薮，今遣尔等典试，当敬慎秉公。傥所行不正，独不见顾仁之事乎？必照彼治罪，决不轻恕。尔等秉公与否，朕自闻知，岂能掩人耳目。尔其慎之。
参奏者	刑科右给事中任克溥	工科给事中阴应节
参奏原因	北闱榜放后，途谣巷议，啧有烦言。臣闻中式举人陆其贤用银三千两，同科臣陆贻吉送考官李振邺、张我朴，贿买得中北闱之弊。不止一事。此辈弁髦国法，亵视名器，通同贿卖，恣不畏死。伏乞皇上大集群臣，公同会讯，则奸弊出而国法伸矣。	江南主考方犹等弊窦多端，发榜后，士子忿其不公，哭文庙，殴帘官，物议沸腾。其彰著者，如取中之方章钺系少詹事方拱乾第五子，悬成、亨咸、膏茂之弟，与犹联宗有素，乃乘机滋弊，冒滥贤书。请皇上立赐提究严讯，以正国宪，重大典。

① 表格中的内容皆出自《世祖章皇帝实录》影印本，中华书局 1985 年版。

续表

	北闱科场案	南闱科场案
顺治帝的初始态度	贪赃坏法，屡有严谕禁饬。科场为取士大典，关系最重。况辇毂近地，系各省观瞻。岂可恣意贪墨行私？所审受贿、用贿、过付种种情实，可谓目无三尺。若不重加处治，何以惩戒将来？	方犹等，经朕面谕，尚敢如此，殊属可恶。
顺治帝的初步处理	对相关官员：李振邺、张我朴、蔡元禧、陆贻吉、项绍芳、举人田耜、邬作霖、俱著立斩，家产籍没，父母兄弟妻子俱流徙尚阳堡。主考官曹本荣、宋之绳，著议处具奏。降左庶子曹本荣、右中允宋之绳五级，仍以本衙门用。 对士人：1.（十一月己酉）谕礼部：尔部即将今年顺天乡试中式举人速传来京，候朕亲行覆试，不许迟延规避。2.（十一月丁巳）谕礼部：覆试今年顺天乡试中式举人，已有谕旨。如有托故规避不赴试者，即革去举人，永不许应考，仍提解来京，严究规避之由，尔部再速行传饬。3.是以朕亲加覆试，今取得米汉雯等一百八十二名，仍准会试。苏洪浚、张元生、时汝身、霍于京、尤可嘉、陈守文、张国器、周根郜等八名，文理不通，俱著革去举人。	1. 方犹、钱开宗并同考试官俱著革职，并中式举人方章钺，刑部差员役速拏来京，严行详审。本内所参事情，及闱中一切弊窦，著郎廷佐速行严察明白，将人犯拏解刑部。方拱乾著明白回奏。 2. 于顺治十五年三月和十六年三月两次复试江南举人。 朕是以亲加覆试今取得吴珂鸣三次试卷，文理独优，特准同今科会试中式举人一体殿试。其汪溥勋等七十四名仍准作举人。史继佚、詹有望、潘之彪、洪济、黄枢、秦广之、陈溯潢、许允芳、张允昌、何亮功、何炳、曹汉、马振飞、朱扶上、万世俊、黄中、董粤固、韩揆策、谢金章、许凤、杨大鲲、周篆、沈鹏举、史奭等二十四名亦准作举人，罚停会试二科。方域、林大节、杨廷章、张文运、汪度、陈珍华廷樾、顾元龄、刘师汉、夏允光、程牧、孙弓安、叶甲、孙长发等十四名、文理不通，俱著革去举人。 3.（顺治十五年十一月壬子）谕刑部：江南乡试作弊一案，奉上旨严审，已经一年。尔等至今并未取有供招，拟罪具奏，明系故为耽延，希令遇有机缘，以图展脱。其中岂无情弊，尔等作速明白回奏。

	北闱科场案	南闱科场案
吏部刑部处理方案	1. 吏部：顺天主考曹本荣、宋之绳以同考官二员，互阅《春秋》《礼记》，有违定例，应革职。 2. 刑部：王树德等交通李振邺等贿买关节，紊乱科场，大干法纪，命法司详加审拟。据奏，王树德、陆庆曾、潘隐如、唐彦曦、沈始然、孙旸、张天植、张恂，俱应立斩，家产籍没；妻子、父母、兄弟流徙尚阳堡。孙珀龄、郁之章、李倩、陈经在、邱衡、赵瑞南、唐元迪、潘时升、盛树鸿、徐文龙、查学诗俱应立斩，家产籍没。张旻、孙兰苗、郁乔、李苏霖、张秀虎、俱应立绞。余赞周应绞，监候秋后处决。	正主考方犹、拟斩。副主考钱开宗、拟绞。同考试官叶楚槐等、拟责遣尚阳堡。举人方章钺等、俱革去举人。
顺治帝最后的态度	朕因人命至重，恐其中或有冤枉，特命提来亲行面讯。	方犹、钱开宗差出典试，经朕面谕，务令简拔真才，严绝弊窦，辄敢违朕面谕，纳贿作弊，大为可恶。如此背旨之人，若不重加惩治，何以儆戒将来。
顺治帝最后的处理	1.（曹本荣、宋之绳）上以其侍从讲帷日久，宽宥之。 2. 王树德等俱供作弊情实，本当依拟正法，但多犯一时处死，于心不忍，俱从宽免死各责四十板，流徙尚阳堡。余依议。董笃行等本当重处，朕面讯时，皆自认委系溺职，姑著免罪，仍复原官。曹本荣等亦著免议。	1. 方犹、钱开宗俱著即正法，妻子家产籍没入官。叶楚槐、周霖、张晋、刘廷桂、田俊民、郝惟训、商显仁、李祥光、银文灿、雷震声、李上林、朱建寅、王熙如、李大升、朱范、王国桢、龚勋，俱著即处绞，妻子家产籍没入官。已死卢铸鼎、妻子家产亦著籍没入官。方章钺、张明荐、伍成礼、姚其章、吴兰友、庄允堡、吴兆骞、钱威，俱著责四十板，家产籍

续表

	北闱科场案	南闱科场案
	3. 一甲一名进士孙承恩坐胞弟旸科场事，应连坐流徙，上特宥之。	没入官，父母、兄弟、妻子并流徙宁古塔。程度渊在逃，责令总督郎廷佐、亢得时等，速行严缉获解，如不缉获，即伊等受贿作弊是实。尔部承问此案，徇庇迟至经年，且将此重情，问拟甚轻，是何意见？著作速回奏。2. 吏部议：尚书图海、白允谦、侍郎吴喇禅、杜立德、郎中安珠护、胡悉宁、员外郎马海、主事周明新等谳狱疏忽，分别革职，革前程并所加之级，仍罚俸。疏入。得旨：图海等本当依议，姑从宽免革职，著革去少保、太子太保，并所加级，其无加级者，著降一级留任。

基于以上表格内容，可从以下几个方面进行分析：从案件背景来看，顺治帝对南闱科场案的发生有很强的预知与操控性。在北闱案中，任克溥参奏进谏前，顺治帝于十月训导官员，盼其诚抒己见、据实陈奏，以对国家和百姓有所裨益，此乃帝王希冀广开言路之常态表现。但南闱科案则大不相同，是年七月，顺治帝专门对江南主考官发布谕令，这一时间点不但在江南乡试前，甚至早于北闱科场案的发生。从谕令内容来看，主要信息有三点：一是他熟知江南素来文化繁盛、人才辈出。二是他以清初因索取贿赂、陷害无辜而被处斩的御史顾仁为例，警诫方犹等人要公正取士。联系其后来对南闱科案的态度和处理方式，此似为伏笔，即他已预知或打算让江南乡试出问题。三则显示其情报系统发达、耳目广布，事事皆能了如指掌，他明确表示"朕自闻知"，即表明其对此次江南乡试操控力强。如此，可初步推断北闱案之发生实属偶然，而南闱案则有很强的必然性，甚至在北闱案发前，就已在帝王策划与掌控之中。

从顺治帝的态度与处理方式来看，南北闱科案的处理方式相差甚大。北闱案发时，顺治帝表示要严肃对待、加重处置，并提出初步方案：对有受贿之实的李振邺诸人予以处斩，将曹本荣等相关官员降职，令中试举子来京复试，并将不合格的八名举子革去举人资格。后经查处，证实确有行贿之事，吏部、刑部分别对主考官和行贿举子进行了惩处。顺治帝获悉后，担心冤枉无辜，特地面讯，并将之前吏部拟定革职的曹本荣等人宽赦，把刑部拟定死刑的王树德诸人改判为流放等。纵观此案，调查清楚，证据确凿，帝王也展现宽仁之德，将惩处力度降低。所以，无论就其过程还是结果观之，皆令人信服。

南闱案则大不相同，前文已述，无论统治者顺治帝还是参奏者阴应节，皆有很强的目的性。且顺治帝在案件处理过程中，还带有浓厚主观情感：接到奏疏后，他大为震怒，骂其"可恶"；对方拱乾有理有据的回应不予理睬；收到刑部拟定的处理方案时，他不但不细查案情，甚至很是愤怒，又一次骂其"可恶"。最主要的是，此次南闱案并未查出证据，诚如吴兆骞于家书所诉："南场一案，毫无证据，与北场迥然不侔。"①此种情况下，顺治帝不但惩处涉案人员，还将处罚加重：把刑部拟为流刑的叶楚槐等人判绞，将拟革举人的方章钺诸人改流放，把士子发至更远的宁古塔，甚至还将处理此案的图海等人降职。总体来看，其牵涉人员之广、处罚之重、戍地之远，皆远甚北闱，且有很强的主观和阴谋性。

统治者对待南北闱案的态度为何截然不同呢？表面观之，乃帝王偏袒北闱士子，打击南闱，实则两场科案皆针对江南士子。②诚如几社六子之一的杜登春于《社事始末》所载："榜发之后，同社蒙难比比，最惨恻者莫若陆子元先生与吴子汉槎……江浙文人涉丁酉一案，不下百辈，社局或几于息矣。"③又孟森于《心史丛刊·科场案》有述："北闱所株累者多为南士，而南闱之荼毒则倍蓰于北闱。"④惜两人所述稍简，下面则细析之。清廷对科考人员之籍贯规定严格，乡试只许本省生员参加，所以江南乡试（南闱）的文人无疑皆出自江南。顺天乡试则例外，

---

① （清）吴兆骞著，李兴盛整理：《归来草堂尺牍》《家书第六》，第 247 页。

② 关于"江南"的界定，前人多有论争，而李伯重先生的说法较为透彻且得到广泛认同。其《简论"江南地区"的界定》一文从经济角度考虑，认为明清时期的江南应为今天的苏南、浙北，包括苏、松、常、宁、镇、杭、嘉、湖以及由苏州而划出的太仓州。因后文论述需涉及政治、经济等要素，所以从这个意义来看，北闱案牵涉的来自浙江湖州、秀水（今嘉州）、嘉兴等浙北一带士人，亦隶属江南士子范畴。

③ （清）杜登春：《社事始末》，中华书局 1991 年版，第 20 页。

④ 孟森：《明清史论著集刊正续编》，河北教育出版社 2000 年版，第 347 页。

除本地人员外，还允许国子监学生参加，国子监学生往往不囿于顺天而来自全国各地，因此应考者还有他省士人。从表3-1-2可以看出，顺天一案，被惩处且大体有名字留存者52人，可查籍贯者32，其中有28人来自江苏、浙江地区，[①] 占比87.5%，可见江南人士占绝大多数。其余少部分的所谓北方士人，实亦江南士族之一分子，又以张恂一家（包括张嘉、张汉）为典型。张恂生于万历四十五年（1617），崇祯十六年（1643）中进士，他虽祖籍陕西泾阳，然"先世以业鹾家江都"[②]，多在扬州经营盐业，且"居江都最久"[③]，"江都"即当时扬州，可知其长久寓居于此。另外，他同江南名士冒襄、龚鼎孳、施闰章等交往密切，后又任江南推官。从其经历可知，他虽生于陕西，但大部分时间乃于江南度过，家族产业、人际网络皆在江南一带，俨然是新兴的江南士族。由此，北闱中遭惩处的江南文人占据了绝对优势，因而更能肯定：南北闱案之矛头，皆指向江南士人。

总结以上分析，北闱科案爆发实属偶然，其调查和处理皆较为公正，而南闱则疑点颇多且处罚甚重，但两案殊途同归，皆针对江南士人，其中原委，下面将予以探析。

表3-1-2 北闱科场案遭惩处人员情况表[④]

序号	姓名	籍贯	身份	惩处情况	原因
1	李振邺	浙江归安	顺天乡试同考官	立斩，家产籍没，父母兄弟妻子俱流徙尚阳堡	收受贿赂，以使行贿之人中举
2	张我朴	浙江嘉善	顺天乡试同考官	立斩，家产籍没，父母兄弟妻子俱流徙尚阳堡	收受贿赂，以使行贿之人中举
3	蔡元禧	江苏武进	顺天乡试同考官	立斩，家产籍没，父母兄弟妻子俱流徙尚阳堡	收受贿赂，以使行贿之人中举

① 其中陆庆曾等人所在的"华亭"，在清时归属江苏省。
② （清）于成龙等修，张九征、陈焯纂：《江南通志》，康熙二十三年江南通志局刻本，第8243页。
③ （清）五格修，黄湘纂：《乾隆江都县志》，乾隆八年刊光绪七年重刊本，第632页。
④ 表格按其惩处力度由重到轻排序。

续表

序号	姓名	籍贯	身份	惩处情况	原因
4	陆贻吉	江苏虞山	顺天乡试同考官	立斩，家产籍没，父母兄弟妻子俱流徙尚阳堡	收受贿赂，以使行贿之人中举
5	项绍芳	安徽怀宁	顺天乡试同考官	立斩，家产籍没，父母兄弟妻子俱流徙尚阳堡	收受贿赂，以使行贿之人中举
6	田耕	不详	举人	立斩，家产籍没，父母兄弟妻子俱流徙尚阳堡	贿赂关节
7	邬作霖	浙江仁和	举人	立斩，家产籍没，父母兄弟妻子俱流徙尚阳堡	贿赂关节
8	王树德	江苏高邮	举人	立斩，家产籍没，父母兄弟妻子俱流徙尚阳堡	向考官李振邺买关节作弊以考举人
9	潘隐如	江苏吴县	举人	立斩，家产籍没，父母兄弟妻子俱流徙尚阳堡	向考官李振邺买关节作弊以考举人
10	唐彦曦	浙江湖州	举人	立斩，家产籍没，父母兄弟妻子俱流徙尚阳堡	向考官李振邺买关节作弊以考举人
11	沈始然	浙江湖州	举人	立斩，家产籍没，父母兄弟妻子俱流徙尚阳堡	向考官李振邺买关节作弊以考举人
12	孙旸	江苏常熟	举人	立斩，家产籍没，父母兄弟妻子俱流徙尚阳堡	向考官李振邺买关节作弊以考举人
13	孙珀龄	山东淄川	举人	立斩，家产籍没，父母兄弟妻子俱流徙尚阳堡	向考官李振邺买关节作弊以考举人
14	陈经在	不详	举人	立斩，家产籍没，父母兄弟妻子俱流徙尚阳堡	向考官李振邺买关节作弊以考举人
15	邱衡	不详	举人	立斩，家产籍没，父母兄弟妻子俱流徙尚阳堡	向考官李振邺买关节作弊以考举人
16	赵瑞南	不详	举人	立斩，家产籍没，父母兄弟妻子俱流徙尚阳堡	向考官李振邺买关节作弊以考举人
17	唐元迪	不详	举人	立斩，家产籍没，父母兄弟妻子俱流徙尚阳堡	向考官李振邺买关节作弊以考举人

续表

序号	姓名	籍贯	身份	惩处情况	原因
18	潘时升	浙江	举人	立斩，家产籍没，父母兄弟妻子俱流徙尚阳堡	向考官李振邺买关节作弊以考举人
19	盛树鸿	不详	举人	立斩，家产籍没，父母兄弟妻子俱流徙尚阳堡	向考官李振邺买关节作弊以考举人
20	徐文龙	不详	举人	立斩，家产籍没，父母兄弟妻子俱流徙尚阳堡	向考官李振邺买关节作弊以考举人
21	查学诗	浙江	举人	立斩，家产籍没，父母兄弟妻子俱流徙尚阳堡	向考官李振邺买关节作弊以考举人
22	张旻	浙江秀水	举人	立斩，家产籍没，父母兄弟妻子俱流徙尚阳堡	向考官李振邺买关节作弊以考举人
23	孙兰苗	山东淄川	举人	立斩，家产籍没，父母兄弟妻子俱流徙尚阳堡	向考官李振邺买关节作弊以考举人
24	郁乔	浙江嘉兴	举人	立斩，家产籍没，父母兄弟妻子俱流徙尚阳堡	向考官李振邺买关节作弊以考举人
25	李苏霖	不详	举人	立斩，家产籍没，父母兄弟妻子俱流徙尚阳堡	向考官李振邺买关节作弊以考举人
26	余赞周	不详	举人	立斩，家产籍没，父母兄弟妻子俱流徙尚阳堡	向考官李振邺买关节作弊以考举人
27	唐彦晖	浙江湖州	举人	流徙尚阳堡	向考官李振邺买关节作弊以考举人
28	沈文然	浙江湖州	举人	流徙尚阳堡	向考官李振邺买关节作弊以考举人
29	赵某	江苏常熟	举人	流徙尚阳堡	向考官李振邺买关节作弊以考举人
30	闵某	浙江湖州	举人	流徙尚阳堡	向考官李振邺买关节作弊以考举人
31	闵某	浙江湖州	举人	流徙尚阳堡	向考官李振邺买关节作弊以考举人

续表

序号	姓名	籍贯	身份	惩处情况	原因
32	诸震	不详	举人	流徙尚阳堡	向考官李振邺买关节作弊以考举人
33	郁之章	浙江嘉兴	大理寺丞	责四十板，家产籍没，连同父母兄弟妻子流徙尚阳堡	因向考官李振邺买关节作弊以使其子郁乔考举人
34	朱又贞（女）	浙江嘉善	张我朴之妻	流徙尚阳堡	因其夫张我朴参与售卖关节被牵连
35	李遂升	不详	刑部推官	流徙尚阳堡	因受人嘱托、贿买关节而受牵连
36	诸豫	江苏无锡	侍讲学士	流徙尚阳堡	李遂升受人嘱托贿买关节，诸豫为其周旋而获罪
37	陆庆曾	华亭	举人	责四十板，家产籍没，连同父母兄弟妻子流徙尚阳堡	考官李振邺"借中式以酬医"，使其被牵连
38	张贲（张绣虎）	浙江钱塘	贡生	责四十板，家产籍没，连同父母兄弟妻子流徙尚阳堡	借考官李振邺买关节作弊之机，向他们索贿，后被科场案牵连
39	张恂	陕西泾阳（实住江苏扬州）	中书舍人	责四十板，家产籍没，连同父母兄弟妻子流徙尚阳堡	因其弟张汉贩卖关节而被牵连
40	张嘉	陕西泾阳	中书舍人	流徙尚阳堡	因其弟张汉贩卖关节而被牵连
41	张天植	浙江秀水	礼部右侍郎	责四十板，家产籍没，连同父母兄弟妻子流徙尚阳堡(后改铁岭)	无辜受牵连
42	李倩	不详	光禄寺少卿	责四十板，家产籍没，连同父母兄弟妻子流徙尚阳堡(后改铁岭)	受牵连

续表

序号	姓名	籍贯	身份	惩处情况	原因
43	曹本荣	湖北黄冈	左庶子、顺天乡试主考官	降五级	不能觉察同考官作弊
44	宋之绳	江苏溧阳	右中允、顺天乡试主考官	降五级	不能觉察同考官作弊
45	苏洪浚	不详	举人	被革去举人	在顺治主持的复试中文理不通
46	张元生	不详	举人	被革去举人	在顺治主持的复试中文理不通
47	时汝身	不详	举人	被革去举人	在顺治主持的复试中文理不通
48	霍于京	不详	举人	被革去举人	在顺治主持的复试中文理不通
49	尤可嘉	不详	举人	被革去举人	在顺治主持的复试中文理不通
50	陈守文	不详	举人	被革去举人	在顺治主持的复试中文理不通
51	张国器	不详	举人	被革去举人	在顺治主持的复试中文理不通
52	周根郜	不详	举人	被革去举人	在顺治主持的复试中文理不通

二、财政危机：清廷流放江南士子的经济动因

关于江南士人于两场科案受惩之重的原因，前人多有探索。民国学者孟森认为此举乃帝王游戏使然，[1] 谢国桢提出与满汉矛盾和消灭抗清力量、打击结

---

[1]　孟森：《明清史论著集刊正续编》，第347~348页。

党之风相关，① 朱永嘉指出南闱案乃"清朝统治者借此压制江南地主阶级"②，李兴盛则认为北闱案有统治集团内部斗争之特点，南闱案"则完全反映了清廷统治者对南方汉族地主阶级的压制与打击"③，并提出这还与统治者开发东北、抵抗沙俄有关。以上论点，可归结为帝王权术、压制江南、结社党争、抑制抗清、满汉矛盾、边疆开发、军事防御七大类。以上观点对科场案流人研究影响甚大，后来者的探究④基本继承以上论断。然而，上述学人对这些论点的阐述，多一笔带过，未予细究。于此有突破的乃郭松义，其同样秉持清廷打压江南之观点，但他不仅着眼于政治层面，还关注经济因素，结合两者来挖掘科场案、奏销案等事件之内在关联。⑤ 其研究史料详实，令人信服，只是其文重在诸案件的整体观照，对科案研究尚不够细致。因此，下文将着重在经济层面上展开论述。

清朝建国之初，即面临严峻的财政危机，又以军费消耗最为庞大。顺治八九年（1651—1652）间，"出浮于入者八十七万五千有奇"⑥；顺治十二年（1655），"入数比出数缺额二百五十六万有奇"⑦，财政赤字大幅攀升，入不敷出。其中又以兵饷消耗最大，据记载："方顺治八九年间，岁入额赋仅一千四百八十五万九千有奇，而诸路兵饷岁需一千三百余万……至十三年以后，又增饷至二千万，嗣又增至二千四百万，时额赋所入，除存留款项外，仅一千九百六十万，饷缺额至

---

① 谢国桢：《增订晚明史籍考》，中华书局 1964 年版，第 717 页。

② 朱永嘉：《顺、康间清政府与江南地主阶级的矛盾斗争——兼论清初地主士大夫的民族气节的实质和意义》，《复旦大学学报》（哲学社会科学）1964 年第 1 期。

③ 李兴盛：《东北流人史》，黑龙江人民出版社 1990 年版，第 139 页。

④ 大陆方面，包括衣兴国、刁书仁的《近三百年东北土地开发史》一书，何宗美的《清初东北流人及其流人结社》一文（收录于《明末清初文人结社研究》，南开大学出版社 2003 年版）；台湾方面，有谢皖麒的学位论文《清初宁古塔的社会变迁（十七世纪到十八世纪中叶）》（2009 年台湾"暨南大学"历史学系硕士学位论文）。国外则有日本学者杨合义的文章《清代东三省开发的先驱者——流人》《东洋史研究》，1973 年第 32 卷第 3 号）。

⑤ 郭松义：《中国社会科学院学部委员专题文集 清代政治与社会》《江南地主阶级与清初中央集权的矛盾及其发展和变化》，中国社会科学出版社 2015 年版，第 1~28 页。

⑥ （清）张玉书：《文贞公集》卷七《记顺治间钱粮数目》，日本公文书馆内阁文库藏清乾隆五十七年（1792）松荫堂刊本，第 20 页。

⑦ 档案，顺治十三年二月十七日戴明说题：《为钱粮入不敷出事》。

四百万，而各项经费犹不与焉。"①清建国伊始，与大顺、南明、起义诸军战争不断，《中国历代战争年表》载，顺治朝战争 91 起，年均 5 起左右，颇为频繁。其中顺治九年(1652)，清廷于西南战场失利，顺治十年(1653)、十一年(1654)，张名振、张煌言带领南明军队两次攻入长江，致清廷军需紧张；且从顺治十三至十五年(1656—1658)，清军快速消灭南明政权并占领西南大片领土，两年内的快速用兵，更加重了军费之压力。与后面的康乾两朝相比(见表 3-1-3②)，虽三朝皆战事繁多，然顺治朝之战争频率和年军费支出远胜后两者，可见其消耗之巨。此外，康乾乃繁盛时期，经济发展已步入正轨且国库充裕，能及时为战争提供充足的补给，但顺治接手的却是一个历经天灾人祸、千疮百孔的新朝。

表 3-1-3　顺康乾三朝军费消耗情况表

	顺治	康熙	乾隆
在位时长(/年)	18	61	60
战争次数(/次)	91	65	31
年战争支出(/万两)	1300	279	276

顺治前期，社会经济凋敝。这可从各省官员呈奏中窥其面貌(见表 3-1-4)，其中描述或有夸张成分，却基本呈现了因连年战争导致的各省田地荒芜、人口锐减、经济萧条之现状。清初，国家财政收入主要源于田赋、盐课和杂赋，农田荒弃与人口逃散，使田赋征收难以为继；长年战争迫使盐业停滞，盐课无从谈起。种种衰败，无疑使清廷财政捉襟见肘。

然而，仔细比对诸省情况会发现：虽各省经济皆衰颓，都有百姓逃亡、农田

---

① (清)张玉书：《文贞公集》卷七《记顺治间钱粮数目》，第 20 页。

② 表格中战争次数的数据来自《中国历代战争年表》(中国人民解放军出版社 2003 年版)，军费支出数据来自陈锋所著的《清代军费研究》(武汉大学出版社 1992 年版)，但对于康熙、乾隆朝的军费，陈锋只列出了每次大战消耗的费用，笔者在此数据上统计出整体的费用支出，再除以帝王的在位时长，以得出平均每年的支出情况。

荒芜之景象，但程度却有差别。山西、陕西等地最严重，本就"土瘠民贫，难以比之他省"，除战争外，还遭"大旱"以致"奇荒"，又有"传染病"等"大疫"，天灾人祸齐下，使其经济濒于崩溃。相比之下，江南依旧是当时最富庶、经济恢复最快之地，田荒民逃之现象，仅在其个别州县出现。湖广总督呈述道："近者楚省额赋，止八十万两，已不如江南一邑之多，而协济则有浙饷，有盐课，有江南之银、江西之米……"可知当时江南仍是赋税最高地区，甚至连经济稍好的湖北，亦不及其一邑，以致江南还给予它省以银粮协助，表明其经济状况较好。又从洪承畴的"江南地方……自归命圣朝……民困稍苏"的描述中，得知清初江南的社会经济已有复苏迹象。以上种种，皆可说明江南依旧是当时的主要财富区。

表 3-1-4　顺治初期各省呈报的经济状况表

省份	呈报人	时间	内　　容	出　　处
直隶	卫周胤(大理寺丞)	顺治元年	臣巡行各处，一望极目，田地荒凉，四顾郊原，社灶烟冷。	卫周胤：《痛陈民苦疏》，见《皇清奏议》卷1
	巴哈纳(户部尚书)	顺治六年	沧州、清苑、庆云荒地亡丁，虽经按臣勘回，除亡丁查审已明，庆云荒地俱经拨补开垦，毋庸再议。其沧州、清苑荒地，有称系无主死荒者，亦有未开有主无主者。	巴哈纳：《为确报荒地以苏民命事》，中国第一历史档案馆藏
江南	洪承畴(江南总督)	顺治三年	江南地方，因明季赋税繁重，官兵扰害，百姓极为困苦，自归命圣朝，蠲厚敛，涤烦苛，事事从宽，民困稍苏。惟有伤残最苦之州县，人民逃亡，田地荒芜，又兼近来土贼抢掠，民无宁居。……安庆府属六县，遭寇乱数年，抢掳逃亡，几至无民，更非别府州县可比。	《明清史料》甲编第6本，顺治三年二月二十九日洪承畴揭帖

续表

省份	呈报人	时间	内　　容	出　　处
湖南	张懋熺（湖南巡抚）	顺治四年	岳州之焚毁杀戮极惨，而巴陵为最惨。自壬午（1642年）以来，无岁不被焚杀，无地不为战场，加以今春奇荒，骼骴盈道，蓬蒿满城。……长沙为群逆盘踞数年，剥民已尽脂膏，临遁复行焚杀，城中房舍皆无，民皆弃家远遁。……衡州除连年兵寇杀掳之外，上岁颗粒无收，春夏米价腾涌，百姓饿死大半。	《明清史料》丙编第7本，顺治四年八月九日张懋熺揭帖
山西	朱鼎延（河东盐政监察御使）	顺治四年	遭闯逆蹂躏以来，大旱大疫，人民流亡，田土荒芜。昔也千有余户，今也百十余家。	档案，顺治四年正月二十九日朱鼎延题：《为军兴需饷正殷，户口输糇惟艰事》
陕西	王来用（陕西总督）	顺治四年	秦中地方，自明季以来，数十年兵劫奇荒，流毒之惨，盖无一块干净土也！在贼杀不尽，而苦凶荒饿杀；饿杀不尽，又苦传染病杀。所以人民死亡过半，以致田园荒芜，粮悬纸上空名，兵饷实无益济。屡经道府严核，踏勘再四，田则满目荒草，庄则徒存破壁，人烟几断。	档案，顺治四年三月王来用题《为地荒丁绝、恳祈圣明悯念时艰俯准蠲荒征熟事》
	孟乔芳（陕西总督）	顺治八年	陕西幅员辽阔，土瘠民贫，难以比之他省。兼被逆贼蹂躏，灾害频仍，是以民多死徙，田率荒芜。	档案，顺治八年九月十九日孟乔芳题：《为秦省有主荒粮最为民累事》
山东	杨义（长芦盐政）	顺治八年	土寇窃发，洪水横流，村落悉成丘墟，田畴尽为薮泽，孳生抚集者少，死丧逃亡者多。	档案，顺治八年九月十六日杨义题：《为查照山东户口更定引额并定考成事》

续表

省份	呈报人	时间	内　容	出　　处
江西	夏一鹗(江西巡抚)	顺治八年	江省自明末抵今，变乱不胜矣。献贼、左兵先后十年蹂躏。入本朝，金逆(金声桓)一人反复，江民两次横尸。大将军提兵攻围，断其接济。山中之贼，遍地劫粮，无粮杀人而食。围城之中，只鼠一两，升糠八钱，石米三百金，人遂食人。最后围久粮尽，金逆部下饥兵，又尽杀食人之人而食，街无行影，苍无哭声。……江民至此，十有一二存乎？……伤哉江土！有水荒，有旱荒，有贼荒，有兵荒，有逃荒，有绝荒。荒则一，而抛荒之惨，亦亘古罕闻。	顺治八年六月二十六日夏一鹗题本；《地丁题本·江西(三)》
湖北	祖泽远(湖广总督)	顺治九年	楚省赋役最繁，平成之日，输将恐后，今则兵火未患，又值奇荒，即近如省会，民既迫于饥寒，复又急于征敛，逃亡死徙，在在不堪。此民力之不足恃一也。近者楚省额赋，止八十万两，已不如江南一邑之多，而协济则有浙饷，有盐课，有江南之银、江西之米，亦可谓缓急相济，无虞匮乏矣。然派多积欠，解不如期，兵丁枵腹以荷戈，有司捉襟而露肘，额、协两饷，均不足给。此钱粮之不足恃一也。	《明清史料》丙编第9本，顺治九年十月祖泽远揭帖

　　财政窘迫的清廷想获得补给，自然把目光投向较为富裕的江南。清军入关进入江南后，便首先着力恢复漕运和两淮盐场。清廷派往南方的首位官员乃漕运总

督王文奎，其主要任务是快速恢复漕运，确保将税收与粮食运往京畿；其后，巡盐监察御史李发元于顺治二年（1645）几乎尾随多铎之后，视察两淮盐课，可见清廷对盐课之重视不亚于漕运。盐课乃清廷重要财政来源，相比其他收入，它属于间接税，隐蔽性强，且集于盐商手中，数额更为可观，由此，盐业繁盛的江南自然被清廷看作攫取财富最快之地。清廷对江南盐课的掠夺几近疯狂，且基本将其充作军费，如顺治十五年（1658），两淮正课银两有180000两解往川湖总督祖泽远军前，68000两至五省经略洪承畴军前，150000两至广东巡抚李楼凤前，165139两至陕西总督孟乔芳军前，以此维持战争。

　　同盐业收入集于盐商手中一样，江南财富亦聚于世家大族中。这些家庭或世代为官，或官商兼通，通过权力运作和商业运营，积累丰厚产业，形成缙绅士族，诚如顾诚所述："自明中期以后，缙绅势力已经成为社会上举足轻重的力量。"①此次科场案涉及的张恂、方拱乾、吴兆骞、沈始然等家族，皆是江南望族，家业殷实。张恂虽是陕西人，但其祖上在扬州经营盐业，家境富裕，并留下丰厚家产，有载曰："（张恂）先生家有醝业，在广陵"②，"醝"即"盐"之别名，家族盐业的收入，使流寓扬州的张恂仍生活优渥。获得经济财富后，产业充足的张家便非常注重子孙之教育和仕途。张恂有兄弟六人，他本人工诗画，于崇祯十六年（1643）中进士，入清后任中书舍人、江南推官，与当时江南名流龚鼎孳、施闰章、冒辟疆等往来密切。其弟元恭、复恭、愚公、子湛亦精于诗画，可见一家子弟在经济、文学、艺术上皆成绩斐然。方拱乾所在的桐城方家，世代书香，人才辈出，是江南一带有名的世家大族。顺治时期，方拱乾任詹事府右少詹事兼内翰林国史院侍读学士，其长子方孝标任内弘文院侍读学士，深得顺治信任和赏识，次子方亨咸任监察御史，家族成员多年为官，亦积累了殷实家业。吴兆骞则生于"门第清华，资产素饶"③的江南贵胄之家，其祖上吴洪、吴山官至尚书，家

---

① 顾诚：《南明史》，中国青年出版社1997年版，第7页。

② （清）王猷定：《四照堂集》文集卷四，《四库未收书辑刊》伍辑，北京出版社2000年版，第235页。

③ 出自《吴靖誉先生墓志铭》，（清）吴安国纂：《吴江吴氏族谱》卷十一，乾隆四十一年（1776）刻本。

族成员亦多为官，兄弟多具文采，长于诗词，如吴兆宽有《爱吾庐诗稿》、吴兆宫有《椒亭诗稿》、吴兆宜有《庾子山集笺》《茹古斋诗文集》等，一家产业殷实、文采斐然。而其他如郁之章、郁乔所在的嘉兴郁氏，沈始然、沈文然所在的马要沈氏皆是如此。

这些世家大族坐拥万贯家财，自易遭经济窘迫的清廷觊觎。强制掠夺无疑是最快方式，如加派赋税、催征等，但这种方式也易激起士族反抗，致使江南地区常拖欠钱粮，乃至引发与清廷直接对抗的奏销案。对此，郭松义亦指出："从顺治四年到十八年，江南地主阶级在政治上已逐步与清廷结合，但在经济上却顽强保持传统权力，不想让朝廷侵犯。"①相比之下，科场案则是更为隐蔽的手法，南北闱案常被认为是政治事件，但其经济动因也不应被忽视。首先，从其诱因来看，导火线皆与钱直接相关。在顺天乡试中，考官李振邺、张我朴贩卖关节，收受贿赂，激起落第举子不满；在江南乡试中，士子们大闹，也是因考官方犹、钱开宗收取钱财，以致他们还写《万金记》一书加以讽刺，并把"贡院"二字戏改为"卖完"。官员受贿的背后，除历来科考积习外，还与顺治帝因财政紧张而姑息纵容之态度相关。早在顺治六年(1649)，清廷就已有捐纳制度，《世祖章皇帝实录》载："今议开监生、吏典、承差等援纳"②，户部尚书巴哈纳亦称因"需用粮饷为数甚多，一岁所入，不足当一岁所出"，便开始施行"纳监生例""纳吏例"③。可见，出于军费、粮饷的需求，顺治帝开始允许人们用钱财买取监生和官职，这无疑在诱使考生，使其认为凭借贿赂亦能中举；同时也给考官启发与暗示，即可以通过科考收取钱财，这就为以买通关节作为交易的科场案埋下了导火线。

接着，从其处理手段来看，清廷无疑借此机会，尽可能掠夺涉事江南望族的经济利益。前文已述，北闱案从重变轻，南闱案由轻改重，完全凭顺治帝个人意志决定，无依律法。在处置方式中，有"家产籍没入官"一条值得关注，由表3-1-5

---

① 郭松义：《中国社会科学院学部委员专题文集 清代政治与社会》，中国社会科学出版社2015年版，第24页。

② 《世祖章皇帝实录》本卷四十四，中华书局1985年影印本，第354页。

③ 档案，顺治六年五月二十五日巴哈纳题：《为遵旨会议生财节财应行应裁事》。

可以看出，在被籍没家产的64人中，现今可查籍贯者38人，来自江南者34人，占比近90%，可知清廷此举完全针对江南士族。借此方式，统治者不仅给这些世家大族附上罪名，还可以顺理成章地攫取财富。而将他们流放到荒芜东北，不但剥夺了其作为举子文人所特有的免除差役等特权，还使东北获得了大批免费劳动力，进而开发当地，可谓一举多得。

表3-1-5　南北闱科场案中家产被籍没入官人员情况表

北闱科场案		南闱科场案	
姓名	籍贯	姓名	籍贯
李振邺	浙江归安	方犹	浙江遂安
张我朴	浙江嘉善	钱开宗	浙江仁和
蔡元禧	江苏武进	叶楚槐	湖北南漳
陆贻吉	江苏虞山	周霖	不详
项绍芳	安徽怀宁	张晋	不详
田耜	不详	刘廷桂	不详
邬作霖	浙江仁和	田俊民	不详
王树德	江苏高邮	郝惟训	不详
陆庆曾	华亭(今上海松江县)	商显仁	不详
潘隐如	江苏吴县	李祥光	不详
唐彦曦	浙江湖州	银文灿	不详
沈始然	浙江湖州	雷震声	不详
孙旸	江苏常熟	李上林	不详
张天植	浙江秀水	朱建寅	不详
张恂	陕西泾阳(实住江苏扬州)	王熙如	不详
孙珀龄	山东淄川	李大升	不详
郁之章	浙江嘉兴	朱范	不详
李倩	不详	王国桢	不详

续表

北闱科场案		南闱科场案	
陈经在	不详	龚勋	不详
邱衡	不详	卢铸鼎	山东禹城
赵瑞南	不详	方章钺	安徽桐城
唐元迪	不详	张明荐	（江南籍）
潘时升	浙江	伍成礼	（江南籍）
盛树鸿	不详	姚其章	江苏金陵
徐文龙	不详	吴兰友	江苏吴江
查学诗	浙江	庄允堡	（江南籍）
张旻	浙江秀水	吴兆骞	江苏吴江
孙兰苗	山东淄川	钱威	江苏吴江
郁乔	浙江嘉兴	方拱乾	安徽桐城
李苏霖	不详	方孝标	安徽桐城
张贲（张绣虎）	浙江钱塘	方育盛	安徽桐城
余赞周	不详	方膏茂	安徽桐城

最后，从流人归来方式亦可窥见其背后的经济动因。清代流人主要通过纳赎获释，顺治时期，就颁布了宁古塔、尚阳堡流人认修城楼赎罪的条例，如方拱乾一家，即通过此举而得三年归来。对于这笔金额，方孝标有所提及："今城工幸成，而债负不下万余金"①，可见其数额之大。为此，方孝标在父亲的催促下，奔走于淮扬，南下福建，到处走亲借贷，以至"奔走公侯之门，忍涕泪而强作逢人之笑"②，备尝艰辛，耗费十年才还清债务。吴兆骞流放23年，虽以《长白山赋》敬献康熙而获赏识，但并未能直接获释。最终，是通过明珠、徐乾学等官员

---

① （清）方孝标撰，石钟扬、郭春萍校点：《方孝标文集》《与门人董克千书》，第120页。

② （清）方孝标撰，石钟扬、郭春萍校点：《方孝标文集》《与门人董克千书》，第120页。

集资，以捐输城工二千金，才将其赎回。张恂、诸豫、孙旸等人亦是通过援修城例才被赎归。借此，清廷又变相获得了一笔财富。

综上所述，在清廷与江南的冲突中，交织着满汉矛盾、王朝更替、华夷之变等诸多矛盾，而经济因素也不容忽视。频繁的战争造成的财政短缺，使清廷加紧对江南的掠夺，科场案爆发及众多江南士子的卷入，无疑为其攫取财富提供了良好的契机，最终酿成了江南举子流徙东北的结局。

以上主要从历史层面去探讨了科场案流人遭戍之原因，而作为文学研究，我们更应关注其书写和心态。基于此，下文将主要选取流人在戍途中的东北体验和戍所中的江南记忆为切入点，探讨他们在跨界空间流动中的复杂心境。

第二节　东北：流人摄入的文本影像

清初流人去往东北的途中，写下大量纪行之作，包括吴兆骞的 41 首、方拱乾 37 首、张贲 18 首、孙旸 12 首、方孝标 11 首诗文，文本的连续性与规模性，使其较之前的东北纪行诗①更加引人注目。与此同时，康熙、乾隆、嘉庆、道光四帝十次前往东北龙兴之地祭陵，并留下数量可观的东巡御制诗文，对沿途所见加以呈述。此外，大量高丽使臣来华朝贡，他们经东北至京城，创作了大量燕行诗，以记沿路之人情风貌。流人、帝王、使臣这三条路线，虽起点、终点和方向不尽相同，但他们皆亲身穿越东北大地。这些东北景观的穿梭者，交织着施罚者/受惩者(帝王/流人)、统治者/臣服者(帝王/使臣)、北方异地/东国异域(流人/使臣)的复杂关系，在相近时段内，他们不约而同地写下了同一地域的纪行诗。那么，这些纪行诗传递出怎样的信息？又该如何透过它们去解读流人背后的独特心理呢？

纪行文学是中国古代文学中的一个突出现象，《文选》首立"纪行"一目，《文心雕龙》称之为"述行"，即纪征述行，乃作者将行途所见所感转化为文字之行

---

① 前人如隋炀帝、唐太宗、苏辙等人虽写有辽东纪行诗和奉使契丹诗，但都只是零星诗篇，未成规模，且对沿途景象的记录也不多。

为，其文学表现形式有纪行诗、游记等。关于纪行文学的研究，目前主要有以下几种视角：大陆学者，一则偏于传统文本分析法，他们往往在文献搜集基础上，对纪实文学内容进行归类，再概括其艺术、思想之特点，如《徐霞客及其游记研究》①《刘鹗及〈老残游记〉研究》②；或对内容进行归纳后，按时间顺序对纪实文学进行史的梳理，如《中国游记文学史》③《中国古代山水游记研究》④等；亦有在传统文本分析之上，结合文艺学、心理学等，探求其艺术特点和心理特征，典型如《唐五代逐臣与贬谪文学研究》。二是在文学地理学视阈下进行观照，近代以来，在梁启超⑤、刘师培⑥、王国维⑦等民国学人，以及曾大兴⑧、梅新林⑨等当代学者的大力倡导下，文学地理学方兴未艾。对地理空间的挖掘，给纪行文学研究提供了新角度，如李浩的《唐代三大地域文学士族研究》⑩、周建军的《唐代荆楚本土诗歌与流寓诗歌研究》⑪等，便是以此来探究流寓迁徙中的人地关系。

西方和台湾学者则偏于后殖民视角。西方学界自20世纪后半期开始，在蒙德·威廉斯与理查德·霍加特的大力宣扬下，尤其是萨义德《东方学》《文化与帝国主义》等系列著述的出版，后殖民主义批判观念随即盛行。他们聚焦于种族、阶级、性别等文化领域中的复杂现象，关注疆域/帝国、风景/书写、异域/家园、权力/想象、自我/他者等问题，引导人们由权力——话语——政治等多重关系来

---

①　唐锡仁、杨文衡：《徐霞客及其游记研究》，中国社会科学出版社1987年版。

②　刘瑜：《刘鹗及〈老残游记〉研究》，民族出版社1995年版。

③　梅新林、俞樟华主编：《中国游记文学史》，学林出版社2004年版。

④　王立群：《中国古代山水游记研究》，中国社会科学出版社2008年版。

⑤　梁启超：《新史学》《中国地理大势论》，商务印书馆2014年版，第253~278页。

⑥　刘师培：《中国中古文学史讲义》《南北文学不同论》，凤凰出版社2011年版，257~263页。

⑦　王国维著，金雅主编，聂振斌选编：《中国现代美学名家文丛 王国维卷》《屈子文学之精神》，浙江大学出版社2009年版，第132~134页。

⑧　曾大兴：《建设与文学史学科双峰并峙的文学地理学科：文学地理学的昨天、今天和明天》，《江西社会科学》2012年第1期。曾大兴：《文学地理学概论》，商务印书馆2017年版。

⑨　梅新林：《中国文学地理学导论》，《文艺报》2006年6月1日。梅新林：《文学地理学的学科建构》，《华中师范大学学报》(人文社会科学版)2012年第4期。

⑩　李浩：《唐代三大地域文学士族研究》，中华书局2002年版。

⑪　周建军：《唐代荆楚本土诗歌与流寓诗歌》，中国社会科学出版社2006年版。

重新审视哲学、文学以及学术背后隐藏的东西方殖民模式，形成了文学研究上的"文化政治批评"。此视角对西方汉学家研究纪行文学颇有影响，在田晓菲女士的《神游：早期中古时代与十九世纪中国的行旅写作》①一书中，亦能看到其影子。台湾学者受此影响更大，他们基本在此批评视野下进行探究，如许东海《南国行旅与物我对话——李德裕罢相时期的辞赋书写及其困境隐喻》②、严志雄《流放、帝国与他者——方拱乾、方孝标父子诗中的高丽》③、王学玲《是地即成土——清初流放东北文士之"绝域"纪游》④等，类似文章不一而足。此模式亦波及大陆，郭少棠《旅行：跨文化想像》⑤和李秉星《清初江南士人的离散经验与风景书写》⑥等即是其中案例。

以上研究方式渐趋成熟，在分析文本内容、剖析作者心理、揭示人地关系、解读文字背后的话语指涉等方面皆有重要贡献，并形成相应范式。与此同时，它们也在研究中出现重复性移植之现象，尤其是文学地理学和后殖民主义批评的滥用，使相似文章反复出现，久之则难出新意。那么，如何突破现有模式，以新视角去解读这些纪行之作呢？结合人体感官特征和影视理论，笔者提出"文本影像"的概念，即将流人、帝王、使臣沿途所见之风景、所写之文本视为一部电影，通过三者的相互比对，从影像视角切入来探究流人复杂而独特的创作心理。

一、文本影像：基于纪行书写与影像摄入的共性特征

纪行书写与影视创作中的风景摄入存在诸多共性，这是文本影像理论提出的基础。首先，就本质上而言，文学和影视同属艺术。文学产生较早，是历史悠久

---

① 田晓菲：《神游 早期中古时代与十九世纪中国的行旅写作》，生活·读书·新知三联书店 2015 年版。

② 许东海：《南国行旅与物我对话——李德裕罢相时期的辞赋书写及其困境隐喻》，《成大中文学报》2013 年总第 42 期。

③ 严志雄：《流放、帝国与他者——方拱乾、方孝标父子诗中的高丽》，《中国文哲研究通讯》2010 年第 2 期。

④ 王学玲：《是地即成土——清初流放东北文士之"绝域"纪游》，《汉学研究》2006 年第 2 期。

⑤ 郭少棠：《旅行：跨文化想像》，北京大学出版社 2005 年版。

⑥ 李秉星：《清初江南士人的离散经验与风景书写》，苏州大学博士学位论文，2018 年。

的艺术形式(古代又称为"诗")。电影出现较晚，1911年，意大利诗人和电影先驱者乔托·卡努杜发表著名的《第七艺术宣言》，将电影列为继建筑、音乐、绘画、雕塑、诗和舞蹈之后的第七艺术，从此，"第七艺术"便成了电影的同义词。宣言中，卡努杜还指出电影是囊括以上六种艺术形式的综合体，这就为文学与影视的相互关联与转换提供了理论根基。因此，在实践中，文学史上的诸多名著如《红楼梦》《巴黎圣母院》等都曾改编为电影；现今影视行业里，亦有影片先上映走红，再将剧本改为书籍出版，如《攀登者》；或原先已有小说，经电影上映后再版的，如小说《温故一九四二》即是在电影《一九四二》放映后，刘震云又将影片剧本收录其中，化为《温故一九四二》(完整版)。

其次，从原理来看，影视摄像机拍摄风景并放映的过程，与人眼接收景象并书写的行为具有共通性(如图3-2-1)。眼睛既是人的视觉器官，亦是一个折射光学系统，外界光线通过瞳孔进入眼睛，并由虹膜和晶状体的调节，最终聚焦在视网膜上形成倒像。从以下两张对比图可看出，摄像机的成像原理也与之相似，其孔径、光圈、镜头和底片，分别对应人眼的瞳孔、虹膜、晶状体与视网膜。因此，物体可经由孔径入镜头，并借助光圈调节大小，通过镜头改变焦距，从而聚焦在胶片上形成倒像。摄像机所拍摄的照片，就类似于眼睛看见物体而形成的像。摄像机成像后，还要通过放映机呈现才能形成电影，其主要过程是：机械传动部分将之前拍摄的每个画面连续不断地传送到片门上，借助光学系统放映影像，并通过还音部分发声。人的书写过程与之相似，眼睛所接收

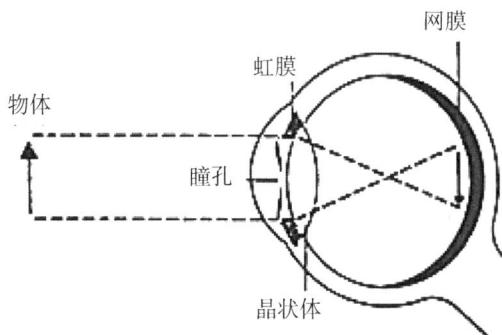

图 3-2-1　眼睛成像图

到的视觉影像信息，经由神经系统传递给大脑，再借助手的书写，将影像转化为文字。

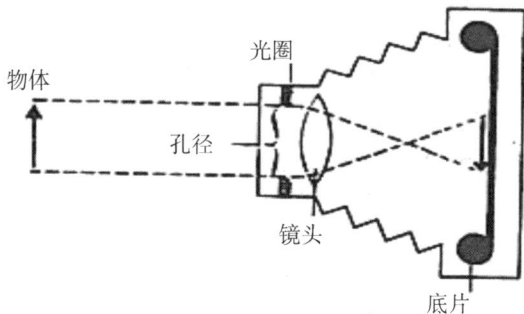

图 3-2-2　摄像机成像图

最后，从形成方式来看，纪行书写与影视创作皆着眼于"活动"，影视艺术的主要手段是"活动拍照"，这与纪行者在移动过程中摄入影像的方式一致。前面已述，摄像机拍照与眼睛成像原理相通，但这只着眼于单个图像而言。在实际操作中，摄影机的拍摄过程是连续的，相当于很多图片的连接。这一活动过程已被诸多影视艺术工作者所关注。例如法国著名导演和编剧雷内·克莱尔指出："如果确实存在一种电影美学的话，那么，这种美学是在卢米埃尔兄弟发明摄像机和影片的同时诞生的。这种美学可以归结成两个字，即'运动'。"①日本著名电影理论家岩崎昶也认为："电影的确是绘画，但它是一种'活动的画'（moving picture）。"②因此，影视领域中对此有专门词汇"活动拍照"，"电影毕竟是从'活动拍照'开始的；也可以说，没有'活动拍照'就没有电影"③，可见，"活动""运动"是电影摄像的核心所在。

从人眼接收的外界图像来看，固定时间点的成像是静止的，但纪行者与一般人的最大的差异便在于其流动的经历。无论是流人之"流放"、帝王之"巡游"，

①　［法］雷尼·克莱尔：《电影随想录》，中国电影出版社 1981 年版，第 75 页。
②　［日］岩崎昶：《电影的理论》，中国电影出版社 1982 年版，第 60 页。
③　谭霈生：《电影美学基础》，江苏人民出版社 1984 年版，第 2 页。

还是使臣之"东行"，皆是一个动态过程。向北途中，方拱乾、吴兆骞等人经山海关、广宁、沈阳等地至宁古塔，帝王亦从山海关出发，过宁远、锦州等地，驻跸于盛京，祭陵而返；高丽使臣则穿过鸭绿江，经九连城、汤站堡、松山等地，过山海关而进入京畿之地。在单位时间内，风景静止，行人移动，这个相对运动的过程，使得纪行者摄入的景象也活动起来。因此，书写出来的图景，如方拱乾出塞后所写的《出塞送春归》《中后所城楼》《吴平西故宅》一直到《桦树行》，康熙御制之《山海关(并序)》《晓过宁远》直至《登澄海楼观海》，高丽使臣南龙翼所撰《塞上曲十四绝》《广宁行》到《入长城登山海关门楼》，组接起来，便是一连串地点变更和图像活动的镜头。因此，在流人徙往戍所、帝王东巡祭祀、使臣前来朝贡的途中，眼睛对沿途风景的摄入，就相当于摄影机的"活动拍照"，而其诗文的描绘，恰如放映机呈现的电影。

在影视研究中，通过分析影片画面的空间大小、构图方式、插入的声音、蒙太奇的运用、拍摄角度和色调，便可挖掘镜头后面潜藏的导演创作意图。由此推知，从影视视角出发，由景别、构图、声音、蒙太奇、镜头、颜色六个层面入手，对纪行文本影像加以探究，亦能透视导演(文本作者)的复杂心态。以下将以流人的文本影像为主，并通过与帝王和使臣的纪行文本相比对，来探究其呈现的影像特征和背后的心理机制。考虑到比较的可靠性，因此在对象选取上，以同科场案流人遣戍时间接近的人员为主，如帝王主要择取康熙①、乾隆帝，使臣以洪命夏、金南重、李一相、南龙翼为主。② 另鉴于流人和使臣的去途和归途存在时间间隔，他们自出发至归来往往时间较长，其摄入影象的时节、心境存在较大差别，而帝王巡游却有很强的连续性，因此，在文本选取时，以流人出山海关至戍地、使臣过鸭绿江到山海关、帝王出山海关经东北再回至山海关的沿途纪行诗文为主要研究对象。

---

①　康熙在康熙十年(1671)、二十一年(1682)、三十七年(1698)三次出巡东北，但留下东巡诗主要是第二次，因此书中所选取的亦是康熙二十一年东巡诗文。

②　其来华的时间分别是：洪命夏(1653)、金南重(1656)、李一相(1656)、南龙翼(1666)，他们是与科场案流人流放东北的集中时间(1658)较为接近，且有东北沿途燕行诗留存下来的使臣。

二、景别·构图·声音·蒙太奇：流人纪行文本影像解读

（一）远景画面空间

在景别上，流人多采用远景。景别乃塑造画面空间的重要形式，是通过影视二维平面识别人物位置和空间关系的方式，它常以被摄主体在画面所占面积大小为标准，分远景、全景、中景、近景、特写几种。在远景中，画面大幅面积被景物覆盖，被摄主体只占很小部分，此景别常用来交代环境和情节氛围。以此类推，由远景到特写，景物面积越来越小，镜头由关注外部环境转为心理层面。在流人文本影像中，亦能看到大量的景别塑造，如方拱乾"草色迷沙带碛黄"①、吴兆骞"春余草乍芳"②是近景，共有 10 处，类似于韩愈"草色遥看近却无"；方拱乾"面痕犹带雪花疮"③和吴兆骞"鹿裘老翁鬓成雪"④则是特写，合计 2 处。这些影像皆从近处着眼，使被摄主体占据画幅面积一半以上甚至充分铺满，以强调主体特征。但流人使用更多的是远景，共计 28 处，如"晶莹万里无云镜，绰约千峰抱日环"⑤"平沙暮卷山头树，落日晴翻海上潮"⑥"衰草辽天阔，寒云大漠平"⑦等，呈现出万里无云的晴空、连绵不断的山峰、潮起翻腾的海面、一望无际的平原，辽远开阔，在这些画面中，空间基本为景物占据，人物非常渺小甚至被忽略。与之相比，清四帝东巡诗的文本影像，有远景 16 处、近景 8 处，可见远景在流人文本影像中所占比重更高。⑧ 远景的使用表明流人涉足之地乃宽广辽阔、荒无人烟的地域空间，从而为整部流人纪行影像的呈现渲染了悲凉氛围。同时，人物在苍茫背景下的渺小难寻，凸显了环境的不可征服性，也如影片《黄土地》

---

① （清）方拱乾著，李兴盛整理：《何陋居集 甦庵集》《中后所城楼》，第 7 页。
② （清）吴兆骞著，李兴盛整理：《秋笳集》卷二《次前卫》，第 25 页。
③ （清）方拱乾著，李兴盛整理：《何陋居集 甦庵集》《吴平西故宅》，第 7 页。
④ （清）吴兆骞著，李兴盛整理：《秋笳集》卷二《榆关老翁行》，第 23 页。
⑤ （清）方拱乾著，李兴盛整理：《何陋居集 甦庵集》《三山》，第 8 页。
⑥ （清）吴兆骞著，李兴盛整理：《秋笳集》卷二《同诸公登中后所戍楼》，第 25 页。
⑦ （清）孙旸：《孙蔗庵先生诗选》第 1 册《欢喜岭》，第 7 页。
⑧ 因使臣在景别上不明显，因此这里不再列出。

（图 3-2-3）那样表现出人在自然面前的无力感，从而折射出流人对异域环境的恐惧与无奈。

图 3-2-3　电影《黄土地》剧照

（二）封闭与开放式构图

在构图上，流人使用封闭式与开放式构图的比重相当，这是对东北地理样貌的真切感知和细致呈现。影视构图常分为封闭式和开放式两种，前者讲求画面的完整与均衡，视线向心，让人感觉不到画外空间的存在，如影片《一地鸡毛》中的人物构图即是如此。与之相反，开放式构图以画面的不完整性、外延性为指向，或用流动之景如车流、人流来表现，或只展现整体画面的一角，着力营造画外之画，以引导观众对画外空间的想象。从影视效果来看，封闭式构图在营造完整平衡画面的同时，也易形成禁闭之感，在影片《大红灯笼高高挂》（如图 3-2-4）中，就多用此构图，使四合院变成一座坚固牢笼，让人感到窒息而难以逃脱。开放式构图则在形成画外空间的基础上，给观众制造悬念，最典型当属《这个杀手不太冷》片头，设置用心，能迅速吸引观众。另，因开放式构图只展现部分图景，容易让观众感到迷茫。

图 3-2-4　电影《大红灯笼高高挂》剧照

这两种构图方式在流人的文本影像中皆有使用。方孝标的"山山天四合，树树雨重围"①即是封闭式构图，前句描绘了行旅途中四周被山围住，天空也被框住的情景，形成一个整体画面；后句则将雨化作一张密封的巨大罗网，将所有树木包围在内，由此构成一个完整空间。这种构图方式在流人诗中出现较多，如方拱乾"绰约千峰抱日环"②、吴兆骞"树合双崖迷塞路"③、孙旸"云锁一峰寒"④等，皆是一种环抱型的封闭姿态。而"山横雁碛皆东下，江划龙荒尽北流"⑤则是典型的开放式构图的使用，此句出自吴兆骞的《城楼晓望》，描述了其登楼所见之景，出句写眼前山峰在雁子飞过之际，好似往东下降，如此便把画面向东延

---

① （清）方孝标撰，唐根生、李永生点校：《钝斋诗选》卷三《张伯火罗》，第 1101 页。
② （清）方拱乾著，李兴盛整理：《何陋居集 甦庵集》《三山》，第 8 页。
③ （清）吴兆骞著，李兴盛整理：《秋笳集》卷二《次了深河水涨不得渡赋呈方楼冈》，第 34 页。
④ （清）孙旸：《孙蔗庵先生诗选》第 1 册《登银州山寺》，第 9 页。
⑤ （清）吴兆骞著，李兴盛整理：《秋笳集》卷二《城楼晓望》，第 31 页。

伸；对句写荒莽大地忽然横过一条江水，向北流去，将观众视野导向未在画面中的北方，引人遐想。此种开放式构图于流人诗中也多有出现，如"滔滔东去不胜情"①"海风吹水上山绿"②"一道寒泉独向西"③"泛流复东赴"④"层楼出云端"⑤等，展现出流动和扩展之趋势。

由此两种构图方式之含义和功能来看，流人被迫流徙异地，难有人身自由，其囚禁感较强，如屈原"山峻高以蔽日兮"⑥，韩愈"云横秦岭家何在？雪拥蓝关马不前"，柳宗元"岭树重遮千里目"等诗句，⑦从影像构图角度来看，都是封闭式构图。因此，可推知，同遭流贬的清代文人，其构图也应以封闭式居多。但经统计得出，他们呈现的封闭式和开放式构图分别为 16 处和 21 处，后者多于前者。原因何在？经探究发现，流人文本影像构图的形成，更多基于地理而非心理因素。观其文本，封闭式构图多与山岭、树林有关，重重叠叠的山峰、密密麻麻的树木会将行人视野局限，使其生出被围困、囚禁之感；而开放式构图则多与楼台、荒原相关，登上城楼，放眼即是一望无际的原野，自然使人视野开阔、想象迭出，这也是开放式构图的文本影像与前文所述的远景有所重合之原因。结合南北地理来看，岭南多丘陵山地、林木繁茂，而东北虽山环水绕，却是平原居中，这就使唐代发往岭南之贬官多感囚禁，而清代流向东北的文人则兼有围困与开放之感，甚至后者强于前者。

（三）哀凄急促的影像声音

就声音而言，流人的文本影像基本为悲苦、哀凄、急促之声，贴切传达其内心之幽怨。影视声音重在为主题服务，既需烘托氛围，亦要展现人物性格情感，如在电影《功夫熊猫》的比武场面中，急促而富有动感的声音有力地表现出打斗

①　(清)吴兆骞著，李兴盛整理：《秋笳集》卷二《高丽营》，第 32 页。

②　(清)方拱乾著，李兴盛整理：《何陋居集　甦庵集》《中后所城楼》，第 7 页。

③　(清)孙旸：《孙蕉庵先生诗选》第 1 册《出关次前卫简六兄》，第 8 页。

④　(清)张贲：《白云集》第 4 册卷十二《喇伐》，第 17 页。

⑤　(清)张贲：《白云集》第 4 册卷十二《沈阳》，第 14 页。

⑥　(战国)屈原著，(宋)朱熹撰，蒋立甫校点：《楚辞集注》卷四《九章》，第 78 页。

⑦　对此，尚永亮先生已在其论著中有精彩论说，详见尚永亮著：《唐五代逐臣与贬谪文学研究》，第 341~346 页，笔者于此便不再赘述。

现场的紧张激烈；《人鬼情未了》中，舒缓缠绵的音乐将男女主角的爱情故事演绎得感人至深。流人的文本影像亦融入了大量声音，共计 58 次，这些声音既有"哑哑乌啼起戍楼"①"鹍鸠悲鸣塞草黄"②的动物之声，亦有"登埤夜半鼓声频"③"玉关征戍悲芦管"④的鼓乐声响，还有"风劲沙恒响"⑤"沙声连雨急"⑥的自然之音。这些声音本无悲喜之分，如动物之声，在乾隆耳里是"咿呀知是过牛车"⑦"依稀鸡犬声，掩映桑麻枝"⑧的陶然自在；乐鼓之声，在康熙纪行影像中是"箫韶小奏中流鸣"⑨的悠扬动听；自然之声，则被道光帝转为"歼破明兵十二万，嘶风掣电云飞扬"⑩的豪壮之音。然而，当它们经流人听觉摄入，再作为影像声音表达出来，就无一不染上悲凄的色彩。就其声音观之，乌鸦的啼叫常被古人视为不祥之兆，其反复出现无疑增添了影像的哀凄之感；边塞频繁的征鼓声和哀愁的芦管声，衬托出了东北行戍生活的艰辛；而风、雨等自然景象，都显得疾劲、急匆匆、冷冰冰，道出了环境的恶劣。最明显的当属哭声，流人文本中共出现 13 次，既有遗民的哭泣："遗氓涕泗说刀枪"⑪"几部残兵向南哭"⑫，又有羁客的痛

---

① （清）吴兆骞著，李兴盛整理：《秋笳集》卷二《城楼晓望》，第 31 页。

② （清）孙旸：《孙蕉庵先生诗选》第 1 册《开原道中雨雪》，第 9 页。

③ （清）方拱乾著，李兴盛整理：《何陋居集 甦庵集》《大凌河》，第 11 页。

④ （清）吴兆骞著，李兴盛整理：《秋笳集》卷二《赠海南曾生》，第 31 页。

⑤ （清）吴兆骞著，李兴盛整理：《秋笳集》卷二《次前卫》，第 25 页。

⑥ （清）吴兆骞著，李兴盛整理：《秋笳集》卷二《四道岭》，第 33 页。

⑦ （清）爱新觉罗·弘历著：《乾隆御制诗文全集》第 1 册卷十七《过蒙古诸部落·三》，中国人民大学出版社 2013 年版，第 622 页。本书所引用的乾隆帝诗歌如无特别说明，皆出自此书。

⑧ （清）爱新觉罗·弘历著：《乾隆御制诗文全集》第 1 册卷十八《再登凤凰楼》，第 642 页。

⑨ （清）爱新觉罗·玄烨撰，故宫博物院编：《万寿诗 清圣祖御制诗文》第 3 册影印本卷三十六《松花江放船歌》，《故宫珍本丛刊》第 544 册，海南出版社 2000 年版，第 10 页。本书所引用的康熙帝诗歌如无特别说明，皆出自此书。

⑩ （清）爱新觉罗·旻宁撰，故宫博物院编：《清宣宗御制诗》影印本卷四《昭陵石马歌恭依皇考元韵》，《故宫珍本丛刊》第 582 册，海南出版社 2000 年版，第 331 页。本书所引用的道光帝诗歌如无特别说明，皆出自此书。

⑪ （清）方拱乾著，李兴盛整理：《何陋居集 甦庵集》《中后所城楼》，第 7 页。

⑫ （清）吴兆骞著，李兴盛整理：《秋笳集》卷二《榆关老翁行》，第 24 页。

哭：“令征鞍客枕，犹啾啾闻阴风冷月之哭声”①“华表山头哭送君”②，还有孤魂野鬼在哭：“旧鬼终年哭”③“孤魂泣秋雨”④。这些泣声不绝，悲愁凄怆，实为流人借其之声而哭自己的悲惨遭遇，哭自己的前途无望。再与帝王纪行文本中的“乐奏名王起进觞”⑤“射生双获笑轩渠”⑥等欢快之声相比，一哭一笑，一悲一喜，同样由南向北之纪行，截然相反的声音呈现，更凸显出流人内心的悲苦哀怨。

(四) 东北到江南的蒙太奇转换

在蒙太奇的使用上，流人视角的镜头常从东北转换到江南或自身，以表达其故园之思和内心苦楚。“蒙太奇”乃法语音译，原意为“构成”“装配”，在影视中表示“剪辑”“组合”，即通过将不同画面组接以构成完整影像。作为影视常用的表现手法，导演可用蒙太奇选择和取舍素材，组接不同镜头，使其产生新的意义，激发观众联想。如导演爱森斯坦在电影《罢工》中，将士兵扫射工人的镜头与牲畜被屠杀的画面组接起来，以示工人如同牲口般惨遭杀戮。此手法亦常被流人使用，如以下两首：

同诸公登中后所戍楼　吴兆骞

若为荒戍驻征轺，纵目烽楼野色遥。万里川原迷大漠，百年亭堠识前朝。平沙暮卷山头树，落日晴翻海上潮。倚堞却寻南首路，汉关迢遥已云霄。⑦

① （清）方拱乾著，李兴盛整理：《何陋居集 甦庵集》《塔山杏山》，第9页。

② （清）孙旸：《孙蔗庵先生诗选》第1册《哭吴苾如》，第8页。

③ （清）方拱乾著，李兴盛整理：《何陋居集 甦庵集》《松山》，第10页。

④ （清）张贲：《白云集》第4册卷十二《夜黑》，第16页。

⑤ （清）爱新觉罗·弘历著：《乾隆御制诗文全集》第1册卷十六《赐蒙古诸王公等宴》，第621页。

⑥ （清）爱新觉罗·弘历著：《乾隆御制诗文全集》第1册卷十七《过蒙古诸部落·二》，第622页。

⑦ （清）吴兆骞著，李兴盛整理：《秋笳集》卷二，第25页。

欢喜岭　孙旸

万里营州道，孤峰海上横。恓惶出塞意，欢喜入关情。衰草辽天阔，寒云大漠平。不知班马祸，何事亦长鸣。①

两诗皆于戍途所作，其颈联与尾联便是明显的蒙太奇手法，吴诗颈联之镜头乃辽阔的东北风景，尾联即切换为乡关之思；孙氏之诗，亦从苍茫的远景镜头，切换到不幸罹祸的幽怨之气。

对此，通过将流人与帝王、使臣的纪行影像进行相比，能更显其特点。以山海关诗为例：

山海关　吴兆骞

回合千峰起塞垣，汉家曾此限中原。城临辽海雄南部，地枕燕山控北门。寂寞鸡鸣今锁钥，凄凉龙战昔乾坤。高台谁忆中山业，远目苍苍白草昏。②

山海关　并序　爱新觉罗·玄烨

连山据海，地固金汤，明时倚为险要，设重镇以守之。我朝定鼎燕京，垂四十年，关门不闭。既非设险，还惭恃德。偶赋数言，聊以记事。

重关称第一，扼险倚雄边。地势长城接，天空沧海连。戍歌终岁苦，插羽不时传。作镇隆三辅，征轮困百年。笳寒龙塞月，甲冷雉楼烟。历数归重极，纲维秉化权。漫劳严锁钥，空白结山川。在德诚非易，临风更慨然。③

入长城登山海关门楼　南龙翼

天下之东万里关，危栏缥缈出尘寰。平临徐福乘红海，直指嫖姚勒石

①　(清)孙旸：《孙蔗庵先生诗选》第1册。

②　(清)吴兆骞著，李兴盛整理：《秋笳集》卷二，第22~23页。

③　(清)爱新觉罗·玄烨撰，故宫博物院编：《万寿诗 清圣祖御制诗文》第3册卷三六，第5页。

山。千古兴亡孤梦里，九州封域一枰间。男儿不上兹楼望，草木浮生只等闲。①

山海关作为京畿与东北、中原和异域的分界点，行人过此关常有咏叹，无论是吴兆骞的"回合千峰起塞垣"②，还是康熙的"地势接长城，天空沧海连"③，抑或南龙翼的"危栏缥缈出尘寰"④，皆用远景镜头展现东北的辽阔与山海关的高耸。但他们接下来拼接的镜头却大不相同，吴氏随即道："汉家曾此限中原。……远目苍苍白草昏。"在他看来，山海关亦是胡汉之界，于是他把曾经发生于此地的胡汉战争场景快速切过，接着迅速转向眼前荒凉的镜头，由此延伸至自己功名未就而前途迷茫的经历。康熙则把镜头移到边塞将士之苦，最后落脚于皇权和德化上，充满了对帝王功业、祖宗基业的自得之感。南龙翼则是将画面转向对徐福的联想，表达了他作为使臣渴望不辱使命、勒石记功的心理。因而可见，面对相似景象，他们运用蒙太奇手法进行不同的镜头组接，从而呈现出相异的影像和情感，流人也借此手法，传达他们的乡关之思和内心之苦。

三、柔焦镜头·白黄色彩：流人纪行文本影像细读

（一）柔焦镜头的频繁使用

在镜头使用上，流人与使臣频繁使用柔焦。流人诗的纪行影像展现出大量朦胧画面，如吴兆骞"远目苍苍白草昏"⑤"万里川原迷大漠"⑥"数家烟火黄云

---

① ［韩］林基中编：《燕行录全集》第23册卷二三，东国大学校出版部2001年版，第179页。本书所引用的南龙翼诗歌如无特别说明，皆出自此书。

② （清）吴兆骞著，李兴盛整理：《秋笳集》卷二《山海关》，第22页。

③ （清）爱新觉罗·玄烨撰，故宫博物院编：《万寿诗 清圣祖御制诗文》第3册卷三六《山海关（并序）》，第5页。

④ ［朝］南龙翼：《入长城登山海关门楼》，［韩］林基中编：《燕行录全集》第23册卷二三，东国大学校出版部2001年版，第170页。

⑤ （清）吴兆骞著，李兴盛整理：《秋笳集》卷二《山海关》，第22页。

⑥ （清）吴兆骞著，李兴盛整理：《秋笳集》卷二《同诸公登中后所成楼》，第25页。

暮"①，方拱乾"黄沙白昼吹阴风"②，孙旸"碛云春漠漠，海气书冥冥"③等，共计 29 处。其所现之景：黄沙弥漫，云烟缭绕，水汽迷蒙，山川、大漠、屋舍，皆模糊在烟云之中，若隐若现，似有似无，此乃柔焦镜头处理之结果。柔焦，乃通过降低镜头清晰度，使影像产生轻度虚化，又称柔光镜头、软焦点镜头，主要用于人像拍摄和风景摄影。柔焦的虚化功能，一方面能使物体产生朦胧美感，如婚纱摄影中，摄影师常用其营造浪漫温馨的背景；又如影片《外星恋》中，当女主角爱上外星人后，导演便使用柔光镜头将街景变得柔美，以表现他们沉浸于爱恋的浪漫氛围。另一方面，这种模糊背景也会使环境变得阴沉，增加神秘和恐惧感。1972 年，约翰·保曼导演了影片《激流四勇士》（图 3-2-5），在四位勇士潜入深山探险时，导演通过柔焦的使用，将之前苍翠清晰的背景变得模糊不清，画面氛围从友好转为凶险，使环境神秘莫测而令人心生恐惧。另，柔焦在将背景变模糊的同时，也会将被摄物集于焦点，使物体与周边环境产生隔离，如电影《万福玛利亚》中（如图 3-2-6），在柔光镜头下，人物突出而背景朦胧，顿生孤立隔绝之感。

图 3-2-5 电影《激流四勇士》剧照

① （清）吴兆骞著，李兴盛整理：《秋笳集》卷二《阴沟关》，第 32 页。
② （清）方拱乾著，李兴盛整理：《何陋居集 甦庵集》《吴将军战场歌》，第 8 页。
③ （清）孙旸：《孙蕅庵先生诗选》第 1 册《寓银州山馆四首·四》，第 8 页。

图 3-2-6　电影《万福玛利亚》剧照

追溯前人的纪行书写，发现他们踏入陌生异域时，对周边景观的处理亦常采用柔光镜头，如屈原于流途所见之"深林杳以冥冥兮"①"下幽晦以多雨"②，韩愈在贬途所写之"云横秦岭家何在"③，柳宗元于柳州所望之"城上高楼接大荒，海天愁思正茫茫"④等，皆呈现为阴云笼罩、海天茫茫的朦胧影像，这是异地带给他们神秘恐惧、格格不入之复杂情感的外化。由此反观科场案流人的文本影像，吴兆骞的"黄龙东望沙茫茫，黑林树色参天长"⑤"风壤行逾变，云山望欲迷"⑥，整幅画面在黄沙、黑树、阴风、密云的笼罩下，模糊不清，完全虚化；另其"昏明阴火玄"⑦"沙阴低远幕"⑧，以及方拱乾的"黄沙白昼吹阴风"⑨，将明度进一步调低，加剧画面的阴森效果。流人们置身其中而恍惚迷离，手足无措，相比韩愈的"云横秦岭家何在"，流人的诗句更具体地呈现出戍途的险恶艰苦与难以捉

① （战国）屈原著，（宋）朱熹撰，蒋立甫校点：《楚辞集注》卷四《九章》，第 78 页。
② （战国）屈原著，（宋）朱熹撰，蒋立甫校点：《楚辞集注》卷四《九章》，第 78 页。
③ （唐）韩愈著，钱仲联集释：《韩昌黎诗系年集释》卷十一《左迁至蓝关示侄孙湘》，第 1097 页。
④ （唐）柳宗元著：《柳宗元集》卷四二《登柳州城楼寄漳汀封连四州刺史》，第 1165 页。
⑤ （清）吴兆骞著，李兴盛整理：《秋笳集》卷二《同陈子长夜饮即席作歌》，第 29 页。
⑥ （清）吴兆骞著，李兴盛整理：《秋笳集》卷二《过朝鸡屯》，第 31 页。
⑦ （清）吴兆骞著，李兴盛整理：《秋笳集》卷二《塔山道中望海二十韵》，第 26 页。
⑧ （清）吴兆骞著，李兴盛整理：《秋笳集》卷二《黑儿逊河眺望》，第 33 页。
⑨ （清）方拱乾著，李兴盛整理：《何陋居集 甦庵集》《吴将军战场歌》，第 8 页。

摸，也进一步向观众传达其恐惧之情。

　　与流人相似，同一时期的高丽使臣亦大量使用柔焦镜头，但在画面背景营造上，流人还多用雨、水为辅助。从表3-2-1中可以看出，使臣所摄入之影像与流人较为接近，既有"萧条城郭暮烟横"①"辽野茫茫塞日昏"②的荒寒昏暗之景，亦有"山带阴云似鬼关"③的阴森画面。流人从南疆至北岭，使臣由西界到东国，异域的跨界穿行无疑带给他们神秘难测、凄惶恐惧之感，因此两者在心境和影像上比较接近。但细看会发现，他们在柔焦镜头的使用上有所不同，使臣营造效果所用的云、风、沙、烟等，流人皆有使用，但流人摄入模糊背景所用的雨、水，使臣则较少涉及。吴兆骞诸人摄入东北景象时，常将雨水作为表现朦胧画面的辅助方式，如"蒹葭一水雾初收，欲济苍茫少客舟"④"千年冰雪晴还湿，万木云霾午未开"⑤，以及方孝标"异国黄梅雨，流入白草烟"⑥等8处，皆通过水雾将收未散、冰雪欲消还湿、雨水绵绵不绝等方式，使画面浸湿而依稀不清，以呈现出朦胧效果。相比之下，使臣只在"暮云残雪路悠悠"⑦"云雪霾山日色昏"⑧"溟波混太空"⑨这三处用到此方式。何以造成此差异？这可从自然环境着眼。雨水、冰雪更多是气候因素，导演在纪行摄入时采用与否，也多与行程途中的天气状况相关。通过对比其出行时间（见表3-2-2），可以发现流人的行旅多在夏天，使

---

　　① ［朝］洪命夏：《松京感吟》，［韩］林基中编：《燕行录全集》第20册卷二十，东国大学校出版部2001年版，第373页。本书所引用的洪命夏诗歌如无特别说明，皆出自此书。

　　② ［朝］李一相：《辽村夜坐》，［韩］林基中编：《燕行录全集》第21册卷二一，东国大学校出版部2001年版，第541页。本书所引用的金南重诗歌如无特别说明，皆出自此书。

　　③ ［朝］金南重：《金石山》，［韩］林基中编：《燕行录全集》第18册卷十八，东国大学校出版部2001年版，第198页。本书所引用的金南重诗歌如无特别说明，皆出自此书。

　　④ （清）吴兆骞著，李兴盛整理：《秋笳集》卷二《次了深河水涨不得渡赋呈方楼冈》，第34页。

　　⑤ （清）吴兆骞著，李兴盛整理：《秋笳集》卷二《小乌稽》，第35页。

　　⑥ （清）方孝标撰，唐根生、李永生点校：《钝斋诗选》卷七《十八岭》，第101页。

　　⑦ ［朝］李一相：《高平驿次正使麟坪大君韵》，［韩］林基中编：《燕行录全集》第21册卷二一，东国大学校出版部2001年版，第271页。

　　⑧ ［朝］金南重：《柳田道中》，［韩］林基中编：《燕行录全集》第18册卷十八，东国大学校出版部2001年版，第198页。

　　⑨ ［朝］南龙翼：《十月十八日早发辽东遇大风》，［韩］林基中编：《燕行录全集》第23册卷二三，东国大学校出版部2001年版，第160页。

表 3-2-1 柔焦镜头使用情况表

流 人		使 臣		帝 王	
孙旸	蓟门云树远凄凄	洪命夏	萧条城郭暮烟横	康熙帝	炊烟出杳冥
	碛云春漠漠，海气书冥冥。		晓色苍茫岁暮天，北宸遥望五云边。		影暗旗风野雾多
张贲	林深昼易晦		极目苍茫隔几峦		杳霭常云封
	时见鬼火青，孤魂泣秋雨。		云逐羁愁来黯黯		瑞霭钟灵阙，晴烟绕閟宫。
	林莽白昼昏		荒山漠漠塞天低，一片孤城暝色迷。		翠霭笼天窟
	村烟隔岸起		漠漠愁云绕北荒		烟雨连江势最奇，漫天雾黑影迷离。
吴兆骞	远目苍苍白草昏	李一相	古塞愁云豁不开，朔风吹送暮笳哀。	乾隆帝	瑞塔积风烟
	云阴不散黄龙雪		暮烟衰草旧荒台。		庭深暗古松
	凄惶岭外北风哀，莽莽边沙路何极。		愁云幕古隍		骋目云霞入渺茫
	万里川原迷大漠		辽野茫茫塞日昏		穹窿幔屋塞烟浮
	平沙暮卷山头树		暮云残雪路悠悠		长白巃嵸雾霭深
	昏明阴火玄	金南重	风云霾大漠	嘉庆帝	朵殿郁森沉
	双林钟磬远微茫		山带阴云似鬼关		漠漠寒烟古战场
	积雨荒庭黯不开		苍茫晓色如深夜	道光帝	宝城肃穆霭烟云
	沙场黯黯日将暮		云雪霾山日色昏		
	黄龙东望沙茫茫，黑林树色参天长。		屯云笼古木		
	风壤行逾变，云山望欲迷。		林间晓色濛濛雾		
	沙虚留虎迹，树暗听乌啼。		风烟暝色远		

续表

流　人		使　臣	帝　王
	数家烟火黄云暮	途中不辨弟兄山，水岭重遮桂岭间。	
	沙阴低远幕	山色渺茫中	
	明星欲落雾苍苍	却似南浮日，溟波混太空。	
	征途咫尺迷孤嶂	沙碛茫茫无际涯	
南龙翼	蒹葭一水雾初收，欲济苍茫少客舟。	寒烟漠漠萦衰草	
	树合双崖迷塞路	山寒积雾才分色	
	河流秋森森，边色夜荒荒。		
	千年冰雪晴还湿，万木云霾午未开。		
	接塞烟岚天半雨		
方拱乾	黄沙白昼吹阴风		
方孝标	异国黄梅雨，流入白草烟。		

表 3-2-2　东北行程时间表①

人物	行　程　时　间	季节
流　人		
孙旸	1658 年四月	夏
张贲	1658 年五月	夏
吴兆骞	1659 年闰三月初三日前往，七月十一日到宁古塔	夏
方拱乾	1659 年闰三月初三日前往，七月十一日到宁古塔	夏

① 行程时间来源：流人主要据其别集与《清史稿》等传记获知，使臣则出自《燕行录》，帝王则源自《清实录》。

续表

人物	行 程 时 间	季节
方孝标	1659 年闰三月初三日前往，七月十一日到宁古塔	夏
使 臣		
洪命夏	1653 年十一月	冬
李一相	1654 年十一月	冬
金南重	1656 年八月	秋
南龙翼	1656 年九月	秋
帝 王		
康熙帝	1682 年二月二十五日起驾，五月四日回京	春末夏初
乾隆帝	1743 年七月初八日启銮，十月初二日自盛京起驾回京	夏
嘉庆帝	1805 年七月十八日启銮，九月十二日入关	夏末秋初
道光帝	1829 年八月十九日，九月三十日回銮	秋

臣则常于秋冬时节。东北属温带季风气候，夏季炎热多雨，冬天寒冷干燥，因此，流人在夏天行经此地，雨水较多，就使其常看到阴云不散（"云阴不散黄龙雪"①）乃至积雨沉沉（"积雨荒庭黯不开"②）之景象，影像中自然亦多雨水画面呈现。

另外，将流人与帝王行旅对比，尽管行程皆从南至北，时间基本在夏天，但两者在柔光镜头的使用方式和呈现效果上却迥然不同。流人大量使用柔焦镜头，帝王却偏爱深焦镜头，其中关键乃源于两者心境之差。从表 3-2-1 可知，帝王只在"烟雨连江势最奇，漫天雾黑影迷离"③一处用雨水作为朦胧背景，其他多通过雾霭、云烟来营造。且在画面构筑时，他们常在物象前增添色彩或限定词，使呈现出的多为"瑞霭""翠霭""晴烟"等景象，与流人影像画面中的"阴云""黑林""黄沙"截然不同，前者虽朦胧，却充满祥瑞之气，仿佛海外仙山，令人神往；

---

① （清）吴兆骞著，李兴盛整理：《秋笳集》卷二《出关》，第 23 页。
② （清）吴兆骞著，李兴盛整理：《秋笳集》卷二《沈阳旅舍赋示陈子长》，第 28 页。
③ （清）爱新觉罗·玄烨撰，故宫博物院编：《万寿诗 清圣祖御制诗文》第 3 册卷三六《江中雨望》，第 10 页。

后者则如前文所述，杳迷晦暗，如同人间地狱，让人胆寒。另比照表 3-2-3，可知流人和使臣大量使用柔焦而少用深焦，而帝王却钟情于深焦。深焦镜头，也叫纵深镜头，常借助广角镜头来拍摄完成，它通过扩大被摄场面的景深，使极前景和极后景都保持对焦并清晰呈现，影片《公民凯恩》乃其中典范。因深焦镜头可清晰展现镜头中的一切，所以常带有把控全局的权力意味。由此观之，帝王大量用深焦镜头，无疑和前面所述的祥瑞柔焦镜头一样，传达了其作为君主掌控局面、俯视中华大地的高高在上之感。由此，在帝王的衬托下，流人摄入的影像更显其被流弃的孤独卑弱，以及踏入寒苦异域的惊惧悲凄。

表 3-2-3　深焦镜头使用情况表

人物	文　本
流　人	
张贲	历历众星迫
	四顾见空碧
吴兆骞	春余草乍芳
方拱乾	晶莹万里无云镜
使　臣	
金南重	西岭月初落，东天晓色开。
南龙翼	最是连关清绝处，小桥横卧一溪湾。
帝　王	
康熙帝	何处春风来，淡荡开晴旭。
	雨过高天雾晚虹
	松花江，江水清，浩浩瀚瀚冲波行，云霞万里开澄泓。
	夜色澄炎景，清光渡海碣。
	流云渐稀朗，繁星粲如缀。
乾隆帝	休和晴旭日，淡荡惠风旋。
	列巘余晴雪，遥林散曙烟。
嘉庆帝	清辉皎洁满和门
	凌云灿霄汉

人物	文　本
道光帝	颢气长空净
	缓辔巨流河，秋阳正皎皎。
	秋高万景清
	高轩宏敞对晴晖
	白云红叶净长空
	爽朗清光开玉塞

(二) 色彩中的白黄主调

在影像色彩上，流人多用冷暗色，尤以惨白和暗黄为最，以此表现东北的荒蛮落后与自身的悲绝惊恐。人类在社会发展中逐渐对不同颜色形成相应的心理体验，如红色使人兴奋，象征激情和希望；蓝色让人安静，代表深沉与忧郁。对此，俄罗斯艺术家康定斯基曾提出：当人们扫视一组色彩时，"首先是有一种纯感官的效果……另一方面……是一系列的心理体验"[①]。可见，对艺术而言，色彩不仅能给人感官刺激，也能传达心理情感。对于艺术形式之一的影视来说，"色彩是电影视听语言的一个重要表现元素"[②]，因此，由影像呈现之色彩，亦可推知导演的创作心理和影片的主题表达，如电影《小活佛》中，背景颜色在美国寻找活佛部分用蓝色，在印度和不丹则用金黄色，以颜色之别来表现两种文明之差；又如电影《费尼兹花园》《美丽人生》，前段用红、金等鲜艳色彩，随着法西斯压制加深，彩色逐渐消退，后面仅剩黑、白等暗色，以此来暗示法西斯的残酷迫害。而借助"有色"之眼来打量流人、使臣、帝王的文本影像，亦可由色彩之差来透视其心理特征。

从色彩的温度来看，流人与使臣多用冷色，帝王则常用暖色。在色彩学中，

---

① ［俄］瓦·康定斯基：《论艺术的精神》，中国社会科学出版社 1987 年版，第 32 页。
② 苏牧：《荣誉》(修订版)，人民文学出版社 2007 年版，第 55 页。

常将青、蓝等让人联想到天空、大海的颜色称为冷色，将红、黄等关联至太阳、热血的颜色叫暖色。如图3-2-7所示，流人在戍途多用白、黄、青、苍等色，使臣与之相近，而帝王则常用红、青、翠、金、紫等色，可见，流人与使臣偏于冷色，帝王则以暖色居多。冷色往往代表安静、孤独、隐蔽、退缩，因此，流人诗句"黄云碛断行人少，白骨原空蔓草平"①"风雨离群牧，孤桩青草堤"②中的白、青、苍等冷色词，不仅呈现了东北的荒凉、寒冷、凄清景象，亦传达了其孤独、悲苦之心境，使观众似乎看到他们拖家带口、艰难行走于冰天雪地的踉跄背影。而帝王之诗则多用暖色调和鲜艳颜色，让读者感到帝王在王公大臣的陪同下，浩浩荡荡、快马穿过东北的潇洒豪迈。因此，流人诗风沉重忧郁，帝王之诗华丽明快。

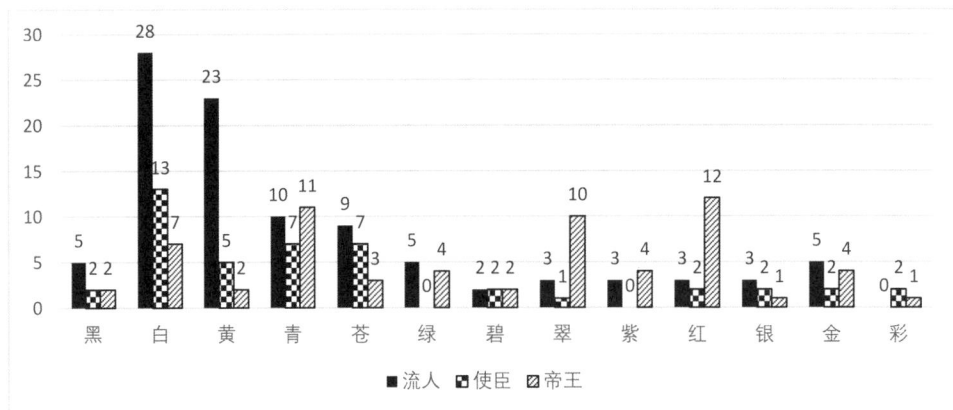

图3-2-7 流人、使臣、帝王纪行影像色彩词频图

另使臣和帝王的纪行影像中亦有冷色，但其指向却与流人迥然有别。前文已述，色彩的摄入和呈现，首先基于感官体验，由三者去往东北的时间可知，高丽使臣于冬天穿过东北，时冰天雪地、百草凋零，入眼即是"黄沙白草人烟少"③

---

① （清）吴兆骞著，李兴盛整理：《秋笳集》卷二《高丽营》，第32页。
② （清）方拱乾著，李兴盛整理：《何陋居集 甦庵集》《雨驴》，第15页。
③ ［朝］洪命夏：《次书状辽东韵》，［韩］林基中编：《燕行录全集》第20册卷二十，东国大学校出版部2001年版，第377页。

"云雪苍茫岁月淹"①的白色茫茫之景。帝王东巡时间以夏天为主，康熙帝于春末夏初，看到东北"才逢柳梢绿"②"烟光织翠萝"③，一片万物复苏、生机勃勃的景象，这是东北春夏时景的展现；乾隆帝于盛夏谒陵，入目即"叠嶂排青列远空"④"南望嵽嵲映青润"⑤之景，绿树成荫，枝繁叶茂。因此，帝王纪行影像色彩之呈现，乃当季景象的直接摄入。流人亦于夏天踏上流放之路，但其所见基本为"日黄鼓死援兵绝"⑥"冢失麒麟白草寒"⑦的荒冷景色，与当时的季节景观并不相符，出现了事实与摄入的失真；即使偶尔摄取青色，也是"营空鹅鹳青磷泣"⑧"时见鬼火青"⑨等寒气逼人的画面，所取乃青色之"清冷""清寒"寓意，并非帝王所用的"生命力"之意。由此可以看出，使臣和帝王的色彩摄入，更多受季节影响，是感官的直接体验；而流人则出于心理因素，因而多用冷色。

从影像色调观之，流人的纪行画面以白、黄为主色调，借此呈现其东北印象和内心体验。色调乃画面的色彩基调，即电影以何种颜色为主导，它除传达画面风格外，还能突出导演之情感。色调广泛应用于电影中，如影片《那人那山那狗》(图3-2-8)通过无处不在、或浓或淡的绿色，呈现出清新朴素之画面风格，传递出父子间的脉脉温情，从而表达人与自然和谐相处的主题；电影《钢琴家》(图3-2-9)则通过灰色调，再现"二战"时期的阴霾，也寓意了钢琴家的艰难生存境遇。同样，流人摄入的影像，也通过主色调传情达意。

① ［朝］金南重：《次书状遣怀》，［韩］林基中编：《燕行录全集》第18册卷十八，东国大学校出版部2001年版，第203页。

② （清）爱新觉罗·玄烨撰，故宫博物院编：《万寿诗 清圣祖御制诗文》第3册卷三十六《途次逢寒食》，第7页。

③ （清）爱新觉罗·玄烨撰，故宫博物院编：《万寿诗 清圣祖御制诗文》第3册卷三十七《入千山》，第14页。

④ （清）爱新觉罗·弘历著：《乾隆御制诗文全集》第1册卷十八《谒陵礼毕，车驾入盛京，得七言排律》，第635页。

⑤ （清）爱新觉罗·弘历著：《乾隆御制诗文全集》第1册卷十八《望千山》，第639页。

⑥ （清）方拱乾著，李兴盛整理：《何陋居集 甦庵集》《吴将军战场歌》，第8页。

⑦ （清）吴兆骞著，李兴盛整理：《秋笳集》卷二《沙河道中》，第27页。

⑧ （清）吴兆骞著，李兴盛整理：《秋笳集》卷二《沙河道中》，第27页。

⑨ （清）张贲：《白云集》第4册卷十二《夜黑》，第16页。

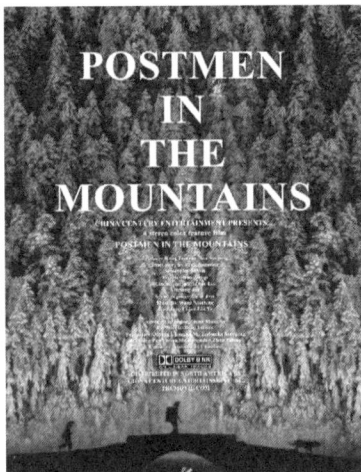

图 3-2-8 电影《那人那山那狗》海报

图 3-2-9 电影《钢琴家》海报

流人文本影像的主色调之一便是白色。据笔者统计，流人纪行诗中出现白色28次，搭配形成的物象有白草、白头、白昼等，其中又以白草为最。白草常见于唐诗，最著名的当属岑参的"北风卷地白草折"，其中的白草多被认为是秋天或晒干后变成白色的草。① 以此来阐释流人诗作，将其当作单纯的景物摄入，似乎也通。然而，从"营空鹅鹳青磷泣，冢失麒麟白草寒"②"啼魂昏白昼，掩面乞黄沙"③"稍分玄菟郡，莫辨白狼川"④等出现的"白"与"青""黄""玄"系列颜色对称中，可知作者更着意于物之色，而不仅仅是物本身，由此，"白"之蕴意更值得玩味。康定斯基曾指出："白色的魅力犹如生命诞生之前的虚无和地球冰河时期。"⑤此处传达了三个含义，一是荒芜，二是寒冷，三是生命之始。以此来解释"白草"，似乎更能贴切表达作者之内心。首先，"白"蕴含着一种荒芜的虚无感，如前文所述的吴兆骞《山海关》诗，在"白草"出现前，诗人作了系列铺垫：

---

① "白草"最早的解释出自颜师古所注的《汉书·西域传》："白草似莠而细，无芒，其干孰时正白色，牛马所嗜也。"后来者在注"白草"时也多采用类似的说法。金性尧所注的《唐诗三百首》、陈湛元所编的《唐诗八百解》也基本采用此说来注岑参诗。

② （清）吴兆骞著，李兴盛整理：《秋笳集》卷二《沙河道中》，第 27 页。

③ （清）方拱乾著，李兴盛整理：《何陋居集 甦庵集》《募僧收枯骨》，第 10 页。

④ （清）吴兆骞著，李兴盛整理：《秋笳集》卷二《塔山道中望海二十韵》，第 26 页。

⑤ ［俄］瓦·康定斯基：《论艺术的精神》，第 50~51 页。

沿途家家门锁紧闭，只能偶听一两声鸡鸣，此地曾是纷乱战场，如今却剩凄凉惨景。所呈现的，乃是荒凉凄清的东北影像，因此其后出现的"白草"，无疑亦呼应前句景象，道出东北之荒芜。再如《沙河道中》诗曰："渡辽幕府已凋残，傍海山川尚郁盘。攻守十年夸保塞，废兴一代问登坛。营空鹅鹳青磷泣，冢失麒麟白草寒。露祭独怜遗老在，秋风碛路哭戎鞍。"方孝标有《十八岭》诗："天意扼雄边，千峰抱大川。野荒泥滑滑，山古路芊芊。异国黄梅雨，流入白草烟。熊罴迷战垒，征鼓忆当年。""冢失麒麟白草寒"前面的"渡辽幕府已凋残"，"流入白草烟"之前的"野荒泥滑滑"等，同《山海关》诗一样，既是流人从繁华江南踏入荒凉东北的切肤体验，亦是他们从人生高峰跌落生命低谷所产生的虚无之感。其次，"白"也是寒冷的视觉体验，白色是人类对雪、冰的色彩感知。因此吴兆骞在"冢失麒麟白草寒"句中，亦不忘在"白草"之后点出其"寒"；方拱乾的"伤情白冢风吹雪"，也将"白"与令人生寒的"风吹雪"之景相对接。再者，东北的荒芜、空白、寒冷，亦给流人一种一切从零开始之感。吴兆骞《山海关》诗中的"回合千峰起塞垣，汉家曾此限中原"，点明此乃中原与边疆、家园和异域之分界，通过山海关，踏上"白草"之路，将通往截然不同的异地。另其《次沙河砦》诗云："客程殊未已，复此驻行装。世事怜今日，人情怯异乡。月临边草白，天入海云黄。莫恨关山远，来朝是乐浪。"表明从"白草"之路始，作者将以"客"称，所见皆为"异乡"，"白"于此，乃作为一个分野，也是一个开端。要之，流人影像中的"白草"，并非简单指代某种植物，而更着重于"白色"所蕴含的荒芜、寒冷、生命重新开始之意。

流人纪行影像的另一个主色调——黄色，是一种被剥去积极意义的忧郁之色。黄色是在暗色调中最欢快和跳跃的色彩，① 它是太阳的颜色，光芒万丈，引人注目，因此古代常被用作皇家专属色，乃皇权之象征。但随着时间流逝，金色逐渐取代了黄色，更受皇家青睐，而渐失其原有积极内涵的黄色，则与秋天的衰落联系更密切。② 因此，地位尊贵者钟情金色，身份稍低者常用黄色，如在影片《满城尽带黄金甲》(如图 3-2-10)中，通过琉璃、地毯、摆设等耀眼金色的堆叠，

---

① 周登富、敖日力格：《电影色彩》，中国电影出版社 2015 年版，第 70 页。

② 梁明：《电影色彩学》，北京大学出版社 2008 年版，第 45 页。

彰显了帝王之家的奢华高贵。而在文本影像中，康熙等帝王亦用金色呈现出"金支遍插绮筵新"①"金阙仰辉煌"②的画面，显得富丽堂皇；就黄色使用频率来看，流人、使臣、帝王分别为23：5：2，随着身份升高而骤降。

另，流人所用之黄，更多是掺杂了云雾、风沙后的暗黄、土黄，乃灰暗病态之色彩。就色彩特性而言，它与光息息相关，光的变化会引起色彩之改变，因此，某一色彩与暗色光混合，其饱和度与明度随即降低。在色彩调配中，如纯黄加灰，会显得不健康，纯黄加黑则会显得肮脏。典型如电影《红色沙漠》(图3-2-11)中，工厂烟囱冒出的黄烟，因为掺杂了灰黑的烟尘，看起来肮脏无比，并于影片中象征着疾病。流人在色彩使用中亦充分利用光线的调配功能，从表3-2-4可以看出，从上往下，黄色的明度逐渐降低。第一层次，"黄鹂""黄冠"是较为明亮纯净之黄，但出现频率少；第二层次，则是"黄龙""黄须"等难以准确形容而模糊之黄色；第三层次，掺入了云、雨、雪等水性物质，黄色的纯度被稀释，

图3-2-10　电影《满城尽带黄金甲》海报

图3-2-11　电影《红色沙漠》剧照

---

① （清）爱新觉罗·玄烨撰，故宫博物院编：《万寿诗 清圣祖御制诗文》第3册卷三六《告祀礼成宴诸臣于旧宫》，第9页。

② （清）爱新觉罗·旻宁撰：《清宣宗御制诗》卷四《显佑宫八韵》，《故宫珍本丛刊》第582册，第329页。

表 3-2-4 流人纪行影像文本中黄色词分层表

层次	对应文本
第一层次	不采亦盈谷，披棒映马黄。
	辽城四月春风来，黄鹂啼树梨花开。
	黄冠甘去国，朱绂已垂堂。
第二层次	若非黄龙御
	伤情白豕风吹雪，痛饮黄龙泪作波。
	君不见黄须健儿昨朝饥，生啖牛肉剥牛皮，牛生不辰生斯时。
	石幢无字夕阳黄
	日黄鼓死援兵绝
	黄屋忽峜峙
第三层次	异国黄梅雨，流入白草烟。
	才略如君犹抱恨，腐儒何事哭黄云？
	云阴不散黄龙雪，柳色初开紫塞春。
	月临边草白，天入海云黄。
	数家烟火黄云暮，一片牛羊白草风。
	鹧鸪悲鸣塞草黄，征轮北向雁南翔。
第四层次	草色迷沙带碛黄
	黄沙白昼吹阴风
	啼魂昏白昼，掩面乞黄沙。
	宁前列屯昼城闭，旌旗黯惨纷黄埃。
	黄龙东望沙茫茫，黑林树色参天长。
	黄云碛断行人少，白骨原空蔓草平。
	据鞍却望黄沙外，此地由来百战场。

明度降低；第四层次，乃是大量的"黄碛""黄沙"，碛亦指沙石，东北的沙土多为黑色，狂风卷起黑沙，与黄色混合而成暗黄色，因此，"黄碛""黄沙"之"黄"，更多是一种肮脏的暗黄。如此，由上往下，流人逐渐将黄色变淡乃至与灰黑色混合，使黄色越来越暗，且占据了影像色调的大部分。这些"黄沙白昼吹阴风"①

---

① （清）方拱乾著，李兴盛整理：《何陋居集 甦庵集》《吴将军战场歌》，第 8 页。

"黄云碛断行人少"①的暗黄色调，给观众以灰暗、肮脏、阴森的病态之感，既展现了东北之地的蛮荒，也凸显了流人内心的排斥和恐惧之情。

由此，流人的东北影像呈现出以白、黄为主的画面色调，且这两色常常搭配出现，除上表出现的例子外，还有"月临边草白，天入海云黄"②"啼魂昏白昼，掩面乞黄沙"③等诗句。据伊顿对色彩规律的探索，我们知道：在白底上，黄色显得暗些。④ 因此，吴兆骞等人所采用的白、黄色搭配，更显得黄色黯淡，从而将一帧帧暗黄惨白的病态东北图景生动呈现，亦将其踏入蛮荒异地时所感受到的恐慌、绝望之情暗含其中。而在这个以白、黄为主色调的画面之中，还偶尔出现紫（"柳色初开紫塞春"⑤）、绿（"海风吹水上山绿"⑥）、翠（"翠微横坐海"⑦）等明亮色，在色彩学中，此为点缀色。这些点缀色所呈现的生机画面，无疑暗含了流人在灰暗绝境中的渺茫希望，是其踏上流放之路伊始，内心所存的尽早归来之念，而其在文本影像中的作用，恰如影片《辛德勒名单》那黑白色调中的红衣女孩那样，让人看到一丝光明。对此，吴兆骞在家书中表露得更直接，他于启程北行之际写道："儿有别诸故人七言古诗一首，乞父亲一一为儿抄送……使天下人知儿在困顿穷厄之中，犹不废笔墨，庶几江左文人，为儿哀悯。"⑧刚至戍所之时曰："但佛许儿以必归，则我父子必有重聚之日，惟有（慰）〔愈〕加虔祷，以求早得归南，侍奉两亲而已。"⑨从这些话语中，可知他从出发到戍地的整个路途中，依然怀着尽早南归之希望。

综上所述，文本影像学理论的提出，为探究流人的戍途书写和心理特质提供了新的视角，就流人而言，远景空间和开放式构图的运用，更多是东北地区给他们带

---

① （清）吴兆骞著，李兴盛整理：《秋笳集》卷二《高丽营》，第32页。

② （清）吴兆骞著，李兴盛整理：《秋笳集》卷二《次沙河砦》，第27页。

③ （清）方拱乾著，李兴盛整理：《何陋居集 甦庵集》《募僧收枯骨》，第10页。

④ ［瑞士］约翰内斯·伊顿著，杜定宇译：《色彩艺术 色彩的主观经验与客观原理》，上海人民美术出版社1978年版，第16页。

⑤ （清）吴兆骞著，李兴盛整理：《秋笳集》卷二《出关》，第23页。

⑥ （清）方拱乾著，李兴盛整理：《何陋居集 甦庵集》《中后所城楼》，第7页。

⑦ （清）方拱乾著，李兴盛整理：《何陋居集 甦庵集》《晓行长岭，见山腰皆白如水涌，因忆黄山云海仿佛似之》，第14页。

⑧ （清）吴兆骞著，李兴盛整理：《归来草堂尺牍》《家书第四》，第243页。

⑨ （清）吴兆骞著，李兴盛整理：《归来草堂尺牍》《家书第五》，第244页。

来的独特地域体验，而悲凄声音、蒙太奇手法尤其是柔焦效果和白黄色调的使用，则是其内心复杂情感的投射，既恐惧、哀怨、悲苦，又在绝境中心存一丝希望。那么，当他们到达戍所并久居于此后，又会有怎样的心理体验呢？下节将予以探究。

第三节　江南：流人构建的记忆剧场

清前期科场案流人群体徙居东北期间，写下大量回忆江南之作，如方拱乾《吴会吟》《腊月八日忆长干塔》、吴兆骞《同陈子长坐毡帐中话吴门旧游怆然作歌》《扬州》、张贲《金陵篇》、方孝标《长干行》、孙旸《岁暮感怀六首》之二、诸豫《和雪航六十书情三首》之一等，其中，又以方拱乾和吴兆骞最为突出，分别有诗词文 56 篇和 52 篇。然而，这些作品，前人的研究关注并不多，李秉星的《清初江南士人的离散经验与风景书写》①有所涉及，在"追忆、安居与边地美学"一节中，他从"人＼地、风景＼地理"的视角切入，阐释江南士人的南方追忆，文笔优美，解读细腻。但正如其标题所示，他更多地偏重于风景地理学，因此在心理探究层面未及深入，而这恰是本书的着力所在。"记忆"的本质更多归于心理情感层面，因此，这些流人如何记忆江南？有何独特之处？就成为本节探究的主要问题。

据探索发现，流人留存下来的虽大多为文字资料，不像戏剧、影视有完整的对话和场景，但可凭借这些文字，最大限度地还原当时场景，以剖析人物心理。解读其回忆江南之作可知，他们的记忆并非零散的，而是聚成一个场域，内有江南之风景、人物、事件，并伴随气候、音乐等要素，一幕幕的记忆呈现，宛如一出出戏剧表演，对此现象，笔者将其称为"记忆剧场"，即经回忆加工而成，由演员在舞台上表演故事情节的一种综合形式。关于"记忆剧场"，前人已有提出，如 16 世纪英国的弗卢德②和意大利的噶米洛③，但其出发点是记忆术，即设置此

---

① 李秉星：《清初江南士人的离散经验与风景书写》，苏州大学博士学位论文，2018 年。
② ［荷］杜威·德拉埃斯马：《记忆的隐喻 心灵的观念史》，花城出版社 2009 年版，第 44~47 页。
③ ［英］多米尼克·奥布莱恩著，刘祥亚译：《多米尼克的记忆魔法书》，九州出版社 2016 年版，第 10 页。

剧场来帮助人们记住更多东西，其"剧场"则单纯指场地，类似于记忆宫殿。这种纯粹指涉，更多是一个记忆仓库，与本书前面所述的生动演出并不相契。因此，笔者着眼于"剧场"(Theatre)在"看"的基础上衍展而出之涵义，即包括戏剧、剧团、舞台和其他各方面要素，① 并将此文学心理现象命名为"记忆剧场"，以借戏剧学理论剖析流人心理。那么，这些流人如何构建江南的记忆剧场？与前人相比有何特别之处？下面将分述之。

一、记忆剧场的构建

"记忆剧场"依托于戏剧学理论，戏剧乃由多种要素组成的复合艺术。亚里士多德提出，戏剧由情节、性格、言语、思想、戏景、唱段六部分构成。② 欧阳予倩则认为，人物、情节、语言、观众是戏剧的必备条件。③ 河竹登志夫则指出，戏剧包含演员、剧本(或作者)、观众、剧场四要素。④ 说法不一。借鉴前人的观点，并结合流人创作实际，笔者认为舞台、人物、情节、观众乃"记忆剧场"的四要素。其中，"舞台"是表演空间，侧重于环境设置，与河竹登志夫所述的"剧场"相似；"人物"则指剧中人物形象，与亚里士多德和欧阳予倩所说的"人物"、河竹登志夫所提及的"演员"相同；"情节"则指剧中表现人与人、人与物、人与环境相互关系的一系列事件的发展过程；"观众"则是观看表演之人。科场案流人正是在这些要素的选取中，构建起江南的记忆剧场。

(一)舞台设置：江南时空的再现

在舞台设置上，流人往往通过时间和空间的择取，营造出旧时江南的情境。在时间点上，他们多将回忆倒回至流放前的江南时光，如"我昔傲僧房"⑤，回溯

---

① 周贻白：《中国剧场史 外二种》，中国戏剧出版社 2016 年版，第 2 页。

② [古希腊]亚里士多德著，陈中梅译注：《诗学》，商务印书馆 1996 年版，第 64 页。

③ 凤子主编，阮若珊、晏学、王永德副主编：《欧阳予倩全集》卷四《怎样才是戏剧》，上海文艺出版社 1990 年版，第 222 页。

④ [日]河竹登志夫著，陈秋峰、杨国华译：《戏剧概论》，中国戏剧出版社 1983 年版，第 3 页。

⑤ (清)方拱乾著，李兴盛整理：《何陋居集 甦庵集》《腊月八日忆长干塔》，第 91 页。

至旧日于长干塔居住之时；"记得梅根曲，江南雪霁时"①，穿梭回昔日江南冬雪初晴时分；再有"昔岁家吴会"②"忆昨胥台事侠游"③"犹忆昔年残月夜，牵人归梦到江干"④等，亦将时间定格在过去的江南岁月。这其中，又以方拱乾的《吴会吟》和吴兆骞的《榆关老翁行》尤为突出：

吴会吟　方拱乾

儿辈作五律，老夫忽念畴昔，短咏不尽，乃放笔为之。三十二韵。

我昔游姑苏，天启乙丑年。珰祸才萌蘖，四海犹晏然。我时初下第，识暗意气膻。所重在功名，聊借游观宣。揽概略阊门，独寻寒山颠。寺破僧能诗，清池生金莲。最爱天平山，峰峰剑戟连。屋廊共莲径，茂草沦荒烟。遭逢叹西施，我命如婵娟。一月淹钟磬，志不在管弦。相别二十载，国步忽更迁。远游非览胜，仓皇避乱船。往来五六过，云树杂戈鋋。至必宿虎丘，剑池看月圆。有时值谷雨，手摘茶芽煎。惟恨太湖滨，不遇橘柚天。倏忽又十载，羁绊难孤骞。……⑤

榆关老翁行　吴兆骞

榆关酒楼临大衢，征人日暮行驻车。鹿裘老翁鬓成雪，夹毂相逢问里间。乍闻吴语三太息，坐我楼头话畴昔。自云家世本吴中，住近张王旧宫侧。少年追逐冶游场，破产征歌意无惜。沙家枪稍冠江南，学得梨花推第一。技成好作关河游，贩缯几度来边州。燕姬十五芙蓉色，弹筝夜夜酣高楼。一曲红绡醉中掷，囊空典却千金裘。三载边庭履霜露，飘摇裋褐谁相顾。途穷不忍到乡关，却向军中应征募。……⑥

---

① （清）方拱乾著，李兴盛整理：《何陋居集 甦庵集》《负暄·二》，第302页。
② （清）吴兆骞著，李兴盛整理：《秋笳集》卷七《寄顾梁汾舍人三十韵》，第215页。
③ （清）吴兆骞著，李兴盛整理：《秋笳集》卷四《闰三月朔日将赴辽左留别吴中诸故人》，第128页。
④ （清）孙旸：《孙蕙庵先生诗选》第2册《绝塞砧声》，第24页。
⑤ （清）方拱乾著，李兴盛整理：《何陋居集 甦庵集》，第84~85页。
⑥ （清）吴兆骞著，李兴盛整理：《秋笳集》卷一，第23~24页。

《吴会吟》的"吴"指江南，即"吴越之地"；题下小注说明此乃追忆江南旧事之作。全诗64句，先后出现"我昔游姑苏，天启乙丑年""相别二十载，国步忽更迁""倏忽又十载，羁绊难孤骞"等时间节点，将其在江南的行迹从明朝1625年延伸至南明1645年，再至清初1655年。《榆关老翁行》则用双重的时间回溯线索，以老翁的角度来看，其江南经历从"自云家世本吴中"始，经过"少年追逐冶游场""燕姬十五芙蓉色"的欢畅时光，至"三载边庭履霜露"而结束；而从诗人自身的角度来看，则重回"伊昔姑苏城畔住，门前小店临江树"的幼年时期，至"今日逢君辽水北"止。

在空间设置中，流人们或直接使用地名，或用别称，标识此地为江南；又或把江南标志性景观移入，以重现江南图景。古人爱山乐水，在相似的青山秀水、烟雨楼台中，如何明确表明此乃江南佳丽地而非它处景观呢？对此，流人在场景设置中采用标识之方式，如同字幕或标牌般，将其属地标出。如直接命其作品为"江南"，有孙旸的"风物江南依旧好"[1]、方拱乾"江南人梦江南花"[2]、吴兆骞"江南七月秋风飞"[3]等；又如采用别称，呼之曰"江东"（"闻道江东花信好"[4]"江东花鸟新"[5]）、"江干"（"牵人归梦到江干"[6]"朝暮对江干"[7]）、"秦淮"（"烂漫秦淮养鸭阑"[8]"秦淮十里香风吹"[9]）等；更多乃用"吴"来代称，如诸豫"款语吴侬君莫讶"[10]、方拱乾"塞树密如吴树绿"[11]、吴兆骞"忽忆吴趋歌吹地"[12]

[1] （清）孙旸：《孙蔗庵先生诗选》第1册《岁暮感怀六首·二》，第15页。
[2] （清）方拱乾著，李兴盛整理：《何陋居集 甦庵集》《茶香》，第61页。
[3] （清）吴兆骞著，李兴盛整理：《秋笳集》卷五《送宇三归楚》，第168页。
[4] （清）吴兆骞著，李兴盛整理：《秋笳集》卷四《感怀诗八首呈家大人·六》，第115页。
[5] （清）吴兆骞著，李兴盛整理：《秋笳集》卷四《寄怀袁文生、黄平子二子》，第118页。
[6] （清）孙旸：《孙蔗庵先生诗选》第2册《绝塞砧声》，第24页。
[7] （清）张贲：《白云集》第4册卷十四《苦雨二首·一》，第23页。
[8] （清）方拱乾著，李兴盛整理：《何陋居集 甦庵集》《移得野芍药，花开盈砌·一》，第173页。
[9] （清）张贲：《白云集》第4册卷十三《金陵篇》，第8页。
[10] （清）诸豫：《和雪航六十书情三首·一》，李兴盛著：《中国流人史》下，第1774页。本书所引用诸豫的诗歌皆出自此书，为避繁复，下文不再一一出注。
[11] （清）方拱乾著，李兴盛整理：《何陋居集 甦庵集》《阻雨》，第13页。
[12] （清）吴兆骞著，李兴盛整理：《秋笳集》卷二《夜行》，第41页。

"月色远连吴苑树"①等。在第二种方式中，他们首先以标志性景观为坐标，形成点的定位。如方拱乾在《长干行》一诗中写道："凤凰台久无凤凰，燕子矶还飞燕子。乌衣巷近谢公山，棋墅苍苔岁岁斑"，把凤凰台、燕子矶、乌衣巷等秦淮文化景观移入诗中。接着他们以山水为边界，形成线的延展，在这条蜿蜒的风景线上，青山隐隐，点缀着寒山（"独寻寒山颠"②）、黄山（"黄山日出峰"③）、郭璞山（"渔舟郭璞山"④）和各种不知名的吴地山川（"回首家山忆昔游"⑤"江表山川梦未回"⑥"楚水吴山入望难"⑦）。绿水迢迢，散布着"五湖"（"何日五湖寻旧业"⑧"青苹碧石五湖西"⑨）、"剑池"（"剑池看月圆"⑩）和难道其名的越地水泽（"江环朱雀路"⑪"何如长住吴江渚"⑫）。在这个由点、线形成的包围圈中，还缀以鲈鱼脍（"鲈脍动乡愁"⑬"鲈脍思乡有步兵"⑭）、酿秫浆（"忆昔龙眠酿秫浆，气如橘柚甘如蔗"⑮）等秦淮特产，从而营造了水村山郭、物产丰饶的江南舞台景观。

（二）人物形象：温婉佳人与纵情才子

在剧场人物的设置中，江南女子的婉约秀丽和士人的恣意才情被表现得淋漓

---

① （清）吴兆骞著，李兴盛整理：《秋笳集》卷四《夜坐柬陈子长》，第 120 页。

② （清）方拱乾著，李兴盛整理：《何陋居集 甦庵集》《吴会吟》，第 84 页。

③ （清）方拱乾著，李兴盛整理：《何陋居集 甦庵集》《晓行长岭，见山腰皆白如水涌，因忆黄山云海仿佛似之》，第 14 页。

④ （清）方拱乾著，李兴盛整理：《何陋居集 甦庵集》《宁古塔杂诗》，第 30 页。

⑤ （清）吴兆骞著，李兴盛整理：《秋笳集》卷四《感怀诗八首呈家大人》之六，第 115 页。

⑥ （清）吴兆骞著，李兴盛整理：《秋笳集》卷四《冬夜同诸子饮方坦庵先生斋即席赋呈》，第 124 页。

⑦ （清）孙旸：《孙蔗庵先生诗选》第 1 册《岁暮感怀六首·二》，第 15 页。

⑧ （清）孙旸：《孙蔗庵先生诗选》第 1 册《题陈心简新居》，第 13 页。

⑨ （清）吴兆骞著，李兴盛整理：《秋笳集》卷四《秋雁篇》，第 123 页。

⑩ （清）方拱乾著，李兴盛整理：《何陋居集 甦庵集》《吴会吟》，第 85 页。

⑪ （清）方孝标撰，唐根生、李永生点校：《钝斋诗选》卷七《长干行》，第 115 页。

⑫ （清）吴兆骞著，李兴盛整理：《秋笳集》卷四《秋雁篇》，第 123 页。

⑬ （清）吴兆骞著，李兴盛整理：《秋笳集》卷二《席上赋得吴郡》，第 56 页。

⑭ （清）吴兆骞著，李兴盛整理：《秋笳集》卷四《感怀诗八首呈家大人·七》，第 115 页。

⑮ （清）方拱乾著，李兴盛整理：《何陋居集 甦庵集》《调御贻新酒》，第 88 页。

尽致。流人的江南回忆诗文，出现了一系列人物，包括"我"、妻子、邻居、朋友、少年等，作者(导演)根据自身臆想，让他们在剧中扮演不同角色，如女性皆为"红裙欲湿何方女？飘渺寒迷隔浦山"①"侍女新声采菱调"②的婉约形象。其中，人物中出现最多的是"我"，并被倾情塑造，如吴兆骞诗曰：

> ……忆昨胥台事侠游，才名卓荦凌王侯。黄童雅擅无双誉，温峤羞居第二流。相将日向春江曲，阖庐墓前草初绿。彩鹢春风客似云，珠帘夜月人如玉。少年行乐恣游盘，夹道飞花覆锦湍。按歌每挟茱萸女，驻马频看芍药栏。筵前进酒题鹦鹉，一日声名动东府。……③

"胥台"即姑苏台，此段回忆了其在江南的年少时光，他凭借出众文才，少年成名，风光无限，自诩在前人之上，无视王侯富贵，任意侠游，尽览人世繁华，仰慕者甚众，追随者如云。由此，他刻画了一个春风得意的江南才子形象，并在《同陈子长坐毡帐中话吴门旧游怆然作歌》《寄顾梁汾舍人三十韵》等诗中也有类似描写。可见，在吴兆骞的记忆剧场中，他丢弃流人身份，将自己打扮成少年时期的文人形象，行为恣意潇洒，处事特立乖张。此种对少年的喜爱崇拜心理，在其他流人塑造自己或他人形象时亦频繁出现，如张贲"我年十五十六时，秦淮十里香风吹。青丝白马人争羡，夜月春花醉不辞……我来行乐春风里，门前冠盖同流水。浮薄会邀侠少游，刎颈交深誓生死"④，吴兆骞之"少年追逐冶游场，破产征歌意无惜"⑤，方拱乾之"作令钱塘时，髫而美少年"⑥，分别将自己、老翁、王永吉扮成少年时率性自在、英姿勃发之模样。

---

① (清)方拱乾著，李兴盛整理：《何陋居集 甦庵集》《采菱歌》，第 273 页。
② (清)吴兆骞著，李兴盛整理：《秋笳集》卷二《赠吴兴钱虞仲》，第 62 页。
③ (清)吴兆骞著，李兴盛整理：《秋笳集》卷四《闰三月朔日将赴辽左留别吴中诸故人》，第 128 页。
④ (清)张贲：《白云集》第 4 册卷十三《金陵篇》，第 8 页。
⑤ (清)吴兆骞著，李兴盛整理：《秋笳集》卷二《榆关老翁行》，第 23 页。
⑥ (清)方拱乾著，李兴盛整理：《何陋居集 甦庵集》《八哀诗·冢宰王公永吉》，第 197 页。

（三）情节矛盾：东北与江南的冲突

戏剧的重要组成部分——情节，同样贯穿于江南记忆剧场之中。流人身在东北、心在江南，这种现实与理想无法调和的矛盾，推动着情节由开端——发展——高潮至结尾。情节开端，往往表现为现实场景勾起其江南记忆，触发诱因多种多样，有因腊八、上巳等节日而触动江南之思，如方拱乾《腊月八日忆长干塔》，吴兆骞《元旦》《上巳同钱德维、姚琢之饮江上》；有因气候变化带来的追忆，这一点在方拱乾身上表现得尤为明显，如"八月风吹面，江南十月天"①"草色入新夏，江南二月山"②"只道披裘长六月，忽惊执热似江南"③等，微风拂来、草色渐绿、天气骤热等物候之细微变化，皆能引起其江南怀想；有因声音而勾起的思念，如诸豫"款语吴侬君莫讶，恐惊风物转思乡"④，乍听到吴语乡音，记忆剧场便拉开帷幕，孙旸则由"绝塞砧声"而"归梦到江干"⑤，场景从现实的东北转换到梦中的江南。更多的触因，则缘于同江南故人的交往对话，这些故人中，有同在冰天雪地的江南旧友，如吴兆骞与陈子长、高小乾交谈，江左往事便历历在目，于是有了《同陈子长坐毡帐中话吴门旧游怆然作歌》《同陈子长夜饮即席作歌》和《听高小乾话秦淮旧事作》等记忆剧场的呈现；有即将释归江南之人，于是孙旸不由得在剧中感慨"客从江南来，还向江南去"⑥；亦有从秦淮远道而来之客，如方拱乾遇之而作《客从长安来》："客从长安来，不识长安事。浮沉石头书，混沌羁人意。口亦说江南，恍惚乖辞义。不如梦中归，消息犹堪记。……"此处的"长安"代指江南，作者听他"口亦说江南"，因而"消息犹堪记"，拉开江南怀想之序幕。

接下来，乃情节发展阶段，即江南记忆的精彩演出。虽说他们所呈现的，皆是在记忆空间上演的剧目，但因导演不同，演出内容亦有差别。吴兆骞和张贲用

---

① （清）方拱乾著，李兴盛整理：《何陋居集 甦庵集》《宁古塔杂诗》，第 27 页。
② （清）方拱乾著，李兴盛整理：《何陋居集 甦庵集》《野望》，第 229 页。
③ （清）方拱乾著，李兴盛整理：《何陋居集 甦庵集》《热》，第 262 页。
④ （清）诸豫：《和雪航六十书情三首·一》，李兴盛著：《中国流人史》下，第 1774 页。
⑤ （清）孙旸：《孙蕆庵先生诗选》第 2 册《绝塞砧声》，第 24 页。
⑥ （清）孙旸：《孙蕆庵先生诗选》第 1 册《送张行表西归·一》，第 18 页。

记忆之笔所导演的，是一场繁华的江南盛剧。吴兆骞记忆剧场中的江南，白天是"青青杜若满芳洲"①"细柳崇兰此日新"②之景，山明水秀，清丽动人；晚上则是"灯火真珠舫，楼台碧玉箫"③"舞衣低步障，歌榭出箜篌"④，灯火通明，舞姿曼妙，极尽繁华之致。在舞榭歌台中，他们"裁诗每题白团扇，纵酒欲赌青羔裘。沙棠之桨云母舟，美人玉袖挡箜篌。金窗银烛月未午，清歌窈窕无时休"⑤，才子们题诗作画，欢畅纵饮，美人玉箫飞声，绵绵不绝。张贲记忆剧场中的江南盛景亦不逊色："龙楼凤阁故逶迤，天半朱霞锁宫殿"⑥"暮警铜壶传五夜，晨开仙仗拥千官。吴歈楚拍新声啭，郑女燕姬舞哀宽"⑦，夜晚的江南楼阁，雕龙画栋，流光溢彩，来往行人如织，川流不息，楼阁中的美人欢歌起舞，通宵达旦。如此，陶然美景与才子佳人交相辉映，上演了一幕幕盛世之剧。

但在方拱乾的笔下，所呈现的却是衰败的江南哀剧。在方氏的记忆剧场中，清廷虽将江南划入版图，结束了大规模战争，江南地区却依然流寇不断，所谓"大廷正神武，小寇乃纷纭"⑧。在寇贼的蹂躏下，"扬州烟火浸蒲菰"⑨"书来尚带戈铤色"⑩，战火又在江南点燃，故人带来的书信，也传递着战事依旧的消息。于是，江南"繁华终古同一致，歌钟鸣磬当年事"⑪，往昔的繁盛之景已随流水逝去，"况复荒榛绝见闻，江左邺中只茅屋"⑫，荒草丛生，家园已破败不堪。在此

---

①　(清)吴兆骞著，李兴盛整理：《秋笳集》卷四《感怀诗八首呈家大人·六》，第115页。

②　(清)吴兆骞著，李兴盛整理：《秋笳集》卷二《上巳同钱德维、姚琢之饮江上》，第55页。

③　(清)吴兆骞著，李兴盛整理：《秋笳集》卷三《听高小乾话秦淮旧事作》，第72页。

④　(清)吴兆骞著，李兴盛整理：《秋笳集》卷五《扬州》，第150页。

⑤　(清)吴兆骞著，李兴盛整理：《秋笳集》卷二《同陈子长坐毡帐中话吴门旧游怆然作歌》，第28页。

⑥　(清)张贲：《白云集》第4册卷十三《金陵篇》，第8页。

⑦　(清)张贲：《白云集》第4册卷十三《金陵篇》，第8页。

⑧　(清)方拱乾著，李兴盛整理：《何陋居集 甦庵集》《闻江南寇信·一》，第61页。

⑨　(清)方拱乾著，李兴盛整理：《何陋居集 甦庵集》《感怀四首·一》，第63页。

⑩　(清)方拱乾著，李兴盛整理：《何陋居集 甦庵集》《得江南消息》，第143页。

⑪　(清)方拱乾著，李兴盛整理：《何陋居集 甦庵集》《长干行》，第86页。

⑫　(清)方拱乾著，李兴盛整理：《何陋居集 甦庵集》《辑今年所作诗》，第95页。

空间剧场中穿梭之人物，如方拱乾自己，下第游览江南时，看到"茂草沦荒烟"①之景，触景生情，感慨自身"遭逢叹西施，我命如婵娟"②，失意落寞；又过了二十年，在江南"仓皇避乱船"③，难以安身；十年后，"羁绊难孤骞"④，孤独惆怅。残败之景同悲苦人生相融，演绎了一场辛酸苦楚之悲剧。

这一喜一悲，剧情虽不同，主题却相通，吴氏和张氏的江南盛剧，贯穿的是对繁华江南的深深眷恋，他们或"乡心日夜绕江干，江柳江花不复攀"⑤，心里始终萦绕着江南的江畔花柳；或"风尘作客三秋暮，乡土惊心万里回"⑥"苦忆江南好"⑦"万里家园甚日还"⑧，盼望能早日归家；或将此思念借梦而实现，吟咏出"乡梦五湖阴"⑨"梦魂终日绕吴关"⑩的内心独白。方氏的江南哀剧，渗入的是对江南的无限牵挂，面对长干烽火，他"南望疑还信，中宵起据床"⑪，似疑似信，以致深夜难眠；又叹道："东南坤轴安危系，不独羁人重故乡"⑫，对故乡乃至整个东南局势甚为担忧。无论是对繁华的眷恋还是对战乱的担忧，他们寄寓于记忆剧场的，皆是对江南的深切思念。

然而，这种情感上的回归江南却与现实中的远戍东北形成矛盾，进而推动情节走向高潮。方拱乾道："遥忆烽烟际，还怜关塞长。"⑬在记忆剧场中是如此展现：一位江南老者，向南远远眺望，想象着家乡烽火连天，止不住老泪纵横；再回看荒凉的东北，不禁哀叹戍期何时终了。在此情境中，他心在江南，却身处东

---

① （清）方拱乾著，李兴盛整理：《何陋居集 甦庵集》《吴会吟》，第 84 页。
② （清）方拱乾著，李兴盛整理：《何陋居集 甦庵集》《吴会吟》，第 84 页。
③ （清）方拱乾著，李兴盛整理：《何陋居集 甦庵集》《吴会吟》，第 84 页。
④ （清）方拱乾著，李兴盛整理：《何陋居集 甦庵集》《吴会吟》，第 85 页。
⑤ （清）吴兆骞著，李兴盛整理：《秋笳集》卷四《闰三月朔日将赴辽左留别吴中诸故人》，第 128 页。
⑥ （清）吴兆骞著，李兴盛整理：《秋笳集》卷四《送人还江南》，第 119 页。
⑦ （清）张贲：《白云集》第 4 册卷十四《苦忆》，第 20 页。
⑧ （清）张贲：《白云集》第 5 册卷十七《采菱曲二首·一》，第 12 页。
⑨ （清）吴兆骞著，李兴盛整理：《秋笳集》卷四《偶成二律·一》，第 117 页。
⑩ （清）吴兆骞著，李兴盛整理：《秋笳集》卷四《答赠丁绣夫二首·一》，第 117 页。
⑪ （清）方拱乾著，李兴盛整理：《何陋居集 甦庵集》《闻江南寇信·二》，第 62 页。
⑫ （清）方拱乾著，李兴盛整理：《何陋居集 甦庵集》《感怀四首·二》，第 63 页。
⑬ （清）方拱乾著，李兴盛整理：《何陋居集 甦庵集》《闻江南寇信·六》，第 63 页。

北，即表演者的情感空间和身体空间产生了错位，由此，便形成了理想与现实之冲突，在这一矛盾的拉扯中，表演者内心的担忧、悲痛、哀怜、无奈等复杂情感统统倾泻而出，从而将情节推向高潮。而其“此日此地同，万里异山川”①“但是江南山已好，况经身历胜难追”②，亦是通过南与北、心与身的纠扯撕拉，形成情感的激烈碰撞。在此方面，吴兆骞亦与之相似，其“寻眺非吴苑，生涯且朔边”③“恻恻江南客，萧萧东北装”④“蓟北秋偏早，江东客未归”⑤等诗句，乃借由“吴苑”与“朔边”、“蓟北”与“江东”之对比，来反映江南与东北的冲突。但与方拱乾相比，吴兆骞则善用多层面矛盾推动情节走向高潮，如《同陈子长坐毡帐中话吴门旧游怆然作歌》一诗曰：

> 辽城四月春风来，黄鹂啼树梨花开。陈生邀我郭南去，笑骑鞍马双徘徊。沙场黯黯日将暮，半醉归来解鞍卧。毡墙谁拨鹍鸡弦，弹作商声泪交堕。忆昨故乡百不忧，命俦啸侣吴趋游。裁诗每题白团扇，纵酒欲赌青羔裘。沙棠之桨云母舟，美人玉袖挡箜篌。金窗银烛月未午，清歌窈窕无时休。就中少年三五辈，徐郎顾子称风流。独孤侧帽倾士女，正平摇笔凌王侯。百年行乐竟谁在？凄凉边地伤离愁。只今相对休悒怏，人生苦乐犹回掌。陇西将军困醉尉，邯郸才人辱厮养。古来憔悴多名流，吾辈何悲弃榛莽。君才弱冠我盛年，可怜沦落俱冰天。旧游一别已如雨，阴关万里徒含烟。寄哀欲托庾信赋，赏音空忆钟期弦。金樽有酒且沉醉，何须惆怅风尘前。⑥

全诗乃其在东北对江南的记忆剧场呈现，在展现江南少年“独孤侧帽倾士女，正

① （清）方拱乾著，李兴盛整理：《何陋居集 甦庵集》《腊月八日忆长干塔》，第92页。

② （清）方拱乾著，李兴盛整理：《何陋居集 甦庵集》《同汉槎谈黄山胜分赋·二》，第69页。

③ （清）吴兆骞著，李兴盛整理：《秋笳集》卷二《庚子至日书怀三十韵》，第43页。

④ （清）吴兆骞著，李兴盛整理：《秋笳集》卷二《瓜儿伽屯值雨，晚过村叟家宿，即事书寄孙赤崖、陈子长五十韵我行龙水外》，第67页。

⑤ （清）吴兆骞著，李兴盛整理：《秋笳集》卷四《寄内二律·二》，第116页。

⑥ （清）吴兆骞著，李兴盛整理：《秋笳集》卷一，第28~29页。

平摇笔凌王侯"的潇洒意气后，陡转而曰："百年行乐竟谁在？……可怜沦落俱冰天"，"乐"与"愁"的情感比对，"古"与"今"的时间错位，"名流"与"弃者"的身份转换，都杂糅在此剧场中，把表演者从乐土移入悲地、由过去拉回现实、从高层跌落底层的复杂心态和盘托出，从而将全剧推向高潮。另其《寄顾梁汾舍人三十韵》诗中，"悢悢询谪戍，款款话平生。跪读烹鱼字，悲吟别鹄声。风流如在眼，雨泣飒缘缨。末契嗟何托，良俦叹莫并。栖迟成北叟，浩荡寄东瀛。暮齿家何在，穷荒岁屡更"①，也是类似的剧情呈现。

　　情节发展到结尾，则进入了矛盾消解阶段。流人往往通过以下几种方式化解其身在东北、心在江南的矛盾：一是痛哭以抒泄，表演者们在剧情发展后期，或"膜拜泪如雨"②，或"东风挥手泪沾巾"③，把满腔哀怨化为泪水，以哭声结束了整个江南记忆的戏剧表演。二是自我宽慰，如方拱乾在剧尾长叹一声："衰翁欣所托，随地适吾私"④，现实既已如此，何不随遇而安；吴兆骞也暂且释然："金樽有酒且沉醉，何须惆怅风尘前"⑤，暂就享受眼前美酒，何必去忧虑苦楚。三是超越眼前的困境，遥想未来，此方式在作品中运用最多，如吴兆骞在寄给顾贞观诗中道："如蒙子公力，终到汉西京"⑥，他把希望寄于顾氏，盼望不久的将来能重回故土；又在"闻道江东花信好"⑦后，畅想"五湖归去看渔舟"⑧之画面，期盼日后可泛舟五湖，渔樵江渚。这一归隐图景亦在孙旸、张贲、方拱乾等人的作品中不断重绘："何日五湖寻旧业，绿蓑烟艇问樵渔"⑨"他年此会知何处，那得

---

① （清）吴兆骞著，李兴盛整理：《秋笳集》卷七《寄顾梁汾舍人三十韵》，第215页。
② （清）方拱乾著，李兴盛整理：《何陋居集 甦庵集》《腊月八日忆长干塔》，第92页。
③ （清）吴兆骞著，李兴盛整理：《秋笳集》卷四《闻三月朔日将赴辽左留别吴中诸故人》，第129页。
④ （清）方拱乾著，李兴盛整理：《何陋居集 甦庵集》《负暄》之二，第302页。
⑤ （清）吴兆骞著，李兴盛整理：《秋笳集》卷二《同陈子长坐毡帐中话吴门旧游怆然作歌》，第29页。
⑥ （清）吴兆骞著，李兴盛整理：《秋笳集》卷七《寄顾梁汾舍人三十韵》，第216页。
⑦ （清）吴兆骞著，李兴盛整理：《秋笳集》卷四《感怀诗八首呈家大人·六》，第115页。
⑧ （清）吴兆骞著，李兴盛整理：《秋笳集》卷四《感怀诗八首呈家大人·六》，第115页。
⑨ （清）孙旸：《孙蔗庵先生诗选》第1册《题陈心简新居》，第13页。

浮槎泛五湖"①"翻笑王无功，田园询位置"②，由此，整场戏剧在荡舟江海的悠然画面中落下帷幕。

(四)观众人员：现场与异地时空的互动

在戏剧构成中，"观众"亦是不可忽视之因素。法国戏剧理论家萨赛曾明确指出："没有观众，就没有戏剧。观众是必要的、必不可少的条件。"③《戏剧的故事》一书也写道："观众和演员是戏剧中的两个基本要素，戏剧活动要发生，二者缺一不可。"④可见观众在戏剧中的重要地位。在科场案流人的记忆剧场中，观众同样不可或缺，他们体现在作者的对话者、通信者、阅读者等方面，表 3-3-1 为根据其诗文提取的观众人员表。

表 3-3-1 科场案流人记忆剧场观众人员表

导演	观众	
	家人	友人
方拱乾	儿、江南家人	坦公(张缙彦)、汉槎(吴兆骞)、周栎园
吴兆骞	父母、妻子	陈子长(陈堪永)、吴中诸故人、顾贞观、钱虞仲、高小乾、孙赤崖(孙旸)、丁绣夫、方拱乾、宇三、方与三(方育盛)、榆关老翁、钱德维(钱威)、姚琢之(姚其章)、袁文生、黄平子、刘道台、吴耕方
诸豫		雪航、陈心简(陈掞臣)、张行表

从上表可看出，其观众主要有两类，一是父母妻儿等家人，二是故交新朋等友人。流人将记忆故事与他们交谈，把导演的江南记忆剧在其面前演出，他们是

---

① (清)张贲：《白云集》第 5 册卷十五《六日同公扶用汝端书饮馨久》，第 25 页。

② (清)方拱乾著，李兴盛整理：《何陋居集 甦庵集》《客从长安来》，第 136 页。

③ [法]萨赛：《戏剧美学初探》，古典文艺理论译丛编纂委员会编：《古典文艺理论译丛》第 11 册，人民文学出版社 1966 年版，第 257 页。

④ [美]埃德温·威尔森、阿尔文·戈德法布著，孙菲译：《戏剧的故事 = Theatre, the lively art》，北京联合出版公司 2016 年版，第 37 页。

作者的倾诉者，亦是记忆剧场的观看者。从时空特点观之，又可将其分为现场时空和异地时空观众，与吴兆骞等人在戍地共诉往事之陈堪永、高小乾、钱威、姚其章诸人，乃与流人处同一时空之观众，他们亲身于现场观看作者导演的江南记忆演出。而父母妻儿及顾贞观等好友，他们远在江南故地，与流人分属不同空间，无法直接现时观看，只能凭借作者所寄之书信诗文（剧本），通过剧场想象，来尽量复原流人之前编排的戏剧，属于异地时空观众。

在剧场表演中，导演和演员常希望通过戏剧让观众体悟其背后的情感思想，观众的反应则是他们能否领悟作者意图的重要标识。从流人诗文来看，现场观众反应如何，未有记录，因此难以知晓。而异地时空观众的态度，却可从其创作和行动中进行考索。以吴兆骞家人为例，吴氏家书有记："所寄银及绸，并余小物俱到矣，……父母去岁十一月廿二日及正月初三日两信，儿俱接到矣，其二两四钱亦到，不必挂念"①；又有："昨廿七晚，接去年十月廿八日八弟所寄之字，知母亲暨合家俱平安，儿与媳妇心中甚慰"②。从中可知，家人已由他导演的江南记忆剧，读出其对故乡及家人之思念，因此遥寄所需物品，并告知家中景况，从物质与精神层面回应了剧场主题。顾贞观亦是如此，吴兆骞于《寄顾梁汾舍人三十韵》诗中，通过异地的记忆构建，将昔日江南的繁盛景象、两人于江左的欢畅时光重演，并传达了"如蒙子公力，终到汉西京"的剧场主题。顾贞观领会其意，寄《金缕曲词二首》③，以词代书，对吴兆骞于东北的异域痛楚、盼望归来江南的

---

① （清）吴兆骞著，李兴盛整理：《归来草堂尺牍》《家书第六》，第 246~248 页。

② （清）吴兆骞著，李兴盛整理：《归来草堂尺牍》《家书第十四》，第 258 页。

③ 金缕曲词二首

寄吴汉槎宁古塔，以词代书，丙辰冬寓京师千佛寺，冰雪中作

其一

季子平安否？便归来，平生万事，那堪回首！行路悠悠谁慰藉，母老家贫子幼。记不起，从前杯酒。魑魅搏人应见惯，总输他，覆雨翻云手，冰与雪，周旋久。

泪痕莫滴牛衣透，数天涯，依然骨肉，几家能够？比似红颜多命薄，更不如今还有。只绝塞，苦寒难受。廿载包胥承一诺，盼乌头马角终相救。置此札，君怀袖。

其二

我亦飘零久！十年来，深恩负尽，死生师友。宿昔齐名非忝窃，只看杜陵消瘦，曾不减，夜郎僝僽，薄命长辞知己别，问人生到此凄凉否？千万恨，为君剖。

兄生辛未吾丁丑，共此时，冰霜摧折，早衰蒲柳。诗赋从今须少作，留取心魄相守。但愿得，河清人寿！归日急翻行戍稿，把空名料理传身后。言不尽，观顿首。

强烈渴望，用至情至深之语回应，表明其对友人处境的感同身受。并且，他还将二词示与纳兰性德，使其泪下数行，并以五年为期，终使吴氏得以赎归。至此，作为异地观众的顾贞观，已完全为吴氏的江南剧场所吸引和感动，并在精神和行动上予以积极回应。

由此可见，贯以盼归的灵魂主题，借助舞台、人物、情节、观众等要素的择取，方拱乾等流人在东北构建了江南记忆剧场，并向现场及异地的观众精彩呈现。而此剧场之魅力，还在于同其他文人的江南记忆剧相比，自有其特色。

二、记忆剧场的独特性

以记忆剧场理论观之，文学史上众多文人皆在离开江南后，对其流连忘返、魂牵梦绕，并构建了各自的江南记忆剧场。如西晋之张翰、唐之刘长卿、宋之贺铸、元之家铉翁等，不胜枚举，又以白居易、韦庄、冯延巳、苏轼等文人存佳作多而广泛流传，包括《忆江南》《菩萨蛮》等名篇。那么，与这些文人所构建的记忆剧场相比，被遣戍东北的江南流人有何独特之处呢？即怎样才能让观众得知：此剧乃由流徙东北的江南文人导演，而非他人呢？对此，流人主要从以下几个方面打造了自己的专属剧场。

(一) 熟悉场景的舞台呈现

在舞台空间设置上，以往文人侧重对江南美景的精心建构，呈现出生机勃勃的青山绿水；流人则更注重寻觅和再现其生活足迹，以营造出温馨熟悉的故园景观。前代文人在江南景观的布置上颇为用心，其方式主要有二：一是着墨于场景之色彩，使其鲜艳明亮，如东坡之"清流与碧巘"①"青山断处是君家"②"家在江南黄叶村"③等，将记忆剧场中的小山着上碧绿色彩，将村口树叶画上金灿灿的

---

① （宋）苏轼著，（清）王文诰辑注，孔凡礼点校：《苏轼诗集》卷十三《怀西湖寄晁美叔同年》，第 664 页。
② （宋）苏轼著，（清）王文诰辑注，孔凡礼点校：《苏轼诗集》卷二六《赠王寂》，第 1372 页。
③ （宋）苏轼著，（清）王文诰辑注，孔凡礼点校：《苏轼诗集》卷二九《书李世南所画秋景》，第 1525 页。

颜色；韦庄之"绿窗人似花"①"春水碧于天"②，则为闺中女子的纱窗抹上淡淡的绿色，将一汪汪春水涂满浓浓的碧绿色。白居易的《忆江南》更是典型："日出江花红胜火，春来江水绿如蓝"③，他把江边鲜花抹上浓浓的红色，使观众以为是熊熊火焰在江岸燃烧；又将青绿染料倾倒江水，春风拂来，让观众误认为是蓝草在摇曳。如此，青山绿水，黄叶红花，使剧场色彩充满饱和感。二是让剧场景物灵动起来，呈现富有生气的画面。白居易如此布置："山名天竺堆青黛，湖号钱唐泻绿油"④"涛翻三月雪，浪喷四时花"⑤，他用青黑色颜料层层堆叠，画出山的模样，又把绿油倾泻而下，一片湖水便铺展开来；对于春天的潮水，他将翻滚的波涛画成三月里舞动的雪花，又把滔滔白浪挥洒得如竞相盛开的花朵，"堆""泻""翻""喷"四字，极富动感。苏轼在记忆剧场中，将春景布置为："西湖忽破碎，鸟落鱼动镜"⑥，平静的湖面忽然碎裂，紧承剧本前所写的"春风如系马，未动意先骋"⑦，表明春来之速；接下来湖面忽然晃动，原来是鸟儿飞过、鱼儿跃出。对于秋景，他则如此设置："野水参差落涨痕，疏林欹倒出霜根"⑧，水反复涨起，涨痕却一次比一次低，向观众传递着秋来水渐少的信号；稀疏的树木倒倚着，根慢慢露出，并逐渐结霜，告知观众此乃霜降之秋。如此一来，无论春景秋色，皆富灵动之感。

与之相比，流人的独特之处在于对熟悉场景的重现，给观众带来了亲切之感。前代出色文人对江南记忆剧场的精美设置，使后人难踵其步，流人亦

---

① （五代）韦庄著，谢永芳校注：《韦庄诗词全集 汇校汇注汇评》《菩萨蛮·一》，崇文书局 2018 年版，第 353 页。本书所引用的韦庄词皆出自此书。

② （五代）韦庄著，谢永芳校注：《韦庄诗词全集 汇校汇注汇评》《菩萨蛮·二》，第 355 页。

③ （唐）白居易著，顾学颉校：《白居易集》卷三四《忆江南·一》，第 775 页。

④ （唐）白居易著，顾学颉校：《白居易集》卷二四《答客问杭州》，第 532 页。

⑤ （唐）白居易著，顾学颉校：《白居易集》卷二六《和春深二十首·十三》，第 595 页。

⑥ （宋）苏轼著，（清）王文诰辑注，孔凡礼点校：《苏轼诗集》卷三四《次韵赵景贶〈春思〉且怀吴越山水》，第 1825 页。

⑦ （宋）苏轼著，（清）王文诰辑注，孔凡礼点校：《苏轼诗集》卷三四：《次韵赵景贶〈春思〉且怀吴越山水》，第 1825 页。

⑧ （宋）苏轼著，（清）王文诰辑注，孔凡礼点校：《苏轼诗集》卷二九《书李世南所画秋景》，第 1525 页。

是如此，其所呈现的"九途环绿水"①"苑柳官梅绕玉兰"②"塔凌山影露，钟过竹声闻"③"江环朱雀路"④等景观，在艺术表现上远不及白、苏等人的设计。流人自小在江南生活，生于斯长于斯，因而在场景设置时也自有其特点。吴兆骞在诗中写道："伊昔姑苏城畔住，门前小店临江树"⑤"我家遥隔吴江滨，细柳崇兰此日新"⑥，在这些诗句中，江南地界内散布着小屋、江边、细柳、兰草，这些景观并非大众化的秦淮景色，而是导演从前所居之地，是"我家"，表明此乃流人的出生成长之所，是根之所在。方拱乾将其设置为："羁人家住大江水，见惯江南风景美。"⑦"羁人"指流人自己，对于江南的河畔之景，方拱乾早已司空见惯，因为他家就住在大江之畔，从而表现出一种生于此地的熟悉之感。如此，整个剧场所呈现的景观带有浓浓的家园色彩，这些不事雕琢的小路、小屋、小店、杨柳，虽然朴素简单，却让观众产生较强的代入感，如同置身熟悉而亲切的故园中。

（二）人物形象的丰富性

在人物形象塑造上，流人和前代文人虽都借助与女子之关系来展现自身的形象，但表现却有所不同。前代文人侧重展现对江南美人之思念，呈现出多情形象。流人则有两副面孔，在歌姬舞女面前，他们是浪荡恣意的江南才子；在妻子面前，则又化为思家之夫君。前代文人的江南记忆剧场中，舞台上总少不了吴地美女，如白居易所述："人道最夭斜"⑧"杨柳风前别有情"⑨的苏小小，冯延巳塑

---

① （清）吴兆骞著，李兴盛整理：《秋笳集》卷二《席上赋得吴郡》，第 56 页。
② （清）吴兆骞著，李兴盛整理：《秋笳集》卷二《元旦》，第 59 页。
③ （清）方拱乾著，李兴盛整理：《何陋居集 甦庵集》《长干行（城南里）》，第 109 页。
④ （清）方孝标撰，唐根生、李永生点校：《钝斋诗选》卷七《长干行》，第 115 页。
⑤ （清）吴兆骞著，李兴盛整理：《秋笳集》卷二《榆关老翁行》，第 24 页。
⑥ （清）吴兆骞著，李兴盛整理：《秋笳集》卷二《上巳同钱德维、姚琢之饮江上》，第 55 页。
⑦ （清）方拱乾著，李兴盛整理：《何陋居集 甦庵集》《采菱歌》，第 273 页。
⑧ （唐）白居易著，顾学颉校：《白居易集》卷二六《和春深二十首·二十》，第 597 页。
⑨ （唐）白居易著，顾学颉校：《白居易集》卷三一《杨柳枝词八首·六》，第 714 页。

造的"贪睡坠钗云，粉消妆薄见天真"①之玉人、"玉肌如削"②之越人等。这些女子乃剧中旦角，正生则是导演自己。在其自导自演的剧场中，男女主角之间发生了怎样的故事呢？白居易在《和春深二十首》、《杨柳枝词八首》之二、《送姚杭州赴任，因思旧游二首》中都编排了与苏小小的情节，"眉欺杨柳叶，裙妒石榴花"的苏小小，天生丽质，"杨柳风前别有情"的她又柔情万种，以至于让剧中正生时时牵挂，听玉笛声而念起（"卷叶吹为玉笛声"），看苏家女采莲而记挂（"闲看苏家女采莲"）。苏小小虽是南朝名妓，但作者却通过跨时空的场景构建："若解多情寻小小，绿杨深处是苏家""剥条盘作银环样，卷叶吹为玉笛声""静逢竺寺猿偷橘，闲看苏家女采莲"，仿佛还原其住所、声音、行为，使观众如见其人、如闻其声。而苏小小的多情和正生的深深牵挂，也展现出男主角深情款款的剧中形象，这也恰是导演自身形象的投射。另李煜"垂泪对宫娥"的举动，冯延巳对玉人"空余枕泪独伤心"③的怜惜，韦庄与"美人和泪辞"④的不舍等，无不在凸显剧中旦角的温柔和正生的多情。

与前代文人不同，流人在江南剧场中塑造的旦角显得更为活泼，正生也因之衬托得恣意潇洒。她们在剧中或"舞衣低步障"⑤，或"吴歈楚拍新声啭，郑女燕姬舞衰宽"⑥，彻夜欢唱起舞，以致"娇娃午夜娱"⑦"窈窕无时休"⑧。剧中的正生，正如前文所述，乃于高楼纵酒挥毫、潇洒不羁的才子形象。剧场中出现的另一类女子，则是流人家中之妻，他们多是思妇形象。吴兆骞的《寄内二律》之一

① （南唐）冯延巳：《忆江南·去岁迎春楼上月》，（南唐）李煜、李璟、冯延巳著：《李煜词集 附 李璟词集 冯延巳词集》，上海古籍出版社 2016 年版，第 147 页。本书中所引用的李煜、冯延巳词皆出自此书。

② （南唐）冯延巳：《思越人》，（南唐）李煜、李璟、冯延巳著：《李煜词集 附 李璟词集 冯延巳词集》，第 148 页。

③ （南唐）冯延巳：《忆江南·去岁迎春楼上月》，（南唐）李煜、李璟、冯延巳著：《李煜词集 附 李璟词集 冯延巳词集》，第 147 页。

④ （五代）韦庄著，谢永芳校注：《韦庄诗词全集 汇校汇注汇评》《菩萨蛮·一》，第 353 页。

⑤ （清）吴兆骞著，李兴盛整理：《秋笳集》卷五《扬州》，第 150 页。

⑥ （清）张贲：《白云集》第 4 册卷十三《金陵篇》，第 8 页。

⑦ （清）方拱乾著，李兴盛整理：《何陋居集 甦庵集》《乌栖曲》，第 106 页。

⑧ （清）吴兆骞著，李兴盛整理：《秋笳集》卷二《同陈子长坐毡帐中话吴门旧游怆然作歌》，第 28 页。

有道："忆汝深闺里，凄凉画阁尘。有情怜荡子，无语向尊亲。明镜云鬟乱，芳襟玉箸新。迢迢今夜月，愁杀两乡人。"之二又云："西窗明月在，肠断是鸳机。"她们往往于深闺之中，独自一人，遥望明月，思念远方的丈夫，以致云鬟纷乱而无暇顾及，惆怅伤感而肝肠寸断。而她们所牵挂的夫君，即剧中的正生，也在戍地挂念她们，盼望早日归家团圆，所谓"愁杀两乡人"，一种相思，两处哀愁。由此，正生情深意长的人物形象亦得以显现。

(三) 家园怀想的主题

文人构建的江南剧场，因个人经历之差异，其主题不尽相同，这也是流人与其他文人的核心差别所在。前代文人如白居易、韦庄、苏轼等，其家不在江南，却常把江南幻化成自己的故乡，乃一厢情愿之想象。白居易在江南记忆剧场中写道："君是旅人犹苦忆，我为刺史更难忘。境牵吟咏真诗国，兴入笙歌好醉乡。"[1]他将自身与一般游人相区别，认为自己曾于杭州任刺史，与江南关系更为密切。在他看来，苏杭乃其第二故乡，因此多次提到"最忆是杭州"[2]，并反复在剧中追问："能不忆江南？"[3]"何日更重游？"[4]"早晚复相逢？"[5]在此方面，苏轼更为突出，早在杭州任通判间便写道："居杭积五岁，自忆本杭人"[6]，认为自己前世即杭州人。因此在离开杭州后，他时时在脑海中重构江南的记忆剧场，或"怀哉江南路"[7]，或"梦到西湖上"[8]，又或"遥想钱塘涌雪山"[9]。韦庄则写道：

---

① （唐）白居易著，顾学颉校：《白居易集》卷二六《见殷尧藩侍御忆江南诗三十首，诗中多叙苏杭盛事，余尝典二郡，因继和之》。

② （唐）白居易著，顾学颉校：《白居易集》卷三六《寄题余杭郡楼兼呈裴使君》，第833页。

③ （唐）白居易著，顾学颉校：《白居易集》卷三四《忆江南·一》，第775页。

④ （唐）白居易著，顾学颉校：《白居易集》卷三四《忆江南·二》，第775页。

⑤ （唐）白居易著，顾学颉校：《白居易集》卷三四《忆江南·三》，第775页。

⑥ （宋）苏轼著，（清）王文诰辑注，孔凡礼点校：《苏轼诗集》卷三五《送襄阳事李友谅归钱塘》，第1961页。

⑦ （宋）苏轼著，（清）王文诰辑注，孔凡礼点校：《苏轼诗集》卷三四《送路都曹并引》，第1838页。

⑧ （宋）苏轼著，（清）王文诰辑注，孔凡礼点校：《苏轼诗集》卷二一《杭州故人信至齐安》，第1091页。

⑨ （宋）苏轼著，（清）王文诰辑注，孔凡礼点校：《苏轼诗集》卷三八《浴日亭》，第2068页。

"人人尽说江南好，游人只合江南老……未老莫还乡，还乡须断肠"①，他虽清楚自己"游人"的身份，却愿意在江南终老，想到若要离开江南返归家乡，反而悲伤不已，是一种早把江南作故乡的情感表达。也正因如此，他们才在记忆剧场中极尽对江南场景的精心布置、美丽刻画。与这些文人相比，流人自小生活在江南，他们的情感，更多是一种对故乡的深深依恋。因此，他们展现的场景更为细致，在构建盛世江南的同时，也有对江南哀剧的悲叹；既回忆旧时之繁荣，也随时关注故园之战事，这些已在前文有所论说，于此便不再赘述。

综上，科场案流人从江南流徙至东北，不断回忆着江南的点滴，他们的这些记忆并非孤立存在，而是彼此聚合，在凝结成流人集体记忆的同时，也形成了以家园怀想为主题的独特江南记忆剧场。

---

① （五代）韦庄著，谢永芳校注：《韦庄诗词全集 汇校汇注汇评》《菩萨蛮·二》，第 355 页。

第四章　清前中期文字狱与流人的边地创作

继顺治之后，康熙八岁登基，十四岁亲政，先后除鳌拜，平三藩，巩国之内政；又抗击沙俄于东北，亲征噶尔丹于西陲，保边境之安宁，于是皇权渐固，国运始昌。待康熙崩殂，雍正继位，其勤于政事，锐力改革，既整顿吏治，设军机处，建密折制；又清理亏空，摊丁入亩，重农轻商；且革除贱籍，改土归流。政治、经济、社会的诸多举措，强皇权，保财政，安民众，帝国之昌隆繁盛得以延续。乾隆帝即位后，于内励精图治，缓矛盾，驭群臣，重农业，促经济；对外开疆拓宇，平准噶尔，定回部乱，打大小金川，降越南缅甸。终以文治武功，成盛世伟业。

三代君王，步步承接，将帝国之霸业推向高峰。而此过程中，专制集权亦逐步强化，乃至登峰造极。为排除异己，控制思想，帝王们捕风捉影，大兴文祸，广事株连。于是，文网之下，形成了一批批因文字狱而流放的士人群体，其相关案件和涉及文人主要有以下几例。

首先是康熙年间的《南山集》案。康熙五十年(1711)，因左都御史赵申乔揭发翰林戴名世之《南山集》语多狂悖，又查得此书多用方孝标《滇黔纪闻》所记之事，于是两人皆被判以大逆罪，戴名世遭凌迟，方孝标被戮尸，族人皆被流戍宁古塔。其中，安徽桐城方家尤为引人注目，方孝标之族人，如方登峰、方式济、方云旅、方世庄、方世樘、方世康、方世熙、方世樵等，皆于康熙五十二年(1713)二月流徙卜魁(今齐齐哈尔)，方贞观、方世举则于同年被迫北徙入旗籍为奴，并有多人留有流戍之作。

方登峰(1659—不详)，字凫宗，号屏垢，少詹事方拱乾之孙，侍讲学士方孝标之子。清康熙三十三年(1694)贡生，授中书舍人，并任工部都水司主事。流放后，于雍正六年(1728)八月卒于戍所(又有说是雍正三年卒)。方登峰一生著述甚丰，有《依园诗略》《星砚斋稿》《垢砚吟》《葆素斋集》《葆素斋集古乐府》《葆素斋集今乐府》《如是斋集》，并集为《述本堂诗集》七卷，后五卷皆是其流放期间所作，收在《清代诗文集汇编》202 中，今人则有李兴盛先生整理的《述本堂诗集·宁古塔纪略》①。

方式济(1676—1717)，字屋源(一作渥源)，号沃园，方孝标之孙，方登峄之子。康熙四十八年(1709)中进士，授中书舍人；随父兄流徙后，康熙五十六年(1717)二月卒于戍所。著有《易说未定稿》六卷、《陆塘初稿》《出关诗》《龙沙纪略》各一卷，后两者乃流徙期间作品，收在《清代家集丛刊》第 119 册和《清代诗文集汇编》237 中，今人则有李兴盛先生整理的《述本堂诗集·宁古塔纪略》和于逢春、厉声主编的《柳边纪略 龙沙纪略 宁古塔纪略》。

方贞观(1679—1747)，初名世泰，字履安，号南堂。弱冠补诸生，后屡次落第。因《南山集》案牵连入旗籍北徙，雍正元年(1723)赦归。著有《南堂诗钞》六卷(又名《方贞观诗集》)，其中卷三为流戍之作，收录于《清代诗文集汇编》②。

方世举(1675—1759)，字扶南，一字息翁，号溪堂。其天性疏旷，不求仕进，好读书，善评注。同从弟方贞观入旗籍北徙后，雍正元年(1723)赦归。著有《春及堂集》四卷，收在《清代诗文集汇编》237，又有《江关集》一卷，藏于国家图书馆。此二诗集皆其从戍所南归后所作，与流放相关诗篇甚少。

其他如方云旅、方世庄诸人，或难寻其著述，或只有零星诗歌留存，于此便不再详述。而除方家外，另有流人刘岩亦值得关注：

刘岩(1656—1716)，原名枝桂，字大山，号无垢，江南江浦(今江苏江浦)人。康熙四十二年(1703)进士，工诗文，善绘画。因曾为《南山集》作序，康熙五十年案发后，他被遣戍辽东，两年后赦归。其著述颇丰，包括《四书典故》《大山日录》《大山诗集》《匪莪堂文集》《拙修斋诗文稿》《大山真稿》等，《大山诗集》七卷中有流徙之作，收录于《清代诗文集汇编》③。

①　(清)方登峄、方式济、方观承、吴振辰著，李兴盛整理：《述本堂诗集 宁古塔纪略》，黑龙江大学出版社 2014 年版。本书所引用的方登峄、方式济、方观永、方观承等人诗歌，如无特别说明，则出自此书。

②　(清)方贞观著：《方贞观诗集》，《清代诗文集汇编》编纂委员会编：《清代诗文集汇编》244，上海古籍出版社 2010 年版。本书所引用的方贞观诗歌皆出自此。

③　(清)刘岩著：《大山诗集》，《清代诗文集汇编》编纂委员会编：《清代诗文集汇编》198，上海古籍出版社 2010 年版。本书所引用的刘岩诗歌皆出自此。

其次是雍正年间的查嗣庭试题案。雍正四年(1726)秋,礼部左侍郎、浙江海宁人查嗣庭任江西乡试正主考,雍正帝认为其所出试题有"一止之象",故将其逮捕入狱,又从其家中查抄出悖逆文字,更为震怒。时查嗣庭为避免牵及家人,已在狱中以死谢罪,但仍被枭首,其族人查嗣瑮、查基、查学、查开、查克瓒、查长椿、查大梁等,皆于雍正五年(1727)五月流徙陕西蓝田县,十年后才得赦归;另其女查蕙纕被流放到东北,其同僚丁士一被遣戍福建、胡虞继被流戍陕西榆林,其中有作品的文人如下:

查嗣瑮(1652—1734),字德尹,号查浦,查慎行之弟,查嗣庭之兄。康熙三十九年(1700)进士,先后被选为庶吉士、翰林院编修、侍讲。因其弟文字狱案牵连而被流放,雍正十二年(1734)卒于戍所。著有《查浦诗钞》十二卷、《查浦诗余》一卷,收在《清代诗文集汇编》186,其流戍诗作主要在《查浦诗钞》第十二卷中①。

查基(1707—1751),字履旋,号榴斋,查嗣瑮长子,诸生。其性豪迈,作诗纵笔千言,著有《叩弹杂著》《榴斋诗词钞》《北游存稿》,其中收有流放之作。

查学(1712—1785),字士伦,号砚北,查嗣瑮次子。例贡生,候选知县。著有《砚北诗草》《半缘词》各一卷,藏于南京图书馆,其中作品大半作于流戍蓝田时,皆按时间编次。

查开(1714—1776),字宣门,号香雨,查嗣瑮三子,官至河南中牟县丞。著有《苏诗三家注定本》《吾匏亭诗钞》,国家图书馆藏有《吾匏亭诗钞》康熙六十一年(1722)刻本。

查蕙纕,生卒年不详,查嗣庭之女,工诗文。因其父查嗣庭案牵连而流徙东北,著《裁云草》《浣露吟》各一卷,皆散佚,现存题壁诗一首,收于《清稗类钞》。

再者是乾隆年间的《芥圃诗钞》案。乾隆四十四年(1779)十月,江南宿松监生徐光济与湖北黄梅监生石卓槐有嫌隙,徐光济便向湖北黄州知府提出控告,揭发石氏所著《芥圃诗钞》有讥谤朝廷之句,于是,原本的民事纠纷上升为政治案件,石卓槐被处死,并牵连黄梅县官员曹麟开与蒋业晋。

---

① (清)查嗣瑮著:《查浦诗钞》,《清代诗文集汇编》编纂委员会编:《清代诗文集汇编》186,上海古籍出版社2010年版。本书所引用的查嗣瑮诗歌皆出自于此。

曹麟开，生卒年不详，字黼我，号云澜，安徽贵池人。乾隆时期举人，善诗画，在任黄梅县知县期间，因《芥圃诗钞》案牵连，于乾隆四十六年(1781)被戍新疆乌鲁木齐，并作有《新疆纪事诗十六首》、《塞上竹枝词》30首、《八景诗》8首，皆收录于《三州辑略》①。

蒋业晋(1728—1804)，字绍初，号立崖，江苏长洲(今属苏州)人。乾隆二十一年(1756)举人，曾任湖北汉阳、孝感知县，乾隆四十六年(1781)，任湖北黄州同知期间，因《芥圃诗钞》案牵连被戍乌鲁木齐，四年后放归。著有《立崖诗钞》七卷，其中的《出塞草》写于戍所，收录于《清代诗文集汇编》②。

综上可知，上述文人皆因文字狱而遭遣戍，所以可将其称为"文字狱流人"或"文字狱流人群体"。从其籍贯与戍地关系看，他们大多为江南文人，或远戍东北，或荷戈西域，形成了以江南为起点，以东北、西北为终点的两个主要流动方向。从人员构成上看，因文字狱牵连甚广，流人间往往存在血缘关系，因此出现了较多的家族集体流放现象，尤以方家、查家最具典型。因此，在其流戍作品中，除常见的流戍之苦、思乡之情外，流放地域的变迁与感知、家族承续的责任感与成员间的依偎感，则成为此期流人创作的突出特点。

而纵观现有研究，目前关注点主要在方家及相关成员的流放上。如《清初三次遣戍黑龙江地区的桐城方氏一家》③《〈南山集〉文字狱案及桐城方氏向东北的遣戍》④《〈南山集〉案与桐城方氏文化世族的衰落》⑤等研究，乃着眼于史实层面，对方家遣戍的来龙去脉作了较为清晰的梳理；亦有《清桐城方氏家集〈述本堂诗集〉研究》⑥《〈南山集〉案代前期桐城文生究》⑦等，关注方家流放期间的集

---

① （清）和宁纂修：《三州辑略》，台湾成文出版社1968年版。本书所引用的曹麟开流戍诗歌皆出自于此。

② （清）蒋业晋：《立崖诗钞》，《清代诗文集汇编》编纂委员会编：《清代诗文集汇编》365，上海古籍出版社2010年版。本书所引用的蒋业晋诗歌皆出自于此。

③　李兴盛：《清初三次遣戍黑龙江地区的桐城方氏一家》，《求是学刊》1981年第1期。

④　李兴盛：《〈南山集〉文字狱案及桐城方氏向东北的遣戍》，《北方文物》1988年第2期。

⑤　张兵、张毓洲：《〈南山集〉案与桐城方氏文化世族的衰落》，《西北师大学报》(社会科学版)2009年第4期。

⑥　谷亚楠：《清桐城方氏家集〈述本堂诗集〉研究》，东北师范大学硕士学位论文，2019年。

⑦　张毓洲：《〈南山集〉案代前期桐城文生究》，西北师范大学硕士学位论文，2008年。

体创作，对其诗歌内容、家族精神、流戍情感作了归纳，惜多止于文本内容之总结，未能深入。另有《方登峄和他的边塞诗》①《清初卜奎流人方登峄诗歌的审美意蕴》②等，探索方登峄的流戍诗；亦有《方式济与〈龙沙纪略〉》③《方式济〈龙沙纪略〉研究》④等，探究方式济及其戍地方志，但皆未能充分结合二人的流放特点，揭示其在文字狱背景下的独特心理。此外，查氏一家也颇受关注，如《查嗣庭案与海宁查氏家族文学》⑤《查嗣庭文字狱案与海宁查氏文学世家的衰微》⑥《海宁查氏诗群与诗歌创作的家族化特征》⑦等论文，皆涉及其流戍作品。而其他流人如刘岩、曹麟开、蒋业晋等，因名气稍小，所受关注甚少，目前基本未有相关研究。

　　因此，着眼于文字狱盛行的特殊环境，结合遣戍地区显著的地域性、流放人员突出的家族性，本章在现有探索的基础上，以文字狱流人群体为研究对象，先从整体挖掘其共有的恐惧心理，再划分东北、西北两个区域，探究其因地域不同而形成的独特书写。

第一节　异域：流人的时空转换与恐惧感知

　　清代因文字狱流放的文人数量较多，而在清之前，亦有不少士人惨遭文祸，如魏晋颜延之被迫闭门七年，谢灵运惨遭杀害；唐代李白被赐金放还，刘禹锡、白居易则被贬戍播州与江州；又有宋之苏轼、黄庭坚诸人远徙南荒；明代之高启、孙蕡身首异处等。在前代诸多文祸中，明与清最相近，它们基本因统治者为强化君权而蓄意发起，两者的牵连广度、酷烈程度不相上下。但有明一代，因文字狱而获罪者，多以殒命为终，正如《中国文祸史》所述："在文字狱案的处置上，宋代常用贬斥的手段，到明代，便代之以屠刀、廷杖去杀害。"⑧因此，这些

①　王新第：《方登峄和他的边塞诗》，《岁月》2008 年第 3 期。
②　赵忠山：《清初卜奎流人方登峄诗歌的审美意蕴》，《学术交流》2012 年第 11 期。
③　张泰湘、吴文衔：《方式济与〈龙沙纪略〉》，《学习与探索》1979 年第 5 期。
④　薛欢雪：《方式济〈龙沙纪略〉研究》，东北师范大学硕士学位论文，2008 年。
⑤　张文：《查嗣庭案与海宁查氏家族文学》，南京师范大学硕士学位论文，2011 年。
⑥　张毓洲：《查嗣庭文字狱案与海宁查氏文学世家的衰微》，《西北师大学报》(社会科学版)2011 年第 2 期。
⑦　孙虎：《海宁查氏诗群与诗歌创作的家族化特征》，《名作欣赏》2017 年第 35 期。
⑧　胡奇光：《中国文祸史》，上海人民出版社 2006 年版，第 124 页。

涉事文人，很少留下与文字狱流放相关之作，这就难同清代流人形成心理比对。此种情况下，唐宋或是较好选择，但唐之文祸，严格来说并非真正的文字狱，文字狱进入自觉阶段，当以北宋苏轼之乌台诗案为标记；① 且宋代因文字狱而遭流贬之人不但数量颇多，② 且多留下相关诗文，尤以苏轼③、黄庭坚④、秦观⑤为代表，这就为剖析其心态提供了文本材料。借此，以宋代为参照，便可更好地透视清代文字狱流人的心理特征。

清龚自珍有诗云："避席畏闻文字狱"⑥，道出了在清统治者大兴文字狱的背景下，文人所共有的恐惧心理。从横向来看，与遗民、科场案等其他流人群体相比，"惊""惧""畏""恐""怯""怕"等词频频现于文字狱流人文本中，如"宛如逆水鱼，时时惊骇浪"⑦"惊魂幸粗定，结习久仍在"⑧"旅思攒今夕，更深

---

① 胡奇光：《中国文祸史》，第 46 页。

② 除了苏轼、黄庭坚、秦观三人外，还有车盖亭诗案中的蔡确，《嘉禾颂》案中的张商英，秦桧制造的文字狱中的吴师古、王庭珪、胡铨、李光等。

③ 苏轼在任湖州知州期间，因乌台诗案被流贬黄州达 5 年，即元丰二年（1079）至元丰七年（1084），此间作品收录在《苏轼诗集》《苏轼词编年校注》《苏轼文集》中，本书所引用的苏轼流贬诗歌基本出自（宋）苏轼撰，（清）王文诰辑注，孔凡礼点校：《苏轼诗集》，中华书局1982年版；流贬词作皆出自邹同庆、王宗堂著：《苏轼词编年校注》，中华书局 2002 年版。流贬文章皆出自（宋）苏轼撰，孔凡礼点校：《苏轼文集》，中华书局 1986 年版。

④ 绍圣元年（1094）十二月，黄庭坚在任鄂州知州期间，因《神宗实录》史祸，被流放至黔州（今重庆彭水），于元符元年三月离开（1098）此地，时长 3 年多。此间的作品主要收在《黄庭坚全集辑校编年》（郑永晓整理，江西人民出版社 2008 年版）第 743～799 页。又崇宁二年（1103）十二月，其在任主管洪州玉隆宫期间，所撰《承天寺塔记》被认为谤讪朝廷，因此遭流贬宜州（今广西宜山），崇宁四年（1105）死于此地，此间的作品主要收在《黄庭坚全集辑校编年》第 1240～1306 页。

⑤ 绍圣元年（1094）至三年（1096），秦观在任杭州通判期间，因《神宗实录》史祸而流贬至处州（今浙江丽水市）；绍圣三年（1096）至元符元年（1098），他又被蔡京等人从其诗作中罗织出"谒告写佛书"的罪名，流贬郴州（今湖南郴州市）。（宋）秦观著，周羲敢、程自信、周雷编注：《秦观集编年校注》，人民文学出版社 2001 年版卷十四（第 301～327 页）有收其流贬期间诗歌，卷三九（837～885 页）则主要收流贬词作，其他卷则有其部分流放文章。

⑥ （清）龚自珍著，王佩诤校：《龚自珍全集》《咏史》，上海人民出版社 1975 年版，第471 页。

⑦ （清）方登峄：《触感》，（清）方登峄、方式济、方观承、吴栻辰著，李兴盛整理：《述本堂诗集 宁古塔纪略》，第 187 页。

⑧ （清）方贞观：《方贞观诗集》卷三《与龚四叔度论诗六章时叔度将之官竹溪令·四》，《清代诗文集汇编》编纂委员会编：《清代诗文集汇编》244，第 183 页。

尚怕眠"①等诗句，恐惧已然成为他们突出的共性标签。而此种心理，同样表现在宋代文字狱流人作品中。那么，与前人相比，清代文字狱流人的恐惧体验有何不同呢？下面将从其流放的时空场域为切入点，通过整体的异域恐惧感知，以及细化的时空惊恐体验，并借助与宋人的心理比较，以管窥清代文字狱流人的独特心态。

一、危险场域：流人的惊恐与畏惧

在因文字狱流成异域后，宋流人无不感觉自己身处险境，囚困罗网，并由此滋生惊惧之感。苏轼流贬黄州期间有《水调歌头·昵昵儿女语》②，此词隐括韩愈名篇《听颖师弹琴》③，用其写琴声之法来描琵琶声。苏轼在继承韩愈写琴声之倏忽变化、跌宕起伏效果的同时，更将韩诗之"喧啾百鸟群，忽见孤凤皇。跻攀分寸不可上，失势一落千丈强"，变为"众禽里，真彩凤，独不鸣。跻攀寸步千险，一落百寻轻"，把"凤"的位置进一步孤立，同时愈加恶化其所处环境，以加剧跌落效果，从而凸显琵琶声的陡然下降。此处明写琵琶，暗则昭示诗人觉察自己身处险境的内心波澜。又黄庭坚谪居黔州，有《蚁蝶图》诗："胡蝶双飞得意，偶然毕命网罗。群蚁争收坠翼，策勋归去南柯。"④此诗讲述一对蝴蝶偶遇灾祸，群蚁甚喜，以为福运已至，哪知最后却是南柯一梦。全诗同情如蝴蝶般无辜被害之人，亦讽刺似蜘蛛般伺机博取利禄者。显然，作者于此乃以"蝴蝶"自比，本来仕途通畅，却被小人无端陷害，以致"偶然毕命网罗"，在抒发愤懑之时，亦表明自己身陷罗网之中，危险无处不在。这种身处险境的囚困，常激起宋流人的惊

---

① （清）刘岩：《大山诗集》卷三《秋夕》，《清代诗文集汇编》编纂委员会编：《清代诗文集汇编》198，第42页。

② （宋）苏轼著，邹同庆、王宗堂校：《苏轼词编年校注》上册，第323页《水调歌头·昵昵儿女语》：昵昵儿女语，灯火夜微明。恩怨尔汝来去，弹指泪和声。忽变轩昂勇士，一鼓填然作气，千里不留行。回首暮云远，飞絮搅青冥。

众禽里，真彩凤，独不鸣。跻攀寸步千险，一落百寻轻。烦子指间风雨，置我肠中冰炭，起坐不能平。推手从归去，无泪与君倾。

③ （宋）苏轼著，邹同庆、王宗堂校：《苏轼词编年校注》上册，第325页《听颖师弹琴》：昵昵儿女语，恩怨相尔汝。划然变轩昂，勇士赴敌场。浮云柳絮无根蒂，天地阔远随飞扬。喧啾百鸟群，忽见孤凤凰。跻攀分寸不可上，失势一落千丈强。嗟余有两耳，未省听丝篁。自闻颖师弹，起坐在一旁。推手遽止之，湿衣泪滂滂。颖乎尔诚能，无以冰炭置我肠。

④ （宋）黄庭坚著，郑永晓整理：《黄庭坚全集编年辑校》中册《蚁蝶图》，第768页。

惧。苏轼于黄州发出"忧患已空犹梦怕"①"少年多病怯杯觞"②"畏人默坐成痴钝，问旧惊呼半死生"③之叹，其中的"怕""怯""畏""惊"，皆直抒其惊惧之感。再如《定惠院寓居月夜偶出》④诗有三处写其惊恐："已惊弱柳万丝垂，尚有残梅一枝亚"，流人惊讶时光流逝，春天转眼即到；"不辞青春忽忽过，但恐欢意年年谢"，担心青春时光流走，欢乐也随即湮灭；"饮中真味老更浓，醉里狂言醒可怕"，害怕酒后醒来，还得面对眼前的一切。而如山谷之"悚仄悚仄！"⑤"亦恐士大夫之常情，畏窜逐之人音问至前"⑥，少游之"白发衰颜只自惊"⑦"拟待倩人说与，生怕人愁"⑧等，亦是传达身处异域险境的惊惧之情。

类似的情感在清文字狱流人踏入戍途之际，亦频繁出现。方贞观在《登舟感怀》⑨诗开篇即道："山林食人有豺虎，江湖射影多含沙。"前句渲染路途所经之山林乃凶险之地，豺狼虎豹横行于此，随时可能取人性命；与之相应，后句的"江湖"亦是危险场域，其可怕之处乃来自"射影多含沙"。此处所用的"含沙射影"之典，出自《搜神记》，即传说中名为蜮的动物，会在水中含沙喷射人的影子，使

① （宋）苏轼著，（清）王文诰辑注，孔凡礼点校：《苏轼诗集》卷二十《次韵前篇》，第1033页。

② （宋）苏轼著，（清）王文诰辑注，孔凡礼点校：《苏轼诗集》卷二十《次韵乐著作送酒》，第1043页。

③ （宋）苏轼著，（清）王文诰辑注，孔凡礼点校：《苏轼诗集》卷二一《侄安节远来夜坐三首·二》，第1095页。

④ （宋）苏轼著，（清）王文诰辑注，孔凡礼点校：《苏轼诗集》卷二十《定惠院寓居月夜偶出》，第1032页。

⑤ （宋）黄庭坚著，郑永晓整理：《黄庭坚全集辑校编年》中册《与宜春朱和叔书·二》，第775页。

⑥ （宋）黄庭坚著，郑永晓整理：《黄庭坚全集辑校编年》中册《与冯才叔机宜书四·三》，第1295页。

⑦ （宋）秦观著，周羲敢、程自信、周雷编注：《秦观集编年校注》上册卷十四《白鹤观》，第314页。

⑧ （宋）秦观著，周羲敢、程自信、周雷编注：《秦观集编年校注》下册卷三九《风流子·东风吹碧草》，第839页。

⑨ 出自《方贞观诗集》第179~180页，全诗内容为：山林食人有豺虎，江湖射影多含沙。未闻十年不出户，咄嗟腐蠹成修蛇。吾宗秉道十七世，雕虫奚足矜撑爬。岂知道旁自得罪，城门殃火来无涯。破巢自昔少完卵，焚林岂辨根与芽。举族驱作比飞鸟，弃捐陇墓如浮苴。日暮登舟别亲故，长风飒飒吹芦花。语音渐异故乡远，回头止见江天霞。呜呼赋命合漂泊，盘砢变化成虚槎。杀身只在南山豆，伏机顷刻铡阮瓜。古今祸福匪意料，文网何须说永嘉。君不见乌衣巷里屠沽宅，原是当时王谢家。

之生病，常用来比喻暗中讽刺、攻击或陷害他人之卑劣者。作者用此典故，是他身陷"江湖"险境后复杂心态的传达，既有对奸邪小人之厌恶，亦有害怕自己遭其中伤的担忧和畏惧心理。方登峰有诗句："检画避语阱，惕心蹈群趾。"①"语阱"即语言之陷阱，暗指恶语包围的危险场域，面对此环境，他小心翼翼以免陷入，提高警惕避免重蹈覆辙，同方贞观一样，亦是对因言获罪的畏惧。另其有"人如涉险崖，苍茫走迷雾"②"矧兹傀儡场……杀身只杯酒"③，"险崖""傀儡场"皆直指难寻出路、受人控制的险恶场域，并将作者的恐惧之情融于其中。此外，方登峰亦用典传达了此类情感，其《次答谈景邺，用少陵〈观画马图引〉韵见赠之作》④中有曰："绝交论广交不绝，邹阳字洒梁园血。我亦无端婴网罗，呼囚八九名同列。"第一句乃嵇康之典，用其与山涛绝交的刚直高洁之性，以表明自身行为的坦荡；又用嵇康被害后弹《广陵散》赴死的典故，以痛斥谗言之人。第二

① （清）方登峰：《咏怀八首·二》，（清）方登峰、方式济、方观承、吴木辰辰著，李兴盛整理：《述本堂诗集 宁古塔纪略》第128页，诗全文为：

咏怀八首（其二）

忧坐结孤影，岑寂自徙倚。愿言诵有客，相对破荒鄙。留客筹盘飧，囊涩乏蓄旨。

虽非惊座谈，沓咎移日晷。侧闻薄俗殊，吻颊生荆杞。检画避语阱，惕心蹈群趾。

不如返寥沉，秋阴闭篱枳。发咏蒙曳篇，缅怀凿坏子。

② （清）方登峰：《古诗二十首·十二》，（清）方登峰、方式济、方观承、吴木辰辰著，李兴盛整理：《述本堂诗集 宁古塔纪略》第111页，全诗为：

终古閟天机，灾福靳先露。人如涉险崖，苍茫走迷雾。京睦彻经理，转为杀身具。

朗朗郭弘农，身命不自顾。圣贤垂趋避，趋避何所据？持此问苍旻，愿言烛前路。

③ （清）方登峰：《古诗二十首·十三》，（清）方登峰、方式济、方观承、吴木辰辰著，李兴盛整理：《述本堂诗集 宁古塔纪略》第111页，全诗为：

危枝倒长风，其势安能久？清潭写鸟影，过目即乌有。矧兹傀儡场，恩怨等敝帚。

止水鉴衣冠，对人鉴可否。如何戈剑锋，在口不在手？伤哉灌仲孺，杀身只杯酒。

④ 此诗出自（清）方登峰、方式济、方观承、吴木辰辰著，李兴盛整理：《述本堂诗集 宁古塔纪略》第89～90页，全诗内容为：之一：楚水汤汤怜屈贾，杜陵郁郁悲卢王。千古才人失魂魄，犹怜唇吻供雌黄。谁为守黑谁知白？到处狂风兼霹雳。结绳以前万事无，一画初呈尚萧索。谈君载笔久不归，鼓翼欲向龙楼飞。

之二：

翠华南御选髦俊，珊瑚碧玉陈光辉。骅骝一出惊群骀，凌云给札笔吐花。虎观鸿儒随出入，书生遭遇人咨嗟。青云一掷忽堕地，谁为使者称黄沙？绝交论广交不绝，邹阳字洒梁园血。我亦无端婴网罗，呼囚八九名同列。君才骨是黄金骏，摛词染翰矜工稳。倡和题襟在若卢，知希迹似山林遁。识君不在长杨宫，识君不在招贤东。忽从患难订交好，人生梦寐将毋同。此生岂复谈儒宗，荒边老朽渔樵中。天子怜才君得释，一行归雁傅春风。

句则用西汉邹阳之典，邹阳为人诚实正直，到梁国后因羊胜、公孙诡谗言而下狱，后狱中上书历陈雄辩而被释，并成为梁园作家群的一员。方登峄用此典，即借以说明自己虽同邹阳一样惨遭陷害，却无法像邹氏那样得以脱离囚困之地。因此，作者在第三、第四句，则直接悲叹自己无辜身陷网罗，如同囚犯难以脱身。此外，方式济的"边山盘千林，郁郁苍烟里。岂无一枝栖？或畏众鸟诋。……百舌媚华春，慈乌困霜杞"①，刘岩的"无力脱置网，空呼铁脚名。跳梁贻后悔，拳爪谈今生"②"爰爰多狡兔，独尔似冥顽。……心惊乎网密，质误羽毛斑"③等，皆托物言志，把自己比作寒号之鸟、野外之鸡，遭众鸟诋毁、狡兔陷害，以致陷入山林之困局、铁网之险境，难以逃脱。如此险境，以致他们常发出"宛如逆水鱼，时时惊骇浪"④之叹，时刻神经紧张、高度警惕；甚至"尽知眠不稳，圆警亦徒劳"⑤"旅思攒今夕，更深尚怕眠"⑥，恐惧得难以入眠。

　　然而，同样是惊惧，宋清二朝流人的程度却不甚相同。"惊""惮""惧""恐""怯""怕""畏""栗""悸""骇"等词，皆表内心之惊恐，前7字在宋清流人作品中皆有出现，但频率不同，苏黄等人的诗词文中，常现"惊""恐"字眼，诸如"东风和冷惊罗幕"⑦"犹恐微言入梦魂"⑧"惊风鸿雁不成行"⑨"恐

---

①　（清）方式济：《寒号鸟二首·二》，（清）方登峄、方式济、方观承、吴棖辰著，李兴盛整理：《述本堂诗集 宁古塔纪略》，第 269 页。

②　（清）刘岩：《大山诗集》卷三《铁脚》，《清代诗文集汇编》编纂委员会编：《清代诗文集汇编》198，第 45 页。

③　（清）刘岩：《大山诗集》卷三《野鸡》，《清代诗文集汇编》编纂委员会编：《清代诗文集汇编》198，第 45 页。

④　（清）方登峄：《触感》，（清）方登峄、方式济、方观承、吴棖辰著，李兴盛整理：《述本堂诗集 宁古塔纪略》，第 187 页。

⑤　（清）方登峄：《垫枕》，（清）方登峄、方式济、方观承、吴棖辰著，李兴盛整理：《述本堂诗集 宁古塔纪略》，第 83 页。

⑥　（清）刘岩：《大山诗集》卷三《秋夕》，《清代诗文集汇编》编纂委员会编：《清代诗文集汇编》198，第 42 页。

⑦　（宋）苏轼著，（清）王文诰辑注，孔凡礼点校：《苏轼诗集》卷二一《四时词四首·一》，第 1092 页。

⑧　（宋）苏轼著，（清）王文诰辑注，孔凡礼点校：《苏轼诗集》卷二一《是日，偶至野人汪氏之居，有神降于其室，自称天人李全，字德通。善篆字，用笔奇妙，而字不可识，云，天篆也。与予言，有所会者。复作一篇，仍用前韵》，第 1105 页。

⑨　（宋）黄庭坚著，郑永晓整理：《黄庭坚全集辑校编年》中册《和答元明黔南赠别》，第 745 页。

谪籍之尘或玷污清望"①等；清人则以"惊""畏"居多，所谓"往事纷纷梦屡惊"②"惊涛旧梦怵纵横"③，以及"畏触凄凉只闭门，欹床破砚一炉温"④"岂无一枝栖？或畏众鸟诋"⑤等。可见两者之不同主要在"恐"与"畏"上。《说文解字》曰："恐，惧也。"⑥又《广雅·释诂二》："畏、恐……，惧也。"⑦《释诂四》道："畏，恐也。"⑧可知"恐""畏"在表惊惧情感上，程度相当。然而，"恐"更多强调忐忑不安的心理状态，"畏"除表害怕外，还有"敬畏"的情感倾向，是一种又怕又敬的复杂心理。另，"栗""悸""骇"三字，只见于清流人文本，可知两者相比，清人的恐惧情感更为多样化；且"骇"含有恐惧、惊吓诸义，其惊恐程度要强于其他词，表明清人的恐惧感更为强烈。可见，无论在恐惧情感的复杂性还是深度上，清人都更为凸显。而这种差别，则与两朝的时代背景息息相关。

（一）发动者身份的"臣"与"君"：文人恐惧情感复杂性的决定因素

宋清两朝文字狱诱因及主导者的不同，是决定流人恐惧情感复杂性的主要因素。宋朝诗文之祸较多，按原因可分为两大类，一因党争而起，包括乌台诗案、车盖亭诗案、《神宗实录》案、同文馆之狱等，苏门文人所涉的文字狱流贬案，皆属此类；二因权奸当政而致，如胡铨奏疏案、李光《小史》案、《江湖集》案等。此两者虽有原因上的不同，但其发起者往往是当朝得势之流，他们的身份并非君王，而是臣子，这就使文人在遭流贬时，因害怕政敌打击报复，而呈现出以"惊

① （宋）黄庭坚著，郑永晓整理：《黄庭坚全集辑校编年》中册《与王补之安抚简》，第795页。

② （清）查嗣瑮：《查浦诗钞》卷十二《上元夕观灯有感》，《清代诗文集汇编》编纂委员会编：《清代诗文集汇编》186，第618页。

③ （清）方登峰：《至卜魁城，葺屋落成，率赋十首·三》，（清）方登峰、方式济、方观承、吴振辰著，李兴盛整理：《述本堂诗集 宁古塔纪略》，第103页。

④ （清）方登峰：《闭门》，（清）方登峰、方式济、方观承、吴振辰著，李兴盛整理：《述本堂诗集 宁古塔纪略》，第93页。

⑤ （清）方式济：《寒号鸟二首·二》，（清）方登峰、方式济、方观承、吴振辰著，李兴盛整理：《述本堂诗集 宁古塔纪略》，第269页。

⑥ （汉）许慎著，（清）段玉裁注：《说文解字注》卷十九，第514页。

⑦ （清）王念孙著，钟宇讯点校：《广雅疏证》卷二下，中华书局1983年版，第62页。

⑧ （清）王念孙著，钟宇讯点校：《广雅疏证》卷四上，第118页。

恐"为主之情感。如乌台诗案，苏轼因与变法派政见不合，遭受排挤，便写下《山村五绝》《八月十五日看潮》《戏子由》等来讽刺新法，尤其在《湖州谢上表》中写道："知其愚不适时，难以追陪新进"①，公然表达他不与变法派合作之态度，由此，他成为新旧党争的牺牲品。后经入狱、审讯、追查，生死未卜的他一日数惊，甚至在误接远亲送来的熏鱼后，以为必死无疑，发出了"梦绕云山心似鹿，魂飞汤火命如鸡"②的惊恐绝望之哀叹。在被免死谪居黄州后，他仍惊魂未定，害怕政敌报复会牵连家人，因而写下《闻子由为郡僚所捃恐当去官》一诗："我已无可言，堕甑难追悔。子虽仅自免，鸡肋安足赖。低回畏罪罟，黾俛敢言退。……时哉归去来，共抱东坡耒。"③诗中表达了对弟弟苏辙的担忧，希望他退却官场以明哲保身。而黄庭坚在流贬书信中亦常写道："不敢数通书，恐谪籍之尘或玷污清望"④"不敢通书，恐罪人之垢玷污大斾之光辉"⑤，也表达了在党争环境下害怕牵连他人的惊恐心理。

但清廷却与之相异，其文字狱主要是帝王为强化皇权而主动发起。清朝入主中原后，朝代之更替，异族之统治，使深受"夷夏之防"观念影响的汉族士大夫难从心理上认同新朝，反清思想亦久久未能消弭。为控制思想言论，巩固皇权，统治者先后发动了庄廷鑨《明史》案、戴名世《南山集》案、吕留良案、徐述夔《一柱楼诗集》案；为了打击政敌，则发动了汪景祺《西征随笔》案、查嗣庭试题案、谢济世——陆生楠案等。其惩罚手段极为残酷，对主犯人员，死者如庄廷鑨、戴名世、吕留良、徐述夔等，开棺戮尸；生者如汪景祺、查嗣庭、陆生楠等，枭首示众，并将与之关联的大批人员发配充军。帝王拥有至高无上的权力，所谓"溥天之下，莫非王土。率土之滨，莫非王臣"⑥，作为帝国统治下的臣民，当他们

---

① （宋）苏轼撰，孔凡礼点校：《苏轼文集》卷二三《湖州谢上表》，第654页。
② （宋）苏轼著，李之亮笺注：《苏轼文集编年笺注 诗词附》第11册卷二九《梦中寄子由二首·一》，巴蜀书社2011年版，第535页。
③ （宋）苏轼著，（清）王文诰辑注，孔凡礼点校：《苏轼诗集》卷二十《闻子由为郡僚所捃，恐当去官》，第1171页。
④ （宋）黄庭坚著，郑永晓整理：《黄庭坚全集辑校编年》中册《与王补之安抚简》，第795页。
⑤ （宋）黄庭坚著，郑永晓整理：《黄庭坚全集辑校编年》中册《与李端中书二》，第809页。
⑥ （汉）毛公传，郑玄笺，（唐）孔颖达等正义：《毛诗正义》卷十三《小雅·谷风之什·北山》，（清）阮元校刻：《十三经注疏》（清嘉庆刊本），第444页。

受到来自帝王权力的直接威胁时，自然滋生出巨大的恐惧感。然而，君王本一国之主，深受君臣父子观念影响的士大夫，普遍对帝王深怀崇敬之情，因此，即使被惩处流放，他们还会在诗文中赞颂帝王恩德。如方登峄一家遭《南山集》案牵连被遣戍东北，在冰天雪地中，他依然写道："闻道南舟发，亲情许共操。零丁依骨肉，慰藉失风涛。野炬焚林阔，惊弦择木劳。形骸同日月，中外主恩高"①，感恩圣上让他们残存于世，并在塞外实现家庭的团聚；查嗣瑮亦发出祈求："九折陂前身独在，敢将恩重望生还"②，盼望英主恩典，自己得以生还故土。由此，便滋生出清代文字狱流人又怕又敬的复杂心态。

（二）统治者惩处的"宽"与"严"：文人恐惧程度的关键要素

宋清两朝相异的文化政策和惩罚力度，是流人恐惧感程度不同的主要原因。宋太祖恐武官造反，于是重文轻武，对文人采取优待政策，并立戒不杀士大夫。此举为文人提供了宽松的政治环境，民间更盛传"好铁不打钉，好男不当兵""满朝朱紫贵，尽是读书人"等谚语。从宋朝对文字狱的处理来看，大多将涉事文人降职、罢黜、流贬，极少处死。因而，此时的文人相当于免除了死亡恐惧之威胁，即使被流徙异域，依然有存活甚至回朝之希望，这就使其恐惧感进一步降低。如苏轼在乌台诗案中，因多人营救，终免一死，以检校尚书水部员外郎黄州团练副使安置。施救诸人中，王安石给宋神宗的劝谏理由乃圣朝不宜诛杀名士，这正是转述宋太祖"不杀士大夫"之戒。从苏轼流贬地点来看，黄州处长江边上，离北宋都城开封不远，还未脱离帝王视线范围，随时有遣调回来的可能，这也使苏轼在"惊起却回头"③的惊吓未定之余，还抱着"未甘为死别，犹恐得生归"④的

---

① （清）方登峄：《闻兄子世庄将至四首·二》，（清）方登峄、方式济、方观承、吴榱辰著，李兴盛整理：《述本堂诗集　宁古塔纪略》，第85页。

② （清）查嗣瑮：《查浦诗钞》卷十二《解之·二》，《清代诗文集汇编》编纂委员会编：《清代诗文集汇编》186，第619页。

③ （宋）苏轼著，邹同庆、王宗堂校：《苏轼词编年校注》上册《卜算子·缺月挂疏桐》，第275页。

④ （宋）苏轼著，（清）王文诰辑注，孔凡礼点校：《苏轼诗集》卷二一《伯父〈送先人下第归蜀〉诗云：人稀野店休安枕，路入灵关稳跨驴。安节将去，为诵此句，因以为韵作小诗十四首送之》之二，第1098页。

希望，此处的"恐"，不仅表"惊恐"，也应含有"恐怕"之意，带有未来实现的可能性，足见其并未完全绝望，其惊惧程度也只停留于普通的惊吓层面。

清廷则与之不同，明代以降，君主专制日益强化，至清则达顶峰。清廷设立军机处，实行文化专制，严格控制文人思想，尤其是对眷恋故明之汉族士大夫，轻则流戍，重则杀戮，其株连之广、惩罚之重，引起了文人的极大恐慌。在文字狱的处理上，帝王则借展示他人死亡，以达惩戒文人和激起恐惧之目的。以雍正朝的文字狱为例，雍正四年(1726)，江西正主考官查嗣庭因试题获罪，被判凌迟。虽然他已在狱中先行自杀，但雍正帝并未因此放过他，还将其开棺戮尸，枭首示众，其子十六岁以上判斩刑，十五岁以下遭流放。在此过程中，政治惩罚性尤为凸显。首先，就案件起因来看，雍正有述："查嗣庭向来趋附隆科多"①，可见试题乃借口，清除隆科多一派势力才是最终目的。其次，针对查嗣庭一家所采用的斩首、凌迟等刑罚，则是运用酷刑以达恐吓之目的。斩首是直接的生命剥夺，凌迟乃将人身上的肉一刀刀割去，慢慢肢解，折磨致死，俗称"千刀万剐"。沈家本曾指出："现行律例款目极繁，而最重之法亟应先议删除者，约有三事。一曰凌迟、枭首、戮尸"②，可见其残酷性。统治者运用这些刑罚，其关键在于通过对犯人的痛苦折磨，激起民众的恐惧感，从而实现掌控，雍正此举正是如此。另康熙帝在《明史》和《南山集》案中，将戴名世斩首，把庄廷鑨、方孝标开棺戮尸；乾隆帝在《字贯》案、一柱楼诗案里，把王锡侯一家判处满门抄斩、徐述夔及其子戮尸，皆是此惩处手段之运用。在整个惩罚过程中，生命的剥夺乃针对死者，但死亡的恐惧则是面对生者。因此，观看或耳闻文字狱处理结果的他们，无疑都在心里留下深刻的恐惧记忆，当他们苟存残生，踏上流戍之路时，这种恐惧不但不会消失，反而随时间延续而愈加强烈。

可见，因文字狱而流戍异域的流人，在恐惧情感上有相似之处，又存在显著差异。而这种同中有异，又具体表现在他们身处异域的时间和空间感知上。

---

① 郑天挺主编：《明清史资料》下，天津人民出版社1981年版，第146页。
② 沈家本：《寄簃文存》卷一，商务印书馆2017年版，第2页。

二、未知时间：流人的衰老惊惧与死亡恐惧

（一）时间的未知：帝王权力的操控与宋清流人的惊恐

流放所带来的时间未知，是滋生宋清两朝流人惊惧情感的共同因素。时间是宇宙自然的永恒现象，在古代则作为权力之象征，《时间的观念》一书指出："时间就是权力，这对于一切文化形态的时间观而言都是正确的。谁控制了时间体系、时间的象征和对时间的解释，谁就控制了社会生活。"①因此，在古代中国，天文历法皆被皇家垄断，朝代的更替往往以年号为标志；在中世纪欧洲，计时方法由教会决定，时历从创世和基督教诞生算起，社会也遵照教会时间节律运转。以上种种，皆昭示了时间与权力之关系。而流放，正是帝王通过时间控制来施行权力的手段。首先，流放时间的长短，完全取决于当权者，对他而言是可控的，但对流人来说却是未知的。其次，与被判斩刑或凌迟相比，流放之特点还在于时间的漫长和不确定性。流人已在逼近灾难边界，但又不知何时到来，从而引起内心之惊惧。诚如茨威格所述："恐惧比惩罚还要坏，因为惩罚总算有了结局，不管怎么说，总比悬在那儿、比那种神经紧张的无尽无休的恐惧要好。"②海德格尔亦指出："有害的东西既为威吓的东西就还未近在身边，但它临近着。在这样临近而来之际，有害性毫光四射，其中就有威吓的性质。"③由此可知，统治者将与文字狱牵连之文人判处流刑，并非网开一面，而是通过延长其等待时间，并利用时间的未知性，加剧其惊惧心理。而此种心理，又因两朝社会环境的不同而有所差异。

（二）时间的流逝与逼近：宋人的衰老惊惧与清人的死亡恐惧

在宋清迥异的社会政治环境下，流人的时间惊惧感有所差别。宋人更多是时间流逝感，并由此引发人生易老、功业未成之悲叹。以苏轼为例，其谪居黄州后

---

① 吴国盛：《时间的观念》，中国社会科学出版社 1996 年版，第 121 页。
② ［奥］茨威格（S. Zweig）著，高中甫等译：《茨威格小说集》，百花文艺出版社 1982 年版，第 170 页。
③ ［德］海德格尔著，陈嘉映、王庆节译：《存在与时间》，商务印书馆 2018 年中文修订第 2 版，第 180 页。

作有《定惠院寓居月夜偶出》①：

> 幽人无事不出门，偶逐东风转良夜。参差玉宇飞木末，缭绕香烟来月下。江云有态清自媚，竹露无声浩如泻。<u>已惊弱柳万丝垂，尚有残梅一枝亚。</u>清诗独吟还自和，白酒已尽谁能借。<u>不辞青春忽忽过，但恐欢意年年谢。</u>自知醉耳爱松风，会拣霜林结茅舍。浮浮大甑长炊玉，溜溜小槽如压蔗。<u>饮中真味老更浓，醉里狂言醒可怕。</u>但当谢客对妻子，倒冠落佩从嘲骂。

诗中三次直接表达惊惧之感（画线部分），且皆与时间有关，第一句乃诗人惊讶于春来之速，未料到时节的更替早将世间换了新颜；第二句是对时间匆匆流逝、欢乐时光不再的惊恐；第三句则将时间分为饮酒醉中、酒醒之后两个时段，将二者相比，他渴望醉于酒中而惧怕醒来。综合全诗观之，作者平日不出门，与外界基本隔绝，而当他与自然接触时，才发现时间流逝的绝对性已在植物上留下痕迹。由此，他真切地感到时光之逝去，并叹息韶华不再，甚至愿长醉而不复醒，以逃避对时间流逝之惊惧。其《次韵前篇》②亦延续此种惊惧感，所谓"忧患已空犹梦怕"，这种情感的诱因，既出于"去年花落在徐州，对月酺歌美清夜。今年黄州见花发，小院闭门风露下"，即过往和现在的时间比对形成的心理落差；又与"忆昔还乡溯巴峡，落帆樊口高桅亚。长江衮衮空自流，白发纷纷宁少借"相关，即年轻气盛的少年光阴和鬓发衰微的老年时光对比下泛起的悲伤，其语意皆指向时间。再如其"酒醒不觉春强半，睡起常惊日过中"③，以及黄庭坚

---

① （宋）苏轼著，（清）王文诰辑注，孔凡礼点校：《苏轼诗集》卷二十《定惠院寓居月夜偶出》，第1032页。
② （宋）苏轼著，（清）王文诰辑注，孔凡礼点校：《苏轼诗集》卷二十《次韵前篇》，第1033页。全诗为：去年花落在徐州，对月酺歌美清夜。今年黄州见花发，小院闭门风露下。万事如花不可期，余年似酒那禁泻。忆昔还乡溯巴峡，落帆樊口高桅亚。长江衮衮空自流，白发纷纷宁少借。竟无五亩继沮溺，空有千篇凌鲍谢。至今归计负云山，未免孤衾眠客舍。少年辛苦真食蓼，老景清闲如啖蔗。饥寒未至且安居，忧患已空犹梦怕。穿花踏月饮村酒，免使醉归官长骂。
③ （宋）苏轼著，（清）王文诰辑注，孔凡礼点校：《苏轼诗集》卷二十《次韵乐著作野步》，第1037页。

"老色日上面，欢惊日去心"①"去国十年老尽、少年心"②，秦观"白发衰颜只自惊"③"十年梦、屈指堪惊"④等，皆是因时间流逝而引发的暮年将至、功业未成之悲叹。

相比之下，清人更多感到的是时间逼近感，即死亡节点的靠近，并由此引发其死亡恐惧。清代文字狱流人对时间逼近极为敏感，且看以下诗句：

秋风秋月秋花好，怕听词中字字秋。⑤
怪挟傲霜姿，翻畏寒霜早。⑥
适见春条绿，旋惊秋树红。⑦
旅思攒今夕，更深尚怕眠。⑧
树亦如人老，声惟畏听秋。⑨
将军山下猎，憭慄正秋分。⑩
一天秋惨慄，心绪怅微微。⑪

---

① （宋）黄庭坚著，郑永晓整理：《黄庭坚全集辑校编年》中册《谪居黔南十首摘乐天句·六》，第767页。

② （宋）黄庭坚著，郑永晓整理：《黄庭坚全集辑校编年》中册《虞美人·宜州见梅作》，第1256页。

③ （宋）秦观著，周羲敢、程自信、周雷编注：《秦观集编年校注》上册卷十四《白鹤观》，第314页。

④ （宋）秦观著，周羲敢、程自信、周雷编注：《秦观集编年校注》下册卷三九《满庭芳·晓色云开》，第841页。

⑤ （清）方登峄：《讷拙庵招集同人欢饮竟夜·四》，（清）方登峄、方式济、方观承、吴振辰著，李兴盛整理：《述本堂诗集 宁古塔纪略》，第182页。

⑥ （清）方式济：《无题》，（清）方登峄、方式济、方观承、吴振辰著，李兴盛整理：《述本堂诗集 宁古塔纪略》，第120页。

⑦ （清）方贞观：《方贞观诗集》卷三《登平水阁》，《清代诗文集汇编》编纂委员会编：《清代诗文集汇编》244，第184页。

⑧ （清）刘岩：《大山诗集》卷三《秋夕》，《清代诗文集汇编》编纂委员会编：《清代诗文集汇编》198，第42页。

⑨ （清）刘岩：《大山诗集》卷三《旅屋》，《清代诗文集汇编》编纂委员会编：《清代诗文集汇编》198，第44页。

⑩ （清）刘岩：《大山诗集》卷三《登野寺阁》，《清代诗文集汇编》编纂委员会编：《清代诗文集汇编》198，第44页。

⑪ （清）刘岩：《大山诗集》卷三《暮归》，《清代诗文集汇编》编纂委员会编：《清代诗文集汇编》198，第44页。

以上诗句所写季节皆为秋天，其心理可归结为"畏秋"心态，即害怕秋天这个时间点的到来。如所熟知，"秋"在古人心理区域中，往往充当悲愁意象，所谓"自古逢秋悲寂寥"①，从战国宋玉的"悲哉，秋之为气也！萧瑟兮草木摇落而变衰"②，到唐杜甫的"万里悲秋常作客，百年多病独登台"③，再到宋欧阳修之《秋声赋》，乃至近代郁达夫《故都的秋》，因秋而生悲，延绵相续接，使得"悲秋"成为中国文学一个重要母题。但与之相异，流人诗词更多呈现的是"畏秋"心理，即害怕秋天到来，其中深意颇值得探求。先从季节景象看，时值秋日，黄叶纷飞，百草凋零，万物肃杀，如此苍凉凄清之景，最易触动人心底的脆弱，勾起悲愁之绪。因此，历来文人悲秋，乃情有可原。但若从时间代序来看，秋天所处之位置较独特，其为近冬之季节。在甲骨文中，"冬"之形状为"◊"，乃一段绳子两头打上结，表示"终结"，此其初始意义。后被借来表"冬天"，即"冬，四时尽也"④，代表一年的结束。由此投射于万物，冬昭示生命终结，秋则表示向死亡靠近，即迟暮、衰老之时。

以此再反观流人的畏秋心理，自然明了：在时间一点一滴地流逝中，秋季时分来临，预示冬天逼近，即离生命终结愈来愈近。因此，流人身体的各部位都对"秋"呈现出恐惧状态，他们唯恐听到秋之声（"声惟畏听秋"），甚至害怕耳闻"秋"这一字（"怕听词中字字秋"）；他们恐惧看到秋之色，即使是鲜艳灿烂之红色，亦让其心头一惊（"旋惊秋树红"）；在秋天，他们的睡眠系统出现紊乱，常常惊恐得难以入睡（"更深尚怕眠"）；也是因为秋天，他们整个心绪都惆怅恐惧，难以安定（"一天秋惨栗，心绪怅微微"），可见其畏秋心理之深重。相比之下，到了冬天，他们的心情反而轻松许多，如"穷边人值穷冬夜，病枕萧萧夜漏声。风动薄衾灯半灭，月明残雪鼓三更"⑤"虽然阳气复，无奈岁凄凄"⑥"雪片大如

---

① （唐）刘禹锡著，瞿蜕园笺证：《刘禹锡集笺证》卷二六《秋词二首·一》，第829页。
② （战国）宋玉著，（宋）朱熹撰，蒋立甫校点：《楚辞集注》卷六《九辩》，第116页。
③ （唐）杜甫著，萧涤非主编：《杜甫全集校注》第9册卷十七《登高》，第5092页。
④ （汉）许慎著，（清）段玉裁注：《说文解字注》卷二二，第571页。
⑤ （清）方登峰：《病枕》，（清）方登峰、方式济、方观承、吴振辰著，李兴盛整理：《述本堂诗集 宁古塔纪略》，第143页。
⑥ （清）刘岩：《大山诗集》卷三《冬至·之一》，《清代诗文集汇编》编纂委员会编：《清代诗文集汇编》198，第47页。

巾，微阳说渐伸。贺冬循汉记，守岁学唐人"①等，这些诗中虽不免流露失望、凄凉之感，但却无秋天时节的恐惧。这种心态的转变，或许如精神病学家安东尼·凯姆宾斯基所指出的："说到底，恐惧感不过是对正在到来的可怕事件的一种独特准备，而当这一时刻到来时，恐惧就失去了自身的意义。从可怕情境中挣脱以后，就会出现轻松、休息、凯旋、战胜危险的心理状态或者干脆就是成功摆脱灾难的满足感。"②因此，冬天——死亡的季节，当它真正到来时，反而让流人长久焦虑的等待得以实现，并由内心之满足感滋生出暂时的安定感，甚至还因"阳气复""微阳说渐伸"之冬景，萌生出一缕新的希望。

(三) 时段与时刻：宋人的生命荒废感与清人的生命剥夺感

此外，宋人所感觉的流逝时间，属时间概念中的"时段"范畴，清人所觉察的逼近时间，乃指"时刻"，由此也催生了他们在时间恐惧中的不同体验：前者为荒废感，后者为剥夺感。在人们常说的"时间"概念中，包含"时刻"和"时段"二义，它们皆以秒、分、时、日等为单位，但"时刻"指事情发生的那一瞬间，如康熙十八年五月十一日凌晨；而"时段"则指两个时刻间的间隔，又称为"时距"，如康熙十八年至二十一年之间的三年时长。以此观之，宋代文字狱流人的时间概念，明显属于"时段"，如"睡起常惊日过中"③"欢惊日去心"④"但恐欢意年年谢"⑤"十年梦、屈指堪惊"⑥等，其中所用的"日""年"乃至"十年"，皆属一段时间。从时间特性来看，宇宙自然的时间流逝是绝对的，延续而无止境，但就

---

① （清）刘岩：《大山诗集》卷三《冬至·之二》，《清代诗文集汇编》编纂委员会编：《清代诗文集汇编》198，第47页。

② 转引自［俄］尤里·谢尔巴特赫：《恐惧感与恐惧心理》，华文出版社2008年版，第155页。

③ （宋）苏轼著，（清）王文诰辑注，孔凡礼点校：《苏轼诗集》卷二十《次韵乐著作野步》，第1037页。

④ （宋）黄庭坚著，郑永晓整理：《黄庭坚全集辑校编年》中册《谪居黔南十首摘乐天句·六》，第767页。

⑤ （宋）苏轼著，（清）王文诰辑注，孔凡礼点校：《苏轼诗集》卷二十《定惠院寓居月夜偶出》，第1032页。

⑥ （宋）秦观著，周义敢、程自信、周雷编注：《秦观集编年校注》下册卷三九《满庭芳·晓色云开》，第841页。

生命个体而言，它却是有限而短暂的，所谓"哀吾生之须臾，羡长江之无穷"①，即人生有限、宇宙无穷。因此，如何利用有限的生命时间，便成了人生的重要主题。而深受儒家思想影响的士人，往往渴望通过入仕来实现兼济天下的理想。苏轼等人亦是如此，他们深怀济世之愿，并通过科考、入仕以期实现。然而，这一切都在他们遭流放时按下了暂停键，因为文字狱，苏轼、黄庭坚、秦观等人分别从湖州知州、鄂州知州、杭州通判的官位跌落，谪居黄州、黔州、处州，他们心怀抱负却无处施展。在他们流戍期间，时间依然川流不息，政治活动仍在继续，并不会因他们的遭戍而停止，反而是他们被时间抛弃，失去了自我实现的机会。因此，苏轼不禁遥想周瑜当年"小乔初嫁了，雄姿英发。羽扇纶巾，谈笑间、樯橹灰飞烟灭"②的场面，周公瑾年仅33岁，就已赢得赤壁之战，建功立业，而自己年已45岁，却谪居戍地，"早生华发"，在对比中表达其老大未成、功业未就的忧愤之情，并滋生出身处戍所而无法施展理想的生命荒废感。黄庭坚亦在时间流淌中，感叹"老色日上面""去国十年老尽、少年心"，年近衰老而无建树。纵观古代历史，士人因时间流逝而引起的生命荒废感普遍存在，尤以流放文人凸显，如流放之祖屈原就多次慨叹"汨余若将不及兮，恐年岁之不吾与"③"老冉冉其将至兮，恐修名之不立"④，表现出对生命迟暮、功名未就的担忧；唐代流贬岭南之刘禹锡、柳宗元诸人，亦发出"呜呼！以不驻之光阴，抱无涯之忧悔。当可封之至理，为永废之穷人"⑤"少时陈力希公侯，许国不复为身谋。风波一跌逝万里，壮心瓦解空缧囚"⑥的感叹。⑦可见宋人的生命荒废感，是流人的普遍心态，若用马斯洛需求层次理论来解读，则属其中的第四、五层次，即其社会尊重

---

① （宋）苏轼撰，孔凡礼点校：《苏轼文集》卷一《赤壁赋》，第6页。

② （宋）苏轼著，邹同庆、王宗堂校：《苏轼词编年校注》中册《念奴娇·赤壁怀古》，第398页。

③ （战国）屈原著，（宋）朱熹撰，蒋立甫校点：《楚辞集注》卷一《离骚》，第8页。

④ （战国）屈原著，（宋）朱熹撰，蒋立甫校点：《楚辞集注》卷一《离骚》，第11页。

⑤ （唐）刘禹锡著，瞿蜕园笺证：《刘禹锡集笺证》卷十八《上中书李相公启》，第460页。

⑥ （唐）柳宗元著：《柳宗元集》卷四三《冉溪》，第1221页。

⑦ 参见尚永亮著：《唐五代逐臣与贬谪文学研究》，武汉大学出版社2007年版，第346~348页。

和人生理想未得实现之悲伤。

　　相比之下，清人所感到的时间则指具体时刻，并在接近死亡的恐惧中催生出强烈的生命剥夺感。清代文字狱流人的恐惧感，常在某一瞬间被激起，所谓"乍闻心战栗"①"声惟畏听秋"②，在听到声音的那一刻，就引起内心战栗；"到眼初弦月，惊心欲尽年"③"适见春条绿，旋惊秋树红"④，在看到眼前景象那一秒，心中便转为惊慌之感；"畏触凄凉只闭门"⑤"翻畏寒霜早"⑥，在触碰的一瞬间，就激起其畏惧感，可见其时间着眼之精细。而前文所述的"畏秋"心理，这个"秋"在文本中也只是一个时间点，而非整个季节长度。因此，对流人而言，时间的流走，即表明时间节点的到来，预示死亡的逼近，由此催生出流人难保其身的巨大恐惧感。此外，清代文化高压和官场腐败，已使诸多士人失去前贤之操守，清廷卖官鬻爵之举更是滋长贪污腐化之风。此时的士人，或同流合污，或独善其身，难再有唐宋文人"致君尧舜上，再使风俗淳"⑦的崇高政治理想。龚自珍有云："避席畏闻文字狱，著书都为稻粱谋"⑧，即道尽清代文字狱背景下，文人被恐惧笼罩，其著书立说也只为谋食保身之社会景象。由此，流人的需求也随即降低，变成了以食物、安全为基础的第一、二层次需求，一旦此两种最基本的生存需求都无法得到满足，其生命剥夺感便油然而生。由此可见，在特殊的政治背景下，清人催生出不同于以往文人的全新心理体验。

---

　　① （清）方登峄：《南舟》，（清）方登峄、方式济、方观承、吴桭辰著，李兴盛整理：《述本堂诗集　宁古塔纪略》，第96页。

　　② （清）刘岩：《大山诗集》卷三《旅屋》，《清代诗文集汇编》编纂委员会编：《清代诗文集汇编》198，第44页。

　　③ （清）方贞观：《方贞观诗集》卷三《泊六安神》，《清代诗文集汇编》编纂委员会编：《清代诗文集汇编》244，第180页。

　　④ （清）方贞观：《方贞观诗集》卷三《登平水阁》，《清代诗文集汇编》编纂委员会编：《清代诗文集汇编》244，第184页。

　　⑤ （清）方登峄：《闭门》，（清）方登峄、方式济、方观承、吴桭辰著，李兴盛整理：《述本堂诗集　宁古塔纪略》，第93页。

　　⑥ （清）方式济：《无题》，（清）方登峄、方式济、方观承、吴桭辰著，李兴盛整理：《述本堂诗集　宁古塔纪略》，第120页。

　　⑦ （唐）杜甫著，萧涤非主编：《杜甫全集校注》第1册卷二《奉赠韦左丞丈二十二韵》，第277页。

　　⑧ （清）龚自珍著，王佩诤校：《龚自珍全集》《咏史》，第471页。

三、失序空间：流人的恐惧与规避

在空间感知上，流人常察觉自己处于失序之所。宇宙自然中，时间与空间共同组成运动物质存在的两种基本形式，时间以流逝的绝对性凸显，而空间则有明显的序列特征，即有序性。这种空间序位意识，在中国古代的四位（东—西—南—北）、八位（在四位基础上添加东北—东南—西北—西南）等观念中，已有朴素呈现。对此，西方则表述得更为直接，如莱布尼茨曾明确指出："空间远不是一件实体，但它本身是某种本质。这就是共存物的序列"①，也正是这种序列，使物体"在共同存在的情况下有分布的可能"②，18 世纪南斯拉夫的数学家波希柯维奇也得出相似结论。可见，空间有一定方位，处在其中的物体，也有一定序列。所谓的"井然有序"，不但表示事件的正常运行，亦表明所处的空间环境在安全可控范围内。而一旦发生错乱，其中的动植物便会出现异常行为，以暗示其偏离正常空间秩序，甚至可能引向无法预测的后果，从而激起人们内心的慌乱和恐惧，如古代各种灾异现象。而遣戍异域的流人，常感觉自己身处阴森鬼魅的失序空间，进而引发恐惧之感。

（一）鬼魅阴间：空间失序与流人惊惧

流人踏入异域后，常感自己身处阴间，这种阴阳交错的空间失序感，往往激起其内心恐惧之感。在古人观念中，人类存活的场所是阳间，死后灵魂所在地为阴间，两者分属不同空间，各有其运行秩序，从而形成不同特点。前者明亮而充满生机，后者黑暗而死气沉沉，差别巨大，所谓阴阳相隔、人鬼殊途即是如此。然而，在流人的戍地书写中，阳间却常有阴森景象甚至鬼魂的出现。

表现之一，宋清流人笔下，戍地往往阴森诡秘并诱发其黑暗恐惧。秦观有《题郴阳道中一古寺壁二绝》，之一："门掩荒寒僧未归，萧萧庭菊两三枝。行人到此无肠断，问尔黄花知不知。"之二："哀歌巫女隔祠丛，饥鼠相追坏壁中。北客念家浑不睡，荒山一夜两吹风。"③此二诗乃秦观谪戍郴阳（今湖南郴州）道中所

---

① ［德］弗里德·威廉·莱布尼茨：《哲学基础教程》德文版 1904 年版，第 175 页。
② ［德］弗里德·威廉·莱布尼茨：《哲学基础教程》德文版 1904 年版，第 151 页。
③ （宋）秦观著，周義敢、程自信、周雷编注：《秦观集编年校注》上册卷十四《题郴阳道中一古寺壁二绝》，第 315 页。

作，第一首以"荒寒"为中心展开，"僧未归"三字，更强调此处乃无人之所，为全诗奠定阴森凄凉的情感基调；第二首则将景象进一步丰富，在这破败的古庙中，双耳所闻乃巫女夜半的哀凄之音，眼睛所见即饥鼠追走之景。如此，以"荒"起，并以"荒"终，便把戍地的阴森诡秘生动展现。另其《如梦令·遥夜沉沉如水》中"梦破鼠窥灯，霜送晓寒侵被。无寐，无寐。门外马嘶人起"①，《阮郎归·湘天风雨破寒初》中"湘天风雨破寒初。深沉庭院虚。……乡梦断，旋魂孤"②等，皆是如此。而这种阴森之景，在苏轼、黄庭坚两人的流放文本中亦常出现，如"村暗鸠妇哭"③"永思堂下草荒凉。……别夜不眠听鼠啮"④"群蛮坌入，戈盾成林。至于万死一生，不敢瞻前顾后"⑤等。

清代文字狱流人亦常觉自己处于幽黑昏暗的阴森空间中。他们遣戍东北后，走进了这样的空间："天容含日淡"⑥，天空投射下来的光线昏暗迷糊，即使有明火闪烁，也是"寒逼风狂夜火青"⑦，这些在荒野里的青色寒光，无半点暖意；随即凄风掠过，"野色度风阴"⑧"沙响凄风警"⑨"纸窗乍碎爪指痕，毡帷自卷阴霾扑"⑩，尘

---

①　（宋）秦观著，周义敢、程自信、周雷编注：《秦观集编年校注》下册卷三九《如梦令·遥夜沉沉如水》，第 847 页。

②　（宋）秦观著，周义敢、程自信、周雷编注：《秦观集编年校注》下册卷三九《阮郎归·湘天风雨破寒初》，第 848 页。

③　（宋）苏轼著，（清）王文诰辑注，孔凡礼点校：《苏轼诗集》卷二十《二月二十六日，雨中熟睡，至晚，强起出门，还作此诗，意思殊昏昏也》，第 1040 页。

④　（宋）黄庭坚著，郑永晓整理：《黄庭坚全集辑校编年》中册《宜阳别元明用觞字韵遍》，第 1268 页。

⑤　（宋）黄庭坚著，郑永晓整理：《黄庭坚全集辑校编年》中册《代宜州党皇城遗表》，第 1298 页。

⑥　（清）方登峄：《立秋》，（清）方登峄、方式济、方观承、吴桭辰著，李兴盛整理：《述本堂诗集 宁古塔纪略》，第 139 页。

⑦　（清）方登峄：《夜大风忆观永》，（清）方登峄、方式济、方观承、吴桭辰著，李兴盛整理：《述本堂诗集 宁古塔纪略》，第 126 页。

⑧　（清）方登峄：《立秋》，（清）方登峄、方式济、方观承、吴桭辰著，李兴盛整理：《述本堂诗集 宁古塔纪略》，第 139 页。

⑨　（清）方登峄：《咏怀八首·三》，（清）方登峄、方式济、方观承、吴桭辰著，李兴盛整理：《述本堂诗集 宁古塔纪略》，第 128 页。

⑩　（清）方登峄：《大风》，（清）方登峄、方式济、方观承、吴桭辰著，李兴盛整理：《述本堂诗集 宁古塔纪略》，第 188 页。

沙飞扬，凄厉作响，周围一片阴暗。在此，人的痕迹几乎消失："马鸣四野空"①
"夜与天俱静，周围森森殿影重"②，周围阴森荒凉，使人毛骨悚然。其中又以刘
岩诗歌颇具典型性：

秋塞
芦荻响飕飕，萧条塞上秋。老禁沙碛气，屡恋木绵裘。黄叶荒屯树，寒
鸦古戍楼。牛羊归欲暮，清漏夜悠悠。③

秋日过道院见杂花草
古观木萧森，寒芳满砌阴。蘼芜洞庭草，杜若沅湘心。寂历幽姿好，苍
茫秋气深。予怀愁渺渺，惟恐雪霜侵。④

山蛤
如蛙巧蛰身，石窍炼清真。夜吸蟾蜍魄，深惊蚑虱臣。皱皮形颇劣，蹯
腹气多嗔。用尔供南食，黄虬枉自神。⑤

以上三首皆是流人对戍地景象之描绘，给人的直接感觉便是凉意袭来、不寒而
栗，这种寒意的产生，主要在于诗中呈现的阴森画面。首先，从时间点来看，
作者或选择萧瑟秋天，或描写阴沉黄昏、黯黑深夜，就从整体上烘托出阴森的
氛围。接着，其所绘之植物，如黄叶树、萧森木、砌寒芳等，因其颜色之暗淡
和自身之萧条，让人寒意顿生；而如芦荻、蘼芜，则在历代文人的歌咏中，如

---

① （清）方登峄：《咏怀八首·三》，（清）方登峄、方式济、方观承、吴桭辰著，李兴盛
整理：《述本堂诗集 宁古塔纪略》，第128页。
② （清）方式济：《题道院》，（清）方登峄、方式济、方观承、吴桭辰著，李兴盛整理：
《述本堂诗集 宁古塔纪略》，第270页。
③ （清）刘岩：《大山诗集》卷三，《清代诗文集汇编》编纂委员会编：《清代诗文集汇编》
198，第43页。
④ （清）刘岩：《大山诗集》卷三，《清代诗文集汇编》编纂委员会编：《清代诗文集汇编》
198，第43页。
⑤ （清）刘岩：《大山诗集》卷三，《清代诗文集汇编》编纂委员会编：《清代诗文集汇编》
198，第46页。

"枫叶荻花秋瑟瑟"①"故垒萧萧芦荻秋"②"绕云恨起山蘼芜"③"蘼芜白芷愁烟渚"④等，逐渐积淀为悲凄的文化意象，它们的出现，无疑增添了环境的凄清之感。再者，其所现之乌鸦、蟾蜍、蚔虱等动物，皆具活动于阴暗环境之习性，乌鸦乃凶兆之象，所谓"乌鸣地上无好声"⑤；蟾蜍以其夜行特性，象征阴月；蚔虱则因其寄生吸血之性，成为阴暗卑琐小人的象征。因此，这些预示灾祸、黑暗、阴险的动物齐聚戍地，自然使人恐惧战栗。

可见，流放地的阴森环境，构成了与阴间相似的空间。这种阴间在阳间的出现，标志着空间的失序，从而唤起流人的恐惧。黑暗，往往意味着邪恶与死亡，基于远古记忆的留存，人类对黑暗之恐惧仿佛是一种天生的本能，始终相伴。而戍地常见的"暗""阴""日淡"等景象，皆是光线昏暗之表现。昏暗虽不等于"黑"，却是一种接近"黑"的状态，当流人身处其中，被迫慢慢靠近"黑"的过程，相当于渐渐逼近死亡空间，内心的恐惧之感自然显现。

表现之二，流人描绘的戍地是鬼魂频繁出没之所。以宋人为例，在秦观的《题郴阳道中一古寺壁二绝》中，"巫女"的出现本身就带有鬼魅色彩，古祠周围乃一片荒山，夜半有巫女哀歌，不知是人是鬼。而谪居黔州、宜州的黄庭坚，在给友人的信件中，常将戍地称为"魑魅"，如"屏弃不毛之乡以御魑魅"⑥"某去国八年，重以得罪，来御魑魅"⑦，并在诗中频频提及："我已魑魅御，君方燕雀俱"⑧"我今御魑魅，学打衲僧包"⑨"知君不是南迁客，魑魅无情须早回"⑩。

① （唐）白居易著，顾学颉校：《白居易集》卷二十《琵琶引》，第 242 页。

② （唐）刘禹锡著，瞿蜕园笺证：《刘禹锡集笺证》卷二四《西塞山怀古》，第 669 页。

③ （唐）庄南杰：《春草歌》，（清）彭定求等编：《全唐诗》第 13 册卷八八四，第 10062 页。

④ （宋）张孝祥著，徐鹏校点：《于湖居士文集》卷三三《踏莎行》，第 323 页。

⑤ （唐）段成式撰，曹中孚校点：《酉阳杂俎》卷十六，上海古籍出版社 2012 年版，第 94 页。

⑥ （宋）黄庭坚著，郑永晓整理：《黄庭坚全集辑校编年》中册《与太虚》，第 778 页。

⑦ （宋）黄庭坚著，郑永晓整理：《黄庭坚全集辑校编年》中册《答王观复》，第 797 页。

⑧ （宋）黄庭坚著，郑永晓整理：《黄庭坚全集辑校编年》中册《再次（杨明叔）韵》，第 765 页。

⑨ （宋）黄庭坚著，郑永晓整理：《黄庭坚全集辑校编年》中册《以椰子茶瓶寄德孺二首》之一，第 1253 页。

⑩ （宋）黄庭坚著，郑永晓整理：《黄庭坚全集辑校编年》中册《长沙留别（崇宁三年赴宜州贬所作）》，第 1240 页。

"魑"与"魅"皆以"鬼"为形旁，《左传·文公十八年》有载："浑敦、穷奇、梼杌、饕餮，投诸四裔，以御魑魅。"① 杜预注曰："魑魅，山林异气所生，为人害者。"② 又《史记·五帝本纪》集解引服虔云："魑魅，人面兽身，四足，好惑人，山林异气所生，以为人害。"③ 可见，"魑魅"并非一般的鬼，而是潜藏于山林中以害人为目之鬼怪，使人胆战心惊。

在清代流人呈现的空间中，鬼魅的出现更为频繁，流人的恐惧情感亦更为强烈。它们或直接出现："沙场听鬼泣"④"十三万人髑髅血"⑤；或化为土坟墓冢："青山埋白骨，到处丘与坟"⑥"古棺出黄土，朽骨化青氛"⑦"青冢沙枯草不春"⑧；或幻化为饮血动物，其中既有"皇皇啄屋复食肉，俨如鸮脑流琼卮"⑨的大鸟，亦有"夜吸蟾蜍魄，深惊蚘虱臣"⑩的山蛤，无处不在。在原始先民的思维中，人死之后，躯体虽被埋葬，鬼魂却仍飘荡人间，⑪ 它们也许会保佑生者，但更可能带来灾难，民间所谓的"厉鬼缠身"即是如此。且这种可能带来不幸的"鬼"，无影无形，难以捉摸，仿佛一种未知的神秘力量。于是，面对这种虚无

① （晋）杜预注，（唐）孔颖达等正义：《春秋左传正义》卷第二十《文公十六年》，（清）阮元校刻：《十三经注疏》（清嘉庆刊本），第355页。

② （晋）杜预注，（唐）孔颖达等正义：《春秋左传正义》卷第二十《文公十六年》，（清）阮元校刻：《十三经注疏》（清嘉庆刊本），第355页。

③ （汉）司马迁著，（南朝·宋）裴骃集解，（唐）司马贞索引，（唐）张守节正义：《史记》卷一《五帝本纪》，第38页。

④ （清）方登峰：《企喻歌辞·三》，（清）方登峰、方式济、方观承、吴桭辰著，李兴盛整理：《述本堂诗集 宁古塔纪略》，第157页。

⑤ （清）方式济：《塔山》，（清）方登峰、方式济、方观承、吴桭辰著，李兴盛整理：《述本堂诗集 宁古塔纪略》，第266页。

⑥ （清）方登峰：《企喻歌辞》之四，（清）方登峰、方式济、方观承、吴桭辰著，李兴盛整理：《述本堂诗集 宁古塔纪略》，第157页。

⑦ （清）方式济：《四通碑》，（清）方登峰、方式济、方观承、吴桭辰著，李兴盛整理：《述本堂诗集 宁古塔纪略》，第267页。

⑧ （清）方贞观：《方贞观诗集》卷三《送汪汉湘从军》，《清代诗文集汇编》编纂委员会编：《清代诗文集汇编》244，第185页。

⑨ （清）方登峰：《三鸟诗》，（清）方登峰、方式济、方观承、吴桭辰著，李兴盛整理：《述本堂诗集 宁古塔纪略》，第100页。

⑩ （清）刘岩：《大山诗集》卷三《山蛤》，《清代诗文集汇编》编纂委员会编：《清代诗文集汇编》198，第46页。

⑪ ［法］列维-布留尔著，丁由译：《原始思维》，商务印书馆1981年版，第297页。

缥缈而又无处不在的存在，人类不知何时何地会遭受灾害、被夺生命，甚至不知如何保护自己，这种极度的未知导致了极端的不安，进而催生出对鬼的巨大恐惧。所以，自"鬼"在人的思维体系中诞生以来，鬼怪传说故事便层出不穷，"怕鬼"也成了大多数人的共同心理。再反观清代流人笔下的鬼魂描写，他们周边随处可见白骨、土坟、棺木，昭示着此处曾历经众多死亡。流人行走在荒无人烟的阴森丛林中，仿佛看到淋漓鲜血（"十三万人髑髅血"①），隐约听到鬼的哭泣（"沙场听鬼泣"②），感觉鬼似乎就在身边（"闻鬼鬼为邻"③）。以上描写给人之感觉是鬼已离流人很近，它们虽未现身，却在若有若无地逼近流人，仿佛要将他们拉进亡魂集中的阴间，使其明知危险而无法摆脱，以致流人"老怀难遣梦魂宁"④"魂弱道路怯"⑤，胆战心惊而难以入眠。

（二）闭门：流人的规避空间与心灵家园

面对戍地阴森鬼魅的空间，流人往往采用"闭门"方式进行规避，使自己暂处所居的建筑空间中。依然以秦观的《题郴阳道中一古寺壁二绝》为例，此二诗描写了戍地环境的阴森鬼魅，诗中呈现出两个空间，一是外部空间：荒山、无人、哀歌、风吹，阴森荒寒；二是作者所处的建筑空间：古祠、庭菊、行人，虽也凄惨，但它是诗人流途的落脚点，且其中的人和植物还带有生命气息。这两重空间的暂时隔绝，乃是流人通过门的关闭来实现的。作者开篇即道"门掩荒寒僧未归"，借助"掩门"的方式，将阴森鬼魅之空间阻挡门外。接下来，诗人虽依旧难以入眠，但从"哀歌巫女隔祠丛"的"隔"字可知，流人暂未陷于鬼魅空间。此种"闭门"方式，在秦观及其他宋流人的文本中多次出现，如秦观之"风紧

① （清）方式济：《塔山》，（清）方登峄、方式济、方观承、吴桭辰著，李兴盛整理：《述本堂诗集　宁古塔纪略》，第 266 页。
② （清）方登峄：《企喻歌辞·三》，（清）方登峄、方式济、方观承、吴桭辰著，李兴盛整理：《述本堂诗集　宁古塔纪略》，第 157 页。
③ （清）方登峄：《述怀》，（清）方登峄、方式济、方观承、吴桭辰著，李兴盛整理：《述本堂诗集　宁古塔纪略》，第 81 页。
④ （清）方登峄：《夜大风忆观永》，（清）方登峄、方式济、方观承、吴桭辰著，李兴盛整理：《述本堂诗集　宁古塔纪略》，第 126 页。
⑤ （清）方登峄：《纪梦》，（清）方登峄、方式济、方观承、吴桭辰著，李兴盛整理：《述本堂诗集　宁古塔纪略》，第 90 页。

驿亭深闭"①，苏轼之"幽人无事不出门"②"十日春寒不出门"③"夜香烧罢掩重扃"④，黄庭坚之"因杜门已数月"⑤"杜门不与人事之日久矣"⑥等。其中的"闭""关""掩""杜"等闭门行为，已超出其本身的意义范畴，独具象征寓意。

门是建筑物的出入装置，也是对有限空间进行分割的实体，起着连接内外和保卫的双重作用。《说文解字》释"门"曰："闻也，从二户。象形。"⑦"闻"即听到，说明门是屋内屋外两重空间的重要连接，人们可由它获取对外界的认知。又《玉篇》称"人所出入也"⑧为门，进一步肯定其连通作用。又"门"的甲骨文为"𦳒"，即由两"𠂆"组成，"𠂆"即"户"之甲骨文字形，《说文解字》释"户"曰："户，护也。半门曰护。"⑨因此，由双"户"构成的"门"自然也含"护"之意，所谓"门，扪也，在外为人所扪摸也，障卫也"⑩"重门击柝，以待暴客"⑪，即是强调门的保卫作用。由此可见，门具有连通彼此又阻断保卫的双重功能，并分别通过"开门"和"闭门"来实现。"开门"，房屋向外界敞开门户，表示接纳、欢迎之意，如"河伯兮开门，迎余兮欢欣"⑫"蓬门今始为君开"⑬。"闭门"，又称"关门""杜门""掩门""掩扉"等，既表明主人自觉切断外界联系，传达着对外面空间的拒

---

①　(宋)秦观著，周羲敢、程自信、周雷编注：《秦观集编年校注》下册《如梦令·遥夜沉沉如水》，第847页。

②　(宋)苏轼著，(清)王文诰辑注，孔凡礼点校：《苏轼诗集》卷二十《定惠院寓居月夜偶出》，第1032页。

③　(宋)苏轼著，(清)王文诰辑注，孔凡礼点校：《苏轼诗集》卷二一《正月二十日，往岐亭，郡人潘、古、郭三人，送余于女王城东禅庄院》，第1078页。

④　(宋)苏轼著，(清)王文诰辑注，孔凡礼点校：《苏轼诗集》卷二一《四时词四首·三》，第1093页。

⑤　(宋)黄庭坚著，郑永晓整理：《黄庭坚全集辑校编年》中册《与唐彦道书二·二》，第776页。

⑥　(宋)黄庭坚著，郑永晓整理：《黄庭坚全集辑校编年》中册《与王泸州书十七·九》，第785页。

⑦　(汉)许慎著，(清)段玉裁注：《说文解字注》卷二三，第587页。

⑧　胡吉宣：《玉篇校释》3，上海古籍出版社1989年版，第1176页。

⑨　(汉)许慎著，(清)段玉裁注：《说文解字注》卷二三，第586页。

⑩　(清)王先谦撰：《释名疏证补》《释宫室》，上海古籍出版社1984年版，第280页。

⑪　(魏)王弼、韩康伯注，(唐)孔颖达等正义：《周易正义》卷第八《系辞下》，(清)阮元校刻：《十三经注疏》(清嘉庆刊本)，第168页。

⑫　(汉)王褒著，王洪林考译：《王褒集考译》，巴蜀书社1998年版，第9页。

⑬　(唐)杜甫著，萧涤非主编：《杜甫全集校注》第4册卷八《客至》，第2132页。

绝，同时亦宣告主人的自我防卫，两者融为一体。因此，决心归隐的陶渊明"白日掩荆扉"①"门虽设而常关"②，绝尘而去；进士不第的孟浩然"还掩故园扉"③，黯然离开。他们于尘世无法安顿的心灵，皆在闭门后找到诗意栖息的空间，即"独乐园中客，朝朝常闭门"④"载酒对棋无俗士，闭门高枕有闲人"⑤"半窗萝月独欹枕，满院松风常掩关"⑥等。可见，"闭门"呵护诗人的纯洁心灵，使其拥有与外界保持距离的空间，防止外部侵害和污染。

因此，当远戍荒蛮的流人身处阴森鬼魅空间，失序所带来的不安全感，使得他们常用"闭门"的方式，来实现对外界的暂时隔绝和自我保护。清流人亦不例外，方登峄有《夜大雨》诗：

> 暮雨莽不收，倒注入夜半。响发万弩齐，风力挟之乱。浩呼汹波涛，震荡倾霄汉。仓卒土室破，淋漓及枕幔。屡移榻不支，避地类奔窜。闭门不敢视，气夺膏芒散。号童击石火，涉水声过骭。颓塌在在闻，似触崩崖断。屋摇墙有声，孤舟江海畔。形骸归土木，生死须臾判。古人重畏压，捧身坿珪瓒。抚兹九死馀，当之何萦绊。太虚齐物理，嗒焉付空观。安此素位心，可以释严惮。隐几半成寐，优游待明旦。⑦

前面部分，从"暮雨莽不收"至"气夺膏芒散"，可知外部空间处于极度失序的状态：大雨倾盆，狂风怒号，波涛汹涌，以致房屋被破坏，床榻遭淋湿，凄惨无比。面对失控的外部空间，流人惊恐得"不敢视"，只能通过"闭门"这一行为，将杂乱

---

① （东晋）陶潜著，龚斌校笺：《陶渊明集校笺》卷二《归园田居·二》，上海古籍出版社1999年版，第77页。

② （东晋）陶潜著，龚斌校笺：《陶渊明集校笺》卷五《归去来兮辞》，第391页。

③ （唐）孟浩然：《留别王御侍维》，（清）彭定求等编：《全唐诗》第3册卷一六○，第1643页。

④ （宋）司马光著：《温国文正司马公文集》第1册卷十四《独乐园二首·一》，商务印书馆，第165页。

⑤ （宋）陈师道撰：《后山居士文集》卷一《寄寇元弼》，上海古籍出版社1984年版，第130页。

⑥ （宋）陆游著，钱仲联校注：《剑南诗稿校注》第4册卷二九《闲趣》，第1990页。

⑦ （清）方登峄等著，李兴盛整理：《述本堂诗集 宁古塔纪略》，第87~88页。

失序的空间暂时阻断，以保自身安全。虽然他之后也难以入睡，但至少能够暂且"安此素位心"。再如其"畏触凄凉只闭门"①"旗卷风鸣甲，沙枯火烧村。长歌送残日，曳杖掩柴门"②，以及刘岩的"商歌声惨淡，霜冷闭门天"③，也都借助"闭门"这一行为，将荒冷凄厉的外部空间拒之门外，实现自我的隔离和保护。

但是，宋清流人在运用"闭门"这一方式时，两者的侧重点又有不同。清人着力描写门内外的对比，以突出他们对外部空间的恐惧之深，对其而言，"闭门"乃主动的自我保护；而宋人在此方面并不明显，反倒于闭门后，常感无聊和孤独，对他们来说，"闭门"更多是无奈之举。如方登峄有《构小室成，适乱降，题以诗，并颜之曰葆素斋》诗：

之一

何地求精舍？茅椽结构新。一间天外屋，千劫梦中身。静对诗书老，闲留面目真。塞尘吹不入，闭户即桃津。

之二

扫径儿锄草，编篱手种花。砌繁春到眼，地净月流沙。听浪渔人枕，凌风燕子家。本来无一定，抱膝送年华。④

此二诗主要写戍地小屋建成后，流人的欣喜之情。对方登峄而言，葆素斋即其栖身之所，闭门后，尘土便可阻挡于外，屋内即变为桃花源，在此，家人可除草种花，欣赏春天的繁花景象。可见屋内屋外，是截然不同的两个空间。此外，他还有专门的《闭门》诗曰："畏触凄凉只闭门，欹床破砚一炉温"，亦通

---

① （清）方登峄：《闭门》，（清）方登峄、方式济、方观承、吴桭辰著，李兴盛整理：《述本堂诗集 宁古塔纪略》，第93页。

② （清）方登峄：《九月二十八日霜降》，（清）方登峄、方式济、方观承、吴桭辰著，李兴盛整理：《述本堂诗集 宁古塔纪略》，第127页。

③ （清）刘岩：《大山诗集》卷三《赠吴硕辅》，《清代诗文集汇编》编纂委员会编：《清代诗文集汇编》198，第45页。

④ （清）方登峄、方式济、方观承、吴桭辰著，李兴盛整理：《述本堂诗集 宁古塔纪略》，第105页。

过闭门分割出两个迥异的空间，外面寒冷凄凉，使人生畏；里面虽简陋，却有炉子增添温暖，为其提供了暂时的栖息之处。再如其"检画避语阱，惕心蹈群趾。不如返寥沉，秋阴闭篱枳"①"莫讶闭门久，开门何所之？杯纷蛇影动，人幻马头疑"②"冷巷闭门无客到，暖檐移榻向阳眠"③，还有方观承④的"闭门谢余凄，残毡喧夜读"⑤"门闭炊烟暖御风，家家灶火炕头红"⑥"自然成俯仰，一笑掩柴扉"⑦等，皆以"闭门"为界，把外部充满阴谋诡计的险恶空间隔绝，进入屋内平和温暖、友爱欢乐的场所，在此强烈对比中，更能突出流人对外部空间的恐惧。自此，"闭门"成为其主动或无意识的自我保护行为，所谓"不因风雨亦关门"⑧"不因佳节启柴关"⑨，"闭门"俨然成为一种习惯，不因外部变化而改变。

相比之下，宋人并没有如此强烈的内外空间对比观念，如秦观的《题郴阳道中一古寺壁二绝》中，"掩门"只是为他暂阻阴森荒寒的外部空间，而其所在的建

---

① （清）方登峄：《咏怀八首·二》，（清）方登峄、方式济、方观承、吴棱辰著，李兴盛整理：《述本堂诗集 宁古塔纪略》，第128页。

② （清）方登峄：《闭门》，（清）方登峄、方式济、方观承、吴棱辰著，李兴盛整理：《述本堂诗集 宁古塔纪略》，第134页。

③ （清）方登峄：《移居口号六首·六》，（清）方登峄、方式济、方观承、吴棱辰著，李兴盛整理：《述本堂诗集 宁古塔纪略》，第199页。

④ 方观承，字遐谷，方登峄之孙，方式济之子。其家以《南山集》狱遣戍齐齐哈尔时，他与兄观永，因年幼未曾同戍，侨寓金陵，时寄食僧舍。康熙五十四年（1715）春，他曾至卜魁省亲，居五年后离去。在式济与登峄相继离世后，又曾盗其父与祖父骸骨，徒步负入关。其于戍地往来与居住期间，作有诸多诗歌，苍凉悲绝。他虽未被判处流刑，但亲身体验了东北的流徙生活并加以记录，因此其诗作可称为广义上的流放作品。本章第二节还会引用其相关诗篇。

⑤ （清）方观承：《过讷拙庵先生问病，归途同顾山叔作》，（清）方登峄、方式济、方观承、吴棱辰著，李兴盛整理：《述本堂诗集 宁古塔纪略》，第324页。

⑥ （清）方观承：《卜魁竹枝词二十四首·二十三》，（清）方登峄、方式济、方观承、吴棱辰著，李兴盛整理：《述本堂诗集 宁古塔纪略》，第312页。

⑦ （清）方观承：《卜魁杂诗二十首·二》，（清）方登峄、方式济、方观承、吴棱辰著，李兴盛整理：《述本堂诗集 宁古塔纪略》，第301页。

⑧ （清）方登峄：《至卜魁城，葺屋落成，率赋十首·二》，（清）方登峄、方式济、方观承、吴棱辰著，李兴盛整理：《述本堂诗集 宁古塔纪略》，第103页。

⑨ （清）方登峄：《九日出郭报谒，归途值友人索饮》，（清）方登峄、方式济、方观承、吴棱辰著，李兴盛整理：《述本堂诗集 宁古塔纪略》，第117页。

筑空间亦"哀歌巫女隔祠<u>丛</u>，饥鼠相追坏壁中"，同样较为凄清；又如黄庭坚的"谢病杜门，粗营数口衣食，使不至寒饥，买地畦菜，已为黔中老农耳"①，闭门不出的他，所居处的内部空间并不像清流人那样充满欢声笑语，反而是躬耕田亩的艰辛。甚至闭门后，宋人有时会有苏轼"闭门独宿夜厌厌"②的无聊厌烦，或有黄庭坚"时作头眩，胫中痛，虽不妨寝饭，亦是老态渐出。因自杜门，不复与人间庆吊相接"③那样疾病缠身的痛苦，又或有秦观"风紧驿亭深闭……霜送晓寒侵被"④的凄冷之感。可见，对宋人而言，"闭门"更多是身处失序空间的无奈之举。

综上，因文字狱而流放异域的文人，都表现出一种恐惧感。然而，因政治环境相异，清流人的情感明显强于宋流人，并具体表现在因时间逼近而产生的死亡恐惧与生命剥夺之感，以及因空间失序而引发的强烈惊惧，从而主动采用闭门行为以规避危险的自保心理。以上种种，不仅是清代文字狱流人不同于宋人的特点，亦是其有别于遗民、科场案等流人群体的独特之处。

第二节　东北："流人"的"园林"重构与家风恪守

在东北流人，如方登峄、方式济、方观承等方家成员的戍地文本中，常出现类似"园林"的描摹与构建。园林是中国古代建筑的独特景观，其中又以江南园林最为人熟知，所谓"君到姑苏见，人家尽枕河。古宫闲地少，水巷小桥多"⑤，道尽其诗情画意、小巧精雅。这独有的园林之美，不仅散于江左一带的私家宅院，就连远戍东北的江南望族，亦在寒风萧索中，精心构建独特的微型审美空间，以期重现故乡园林景观之韵。那么，这些景观是如何凸显江南风韵的？流人

---

① （宋）黄庭坚著，郑永晓整理：《黄庭坚全集辑校编年》中册《与宜春朱和叔书二》之二，第775页。

② （宋）苏轼著，（清）王文诰辑注，孔凡礼点校：《苏轼诗集》卷二二《次韵子由种杉竹》，第1168页。

③ （宋）黄庭坚著，郑永晓整理：《黄庭坚全集辑校编年》中册《与王泸州书十七》之六，第784页。

④ （宋）秦观著，周義敢、程自信、周雷编注：《秦观集编年校注》下册卷三九《如梦令·遥夜沉沉如水》，第847页。

⑤ （唐）杜荀鹤：《送人游吴》，（清）彭定求等编：《全唐诗》第10册卷六九一，第6995页。

家族又是如何构建的？其中又暗藏着怎样的家族寄托呢？下面以方登峄一家为例进行探究。

一、东北园圃：江南园林的重现

流放东北的方氏一家，常常忙于园圃之事，所谓"晨兴营菜圃，倚杖短锄边"①"荷锄常自往，明月照白头"②，他们晨起晚归，躬耕田亩，以为家人提供口粮。但这田圃之地在他们眼中并非只是口粮之所，还是种花之地，正所谓"孙种花盈圃"③"种花兼种菜"④。这些花儿为戍所装点出别样韵味，花开之时，或屋前"粉葵舒艳绿堆麻，秋叶翻红压露斜"⑤，红花绿叶，相映成趣；或"篱影铺残月，花魂倚夕阳"⑥，园圃篱笆，月映花影；又或"枝枝疏柳映窗斜"⑦，窗前柳枝，疏影横斜，从屋到窗，其景象之风韵与江南园林的柔美之感愈来愈贴近。进入屋中，更是"瓶供小摘窗生艳"⑧，花儿娇小明艳，精致之感随即显露。可见，他们所注重的乃园中的审美体验，而此种柔美精巧之风格，与江南园林的风韵有着异曲同工之妙。

园林，其最初形式乃商周时期的"囿"，秦汉发展成"苑"，唐宋则转为"园"，至明清达到极盛。按地域划分，中国园林有北方、江南、岭南三种类型。北方园

---

① （清）方登峄：《雨二首·二》，（清）方登峄、方式济、方观承、吴棫辰著，李兴盛整理：《述本堂诗集 宁古塔纪略》，第138页。

② （清）方登峄：《秋圃二首·一》，（清）方登峄、方式济、方观承、吴棫辰著，李兴盛整理：《述本堂诗集 宁古塔纪略》，第142页。

③ （清）方登峄：《偶阅姚合〈武功县中诗〉，音调清越，节响自然，爱而拟之，并次原韵·四》，（清）方登峄、方式济、方观承、吴棫辰著，李兴盛整理：《述本堂诗集 宁古塔纪略》，第135页。

④ （清）方登峄：《治圃》，（清）方登峄、方式济、方观承、吴棫辰著，李兴盛整理：《述本堂诗集 宁古塔纪略》，第193页。

⑤ （清）方登峄：《斋前》，（清）方登峄、方式济、方观承、吴棫辰著，李兴盛整理：《述本堂诗集 宁古塔纪略》，第141页。

⑥ （清）方登峄：《过旧居》，（清）方登峄、方式济、方观承、吴棫辰著，李兴盛整理：《述本堂诗集 宁古塔纪略》，第204页。

⑦ （清）方登峄：《移居口号六首·五》，（清）方登峄、方式济、方观承、吴棫辰著，李兴盛整理：《述本堂诗集 宁古塔纪略》，第199页。

⑧ （清）方登峄：《至卜魁城，葺屋落成，率赋十首·四》，（清）方登峄、方式济、方观承、吴棫辰著，李兴盛整理：《述本堂诗集 宁古塔纪略》，第104页。

林受气候等因素影响，布局较封闭，显示出朴实厚重的刚健之美；江南园林因人口密集，范围偏小，又因河网密布，花木繁多，景致颇为精巧；岭南园林地处亚热带，炎热多雨，因此建筑物高大宽敞，且为适应当地人的生活习惯，往往充满世俗情趣。若按所属者身份，亦可分三种，帝王休憩娱乐之所乃皇家园林，规模宏大，富丽堂皇，如畅春园、圆明园、避暑山庄等；宗教活动之地往往形成寺庙园林，如苏州寒山寺、福州涌泉寺；贵族、商贾、士大夫所私有之处则是私家园林，其规模较小，素净淡雅，以闲适自娱、修身养性为主，私家园林始于两汉，至明清时期达到极盛，著名如北京恭王府，苏州拙政园、沧浪亭等。而方家之园圃，虽简单却不失精巧，它于一窗一瓶中集聚风景，其手法与"园之广不逾数亩，而曲折高下，断续相间，令人领略无尽"[1]，以及"拓地仅百弓，而宛得笠泽松陵之趣"[2]的江南私家园林之构法，异曲同工，在风格上也与之较为贴近。从这个意义上来看，方家园圃规模、巧妙程度不及真正的园林，却得其精髓，可以说是一种类园林构建和微缩再现。可见，方家的塞外风景营造，似乎意在重现曾经的江南私家园林景观。

这还可在其诗中得到验证，方登峰有《至卜魁城，葺屋落成，率赋十首》，乃方家徙居齐齐哈尔，用茅草建屋落成时所作，其中第四首曰：

> 盆花乞向先来客，畦菜遗从旧住人。除蔓荷锄斜日暖，护枝编席早霜新。
> 瓶供小摘窗生艳，薪剩亲携爨不贫。冷落秋风关塞梦，暂教眼带故园春。[3]

全诗皆言种花之事，开篇即道屋刚落成，花和菜皆从之前的住客得来，但其获得方式却有所不同，花乃"乞"来，菜乃"遗"留，一个"乞"字，就写出方氏一家对花儿的极度渴求。接下来，他们开始忙活：把园里的蔓草除去，把树木的枝丫修护一番，还将一些小花插在瓶中，使得窗台焕发出别样生机。最后，诗人道出他

---

① （清）徐乾学：《(民国)吴县志》卷三九上《依绿园记》，曹允源、李根源纂：《中国地方志集成 江苏府县志辑》第11册，江苏古籍出版社1991年版，第613页。

② （清）钱大昕著，陈文和整理：《嘉定钱大昕全集》第9册卷二一《西碶别墅记》，凤凰出版社2016年增订本，第332页。

③ （清）方登峰、方式济、方观承、吴桭辰著，李兴盛整理：《述本堂诗集 宁古塔纪略》，第103页。

们这样做的原因，乃是让自己身处东北冰寒之地，依然能暂且看到故园的春天景象。那这种故园独有的景象气息，具体指什么呢？方氏一家的诗歌进一步给出了答案。方登峰有《十五侄世庄贻花作瓶供》诗曰："折花贻我胆瓶双，注水披衣急晓窗。……香繁旧圃情如梦，老护残枝意满腔"，写侄子方世庄折花赠与他，他急忙将花儿插入瓶中，注水摆放于窗前，此时花香缭绕，竟让他仿佛梦回"旧圃"。"圃"乃种植花草的园子，结合方家所处的文化区域和园林的分布情况，可知"旧圃"更多指向故乡江南的园子。方家地处安徽桐城，属文化地理意义上的"江南"。江南园林历史悠久，自东周始便有苏州之梧桐园、嘉兴之会景园闻名于世；魏晋时期，随着晋室南迁，私家园林始见于苏州一带；南宋开始，造园之风兴盛，至明清达到高潮。明代何良俊曾记载嘉靖以来江南世家大族竞修园林之况："凡家累千金，垣屋稍治，必欲营治一园。若士大夫之家，其力稍赢，尤以此相胜。"①建筑学家童寯亦指出："吾国凡有富宦大贾文人之地，殆皆私家园林之所荟萃，而其多半精华，实聚于江南一隅。"②因此，方家所绘"横塘随意摘船游，城北园林景倍幽"③"裘敝秋风骑马地，饵香春水钓鱼湾"④之园林景象，不仅分布在横塘、城北，也出现在其叔父家中："偶携双屐到湖干，柳色荷香上小栏"⑤；同时也是其家中之景："故园杨柳绿鬖鬖，曾结青溪旧草龛"⑥"青溪水曲忆萧斋，花树丛檐竹映阶。邀客径边红雨落，望山楼外碧云排"⑦。可见，作为江南望族，方家同诸多江左世家一样，在家中别有一番园林之天地，花红柳绿，曲径通幽。而这种家

---

① （明）何良俊：《西园雅会集序》，（清）黄宗羲编：《明文海》卷三〇一，中华书局1987年版，第3109页。

② 童寯：《江南园林志》，中国工业出版社1963年版，第3页。

③ （清）方式济：《杂忆六首·五》，（清）方登峰、方式济、方观承、吴振辰著，李兴盛整理：《述本堂诗集 宁古塔纪略》，第226页。

④ （清）方式济：《杂忆六首·六》，（清）方登峰、方式济、方观承、吴振辰著，李兴盛整理：《述本堂诗集 宁古塔纪略》，第226页。

⑤ （清）方式济：《过鹤湄叔父松影轩》，（清）方登峰、方式济、方观承、吴振辰著，李兴盛整理：《述本堂诗集宁古塔纪略 》，第235页。

⑥ （清）方观承：《大父作〈塞居〉十首，叙曰："昔人有山居、村居、湖居诗，独不可为塞居诗乎？触目成辞，一慨亦一笑耳。"同大兄敬次原韵·十》，（清）方登峰、方式济、方观承、吴振辰著，李兴盛整理：《述本堂诗集 宁古塔纪略》，第321页。

⑦ （清）方登峰：《茸旧室为斋，赋长句落之·四》，（清）方登峰、方式济、方观承、吴振辰著，李兴盛整理：《述本堂诗集 宁古塔纪略》，第181页。

中的园林景象，也为其在塞外重现"园林"提供了景观源头。那具体而言，方家是如何利用有限的材料，实现江南景观的微观重建呢？下面将予以阐述。

二、从"花"到"园"：江南景观的重构

关于园林的构建，童寯曾指出造园之三要素："一为花木池鱼；二为屋宇；三为叠石"①，其中"园林无花木则无生气"②，且"有山水花木而无亭台楼阁的也可以是园林；反之，仅有亭台楼阁而无山水花木的几乎不算园林"③。这说明花木、屋宇、叠石乃园林的必要成分，三者之中，尤以山水花木为要，它们赋予园林景观生命力，是其灵魂所在。如杭州西湖的"柳浪闻莺"，正是柳树的大量种植，才能凸显"柳浪"；再如岳飞庙《精忠报国》的影壁下，杜鹃花浓郁鲜红的色彩，更好地传达了"杜鹃啼血"的哀思。方家得此精髓，对于园林之屋宇，刚到卜魁的他们，便忙着"覆草编茅屋数楹"④"救土诛茅手自营"⑤，亲自动手搭建茅屋，使身在塞外的他们有暂时容身之所，也为园林的构建提供了基本场所。对于园林之叠石，卜魁似无法提供此条件，方登峄在《木石谣》序中曰："墨尔根、艾浑、深山老树，为风雨所摧，卧地数年，辄变为石，……卜魁、墨尔根、艾浑皆无石，用以砺刀箭，甚利。"⑥即述当地本无石，所见之石乃由木老之后，与土结合而成。所以，东北之"假山"乃出于土，如方登峄在一次扫积土时，发现"土层叠之若山然"⑦，"亦有山根亦有峰，高低层叠夕阳中"⑧；其

---

① 童寯：《江南园林志》，第9页。

② 童寯：《江南园林志》，第10页。

③ 储兆文：《中国园林史》，东方出版中心2008年版，前言页第6页。

④ （清）方登峄：《至卜魁城，葺屋落成，率赋十首·一》，（清）方登峄、方式济、方观承、吴棣辰著，李兴盛整理：《述本堂诗集　宁古塔纪略》，第103页。

⑤ （清）方式济：《至卜魁城，葺屋落成，敬和家君元韵十首·一》，（清）方登峄、方式济、方观承、吴棣辰著，李兴盛整理：《述本堂诗集　宁古塔纪略》，第285页。

⑥ （清）方登峄：《木石谣》，（清）方登峄、方式济、方观承、吴棣辰著，李兴盛整理：《述本堂诗集　宁古塔纪略》，第176页。

⑦ （清）方登峄：《扫积阶土层叠之若山然》，（清）方登峄、方式济、方观承、吴棣辰著，李兴盛整理：《述本堂诗集　宁古塔纪略》，第191页。

⑧ （清）方登峄：《顾之而乐，再成一绝》，（清）方登峄、方式济、方观承、吴棣辰著，李兴盛整理：《述本堂诗集　宁古塔纪略》，第192页。

邻居逸叟则"窗下积土作假山，层层种花"①，利用土来堆积成假山。但方家似乎并不着意于此。园林乃"人类为自己营造的一个精致的空间"②，其形成的关键是"一卷代山，一勺代水"③，即将天地山水浓缩于咫尺之地。在造园过程中，明代造园家计成认为应"三分匠，七分主人"④，乃强调主人想法的首要地位，童寯则关注到匠人设计的重要性，所谓"自来造园之役，虽全局或由主人规划，而实际操作者，则为山匠梓人，不着一字，其技未传"⑤，两人的看法虽有差异，但皆存可取之处。就方家而言，主人和匠人合为一体，他们既是主导者（"主人"），也是施工者（"匠人"）。因而他们在造园过程中，不仅考虑到自身需求，还充分结合实际。在自然条件极为艰难的东北，屋舍材料只能源于茅草，且石头稀少难成叠山，对此，他们的重心基本放在造园的核心要素——花草的侍弄上，并着重于植物配置和借景手法的使用，来构建形似而神近的微缩江南园林。

在植物配置上，方氏一家从花的获取、采摘、种植到摆放，都颇为用心。造园之精髓贵在"虽由人作，宛自天开"⑥，体现在植物配置上，则以天然之花草为首选。然而，东北为荒寒之地，所谓"万里荒荒白"⑦，鲜花自是难觅，为此，他们多次出城郭至野外寻花，如"几度移花约未坚"⑧"郊花秋老但移根，筐载分携补断垣"⑨"野杏丛条杂乱荄，樵车寒折一枝来"⑩，一家人雅兴极高，不亦乐乎，将

---

① （清）方登峄：《逸叟窗下积土作假山，层层种花》，（清）方登峄、方式济、方观承、吴桭辰著，李兴盛整理：《述本堂诗集 宁古塔纪略》，第206页。

② 储兆文：《中国园林史》，前言页第1页。

③ （清）李渔著，江巨荣、卢寿荣校注：《闲情偶寄》《居室部》，上海古籍出版社2000年版，第220页。

④ （明）计成原著，陈植注释：《园冶注释》，中国建筑工业出版社1988年第2版，第47页。

⑤ 童寯：《江南园林志》，第7页。

⑥ （明）计成原著，陈植注释：《园冶注释》，第51页。

⑦ （清）方登峄：《夕阳》，（清）方登峄、方式济、方观承、吴桭辰著，李兴盛整理：《述本堂诗集 宁古塔纪略》，第140页。

⑧ （清）方登峄：《出郭移花二首·一》，（清）方登峄、方式济、方观承、吴桭辰著，李兴盛整理：《述本堂诗集 宁古塔纪略》，第106页。

⑨ （清）方登峄：《出郭移花二首·二》，（清）方登峄、方式济、方观承、吴桭辰著，李兴盛整理：《述本堂诗集 宁古塔纪略》，第107页。

⑩ （清）方观承：《卜魁竹枝词二十四首·五》，（清）方登峄、方式济、方观承、吴桭辰著，李兴盛整理：《述本堂诗集 宁古塔纪略》，第309页。

菊花、杏花以及各种不知名的野花采摘回来，移入家中。接下来，他们便开始种植和摆放。古典园林的花木种植常有几种方式，或"就山石旁点缀几株花草，更显风趣自然"①，或于路径两旁"种植带状花畦"②等。方家从实际情况和装饰角度着眼，有的将它们种在园圃中（"扫径儿锄草，编篱手种花③"），给予精心照料（"早暗倚待护花篱④"），时时担心花儿受寒而枯萎（"土床入夜气，骨冷火不温。起视手种花，委仆墙篱根⑤"）。有将它们植入盆中，形成盆景摆放。在江南园林景观中，盆景艺术乃其重要组成部分，其宗旨亦同于园林，以求在空间有限之盆盂中再现自然之美，如王羲之曾书曰："……. 敝宇今岁植得（莲花）千叶者数盆，亦便发花，相继不绝，今已开二十余枝矣，颇为可观。"⑥在此，莲花盆景对屋舍起到了极好的点缀效果。方家深谙其妙，并据屋舍特点和植物特性，选取菊花作为盆景，《花镜》指出："菊之操介，宜茅舍清斋，使带露餐英，临流泛蕊。"⑦前文已述，方家在戍地所住之屋舍，乃由茅草搭葺而成，因此菊花成为其室内盆景之首选。又考虑到菊之特性，如"草芙蓉"，即高丽菊，其"黄色，深浅类菊，叶似柳，含苞递放不绝，但畏霜云⑧"，于是方家将其移入室内盆中，"依人且伴房栊暖⑨"，为其提供更温暖的环境，从而呈现出"菊绽渐舒红⑩""催香暄照里，审色蕊含初⑪"的效果，花开繁盛且芬香四溢。但在花的摆设上，方家更

---

① 安怀起编：《中国园林史》，同济大学出版社1991年版，第112页。

② 安怀起编：《中国园林史》，第112页。

③ （清）方登峄：《构小室成，适乱降，题以诗，并颜之曰葆素斋·二》，（清）方登峄、方式济、方观承、吴桭辰著，李兴盛整理：《述本堂诗集 宁古塔纪略》，第105页。

④ （清）方式济：《至卜魁城，葺屋落成，敬和家君元韵十首·九》，（清）方登峄、方式济、方观承、吴桭辰著，李兴盛整理：《述本堂诗集 宁古塔纪略》，第286页。

⑤ （清）方式济：《八月十七日霜》，（清）方登峄、方式济、方观承、吴桭辰著，李兴盛整理：《述本堂诗集 宁古塔纪略》，第289页。

⑥ （清）严可均辑：《全晋文》上册卷二二，商务印书馆1999年版，第256页。

⑦ （清）陈淏子辑：《花镜》卷二，中华书局1956年版，第31页。

⑧ （清）方登峄：《移草芙蓉入盆》，（清）方登峄、方式济、方观承、吴桭辰著，李兴盛整理：《述本堂诗集 宁古塔纪略》，第106页。

⑨ （清）方登峄：《移草芙蓉入盆》，（清）方登峄、方式济、方观承、吴桭辰著，李兴盛整理：《述本堂诗集 宁古塔纪略》，第106页。

⑩ （清）方登峄：《菊绽》，（清）方登峄、方式济、方观承、吴桭辰著，李兴盛整理：《述本堂诗集 宁古塔纪略》，第118页。

⑪ （清）方登峄：《盆菊》，（清）方登峄、方式济、方观承、吴桭辰著，李兴盛整理：《述本堂诗集 宁古塔纪略》，第118页。

多是把花儿作为瓶供，将一两枝花插入瓶中，放于室内，简单方便，并独具"瓶供小摘窗生艳"①"悠然生意含茅屋"②"从容娱老眼，清净养愁胎"③的效果，既装点房屋又娱人心境，《婿崇如以荷花作瓶供》《十五侄世庄贻花作瓶供》《仲孙持花作瓶供》等诗篇皆述此事，可见方登峰之女婿、侄子、仲孙等皆乐于此，这是方家人最爱的植物摆放方式。

以上，方家完成了造园过程中的植物配置摆放。整体而言，他们自天然取物，顺其特性种植，且结合房舍特点摆放，简单又不失精巧，彰显着江南私家园林的独有风韵，这一特点或许在与前人的比较中更为凸显。就菊花的种植而言，最著名者当属陶渊明，他于乱世之中搭建自己的农舍田园（"方宅十余亩，草屋八九间"④），于此躬耕农桑，采种菊花（"园日涉以成趣"⑤"静念园林好"⑥），并留下诸多咏菊诗。从其"秋菊盈园"⑦"芳菊开林耀"⑧可知，他对菊花的种植乃是大规模进行的，以致满园皆是。因此，后人在构建关于他的想象时，呈现于脑海之中亦常是一片片灿烂的菊花，如清郑燮之"想因会得渊明性，烂熳黄花开一墩"⑨，这与方家的盆景种植、精细呵护相比，前者率真自然，后者精雕细琢。就处理方式来看，陶渊明重在"采摘"，所谓"采菊东篱下，悠然见南山"⑩"秋菊有佳色，裛露掇其英"⑪，他享受悠然采菊的过程，或在南山下，或于朝露时，怡然自得。所以，在后人想象中，渊明形象也更多与"采菊""折菊"关联，所谓

①　（清）方登峰：《至卜魁城，葺屋落成，率赋十首·四》，（清）方登峰、方式济、方观承、吴桭辰著，李兴盛整理：《述本堂诗集 宁古塔纪略》，第104页。

②　（清）方登峰：《仲孙持花作瓶供》，（清）方登峰、方式济、方观承、吴桭辰著，李兴盛整理：《述本堂诗集 宁古塔纪略》，第136页。

③　（清）方登峰：《婿崇如以荷花作瓶供》，（清）方登峰、方式济、方观承、吴桭辰著，李兴盛整理：《述本堂诗集 宁古塔纪略》，第86页。

④　（东晋）陶潜著，龚斌校笺：《陶渊明集校笺》卷二《归园田居·一》，第73页。

⑤　（东晋）陶潜著，龚斌校笺：《陶渊明集校笺》卷五《归去来兮辞》，第391页。

⑥　（东晋）陶潜著，龚斌校笺：《陶渊明集校笺》卷三《庚子岁五月中从都还阻风于规林·二》，第169页。

⑦　（东晋）陶潜著，龚斌校笺：《陶渊明集校笺》卷二《九月闲居》，第70页。

⑧　（东晋）陶潜著，龚斌校笺：《陶渊明集校笺》卷二《和郭主簿·二》，第130页。

⑨　（清）郑燮著、卞孝萱、卞岐编：《郑板桥全集》（增补本）第1册卷十四《花卉屏·菊花》，凤凰出版社2012年版，第444页。

⑩　（东晋）陶潜著，龚斌校笺：《陶渊明集校笺》卷三《饮酒·五》，第219页。

⑪　（东晋）陶潜著，龚斌校笺：《陶渊明集校笺》卷三《饮酒·七》，第224页。

"篱东菊径深，折得自孤吟"①。而方家显然更关注花的摆放，他们将其放置窗前，以呈现"窗明影亦疏"②之效果，或同芍药一样，将其"胆瓶注水待秋花"③，以供观赏。相比之下，陶渊明注重心灵享受的过程，而方家更关注审美效果。

在借景上，方家充分挖掘有限资源，巧妙利用邻借、应时而借的方式，扩展审美空间，以完善江南"园林"景观的构建。借景，乃造园过程中用来拓展空间、丰富内涵的常用方式，明代计成曾总结道："园林巧于'因''借'，精在'体''宜'"④，"夫借景，林园之最要者也。如远借、邻借、仰借、俯借，应时而借"⑤，既阐明了借景的重要性，也列举了借景的诸多方式。清代李渔亦在《闲情偶寄》中系统论述了"取景在借"⑥的思想。结合方家的"园林"构建来看，其主要运用邻借和应时而借之方式。

邻借，乃从空间角度着眼的借景方式，指间隔距离较短的借景。对此，计成曾述道："倘嵌他人之胜，有一线相通，非为间绝，借景偏宜；若对邻氏之花，才几分消息，可以招呼，收春无尽。"⑦可见邻家有好景，尽可充分借用，以达到更好的审美效果。方家善于巧借邻家之景，尤以与图逸叟家的互动最为典型。图逸叟，即图尔泰，满洲正黄旗，康熙时期曾任御史，因得罪权臣而被遣戍黑龙江。他于戍所同方家交好，双方既有诗歌之唱酬，更有花木之事的交流。在方登峰的笔下，逸叟是位善于经营花木并营建"园林"之士，在东北缺石的情况下，他用土堆叠，层层种花，营建出"几上堆峰影，檐前落晚风。亭高平野阔，径窄曲流通。远树藏云碧，层花叠雨红"⑧之景，亭台池水，花木相映，使得"秋风余

---

① （唐）杜牧著，冯集梧注：《樊川诗集》卷三《折菊》，上海古籍出版社 1962 年版，第 244 页。

② （清）方登峰：《盆菊》，（清）方登峰、方式济、方观承、吴振辰著，李兴盛整理：《述本堂诗集 宁古塔纪略》，第 118 页。

③ （清）方登峰：《向图逸叟乞野菊作瓶供》，（清）方登峰、方式济、方观承、吴振辰著，李兴盛整理：《述本堂诗集 宁古塔纪略》，第 199 页。

④ （明）计成原著，陈植注释：《园冶注释》，第 47 页。

⑤ （明）计成原著，陈植注释：《园冶注释》，第 247 页。

⑥ （清）李渔著，江巨荣、卢寿荣校注：《闲情偶寄》《居室部》，第 193~203 页。

⑦ （明）计成原著，陈植注释：《园冶注释》，第 56 页。

⑧ （清）方登峰：《逸叟窗下积土作假山，层层种花》，（清）方登峰、方式济、方观承、吴振辰著，李兴盛整理：《述本堂诗集 宁古塔纪略》，第 206 页。

艳满园花"①，满园熠熠生辉。从图逸叟诗"采择休嫌隔院遮"②和方登峄的"步近东邻御史家"③"感分幽韵及邻家"④可推知，二人比邻而居，图氏居于方氏东边，这就为方家的"园林"构建提供了很好的环境。方家从图尔泰那里借得菊花以作瓶供，装点屋舍，并感慨道："分得余芬来入座，好风不让短墙遮"⑤，感恩图氏所借之芬芳；更从图家"园林"借得满院好景："常向隔墙扶杖望，小亭深柳夕阳遮"⑥"掩映湘帘一瓮花，感分幽韵及邻家"⑦"东家双柳长过屋，轻阴绿漾清风起"⑧。一墙之隔的图家，庭院幽静、花木繁盛、杨柳依依，如同一幅江南图景，映在方家的庭院旁。于是，借着邻家好风景，方家东北"园林"的江南韵味更为浓厚。

　　方家造园的另一方式乃应时而借。自然界春夏秋冬的交替轮回、阴晴雨雪的气候变化，皆能改变园林空间之意境，从而影响人的视觉、听觉等感官体验。因此，借助一年中某个季节或一天中某个时刻的景观，如朝晖晚霞、星辰雨雾等天文气象，残荷夜雨、松海涛声等动态声音，能为园林增色不少，其中拙政园之"听雨轩""留听阁"便是典型。方家在建构江南园林时，亦用此手法，他们所借最多的乃夕阳景象，诗如"盆花乞向先来客……除蔓荷锄斜日暖"⑨，方家从旧客

　　①　(清)方登峄：《逸叟惠花，和韵见答，因再叠前韵谢之二首·一》，(清)方登峄、方式济、方观承、吴椟辰著，李兴盛整理：《述本堂诗集 宁古塔纪略》，第199页。

　　②　(清)方登峄：《逸叟惠花，和韵见答，因再叠前韵谢之二首·二》的原注，(清)方登峄、方式济、方观承、吴椟辰著，李兴盛整理：《述本堂诗集 宁古塔纪略》，第199页。

　　③　(清)方登峄：《向图逸叟乞野菊作瓶供》，(清)方登峄、方式济、方观承、吴椟辰著，李兴盛整理：《述本堂诗集 宁古塔纪略》，第199页。

　　④　(清)方登峄：《逸叟惠花，和韵见答，因再叠前韵谢之二首·二》，(清)方登峄、方式济、方观承、吴椟辰著，李兴盛整理：《述本堂诗集 宁古塔纪略》，第199页。

　　⑤　(清)方登峄：《向图逸叟乞野菊作瓶供》，(清)方登峄、方式济、方观承、吴椟辰著，李兴盛整理：《述本堂诗集 宁古塔纪略》，第199页。

　　⑥　(清)方登峄：《逸叟惠花，和韵见答，因再叠前韵谢之二首·一》，(清)方登峄、方式济、方观承、吴椟辰著，李兴盛整理：《述本堂诗集 宁古塔纪略》，第199页。

　　⑦　(清)方登峄：《逸叟惠花，和韵见答，因再叠前韵谢之二首·二》，(清)方登峄、方式济、方观承、吴椟辰著，李兴盛整理：《述本堂诗集 宁古塔纪略》，第199页。

　　⑧　(清)方式济：《双柳行》，(清)方登峄、方式济、方观承、吴椟辰著，李兴盛整理：《述本堂诗集 宁古塔纪略》，第287页。

　　⑨　(清)方登峄：《至卜魁城，葺屋落成，率赋十首·四》，(清)方登峄、方式济、方观承、吴椟辰著，李兴盛整理：《述本堂诗集 宁古塔纪略》，第103页。

中乞来盆花，映衬着天边温暖的夕阳，更显柔美动人，再如"几朵野花人影静，数行征雁夕阳秋"①"几枝红杏柴边插，一片夕阳牛背斜"②，落日余晖的和暖静谧，使园林中的花儿褪去稀疏与单调，独具简单清灵之感。此外，"细雨响疏帘，风入秋声邃"③则借细雨洒落帘子、秋风吹拂万物之声，来充实"园林"画面的内容。

由此，通过采摘异域花草，并巧妙运用植物配置和借景手法，方家完成了从"花"到"园"的"园林"设置，在设置理念上贴近故乡的园林（"类江南园林"），寄托了他们对江南的深深依恋，凸显其对故土的眷恋情结。然而，园林的设置并非限于简单欣赏，它的雅集功能使其在家族文学的交流互动中发挥着重要作用，即使远离江南故土，这些身处戍地的文人依然借助"园林"这一特殊场域，维持家族的诗风传承与文脉延续。

三、园中诗书：流人的家风恪守与文脉延续

建筑文化学研究者储兆文在《中国园林史》一书中指出："园林，是一个空间，人类为自己营造的一个精致的空间，在时间的流里，不断地向里面强加文明的因子，成为一个有形的物质的园和无形的精神的场。"④这启示我们在探究园林时，不仅要关注其构建，更要看到其背后的精神场域。罗时进在研究家族文学时，较早注意到园林环境对家族成员创作的影响，并具体论述了江南私家园林作为特殊场域，对其文学创作、精神情感所起之作用。⑤ 而后，受建筑学和美学的启发，张剑将"家族园林"作为一个约定化的结构性命题提出，并认为"以此为切入点，可以构成性研究家族园林与家族文学的复杂关系"⑥。因此，园林——这

---

① （清）方登峄：《至卜魁城，葺屋落成，率赋十首·十》，（清）方登峄、方式济、方观承、吴椷辰著，李兴盛整理：《述本堂诗集 宁古塔纪略》，第105页。

② （清）方登峄：《观承向樵车乞得杏花一枝，作瓶供》，（清）方登峄、方式济、方观承、吴椷辰著，李兴盛整理：《述本堂诗集 宁古塔纪略》，第192页。

③ （清）方登峄：《种麻诗》，（清）方登峄、方式济、方观承、吴椷辰著，李兴盛整理：《述本堂诗集 宁古塔纪略》，第140页。

④ 储兆文：《中国园林史》前言，第1页。

⑤ 罗时进：《地域·家族·文学 清代江南诗文研究》，上海古籍出版社2010年版，第103～128页。

⑥ 张剑：《宋代以降家族文学研究的理论、方法及文献问题》，《文学评论》2010年第4期。

个人为构建的场所，为探究家族文学提供了新的切入口。

从家族园林与文学的视角切入，可以发现方家在异地的"园林"构建，更多出于读书、唱和之需，此乃江南家族园林习气之延续。江左一带，家族园林常作为子弟读书、家庭教育之所，亦是亲属成员觞咏酬唱之地。如清代阳湖刘氏一家："昔年家园中红药数十丛，台树参差，栏杆曲折，与诸昆仲及同堂姊妹常聚集其间，分题吟咏"①，家族成员常聚园林，吟咏唱和，颇有竞技之趣；又如钱塘许氏家族："斋、轩、室皆有阁，具园林之胜，春秋佳日，觞咏于兹。所集名士如姚笙华(樟)、屠琴隖(倬)、胡以庄(敬)、家青士(乃济)、家玉年(乃毅)、家滇生(乃普)，诸先生排日清课，诸作皆载《鉴止水斋集》中。"②即同族文士常于园中集唱，子弟亦于此课读，所作之诗皆汇编成集。诸多例子不胜枚举，但可见家族园林课读唱和风气之盛。方家作为江南诗书望族，对此风气自是习以为常，以致远戍异域，依然延续不绝。早在顺治时期，因科场案而远戍宁古塔的方拱乾一家，就已通过异地江南"园林"的重构，为家族子弟的课读提供场所。方拱乾在其子方亨咸的书几上写道："称诗作画更临池。"③"池"乃园林构成要素之一，此句可说明"园林"之构建，对诗思画意的培养起陶冶作用。于是，在这个由花、木、窗等组成的简洁园林中，有方拱乾对儿辈的谆谆教导："勿言祸患枢，咎不关读书。勿恨遭逢苦，读书娱今古"④"端居饱食穷荒地，倘不读书更何事"⑤，即希望他们勿因灾祸和困难而耽误读书；有"及今一帙不敢闲，父子兄弟相与编磨砥砺，以送毡裘蓬庐之岁月"⑥之景象，父子兄弟聚在一起，谈论诗书，相互切磋；有"儿亨、章随同学诸子斋心礼斗"⑦之景，即方亨咸、方章钺就看法不同，互相辩论。可见在此家族"园林"中，读书作诗，蔚然

---

① (清)施淑仪辑：《清代闺阁诗人征略》卷五，上海书店 1987 年版，第 293 页。

② (清)许善长：《碧声吟馆丛书》，光绪戊寅碧声吟馆刻本。

③ (清)方拱乾著，李兴盛整理：《何陋居集 甦庵集》《书亨咸读书几上》，第 167 页。

④ (清)方拱乾著，李兴盛整理：《何陋居集 甦庵集》《玄成以读书几请，作歌书其面》，第 81 页。

⑤ (清)方拱乾著，李兴盛整理：《何陋居集 甦庵集》《书膏茂读书几上》，第 184 页。

⑥ (清)方拱乾著，李兴盛整理：《何陋居集 甦庵集》《书膏茂读书几上》，第 185 页。

⑦ (清)方拱乾著，李兴盛整理：《何陋居集 甦庵集》《儿亨、章随同学诸子斋心礼斗，喜而赋之》，第 176 页。

成风。

五十年后，同样远戍东北的方登峰一家，不但延续了家族园林课读之传统，更在此地互相唱和，将江南风气进一步发扬。茅舍初建时，方登峰就阐明了构建之目的，乃"静对诗书老，闲留面目真。塞尘吹不入，闭户即桃津"①，即将此室作为远离尘世的桃花园林，于此安心读书作诗，并将其命名为"葆素斋"。"素"即未染色的丝绸，《礼记》曰"纯以素"②，又《周易·履卦》"素履往，无咎"③，因此，方登峰所言"葆素"，即守住内心之原貌，勿为外物所扰。从家族视角观之，则示其恪守祖辈传统、家族习气，勿因外界改变。因此，他们所构之"园林"，亦同方家族辈一样，成为儿侄课读的理想场所，所谓"隔院分灯夜读书"④，方式济和方世庄等人能于此地隔坐庭院、静读诗书。

此外，他们在"园林"中精心种植和摆放的花朵，催生了潜藏心底之诗思，并激发了彼此间的诗歌唱和。如，移来草芙蓉时，方式济叹而作诗：

> 释草荒经漏，寒篱认菊黄。虚无秋岸水，零落塞天霜。聊作陶家径，难栽屈子裳。浮名托江国，谁与惜孤芳？⑤

草芙蓉为菊花之一类，零落塞外而不为人知，方式济对其感叹并深表爱怜，亦是悲叹自身流徙东北，无人赏析。方登峰看后，深会其意，乘兴而和诗一首：

> 花映东篱发，名传江国生。根枝怜异土，草木艳虚声。秋水何年影？严

---

① （清）方登峰：《构小室成，适乱降，题以诗，并颜之曰葆素斋·一》，（清）方登峰、方式济、方观承、吴振辰著，李兴盛整理：《述本堂诗集 宁古塔纪略》，第105页。

② （汉）郑玄注，（唐）孔颖达等正义：《礼记正义》卷四三《杂记》下，（清）阮元校刻：《十三经注疏》（清嘉庆刊本），第756页。

③ （魏）王弼、韩康伯注，（唐）孔颖达等正义：《周易正义》卷第二《履卦》，（清）阮元校刻：《十三经注疏》（清嘉庆刊本），第40页。

④ （清）方登峰：《听儿侄夜读》，（清）方登峰、方式济、方观承、吴振辰著，李兴盛整理：《述本堂诗集 宁古塔纪略》，第117页。

⑤ （清）方式济：《草芙蓉》，（清）方登峰、方式济、方观承、吴振辰著，李兴盛整理：《述本堂诗集 宁古塔纪略》，第287页。

霜此日情。黄金重颜色，冷落护柴荆。①

和诗一改唱诗的哀伤基调，将草芙蓉遗落塞外之情形，述成乃因怜惜东北荒土而作的选择，它在严霜中的凋落，亦是"化作春泥更护花"的款款深情。又如盆菊开放时，方式济作诗云：

> 盆菊瘦亦花，尺径缀钱小。荒地苦栽培，强说颜色好。忆从邻圃移，南阶溉昏晓。八月藏户牖，方法费询考。怪挟傲霜姿，翻畏寒霜早。煦育伴书帷，荣落愿长保。艳艳故园枝，忍性随边草。②

方登峄和《菊放甚小，式济作诗，依韵赋之》诗曰：

> 种花祝花蕃，花放惜花小。但说菊能开，秋绽枝头好。晨起对花坐，色带中原晓。溯根何处来？岁月昧稽考。年年苗瘦枝，偏爱寒风早。得天各有资，赢硕岂终保？悠然淡我心，心淡寄秋草。③

父子俩皆就菊花苞小而起兴，方式济由其花开，追溯栽培之法的失误，最后只能期盼盆菊坚忍度过寒冬，其中也暗含自身面对东北的艰难困苦，只能忍受度过。方登峄在诗的前面部分与之相似，但到第五句"年年苗瘦枝，偏爱寒风早"，笔锋一转，将方式济的"畏"改为"爱"，化被动为主动，写出菊花在冬天来时开放，乃其自己选择，并非无奈之举。而面对冰冷寒冬，亦无须动心忍性去抗拒和抵

---

① （清）方登峄：《儿济有〈草芙蓉〉诗，乘兴咏之》，（清）方登峄、方式济、方观承、吴栻辰著，李兴盛整理：《述本堂诗集 宁古塔纪略》，第 114 页。

② （汉）郑玄注，（唐）孔颖达等正义：《礼记正义》卷第四三《杂记》下，（清）阮元校刻：《十三经注疏》（清嘉庆刊本），第 756 页。（魏）王弼、韩康伯注，（唐）孔颖达等正义：《周易正义》卷二《履卦》，（清）阮元校刻：《十三经注疏》（清嘉庆刊本），第 40 页。（清）方登峄、方式济、方观承、吴栻辰著，李兴盛整理：《述本堂诗集 宁古塔纪略》，第 119~120 页。

③ （清）方登峄、方式济、方观承、吴栻辰著，李兴盛整理：《述本堂诗集 宁古塔纪略》，第 119 页。

御，只需按本性随遇而安，悠然淡泊，自能超越。作者于此，亦借之表达自己面对苦难而处之泰然的心态。

以上两组诗歌，皆因菊花起兴，相互唱和。父亲不但充分体悟儿子之意，在和诗中予以回应，还在唱诗基础上实现情感的升华，饱含长辈对晚辈的积极鼓励和谆谆教导，体现了家族代际之间的精神传递。

此类唱和在方家成员中颇为频繁（见表4-2-1），既有直系亲属间的唱和往来，如方式济的《至卜魁城，葺屋落成，敬和家君元韵十首》、方观承和方观永的《大父作〈塞居〉十首，叙曰："昔人有山居、村居、湖居诗，独不可为塞居诗乎？触目成辞，一慨亦一笑耳。"同大兄敬次原韵》，即和家父方登峄之诗，此乃父子间的情感传递；方登峄的《和七兄论诗二绝句》《侄康生朝，七兄示以诗，依韵和之》等23首诗，则是与方云旅兄弟情深的见证。① 又有旁系亲属间的酬唱，如方登峄写给方世庄的《雪霁，儿侄辈东郊野眺，侄庄归而呈诗，和之东郊即前日移花处》、给方世康的《〈盆菊〉和侄康韵》，乃叔侄辈的交流往来；方观承所写的《〈秦淮十绝句〉次高崇如姑丈韵》，是外甥与姑丈的亲切互动。更有隔代的心灵交流，如方拱乾于顺治年间遣戍东北，作《九月十三夜月明，儿辈就许、姚诸子酣饮吹箫赋诗，诘朝向老夫称说，亦为勃然用汉槎原韵秋字》，五十年后，方登峄在戍地"岂知今日投荒眼，又读先人出塞诗"，感而作《读宫詹公〈何陋居集〉，亦有此题，日月既同，情景绝似，感而赋诗，敬步原韵》，穿越时空，遥相呼应。

如此一来，家族所特有的诗书传统、家庭成员之间的浓浓深情、长辈对晚辈的培养与教育，借助于异地构建的江南"园林"，跨越时空之限制，从祖上延续到今日，从江南传递到东北，实现了对家风的恪守和文脉的延续。

综上所述，方家在寒苦东北醉心于种花护篱，并非只是简单消遣，而是一种对江南园林的场域重建。这一过程中，他们传递了对江南故园的深深依恋，同时通过在园林内的课读唱和活动，实现了对家族诗书传统的异地延续。

---

① 因数量多，暂未列在《方家成员诗歌唱和表》中。

表 4-2-1　方家成员诗歌唱和表

唱		和	
作者	诗　作	作者	诗　作
方式济	草芙蓉 （草花似菊，从土俗名。） 释草荒经漏，寒篱认菊黄。 虚无秋岸水，零落塞天霜。 聊作陶家径，难裁屈子裳。 浮名托江国，谁与惜孤芳？	方登峰	儿济有《草芙蓉》诗，乘兴咏之。 花映东篱发，名传江国生。 根枝怜异土，草木艳虚声。 秋水何年影？严霜此日情。 黄金重颜色，冷落护柴荆。
方拱乾	九月十三夜月明，儿辈就许、姚诸子 酣饮吹箫赋诗，诘朝向老夫称说，亦 为勃然用汉槎原韵秋字 月朗深怜霜夜秋，少年襆被强邀游。 洞箫声变难吹市，吾土心非肯上楼。 未必佯狂全是酒，也知歌笑甚于愁。 三更魂转茅檐静，白发丹经坐未休。	方登峰	读宫詹公《何陋居集》，亦有此题， 日月既同，情景绝似，感而赋诗， 敬步原韵。 戍鼓声寒茅屋秋，月明归述一朝游。 人邀逆旅灯前酒，梦引清风江上楼。 岁月泪同今昔感，啸歌心避雪霜愁。 丹经白发依稀想，往事儿曹话不休。
方式济	盆菊瘦亦花，尺径缀钱小。 荒地苦栽培，强说颜色好。 忆从邻圃移，南阶溉昏晓。 八月藏户牖，方法费询考。 怪挟傲霜姿，翻畏寒霜早。 煦育伴书帷，荣落愿长保。 艳艳故园枝，忍性随边草。	方登峰	菊放甚小，式济作诗，依韵赋之。 种花祝花蕃，花放惜花小。 但说菊能开，秋绽枝头好。 晨起对花坐，色带中原晓。 溯根何处来？岁月昧稽考。 年年苦瘦枝，偏爱寒风早。 得天各有资，赢硕岂终保？ 悠然淡我心，心淡寄秋草。
方登峰	至卜魁城，葺屋落成，率赋十首 （一） 覆草编茅屋数楹，羁栖绝塞此经营。 千间谁稳绸缪计？一木如胜堂构情。 墙短邻园鸡犬路，风高沙碛马牛声。 蓬庐岂复分华陋？安堵飘蓬共此生。 （二） 荒城烟火散篱根，寂寂檐茅落落村。 岂有羊求容扫径，不因风雨亦关门。 苟安心忆来时险，坚坐身知独处尊。 为访野僧郊寺近，芒鞋沙上往来痕。	方式济	至卜魁城，葺屋落成，敬和家君元 韵十首（一） 穷荒岂复羡轩楹，救土诛茅手自营。 桑海乌衣天外梦，勃窣韦幕意中情。 三年沸鼎忧危色，百日征车轳辘声。 谁道惊魂招未得？啸歌随地寄浮生。 （二） 平沙千里接城根，不是山村与水村。 有梦岚光青到枕，谁家树好绿遮门？ 楼台露坠螯孤冷，钵钎风高节钺尊。 边戍苟安鼙鼓静，草头吹角散霜痕。

唱	和
（三） 种种看从难后轻，惊涛旧梦怵纵横。 避人踪迹骄人想，入世衣冠出世情。 灯火妻孥谈往事，茶瓜兄弟话余生。 已成意外团圞相，休问萧萧白发明。	（三） 笑解贫装载不轻，牛腰书帙半车横。 揶揄满路原成癖，辛苦随人倍有情。 语阴聊从欹案避，眼花渐对旧檠生。 南华齐物离骚怨，谁是谁非辨未明。
（四） 盆花乞向先来客，畦菜遗从旧住人。 除蔓荷锄斜日暖，护枝编席早霜新。 瓶供小摘窗生艳，薪剩亲携爨不贫。 冷落秋风关塞梦，暂教眼带故园春。	（四） 日侍眠餐双白发，难余犹幸是完人。 乌私得向殊乡遂，鸿律何妨甲令新？ 斋肃瓦盆频祝哽，冬温纸帐且甘贫。 岭南苏过今同窜，绝胜袁闳土室春。
（五） 樗朽材凭拙匠能，乌皮名目俨相仍。 牙签影缀著筒静，银叶烟煨墨碗凝。 高坐短窗舒病骨，横分明月伴书灯。 侧身天地何曾稳？断木欹斜日日凭。	（五） 度日消闲事颇能，弟兄乡思怪频仍。 棋因敲落柔苔破，砚为吟多古麝凝。 著草乞邻朝断晷，风帘吁斗夜烧灯。 送迎恰是东西屋，雨槛晴窗好共凭。
（六） 茶烟晓共厨烟起，手汲清泉露索凝。 阶粒扫留驯雀食，夜膏增湛饭牛灯。 闲愁觉借忙差解，鄙事真知贱始能。 懒习少年筋力惯，悔无农圃事担簦。	（六） 长天雁入愁云暗，高阙心随泪眼凝。 衣拂边尘嫌短袖，花占远信护残灯。 朋俦鸿鹭今何在？踪迹渔樵且未能。 只作萍蓬初失路，饥驱湖海误担簦。
（七） 暮风何怒撼西郊，屋角声喧夜卷茅。 窗纸尽捋飘蛱蝶，梁泥如簸下蠨蛸。 控飞自哂蜗无地，颠覆何争鹊有巢。 锦水破庐非绝域，悲歌不解少陵嘲。	（七） 静无剥啄类荒郊，寒雨闲庭不补茅。 耳剩宵吟联蟋蟀，眼怜尘网织蟏蛸。 敢言玩世同嵇阮？未信逃名学许巢。 寂寂书堂扬子宅，旁人指点莫相嘲。
（八） 宁甘不出长蒿莱，倚杖欹垣类凿坏。 猎骑马前牵犬过，柴车江上卖鱼来。 槽腾塞俗迷嗔喜，逼侧人情耐往回。 侪侣岂真无揖让，肯宽礼数恕慵颓？	（八） 二三邻屋簇蒿莱，垣短无心理断坏。 饮马柴门争井入，迎神画鼓趁风来。 雨余瓜豆从人乞，日落弓刀看猎回。 白帻青钱虚步屟，不关诗酒兴隳颓。

	唱		和
	（九） 四壁空寒日影移，土床温恋起来迟。 风鸣旷野非从树，草蔽通衢不藉篱。 出槛便为瓯脱地，举头犹当瓦全时。 落成笑顾儿曹语，歌哭休言两在斯。 （十） 强驱乡思慰边愁，景色荒庭觉倍幽。 几朵野花人影静，数行征雁夕阳秋。 书遮老眼披衣坐，月引吟筇出户游。 憩止直如舟暂泊，莫教波浪忆从头。		（九） 艰难万里乍迁移，草草安居百事迟。 晚食计荒春稗臼，早暄倚待护花篱。 墙添鸡栅来年地，薪借牛车解冻时。 陋朴不应嗤塞俗，农家风味想如斯。 （十） 只送韶光不送愁，遣愁何处觅清幽？ 夕阳巷冷牛羊气，平野天低狐兔秋。 岂有桃源容大隐，竟从榆塞说闲游。 多劳故国莺花待，白板黄茅古渡头。
方登峄	立秋前一日过讷拙庵 思君过君庐，晓露覆茅苣。 门里绕青蔬，门前横野水。 嚁嚁鹅鸭群，寂寂柴桑里。 下车不寒暄，颜色各欢喜。 斗室清且静，草绿上窗纸。 移来昨日花，枝枝缀新蕊。 坐我剪园葵，煮米罗芳旨。 借枕午梦酣，豁目移半暑。 叩门更谁来？同难二三子。 纵谈无古今，悔吝叩易理。 买酒看倾觞，往事纷如指。 古来迁谪地，寒陋不及此。 凉云势欲雨，曜灵堕西趾。 幽栖且任时，明日秋风起。	方式济	敬和家君《立秋前一日过访讷拙庵》原韵 炎熇息繁闉，凉风荡丰苣。 举步厌肆廛，欢屐竟流水。 念我霞外人，离居不一里。 入门卉草闲，下车僮仆喜。 经旬枯坐心，幡□咽故纸。 结兰投素芬，烹葵撷新蕊。 情亲重见面，况复餐喜旨。 坐叹鬓毛秃，边荒老残暑。 我有白发亲，追随比莱子。 寻欢遘良偶，愁绪纷以理。 广闻掉妙舌，祛惑叩微指。 旷壤转根蓬，汗漫忽聚此。 世俗白眼交，诽诋互如市。 对君能不饮，坦怀合遐趾。 揽袂气迎秋，歌声一再起。
方世庄	（已佚）	方登峄	雪霁，儿侄辈东郊野眺，侄庄归而呈诗，和之东郊即前日移花处。 雪色郊光口角悬，出从东郭望无边。 寻花落日同游地，埋草连云一抹天。 更欲踏荒身试老，喜闻冲冷骨尤坚。 经行寂寞寒原上，回首孤城莫怆然。

续表

唱		和	
方世庄	（已佚）	方登峄	《夜读》和侄庄韵 虫鹤变随人，琴书邻虎豹。 挖雅惑投逸，读爻凛荷校。 短檠侧修矛，竖儒甘一笑。 神官六字哦，诘盘脚不掉。 麴糵乃诗书，酸咸殊嗜好。 守黑岂不知，兀兀中心悼。 秋声从何来？孤火影相吊。
方世康	（已佚）	方登峄	《盆菊》和侄康韵 隔岁留根今又开，终年矜惜雨风摧。 秋花作艳宜人老，掬土含香就日栽。 枝叶影横新洗砚，帘栊暖护旧生苔。 谁言塞屋无三径？一样陶潜篱下荄。
方登峄	《塞居》十首（已佚）	方观承	大父作《塞居》十首，叙曰："昔人有山居、村居、湖居诗，独不可为塞居诗乎？触目成辞，一慨亦一笑耳。"同大兄敬次原韵。 咄咄诗成叠叠篇，咏歌一室笑荒边。 拟同笳拍传千古，浪逐羝群愧昔贤。 楼倚辽天飞画角，驿连羌部控霜弦。 书生不识开疆事，莫问蒿莱纪岁年。 抱瓮居然学圃身，畦均架叠费精神。 花蔬界别三弓地，瓜豆筐分隔巷邻。 青摘儿童喧款客，碧连斋室静怡人。 篱门夜月棚阴雨，健履欣看倚杖频。 淅沥风回远近笳，栖枝何处觅归鸦。 征车古塞三秋草，落日长安一掌沙。 牧马厂开平野阔，呼鹰声入乱云哗。 相逢乐事夸边土，翻笑书生苦忆家。 才说迎秋急御冬，未寒先改雪霜容。

唱	和
	几年病骨毡犹冷，八月冰泥户早封。 窗护苇芦留景短，夜煨榾柮坐烟浓。 可怜裘敝年年线，灯火慈帏手自缝。 蓬栖岂识庙堂谋，羽檄传飞积雪丘。 满眼旌旗摇别梦，谁家杨柳怨封侯。 凭将碑字标辰极，容易音书过陇头。 鸿爪印泥鱼鸟队，霜风零落芰荷游。 愁中书卷隙中驹，万里寒毡竹素俱。 聊尔寄心销寂寞，究成何事笑胡卢。 鸣弦帐外云朝动，磨盾灯前酒夜呼。 衫履郎当甘众弃，年年高卧避城隅。 二三友屋望离离，情好偏深共难时。 幻境须销当日梦，清谈不碍外人知。 药除小病商医稳，花访轻车散酒迟。 来往青鞋蓬户艳，且从萍梗慰凄其。 羁旅难销情思多，蛮乡雪塞较如何？ 才人未必皆狂放，异俗空知待洗磨。 裙屐风流归卤莽，楼台花月邈山河。 青犁黄犊平生志，纸上虚赓牧竖歌。 岁事宁将旅抱宽，似忧脱粟滞公安。 三年水乱千村哭，八月霜飞万灶寒。 菜把秾尝邻父馈，糜车争籴市声欢。 荒江旧贯鱼梁禁，剩可生涯付钓竿。 故园杨柳绿鬖鬙，曾结青溪旧草龛。 每怪春鸿飞向北，剧怜粤鸟字怀南。 丰唇自昔才难称，病臂于今减不堪。 归老桐庐宁待老，湖山佳句和云庵。

续表

唱		和
		前题 囊读宫端出塞篇，重闻今更侍穷边。 诗书两结根绳祸，堂构空贻孝友贤。 雨冷燕泥寻旧巷，沙寒鸿影落惊弦。 衔悲敢道羁栖苦，且向颠危祝大年。 十笏蓬檐万里身，南云西日倍伤神。 鹪鹩枝上求三窟，豺虎声中托四邻。 学易为占京洛信，买柴时遇故乡人。 关山久识归难事，触感空劳入梦频。 一片悲声入暮笳，南飞愁抹夕阳鸦。 炊烟夜隐颓城月，野蔓门封古巷沙。 自是眠餐归寂寞，不劳车马避喧哗。 浮踪转羡毡庐客，水草年年到处家。 梅花书屋启寒冬，十载香廊忆旧容。 金谷梦魂人自远，玉门霜雪夜常封。 江亭几处征歌艳，官阁何时对酒浓。 土室自怜僵冻骨，衣衫谁寄白裘缝。 事鲜成谋转不谋，且将狂态傲荒丘。 夜郎月对三人饮，公子诗轻万户侯。 独树凉阴寻野外，半竿秋水坐江头。 招携更有论文客，一径花时许共游。 半生局促类辕驹，误我儒冠岁岁俱。 孔颛腾声须折简，临邛落魄慨当垆。 机梭虚听阶前织，水火常劳夜半呼。 谁信王郎头早白，一编寒饿抱边隅。 檐茅砌草影迷离，寂寂颓垣月照时。 霞思欲寻猿鹤语，秋心唯诉雁鸿知。 花侵短袂垂阴薄，坐拥寒衾得梦迟。 坐自伤情眠未稳，一天星斗夜何其？

方观永（位于"和"栏中部）

续表

	唱		和
			零落江蓠客感多，盈囊沙草欲如何？ 穷愁味永薾盐乐，浩荡心从岁月磨。 绝塞有天开壁垒，长空无路泛星河。 濡毫不纪弓刀事，满耳悲笳一放歌。 世情唯付酒杯宽，断梗波涛觅易安。 勤向羽毛修雪短，任教形影吠云寒。 花交淡友三秋晚，鸟送华音一枕欢。 闭户饔飧容苟且，休思白水旧鱼竿。 风尘饱沃鬓鬖鬖，逼侧天涯寄一龛。 望远音书来蓟北，看人行李去江南。 门依肮脏宁劳刺，自审箪瓢已惯堪。 何处清狂容我癖，高题扪虱树间庵。
高崇如	《秦淮十绝句》(已佚)	方观承	《秦淮十绝句》次高崇如姑丈韵 棹声宛转答笙歌，片片灯光掠水过。 仿佛宫衣联燕队，乱红影里舞回波。 竞渡传喧看打招，箫声初过大中桥。 钟山更指红桥路，深浚新添十尺潮。 榴花灼灼柳层层，十锦墙西路艳称。 水面歌声摇画艇，楼头钗影坠红灯。 翠袖征歌几处楼，凉风吹近大桥头。 江潮带月休归去，十里珠帘要玉钩。 杨柳桥横卖酒旗，石栏杆外雨如丝。 一声箫度凉云里，恰是朦胧月上时。 青溪楼阁绣轻罗，皓月繁星曲曲波。 不是清光偏照水，分来银汉色原多。

续表

唱	和
	茉莉风来笑语繁，复栏深隐近黄昏。 湘帘映水偏窥影，新样云鬟逗月痕。 鲥鱼斫雪酒研朱，艾虎钗横小绛符。 载得红裙榴火艳，笑他北里醉菖蒲。 载酒船摇内外城，秦筝越管坐蓬瀛。 于中独有摩诃曲，不是吴侬子夜声。 三更明月落潮头，杨柳江风一缕柔。 二十四桥烟水阔，试乘箫鼓到扬州！

第三节　西域：流人的边塞纪闻与帝王颂歌

因文字狱而流放的文人中，曹麟开、蒋业晋被遣戍新疆，即西域地区，并写下了《八景诗》《新疆纪事诗十六首》《塞上竹枝词》等诸多记录西域流放的诗篇，同时留存有相关别集——《出塞草》。西域，指玉门关、阳关以西，葱岭（今帕米尔高原）以东，巴尔喀什湖东、南及新疆广大地区。自汉代以来，因张骞出使、李广抗敌，西域名声大噪，成为文人心中憧憬的戎马疆场。大漠孤烟的风光与葡萄美酒的物产，使其变成国人向往的神秘边塞。因此，自古以来，与西域相关的吟咏不断，从汉武帝"承灵威兮降外国，涉流沙兮四夷服"[1]的帝王雄心，到乌孙公主"居常土思兮心内伤，愿为黄鹄兮归故乡"[2]的归乡之愿，再到魏晋左延年"苦哉边地人，一岁三从军"[3]的戍边之叹，经初唐虞世南[4]、骆宾王[5]的延续，

---

[1]　（汉）刘彻：《西极天马歌》，吴蔼宸选辑：《历代西域诗钞》，新疆人民出版社 2011 年版，第 1 页。

[2]　（汉）刘细君：《歌一首》，吴蔼宸选辑：《历代西域诗钞》，第 1 页。

[3]　（魏）左延年：《从军行》，吴蔼宸选辑：《历代西域诗钞》，第 3 页。

[4]　有与西域相关诗作《出塞》，吴蔼宸选辑：《历代西域诗钞》，第 4 页。

[5]　有与西域相关诗作《晚度天山有怀京邑》《夕次蒲类津》，吴蔼宸选辑：《历代西域诗钞》，第 5 页。

至盛唐而达顶峰，时人如王昌龄①、李白②、岑参③、高适④等，无不挥洒着西域的雄壮诗篇，以致后人每每提及此地，莫不把其与王氏诸人的边塞诗关联。就诗歌水平来看，曹蒋二人虽无法与盛唐文人相比肩，但就创作背景而言，前者所处的雍乾时期，与盛唐阶段一样，皆是帝王开疆拓土、吞吐八荒的强盛时代，他们在相似的王朝背景下去往相同的地域，在书写上必有相似之处。因此，撇开水平差距，由内容入手，便可以盛唐文人的边塞诗为参照，⑤ 来探究清代流人西域书写的特点，进而揭示其独特心态。

一、江南韵味：清流人描绘的西域景象

长期生活或游历于中原一带的文人，往往会被西域广袤的风沙地貌所吸引，并借手中之笔描绘出苍茫辽阔的画面。以新疆为主的西域地区，地处北半球中纬度带，属北温带，四季变化明显。又因其深居内陆，距海遥远，且周围高山环绕，湿润的海洋气流难以进入，由此形成极端干燥的温带大陆性气候，其主要特点为日照强，晴天多，干燥少雨。降水的稀少，使此处植被难生，除天山、阿尔泰山等少数山区外，其他地方植被区系简单，种类极少，且荒漠戈壁广布，大部

---

①　王昌龄(约698—约756)，字少伯，京兆万年(今陕西西安市)人。他早年曾赴河陇，出玉门，并作有诸多西域边塞诗，是盛唐边塞诗派的代表人物，著名如《从军行七首》，收在(唐)王昌龄著，胡问涛、罗琴校注：《王昌龄集编年校注》，巴蜀书社2000年版。本书所引的王昌龄诗歌皆出自此书。

②　李白(701—762)，字太白，号青莲居士，其《关山月》《塞下曲六首》皆是描写西域的诗篇，收在(唐)李白著，安旗主编：《李白全集编年笺注》中华书局2015年版。本书所引的李白诗歌皆出自此书。

③　岑参(约715—769)，荆州江陵(今属湖北)人。天宝八载(749年)，岑参出塞，赴安西任高仙芝幕府掌书记，于天宝十载(751年)东归；又天宝十三载(754年)，岑参再次出塞，赴北庭任安西北庭节度判官，至德二载(757年)东归。在西域塞外，岑参了大量边塞诗歌，包括《白雪歌送武判官归京》《走马川行奉送封大夫出师西征》《逢入京使》等名篇，收在(唐)岑参著，廖立笺注：《岑参诗笺注》，中华书局2018年版。本书所引的岑参诗歌皆出自此书。

④　高适(704—765)，字达夫，渤海蓓县(今河北景县)人。以边塞诗著称，有《送浑将军出塞》《部落曲》《和王七玉门关听吹笛》等与西域相关诗篇，收在(唐)高适著，刘开扬笺注：《高适诗集编年笺注》，中华书局1981年版。本书所引的高适诗歌皆出自此书。

⑤　从前文对"西域"范围的界定可知，西域所含区域较广，但考虑到清流人遣戍新疆，主要是关于新疆一带的书写，因此为了比较的可行性，本书主要选取盛唐文人在新疆一带的作品作为参照。

分为沙漠地带。对此，《汉书·西域传》早有记载："鄯善国，本名楼兰……地沙卤，少田，寄田仰谷旁国"①，又"乌秅国……山居，田石间。有白草。累石为室"②，皆述及西域诸国所在之地，表层干燥，沙石广布，难以进行田间耕作，于是当地人就地取材，累石而居的状况。清乾隆时期的《回疆志》所载更为明了，所谓"回疆一带，大半皆系戈壁（无水草之处），山岗亦系沙土，其平原旷野亦尽沙积、石滩、卤咸之区"③。这种沙漠广布的地形，常常连片出现，由此形成视觉上的一望无际之感，唐人所述的"白草磨天涯，胡沙莽茫茫"④"君不见走马川行雪海边，平沙莽莽黄入天"⑤，清流人所写的"龙荒漠漠望无涯"⑥"幕北迢遥接幕南"⑦"黄沙漠漠昏连昼，紫塞荒荒地划天"⑧等，即是此地平沙莽莽、辽远开阔之景的写照。

西域境内，高山盆地相间分布，自北向南依次为天山、准噶尔盆地、阿尔泰山、塔里木盆地、昆仑山，即所谓的"三山夹两盆"。此种地形使得地势高低落差大，容易形成山口，当冷空气由北向南入侵天山时，会因"狭管效应"而使风速加大。随后，冷空气积累到一定高度后，便会越过天山相对较低的山口，下沉冲击山南一带，此时，由于重力加速度的作用，风速会越来越快，形成大风。这种大风天气与西域沙漠地貌相结合，便生成了风沙漫天之景。对此，《回疆志》载曰："回疆气候迥异于内地，经年不雨，四时多风，春间尤甚。其至也，天地为之黑暗，黄霾或至两三昼夜不息，人畜不能行动，拔木扬沙与海中飓风无异。"⑨可见其风力之大、延续之间之长。如此狂暴之风沙，席卷于辽阔荒漠中，

---

①　（汉）班固撰，（唐）颜师古注：《汉书》第12册卷九六上《西域传》，第3875~3876页。

②　（汉）班固撰，（唐）颜师古注：《汉书》第12册卷九六上《西域传》，第3882页。

③　《回疆志》卷一，成文出版社1968年版，第17页。

④　（唐）岑参著，廖立笺注：《岑参诗笺注》卷一《武威送刘单判官赴安西行营，便呈高开府》，第26页。

⑤　（唐）岑参著，廖立笺注：《岑参诗笺注》卷二《走马川行奉送封大夫出师西征》，第331页。

⑥　（清）曹麟开：《瀚海流沙》，（清）和宁纂修：《三州辑略》卷八，第319页。

⑦　（清）曹麟开：《塞上竹枝词·二十八》，（清）和宁纂修：《三州辑略》卷八，第313页。

⑧　（清）蒋业晋：《立崖诗钞》卷四《车中偶成》，《清代诗文集汇编》编纂委员会编：《清代诗文集汇编》365，第61页。

⑨　《回疆志》卷一，第15页。

易使人生发出苍茫无际之感，唐人有诗云："大漠风尘日色昏，红旗半卷出辕门"①"北海阴风动地来……日暮沙场飞作灰"②，清流人亦有言："苍茫气界中边白"③"漠漠流沙暗色催"④"白尽严关闭，黄云大漠屯"⑤"重关不断黄云色，大漠长流黑水声"⑥等，这些诗句皆抓住了西域气候与地貌之特点，将其辽远无际、风沙漫天、迷蒙苍茫的景象勾勒而出。

然而，在相似图景中，唐清文人的书写又有所不同。唐代边塞诗人对西域景象的呈现往往带有悲凉之感，如以下诸诗：

关山月 李白

明月出天山，苍茫云海间。长风几万里，吹度玉门关。汉下白登道，胡窥青海湾。由来征战地，不见有人还。戍客望边色，思归多苦颜。高楼当此夜，叹息未应闲。⑦

部落曲 高适

蕃军傍塞游，代马喷风秋。老将垂金甲，阏氏着锦裘。雕戈蒙豹尾，红斾插狼头。日暮天山下，鸣笳汉使愁。⑧

胡笳歌送颜真卿使赴河陇 岑参

君不闻胡笳声最悲，紫髯绿眼胡人吹。吹之一曲犹未了，愁杀楼兰征戍

---

① （唐）王昌龄著，胡问涛、罗琴校注：《王昌龄集编年校注》卷一《从军行七首·五》，第49页。
② （唐）常建著，王锡九校注：《常建诗歌校注》卷下《塞下曲四首·二》，中华书局2017年版，第294页。
③ （清）曹麟开：《祁连晴雪》，（清）和宁纂修：《三州辑略》卷八，第318页。
④ （清）曹麟开：《泺灉晚渡》，（清）和宁纂修：《三州辑略》卷八，第319页。
⑤ （清）蒋业晋：《立崖诗钞》卷四《七月七日出嘉峪关》，《清代诗文集汇编》编纂委员会编：《清代诗文集汇编》365，第61页。
⑥ （清）蒋业晋：《立崖诗钞》卷四《九日随明将军阅库尔喀喇乌孙城》，《清代诗文集汇编》编纂委员会编：《清代诗文集汇编》365，第61页。
⑦ （唐）李白著，安旗主编：《李白全集编年笺注》卷五，第489页。
⑧ （唐）高适著，刘开扬笺注：《高适诗集编年笺注》，第275页。

儿。凉秋八月萧关道，北风吹断天山草。昆仑山南月欲斜，胡人向月吹胡
笳。胡笳怨兮将送君，秦山遥望陇山云。边城夜夜多愁梦，向月胡笳谁
喜闻。①

太白开篇的寥寥几笔，即将浩瀚之明月、巍峨之天山、苍茫之云海勾勒而出。接
着，那从天而下的浩浩长风，似穿越几万里路途，横掠玉门关而来。短短四句，
就构成以关、山、月为核心的辽远壮阔图景，与西域狂风漫沙的苍远地貌相呼
应。然而，从第三句始，作者就把目光从自然风景移至征战场地，写出了征人对
战争无休止的感慨和家乡不得归的哀愁。至第五句，又把场景转到故乡的高楼，
思妇的苦颜和叹息，道出了她们对边关将士的思念与惆怅。自此，从首句到末
句，场景由大变小，急剧收缩；情感由旷转愁，从豪至哀，迅速收紧。前面的诸
多铺垫，似乎都为引出后面的征人和思妇。如此一来，其苍茫之景象便染上了悲
凉的气氛。而高适和岑参的两首也是类似，皆在"日暮天山下""凉秋八月萧关
道，北风吹断天山草"的辽远苍茫图景中，配以哀怨的胡笳之声，从而增添悲愁
之感。

清流人却非如此，他们往往通过柔美景物的融入，营造出江南韵味，给人以
赏心悦目之美感。曹麟开在谪戍新疆期间作有《八景诗》，择取了西域八种景观
进行描绘，分别为《轮台秋月》《葱岭晴云》《红山晓钟》《祁连晴雪》《红桥烟柳》
《瀚海流沙》《温泉夜雨》《涨瀁晚渡》，单从诗题来看，其着眼点已不同于传统边
塞诗偏于雄关、高楼、雪山等宏阔高远之意象，而是选取深秋月色、清晓晨钟、
烟柳画桥、夜半烟雨等柔美景象，使人如同徜徉于丝雨飘飞、氤氲袅绕的江南，
沉醉其中而不愿离去。以其中两首为例：

葱岭晴云

葱岭嵯峨碧汉齐，氤氲佳气满丹梯。山分左股盘乌弋，云起中峰遍白
题。五翕侯封依保障，二庭藩服别东西。漫轻出岫无心者，飞去为霖遍

---

① （唐）岑参著，廖立笺注：《岑参诗笺注》卷二，第349页。

庶黎。①

红桥烟柳

蛇蜒长江跨碧浔，拂栏柳色染烟深。阅人多矣攀条过，今我来思侧帽吟。情尽故低迎送路，魂销漫缩别离心。记从廿四桥头望，明月吹箫思不禁。②

第一首写葱岭的晴丽云景。葱岭即今帕米尔高原，其山体高大，山脉交错，平均海拔4500米以上，地势高寒，置身于此，自然视野宽广，因此，开篇的"葱岭嵯峨碧汉齐"以及"山分左股""云起中峰"等字句，都写出了其雄阔高耸之感。然而，如此景象却点缀着"氤氲佳气满丹梯"的画面，烟云飘荡，弥漫在秀色梯田，似有江南烟雨之感。且最后一句，将前文流人的壮心化为柔情，描写那些无心出岫的云朵，化作甘霖惠及众生。如此一来，便使原来辽远的塞外之景多了几分柔美的江南韵味。第二首的江南风韵更为浓郁，此诗写红桥之景，红桥亦作虹桥，架于乌鲁木齐河上，今已不存。开篇写一桥飞渡，水流湍急，颇有开阔雄壮之气势。然而，桥的两岸却是杨柳依依，轻拂水面，如浸染于云烟水雾，置身其中，流人仿佛回到江南，流连于二十四桥畔，月色如水，箫声轻柔，令其神思遐想。如此佳景，一刚一柔，别具韵味。

蒋业晋的西域诗也渗透了此风格，诗如《新柳》云：

冻地枯梯尽向荣，武昌移种最关情。天边三月柔条放，塞外孤踪别绪萦。秀可餐来时系马，阴初成处巧藏莺。将军乡柳营名重，昨夜春风犬树生。彷佛灵和张绪姿，几番春信上高枝。青分浅草匀于乐，绿衬遥山列似眉。袅袅和烟看人画，丝丝含再欲催诗。边庭初赋鹅黄色，已是江南落絮时。③

---

① （清）和宁纂修：《三州辑略》卷八，第318页。

② （清）和宁纂修：《三州辑略》卷八，第319页。

③ （清）蒋业晋：《立崖诗钞》卷四，《清代诗文集汇编》编纂委员会编：《清代诗文集汇编》365，第64页。

与曹麟开相似，蒋氏也选取了"柳"这一柔美意象来写塞外之景。前面八句，主要交代西域边地气候寒冷，直至暮春三月才柳条初放。后八句则呈现绿柳轻拂、浅草渐青、烟雾缭绕的灵动画面，且基本与江南关联。其中第九句用张绪之典，张绪，字思曼，南朝齐国官吏，吴郡吴县（今苏州）人，以清简寡欲、潇散洒脱著称。"灵和"，本指柔和恬淡、清心寡欲的修养，却因张绪而成柳之代称。据《南史·张绪传》载："绪吐纳风流……刘悛之为益州，献蜀柳数株，枝条甚长，状若丝缕。时旧宫芳林苑始成，武帝以植于太昌灵和殿前，常赏玩咨嗟，曰：'此杨柳风流可爱，似张绪当年时。'"①这里便用垂柳之轻柔风韵，与张绪的风流潇洒相比拟，两者成了彼此关联的符号，同时使"灵和柳"成为专门词汇，用以形容人或物之形态仪表清柔素雅。所以，蒋业晋于此，不仅着眼于垂柳所具的柔美姿态，还指向其背后所蕴含的江南风韵。又十一句"青分浅草匀于乐"，与白居易的"浅草才能没马蹄"②、王建的"青草湖边草色"③韵味相近，而后两诗皆是文人描写江南之作，所以蒋诗或多或少也沾染了江南的春意。而接下来的"遥山似眉""袅袅和烟"，更道出眼前风景所蕴含的江南清婉飘逸之美。至末句，则直接点出作者将此地的西域风光与千里之外的江南风景比对之心理，由此，前面所写诸句皆有归宿，它们的轻柔、生机、秀婉，皆指向江南。

其他如曹麟开之"唤回海鹤来仙峤，敲散天花满戒坛"④、蒋业晋之"紫云堆散琉璃眼，碧乳香浮青玉案"⑤等，都在呈现西域苍茫的边塞之景时，融入了婉秀的江南韵味。

然而，地处西北一隅的西域，不仅是落日孤城、黄烟飞沙之边塞，还是金戈铁马、刀光剑影的疆场，它承载的战争记忆，往往给文人们带来更强烈的冲击体验。

---

① （唐）李延寿撰：《南史》卷三一《列传》二一，中华书局 1975 年版，第 810 页。

② （唐）白居易著，顾学颉校：《白居易集》卷二十《钱塘湖春行》，第 439 页。

③ （唐）王建：《江南三台词四首·二》，（清）彭定求等编：《全唐诗》第 5 册卷三〇一，第 3417 页。

④ （清）曹麟开：《红山晓钟》，（清）和宁纂修：《三州辑略》卷八，第 318 页。

⑤ （清）蒋业晋：《立崖诗钞》卷四《将军煎雨前茗饮同人即事有述》，《清代诗文集编纂》编纂委员会编：《清代诗文集汇编》365，第 63 页。

二、帝王武功：清流人笔下的边地战场

西域在古代以战事闻名。《汉书·西域传序》曰："西域以孝武时始通，本三十六国，其后稍分至五十余，皆在匈奴之西，乌孙之南。南北有大山，中央有河，东西六千余里，南北千余里。东则接汉，阨以玉门、阳关、西则限以葱岭。"①可见，大约自汉朝始，西域进入国人视线，并以其地处中国西北、夹在汉匈之间的独特位置而备受关注。汉武帝初年，匈奴势力扩张至西域，监视周边国家，"赋税诸国，取富给焉"②，向其征收繁重赋税，并将其作为进攻汉王朝的重要基地，这对西汉来说自是如芒在背。为从根本上解除威胁，汉朝先是派遣张骞出使西域，以联络大月氏共击匈奴；后又有卫青、李广、霍去病等出击匈奴，经马邑和漠北之战，大耗匈奴势力，西汉得以在西域"初置酒泉郡，后稍发徙民充实之，分置武威、张掖、敦煌，列四郡，据两关焉"③。神爵二年（公元前60年），经多年战争，匈奴西边日逐王率众来降，汉"并护北道"④，始设"都护"，西域正式纳入汉朝版图。然而，这些胜利只是暂时的，汉匈之间依然战事不断，持续达三百多年。可见，西域不仅仅是一片土地，它还承载着不同文明之间的交流碰撞，见证了无数的战火烽烟。

有唐一代，帝国征服东突厥汗国后，开始对西域作战，以恢复两汉对西域的统治。清前中期，面对漠西蒙古的威胁，康雍乾三朝皆在西北与之进行长期战争，最终平定噶尔丹与大小和卓叛乱，巩固西北边疆的统治。因此，当熄灭已久的烽火再次于西域上空点燃时，这些亲历此地的唐代边塞人士、清代流放文人，纷纷用诗篇抚今追昔，书写他们所见所闻的战争图景，并各具特色，以唐之岑参和清之曹麟开为例：

轮台歌奉送封大夫出师西征　岑参

轮台城头夜吹角，轮台城北旄头落。羽书昨夜过渠黎，单于已在金山

---

① （汉）班固撰，（唐）颜师古注：《汉书》第12册卷九六上《西域传》，第3871页。
② （汉）班固撰，（唐）颜师古注：《汉书》第12册卷九六上《西域传》，第3872页。
③ （汉）班固撰，（唐）颜师古注：《汉书》第12册卷九六上《西域传》，第3873页。
④ （汉）班固撰，（唐）颜师古注：《汉书》第12册卷九六上《西域传》，第3874页。

西。戍楼西望烟尘黑，汉兵屯在轮台北。上将拥旄西出征，平明吹笛大军行。四边伐鼓雪海涌，三军大呼阴山动。虏塞兵气连云屯，战场白骨缠草根。剑河风急雪片阔，沙口石冻马蹄脱。亚相勤王甘苦辛，誓将报主静边尘。古来青史谁不见，今见功名胜古人。①

新疆纪事诗十六首之伊犁一　曹麟开

准夷梗化蹈危机，攘夺相寻据海圻。妫塞遗封吞驷䭹，俞林旧服徙骊归。鸱张四部争雄长，蚕食诸蕃集怨诽。呼衍浑邪纷纳款，师行时雨吁天威。②

在艺术水平上，曹诗显然无法与岑诗比肩，但在内容和情感上，曹诗却可以作为流人心态的文本折射，因此可与岑参的诗歌进行比较，以突出其特点。岑参的诗歌语言流利豪壮，开篇便是号角划破夜空、敌军已到金山西侧之景象，写出了千钧一发的军情局势。于是，汉军向西出征，战鼓四起，如同雪山翻涌的波涛，响彻天际；三军齐呼，声如洪雷，连阴山都为之震动。而敌军亦不示弱，他们人数众多，一望如云，汉军经一番苦战后，只留下累累白骨堆于战场，任青草缠绕而无人收拾。然而，为报答皇恩、平定边境，这些辛劳和牺牲又何足惜。全诗激越昂扬、慷慨悲壮，一方面通过士兵擂战鼓、呼山动、誓死战的激烈画面，写出边关将士的豪迈英勇；另一方面，则借助"风急雪片阔""石冻马蹄脱"等酷寒气候，道出边塞生活的艰难惨苦。两者相辅相成，从而凸显将士不畏苦寒、一心报国的英雄气概。

与之相比，曹麟开的诗歌就显得晦涩许多，为此他在诗旁还写了颇多注释来作说明，下面结合其诗注和相关史料进行探讨。开篇首句，"夷"乃指中国周边部族，可见整句似在阐述西域各部落之间的相互战争。然曹氏注释曰："康熙间，三临朔漠大破其师。元恶伏冥诛厥，姪策妄阿喇布坦逞其诈力，计诱拉藏汗以女妻其长子丹衷，袭杀拉藏汗部落，滋众窃据伊犁。雍正间，逆子噶勒策凌能用其父旧人掠畜于巴里坤，袭营于科布多为额驸，策楞败于厄尔德尼招。"③结合史料

① （唐）岑参著，廖立笺注：《岑参诗笺注》卷二，第339页。
② （清）和宁纂修：《三州辑略》卷八，第313页。
③ （清）和宁纂修：《三州辑略》卷八，第313页。

可知，康熙时期，噶尔丹割据西北，在俄国支持下进攻周边部落，为维护领土完整，康熙帝分别于二十九年（1690）、三十五年（1696）、三十六年（1697）三次亲征，终于平定叛乱。然而，噶尔丹死后，其继承者策妄阿拉布坦依旧在俄国怂恿下进行分裂活动。康熙帝崩殂后，雍正帝继续坚持平定准噶尔的斗争，雍正十年（1732），清军运用追击、突袭、伏击等诸多战法，于此地大胜准噶尔部首领噶尔丹策楞的部队，使其元气大伤，并遣使同清廷议和。可见曹氏注释与史实相契，因此这里所述，乃指向康熙、雍正二朝平定西域叛乱之事，其所突出的，乃康雍二帝的平乱之功。接下来第 2~4 句，从注释①可知其概括了西域部落间的吞并战争。第 5~7 句则注曰："乾隆癸酉冬，都尔伯特台吉策凌等率数万人来归；次年，秋辉时台吉阿睦尔萨纳和硕特台吉策珠尔又率万人来归，乞师以彰天讨"②，"台吉"乃清时对蒙古贵族的封爵名，《清史稿》载曰："十八年，杜尔伯特台吉策凌等来降，命驰赴犒劳。上以玉保习准噶尔事，命以参赞大臣佐军事。十九年，辉特台吉阿睦尔撒纳来降，复命驰赴犒劳，率以入觐"③，可见曹麟开所述与历史相符，此三句主要讲述西域部落首领来降之事。末两句则相当于总结全诗，前面所述的西域诸首领，皆在清帝王的天威下臣服；而其种种的部落纷乱，也都将在帝国的秩序下恢复。因而，全诗自始至终所凸显的，乃是清廷三代帝王的边疆武功。

可见，岑曹之诗皆为边疆纪行之作，都有描写战士的英勇无畏，但侧重点却不相同。岑参借豪迈雄奇之语，通过战争之残酷、生活之艰辛，歌颂边疆将士，此类作品在岑参西域诗中比比皆是，如《武威送刘单判官赴安西行营，便呈高开府》④

---

①　"攘夺相寻据海圻，妫塞遗封吞驷鞬"的注释为"《汉书》：莎车王贤，击灭妫塞王，立其国，贵人细鞬为王，噶勒丹策凌死其子，策旺多尔济那木札勒残暴，喇麻达尔札篡夺之"；"俞林旧服徙骊归"的注释为"《汉书》：贤又徙于阗，王俞林为骊归，王立弟位侍为王，喇麻达尔札即篡策旺而夺其位，达瓦齐偕阿睦尔萨那奔哈萨克，借其声援，复篡喇麻达尔札"。

②　（清）和宁纂修：《三州辑略》卷八，第 314 页。

③　《清史稿》卷三一四《列传》一一○，第 10693 页。

④　《武威送刘单判官赴安西行营，便呈高开府》诗中与之相关的内容为："热海亘铁门，火山赫金方。白草磨天涯，胡沙莽茫茫。……都护新出师，五月发军装。甲兵二百万，错落黄金光。扬旗拂昆仑，伐鼓震蒲昌。太白引官军，天威临大荒。西望云似蛇，戎夷知丧亡。浑驱大宛马，系取楼兰王。曾到交河城，风土断人肠。寒驿远如点，边烽互相望。赤亭多飘风，鼓怒不可当。有时无人行，沙石乱飘扬。夜静天萧条，鬼哭夹道傍。地上多髑髅，皆是古战场。……"

《走马川行奉送封大夫出师西征》①等。曹麟开的诗歌则充分浓缩历史事件，借史实以赞颂帝王开疆拓土、平定叛乱的功绩，除以上所举诗歌外，还包括《新疆纪事诗十六首》的诸多诗篇，如《霍斯库鲁克》诗："乌孙蔓衍性贪狙，窃据花门认旧墟。前部齿唇依后部，侨如兄弟倚荣如。九婴鱼海氛空煽，二竖龙沙翼已锄。赐翰炳麟褒毅勇，勋名卫霍执方诸"②，《拔达克山》诗："勃律蕃王职贡修，大宛部曲切同仇。建瓴已断匈奴臂，传檄终悬母寡头。再叛再擒操左券，三征三克定西酋。从兹宵旰纾西顾，有截勋成阅五秋"③等，皆语涩意深，通过陈述大小和卓叛乱的历史事件，赞扬乾隆帝的平乱之功。

这些特点，在其他文人的书写中亦有呈现，由此成为清代流人区别于唐朝文人西域书写的重要特征。有唐一代，无论是王昌龄的"关城榆叶早疏黄，日暮云沙古战场。表请回军掩尘骨，莫教兵士哭龙荒"④，还是常建的"北海阴风动地来，明君祠上望龙堆。髑髅皆是长城卒，日暮沙场飞作灰"⑤，无不借助沙场白骨、城头骷髅之景象，来勾勒战争的残酷画面，以凸显将士舍生忘死的英勇气概，充满悲凉之慨。王翰的"醉卧沙场君莫笑，古来征战几人回"⑥则用旷达语，抒发悲痛之感，在战士们看来，沙场战死早已司空见惯，醉卧其中而暂时忘却，又有何不可呢？可见，他们在豪旷之余，还蕴含着无奈的悲感。而清流人的书写则有所不同，除曹麟开外，蒋业晋《行次安西闻官军歼灭逆回述事志喜五首》之一："不靖互残杀，拊循翻逞凶。沸腾燎原势，仓猝动边烽。组甲何人简，刍菱岂自供。圣明真洞鉴，追咎养成痈。"⑦其注曰："衅起新旧回部互相劫杀，郡守

---

①　《走马川行奉送封大夫出师西征》："君不见走马川行雪海边，平沙莽莽黄入天。轮台九月风夜吼，一川碎石大如斗，随风满地石乱走。匈奴草黄马正肥，金山西见烟尘飞，汉家大将西出师。将军金甲夜不脱，半夜军行戈相拨，风头如刀面如割。马毛带雪汗气蒸，五花连钱旋作冰，幕中草檄砚水凝。虏骑闻之应胆慑，料知短兵不敢接，车师西门伫献捷。"

②　（清）和宁纂修：《三州辑略》卷八，第317页。

③　（清）和宁纂修：《三州辑略》卷八，第318页。

④　（唐）王昌龄著，胡问涛、罗琴校注：《王昌龄集编年校注》卷一《从军行七首·三》，第47页。

⑤　（唐）常建著，王锡九校注：《常建诗歌校注》《塞下曲四首·二》，第294页。

⑥　（唐）王翰：《凉州词二首·一》，（清）彭定求等编：《全唐诗》第3册卷一五六，第1609页。

⑦　（清）蒋业晋《立崖诗钞》卷四，《清代诗文集汇编》编纂委员会编：《清代诗文集汇编》365，第61页。

往抚被害，遂作叛。"①可见所述亦是西域部族相互斗杀的叛乱之事，这引起了清帝王的高度重视，并以"养痈成患"为戒，及时采取武力措施，足见其英明神武。又其《绥来县渡河》诗有曰："……忆昔轮台北，古来几争战。我皇奋扫平，绥来以名县。忽讶令公来，蕃回占利见。稼穑播豳风，山川归禹甸。寄语牧民者，抚绥慎无倦。"②这首诗指出，在新疆的绥来县，历来征战频繁，是清帝王的赫赫武功，才平息烽火。自此，绥来县有了自己的名称，并归入国家版图，人们亦过上了丰衣足食之生活。如此前后对比，不仅凸显了帝王的政治武功，也洋溢着对帝王的热烈崇拜与赞美之情。

三、王化蛮夷：清流人眼中的西域风土

此外，与唐人西域文本不同的是，清流人还着眼于边塞一带的风土人情，呈现当地特有的物产和民风，其有诗曰：

塞上竹枝词之七　曹麟开

万壑争从淖尔输，渭干河上合开都。细鳞巨口天生绘，那减吴淞玉尺鲈。③

塞上竹枝词之十六　曹麟开

截肪美玉采于阗，职贡蒲梢走右贤。白塔厄丹交易市，赚将文马屬宝钱。④

食瓜　蒋业晋

西域传佳种，天然色味香。北庭移种得，迁地亦为良。⑤

---

① （清）蒋业晋：《立崖诗钞》卷四，《清代诗文集汇编》编纂委员会编：《清代诗文集汇编》365，第61页。

② （清）蒋业晋：《立崖诗钞》卷四，《清代诗文集汇编》编纂委员会编：《清代诗文集汇编》365，第65页。

③ （清）和宁纂修：《三州辑略》卷八，第311页。

④ （清）和宁纂修：《三州辑略》卷八，第312页。

⑤ （清）蒋业晋：《立崖诗钞》卷四，《清代诗文集汇编》编纂委员会编：《清代诗文集汇编》365，第69页。

青金石　蒋业晋

金天腾紫气，石孕苍龙灵。忽现千鳞甲，点点隐繁星。割取芙蓉片，使伴汗简青。①

高昌布　蒋业晋

高昌白□草，织成赖女工。何年具机杼，冰绡出鲛宫。因知衣毛俗，可以开华风。②

以上诗歌分别述说了西域的鱼、玉、瓜、石、布等别具特色之物产，丰富多样。众所周知，西域以玉石、瓜果著称，早在《汉书·西域传》即有载："且末国……有蒲陶诸果"③"于阗国……多玉石"④"西夜国，王号子合王……而子合土地出玉石"⑤，可见，瓜果、玉石乃西域常见之物，并逐渐成其地域象征。至清代，各种史料笔记的收录更为详尽，如《西域见闻录》有述："（叶尔羌）土产、米谷瓜果，甲于回地。其地有河，产玉石子，大者盘如斗，小者如拳如栗。"⑥《榆巢杂识》记曰："每岁春、秋二季，叶尔羌贡玉七、八千觔至万觔不等。所属之回城，如和阗南七百里、玉珑、哈什等处皆产玉子。"⑦此外，西域的鱼、布亦在当地人们的自然开发和劳作过程中，渐成该地特色之物，如《西域见闻录》所记："伊犁河……多白鱼、鲨鱼、水獭"⑧"（达拉巴哈台）产鲟鱼、鲨鱼、水獭及诸野

---

① （清）蒋业晋：《立崖诗钞》卷四，《清代诗文集汇编》编纂委员会编：《清代诗文集汇编》365，第69页。

② （清）蒋业晋：《立崖诗钞》卷四，《清代诗文集汇编》编纂委员会编：《清代诗文集汇编》365，第69页。

③ （汉）班固撰，（唐）颜师古注：《汉书》第12册卷九六上《西域传》，第3897页。

④ （汉）班固撰，（唐）颜师古注：《汉书》第12册卷九六上《西域传》，第3881页。

⑤ （汉）班固撰，（唐）颜师古注：《汉书》第12册卷九六上《西域传》，第3883页。

⑥ （清）春园著：《西域见闻录》卷二《新疆纪略》下，北京交通大学藏乾隆四十二年（1777）年，第15页。

⑦ （清）赵慎畛撰：《榆巢杂识》卷上，中华书局2001年版，第192页。

⑧ （清）春园著：《西域见闻录》卷一《新疆纪略》上，第10页。

牲……"①,《榆巢杂识》曰:"(喀什噶尔)土产荡绸、荡缎、金银丝绸缎、布、石榴、木瓜、瓜膏、苹果、葡萄干,皆以充贡"②。这些史料笔记所描绘之物品,以及由此在人们脑海中形成的印象,最终在流人的西域亲历中得到印证,并极尽其美好之形态,如曹麟开、蒋业晋诗中所述:鱼儿细腻味美,玉石宛若凝脂,光洁白润;瓜果色香味美,实乃佳种;青金石精光生辉,仿佛孕育龙气、点缀繁星;高昌布则如丝绸般细薄洁白。以上诸物,皆属上等佳品。而流人对其所用之称谓如"美玉""佳种""青金石",通过"美""佳""青金"等形容词的修饰作用,将美好属性直接与物品绑定,在肯定其优良品质的同时,也传达了作者的喜爱和赞美之情。

然而,进一步探究会发现,流人所注重的,并非物产的繁多种类和良好品质,而是其背后的政治指涉,即这些物产都归属于帝国秩序。第一首,流人先指出鱼的产地,再描述其特征。"淖尔"为蒙古语,指湖泊;渭干河是新疆塔里木河的重要支流之一,又称龟兹川水;"开都"则是开都河,乃新疆著名的内流河。因此,第一句叙述水从湖泊延万壑而下,流入渭干河,同时又汇集到开都河,而生长其中的鱼儿,细腻滑嫩,味道不亚于松江的鲈鱼。在这里,淖尔、渭干、开都是新疆一带的地理语汇,③ 带有明显的西域指称。且此诗主要是赞美此处之鱼细腻鲜美,但对于它的美味,流人并非直接陈述,而是选择江南作为参照系,即它的味道需跟江南食物相比,才得以显现。"江南",乃流人家乡所在地、清廷财政来源地,早已归入王朝政治秩序,成为帝国的一部分。而流人将其作为西域的参照对象,无疑是凸显帝国的权威,即西域的物产要贴合此秩序,才能达到美味的标准。第二首先写新疆的美玉从和阗开采出来,接着再述其流走方向。"职贡"乃指古代藩属国或外国对朝廷的按时贡纳。"蒲梢"亦作"蒲稍",《史记·乐书》载:"后伐大宛得千里马,马名蒲梢。"④自此,"蒲梢"便作为骏马的代名词。"右贤"则是匈奴贵族封号。所以"职贡蒲梢走右贤"句,即描绘了少数民族部落

---

① (清)春园著:《西域见闻录》卷一《新疆纪略》上,第13页。
② (清)赵慎畛撰:《榆巢杂识》卷下,第192页。
③ 蒙古族大部分生活在蒙古,但也有少部分在新疆一带。
④ (汉)司马迁著,(南朝·宋)裴骃集解,(唐)司马贞索引,(唐)张守节正义:《史记》卷二四《乐书》第二,第1178页。

首领骑着骏马，按时向宗主国进贡美玉之情景。而此句紧接"截肪美玉采于阗"句，无疑表明这些凝脂美玉，只有作为进贡之物，才能充分凸显其价值。在流人观念中，作为西域物产象征的"玉"，也需纳入帝国体系中。同样，第三首，作者虽肯定西域的独特水土造就瓜果之甜美，但他也坚信：即使移居中原，这些瓜果依然是良品。这从意识上超越了地理局限，主观地认为将西域物产纳入帝国范畴，也不减其佳处，于此凸显了帝国秩序的力量。第四首的权力意味同样明显，作者在描述青金石颜色样态之高贵玲珑后，其落脚点反而是"汗简青"，即与古代传统蕴含立功不朽意味的"汗青"关联在一起。这样一来，青金石原本单纯的自然属性，就被附上了浓厚的政治和道德色彩，即把它纳入帝国道德行为标准中进行关照。第五首中的"可以开华风"，更是直接点出了其所隐含的帝国权力意味。

由此可见，流人描写西域物产，并非简单记录此地物产丰富、品质优良，还隐含权力话语在其中，凸显帝王秩序力量。

此外，在流人文本中，对西域人民风俗习性之变化也多有描绘，诗如下：

塞上竹枝词之十二　曹麟开

帽檐鹓鸹插缤纷，荒服由来陋不文。恩赏花翎飘孔翠，荣尊大禄与骑君。[1]

塞上竹枝词之十三　曹麟开

准夷部落杂乌孙，游牧南山与北村。一笑相逢斟七格，割鲜共啖燎毛燔。[2]

从将军猎南山口归纪其事　蒋业晋

北庭之北南山长，山图左右皆降羌。其俗慓悍错杂处，非示杀伐多披

---

① （清）和宁纂修：《三州辑略》卷八，第311页。
② （清）和宁纂修：《三州辑略》卷八，第311页。

猖。圣朝拓地二万里，酋长率服俱来王。……为言此地礼废久，须教有勇还知方。……①

奉和将军阅边诗原韵　蒋业晋

乌孙本殊俗，礼义难谕晓。轮台月竃西，远控阳关道。汉室尚羁縻，治本见了了。而胡损国戚，计出和亲好。我皇奋神武，遣将削平早。羌浑皆杂处，部落四围绕。近今三十年，蛮地尽为沼。籍既隶吾图，性先化共慓。……合围即教战，狝礼举非小。天上今公来，西陲百年保。②

第一首诗描写了西域部落服饰之变化。首句先展示了原来服饰的特点，曹氏注："《一统志》曰：'陈诚使西域，记其王子髡发戴罩，刺帽插鹨鸫翎，设彩绣毡帐，席地而坐'"③，"髡发"即剃发，西域王子把头发剃光，戴着帽子，上面插满鸟类鲜艳的羽毛，在帐篷里就地而坐，单看如此样貌，活脱脱一个原始的土著形象。此时中原地区早已穿上丝绸织物，西域部落却还沿袭狩猎时期的穿着打扮，可见其荒蛮落后。接下来，作者笔锋一转：当西域王子换上中原帝王赏赐的顶戴花翎后，顿显荣耀尊贵。如此比对，反差较大，而在这个转换过程中，流人无疑凸显了帝王的巨大力量，即通过服饰的改变，使西域部落由野蛮走向文明。第二首诗从饮食着眼，"燔"即用火烤，"燎毛燔"乃指烧草木把肉烤熟，是较为原始的烹饪方式。全诗写出西域部落放牧归来，聚在一起切割牛羊等牲畜，用火烤着来吃的景象，这是游牧民族较为传统的生活习性。第三首诗则关注西域民众的性情，点出其剽悍、好斗、凶狠之特点。对此，方志亦有记载，《西域见闻录》曰："(哈喇沙拉)惰兰者，回子中别一种也，为霍吉占亲近牧马畜雕之户，性狡诈喜讼，回子中最为顽梗。"④乾隆时期的《西域总志》亦曰："(布鲁特)人贫苦强悍，

---

① (清)蒋业晋：《立崖诗钞》卷四，《清代诗文集汇编》编纂委员会编：《清代诗文集汇编》365，第64页。

② (清)蒋业晋：《立崖诗钞》卷四，《清代诗文集汇编》编纂委员会编：《清代诗文集汇编》365，第66页。

③ (清)和宁纂修：《三州辑略》卷八，第311页。

④ (清)春园著：《西域见闻录》卷一《新疆纪略》上，第5页。

轻死重利，好劫夺，喜杀掳。"①这些记载皆可作为印证。第三首诗的后面部分及第四首诗，则指出此地民众不通晓礼义，诚如《回疆志》所载："回人……嗜酒耽色，不知餍足，不以悔约诳语为耻，贪利鄙吝。"②酒色致性乱，常为礼义所规避，贪利鄙吝亦与礼义所倡之重义轻利相悖。可见，西域部落民众的所作所为，皆与儒家传统礼义背道而驰，在士大夫看来，皆是不知礼的野蛮举止。因此，无论在饮食、性情还是礼义层面，都足见西域一带的野蛮落后。但是，这一切都在王化后发生了改变。北庭之国首领臣服清廷后，才意识到此地之礼义废弃已久，于是幡然醒悟：在强壮民众身体的同时，还需教化其精神。乌孙国被清廷纳入版图后，原来的荒芜之地变成水泽之所，作物得以种植，从前的彪悍民风亦在中原文化的浸染下，逐渐褪去野蛮面貌。正所谓"自从即叙西戎后，一变羁縻化外风"③，自从归属清廷，当地的野蛮文明便实现了开化。

　　综上，与唐朝文人的书写相比，两者皆在风景描绘上呈现出西域的广袤辽阔之景，但清代流人却以其画面中独特的江南韵味区别于唐人。在战场描写中，他们虽皆有战事的呈述，但唐人侧重于描绘将士之英勇，清人则偏重于赞赏帝王的英明神武。另，清人还多有对西域风土之描绘，借此歌颂君主的王化之功。可见，心念江南、歌颂帝王，是清代文字狱流人遣戍西域期间的主要情感倾向，而其背后，无疑皆指向思乡盼归之心理。如曹麟开勾勒红桥烟柳的柔美画卷时，所寄乃"今我来思侧帽吟"④"明月吹箫思不禁"⑤的思乡之情；蒋业晋在刻画新柳初黄的生机盎然时，所含亦是"塞外孤踪别绪萦"⑥的远别之苦。可见，西域风景中的江南背影，即是其思乡情感的投射。而他们对帝王的赞颂，无疑含有借颂扬君主以获赦归乡之目的。对此，曹麟开在《塞上竹枝词》的叙中有所表露，其曰：

---

　　① （清）傅恒等奉敕撰：《西域总志》下《外藩列传》卷四，乾隆二十八年（1763年）武英殿刻本，第108页。

　　② 《回疆志》卷二，第64页。

　　③ （清）曹麟开：《塞上竹枝词·一》，（清）和宁纂修：《三州辑略》卷八，第310页。

　　④ （清）曹麟开：《红桥烟柳》，（清）和宁纂修：《三州辑略》卷八，第319页。

　　⑤ （清）曹麟开：《红桥烟柳》，（清）和宁纂修：《三州辑略》卷八，第319页。

　　⑥ （清）蒋业晋：《立崖诗钞》卷四《新柳》，《清代诗文集汇编》编纂委员会编：《清代诗文集汇编》365，第64页。

"水程山驿，每怀苞栩之吟，月店霜桥，拟答采薇之什。"①其中"苞栩"乃指丛密的柞树，出自《诗经·唐风·鸨羽》："肃肃鸨羽，集于苞栩。王事靡盬，不能蓺稷黍。"②即大鸨成群栖息在柞树上，然而王侯家的徭役无休无止，我不知何时才能回家耕种五谷，传达了民众的盼归之情。"采薇"较为人所熟知，亦出自《诗经》，诗曰："采薇采薇，薇亦作止。曰归曰归，岁亦莫止"③，描写了因战争而年年推迟归期的征人之思。可见，"苞栩""采薇"都蕴含了思乡盼归之情，由此可推知，曹氏在戍地写下三十多首竹枝词，并非简单记录风土，而是有所寄怀，其情感皆指向以"苞栩""采薇"为中心的盼归之思。

---

① （清）和宁纂修：《三州辑略》卷八，第 309 页。
② （汉）毛公传，郑玄笺，（唐）孔颖达等正义：《毛诗正义》卷六《唐风·鸨羽》，（清）阮元校刻：《十三经注疏》（清嘉庆刊本），第 225 页。
③ （汉）毛公传，郑玄笺，（唐）孔颖达等正义：《毛诗正义》卷九《小雅·采薇》，（清）阮元校刻：《十三经注疏》（清嘉庆刊本），第 332 页。

第五章　清中后期中西冲突与流人的复杂心态

自乾隆后期开始，吏治腐败，积重难返。逮及嘉庆，嘉庆帝虽立志整饬内政，肃正纲纪，无奈才力平庸，且内乱频仍，川陕、东南、北方各地起义如火如荼；又外患渐逼，英、葡两国于沿海频繁骚扰，王朝颓微之势难以逆转。延及道光，内虽有平定回部之功，改革漕运、盐法之举，然外患日甚，鸦片之烽火，南京之条约，启国耻之大门。及至咸丰，太平天国、北方捻军诸起义风起云涌，英、法、俄、美等国伺机侵略，天津、北京、瑷珲诸约之签订，致使帝国航船驶向诡谲之彼岸、灭亡之边缘。后同治、光绪、宣统三朝，几摄于慈禧，其操弄朝臣，手腕干练，借辛酉之政变，躬收政柄；用汉族之能臣，暂息起义；推洋务之运动，初显中兴。然其于内奢靡无度，于外妥协退让，甲午、庚子之战，马关、辛丑之约，终使帝国大厦几欲倾倒。后经民国振臂一呼，清廷终落帷幕。

此一百多年间，风云变幻，新旧交替，帝国之发展早难独善其身，并被卷入世界滚滚洪流。随着西人踏入中土，西方之商品、宗教、制度，亦随之东渐，触动着古老中国的神经。这些帝国下的臣民，面对远道而来的西方，或排斥，或惊恐，或学习，中西文化意识交互碰撞，由此引发了教案、鸦片、战争、变法等一系列冲突，并有诸多人员因此而流徙他乡。

在教案层面，早在嘉庆十年（1805），图钦、图敏等宗室成员就因私学洋教而被戍新疆；光绪年间，又有毓贤、隆文、徐继孺等官员因教案遭遣戍。其中，尤以同治年间的田兴恕、张光藻和光绪时期的秦锡圭最具代表性。

田兴恕（1836—1877），字忠普，苗族，湖南镇筸（今凤凰）人。他行伍出身，因在与太平军作战中表现突出，被任命为贵州提督兼巡抚，掌握军政大权。1861年，因贵州传教士谩骂青岩一带群众，行为猖狂无理，民众怒起而烧毁修院，在此教民争端中，田兴恕将违法教士斩首，史称"青岩教案"。1862年，又因开州一带教民冲突，田氏大怒并将教士正法，即"开州教案"。这两次教案震惊朝野，法国公使提出交涉，清廷慑于洋人之威，于同治四年（1865）三月将田兴恕发配新疆。行至甘肃，总督左宗棠请留其于秦州防营效力，后田氏于同治十二年（1873）获释归。在流放的八年间，田兴恕作有《更生诗草》①《更生词草》《更生续草》各一卷，国家图书馆藏有清同治刻本。

张光藻（1815—1891），字翰泉，安徽广德人。咸丰六年（1856）进士，历任直隶任县知县、正定府知府。同治九年（1870），他任天津府知府，因外国传教士横行此地，且常有幼孩迷失之事，教民矛盾日益加深。在双方冲突中，民众群情激奋，打死多个外国教士与商人，即震惊一时的"天津教案"。张光藻负责处理此案，他同情人民，力护国内百姓，无奈清廷屈于列强压力，将张光藻于同年（1870）九月革职发往黑龙江齐齐哈尔，同治十一年（1872）夏秋之交赦归。光绪六年（1880），张光藻将流戍期间所作诗歌辑成《北戍草》《龙江纪事》各一卷，收录于今人影印的《清代诗文集汇编》②。

秦锡圭（1864—1924），字镇国，号介侯，陈行（今属上海）人。光绪二十一年（1895）进士，先任庶吉士，后任山西寿阳县知县。在任期间，巡抚毓贤以扰事为由捕杀教士，酿成教案，毓贤获罪，锡圭受牵连被削职遣戍甘肃凉州。宣统三年（1911），秦锡圭复职。他著有《见斋诗稿》《见斋文稿》各一卷，藏于国家图书馆、华东师范大学图书馆等处，其中收录有其流放之作。③

在鸦片层面，道光年间，官员中文亮、中松杰、通桂因吸食鸦片，皆被发往热河效力赎罪；王传心、珠尔罕则被遣往新疆。在因西方鸦片而遭流放的诸多人员中，林则徐最为瞩目：

林则徐（1785—1850），字元抚，又字少穆、石麟，福建侯官县（今福建省闽侯县）人，清中后期著名的政治家、思想家、诗人，有"民族英雄"之誉。林则徐于嘉庆十六年（1811）中进士，历任江苏巡抚、湖广总督、两广总督。道光年间，因鸦片泛滥，林氏受命为钦差大臣，赴广东查禁鸦片，领导了著名的"虎门销

---

① 《更生诗草》还收录在《清代诗文集汇编》731 中，本书引用的田兴恕诗歌皆出自此书。
② 本书引用的张光藻诗歌，皆出自此书。
③ 本书引用的秦锡圭诗文，乃出自华东师范大学图书馆藏民国十七年（1928）铅印本。

烟"运动。但此举成为英国入侵中国之借口，在投降派的诬陷和道光帝的软弱下，林则徐于道光二十一年(1841)五月被革职流放新疆，七月行至扬州，奉命折回东河效力赎罪。道光二十二年(1842)二月仍被戍新疆，二十五年(1845)奉诏赦还。在新疆期间，他实地勘察，提倡屯田耕战，领导兴修水利，并留下大量与流戍相关的诗歌、日记、奏折等，包括《云左山房诗文钞》《林则徐日记》《林则徐政书》《荷戈纪程》，收录于今人整理的《林则徐全集》①。此外，今人还编有《林则徐新疆诗文》《林则徐新疆资料全编》等与流放相关的资料。

在战争方面，道光时期，英军进犯，黄冕、罗建功、钱炳焕、伊里布、琦善诸人，或遭失利，或因妥协，皆被远戍新疆；咸丰年间，英法联军入侵，因炮台失守，张殿元、谭廷襄被夺官遣戍；光绪期间，中法交战，有徐延旭、唐炯、周炳林、李石秀等大批官员因此获罪流徙。其中，又以邓廷桢、张佩纶、何如璋最为突出。

邓廷桢(1776—1846)，字维周，又字嶰筠，江苏江宁(今南京市)人。嘉庆六年(1801)进士，授编修，官至云贵、闽浙、两广总督。其任官期间，鸦片盛行，他力主抗争，积极协助林则徐收缴鸦片。中英战争爆发后，他亲督水师击退侵略军，嗣因投降派诬陷，与林则徐同戍新疆伊犁，并于二十三年(1843)闰七月召还。其流戍时期坚持创作，并有作品存于《双砚斋诗钞》《双砚斋词钞》②。

张佩纶(1848—1903)，字幼樵，直隶丰润(今河北唐山市丰润区)人。同治十年(1871)进士，授翰林院侍讲，后任左副都御史。中法战争爆发后，他力主抗战，以三品卿衔会办福建海防事宜，兼署船政大臣。因对法国舰队的抵御失策，致使马尾船厂失陷被毁，他于光绪十一年(1885)二月被革职流放张家口，十四年(1888)五月赦归。著有《涧于集》二十卷和《涧于日记》，其中收有流放期间作品。③

---

①　本书所引用的林则徐诗文，乃出自林则徐全集编辑委员会编：《林则徐全集》1～10册，海峡文艺出版社2002年版。

②　《双砚斋诗钞》《双砚斋词钞》皆收在《清代诗文集汇编》520中，本书所引用的邓廷桢诗词，皆出于此。

③　《涧于集》二十卷收录在《清代诗文集汇编》768中，日记则有张佩纶著，谢海林整理：《张佩纶日记》上、下两册，凤凰出版社2015年版。

何如璋(1838—1891)，字子峩，广东潮州府大埔县(今梅州市大埔县)人。同治七年(1868)进士，选庶吉士，授编修。光绪三年(1877)，曾奉旨出使日本，八年(1882)回国，并出任福建船政大臣。十年(1884)，因福建水师与法军交战的马尾战役失败，被弹劾治罪，翌年(1885)与张佩纶同戍张家口，十四年(1888)秋赦归。其流放期间依然创作，并有诗歌保存于《袖海楼诗钞》，今人整理有《何如璋集》①。

此外，还有二人因倡导学习西方的戊戌变法而遭流放。

张荫桓(1837—1900)，字樵野，广东南海(今广州)人。初任知县、道员、按察使。光绪八年(1882)任职于总理衙门，十一年(1885)任出使美、日(指日斯巴尼亚，即西班牙)、秘三国大臣。二十三年(1897)，他前往英、美、法、德诸国，海外见闻颇多。二十四年(1898)九月，他因与变法派关系密切，在戊戌政变失败后被远戍新疆，二十六年(1900)七月被处决于戍所。张荫桓著有《铁画楼诗文集》、《铁画楼诗续钞》(亦名《荷戈集》)、《三洲日记》等，其中《荷戈集》乃其流戍之作，并收录于今人整理的《张荫桓集》②。

李端棻(1833—1907)，字芯园，贵州贵筑(今贵阳)人。同治二年(1863)进士，入翰林，后历任学政、内阁学士、刑部侍郎等。他曾上疏请建藏书楼、仪器院、译书局等，提倡教育改革，被认为是"大臣言新政第一人"。他还举荐康有为、梁启超、谭嗣同等变法人士，支持变法。光绪二十四年(1898)八月，戊戌变法失败后，被褫职遣戍新疆，因病留甘州(今甘肃张掖)治疗，二十七年(1901)赦归。他遗有《芯园诗存》一卷，其中前部分为谪戍之作，收录于今人整理的《贵阳五家诗钞》③。

从以上流人的遣戍情况来看，他们皆处新旧交替的清代中后期，并都与中西方冲突关联紧密，因此，可将其命名为"清中后期流人群体"或"中西冲突流人群

---

① (清)何如璋著，吴振清、吴裕贤编校整理：《何如璋集》，天津人民出版社 2010 年版。本书所引用的何如璋诗歌皆出自于此。

② (清)张荫桓著，孔繁文、任青整理：《张荫桓集》，中华书局 2012 年版。本书所引用的张荫桓作品皆出自于此。

③ 许先德、龙尚学主编，贵阳市志编纂委员会办公室《金筑丛书》编辑室编：《贵阳五家诗钞》，贵州教育出版社 1995 年版。本书所引用的李端棻诗歌皆出自于此。

体"。观其流放作品，部分与前中期乃至历代流人之作颇为相似，包括感叹流戍遭遇、描写戍地风景、渴望早日归乡等。但是，他们毕竟处于剧烈动荡的历史时期，因此诗文中出现了不同于以往流人的新特点：一是对西人的看法和评价，如秦锡圭《楳花拳》、林则徐《程玉樵方伯德润饯余于兰州藩廨之若己有园，次韵奉谢》、张荫桓《九日王胡镇与阎成叔别越日宿祁县奉寄二首》等；二是心系国家安危，表达报国决心，如田兴恕《涪陵遣怀》、张光藻《生日感怀寄呈曾相国夫子》、邓廷桢《少穆尚书将出玉关，先以诗二章见寄，次韵奉和》诸作。

　　纵观现有研究，可将其分为两大类，一是从个案入手，二是着眼整体。就个案研究来看，林则徐作为近代史上大名鼎鼎的民族英雄、"开眼看世界的第一人"，所受关注自然最多，研究既有探究其流戍心态，如《"天其以我为箕子，要使此意留要荒"——简论林则徐遣戍新疆时期忧国恤民思想》①《林则徐谪戍新疆期间思想发展的基本轨迹》②《林则徐遣戍新疆的心路历程与诗文创作研究》③等，并着重突出其爱国思想；亦有归纳其西域诗中呈现的风土人情及艺术手法，如《林则徐西部山水诗论略》④《林则徐西域诗的用典及其特色》⑤，并有《林则徐〈回疆竹枝词〉中的维吾尔语考释》⑥《林则徐〈回疆竹枝词〉中的维吾尔语词》⑦等文，这些研究从语言学的角度，对林则徐的西域诗进行了研究；另有关注其对新疆的开发贡献，如《林则徐在新疆》⑧《林则徐对新疆建设和边防的贡献》⑨等文。现有研究涉及心理学、文学、史学等层面，但大体沿袭传统分析方法，成果不

---

①　林岷、张立凡：《"天其以我为箕子，要使此意留要荒"——简论林则徐遣戍新疆时期忧国恤民思想》，《松辽学刊》(社会科学版)1988年第4期。

②　任伊临：《林则徐谪戍新疆期间思想发展的基本轨迹》，《西域研究》1998年第3期。

③　杨娟：《林则徐遣戍新疆的心路历程与诗文创作研究》，陕西师范大学硕士学位论文，2011年。

④　王英志：《林则徐西部山水诗论略》，《江苏社会科学》2004年第6期。

⑤　杨丽：《林则徐西域诗的用典及其特色》，《西域研究》2008年第4期。

⑥　廖冬梅：《林则徐〈回疆竹枝词〉中的维吾尔语考释》，《中央民族大学学报》2006年第2期。

⑦　赵世杰：《林则徐〈回疆竹枝词〉中的维吾尔语词》，《语言与翻译》1994年第4期。

⑧　蔡锦松：《林则徐在新疆》，《新疆社会科学》1990年第5期。

⑨　徐光仁、陈进忠：《林则徐对新疆建设和边防的贡献》，《四川大学学报》(哲学社会科学版)1988年第1期。

少，然新见不多。其次的研究焦点是张佩纶，作为中兴名臣李鸿章的女婿，民国才女张爱玲的祖父，张佩纶亦备受瞩目。目前对其流放之研究以史学为主，文学为辅，如李峰编有《张佩纶年谱》①，对其生平事迹和诗文创作进行编排和整理，包括流放期间的作品；潘静如的《张佩纶前半生事迹考论》②则文史结合，考述其谪戍张家口之事。另有两篇同名硕士论文《张佩纶诗歌研究》③，主要探究张佩纶之诗，但基本停留在思想内容和艺术手法的归纳上，未能深入。

其他如邓廷桢、张光藻、张荫桓、李端棻诸人，虽有涉及其流放之研究，如《论邓廷桢、林则徐唱和词及其词史意义》④《张光藻与〈北戍草〉》⑤《张荫桓和他的〈荷戈集〉》⑥《从〈苾园诗存〉看李端棻思想的转变》⑦，但数量较少，且视角亦不出传统范畴。而如田兴恕、秦锡圭、何如璋等人，与其流放相关的研究则难觅踪迹。可见，在个案研究中，无论其深度还是广度上，皆存在较大的开拓空间。

在整体研究方面，因清中后期的部分流人，如林则徐、邓廷桢、张荫桓等皆被发往新疆，因此他们常被划入新疆或西域流人范畴中进行探讨。如《"别于众囚"：乾嘉道时期新疆废员的谪戍生活》⑧《清代新疆废员研究综述》⑨等文，《清代新疆流放研究》⑩等专著，乃从史学和制度层面进行考察；《清代西域诗研究》⑪则着重于文学层面。这些著述展现了新疆流人的群体生活与遣戍心态，但视角仍囿于传统。此外，前人在群体划分时，往往注目西北一带，对本发往新疆而留于甘肃之田兴恕、李端棻，戍守张家口的张佩纶、何如璋，以及被戍东北之

① 李峰：《张佩纶年谱》，南昌大学硕士学位论文，2013 年。

② 潘静如：《张佩纶前半生事迹考论》，苏州大学硕士学位论文，2012 年。

③ 阴迎新：《张佩纶诗歌研究》，暨南大学硕士学位论文，2010 年；宋攀：《张佩纶诗歌研究》，上海外国语大学硕士学位论文，2017 年。

④ 刘荣平：《论邓廷桢、林则徐唱和词及其词史意义》，《长江学术》2010 年第 4 期。

⑤ 谭彦翘：《张光藻与〈北戍草〉》，《北方文物》1995 年第 4 期。

⑥ 周轩：《张荫桓和他的〈荷戈集〉》，《西域研究》1999 年第 4 期。

⑦ 张建新：《从〈苾园诗存〉看李端棻思想的转变》，《福建论坛》(社科教育版)2008 年第 10 期。

⑧ 方华玲：《"别于众囚"：乾嘉道时期新疆废员的谪戍生活》，《满族研究》2016 年第 2 期。

⑨ 方华玲：《清代新疆废员研究综述》，《常州大学学报》(社会科学版)2016 年第 6 期。

⑩ 周轩：《清代新疆流放研究》，新疆大学出版社 2004 年版。

⑪ 星汉：《清代西域诗研究》，上海古籍出版社 2009 年版。

张光藻，其关注度皆不够。可见在整体研究中，依然存在深度与广度上的不足。

结合地域与时代诸因素，可知以上因中西冲突而遭遣戍的清中后期流人，其戍地广布西北、东北、华北一带，不像前中期那样集中。西人入侵使清廷面临亡国灭种之威胁，此时的矛盾已不同于初期明清政权交替的朝代之争，也不再是前中期"江南＼东北""江南＼西域"之间的地域碰撞，而是归属于东方的中国和根植于西方的列强之间的民族冲突，它早已超越改朝换代的国别属性与地域迁徙的人地矛盾，而指向"东/西""旧/新"之间的对抗。因此，本章的设计超越了朝代更替与地域变迁之藩篱，着眼于中国居处的东方与洋人所在的西方，借助其文本中别具特色的动物书写，来探究处于"东/西"冲突下的清中后期流人的复杂多变心态。

第一节 犬与狼：流人的西人印象与心态转变

在中国几千年未有之变局的清中后期，西方通过鸦片贸易、传教、战争等多种方式入侵中国。处于风云变幻、新旧交替时期的流人，在目睹一系列中西冲突后，于文本中呈现出新的景观——西方书写，这一书写方式使其有别于清前中期乃至历朝历代的所有流人。因此，透过这些文本，或可管窥此时流人独特而复杂之心理。

分析发现，这些因中西冲突而遭遣戍的流人，其流放创作中始终萦绕着西人留存的印象，并常以动物名称代之，如林则徐"闻道狼贪今渐戢，须防蚕食念犹纷"[1]"昔之犬羊，今则虎狼"[2]、张光藻"已拼躯命酬君国，终恨牛羊伴虎狼"[3]"牛羊四散忧豺狼，江湖满地藏蛇虺"[4]、张佩纶"短衣射虎吾犹壮，多事长沙吊屈原"[5]、

---

[1] （清）林则徐著，《林则徐全集》编辑委员会编：《林则徐全集》第6册《程玉樵方伯德润饯余于兰州藩廨之若已有园，次韵奉谢》，第210页。

[2] （清）林则徐著，《林则徐全集》编辑委员会编：《林则徐全集》第7册《致戴炯孙》，第280页。

[3] （清）张光藻：《北戍草》《寄别友人》，《清代诗文集汇编》编纂委员会编：《清代诗文集汇编》663，第99页。

[4] （清）张光藻：《北戍草》《除夕即事·三》，《清代诗文集汇编》编纂委员会编：《清代诗文集汇编》663，第110页。

[5] （清）张佩纶：《涧于集》《送张十一曾扬出守湖南·二》，《清代诗文集汇编》编纂委员会编：《清代诗文集汇编》768，第95页。

张荫桓"力未剸虎狼，况能驯驱蛮"①等，其中的"虎""狼""豹""蛇""犬""羊"皆指西方侵略者。同时，结合晚清报刊看，这种形象亦有所呈现。当时流传的文人仿作歌谣唱道："西顾欧洲国，眈眈似虎狼"②"英俄法德伊，狡狯如妖狐"③，民间也传唱着："南接印度英领土，英狡如狐贪如狼，兴师割地立约章"④，皆以"虎""狼""狐"来指代西方。相比之下，报刊图画表现得更加一目了然，其中最为人熟知的莫过于《时局图》（如图5-1-1），它分别以熊、犬、蛤蟆、鹰等动物指代俄、英、法、美诸国，反映了当时西方列强瓜分中国的历史现实，对此，前人已多有论说，这里便不再赘述。此外，笔者亦从晚清报刊中钩沉出《寓意图1》（如图5-1-2），图中一位身穿朝服的官员，刚把虎从前门驱逐出去，后门又有狼追来，一副疲惫无措之神态，并附文字："按政府近受外界激刺，如狼吞虎噬，结队

图 5-1-1　时局图

图 5-1-2　寓意图1

① （清）张荫桓著，孔繁文、任青整理：《张荫桓集》《九日王胡镇与阎成叔别越日宿祁县奉寄二首·一》，第167页。
② 伯溢作：《同胞歌》，《绣像小说》1904年第27期，第1页。
③ 慈溪俞因女士作：《非洲黑奴歌》，《宁波白话报》1904年第6期，第9页。
④ 《童蒙小唱·康卫藏》，《女学生杂志》1911年第2期，第100页。

竞进，此出则彼入，前往则后来，终日驱逐，气喘吁吁，徒劳无益。"①显然，图中将"虎""狼"喻为西方侵略者的主观意识。可见，在清中后期中西冲突背景下，这种动物比拟的艺术手法，不仅现于流人文本，亦在文人歌谣、民间谣曲、报刊画报中得到广泛认同。因此，透过这些动物名称，亦可挖掘其背后暗藏的流人乃至国人文化心理。

在这诸多动物中，又以"犬""狼"最值得关注。首先，"犬"是与人类关系最密切的动物，不论是远古时期作为人类的狩猎伙伴，还是现今充当人们的饲养宠物，人对狗都有着难以割舍的亲密关系。相比之下，"狼"则是印在人类意识中难以磨灭的记忆，正如殷国明所指出的："狮子、老虎、蛇等意象至今还深刻影响着人类，在文化中留下了各种印记，但是它们和人类绝对没有狼那样的缘分，能够与人类生活发生如此直接的联系。"②其次，"犬"乃由"狼"驯化而来，能驯化的部分成了"犬"，不可驯化的则是"狼"。它们本是同源，却因与人类关系不同，使得人们有意无意中，更多将"犬"归入和"羊"类似的温顺有益动物，而把"狼"判为与"虎""豹""蛇"等同的凶残有害之物。可见，"犬"和"狼"与"人"之关系，复杂又微妙。因此，通过"犬""狼"的动物指称视角，亦能更好地挖掘中西冲突下流人的复杂心理。

一、犬与狼：动物特性及中西方文化

犬是常见的犬科哺乳动物，眼睛平圆，耳短而直立，舌长而薄，有发达的听觉与视觉。"犬"又可称为"狗"，其差别只在于大小的不同，往往大者为犬，小者为狗。"狼"亦是人们较熟悉的动物，又名豺狼、灰狼、野狼等，其"似犬，锐头白颊，高前广后"③，外形与狗相似，但头腭呈尖形，更适合快速奔跑，是机警敏锐的食肉动物。"犬"与"狼"，皆和人类有千丝万缕之联系，并在彼此关联中，因其动物特性而被人类赋予不同的文化属性。

（一）犬：中国文化之忠诚与奴性的象征

犬自与人接触开始，就一直伴随人类，但人对其情感却较为复杂。一方面，

---

① 《戊申全年画报》1909 年第 20 期，第 36 页。

② 殷国明：《西方狼》，上海文化出版社 2005 年版，第 104 页。

③ （汉）许慎著，（清）段玉裁注：《说文解字注》卷十七，第 477 页。

狗的灵性和忠诚为人赞赏。犬被人类从自然带回后，心甘情愿地套上圈、戴上铃，为人们看守家园，因此，其忠义形象常为人歌颂。民间很早就流传"狗不嫌家贫""犬不弃贱主""犬有湿草之义"等俗语，魏晋干宝《搜神记》等亦载义犬救主之事。犬的忠义形象亦在清代延续，并频频现于晚清报刊，如《犬识旧主图》①（如图5-1-3），即讲述走失一年半后的养犬依然忠于旧主的故事；《狗能救人图》②（如图5-1-4）则描绘小孩跌入水后，犬"即跃入海中，衔之而起，循梯以上"③的忠义之举；其他如《忠犬救生》《犬马报主》《救主犬义》《义犬救婴》等图，皆是此类。可见犬常与人类相伴，不离不弃，并以其忠义品性而颇受赞誉，无怪乎流人张光藻离开戍地时，对与自己相伴的"憨似儿童余榍态，亲如童仆有前缘"④

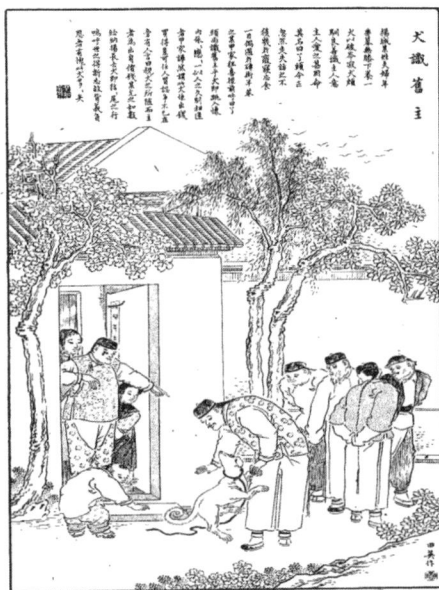

图 5-1-3 犬识旧主图

图 5-1-4 狗能救人图

① 田英：《犬识旧主（附图）》，《点石斋画报》1886 年第 82 期，第 16 页。
② 周权：《狗能救人》，《点石斋画报大全》1910 年。
③ 周权：《狗能救人》，《点石斋画报大全》1910 年。
④ （清）张光藻：《北戍草》《别犬》，《清代诗文集汇编》编纂委员会编：《清代诗文集汇编》663，第 115 页。

之养犬，不禁发出"而今舍汝南归去，惆怅天涯路八千"①的感叹，言语中满是依依不舍。

另一方面，这种驯化而产生的恭顺和忠诚，也易使犬产生奴性，因而它们又常以负面形象出现，备受人们的轻贱鄙薄。狗是人类从自然界带回的狼，它们离开长久生活的森林草原，走进人类的生活空间。自此，其捕食技能逐渐弱化，依靠帮助人类狩猎以获取食物。长久以往，便使人控制其食物来源，而犬也在获得食物的过程中，养成了跟随并讨好主人的奴性。人类对这种奴性的情感很微妙，既喜欢它们的顺从乖巧，又鄙夷其献媚讨好，如俗语常说的"走狗""狗腿子""哈巴狗"等，便是这种复杂心理的呈现。至晚清时期，还常有《看门狗可恶》②等新闻或寓言见诸报刊，足见此心态之延续。

由此可见，犬在接受人类驯化的进程中，产生了忠诚和奴从两种特性，而其他较为柔弱且接受人类驯化之动物，如羊、牛乃至马，亦同犬一样，有着忠诚恭顺之性，因此可将它们的特点一起概括为犬性。

（二）狼：西方文化中力量与欲望的合体

相比于犬，狼的形象和寓意更为复杂。狼在中国古代常被排除在吉祥动物行列之外，但在西方却被当作图腾加以崇拜，狼性基因也一直流淌于西方人的文化血液中，并主要表现为野性力量和贪婪欲望两个层面。首先，狼因勇敢、团结而显现的血性，备受西人推崇。因此好斗而无畏的狼，在西方神话传说中往往成为崇拜对象，甚至被视为先祖。如北欧狼神话，主要讲述纳纳包子豪和弟弟加入狼群，进行各种冒险行为，并活跃在旷野之中的故事，于此开始显现狼性蕴含的力量。印第安人则传说狼为人类祖先，并拥有超凡能力，于此，狼的力量被进一步神化。古罗马相传建城的罗慕洛兄弟，靠一只善良母狼的乳汁哺育长大，自此拥有非凡的勇气和力量，因而古罗马人将母狼作为图腾，并把自己视作狼的传人，于此，狼作为人类祖先的说法更加深入人心。直到 12 世纪，东欧一些民族依然

---

① （清）张光藻：《北戍草》《别犬》，《清代诗文集汇编》编纂委员会编：《清代诗文集汇编》663，第 115 页。

② 《看门狗可恶》，《北京白话画图日报》1909 年第 218 期。

认为自己乃北欧部族后裔，继承着狼族血统。至今，意大利著名的卡彼托林博物馆内，还挺立着一尊青铜母狼雕像（图5-1-5），与古罗马传说相呼应。可见，在西方文化史中，狼性崇拜源远流长。这种对野性的崇尚，也一直留存于西方人的集体无意识中，如同奔跑在荒野的狼群，机警、聪灵、团结，充满了生命力量和冒险精神，并潜存为他们征服浩瀚海洋、开拓殖民地的本能。对此，弗洛伊德也颇为关注，并在分析西人的狼梦中，发掘潜藏于其中的原始狼情结，荣格则在此基础上进一步深化，将狼视为西方的英雄原型。

图5-1-5 青铜母狼雕像

然而，狼性在展现血性力量的同时，也因野性张狂而演变成贪婪欲望。西方狼崇拜盛行后，由野性张狂所成的嗜血之性，俨然成为罗马城的象征，并在竞技场、角斗士的血腥场面中不断上演。可见，野性既是原始力量之勃发，也是一种因欲望而导致的野蛮无序状态。因此，狼性，其所携带的人类原始野性中的贪婪欲望，逐渐与后来基督教的禁欲理念相悖，昔日作为英雄象征的狼，被逐出天国贬为恶魔。于是，作为军事专制独裁者的罗马帝王凯撒，开始被描述成"一只狼"的反面形象；至中世纪，著名的打狼运动在欧洲轰轰烈烈开展，狼性受到了排挤和压抑，并持续几百年。尽管如此，狼性却始终作为一种本能，潜藏在西方人身体中，诚如殷国明所述："尽管后期的基督教文明用新的教义'猎杀'了这位带有野性的文明之父，但是其遗传基因已经融入了西方文化的血液之中，成为'狼的后人'不可能摆脱的很深蒂固的基因。"①因此，至 14 世纪，这种狼性又在西方文化中复苏。当时，意大利人厌透了天主教至高的神权地位和虚伪的禁欲主义，于是借复兴古希腊、罗马文化来表达新主张，即著名的文艺复兴。最先吹响号角的乃诗人但丁，并作有《神曲》，他借助母狼的出现，昭示着对古罗马母狼形象的追寻和人性欲望复苏的渴求，诚如其所述："狼"使得诗人"四肢的血脉都颤抖了起来"。② 继而又有达·芬奇等人突破教会禁锢，探寻人体奥秘；彼特拉克则尽情沉湎于爱情浪漫中，肯定肉体欲望的合理性。至此，他们追求的欢愉、热情、疯狂，与早期西方的狼性文明相契，野性和欲望又挣脱枷锁并释放开来。至近代，资本主义和城市化的席卷浪潮，市场和金钱产生的诱惑，撩拨着西人内心的狼性欲望，成为他们开拓海外世界的内在驱动力。

这种力量和欲望结合的狼性，亦在来华的西方使团中有所呈现。如著名的马嘎尔尼访华使团，其乘坐的英国海军主力舰名为"狮子"号，另有随行船舰曰"豺狼"号，即是西方狼性崇拜的印记。他们行驶在波涛汹涌、一望无际的大海中，未来一切皆难预料，将船舰冠以"狮""狼"之名，犹如印第安人披着狼皮进行神祭一样，期望从中获得狼性力量。同时，他们之所以万里迢迢奔赴中国，乃是广阔市场和通商贸易可能带来的巨额财富，激起其内心狼性的欲望和贪婪。

可见，"犬"与"狼"相近，但两者又迥然有别，前者忠诚而具奴性，后者血性却又贪婪。它们分别代表了迥异的中西方文化传统，并在流人的文本中加以呈现，真实地表现出西人狼性来袭前后，流人被激起的复杂心理。

二、西人的犬性伪装与流人戍前的施舍驯化

流放之前，西人伪装成恭顺犬性模样，使流人满是主人般的施舍感。道光十九年（1839）正月，林则徐抵达广州禁烟，并于二月二十三日发布《催取不带鸦片甘结谕帖》，告知西人今后不准再携带鸦片。对此，当时的英领事出具《英国领事义律等出具永断鸦片切结禀》，转录如下：

---

①　殷国明：《西方狼》，上海文化出版社 2005 年版，第 54 页。
②　[意大利]但丁著，王维克译：《神曲》，人民文学出版社 1980 年版，第 4~5 页。

结得英吉利国及所属各国夷商，久在粤省贸易，渥沾天朝恩泽，乐利无穷。只因近年有等贪利之人私带鸦片烟土，在粤洋趸船寄顿售卖，有干天朝法纪。今蒙大皇帝特遣大臣来粤查办，始知禁令森严，不胜悚惧。谨将各趸船所有鸦片尽数缴官，恳求奏请大皇帝格外施恩，宽免既往之罪，其已经起空之趸船均令驶回本国。现在义律等禀明本国主严示各商，凛遵天朝禁令，不得再将鸦片带入内地，并不许制造鸦片。自本年交秋以后，货船来粤，如查有夹带鸦片者，即将其全船货物尽行入官，不准贸易，其人亦听从天朝处死，愿甘伏罪。至现春夏两季到粤之船，其自本国来时，尚未知查办严禁，如有误带鸦片者，随到随缴，不敢稍有隐匿，合并声明。所具切结是实。①

从声明内容来看，义律先肯定英国及其他各国长久受惠于清廷恩泽；接着表明他们将严格遵守禁令，上缴鸦片；最后则许诺今后不再带鸦片入中国。全文语气卑微、态度谦恭，对清廷之称谓尽是"天朝""大皇帝"等字眼，表现出对清统治者的忠诚和臣服；"不胜悚惧""愿甘伏罪"等字句，传达出其对清廷的俯首和恭顺。这种犬性的顺从姿态，在随后2月27日的《义律请求姑宽期限禀》②等也同样有所表现。林则徐对此颇为满意，并在二月二十九日给道光帝的奏折中道：

① 引自《林则徐全集》第5册，第150页。
② 引自《林则徐全集》第5册，第157~158页，全文如下：义律请求姑宽期限禀　道光十九年二月二十七日（1839年4月10日）英吉利国领事义律敬禀钦差大人，为禀明事：道光十九年二月二十五日奉到钧谕，情节已悉。所论别国之人到英国贸易，必遵英国例禁，而英国之人到天朝贸易，亦须恪守天朝法度，其理甚事［是］。可见要在粤省贸易者，自必遵例而行。奈新例取结一事，既与英国之例不符，倘务令照行，不能不取，英国人船无奈，只得回国，俾可不违天朝法度之中，亦得遵本国之事例，以致两无不全也。忖思本国在天朝贸易，恭蒙大皇帝怀柔至意，历有二百余年，仰望先教后诛。惟本国地方较远，或可姑宽期限。自开舱后，凡有印度之港脚属地者，给予五月为限；英国本地者，给予十月为限，然后即以新例遵行，则各人无不悉知其有此例，倘有来粤者，自必遵行也。至五月、十月以内，如有船带鸦片来粤者，远职即得饬令扬帆带回可也。谨此禀赴钦差大人台前查察施行。

伏思夷人贩卖鸦片多年，本干天朝法纪，……惟念从前该夷远隔重洋，未及遽知严禁，今既遵谕全缴趸船鸦片，即与自首无异，合无仰求皇上覆载宽宏，恩施法外，免追既往，严儆将来。并求俯念各夷人鸦片起空，无资置货，酌量加恩赏给茶叶……以奖其恭顺畏法之心，而坚其改悔自新之念。①

在奏疏中，林则徐转而顾念西人来华贸易之艰辛，对其心生怜悯，提出希望通过恩赏来奖励他们的恭顺举止，可见对其犬性予以充分肯定，乃至通过嘉奖来强化。而其中所提具体措施，如"凡夷人名下缴出鸦片一箱者，酌赏茶叶五斤"②等，无不充满了作为天朝主人的优越感与施舍感。

当流人察觉到西人犬羊般的恭顺不过是表面的伪装时，便激发起其驯服对方的冲动。禁烟运动开展后，林则徐开始察觉西人恭顺的异样，如其在道光十九年八月十一日的奏折中写道："西夷……虽素称恭顺，不敢妄为，而既与各岛夷朝夕往来，即难保无牟利营私，售卖鸦片情事"③，又在十一月的奏折中指出："西洋夷人虽称恭顺，而不耕不织，专恃懋迁，罔利之谋，变幻百出"④。可见，林则徐感到此时之西人，表面恭顺，而行为中已然露出贪婪奸诈之狼性，或者说是一种深藏着狼性的犬性，即林则徐所描述的"（西人）犬羊之性无常"⑤"英逆……惟其犬羊成性，鬼蜮居心"⑥。犬由狼驯化而来，当其又显出狼性，逐渐摆脱人类所期望的忠诚恭顺特征，即"外域犬羊之性犹未尽驯"⑦时，人类的驯化情结

① （清）林则徐著，《林则徐全集》编辑委员会编：《林则徐全集》第3册《英国等趸船鸦片尽数呈缴折》，第133~134页。
② （清）林则徐著，《林则徐全集》编辑委员会编：《林则徐全集》第3册《英国等趸船鸦片尽数呈缴折》，第134页。
③ （清）林则徐著，《林则徐全集》编辑委员会编：《林则徐全集》第3册《巡阅澳门抽查华夷户口等情形折》，第195页。
④ （清）林则徐著，《林则徐全集》编辑委员会编：《林则徐全集》第3册《请将高廉道暂驻澳门查办中外贸易事物片》，第231页。
⑤ （清）林则徐著，《林则徐全集》编辑委员会编：《林则徐全集》第3册《义律抗不交凶断其接济并勒兵分堵海口折》，第183页。
⑥ （清）林则徐著，《林则徐全集》编辑委员会编：《林则徐全集》第3册《关闸地方矾石洋面叠将敌船击退折》，第457页。
⑦ （清）林则徐著，《林则徐全集》编辑委员会编：《林则徐全集》第3册《接受两广督篆日期谢恩折》，第282页。

会被重新唤起，并认为通过威逼利诱，便可将其驯服。时林则徐亦是如此心态，即"切责臣等务将夷船新烟查明全缴，如违即照新例惩办，彼奸夷自必靡然帖服"①，想通过强硬手段逼其就范；或"夷人……如果始终驯服，应当抚之以恩，若使微露矜张，即当绳之以法"②，主张用恩威并施之法将其降服。

这种驯化思想，普遍扎根于遣戍前的流人中，如张佩纶在奏折中反复指出："驭倭之策，宜大设水军"③"与其隐忍纵敌[法]而致之于门庭，不如急起图功而制之"④"驭夷之法，不外和、守、战三端"⑤，其中的"驯""驭""制"字，皆将其试图控制和驯化西人的心理表现得淋漓尽致。另张荫桓在美国期间，作有《纽约画报刊牛马鸡狗诸状其面目则今总统与外部诸议绅也神理逼肖戏为短歌》⑥，写其看到《纽约画报》将美国总统和大臣以动物形象呈现后所感，作者在诗的前面对此做法稍有戏谑，但后来却说："个中或喜传其真"，即肯定此方式有传达真实性的效果，并从中悟出"谁辟天荒置刍牧，角蹏齿翼皆能驯"的道理，即通过西人形象的动物化，明白所有动物皆能被驯服之理，变相肯定了将西人动物化并驯化为犬羊的合理性。

然而，西人的犬性伪装始终难掩其贪婪狼性，并让流人在戍前已稍有察觉。随着西人频繁造访，与之接触较早的林则徐诸人，隐约嗅到了这种狼性，并首先表现在对西人财富欲求的感知上。林则徐于广州禁烟期间，就在奏折中写道："盖澳门孤峙海隅，实可周通内地，向惟西洋夷人准设贸易额船二十五只，起卸货物，不纳关税，自明朝而已然。英夷唯利是图，久深艳羡，故于缴土之后，希

① （清）林则徐著，《林则徐全集》编辑委员会编：《林则徐全集》第 3 册《请严谕将英船新到烟土查明全缴片》，第 188 页。

② （清）林则徐著，《林则徐全集》编辑委员会编：《林则徐全集》第 3 册《漕运事宜俟原奏寄到酌核具奏折》，第 197 页。

③ （清）张佩纶：《涧于集》《奏议·二》，《清代诗文集汇编》编纂委员会编：《清代诗文集汇编》768，第 226 页。

④ （清）（清）张佩纶：《涧于集》《奏议·二》，《清代诗文集汇编》编纂委员会编：《清代诗文集汇编》768，第 232 页。

⑤ （清）张佩纶：《涧于集》《奏议·二》，《清代诗文集汇编》编纂委员会编：《清代诗文集汇编》768，第 239 页。

⑥ （清）张荫桓著，孔繁文、任青整理：《张荫桓集》，第 105 页。

图破例效尤"①"该夷性奢而贪，不务本富，专以贸易求赢"②，一针见血地指出英人在通商贸易中利益至上，并渴求更多财富的贪婪。张佩纶于甲午战争前的奏折中道："彼（日本）狃于琉球故智，谓朝鲜初非我属，劫而盟之，索兵费五十万元，使典台湾之数相准，以耻中国。我以义始，彼以利终，贪婪无厌"③"倭人之约，莫贪于索费"④，则直指日本妄想从中国牟取费用的居心。其次则表现在他们对西人垂涎土地的敏感上，林则徐于奏折中述："澳门寄居西洋夷人历三百年之久……英咭唎人早已垂涎其地"⑤，又何如璋的奏折曰："窃越南毗陵滇、粤，负山濒海，土沃产饶，法人蓄意并吞非一日矣"⑥，张佩纶亦云："知法志在蚕食"⑦等，分别揭露了英、法两国妄图侵占中国领土的狼子野心。

然而，这种模糊的感知，还是被根深蒂固的天朝上国理念蒙蔽。在通商贸易中，流人自信清廷处于绝对的主动地位，所谓："中原百产充盈，尽可不需外洋货物。若因鸦片而闭市，尔等全无生计。"⑧他们认为清政府只需稍加采取措施，就能掐灭西人攫取财富的欲望之火。在国土保卫中，他们对本国军事力量颇为自信，认为西人只是虚强罢了，如林则徐"到省后察看夷情，外似桀骜，内实惟怯……即其船坚炮利，亦只能取胜于外洋，而不能施伎于内港"⑨，在他看来，

---

①　（清）林则徐著，《林则徐全集》编辑委员会编：《林则徐全集》第 3 册《义律抗不交凶断其接济并勒兵分堵海口折》，第 183 页。

②　（清）林则徐著，《林则徐全集》编辑委员会编：《林则徐全集》第 3 册《请严谕将英船新到烟土查明全缴片》，第 186 页。

③　（清）张佩纶：《涧于集》《奏议·二》，《清代诗文集汇编》编纂委员会编：《清代诗文集汇编》768，第 250~251 页。

④　（清）张佩纶：《涧于集》《奏议·二》，《清代诗文集汇编》编纂委员会编：《清代诗文集汇编》768，第 253 页。

⑤　（清）林则徐著，《林则徐全集》编辑委员会编：《林则徐全集》第 3 册《责令澳门葡人驱逐英人情形片》，第 289 页。

⑥　（清）何如璋著，吴振清、吴裕贤编校整理：《何如璋集》卷三，第 212 页。

⑦　（清）张佩纶：《涧于集》《奏议·二》，《清代诗文集汇编》编纂委员会编：《清代诗文集汇编》768，第 232 页。

⑧　（清）林则徐著，《林则徐全集》编辑委员会编：《林则徐全集》第 5 册《示谕外商速缴鸦片烟土四条稿》，第 127 页。

⑨　（清）林则徐著，《林则徐全集》编辑委员会编：《林则徐全集》第 7 册《致莲友》，第 165 页。

英人本性怯懦且武器不够强大，对清帝国的东南沿海无计可施。张佩纶则在中法战争前写道："今法崇仇弃好而求骋志于南洋小国，其气中馁，其势虚张"①，又于甲午战前扬言："（日本）盖去中国定远铁船，超勇、扬威快船远甚……日本非求助西洋，不能与中国相竞"②，在其眼中，法国、日本只是虚张声势，皆非清廷对手。至此可见，流人被放逐前，基本沉湎于天朝无所不有、无所不能的美梦之中。

三、西人的狼性显现与流人戍途的恐惧悲叹

（一）流人对西人的狼性确知与恐惧

中西发生冲突后，流人被远戍他乡，之前隐约嗅到的狼性得到了肯定，使其深感恐惧不安。最先觉察此种变化的是林则徐，其在予友人信中道：

> （众夷）昔之犬羊，今则虎狼，诚非愚鄙所能解也。此时南中夷焰势若燎原，莫敢向迩。彼目中直视中华为无人之境，来春东南风发，大抵必犯津沽。③

他指出如今的西人，已完全显出狼性，他们势力强大，如狼群般进攻华夏；同时又似狼般贪婪无度，在攻下南方后必定北上以牟取更多暴利。另秦锡圭流途所写的"扬九边猛虎饲后，豺狼交前鹰隼攫"④，同样以"虎""豺狼""鹰"指代西人，通过它们对食物的凶猛攫取，写出西人的贪婪凶残。对此，田兴恕的描写更为真实生动，其《放歌行》一诗曰：

> ……咸丰十年岁庚申，王室滪洞生烟尘。首乱倭寇法朗机，合从西洋美

---

① （清）张佩纶：《涧于集》《奏议·二》，《清代诗文集汇编》编纂委员会编：《清代诗文集汇编》768，第 238 页。

② （清）张佩纶：《涧于集》《奏议·二》，《清代诗文集汇编》编纂委员会编：《清代诗文集汇编》768，第 250~251 页。

③ （清）林则徐著，《林则徐全集》编辑委员会编：《林则徐全集》第 7 册《致戴絅孙》，第 280~281 页。

④ （清）秦锡圭：《见斋诗稿》《楳花拳》，第 17 页。

英人。凭陵我畿辅，震惊我列祖。橐驼珍宝卷御府，淀园一炬，可怜焦土。匆匆文庙狩木兰，蹂躏苍生百万户。……①

"澒洞"出自贾谊《旱云赋》"运清浊之澒洞兮"，意为弥漫、延绵，引申为震动、冲击；"畿辅"即京都附近之地；"凭陵"乃欺辱、侵犯之意；"橐驼"即骆驼；"淀园"指圆明园。诗中回忆咸丰十年(1860)英法联军侵入北京一事，"十年，英法联军大举来犯，我师失利……敌陷天津，进逼京师，上幸热河"②。于是，殖民者直接侵入京畿一带，横行欺辱，在圆明园大肆抢掠珍宝，最后还一把大火将其化为灰烬，并践踏蹂躏无辜的民众百姓。至此，西人原来隐约的狼性已充分暴露，他们肆意入侵、贪婪掠夺、凶狠杀戮，如狼似虎般吞噬着古代中国的财富和资源，正如当时的侵略军官所述："我们必须整队，开回北京，乃发布令，一并焚毁，刹那之间就找到了燃烧的材料，有几个手脚伶俐的来福枪队士兵，立刻动手放火，将这座正大光明殿，熊熊地燃烧起来。庄严华贵之区，且曾为高贵朝觐之殿，经此吞灭一切的火焰，都化为云烟了。屋顶在火焰中已经燃烧了些时候，不久就要倒塌，一百码外，就可以感觉到那种炎热，扑通的响声，震心骇目，屋顶倒塌下来了。于是园门和那些小屋、也一个不留，一间不留、这所算做得世上极为罕有的、独一无二世界最宏伟美丽的宫殿的圆明园，绝不存留下一点痕迹。至是我们已经完毕这件大工作，便再回到北京去。……"③其所述内容基本与史书记载一致，但言语中充满了抢夺和毁灭的快感，至此，他们撕下原来伪装的文明面纱，呈现狰狞本性。殷国明在《西方狼》一书中指出："与东方以一种和平方式征服世界的佛陀意象不同，西方艺术所记录的多半是用武力征服世界的英雄凯歌；其实，在杀人的激情中，人和兽并没有什么区别。"④可见，这些为抢占市场、土地、资源而到中国大肆抢杀的欧美国家，无疑皆携带着兽性，或者说狼性。对此，时法国作家雨果亦写道："有一天，两个强盗进入了圆明园。一个强

---

① (清)田兴恕：《更生诗草》《放歌行》，《清代诗文集汇编》编纂委员会编：《清代诗文集汇编》731，第771页。

② 《清史稿》卷三百八十八《列传》第一百七十五，第1708~11709页。

③ 欧阳采薇译：《西书中关于圆明园的纪事》，《圆明园》学刊1981年第1期。

④ 殷国明：《西方狼》，上海文化出版社2005年版，第61页

盗洗劫，另一个强盗放火。……在历史面前这两个强盗，一个将会叫法国，另一个将会叫英国……"①强盗乃倚仗暴力强制性地将他人物品占为己有之人，他们对财富的觊觎、行为的暴虐，与狼性别无二致，而雨果将法、英两国视为强盗，亦在揭露其行径的野蛮狼性。可见，西方列强这种侵略狼性，是当时中西方文人的共同指认。

此种狼性之显现，激起流人的极大恐惧。首先，国人普遍排斥和恐惧狼。这种情结可能很早就已开始，古代神话传说中常有动物出现，但与狼相关并且作为正面形象的却很罕见，可见自远古时期开始，狼基本被排除在吉祥动物行列。相反，狼的现身往往预示着不祥，如《山海经》中的驰狼、红狼等，类似形象在《庄子》《诗经》《九歌》中皆有显现。另"狼烟"往往是战争的昭示，使人心生不安；"鬼哭狼嚎""狼嚎鬼叫"的声音凄厉无比，让人不寒而栗；"如狼似虎""狼子野心"等野心家，更是贪婪无比，令人躲之不及。可见，凡与狼沾边之事物，皆具凶残一面，使人胆战心惊。至明代，马中锡的《中山狼传》，将狼忘恩负义、凶残狡猾之形象完全确立；至清代，原来含蓄的隐喻表达在报刊上变得直接明了，《野狼食人》②《狼食人》③等新闻常见诸报端，使人闻之丧胆。

因此，当带着血腥和贪婪的狼性西人远道而来、疯狂侵入时，目睹其狼性的流人，内心之恐惧便油然而生。如前文寓意图1，就形象地展现了国人面对强敌的惊慌失措，此时的他们，已难再依靠天朝上国的美梦来维持安全感，取而代之的是对时局之牵挂、忧虑和不安。所以，流人踏入戍途后，就时时牵挂中西战事，邓廷桢《少穆尚书将出玉关，先以诗二章见寄，次韵奉和》之一曰：

天山冰雪未停骖，一纸书来当剧谈。试诵新诗消酒盏，重看细字对灯龛。浮生宠辱公能忘，世味咸酸我亦谙。闻道江乡烽燧远，心随孔雀向东南。④

---

① ［法］雨果著，程增厚译：《雨果文集》卷11《就英法联军远征中国给巴特勒上尉的信》，人民文学出版社2002年版，第361~362页。

② 《野狼食人》，《益闻录》1880年第54期。

③ 《狼食人（附图）》，《图画日报》1910年第9期。

④ （清）邓廷桢：《双砚斋诗钞》卷十六《少穆尚书将出玉关，先以诗二章见寄，次韵奉和·一》，《清代诗文集汇编》编纂委员会编：《清代诗文集汇编》520，第115页。

此诗乃其和林则徐《将出玉关，得嶰筠前辈自伊犁书，赋此却寄》①之作，邓廷桢先表达了其在戍地收到友人诗歌的喜悦，而后回想两人抗英之旧事，荣辱浮沉，酸甜苦辣，一言难尽；末句则与林则徐的诗歌"知是旷怀能作达，只愁烽火照江南"②"中原果得销金革，两叟何妨老戍边"③相呼应，表达其对时事之担忧，他们虽荷戈西北边疆，心却早随孔雀飞至东南战场。另张光藻在流放齐齐哈尔期间，有《生日感怀寄呈曾相国夫子》诗：

> 少壮心期百事空，流光驹隙过匆匆。当年弧矢悬门喜，此日关山失路穷。书剑远投沧海北，松楸遥望白云中。可怜乡国烽烟后，老树孤根剩藐躬。

> 上相怜才人剸章，感恩知己列门墙。九州饥溺皆关念，万里孤寒岂忍忘。伏枥骥犹思远道，失巢燕总恋华堂。渝关生度知何日，梦绕江南引领长。④

由诗题可知，此乃作者生日写给曾国藩之作。从当时背景来看，曾国藩受命处理天津教案，他自知案中的张光藻、刘杰为官品行端正，敢于维护津民利益，所谓"二人俱无大过，张守尤洽民望"⑤，"张守"即张光藻。但因清廷在法国压力下妥协，他不得不将张、刘遣发黑龙江，此举亦令曾国藩陷入自责之中。因此，张光藻这首诗，既有感念曾国藩之意（"上相怜才人剸章，感恩知己列门墙"），又在其中感叹自身年华驹逝、家乡万里之外的流放生活；同时面对国家在西方虎狼蚕食下，边地烽烟四起、百姓流离失所之境况，他不禁悲号哀叹。张佩纶常于信

---

① 全诗为：之一：与公踪迹斩从骖，绝塞仍期促膝谈。他日韩非惭共传，即今弥勒笑同龛。扬沙瀚海行犹滞，啮雪穹庐味早谙。知是旷怀能作达，只愁烽火照江南。之二：公比鲰生长十年，鬓须犹喜未皤然。细书想见眸双炯，故纸难抛手一编。僦屋先教烦次道，携儿也许学斜川。中原果得销金革，两叟何妨老戍边。

② （清）林则徐著，《林则徐全集》编辑委员会编：《林则徐全集》第6册《将出玉关，得嶰筠前辈自伊犁来书，赋此却寄·一》，第215页。

③ （清）林则徐著，《林则徐全集》编辑委员会编：《林则徐全集》第6册《将出玉关，得嶰筠前辈自伊犁来书，赋此却寄·二》，第216页。

④ （清）张光藻《北戍草》，《清代诗文集汇编》编纂委员会编：《清代诗文集汇编》663，第106页。

⑤ （清）曾国藩著：《曾国藩全集》第21册，岳麓书社2011年修订版，第530页。

中与李鸿章探讨边疆要事："越南、台北军报，寂无所闻，殊念系也"①，对中法战争时时牵挂。张荫桓、秦锡圭则屡次感叹："时局倏变迁，屠骸不自保……外患交相乘，艰危迄朝暮"②"屈指三旬才七岁，伤心东望见西迁。古今成败由忧乐，家国艰难试圣贤"③等，皆道出清廷在西人狼性侵入下的艰难处境，表达流人对国家未来走向的担忧，以及面对颓败局势而难以挽回的无力之感。

此方面又以林则徐最具代表性，其曰："嗟哉时事艰，志士力须努"④"况遭时事艰，滇渤愁蛮氛"⑤，他深知西方的狼性气焰已将国土笼罩，时事艰难，但仍对战事缓和抱有希冀，所谓"临歧重执手，愿言颂清芬。君看海波靖，瑞气方氤氲"⑥。然而，时局之发展并不如其所愿，在他遣戍的 4 年期间（1841—1845），清廷同英国于 1842 年签订《南京条约》，狼性的英国商人开始侵入中国，虎门销烟的努力付之一炬；1843 年，中英又签订《虎门条约》，英国获得最惠国待遇，中国丧失关税自主权；1844 年，美、法趁机介入，强迫清政府签订了《望厦条约》《黄埔条约》，两国均获片面最惠国待遇，时局开始恶化，由一头英狼入侵扩展为英美法三国的联合进攻。对此，林则徐忧心忡忡："临歧极目仍南望，蜃气连云正结楼"⑦"江海澄清定何日，忧时频倚仲宣楼"⑧"目断天南新露布，心悲岭表旧云韶"⑨，对东南边海时时牵挂，焦虑难安。而这种恐惧不安的心理，在他

---

① 姜鸣整理：《李鸿章张佩纶往来信札》，上海人民出版社 2018 年版，第 467 页。

② （清）张荫桓著，孔繁文、任青整理：《张荫桓集》《豫弟藩姪自长崎兼程追送豫弟南返藩姪随戍别于能树寺峙戊戌九月朔日也》，第 166 页。

③ （清）秦锡圭：《见斋诗稿》《庚子暮春》，第 24 页。

④ （清）林则徐著，《林则徐全集》编辑委员会编：《林则徐全集》第 6 册《送伊犁将军开子捷》，第 91 页。

⑤ （清）林则徐著，《林则徐全集》编辑委员会编：《林则徐全集》第 6 册《送邓子期随侍入关》，第 93 页。

⑥ （清）林则徐著，《林则徐全集》编辑委员会编：《林则徐全集》第 6 册《送邓子期随侍入关》，第 94 页

⑦ （清）林则徐著，《林则徐全集》编辑委员会编：《林则徐全集》第 6 册《同庄赠诗次余题〈萝月图〉韵，复叠前韵答之，并谢武林诸君赠行诗册》，第 202 页。

⑧ （清）林则徐著，《林则徐全集》编辑委员会编：《林则徐全集》第 6 册《张仲甫舍人闻余改役东河，以诗志喜。因叠寄〈谢武林诸君〉韵答之·二》，第 204 页。

⑨ （清）林则徐著，《林则徐全集》编辑委员会编：《林则徐全集》第 6 册《和王仲山司马见赠原韵·二》，第 209 页。

予友人信中表达得更直接，所谓"惟时事艰虞，出于意外，侧身回望，眥裂心焦，不知何所终极也"①"东南事局，口不敢宣，而固无时不悬悬于心目间，不知何所终极"②，将其对战事的担忧、恐惧、悲愤等复杂情感，倾泻而出。

（二）西人狼性入侵与流人的觉醒悲叹

西人侵略所彰显的野性力量，尤其是器械方面的强大威力，对流人来说也是一种诱惑，让他们心生羡慕，进而开始看到清廷的软弱无能。道光二十二年（1842）九月，林则徐在谪戍伊犁途中，曾致书友人道：

> 彼之大炮远及十里内外，若我炮不能及彼，彼炮先已及我，是器不良也。彼之放炮，如内地之放排枪，连声不断，我放一炮后，须辗转移时，再放一炮，是技不熟也。求其良且熟焉，亦无他深巧耳。不此之务，即远调百万貔貅，恐只供临敌之一哄。况逆船朝南暮北，惟水军始能尾追，岸兵能顷刻移动否？盖内地将弁兵丁，虽不乏久历戎行之人，而皆觌面接仗，似此之相距十里八里，彼此不见面而接仗者，未之前闻，故所谋往往相左。
>
> 徐尝谓剿匪八字要言，器良、技熟、胆壮、心齐是已。第一要大炮得用，令此一物置之不讲，真令岳、韩束手，奈何，奈何！③

此段乃林则徐根据与西人交战而得出的经验启示，他明确指出作战获胜的两个关键：器械和人心，并把"器械"放在首要位置。从当时的海战方式来看，主要是双方互相追赶并发射炮弹，因而船舰大炮的射程至关重要。但从林则徐所述可知，清廷大炮的射程远不及西人，武器上的落后，即使有岳飞、韩信那样的良将，也只能束手无策。可见林则徐通过中西方对比，已经初步认识到西方在武器

---

① （清）林则徐著，《林则徐全集》编辑委员会编：《林则徐全集》第7册《致李熙龄》，第299页。

② （清）林则徐著，《林则徐全集》编辑委员会编：《林则徐全集》第7册《致李星沅》，第337页。

③ （清）林则徐著，《林则徐全集》编辑委员会编：《林则徐全集》第7册《致姚椿王柏心》，第306页。

上的先进。次年，魏源主编的《海国图志》面世，此书乃在林则徐《四洲志》的基础上修补增订而成，书中提出"是书何以作？曰：为以夷攻夷而作，为以夷款夷而作，为师夷长技以制夷而作"①"夷之长技三：一、战舰，二、火器，三、养兵、练兵之法"②"有用之物，即奇技而非淫巧"③，即是林则徐肯定西方并主张向其学习的思想呈现。

此外，当看到西方武器先进、西人由犬羊变虎狼后，流人才后知后觉：之前天朝总将西人蔑称为犬羊，但现今观之，清廷和国民才是被奴役的犬羊牛马之徒。这种角色互换带给他们的悲痛，远甚于恐惧。流放后，林则徐对清廷怯懦之犬性深有体会，他于道光二十三年（1843）九月致李星沅信中云："所论营务习气，弟前略有所闻，叹喟久之。军骄由于将懦，懦从贪生，骄从玩生，积重难返，比比皆是。"④他指出目前的清朝将士，多是贪生怕死、苟且偷安之人，如同犬羊般怯懦。张光藻则在戍途作诗曰：

寄别友人　之一

　　未醉离筵饮别觞，都门匆遽束行装。已拼躯命酬君国，终恨牛羊伴虎狼。⑤

"拼"即舍去、不顾惜，即为国而不惜舍去自己的身家性命，与林则徐"苟利国家生死以"和秦锡圭"慷慨忘身命"⑥的爱国热忱呼应。但让人愤慨的是，此时中原局势乃"牛羊伴虎狼"，"虎狼"指狼性凸显的西人，"牛羊"则指清统治者，表明在西人的淫威下，清廷为苟延残喘而卑屈于西方，两者狼狈为奸，共同倾轧国中百姓。结合张光藻的流放背景，在天津教案中，他作为知府，面对法国教士欺压

①　（清）魏源撰：《海国图志》上《序》，岳麓书社 1998 年版，第 1 页。

②　（清）魏源撰：《海国图志》上 卷二《筹海篇·三》，第 26 页。

③　（清）魏源撰：《海国图志》上 卷二《筹海篇·三》，第 30 页。

④　（清）林则徐著，《林则徐全集》编辑委员会编：《林则徐全集》第 7 册《致李星沅》，第 348 页。

⑤　（清）张光藻：《北戍草》，《清代诗文集汇编》编纂委员会编：《清代诗文集汇编》663，第 99 页。

⑥　（清）秦锡圭：《见斋诗稿》，第 9 页。

中国百姓之恶行，秉持正义，护良惩恶，爱护民众，本应得到褒奖，然而由于清廷惧怕西人势力，将其发配至黑龙江赎罪。其一心为民却被远戍荒地，心中自然愤愤不平，所谓"是非曲直，藻不能辩，天下后世必有代为之辩者"①。正是在遭逢遣戍后，他才洞悉清廷怯懦之犬性，并感叹当权者已沦为西方殖民者的鹰犬，被西人控制和驱使，胸中的激愤之情喷涌而出。

当清统治者被西人驯作帮凶鹰犬后，国中百姓亦难逃被奴役的命运。对此，张光藻于流徙期间写道：

除夕即事　之三

牛羊四散忧豺狼，江湖满地藏蛇虺。乾坤大患未能除，七尺身躯羞壮伟。②

此时"牛羊"所指已发生改变，象征着国中之百姓。诗的前一句形象写出在西方列强豺狼当道、天下官员沆瀣一气的时局下，百姓们忧愁恐惧、四散奔逃的落魄之景。但面对此情此景，作者却无能为力，并由无力感激起内心的羞耻感。随着西方列强侵入的加深，中国在历经两次鸦片战争、甲午中日战争、八国联军侵华战争后，最终沦为半殖民地半封建社会。此时百姓的生存状态如何呢？当时的文人歌谣唱道："西顾欧洲国，眈眈似虎狼，可怜我中国犹如牛马样，一片山河落寞影茫茫"③，"十二月腊梅花耐寒，西太后逃难到西安，大清难保洋难灭，辜负那一片忠心义和团。落落何人报大仇，沉沉往事泪长流。凄凉读尽支那史，几个男儿非马牛"④，"可叹我中国近来，贫慨景象。民穷财盛，更重价物高昂。外溢慨利源唔驶讲。讲到商榷，更足惨伤。想起海外华侨，各地惨状。被人酷待，重贱过牛羊。年复一年，都系一样"⑤等，这些歌谣无不以动物比拟之方式，写出

---

① （清）张光藻：《北戍草》《同治庚午年津案始末》，《清代诗文集汇编》编纂委员会编：《清代诗文集汇编》663，第232页。

② （清）张光藻：《北戍草》，《清代诗文集汇编》编纂委员会编：《清代诗文集汇编》663，第110页。

③ 伯溢：《同胞歌（仿四季相思调）》，《绣像小说》1904年第27期，第1页。

④ 剩芝：《二百六十年痛史歌》，《复报》1906年第5期，第59~61页。

⑤ 剧作：《龙舟歌：贺新年》，《中外小说林》1908年第2卷第1期，第1025~1028页。

在虎狼西人的奴役下，民众如牛马般苟活的悲惨境况。当时报纸亦常登载道：西人在租界花园树牌曰"中国人及犬不许入内"，"可见拿我们中国人同狗一般看待"①，足证当时的中国民众，已被视如牛马，遭西人蹂躏驱使。而当时载于报刊的寓意图2②（如图5-1-6），即用猎人—黄雀—螳螂—飞蝉四者的食物链图，形象地展示了民众处于底端、被肆意欺凌之事实。

图5-1-6 寓意图2

对此，清末的秦锡圭体会更深，流戍期间，他针对时事有感而发：

感事叠友人韵 之二

财政骨及髓，民生寅食卯。种族牛马奴，世界豺狼道。搜刮术弥工，共和孽谁造。鲁连海可蹈，历叔柱合抱。③

---

① 爱群：《中国人及犬不许入内》，《白话（东京）》1904年第1期。
② 《戊申全年画报》1909年第20期，第37页。
③ （清）秦锡圭：《见斋诗稿》《感事叠友人韵·之二》，第8页。

诗开头便指出国内财政已病入骨髓、寅吃卯粮，完全是入不敷出、濒临崩溃的境地；中间两联则道出在政府和西方殖民者的搜刮盘剥下，世界豺狼当道、民众如牛马般被践踏的现实；最后则表达愿同鲁仲连、柱厉叔那般，为天下之难而舍身忘己的壮志豪情。全诗核心重在绘出国人沦为牛马的悲惨命运，与其在《楳花拳》中所述"长蛇势蜿蜒，伏作俎上肉"①一样，民众皆处任人宰割之状态，从而道出流人对百姓的深切同情，也写出其心中的压抑和悲愤，以及由此而激起反抗西人的心理。

综上所述，清末中西冲突中流人文本中的犬、牛、羊、马与狼、虎、豹、蛇等，并非单纯的动物形象，而是分别象征着忠诚恭顺的"犬性"与野蛮贪婪的"狼性"，指涉中西方不同的文化特性，并折射出流人前后复杂的心理特点。西人被视作狼性民族，充满欲望而善于伪装，中国则提倡犬性，并将其投射在西人身上，致使流人往往在戍前视其为犬羊，充满优越感。中西发生冲突后，西人狼性凸显并为流人确认，由此，流人在戍途中对西人、政府及民众的看法皆发生转变，进而生发出恐惧与觉醒的悲叹。可见，西人的狼性入侵，不仅打破了清朝原有社会局面，也是狼文化对犬文化的侵入和唤醒。作为与西人最早接触的一批群体——清中后期流人群，在狼犬文化的碰撞中，激起内心的不安、向往、愤慨与抗争等复杂情感，展现出与清前中期乃至历朝历代完全不同的心态体验。

第二节 羸马：流人的老与病

在流人的戍途中，动物意象——"马"常在流人文本中出现马与流人相伴而行（"万里征人驻马蹄"②），或如履平地（"江冰横踏马蹄坚"③"马踏如横阡"④），

---

① （清）秦锡圭：《见斋诗稿》《楳花拳》，第 17 页。

② （清）林则徐著，《林则徐全集》编辑委员会编：《林则徐全集》第 6 册《出嘉峪关感赋》，第 216 页。

③ （清）张光藻：《北戍草》《汝黑龙江境》，《清代诗文集汇编》编纂委员会编：《清代诗文集汇编》663，第 101 页。

④ （清）张光藻：《北戍草》《冬夜独坐追述去岁十月出都后行路之苦》，《清代诗文集汇编》编纂委员会编：《清代诗文集汇编》663，第 108 页。

或坎坷难行("驿远行难到，天寒马不前"①"胶泥健马亦难驰"②)；或在宽广的草原上尽情嘶叫("东北草枯嘶野马"③)，或于重重山林中无奈嘶鸣("马嘶千障隔"④)。其中，出现最频繁的，乃老马、瘝马、瘦马、疲马等羸马意象，诸如"老马感秋风"⑤"陟砠瘝马瘁"⑥"瘦马霜林夕照中"⑦"万水千山马力疲"⑧等。结合马的文化寓意可知，它们不仅仅是动物状态的呈现，更是流人的心理映射。

一、老与病：羸马意象与流人所指

在阐述"羸马"意象所指之前，需先了解在古代文化中"马"与"人"之关系。马是一种食草性动物，按生物学分类，属脊椎动物亚门、哺乳纲、奇蹄目、马科、马属。相比其他动物，马是较晚被人类驯化的物种，大致于距今 5000 万年前的铜器时代，在欧亚草原区被驯化而来。自此，马进入人类的生产生活，并被广泛应用于交通运输、军事战争和运动娱乐中。在中国古代，"马"同样占据重要地位，首先，从考古学家在山东济南龙山遗址发现的马遗骨可知，在史前时期，马已被先民驯化。其次，就种类而言，古人据马的特征将其分成若干种类，以性别划之，牡、骘乃是雄马，牝、骒则指雌马；按毛色分之，骍、骊、骥等乃纯色，骝(浅黑带白色)、骐(青黑色)、骢(青白色相间)等为杂色；据其优劣，骏、骥、骁为良马，驽、骀即指劣马。可见古人对马分类之细致、称谓之丰富。再者，从应用

---

① （清）张光藻：《北戍草》《途次茶棚借吕姓民宅小憩》，《清代诗文集汇编》编纂委员会编：《清代诗文集汇编》663，第 101 页。

② （清）张荫桓著，孔繁文、任青整理：《张荫桓集》《雨后自临潼抵西安行李滞城外赵次珊来始具食假被褥行路之艰如此》，第 174 页。

③ （清）张光藻：《北戍草》《将军戎幕遣怀诗原韵·九》，《清代诗文集汇编》编纂委员会编：《清代诗文集汇编》663，第 112 页

④ （清）张荫桓著，孔繁文、任青整理：《张荫桓集》《车毂泉驿四面皆山竟日阻风不果行》，第 202 页。

⑤ （清）秦锡圭：《见斋诗稿》《承示同太守镇甡和作叠前韵再呈》，第 11 页。

⑥ （清）张佩纶：《涧于集》《用欧阳子斑斑林闲鸠韵寄内》，《清代诗文集汇编》编纂委员会编：《清代诗文集汇编》768，第 98 页。

⑦ （清）张荫桓著，孔繁文、任青整理：《张荫桓集》《临晋道中同乡梁星舫大令屡有诗相慰旅怀相思有触皆凉次酬三首并以志别》，第 173 页。

⑧ （清）张光藻：《北戍草》《将抵戍所作》，《清代诗文集汇编》编纂委员会编：《清代诗文集汇编》663，第 101~102 页。

层面来看，马儿健壮有力，可充当交通运输工具，并有专门的马车、马道；马儿勇敢机敏，因此是冷兵器时代战争的必备品，并成为国家军事实力的象征。所谓"千乘之国"即指拥有众多兵马的国家，"万乘之尊"则指尊贵的国君。所以，古代很注重对马的养育，《三字经》有云："马牛羊，鸡犬豕，此六畜，人所饲"，可见在家庭单位中，马居六畜之首；《周礼》中则记周朝专设掌管马匹之"校人"，其"掌王马之政，辨六马之属"①，另还设"牧师"以牧马、"圉人"以教人养马，足见在国家层面，对马的喂养、管理已相当完备。由此可见，从马的初步驯化到细致划分，再到普遍使用和集中养育，古人的生活与马的关系愈来愈密切。

又古人常"近取诸身，远取诸物"②，于是，马——这种与人类关系紧密且威武健壮的动物，逐渐成为人类自比之对象。早在春秋战国时期，时人就常将贤者比作骏马，把庸才喻为驽马，如《论语》中有"骥不称其力，称其德也"③，《楚辞》中也有"却骐骥而不乘兮，策驽骀而取路"④等；三国时期，曹操以"老骥"自比，所谓"老骥伏枥，壮心不已"⑤，表明自己虽形体衰老，胸中仍激荡着驰骋千里的豪情；更为人熟知的乃唐代韩愈《马说》一文："世有伯乐，然后有千里马；千里马常有，而伯乐不常有"，以千里马喻人才，抒发怀才不遇之感。清代龚自珍有"九州生气恃风雷，万马齐喑究可哀"⑥，将被埋没的人才比作沉寂无声之马，以泄内心悲愤。可见，以马喻人的传统，在古代文化中一直延绵不衰，于清中后期流人身上亦得到延续。林则徐有《梅生太史寄示春闱试卷，读至白驹空谷试帖，赏其寄托之深，聊复效颦二首，录奉喷饭，知必笑其倒绷孩也》诗云：

> 漫道驹能絷，高踪未易亲。青山空谷路，白马素心人。翔影岩前月，鞭丝树外尘。峰回千里足，云掩五花身。径岂终南捷，才堪冀北抡。食苗曾永

---

①　(汉)郑玄注，(唐)贾公彦疏：《周礼注疏》卷三十三《夏官司马》，(清)阮元校刻：《十三经注疏》(清嘉庆刊本)，第494页。

②　(魏)王弼、韩康伯注，(唐)孔颖达等正义：《周易正义》卷八《系辞下》，(清)阮元校刻：《十三经注疏》(清嘉庆刊本)，第166页。

③　杨伯峻译注：《论语译注》《宪问篇第十四》，中华书局1980年版，第156页。

④　(战国)宋玉著，(宋)朱熹撰，蒋立甫校点：《楚辞集注》卷六《九辩》，第120页。

⑤　(汉)曹操：《龟虽寿》，(宋)郭茂倩编：《乐府诗集》卷五四，中华书局1979年版，第791页。

⑥　(清)龚自珍著，王佩诤校：《龚自珍全集》《己亥杂诗》，第521页。

夕，吹黍待回春。夙负驰驱志，今为草莽臣。闲天方考牧，行地要骐驎。

空谷高贤去，名驹白似人。不污真皎皎，靡及旧駓駓。大隐原随地，孤
行已绝尘。入山风骨劲，载道雪毛匀。伴鹰寒长放，为龙性转驯。据鞍虽矍
铄，伏枥任沉沦。谁道骓难逝，应怜骏有神。徜徉聊秣马，请谢九方歅。①

此诗作于道光二十四年九月二十五日（1844 年 11 月 5 日），乃林则徐阅览好友之
子李杭（字梅生）的春闱试卷，诗题有"白驹"字样，遂以此为题而作。全诗以马
作譬，第一首先后出现驹、白马、五花马、骐驎等良马，它们皆为俊秀之才，遵
从其本心（"素心"），却只能徜徉于青山空谷，淹没在山峰云海。"夙负驰驱志，
今为草莽臣"即点明前面所述的良马乃作者自指，往昔自己胸怀抱负，欲驰驱万
里，如今却沦落草莽，不为人赏识，更可笑的是，当今朝廷宣称要选拔人才（考
牧），却对自己视而不见。第二首则先用"名驹"与"駓駓"作比较，"名驹"乃骏
马，是作者自比，"駓駓"即众多的马，指在职的诸多官员，"不污真皎皎，靡及
旧駓駓"则道出纯洁的矫健骏马不及众多同流合污的旧马之现状，表达作者不为
贤主所用的哀怨；后面则借用项羽所乘之名马——"骓马"，发出感叹：谁说世
间无骏马？只是像九方皋那样的善相马者迟迟不来相我罢了。可见此二诗表面写
马，实写自己，表达了远戍他乡而不为君王所用的流人心声。

从以上分析可知，流人文本中频繁出现的"羸马"意象，其所指并非仅仅是
马自身，而是指向人。其寓意不仅在"马"，也在"羸"，即瘦小、衰弱、疲困之
状态，按此含义，瘦马、老马、疲马乃至病马等，皆可包含在羸马之中。马本是
奔腾矫健之动物，瘦弱、衰老、疲敝的马无疑是其偏离正常生理机能的病态表
现，因此，以马喻人，移换到人身上，则是一种衰颓老病之态。作为文学中的常
见意象，羸马书写之滥觞应始于《诗经》，例如，《周南·卷耳》②曰："我马虺

---

① （清）林则徐著，《林则徐全集》编辑委员会编：《林则徐全集》第 6 册，第 233 页。
② （汉）毛公传，郑玄笺，（唐）孔颖达等正义：《毛诗正义》卷一《国风·周南·卷耳》，
（清）阮元校刻：《十三经注疏》（清嘉庆刊本），第 33～34 页，全诗为：采采卷耳，不盈顷筐，
嗟我怀人，寘彼周行。陟彼崔嵬，我马虺隤。我姑酌彼金罍，维以不永怀！陟彼高冈，我马
玄黄。我姑酌彼兕觥，维以不永伤！陟彼砠矣，我马瘏矣，我仆痡矣，云何吁矣！

隤""我马玄黄""我马瘏矣"，"虺隤"指疲极而病如"玄黄"乃黑黄相杂之色，朱熹注曰："玄马而黄，病极而变色也"①，可见其本是黑马，因久病而致黄色；"瘏"则是因劳致病，马疲病不能前行。在这些描写中，变化的乃其疲病之态，即"马"这一物种保持不变，但其状态却在变动，由疲惫至极引起病痛，转而病极至色变，即由外向内加剧，从内往外显现。结合全诗看，这些羸马书写分别与前面的"陟彼崔嵬""陟彼高冈""陟彼砠矣"相呼应，"陟"即攀登，"崔嵬"指山高低不平，"砠"是有土的石山，指山中险阻之地。在远行登上险峻山峰的过程中，人马同行，马尚且疲惫如此，人的困乏便不言而喻。此外，羸马的状态又同诗后面的"我姑酌彼金罍，维以不永怀""我姑酌彼兕觥，维以不永伤""我仆痡矣，云何吁矣"相承接，前两句写作者借酒消愁，以示心中之愁苦；后一句，"痡"指人因过劳不能走路，"云何"即奈何，表达疲惫而无奈的情感，又以"吁"为结，点明远行之人的惆怅和哀伤。可见，诗中所描写的疲、病等羸弱状态，看似写马，实则写人，是远行者衰弱疲乏的老病身体写照、哀伤愁苦的心理呈现。另如《小雅·四牡》中的"四牡騑騑，啴啴骆马。岂不怀归？王事靡盬，不遑启处"②等，亦是如此。

自此，借羸马意象来写行人老病状态的方式，便在后世延续下来，如"游行去去如云除，弊车羸马自为储"③、"疲马方云驱，铅刀安可操"④等诗句。其中又以唐宋为最盛，诸如"瘦马空嘶落日残"⑤"老马思伏枥，长鸣力已殚"⑥"病马已无千里志，骚人长负一秋悲"⑦"向此际、羸马独骎骎，情怀恶"⑧等，所呈现

①　(宋)朱熹集注，赵长征点校：《诗集传》卷一，中华书局2011年版，第5页。

②　(汉)毛公传，郑玄笺，(唐)孔颖达等正义：《毛诗正义》卷九《小雅·四牡》，(清)阮元校刻：《十三经注疏》(清嘉庆刊本)，第317页。

③　(汉)无名氏：《西门行》，(宋)郭茂倩编：《乐府诗集》第2册卷三七，第549页。

④　(南朝·齐)谢朓著，曹融南校注集说：《谢宣城集校注》卷三《忝役湘州与宣城吏民别诗》，第252页。

⑤　(唐)灵一：《送王颖悟归左绵》，(清)彭定求等编：《全唐诗》第12册卷八〇九，第9209页。

⑥　(唐)王昌龄著，胡问涛、罗琴校注：《王昌龄集编年校注》卷一《代扶风主人答》，第54页。

⑦　(宋)苏轼著，(清)王文诰辑注，孔凡礼点校：《苏轼诗集》卷十四《和晁同年九月见寄》，第697页。

⑧　(宋)辛弃疾著，邓广铭笺注：《稼轩词编年笺注》卷七《满江红·老子当年》，上海古籍出版社1962年版，第543页。

的无疑皆是瘦骨如柴、老弱无力、疾病缠身的羸马形象，并与"落日残""秋风悲"等意象相呼应，侧面点出其象征着处于老病状态的行旅之人。此现象又以中晚唐时期最集中，著名如杜甫之《瘦马行》，以"骨骼硉兀如堵墙""惆怅恐是病乘黄"的瘦病之马，道出自己被贬华州的老病形象和悲楚心境；其《病马》一诗，则用"尘中老尽力，岁晚病伤心"的老病之马，表现自己晚年的落魄处境。另如元稹《哀病骢呈致用》、白居易《羸骏》、李贺《马诗》等作品，其着眼点亦皆在马之"病""瘦""弱""老"，与作者当时被远戍他方、沉居下僚的状态相对应，所以他们写羸马，实是写老病的自己。

由此再反观清中后期流人的羸马书写，它们并非单纯展现马之衰疲，更是在呈现老病的自己。以张光藻的《冬夜独坐追述去岁十月出都后行路之苦》为例：

> 客星已周岁，塞月凡几圆。挑灯夜孤坐，感旧情屡迁。我生何不幸，坦途变迍邅。庚午冬十月，被罪出戍边。九重诏命下，万里心旌悬。匆匆别京国，渺渺望山川。妻孥未及见，朋友来周旋。送我潞河驿，离别情可怜。去去不复顾，慷慨挥征鞭。忽焉股疮发，疾痛还颠连。脓血被菌褥，坐卧如针毡。驱车卢龙道，故交逢青连。为我觅笋舆，役夫抬以肩。山川望不极，雨雪嗟绵延。出关路泥淖，积潦如深渊。滑漫步难进，车马常翻颠。重叠踰山岭，其下多溪泉。桥梁断未续，流澌响潺湲。行旅赤足渡，忍寒衣裳褰。大凌忽阻路，官渡无渡船。绕行义州道，费尽囊中钱。沿途宿逆旅，火炕热如煎。中夜架木板，凭几聊复眠。昼行日苦短，早发鸡鸣先。晓星隐东海，残月沉西偏。新霜如积雪，照路光华鲜。寒风砭肌骨，手足成拘挛。飞鸢坠难起，征马嘶不前。艰难抵辽沈，宿恙幸已痊。……①

诗如标题所示，主要是作者回忆戍途之艰辛，其中细致描写了流人的车马劳顿之苦，最突出的莫过于其股疮发作、脓血淤积，却不得不在途中艰难前行的形象。

---

① （清）张光藻：《北戍草》，《清代诗文集汇编》编纂委员会编：《清代诗文集汇编》663，第107页。

“车马常翻颠”一句，实是侧面描写路途中患病而颠簸的自己。而诗的最后六句：“寒风砭肌骨，……宿恙幸已痊”，写嘶叫而步履维艰之马，与《诗经》中的瘏马颇为相似；从“征马嘶不前”前后相邻的文本来看，作者写马之疲敝难行，其重点亦在自身；“宿恙幸已痊”则与前文的股疮相对应，间接写出了自己在冰天雪地中遭寒风侵袭、疾病缠身，直至沈阳才痊愈的痛苦。又如秦锡圭“健鹰饱霜气，老马感秋风。莽莽平沙外，凄凄短枥中”①，以秋风瑟瑟中的衰弱老马，道出流人身处戍地的衰老形象和凄凉心境；张佩纶诗曰：“君今一麾困薄领，我更卧守荒亭逢。猎余疲马偶相过，入门豪气空如虹”②，前面描绘自己戍守荒土而无力挣脱，“疲马”意象与之紧承，并同后面的“豪气空如虹”相呼应，以写出因岁月消磨而豪气不再、日益衰颓的自身；张荫桓的“山瘴濛濛见晛销，马疲齿雪蹴沙桥”③“小车得驰驶，疲马犹嘶风”④等，亦是以疲马意象，描摹在风沙雪土中步履维艰的自己，凸显流人自身的老病之态。

由此可见，与第一节的犬、狼相似，流人写马，并非单纯地描述动物，而是借马之特性来写人，其所着眼的“羸马”，其核心并非马本身，而是它所象征的老病之态。由此，便可将羸马文本和老病书写相结合，取其精要，深入探究流人在遣戍期间的处境与心态。

二、真实呈现与家国忧思：流人的年老书写

在因中西冲突而被戍的流人中，常可见关于“老”的描写，如“已成头皓白，遑问口雌黄”⑤“阅世忧深双鬓老，观书眼倦一灯昏”⑥“多难况当衰老日，龙廷犹

① （清）秦锡圭：《见斋诗稿》《承示同太守镇甡和作叠前韵再呈》，第 11 页。

② （清）张佩纶：《涧于集》《以文选善注授阿复并简梦》，《清代诗文集汇编》编纂委员会编：《清代诗文集汇编》768，第 108 页。

③ （清）张荫桓著，孔繁文、任青整理：《张荫桓集》《岔口驿瘴重日出始销一片沙漠》，第 185 页。

④ （清）张荫桓著，孔繁文、任青整理：《张荫桓集》《正月十七日渡过疏勒河一首（并引）》，195 页。

⑤ （清）林则徐著，《林则徐全集》编辑委员会编：《林则徐全集》第 6 册《次韵答姚春木》，第 211 页。

⑥ （清）张光藻：《北戍草》《夏子松同年以和比部郭廉夫诗寄示，即前岁为予赠行作也。仍次韵奉和二首》之二，《清代诗文集汇编》编纂委员会编：《清代诗文集汇编》663，第 113 页。

得望罘罳”①等，不一而足。然而，“老”作为中国古代诗歌重要主题之一，在古人尤其是流动文人的书写中已频繁出现，远有战国时期屈原“惟草木之零落兮，恐美人之迟暮”②、唐杜甫“艰难苦恨繁霜鬓，潦倒新停浊酒杯”③、宋张耒“老病夹衣犹怯冷，春深煮酒渐闻香”④等。近则有清初流人函可“乌啼不为人，声声催速老”⑤、苗君稷“风尘双鬓改，雨露一身余”⑥；前期流人方拱乾“穷荒万里客，白头对苍莽”⑦、吴兆骞“梦绕三年月，愁新两鬓霜”⑧；中期流人方登峄“阅历忽及兹，情境逼衰老”⑨、方式济“忧更多于日，忽忽忧中老”⑩等。可见，“老”亦是清代流徙之人反复吟咏的话题。那么，处于清中后期中西冲突下的流人，其对衰老的书写有何独特之处呢？下面主要通过与前中期流人的比对，挖掘其独有的蕴意。

(一)真实细致：中西冲突流人年老书写的表达特点

与前中期相比，清中后期流人的年老书写较为真实。甲骨文中，“老”写作“𦮴”“𦮱”“𦮲”，形象描绘出人散乱头发、手拄拐杖之样态。如何界定某人是否“老”了？年龄无疑是最主要的参考，《说文解字》曰：“考也。七十曰老。从人、毛、匕。言须发变白也。”⑪可见其先着眼年龄，随后“须发变白”，乃是因年纪变

---

① （清)张荫桓著，孔繁文、任青整理：《张荫桓集》《途阅邸报李芯园尚书亦戍新疆闻已首涂》，第 165 页。

② （战国)屈原著，(宋)朱熹撰，蒋立甫校点：《楚辞集注》卷一《离骚》，第 8 页。

③ （唐)杜甫著，萧涤非主编：《杜甫全集校注》第 9 册卷十七《登高》，第 5092 页。

④ （宋)张耒撰，李逸安、孙通海、傅信点校：《张耒集》上册卷二五《三月十二日作诗董氏欲为筑堂》，中华书局 1990 年版，第 448 页。

⑤ （清)释函可著，李兴盛整理：《千山诗集》卷四《偶成二首·一》，第 84 页。

⑥ （清)苗君稷：《焦冥集》《怀铁岭诸君子》，第 124 页。

⑦ （清)方拱乾著，李兴盛整理：《何陋居集 甦庵集》《角声》，第 80 页。

⑧ （清)吴兆骞著，李兴盛整理：《秋笳集》卷二《瓜儿伽屯值雨，晚过村叟家宿，即事书寄孙赤崖、陈子长五十韵》，第 67 页。

⑨ （清)方登峄：《古诗二十首·四》，(清)方登峄、方式济、方观承、吴桭辰著，李兴盛整理：《述本堂诗集 宁古塔纪略》，第 108 页。

⑩ （清)方式济：《短歌》，(清)方登峄、方式济、方观承、吴桭辰著，李兴盛整理：《述本堂诗集 宁古塔纪略》，第 275 页。

⑪ （汉)许慎著，(清)段玉裁注：《说文解字注》卷十五，第 398 页。

老而呈现的特征。关于古代年龄之划分，《礼记·曲记上》中有详细标准，即"人生十年曰'幼'，学。二十曰'弱'，冠。三十曰'壮'，有室。四十曰'强'，而仕。五十曰'艾'，服官政。六十曰'耆'，指使。七十曰'老'，而传。八十、九十曰'耄'，七年曰'悼'。'悼'与'耄'，虽有罪，不加刑焉。百年曰'期颐'"①，可见70岁是古人公认"老"的年龄。然而，古人寿命较今人短，实际"老"的年龄会比70岁更早。郑玄注《礼记·曲记上》中曰："艾，老也"②，又唐刘禹锡道："身而言，有幼壮艾之期"③，宋梅尧臣有诗云："搜索稚与艾，惟存跛无目"④，可知"艾"作为年老的指称，得到了广泛认同。再结合《礼记》中的"五十曰艾"，可推知在古代社会，50岁以上即是老年。

基于此，若将流人实际年龄呈现（见表5-2-1⑤），就会发现一些有趣现象，即与前中期相比，中后期流人的年老描写更具真实性。

表 5-2-1　清代流人年龄表

流人类别	生卒年	流放起止年份	流放起止年龄	描写情况
遗民流人				
张春	1565—1640	1631—1640	67—76	真实
苗君稷	1620—1691 后	1638—1691 后	19—72	跨度长
函可	1612—1660	1648—1660	37—49	夸大
杨越	1622—1691	1662—1691	41—70	跨度长
祁班孙	1635—1673	1663—1665	29—31	夸大

---

① （汉）郑玄注，（唐）孔颖达等正义：《礼记正义》卷一《曲礼》上，（清）阮元校刻：《十三经注疏》（清嘉庆刊本），第16~17页。

② （汉）郑玄注，（唐）孔颖达等正义：《礼记正义》卷一《曲礼》上，（清）阮元校刻：《十三经注疏》（清嘉庆刊本），第16页。

③ （唐）刘禹锡著，瞿蜕园笺证：《刘禹锡集笺证》卷二十九《送鸿举师游江南引》，第972页。

④ （宋）梅尧臣著，朱东润校注：《梅尧臣集年校注》卷十《田家语》，第164页。

⑤ 为保证结果的可信度和操作的可行性，笔者主要就清前中期三大流人群体（遗民流人、科场案流人、文字狱流人），选择有较明确生卒年、流放时间，且又有关于年老书写的流人，作为参照对象。对于其年龄的计算，虑及古人以"虚岁"为主，因此这里也是算虚岁。表格中的人物按其流放时间的先后排序。

续表

流人类别	生卒年	流放起止年份	流放起止年龄	描写情况
科场案流人				
孙旸	1626—1701	1658—1663	33—38	夸大
方拱乾	1596—1666	1658—1661	63—66	真实
方孝标	1618—1696	1658—1661	41—44	夸大
方亨咸	1620—1681	1658—1661	39—42	夸大
吴兆骞	1631—1684	1658—1681	28—51	夸大
方膏茂	1626—1681	1658—1661	33—36	夸大
文字狱流人				
刘岩	1656—1716	1711—1713	56—58	真实
方登峄	1659—1725/1728	1713—1725/1728	55—67/70	真实
方式济	1676—1717	1713—1717	38—42	夸大
方贞观	1679—1747	1713—1723	35—45	夸大
查嗣瑮	1652—1734	1727—1734	76—83	真实
中西冲突流人				
林则徐	1785—1850	1841—1845	57—61	真实
邓廷桢	1776—1846	1841—1843	66—68	真实
张光藻	1815—1891	1870—1873	56—59	真实
张佩纶	1848—1903	1885—1888	38—41	夸大
张荫桓	1837—1900	1898—1900	62—64	真实
李端棻	1833—1907	1898—1901	66—69	真实

从表中可以看出，函可于1612年生，1648年流至盛京，此时他37岁，按古代年龄标准，仍属壮年；他于1660年在戍地逝世，相当于流放的结束，这时他48岁，属于"强"阶段，还未达50岁的"老"。因此，他诗中的"昨日犹壮，今日已老"①"衰残不可耐，强逐小儿情"②"垂垂白发坐凄凄，尽日空山听鸟啼"③等，

---

① （清）释函可著，李兴盛整理：《千山诗集》卷二《善哉行》，第22页。
② （清）释函可著，李兴盛整理：《千山诗集》卷七《闻爆竹和阿字韵》，第152页。
③ （清）释函可著，李兴盛整理：《千山诗集》卷十五《入山杂咏二十首·十五》，第330页。

所述的隔日即老、衰弱无力、鬓发斑白等老态，显然与其实际年龄不符。方拱乾生于 1596 年，因南闱科场案牵连，于顺治十五年（1658）被判发配宁古塔，当时年已 63 岁，顺治十八年（1661）十月十八日，以认修前门城楼赦还，年 66 岁，可见他流放期间已年过六十，属老年，因此，其诗中"同官君贵我先衰，同难追随北寺时"①"笑予老钝一无能，眊眼摩娑抱膝吟"②"不须怪霜雪，久矣鬓毛苍"③等所述之年老，与自己年龄相符，具有真实性。由此，将流人的年老书写和实际年龄相比即会发现，遗民流人之张春于 67—76 岁被囚禁盛京，已是老年；而祁班孙在 29—31 岁的壮年遭流徙，显然不老。苗君稷和杨越在戍地度过三、四十年，经壮年至老年，时间跨度长。科场案流人之吴兆骞、方亨咸、孙旸诸人，分别于 28—51 岁、39—42 岁、33—38 岁之际远戍东北，正值壮年。文字狱流人之方式济（38—42 岁）、方贞观（35—45 岁）在壮年时期流戍；而刘岩（56—58 岁）、查嗣瑮（76—83 岁）则于老年在戍所度过。可见遗民流人中，既有壮年，亦有老年，还有壮年开始被流放至老年始还的，情况较为复杂。而科场案流人基本以壮年为主，文字狱流人则壮、老兼有。相比之下，清中后期流人在年龄上具有较高的统一性，即大多为年老之人。鸦片战争时期，林则徐已年近花甲，57 岁荷戈西北，61 岁被赦归，而邓廷桢（66—68 岁）、李端棻（66—69 岁）更是在已逾花甲、接近古稀之年遭遣戍。因此，他们所写诸诗："鸡竿正及三年戍，马角应怜两鬓华"④"风雨过从我与君，却因衰病感离群"⑤"休将白首戍遐荒……老去心情无冷暖"⑥，所呈现的头白、衰弱、低沉等老态，显然是真实状况。

这种现象的形成，与时代背景关联密切。清初改朝换代，一些旧朝之人或因不愿臣服新廷，或因旧朝破亡而被遗留，由此成为遗民。其构成人员较为复杂，

---

① （清）方拱乾著，李兴盛整理：《何陋居集 甦庵集》《寄怀陈素庵·一》，第 64 页。

② （清）方拱乾著，李兴盛整理：《何陋居集 甦庵集》《玄成以读书几请，作歌书其面》，第 81 页。

③ （清）方拱乾著，李兴盛整理：《何陋居集 甦庵集》《春至·一》，第 97 页。

④ （清）林则徐著，《林则徐全集》编辑委员会编：《林则徐全集》第 6 册《次韵蠨筠喜余入关见寄》，第 248 页。

⑤ （清）邓廷桢：《双砚斋诗钞》卷十六《少穆偕厚莽榷使载酒游药园，余以病不能奉陪作此呈少穆·一》，《清代诗文集汇编》编纂委员会编：《清代诗文集汇编》520，第 117 页。

⑥ （清）李端棻：《芯园诗存》《在甘州病余自遣》，许先德、龙尚学主编，贵阳市志编纂委员会办公室《金筑丛书》编辑室编：《贵阳五家诗钞》，第 4 页。

既有鬓发斑白之老者，亦有正当壮年的士人，甚至有未及成年者，可见，"遗民""遗老"更多是政治指向，而非取决于年龄，由此形成了遗民流人年龄复杂的情况。清前期开科取士，科考士子大多为青年才俊，在年龄上自然以壮年为主。前中期文字狱牵连甚广，男女老幼皆难逃厄运，因此在流放年龄分布上也呈现壮、老相杂的特点。至中后期，这些因中西冲突而被流放的人，基本为在位官员。如林则徐时任两广总督，邓廷桢任闽浙总督，张光藻为天津知府，张荫桓乃户部左侍郎，李端棻为礼部尚书，他们早已经过了科考的青壮年阶段和仕途起步之期，加官进爵，或为封疆大吏，或为朝中重臣。这些经历所需的时间积累，决定了其普遍年龄偏大，因此，当他们被委派处理中西冲突，甚至为此而遭流放时，俨然已是老者，其年老的真实性也就不言而喻了。

而中西冲突流人年老的真实性，也使其文本书写更为细致，并在与科场案流人的对比中尤为凸显。前文已述，科场案流人以壮年为主，因此他们对自己年老的描写明显具有模糊性，其常直接说自己老，如"空悲老去身"①"帘肆凄凉老未还"②等，含糊其辞而让人难以感知。或用代指方式来阐述，如方孝标"客况九秋增白发"③、方膏茂"今岁鬓全斑"④、方亨咸"年华旅鬓侵"⑤，以及孙旸"愁中觅句头堪白"⑥"满目归鸿鬓欲星"⑦"雪花片片冲寒起，飞作愁人鬓上霜"⑧等，借助头发之斑白，乃至鬓发星星的痕迹，作为老态的呈现。这种手法已被前人大量使用，著名如李白"白发三千丈"⑨、杜甫"白头搔更短"⑩，以及蒋

---

① （清）吴兆骞著，李兴盛整理：《秋笳集》卷三《游西山兰若二十韵》，第 88 页。

② （清）吴兆骞著，李兴盛整理：《秋笳集钞》卷四《赠滇令巴郡叶明德·一》，第 208 页。

③ （清）方孝标：《钝斋诗选》《寄答诸震坤兼训张郁刘郝四同年》，第 257 页。

④ （清）方膏茂：《寄内》，（清）陆次云辑：《皇清诗选》卷十六，清康熙间刻本，第 844 页。

⑤ （清）方亨咸：《夜坐》，（清）潘江辑，彭君华主编，安徽古籍丛书编审委员会编纂：《龙眠风雅全编》第七册，黄山书社 2013 年版，第 2953 页。

⑥ （清）孙旸：《孙蔗庵先生诗选》第 1 册《岩旭集陆子渊斋分韵》，第 12 页。

⑦ （清）孙旸：《孙蔗庵先生诗选》第 1 册《岁暮感怀六首·六》，第 15 页。

⑧ （清）孙旸：《孙蔗庵先生诗选》第 1 册《开原道中雨雪》，第 9 页。

⑨ （唐）李白著，安旗主编：《李白全集编年笺注》卷十一《秋浦歌》之十五，第 1122 页。

⑩ （唐）杜甫著，萧涤非主编：《杜甫全集校注》第 2 册卷三《春望》，第 779 页。

捷"鬓已星星也"①，其中的斑白鬓发俨然成为"老"的代名词，具有普遍适用性。科场案流人将其用于诗中，想借此表老态，但其所写与前人差别不大，以致他们具体老态如何？读者其实不得而知，只是获得一个大概印象，可见其书写的模糊性。他们所说的"老"，更多是一种心理状态而非生理特征。相比之下，中西冲突流人的书写颇为细致，如林则徐诗云："只怜瘦骨支床久，想对残脂揽镜稀"②，不仅写到自己鬓发稀疏，且描绘自身骨头瘦弱无力，只能长久依靠床来支撑的情形。他在致友人信中写道："体气衰颓，直是废物，作字不能过二百，看书不能及卅行，天虽界我以宽闲，奈老态之冉冉何哉"③，更为详尽地刻画了自己因年老而体力不支，甚至连写字看书等简单行为都力不从心的情景。从生理学角度来看，衰老是机体功能衰退、环境适应力下降并趋向死亡的现象，主要表现为个体形态的变化，如头发花白、牙齿松动、眼花耳背，以及抵抗力降低，包括畏寒、无力等。因此，林则徐的书写，无疑把老年人的身体状况和生活状态细致生动地呈现出来。再如邓廷桢"紫桂黄耆百裹羸，扶衰才得下阶行。老嗟锦瑟华年去，病爱金华夜气生"④、李端棻"神明日以衰，精力日以悴。零丁几弱息，行止将谁恃"⑤，皆抓住细节，写出他们因年老而呈现的孱弱无力、耳目衰退、精神恍惚之态。因此，与前中期流人相比，中后期流人所述之"老"，更多是一种真实衰老的生理状态。

值得注意的是，前人如方拱乾、方登峄、刘岩、查嗣瑮诸人，亦是年长者，其在老态的呈现上，如"况复齿发衰"⑥"强支衰老骨"⑦"老愁秋后夜，骨

---

① (宋)蒋捷撰，杨景龙校注：《蒋捷词校注》卷三《虞美人·听雨》，中华书局 1010 年版，第 225 页。

② (清)林则徐著，《林则徐全集》编辑委员会编：《林则徐全集》第 6 册《室人赋〈述怀纪事〉七古二章，以手稿寄余，喜成四章》，第 219 页。

③ (清)林则徐著，《林则徐全集》编辑委员会编：《林则徐全集》第 7 册《致刘建昭》，第 320 页。

④ (清)邓廷桢：《双砚斋诗钞》卷十六《病起》，《清代诗文集汇编》编纂委员会编：《清代诗文集汇编》520，第 118 页。

⑤ (清)李端棻：《苾园诗存》《戊戌十二月朔日寄九弟秦州》，许先德、龙尚学主编，贵阳市志编纂委员会办公室《金筑丛书》编辑室编：《贵阳五家诗钞》，第 1 页。

⑥ (清)方拱乾著，李兴盛整理：《何陋居集 甦庵集》《朝春得米》，第 52 页。

⑦ (清)方登峄：《七兄偶病作诗，和韵以慰》，(清)方登峄、方式济、方观承、吴振辰著，李兴盛整理：《述本堂诗集 宁古塔纪略》，第 84 页。

痛雨来天"①"眼暗耳聋歌吹隔"②等，同样描摹细致。那么，与这类真实年老的
流人相比，中西冲突流人又有何独特之处呢？

（二）家国天下：中西冲突流人年老书写的情感指向

与前中期相比，中后期流人的年老书写更具家国情怀。前文已述，前中期流
人中亦有不少真实年老者，从其文本看，其所写之"老"，情感往往集中于两个
方面，一是感叹个人不幸遭遇，其中方登峰的《夜读》颇具代表性：

> 老眼读书难，矧兹困炎夏。何地更何时？咏歌向深夜。汗逼灯火红，气
> 蒸眉睫瘖。强索丹铅工，笔摇双影射。骨痛坐不坚，徒倚臂如卸。忧患催短
> 景，形骸半凋谢。两年成衰翁，几作蟫衣化？业匪名山求，字岂神仙藉？性
> 耽习不捐，展卷释悲诧。心血惜今人，愿向古人泻。③

诗的前半部分详尽描绘了自己的老态：老眼昏花、骨痛力衰、形容消瘦，与自己
六七十岁的年龄完全相符。后半部分则转入感慨，"蟫"即"衣鱼"，一种体长而
扁的昆虫，常在书里吃浆糊等胶质物，亦称"蠹鱼"，可象征对书本的啃食，即
读书。作者于此描写年老使自己难以读书之态，以抒发内心之悲伤无奈，可见其
着眼点仍在自身。另其"心怜白发黑"④"伤我容鬓衰"⑤，以及方拱乾"衰年久矣
忘悲乐，转为同罪数怆神"⑥、查嗣瑮"无家八十翁，独夜三千里"⑦，他们年老

---

① （清）刘岩：《大山诗集》卷三《荒原》，《清代诗文集汇编》编纂委员会编：《清代诗文
集汇编》198，第46页。

② （清）查嗣瑮：《查浦诗钞》卷十二《儿辈见余两鬓忽为寿征诗以解之》，《清代诗文集
汇编》编纂委员会编：《清代诗文集汇编》186，第620页。

③ （清）方登峰、方式济、方观承等著，李兴盛整理：《述本堂诗集 宁古塔纪略》，第84
页。

④ （清）方登峰：《古诗二十首·一》，（清）方登峰、方式济、方观承、吴棨辰著，李兴
盛整理：《述本堂诗集 宁古塔纪略》，第107页。

⑤ （清）方登峰：《古诗二十首·二》，（清）方登峰、方式济、方观承、吴棨辰著，李兴
盛整理：《述本堂诗集 宁古塔纪略》，第108页。

⑥ （清）方拱乾著，李兴盛整理：《何陋居集 甦庵集》《闻周栎园少农议辟》，第200页。

⑦ （清）查嗣瑮：《查浦诗钞》卷十二《灯下作》，《清代诗文集汇编》编纂委员会编：《清
代诗文集汇编》186，第617页。

书写的落脚点，皆在流人自身的哀怜、悲伤、孤独之心境。

二是由年老而引发对家乡尤其是儿女的思念。古人常道"落叶归根"，这些远戍他乡的年老之人，对故园的思念尤为强烈，如方拱乾"衰枕甘乡梦，羁心怪物情"①"老身纷应接，何暇忆乡关"②"身安懒作还家梦，格老惊披它处诗"③等，皆把自身衰老与归乡之思关联，既有年老盼归之渴望，亦饱含因年岁增大而无力归家的恐惧。另查嗣瑮"老境嫌徂岁，天涯惜令长。东南回斗柄，西北望乡人"④，方登峄"白发羁魂黄口累，青山归梦碧云寒"⑤，亦是此种复杂情感的交织。此外，这些年老流人往往膝下有儿女，因此对儿女的担忧和牵挂便成其常有之情，如"年衰真恋儿孙好"⑥"衰年无所恋，苦忆女儿娇"⑦"卅年湖海信浮沉，又向天涯白发深。南北忽分儿女恋，死生何限弟兄心"⑧等，充满了对人伦亲情的向往。但无论是对自身命运的感慨，还是对家乡、儿女的思念，前中期流人所关注的大多是与自身有直接关系的个体或群体，皆包含在子女兄弟、族亲故乡的血脉关系中。

与之相比，中西冲突流人的着眼点已然突破固有的血脉亲情，上升到国家和民族的精神高度。以林则徐为例，其《次韵答姚春木》诗曰：

> 时事艰如此，凭谁议海防。已成头皓白，遑问口雌黄。绝塞不辞远，中

---

① （清）方拱乾著，李兴盛整理：《何陋居集　甦庵集》《枕上溪声》，第43页。
② （清）方拱乾著，李兴盛整理：《何陋居集　甦庵集》《幕务》，第43页。
③ （清）方拱乾著，李兴盛整理：《何陋居集　甦庵集》《寄怀陈素庵·一》，第64页。
④ （清）查嗣瑮：《查浦诗钞》卷十二《戊申除夕前五日立春》，《清代诗文集汇编》编纂委员会编：《清代诗文集汇编》186，第618页。
⑤ （清）方登峄：《观永赴京师》，（清）方登峄、方式济、方观承、吴桭辰著，李兴盛整理：《述本堂诗集　宁古塔纪略》，第126页。
⑥ （清）方登峄：《观永赴京师》，（清）方登峄、方式济、方观承、吴桭辰著，李兴盛整理：《述本堂诗集　宁古塔纪略》，第126页。
⑦ （清）刘岩：《大山诗集》卷三《忆女》，《清代诗文集汇编》编纂委员会编：《清代诗文集汇编》198，第44页。
⑧ （清）查嗣瑮：《查浦诗钞》卷十二《丁未除夕》，《清代诗文集汇编》编纂委员会编：《清代诗文集汇编》186，第617页。

原吁可伤。感君教学易，忧患固其常。①

此诗作于道光二十二年（1842）八月上旬，乃林则徐戍守伊犁期间，写给友人姚春木的回信。首联即言时事，当时正值中英鸦片战争后期，中方明显处于劣势，诗人不仅感叹时局之艰难，也担忧自己谪戍后，海疆之安全将如何保障。中间两联阐述了自己的反应和态度，无论是自己的斑白鬓发，还是投降派的信口雌黄，诗人皆无暇理会，其心之所系并非自己的远戍，而是国家之安危。尾联则感谢友人劝其学《易经》的好意，但自己早已明白忧患乃世间之常事。全诗所论乃以国事为中心，个人的身体和精神皆被时事紧紧拴住，其皓首白头，显然也是忧虑国防所致。此类诗歌在林则徐荷戈期间常有出现，如"元老忧时鬓已霜，吾衰亦感发苍苍"②"频搔白发惭衰病，犹剩丹心耐折磨"③，诗中的霜鬓、苍发、白头等年老特征，皆指向国家之忧患。此时，林则徐的精神视野俨然跳出自身命运和乡族荣辱的狭小范畴，面向更为广大的国家和民族。

这种境界之大，乃是特殊历史时期赋予他的使命感和责任感。清中后期始，西人通过宗教传播、鸦片走私等方式，对衰弱的清王朝进行精神上的控制和肉体上的摧残，1840年，他们更是直接对清廷施以武力，发动鸦片战争，将这一阴谋的窗户纸捅破。在这三千年未有之大变局中，处于中西冲突最前沿的流人们，最早感受到西人入侵带来的威胁，因此，他们为国事担忧，为民族牵挂，并日渐呈现在增多的白发上。如张佩纶"严程孤抱指天阊，奏罢民艰鬓已霜"④，诉说其鬓霜繁多，乃为民操劳所致；张荫桓"孤忠无助空忧国，老病乘危怯望乡"⑤，亦

---

①　（清）林则徐著，《林则徐全集》编辑委员会编：《林则徐全集》第 6 册，第 211～212 页。

②　（清）林则徐著，《林则徐全集》编辑委员会编：《林则徐全集》第 6 册《壬寅二月祥符河复仍由河干遣戍伊犁蒲城相国涕泣为别愧无以慰其意呈诗》，第 205 页。

③　（清）林则徐著，《林则徐全集》编辑委员会编：《林则徐全集》第 6 册《子蒲簿君白兰泉送至凉州且赋七律四章赠行，次韵奉答》，第 214 页。

④　（清）张佩纶：《涧于集》《奉怀河南公入觐》，《清代诗文集汇编》编纂委员会编：《清代诗文集汇编》768，第 102 页。

⑤　（清）张荫桓：《张荫桓集》《正月十三布隆吉尔夜发逾日抵西州城奉简同乡廖渔牧刺史》，第 193 页。

说明其衰老之源，乃出于忧国；张光藻的诗句"执殳远戍黑江边，老病何堪患难连。幸沐君恩施雨露，还期世界息烽烟"[1]，更是将其衰老与君王之恩、世界和平相关联，进一步提升了流人年老书写的精神维度。

三、时间旨归：流人的疾病写作

常言道："生老病死"，疾病是人必有之经历。"疾"，始见于商代甲骨文""，由表示人的"大"和代表箭的"矢"组成，可见其乃会意字，描绘了人被箭射伤之情形，其本义应为外伤。到了春秋时期，"疾"字结构发生变化，"大"被置换成"疒"，并逐渐定形为今天的"疾"字。"病"字则出现稍晚，始见于战国，从疒，丙声。先秦文献的记载，诸如《尚书·吕刑》："罚惩非死，人极于病"[2]，《左传·襄公二十四年》："范宣子为政，诸侯之币重，郑人病之"[3]，《礼记·表记》："是故君子不以其所能者病人"[4]等，"病"皆表困厄、艰难之意。后来，"病"才逐渐引申出"生病、疾病"的意义，如《吕氏春秋·贵公》有："管仲有病，桓公往问之"[5]，《论语·述而》曰："子疾病，子路请祷"[6]等。由此，后世常将"疾"与"病"并称，只是在程度上稍有不同，所谓"病，疾加也"[7]"疾甚曰病"[8]，可见"病"常指病情加重，比"疾"的程度要深。为叙述方便，本书着眼于两者的共同点，即它们指向"病"的层面，并将其统称为"疾病"。

---

① （清）张光藻：《北戍草》《郭廉夫用予前寄赠行山海关两诗原韵寄赠七律二首，久未属和，适奉文援减得释，行有日矣。补和前诗却寄·一》，《清代诗文集汇编》编纂委员会编：《清代诗文集汇编》663，第 114 页。

② （汉）孔安国传，（唐）孔颖达等正义：《尚书正义》卷十九《吕刑》，（清）阮元校刻：《十三经注疏》（清嘉庆刊本），第 303 页。

③ （晋）杜预注，（唐）孔颖达等正义：《春秋左传正义》卷三五《襄公二十二年》，（清）阮元校刻：《十三经注疏》（清嘉庆刊本），第 609 页。

④ （汉）郑玄注，（唐）孔颖达等正义：《礼记正义》卷五四《表记》，（清）阮元校刻：《十三经注疏》（清嘉庆刊本），第 912 页。

⑤ 许维遹撰：《吕氏春秋集释》上，中华书局 2009 年版，第 26 页。

⑥ 杨伯峻译注：《论语译注》，第 76 页。

⑦ （汉）许慎著，（清）段玉裁注：《说文解字注》卷十四，第 348 页。

⑧ 《论语·子罕》："子疾病，子路使门人为臣。"何晏集解引包咸曰："疾甚曰病。""子疾病"谓孔子病重。

翻看清中后期流人文本，如"厌病翻辞药，观空不忆家"①"小病半由枯坐得，离忧每借苦吟消"②"老爱旧亲谈往事，病如处女避生人"③等，皆写出其羸弱病态。而纵观前代，疾病亦常缠绕着流人，又以唐人为最，如韩愈、柳宗元、元稹、白居易、刘禹锡等，这些南戍之人，其诗文中无不充斥着大量的"疾""病""药"等字眼。那么，与前人相比，清中后期流人的疾病书写呈现出怎样的新特点？下面将主要以唐代为参照，并稍兼及宋至清前中期之流人，以挖掘其独特之处。

从生理学角度来看，疾病指机体在一定条件下，受内因或外因损害，以致自身调节紊乱而发生的异常生命活动过程。可见疾病往往有病因，会对身体造成伤害，并意味着身体处于失序状态。在此过程中，病因处于核心地位，它是引发身体失序的关键。因而，古代医治病人，主张"望闻问切"，即通过观其面色、舌苔之相，听喘息、咳嗽之声，嗅口、体之味，询其感受和病史，来追根溯源地探求病因，以对症下药。因此，要解读流人的疾病书写文本，病因的探讨同样重要。

(一) 空间差异：前代流人的疾病指向

对比发现，唐宋流人所写之疾病，其根源乃在充满瘴气的南方，表达的是一种对空间的抗拒感，即着眼对环境的不适应。唐宋时期，大量文人如韩愈、柳宗元、元稹、白居易、苏轼、苏辙等被贬戍岭南、赣南、海南一带，并常书写"疾""病""药"等话语，如韩愈"不觉离家已五千，仍将衰病入泷船。潮阳未到吾能说，海气昏昏水拍天"④，柳宗元"今年噬毒得霍疾，支心搅腹戟与刀"⑤，元

---

①　(清)邓廷桢：《双砚斋诗钞》卷十六《和豫厚莘偶感原韵》，《清代诗文集汇编》编纂委员会编：《清代诗文集汇编》520，第117页。

②　(清)张光藻：《北戍草》《病中》，《清代诗文集汇编》编纂委员会编：《清代诗文集汇编》663，第109页。

③　(清)李端棻：《苾园诗存》《久病转剧，书以自嘲兼自慰·三》，许先德、龙尚学主编，贵阳市志编纂委员会办公室《金筑丛书》编辑室编：《贵阳五家诗钞》，第4~5页。

④　(唐)韩愈著，钱仲联集释：《韩昌黎诗系年集释》卷十一《题临泷寺》，第1118页。

⑤　(唐)柳宗元著：《柳宗元集》卷四十二《寄韦珩·五》，第1142页。

积"瘴气满身治不尽"①与"服药备江瘴，四年方一疗"②，白居易"巴徼炎毒早，二月蚊蟆生……如有肤受谮，久则疮痏成"③、苏轼"微生山海间，坐受瘴雾侵"④、苏辙"所至言语不通，饮食异和，瘴雾昏翳，医药无有。……昼热如汤，夜寒如冰。……十病六七，而汝独甚。天乎何辜，遂殒于瘴"⑤等，皆道出他们或亲人疾病缠身、久治不愈，甚至命陨于此的痛楚，其病因，都不约而同地指向雾气弥漫、毒气横行、蚊虫肆虐的瘴气环境。而瘴气，则指向卑湿的南方。华夏文化传统中有中国和四夷之分，中国居天地之中，所以"日月经其南，斗极出其北。含众和之气，产育庶物"⑥"中国阴阳之中，土气和适，其生物如之"⑦，即中正之气赋予它万物蓬勃生长的繁荣；又韩愈《原道》有述："古之时人之害多矣。有圣人者立，然后教之以相生相养之道。为之君，为之师，驱其虫蛇禽兽而处之中土"⑧，说明处位置之中，可免受疾病侵扰、虫兽毒害。四夷处天地之偏，乃"边郡山居谷处，阴阳不和，寒冻裂地，冲风飘卤，沙石凝积，地势无所宜"⑨，因此，作为四夷之一的南蛮，处地南方，无法享受中央独具的中正之气，所谓"楚之南当冬且曦，……不得气之中正"⑩，于是，疾病肆虐随即而来，据《岭南卫生方》载：

岭南既号炎方，而又濒海，地卑而土薄。炎方土薄，故阳燠之气常泄，

---

① （唐）元稹著，杨军笺注：《元稹集编年笺注（诗歌卷）》《酬乐天见寄》，三秦出版社2002年版，第647页。

② （唐）元稹著，杨军笺注：《元稹集编年笺注（诗歌卷）》《遣病十首·一》，第437页。

③ （唐）白居易著，顾学颉校：《白居易集》卷十一《蚊蟆》，第219页。

④ （宋）苏轼著，（清）王文诰辑注，孔凡礼点校：《苏轼诗集》卷三九《次韵定慧钦长老见寄八首·七》，第2117页。

⑤ （宋）苏辙撰，曾枣庄、马德富校点：《栾城后集》卷二十《祭八新妇黄氏文》，上海古籍出版社1987年版，第1386页。

⑥ （汉）桓宽：《盐铁论》《轻重第十四》，上海人民出版社1974年版，第32页。

⑦ （宋）晁补之：《济北晁先生鸡肋集》第5册卷二五，上海涵芬楼藏明刊本，第4页。

⑧ （唐）韩愈著，刘真伦、岳珍校注：《韩愈文集汇校笺注》第1册《原道》，第2页。

⑨ （汉）桓宽：《盐铁论》《轻重第十四》，第32页。

⑩ （唐）房千里：《庐陵所居竹室记》，（宋）李昉等编：《文苑英华》第5册卷八二七，中华书局1966年版，第4365页。

濒海地卑，故阴湿之气常盛。而二者相薄，此寒热之疾，所由以作也。……
人居其间，气多上壅，肤多汗出，腠理不密，盖阳不返本而然。……饮食、
衣服、药物之类，往往生醭人居其间，类多中湿，肢体重倦，又多脚气之
疾，盖阴常偏盛而然。……余观岭南瘴疾证候，虽或不一，大抵阴阳各不升
降，上热下寒者十盖八九。①

这里详细阐述了岭南、瘴气、疾病三者之关系，即岭南因地处边缘，气候炎热而
潮湿，并在气候的酝酿中积聚为瘴气，使人身体沉重无力、阴湿难耐。

这种因南方充满瘴气以致疾病甚至死亡之事实，流人们也在想象和亲历中完
成了对它的确认。在流贬前，他们在想象中构建南方，元稹《送崔侍御之岭南二
十韵》曰："……茅蒸连蟒气，衣渍度梅飚……瘴江乘早度，毒草莫亲芟。试盅
看银黑，排腥贵食咸。"白居易《送客春游岭南二十韵》亦道："瘴地难为老，蛮陬
不易驯……不冻贪泉暖，无霜毒草春……云烟蟒蛇气，刀剑鳄鱼鳞。"他们所想象
的南方，皆是雨淋日炙、湿热重蒸、毒虫滋生之所。元和十四年（819），韩愈因
谏迎佛骨被贬为潮州刺史，行至蓝关路口，他想象着八千里外的潮州，是"好收
吾骨瘴江边"②之地，瘴气沉沉，似无生还之可能。至临泷寺，他写道："不觉离
家已五千，仍将衰病入泷船。潮阳未到吾能说，海气昏昏水拍天"③，第一句似
在呼应前一诗中的"夕贬潮阳路八千"。朱彝尊曰："妙处全在'吾能说'三字
上"④，此说其是，随着距离的拉近，作者确信，还未到岭南，就已能感知那里
海浪滔天、雾气弥漫的阴瘴之气，由此，岭南的瘴气得到进一步确认。而当他们
真正身处南方后，瘴气所带来的疾病使其痛苦不堪，他们渴望药物，又不得不在
湿热难耐中，看着自己的心志被逐渐消磨。以元白二人的《东南行一百韵》⑤为

①　（宋）李璆、张致远原辑，（元）释继洪纂修，郭瑞华、马湃点校：《岭南卫生方》卷上
《李待制瘴疟论》，上海科学技术出版社2003年版，第1~2页。

②　（唐）韩愈著，钱仲联集释：《韩昌黎诗系年集释》卷十一《左迁至蓝关示侄孙湘》，第
1097页。

③　（唐）韩愈著，钱仲联集释：《韩昌黎诗系年集释》卷十一《题临泷寺》，第1118页。

④　（清）朱彝尊：《批韩诗》，（唐）韩愈撰，（清）顾嗣立删补：《昌黎先生诗集注》第6册
卷十，日本早稻田图书馆藏道光十六年（1836）膺德堂重刊顾氏本，第12页。

⑤　分别为白居易的《东南行诗一百韵》和元稹的《酬乐天东南行诗一百韵》。

例，此二诗较长，却颇具代表性，当时白居易在江州贬所，元稹处通州戍地，两人皆写尽了身处南方所受之疾苦。诗中，白居易以"夷音语嘲哳，蛮态笑睢盱"出，元稹以"夷音啼似笑，蛮语谜相呼"应，写出了南方与中原的语言隔阂，并将其作为野蛮之地单独划出。接下来，白居易的"气序凉还热，光阴旦复晴"，点出了南方湿热的气候；元稹则描述得更为详尽："坐痛筋骸憯，旁嗟物候殊。雨蒸虫沸渭，浪涌怪睢盱"，淫雨、蚊虫、白浪弥漫在空气中，令人筋骨酸痛。瘴疠的侵袭使他们极度渴求药物："防瘴和残药，迎寒补旧襦"，却终究"沉冥消意气，穷饿耗肌肤""陋室鸮窥伺，衰形蟒觊觎"，在炎热潮湿的折磨下，身体逐渐遭摧残，意志也慢慢被消磨。于是，从远处想象到亲身确认，从身体伤害到心理摧残，最终让他们生出了"居夷獠之乡，卑湿昏雾，恐一日填委沟壑"[1]"九死蛮荒"[2]的死亡恐惧。由此可见，南方始终作为一个充满瘴气的独特地理空间，成为萦绕在唐宋流人心头的噩梦。

这种地理区域的划分和排斥，自宋末元初始，由瘴疠南方转移到寒冷北国，但依然归属空间范畴。前文第二章阐述了元初之际，文天祥、家铉翁等南人北徙的背景，自此，南方从以往的炎热卑湿之所变为温暖湿润之乡，而以寒冷为主要特征的北方则开始成为独立区域。北方的极寒气候，如"天宇高寒露欲零"[3]"劲气萧萧入短襟"[4]等，摧残着流人的身体和精神（"弱羽难禁寒风遒"[5]"寒刮肌肤北风利"[6]"愁对寒云雪满山"[7]），使流人偏离了正常的身体和情感秩序。这种寒冷之感在明末清初的流人中依然延续并不断加重，[8] 流人亦在严寒中进一步坚定了对南方的向往和对北方的抗拒。至清前期，这种情感则转变成对繁华江南之依

---

① （唐）柳宗元著：《柳宗元集》卷三十《寄许京兆孟容书》，第 780 页。

② （宋）苏轼著，（清）王文诰辑注，孔凡礼点校：《苏轼诗集》卷四三《六月二十日夜渡海》，第 2367 页。

③ （宋）家铉翁：《则堂集》卷六《中秋日菊盛开》，第 5 页。

④ （宋）汪元量著，胡才甫校注：《汪元量集校注》卷三《秋日酬王昭仪》，第 99 页。

⑤ （宋）家铉翁：《则堂集》卷五《雪中梅竹图》，第 7 页。

⑥ （宋）文天祥著，刘文源校笺：《文天祥诗集校笺》第 3 册卷十三《胡笳曲·右三拍》，第 1205 页。

⑦ （宋）文天祥著，刘文源校笺：《文天祥诗集校笺》第 3 册卷十三《胡笳曲·右八拍》，第 1212 页。

⑧ 参看本书第二章第一节的论述。

恋、对穷荒东北之排斥。① 乃至到前中期，流人毫不犹豫地将北方描画成恐惧之
所，② 并在东北异域建构类江南空间。③ 可见，从唐宋（或可追溯到更早）至清前
中期，空间区域始终是损害流人身体和心理的决定性因素。

（二）时间差距：清中后期流人的疾病隐喻

至清中后期，这种局面发生了改变，此时中西冲突背景下的流人，其病因主
要归于时局变化，其着眼点乃在于时间的不适应。以林则徐为例，他踏上戍途后
频繁生病，而其病因往往与国家时局紧密关联。道光二十二年（1842），林则徐途
经甘肃，其旧属（后补官至甘肃）陈培德于安定县迎接，陪他入兰州后又送至凉
州，并作诗表达对林则徐的崇敬之情。时年八月，林则徐于凉州次韵答谢，并作
《子茂簿君自兰泉送余至凉州且赋七律赠行次韵奉答》四首，其前两首道：

之一

弃璞何须惜卞和，门庭转喜雀堪罗。频搔白发惭衰病，犹剩丹心耐折磨。
忆昔逢君怜宦薄，而今依旧患才多。鸾凰枳棘无栖处，七载蹉跎奈尔何。

之二

送我西凉浃日程，自驱薄笨短辕轻。高谭痛饮同西笑，切愤沉吟似北征。
小丑跳梁谁殄灭，中原揽辔望澄清。关山万里残宵梦，犹听江东战鼓声。④

子茂乃陈培德的字，这两首诗中，林则徐先表达了对友人有璞玉之才而不得重用
的惋惜之情，随后呈现自己的状态，表明心志。他毫不避讳地道出现在的自己是
既老且病（"频搔白发惭衰病"），而此种衰病状态并非指向年龄的生理因素，而
是与自己赤诚坚定的爱国忠心相关联。第二首则进一步为"丹心"作注脚：路途
中，友人相伴而行，两人高谈阔论，把酒言欢，即使驾着粗笨小车，亦倍感轻

---

① 参看本书第三章第二、三节的论述。
② 参看本书第四章第一节的论述。
③ 参看本书第四章第二节的论述。
④ （清）林则徐著，《林则徐全集》编辑委员会编：《林则徐全集》第6册，第214页。

巧。但一谈及当今局面，他好似吟着班彪的《北征赋》般感伤忧愤；面对跳梁小丑当道的混乱时局，他渴望有志之士出来澄清寰宇；自己虽万里远戍，却依然能听到东南沿海隆隆的战鼓声。由此，林则徐的心迹趋向明朗，其所担忧的，乃西人入侵的东南战事，而其病因，也指向动荡的时局。另其道光二十三年（1843）秋写《又次〈病起〉原韵》诗："二彭二竖谬争赢，推枕依然却杖行。前度呻吟悲白首，蚤时肥瘠共苍生。安心胜觅壶公药，归老长迫洛社英。不碍烟霞成锢疾，故山歌啸笑承平。"①其身体疾病，亦与天下苍生、时局变换紧密相连。相似描写在邓廷桢诗中亦有呈现："风雨过从我与君，却因衰病感离群"②"局似举棋浑不定，绪同抽兰木难分"③"五年逐形影，展转婴百忧。……厥初事筹海，颇欲驯夷酋。商略辄中夜，肝肾穷雕镂。……眠食互存问，疾病相噢咻"④，亦将自身病症与时代风雨、时局变换、夷人入侵而引发的忧愁愤懑相关联。另如前文所举的张光藻"执殳远戍黑江边，老病何堪患难连。幸沐君恩施雨露，还期世界息烽烟"⑤、张荫桓"孤忠无助空忧国，老病乘危怯望乡"⑥等，亦体现了这种特点。可见，他们大多先述自身疾病，再转向对时局的担忧。

那当时中国和世界又是如何呢？林则徐和邓廷桢皆于 1841 年被流戍新疆，此时之中国，内有鸦片横流，外有英、法、美等列强入侵。张光藻于同治九年（1870）九月被发往齐齐哈尔，十二年（1873）夏秋之交赦归。此间，资本主义国家的殖民侵略在世界范围内渗透；1871 年，沙俄派兵侵占新疆伊犁地区；1872 年 9 月，德、奥、俄三帝国结成同盟，即"三皇协定"；1873 年，荷兰政府在英

① （清）林则徐著，《林则徐全集》编辑委员会编：《林则徐全集》第 6 册，第 225 页。
② （清）邓廷桢：《双砚斋诗钞》卷十六《少穆偕厚荐榷使载酒游药园，余以病不能奉陪作此呈少穆·一》，《清代诗文集汇编》编纂委员会编：《清代诗文集汇编》520，第 117 页。
③ （清）邓廷桢：《双砚斋诗钞》卷十六《少穆偕厚荐榷使载酒游药园，余以病不能奉陪作此呈少穆·二》，《清代诗文集汇编》编纂委员会编：《清代诗文集汇编》520，第 117 页。
④ （清）邓廷桢：《双砚斋诗钞》卷十六《寄怀少穆》，《清代诗文集汇编》编纂委员会编：《清代诗文集汇编》520，第 120 页。
⑤ （清）张光藻：《北戍草》《果廉夫用予前寄赠行山海关两诗原韵寄赠七律二首，久未属和，适奉文援减得释，行有日矣。补和前诗却寄·一》，《清代诗文集汇编》编纂委员会编：《清代诗文集汇编》663，第 114 页。
⑥ （清）张荫桓著，孔繁文、任青整理：《张荫桓集》《正月十三布隆吉尔夜发逾日抵西州城奉简同乡廖渔牧刺史》，第 193 页。

国怂恿下进攻苏门答腊岛上最大的独立国阿齐，后将其吞并。张荫桓则因戊戌变法失败，在光绪二十四年（1898）九月被戍新疆，并于二十六年（1901）七月处决于戍所。在这三年间，1898 年，义和团运动兴起；1899 年，美国提出"门户开放"、在华"利益均沾"的要求；1900—1901 年，英、俄、日、法、德、美、意、奥匈八国联军侵华，烧杀抢掠，并于次年强迫清廷签订《辛丑条约》。至此，中国完全沦为半殖民地半封建社会。可见，在这些流人远离权力中心、流戍荒塞之时，也是中国内忧外患、民不聊生之际。对此，当时的文人亦纷纷记录自己所见之景，如鸦片战争前后，魏源有《阿芙蓉》诗道：

> 阿芙蓉，阿芙蓉，产海西，来海东。不知何国香风过，醉我士女如醇醴。夜不见月与星兮，昼不见白日，自成长夜逍遥国。长夜国，莫愁湖，销金锅里乾坤无。涸六合，迷九有，上朱邸，下黔首。彼昏自痼何足言？藩决膏殚付谁守！语君勿咎阿芙蓉，有形无形瘾则同。边臣之瘾曰养痈，枢臣之瘾曰中庸，儒臣鹦鹉巧学舌，库臣阳虎能窃弓。中朝但断大官瘾，阿芙蓉烟可立尽。①

作者用诙谐幽默、脍炙人口的语言，写出国人沉迷鸦片，不分昼夜地吸食，在暂时忘却忧愁的同时，却积病在身，对外无力防守边疆，对内贪窃成风的时代景象。另黄霁青写道："罂粟瘴，难医治，黄茅青草众避之，中此毒者甘如饴。床头荧荧一灯小，竹筒呼吸连昏晓，渴可代饮饥可饱。块土价值数万钱，终岁但供一口烟，久之鬌黑耸两肩。眼垂泪，鼻出涕，一息奄奄死相继。"②华长卿也有："瘴雾蛮烟蒸醉骨，黑甜初入晨鸡鸣。珍馐果腹色如菜，鲜衣被体神似丐。"③这些诗句描绘了鸦片荼毒下的国家和民众，俨然处于衰弱疲敝之病态。到了 19 世纪末，中国的病态已然成为国家的标签。1896 年 10 月 17 日，上海英文报刊《字林西报》转载英国《学校岁报》一文，将中国类比于西方的 Sick man of Europe（指

---

① （清）魏源：《阿芙蓉》，阿英编：《鸦片战争文学集》上卷一，古籍出版社 1957 年版，第 11~12 页。

② （清）黄霁青：《罂粟瘴》，阿英编：《鸦片战争文学集》上卷一，第 197 页。

③ （清）华长卿：《禁烟行》，阿英编：《鸦片战争文学集》上卷一，第 197 页。

奥斯曼土耳其帝国），称其为"Sick man of East Asia"。11 月，张坤德在《时务报》上将其翻译为："夫中国——东方病夫也，其麻木不仁久矣。然病根之深，自中日交战后，地球各国，始悉其虚实也。"①12 月，《时务报》又刊出了《天下四病人》，中国赫然在列。② 自此，"疾病""病夫"等词汇成为一种隐喻，在时人心中逐渐扎根。

由此可见，流人的疾病乃指向时局，进而关联至西方侵入下内外交困的疲病中国，他们患病的身体，已然成为病态中国的一部分。对此，相比林则徐等人的隐约描述，李端棻的叙述更为直接，其《感时》二首曰：

> 小恙宁占噬嗑凶，略施调剂便全功。岂期酝酿痈成患，竟入膏肓药费攻。
> 和缓难求来晋地，参苓况未备梁公。恫瘝在抱君知否，忍见疮痍满眼中。
>
> 自家病尚不知除，精骨衰残脑气枯。昨夜安排将补救，今朝思想竟模糊。
> 胸中那有活人术，掌上空擎记事珠。笑尔庸医庸带巧，苍生瘵甚尔偏腴。③

诗题即点明此诗乃由时事而发，第一首前半部分看似在讲述身体疾病始有微恙，人们不以为意，未料到毒疮长期不治以成后患，甚至病入膏肓、无法医治，这部分看似在写人，但到后半部分才揭晓此乃为家国书写作铺垫，并以"恫瘝在抱"④之典，表明自己对百姓疾苦的关心，不忍见到国家满目疮痍之景。第二首开篇写身体之病：精气衰弱、筋骨残损，被庸医糊里糊涂治疗一番后，病情有无好转暂且未知，然而自己的记忆和感觉反倒出现了模糊，乃至对自身的病痛都毫无知觉。由此，诗人引出对庸医的讥讽：他们打着救世济民的旗号，却误国误民，还借着天下苍生的穷苦病痛而赚得盆满钵满。于此，疾病的意义超越了身体范畴，扩大至家国天下的维度，"疾病"不再像林则徐、邓廷桢等人笔下描写得那么隐约，而是明朗起

---

① （清）张德坤译：《中国实情》，《时务报》第 10 册，1896 年，第 15 页。
② （清）张德坤译：《天下四病人》，《时务报》第 14 册，1896 年，第 12 页。
③ （清）李端棻《苾园诗存》，许先德、龙尚学主编，贵阳市志编纂委员会办公室《金筑丛书》编辑室编：《贵阳五家诗钞》，第 5 页。
④ 出自《尚书·康诰》："恫瘝乃身"，比喻把民众生活的困苦放在心上。

来，直接将其作为病态国家和麻木民众的隐喻，并成为流人牵挂与哀愁的对象。

由此，与前代及清前期流人以空间位置为指向不同，清中后期中西冲突背景下的流人偏于时间差距。在清中期之前，不管北方＼南方、东北＼江南，还是西北＼岭南，它们皆是基于地理分区而实现的心理区域划分。而清中后期流人所书写的时局、清朝、西方等疾病指向，明显超越了空间而指向时间。"时局"指当时国家社会之局势，是此时而非彼时的情况。毫无疑问，时间乃居于核心地位的因素。清朝与西方，或者说东西之间，并非纯粹基于地理划分，如当时入侵清朝的俄国、日本，在地理上隶属亚洲东方，但在文化倾向和时人的心理区划中，则属西方。东西之间，更多是时间差距，前者是封建制度的延续者，维持着自秦始皇以来两千多年的封建君主专制；后者是资本主义的创建和发展者，在新制度的支持下不断开拓资本市场。1640 年，明崇祯十三年、清崇德五年，当明清两朝还在混战之时，英国查理一世召开新议会，标志着英国资产阶级革命的开始。1688—1689 年，清康熙二十七年，当康熙帝忙着镇压噶尔丹叛乱时，英国议会反对派发动宫廷政变（又称光荣革命），新兴资产阶级推翻封建地主阶级统治，建立资本主义制度，并通过《权利法案》，确立君主立宪制。随后的一百多年里，法、美等国也以革命或起义的方式，确立资本主义制度，而中国始终维持着固有的君主专制。直到 1840 年前后，在与西方的交锋中，以林则徐为代表的知识分子才打开封闭的双眼，看向世界。可见，中西之间存在着两百年的差距，在这两个世纪里，西方无疑是时间上的优胜者，他们走在前面，率先完成了从封建主义向资本主义的过渡。因此，他们通过鸦片走私来荼毒清人的身体，以实现资本的原始积累；并借助先进武器打开中国大门，以获得更广阔的市场。在西方的毒害和剥削中，已经暮气沉沉的中国，自然被折磨得衰病无力。这种时间差距亦在流人的疾病书写中得到关注和呈现，如"前度"与"蚤时"（"前度呻吟悲白首，蚤时肥瘠共苍生"）、"五年"与"逾年"（"五年逐形影……逾年困围城"）、"昨夜"与"今朝"（"昨夜安排将补救，今朝思想竟模糊"）等，无不昭示其病体中的时间要素。

综上，清中后期流人以马喻人，并借羸马意象来写自身的老与病。这些文本在继承前人特点的基础上，因所处时代的特殊性，在年老书写上呈现出表达更为真实细致、内容牵涉家国天下的特点；而其疾病书写也与时局密切关联，更多指向因时间差距而被西方抛下的衰病中国。

第三节　雁与鹰：清代流人的返归与俄国流人的突围

清中后期，中国被卷入世界潮流，西方的新思想、新文化接连涌入，刺激着古老帝国的神经。在此期间，位于大清帝国北方的封建强国——俄国，同样经历着新旧冲突的风暴席卷。俄国起源于东欧草原上的斯拉夫人，于 882 年建立基辅罗斯公国，1283 年成立莫斯科公国，在与鞑靼人、蒙古人等的战争中，不断扩张领土，并在瓦西里三世时期完成了对东北罗斯的统一；1547 年，莫斯科大公伊凡四世加冕，始称沙皇，他吞并了喀山、阿斯特拉罕、西伯利亚等诸汗国，将俄国领土大幅向东推进。1613 年，俄国结束了十五年的混乱时期，米哈伊尔·罗曼诺夫被选为沙皇，开始了三百多年的罗曼诺夫王朝。此间，沙皇们开疆拓土，先后将亚伊克、波罗的海沿岸、乌克兰等地纳入版图，并夺取了波罗的海出海口，三次瓜分波兰。至 1815 年，俄国由一个地处东欧的国家，一跃成为地跨欧亚的领土大国。可见，从 9 世纪建国至 19 世纪，俄国的历史发展与中国颇为相似，它们皆在频繁的分裂与统一中日益壮大，分别成为雄踞东西方的大国。此外，两国的政治制度亦较相近。自秦至清，中国封建君主专制逐步强化，底层民众所受压迫愈来愈深，俄国亦是如此，并主要表现在贵族与农奴的矛盾上。1497 年，俄国颁行了首部全国通用法典，以法律形式将封建主特权及其与农奴之关系固定，自此确立了农奴制。16 世纪，伊凡四世消灭割据残余，推行特辖制，巩固中央集权，扩大贵族势力，标志着帝国农奴化的加深。17 世纪，米哈伊尔·罗曼诺夫自称"专制君主"，宣扬"君权神授"，使沙皇专制愈加强化。同时，俄国颁布新法典，进一步保障贵族权益，加强对农民的压迫，以致爆发斯杰潘·拉辛起义。后经彼得一世、叶卡捷琳娜二世的改革，贵族特权愈加扩大，由此引发了普加乔夫领导的农民起义。

然而，当中俄还在封建专制中越陷越深时，西欧却发生着前所未有的变革。1689 年，英国通过限制王权的《权利法案》，建立了君主立宪制；1789 年，法国爆发大革命，结束了君主制，旧有的君臣观念逐渐被天赋人权、三权分立等民主自由思想替代。西方的变动，不但通过英法的殖民扩张冲击着古老的中国，也震荡着与之密切往来的俄国。18 世纪中叶始，法国启蒙思想在俄国传播，伏尔泰、狄德罗、孟德斯鸠等人的著作被翻译过来，他们倡导的平等观念，让俄国人看清了君主专制的腐朽面目，并认识到农奴制对国家发展的阻碍；而西方的自由主张，则使俄人萌生出解放农奴、建立新制度的夙愿。于是，启蒙运动逐渐在俄国兴起，出现了拉吉舍夫①、赫尔岑②、车尔尼雪夫斯基③等哲学家他们，他们因主张废除农奴制、推翻沙皇统治，被流放至西伯利亚等地；亦有普希金④、莱蒙托夫⑤、谢德林⑥、陀

---

①　亚历山大·尼古拉耶维奇·拉吉舍夫（1749—1802），俄国革命启蒙思想家、文学家。1790年出版《从彼得堡到莫斯科旅行记》一书，因书中的反农奴制度倾向而获罪。1790—1797年，他被流放至西伯利亚的伊利姆斯克；1797年7月—1801年3月，他被置于卢卡加省涅姆佐沃村，实亦属于流放。他在流成期间坚持创作，并以哲学、经济、历史方面的论文为主。

②　亚历山大·伊万诺维奇·赫尔岑（1812—1870），俄国哲学家、作家、革命家。1834年，他因计划出版宣传革命思想的刊物被捕入狱，1835年，以"对社会有极大危险的自由思想者"的罪名，被流放至比尔姆省、维亚特加省、诺夫哥罗德等地，直到1842年才回到莫斯科。在流放期间，他创作了小说《一个青年人的回忆录》，并有书信留存。

③　尼古拉·加夫里诺维奇·车尔尼雪夫斯基（1828—1889），俄国哲学家，著名作家，文学评论家。因宣传革命思想被沙皇政府逮捕，1862年7月，他被投入彼得保罗要塞牢房，1864年被流放至伊尔库茨克盐场服苦役，8月被转送到卡达亚矿山；两年后，被押到亚历山大工场；7年苦役期满后，又转押至荒无人烟的亚库特和维留伊斯克，实际被禁锢达20年之久。在彼得保罗要塞的678天里，他写出了长篇小说《怎么办？》；在漫长的流成期间，他继续创作，但保存下来的只有长篇小《序幕》。

④　亚历山大·谢尔盖耶维奇·普希金（1799—1837），俄国著名文学家、诗人、小说家。年轻时结识诸多十二月党人，并受其民主自由思想影响，创作许多讴歌自由、反对农奴制的诗歌，因而两次被沙皇政府流放。1820—1824年，普希金被外派至俄国南部任职，实属于变相流放，此间他创作了《高加索的俘虏》《强盗兄弟》《茨冈》等诗篇，并开始写作诗体小说《叶甫盖尼·奥涅金》；1824—1825年，他又被沙皇当局送回普斯科夫省的米哈伊洛夫斯克村，幽禁两年，创作了抒情诗《囚徒》《致大海》《假如生活欺骗了你》、叙事诗《努林伯爵》、历史剧《鲍里斯·戈都诺夫》、《叶甫盖尼·奥涅金》前六章等。其流放期间的诗歌主要收录在今人整理的［俄］普希金著，肖马、吴笛主编，乌兰汗等译：《普希金全集》，浙江文艺出版社1997年版。

⑤　米哈伊尔·尤里耶维奇·莱蒙托夫（1814—1841），继普希金之后俄国的一位伟大诗人。1837年普希金遇难，莱蒙托夫写下《诗人之死》一诗，愤怒指出杀害普希金的凶手即俄国上流社会，由此遭到沙皇反动当局的仇视，并被逮捕流放至高加索，至1838年4月才回到圣彼得堡。被捕期间，他创作《邻居》《囚徒》等诗篇；在流放时期，他完成了《商人卡拉希尼科夫之歌》一诗，并将积累的流放素材，在后来写成了长诗《恶魔》和《童僧》，其流放作品主要收在［俄］莱蒙托夫著，顾蕴璞主编，顾蕴璞、张勇、谷羽译《莱蒙托夫全集》，河北教育出版社1996年版。此外，莱蒙托夫还在1840—1841年两次被流至高加索，但其主要是因上流社会的竞争，与本书讨论的新旧冲突不在一个范围，因此这期间的作品不纳入本书研究范畴。

⑥　米哈伊尔·叶夫格拉福维奇·萨尔蒂科夫·谢德林（1826—1889），俄国讽刺作家，文学批评家。1848年因发表抨击沙皇制度的中篇小说——《矛盾》《莫名其妙的事》，被捕流放至维卡亚特，1856年流放归来，据流放时期所见所闻，写成小说《外省散记》。

思妥耶夫斯基①、屠格涅夫②等享誉世界的大文豪，因讴歌自由、反对专制而遭幽禁或流放；还有格林卡③、拉耶夫斯基④、丘赫尔别凯⑤、奥陀耶夫斯基⑥等十二月党人，⑦ 因发动推翻沙皇的起义而被远戍蛮荒。流放期间，他们坚持创作，并留下诗歌、小说、戏剧、散文、书信等文学作品，包括《怎么办?》《囚徒》《恶魔》《外省散记》《死屋手记》《木木》等名篇佳作。那么，清、俄流人同属于疆域辽阔的封建专制大国，共处在西方新思想的影响下，同样因新旧冲突而被流戍，其流放书写与心态有何差异呢? 下面借助两国流人文本中突出的动物书

---

① 费奥多尔·米哈伊洛维奇·陀思妥耶夫斯基(1821—1881)，俄国著名作家。1850 年，因参加彼得拉舍夫斯基空想社会主义小组，并在聚会上朗读别林斯基致果戈理的信(带有反农奴制度性质)，被沙皇逮捕并判死刑，后改为流放。1850—1854 年，他被发配鄂木斯克的军事监狱服苦役；1854—1859 年，则充军鄂木斯克东南的谢米帕拉京斯克。归来后，他据流放经历和亲身感受，写成长篇小说《死屋手记》。

② 伊凡·谢尔盖耶维奇·屠格涅夫(1818—1883)，19 世纪俄国批判现实主义作家，1852 年，因其发表的《猎人笔记》具有反农奴制倾向，沙皇政府以其发表追悼果戈理文章违反审查条例为由，将他拘捕放逐回斯巴斯基，直到 1853 年 12 月才允许其恢复自由。流放期间，他完成中篇小说《木木》《大车店》(又名《客店》)《两个朋友》和长篇小说《两代人》的第一部，并留下一些与友人来往的书信。其作品主要收录在《屠格涅夫全集》中。

③ 费多尔·尼古拉耶维奇·格林卡(1786—1880)，俄国作家，十二月党人。1825 年，因十二月党人起义失败而被拘禁流放，在十年间，他先后被关押在彼得保罗要塞，并发往彼得罗扎沃茨克，后又在特维尔、奥廖尔等地流转。其流放期间依然坚持创作，并有诗歌留存，收录于[俄]格林卡等著，魏荒弩译《十二月党人诗选》，上海译文出版社 1985 年版。

④ 弗拉季米尔·费多谢耶维奇·拉耶夫斯基(1795—1872)，俄国解放运动史上"第一个十二月党人"，因 1825 年起义失败而被逮捕，1822—1827 年遭关押囚禁，1828—1856 年被流放，并留存有流放期间的诗歌，收在《十二月党人诗选》。

⑤ 威廉·卡尔洛维奇·丘赫尔别凯(1797—1846)，俄国作家，十二月党人。因起义失败，1825—1835 年遭囚禁，1836—1844 年被流放到巴尔古津。其流放期间依然坚持创作，并有诗歌留存，收在《十二月党人诗选》。

⑥ 亚历山大·伊凡诺维奇·奥陀耶夫斯基(1802—1839)，俄国贵族，十二月党人。1825 年起义失败后，他被关押在保罗要塞，并先后流放至外贝加尔的赤塔、伊希姆、高加索等地，时长近 15 年，期间仍有创作，尤以《寄西伯利亚》中的诗句"星星之火将燃成熊熊烈焰"最负盛名，收在《十二月党人诗选》。

⑦ 十二月党人，是 19 世纪 20 年代俄国一批从事革命活动的青年军官。1812 年，在反拿破仑战争中，一些俄国贵族军官参加了国外的远征，并受法国等西欧国家民主自由思想的影响，对俄国的农奴制和封建制极为不满。1816 年始，他们先后成立了救国协会、幸福协会等团体，拟定相关法律，试图按西方方式来改造俄国。1825 年 12 月，他们在彼得堡参政院广场发动起义，后被血腥镇压，其中 5 人被处以绞刑，120 多人被流放到西伯利亚等地服役。

写——雁与鹰，从中发掘两者区别，并管窥两国不同的历史抉择。

一、雁与鹰：动物特性与文化象征

清俄流人文本中的鸟类意象较引人注目，清代流人反复吟咏鸿雁，如林则徐"漫道识途仍骥伏，都从遵渚羡鸿飞"①、何如璋"帛书远寄胡天雁，旅梦闲寻粤海鸥"②，还有张佩纶"卧麟飞雁边隅别，细雨浓花海上回"③、张荫桓"否极何曾筮泰来，朔风凄紧雁初回"④等，不胜枚举；俄国流人偏于书写雄鹰，如普希金"我飞不起来，像鹰般坐着"⑤"在那里我们的双头老鹰，依然叫嚣着往昔的光荣"⑥，莱蒙托夫"我的心受制于疲惫不堪……如同牢笼中年轻的雄鹰"⑦"在那里，人们自由如鹰"⑧，还有丘赫尔别凯"他是最早的雄鹰中的一个，须知我也是属于那一个鹰群……"⑨等，不一而足。那么，清代流人的"雁"与俄国流人的"鹰"分别表达了流人怎样的心态？在探究之前，我们先了解它们的动物特性与文化象征。

（一）雁：回归与忠诚的符号

雁，属鸟纲，鸭科，雁亚科种类，在鸟类中体型较大，偏重，常见种类有鸿

---

① （清）林则徐著，《林则徐全集》编辑委员会编：《林则徐全集》第 6 册《送嶰筠赐环东归》，第 224 页。

② （清）何如璋著，吴振清、吴裕贤编校整理：《何如璋集》卷一《塞上秋怀·五》，第 33 页。

③ （清）张佩纶：《涧于集》《酬吴清卿副宪兼怀谊卿》，《清代诗文集汇编》编纂委员会编：《清代诗文集汇编》768，第 103 页。

④ （清）张荫桓：《张荫桓集》《次珊寄示东乐诗依韵六首·六》，第 191 页。

⑤ ［俄］普希金著，肖马、吴笛主编，乌兰汗等译：《普希金全集》第 2 册《摘自致维亚泽姆斯基函》，第 147 页。

⑥ ［俄］普希金著，肖马、吴笛主编，余振、谷羽译：《普希金全集》第 3 册《茨冈人》，第 278 页。

⑦ ［俄］莱蒙托夫著，顾蕴璞主编，顾蕴璞、张勇、谷羽译：《莱蒙托夫全集》卷三《坦波夫的司库夫人》，第 593 页。

⑧ ［俄］莱蒙托夫著，顾蕴璞主编，顾蕴璞、张勇、谷羽译：《莱蒙托夫全集》卷三《童僧》，第 614 页。

⑨ ［俄］丘赫尔别凯：《雅库鲍维奇之死》，［俄］格林卡等著，魏荒弩译：《十二月党人诗选》，上海译文出版社 1985 年版，第 186 页。

雁、灰雁、黑雁、斑头雁等。在古典作品中，雁又被称为鸿、鹄、鸿雁、霜信、月鹭等。雁有迁徙之性，它们根据气候变化，于变冷前(每年9月底至10月初)飞至温暖之地，在转暖时(次年3月中旬至4月初)返回栖息之所，即秋天南往，春天北来。不管栖息于何地，无论繁殖在何处，它们准时往返，从不失信。因此，当游子们身处异乡，难以归家之际，天空中迁徙的鸿雁往往能触动其情思，他们渴望同大雁般，穿越千山万水，年年不负归期。于是，大雁的迁徙习性便与古人的怀归之情契合，成为文学中的典型意象。此种情感发端于《诗经》，《小雅·鸿雁》篇以"鸿雁于飞"起兴，并用"鸿雁""哀鸿"比喻背井离乡而无所安身之人。在此，大雁便与回归关联，正如沈约《宋书·志序》所言："人伫鸿雁之歌，士蓄怀本之念，莫不各树邦邑，思复旧井"①；西汉时期的《大戴礼记·夏小正》则将两者关系阐述得更为具体，其曰："雁北乡，先言雁而后言乡者何也？见雁而后数其乡也。乡者何也？乡其居也，雁以北方为居。何以谓之为居？生且长焉尔"②，进一步阐明雁南来北往的迁徙习性与人盼归故乡之关系。自此，大雁南飞、鸿雁传书，就成为历代游子反复咏叹的意象，在西汉乌孙公主"居常思土兮心内伤，愿为黄鹄兮归故乡"③、魏晋曹孟德"鸿雁出东北，乃在无人乡"④、唐代王维"征蓬出汉塞，归雁入胡天"⑤、南宋李清照"云中谁寄锦书来，雁字回时，月满西楼"⑥、明人李攀龙"寒雁行行天际横，偏伤旅客情"⑦等历代文人的诗词中，屡屡出现，绵延不绝。鸿雁也在文化积淀中，超越了其生物特性，成为回归的符号。

此外，雁因其生物本性而被人类赋予的忠诚特性亦值得关注。雁南来北往，

① (梁)沈约撰：《宋书》卷十一《志序》，中华书局1974年版，第205页。
② 黄怀信、孔德立、周海生主撰：《大戴礼记汇校集注》上册卷二，三秦出版社2005年版，第149~151页。
③ (汉)刘细君：《乌孙公主歌》，(汉)班固撰，(唐)颜师古注：《汉书》第12册卷九六下，第3903页。
④ (汉)曹操：《却东西门行》，(宋)郭茂倩编：《乐府诗集》卷三七，第552页。
⑤ (唐)王维：《使至塞上》，(清)彭定求等编：《全唐诗》第2册卷一二六，第1279页。
⑥ (宋)李清照著，徐培均笺注：《李清照集笺注》卷一《一剪梅·红藕香残玉簟秋》，第20页。
⑦ (明)李攀龙：《长相思·秋风清》，(清)王昶纂：《明词综》卷四，商务印书馆1938年版，第71页。

从不失信,这种对承诺的恪守,使之渐与诚信关联,正如《本草纲目·雁》所言:"寒则自北而南,止于衡阳,热则自南而北,归于雁门,其信也。"[1]且在迁徙途中,它们为保证长途飞翔而不至迷途,雁群的飞行并非杂乱无章,而是由经验丰富的头雁带领,其他雁紧随其后。通常老而壮者引导在前,幼而弱者尾随之后,排成"一"或"人"字形,形成井然有序的雁阵(参见图5-3-1)。

图 5-3-1 雁阵图

(二)鹰:自由与力量的象征

鹰,属鸟纲,脊索动物门,鹰科,隼形目,其种类包括隼、鹰、鹭、雕、鸢等,每类又可再分多种。鹰分布在高山、丛林、沼泽、沙漠一带,白天猎食,夜晚休息,它们常以鼠、兔、蛇等小动物为食,大型的鹰甚至能捕捉山羊和小鹿。作为鸟类中的佼佼者,鹰以其翱翔天际、不受羁绊的姿态吸引着人类目光。老鹰常在白天活动,并于山区附近的高空盘旋,其两翼极为发达,飞行速度极快。它们的翅膀和尾巴的羽毛宽且长,能充分借助气流上升,使其不用扇翅而"悬"于空中。待至一定高度,鹰则随气流方向平稳滑翔,这样即可节省体力,实现长久

---

① (明)李时珍著,马美著校点:《本草纲目》第4册卷四七,人民卫生出版社1981年版,第2566页。

飞翔。在飞行期间，它能依靠健壮的翅膀快速翻转，运动自如，宛如鱼儿畅游水中。鹰的自在飞翔，引发了人类的无穷遐想和向往，它们在山林草木里自在穿梭、在浩瀚天空下尽情翱翔、于变幻风云中呼啸而过的形象，使其成为人类心中自由的象征。这点已在人类文化中得到普遍认可，此处便不再展开论述。

另还应关注的是，鹰的矫健与凶猛使其成为力量的化身。鹰虽属鸟类，却不同于一般鸟儿小巧玲珑、温和乖顺的模样，相反，它体态雄伟，眼神睥睨，性情凶猛，在动物学上被称为猛禽。作为肉食类动物，鹰的眼睛极其敏锐，能在上千米高空清晰地锁定地上猎物，并以利箭般的速度直射目标，用锋利的脚爪将其捕获，再以铁钩般的喙把它撕碎，迅速消化精光，其动作迅猛矫捷、凶勇强悍，是当之无愧的鸟中霸王、天空霸主。这种搏击的勇猛，使鹰成为力量的化身，《诗经·大雅》有云："维师尚父，时维鹰扬"[1]，毛《传》："鹰扬，如鹰之飞扬也"[2]，这里的"师"指军队，形容军队如雄鹰飞扬般威武雄壮，所着眼乃鹰的搏击力量。自此，"鹰扬"成为专有词汇，如三国时期曹植"昔仲宣独步于汉南，孔璋鹰扬于河朔"[3]，元代都剌"当年意气何鹰扬，手扶天子登龙床"[4]，清代孙枝蔚"吕尚钓磻溪，竟展鹰扬志"[5]等，诗中之"鹰"，俨然成为威武力量、大展雄才的代称。又《幽明录》一书描绘道："鹰便竦翮而升，矗若飞电。须臾，羽堕如雪，血下如雨"[6]，白居易《放鹰》诗曰："鹰翅疾如风，鹰爪利如锥"，刘禹锡《白鹰》诗云："轻抛一点入云去，喝杀三声掠地来。绿玉觜攒鸡脑破，玄金爪擘兔心开"等，无不凸显雄鹰搏击之快捷迅猛、干脆利落。然而，中国古代咏鹰之

①　(汉)毛公传，郑玄笺，(唐)孔颖达等正义：《毛诗正义》卷十六《大雅·大明》，(清)阮元校刻：《十三经注疏》(清嘉庆刊本)，第544页。

②　(汉)毛公传，郑玄笺，(唐)孔颖达等正义：《毛诗正义》卷十六《大雅·大明》，(清)阮元校刻：《十三经注疏》(清嘉庆刊本)，第544页。

③　(三国·魏)曹植撰，赵幼文校注：《曹植集校注》卷一《与杨德祖书》，人民文学出版社1998年版，第153页。

④　(元)萨都剌撰，殷孟伦、朱广祁整理：《雁门集》卷六《威武曲》，上海古籍出版社1982年版，第150页。

⑤　(清)孙枝蔚：《溉堂续集》卷六《苦雨杂诗·四》，《清代诗文集汇编》编纂委员会编：《清代诗文集汇编》71，第539页。

⑥　王根林等校点：《汉魏六朝笔记小说大观》《幽明录》，上海古籍出版社1999年版，第694页。

诗词虽不少，但充满力量性和征服感的鹰，始终难同崇尚温良恭俭让、以德服人的儒家文化相契合，因此无法如大雁般，在古代汉民族中形成广泛的崇拜文化。相比之下，鹰更受游牧民族的欢迎，并形成了独特的鹰文化。有宋一代，词中弥漫着婉媚细腻的风格，与之并存的契丹辽国和女真金国，崇尚的却是鸷鸟海东青①粗豪凶悍之性，并将其作为本民族的象征。《辽史》中常有国主带鹰狩猎之记载，②而在女真人看来，鹰乃连接天界和人间的信使，有非比寻常的神力。直至清朝，满族即使入主关内，仍不减对鹰的喜爱和崇拜，他们把鹰隼饲养纳入宫廷制度，并将放鹰作为持续性活动加以传承。如康熙帝及诸皇子皆喜鹰，常带其围猎或让侍卫代为放飞，并写下"羽虫三百有六十，神俊最数海东青"③之句。在康熙至嘉庆年间，帝王皆将南苑晾鹰台作为即位后首次大阅典礼的举行之地，可见其对鹰的重视和崇尚。

然而，对鹰的崇拜，更多应属于西方文明，在他们看来，鹰不仅象征力量，还昭示着战胜黑暗、飞向光明的寓意。首先，鹰的体型和力量，使其成为西方诸多民族国家的崇拜对象，并常与帝王、领袖之权威关联，如古埃及托勒密王朝国玺、古罗马帝国军队、拜占庭帝国国徽等，皆用鹰为标志，象征神圣不可侵犯的权力。其次，鹰与不死鸟的关系，也使其在早期西方文明中成为太阳的化身，象征驱逐与战胜黑暗的力量。公元前8世纪，希腊诗人赫西奥德首次在《神谱》中提到不死鸟，④史学家赫罗底特斯则最先对其描述，指出其拥有金黄和鲜红的羽毛，外形像一只巨鹰，这就将不死鸟的附体指向鹰，并添上了太阳特有之金黄色。不死鸟的形象普遍存在于西方诸国神话中，包括欧洲的火鸟、埃及的太阳

---

① 《本草纲目·禽部》载："雕出辽东，最俊者谓之海东青"；又《柳边记略》记："海东青者，鹰品之最贵重者也，纯黑为极品，纯白为上品，白而杂他毛者次之，灰色者又次之"。海东青，即肃慎语(满语)"雄库鲁"，意为世界上飞得最高和最快的鸟，有"万鹰之神"之义。它属大型猛禽，体态健壮，受蒙古和女真族崇拜。

② 如《辽史》卷三十二载："皇帝正月上旬起牙帐，约六十日方至。天鹅未至，卓帐冰上，凿冰取鱼。冰泮，乃纵鹰鹘捕鹅雁。晨出暮归，从事弋猎。"卷三七载："穆宗建城，号黑河州，每岁来幸，射虎障鹰"等。

③ (清)爱新觉罗·玄烨撰，故宫博物院编：《万寿诗 清圣祖御制诗文》第3册卷三七《海东青》，第17页。

④ [古希腊]赫西俄德著，张竹明、蒋平译：《工作与时日 神谱》，商务印书馆1991年版。

鸟、阿拉伯的安卡（Anka）、美洲的叶尔（Yel）等，它们不仅具有死而复生之特点，还与太阳紧密相关。其中，古埃及将不死鸟、太阳、鹰三者之关系表达得最为明晰，在其神话体系中，太阳鸟即不死鸟，在法老陵墓里，作为太阳神的荷鲁斯被描绘成头戴王冠、鹰（隼）头人身的模样（如图5-3-2），他手持象征能量的沃斯手杖，具有驱散黑暗的力量。如此一来，"不死鸟""太阳鸟"之"鸟"，则更确切地指向"鹰"，并被视为太阳的象征，赋予了驱逐黑暗的神力。直到今天，俄罗斯国徽上（如图5-3-3），金色的双头鹰傲视东西两方，骑士手握金色长矛刺向黑色的蛇状怪物，也与西方早期神话中将鹰视为太阳神而战胜黑暗之寓意遥相呼应。

图5-3-2　法老陵墓中的太阳神荷鲁斯　　　图5-3-3　俄罗斯国徽

　　从以上对比可以看出，同是飞鸟，雁乃迁徙型动物，并严格遵守秩序，因此成为回归和忠诚的符号；鹰是睥睨一切的众鸟之主，它翱翔万里的自在、搏击长空的力量，使其成为奔向自由、争取胜利的象征。此外，两者相比（如图5-3-4、图5-3-5），雁体型较为肥大、眼神柔和，显得圆润而温柔，给人亲近友好之感；鹰则身材矫健，双眼犀利，嘴爪锋锐，显得雄伟而凶猛，充满战斗和侵略的威慑力。且雁是群体性动物，集体观念较强；鹰则基本独自行动，一副孤傲姿态。雁与鹰，一弱一强、一守一破，都折射出中西民族的不同特性，并在清俄流人身上

得以呈现，雁的迁徙返归与忠诚恪守，化作清流人思乡怀归的渴望和忠于君主的矢志不渝；而鹰的自在翱翔，变成俄流人对自由的无限向往，其驱逐黑暗而走向光明的力量，则化为俄流人批判黑暗和反抗压迫的勇气。

图 5-3-4　大雁

图 5-3-5　雄鹰

二、回归渴望与自由向往：清俄流人的不同夙愿

（一）清流人的回归渴望

自踏上流放之路始，清朝流人时常仰望天空大雁，牵挂着远在千里之外的家乡，充满了回归的渴望。前文已述，雁是季节性的迁徙动物，秋季南来，春天北往，因此，在流人的书写中，"雁"便与季节、物候等时间因素关联在一起。以张光藻为例，其有 20 多首关于雁的流放诗歌，且常与季节变化相关，如下面几首：

暮春即事

一年九十日韶光，边地无春景物荒。转眼烟花过上巳，惊心风雨似重阳。河冰未解舟难渡，碛雪未消草不芳。天半时闻鸿雁到，乡愁一片寄苍茫。①

---

① （清）张光藻：《北戍草》，《清代诗文集汇编》编纂委员会编：《清代诗文集汇编》663，第 103 页。

秋夜即事

独客虚斋坐，愁中百感生。夜明疑曙色，风急似潮声。征雁时频过，微虫偶一鸣。遥知闺阁里，思远梦难成。①

龙江容思十二首，以十二月令为次步德润堂将军戍慕遣怀诗原韵

新春初值试灯风，怅触吟怀唱恼公。梦到瀛洲芳草绿，愁看边戍晚山红。三阳尽出时将泰，百折难回志未穷。知有家书来隔岁，迢迢天际盼归鸿。②

先看第一首，张光藻出塞时，作有《庚午九月十一日定谳奉发黑龙江效力》一诗，可知其于同治九年（1870）被遣戍黑龙江。又《暮春即事》诗有"转眼烟花过上巳"句，且在此诗之前，张氏有《除夕与刘彦三、戴韵笙共饮》《辛未元日》诗，由此推知此诗作于同治十年（1871）上巳日前后，即他北戍的第二年春天。全诗因"暮春"时节起，开篇即道新的一年已过九十多天，但戍地似无春天到来的痕迹：河川之冰未解，沙地之雪未消，一片花草未发、景色荒芜之貌。然而，天边时时传来鸿雁之鸣叫，流人这才意识到雁已北飞，即春天早已到来。全诗通过冰雪、花草与鸿雁的对比，突出大雁对气候的敏感和守时，同时也在借物传情：这些从南方归来的大雁，不知有无捎带家乡的音讯呢？由此作者不禁感慨"乡愁一片寄苍茫"，将内心对故乡之思念、回归之渴望倾吐而出。第二首作于秋天时节，从其相邻的《秋日晚眺》一诗可知，此时已是"木叶经霜落，边城放眼宽"③之际，天气转冷，草木凋零，流人时时听见南征大雁的鸣叫，它们正赶在寒冷冬天到来前飞往南方。北雁得以南飞，而自己仍滞留北地，只能远远遥望江南故乡，想归而不得。第三首则是作者在《次韵和将军除夕思亲之作》《次韵和将军上元日

---

① （清）张光藻：《北戍草》，《清代诗文集汇编》编纂委员会编：《清代诗文集汇编》663，第106页。

② （清）张光藻：《北戍草》，《清代诗文集汇编》编纂委员会编：《清代诗文集汇编》663，第112页。

③ （清）张光藻：《北戍草》《秋日晚眺》，《清代诗文集汇编》编纂委员会编：《清代诗文集汇编》663，第107页。

述怀之作》之后所作，结合诗题和诗中的"新春初值试灯风"一句可知，此诗作于农历春节之后，即寒冷冬天快要过去、温暖春天即将来临之时。按大雁的迁徙习性，此时冬末春初，它们还未北归，但此刻流人的心早已飞回家乡，想寄情大雁，无奈其仍停留南方，他只能翘首以盼，等待大雁归来。这三首诗：暮春鸿雁到——秋夜征雁过——新春盼归鸿，勾勒出鸿雁随季节变迁而北归南去的路线，并将流人的一片乡愁、遥想闺阁、企盼家书等思乡盼归之情融于其中，随征雁来回而涌动。类似书写，在何如璋《塞上秋怀》"迹共塞鸿羁北徼，心如越鸟恋南枝"①、《春柳》"东北雪消通雁讯，江南草长带莺飞"②，张荫桓《腊月初三凉州旅夜》"腊雪初晴客武威，遥情绵渺故山薇。每嗤博士书羊瘦，漫对乡人问雁肥"③、秦锡圭《节署后园晚眺》"秋到边城便觉寒，满园花木已凋残。雁来燕去真堪羡，兔走鸟飞不忍看"④等流戍诗中，也频频出现。在他们的思维体系中，季节、大雁、归乡早已融为一体，季节是触发点，大雁是媒介，盼归乃核心旨归，他们借季节而生发，以大雁为寄托，从而将回归之情抒发得淋漓尽致。

而这种对回归的渴望，亦可脱离大雁只寄于时间直抒而出。同样以张光藻为例：

辛未元日　之二

岁岁逢元日，欢声动比邻。今来边塞外，亦见物华新。家有衣冠客，途多揖让人。从知兴礼乐，自可化边民。⑤

春夜不寐

春夜如冬夜，打窗风雪声。边愁生万里，戍鼓入三更。蝴蝶谁家梦，莺

---

① （清）何如璋著，吴振清、吴裕贤编校整理：《何如璋集》卷一《塞上秋怀·八》，第33页。

② （清）何如璋著，吴振清、吴裕贤编校整理：《何如璋集》卷一《春柳·三》，第34页。

③ （清）张荫桓著，孔繁文、任青整理：《张荫桓集》，第187页。

④ （清）秦锡圭著：《见斋诗稿》，第24页。

⑤ （清）张光藻：《北戍草》，《清代诗文集汇编》编纂委员会编：《清代诗文集汇编》663，第102页。

花故园情。相思不成寐，伏枕听鸡鸣。①

七夕

耿耿星河夜向晨，佳期一度一年新。关山共有还家梦，闺阁应多不寐人。听到晓钟增惆怅，洒成泪雨亦酸辛。神仙被谪犹难遣，莫怪情痴恋俗尘。②

辛未除夕

耳边爆竹听依然，客子惊心又一年。塞外风霜经历练，人家儿女各团圆。故乡久别谁无梦，异姓同居竟有缘。海上仙槎闻已到，长安应许著归鞭。③

以上诗歌，从同治十年(1871)的元日，经春夜、七夕一直到除夕，时间线索很明显。在此时间流变中，张光藻对每个节点都特别敏感，以致听到相似的爆竹声，不禁心惊又过一年。他初至塞外的第一个春天，还颇觉新鲜，虽以"客"自称，言语中却跳跃着欢乐与新奇。然而，随着时间流逝，他的好奇淡然逐渐被愁苦哀伤替代，对故园之思念亦使其难以入眠。转眼至夏日，思归之惆怅愈加浓烈，如同夏季雨水，酸辛不止。到了冬季，在家家团圆的除夕之夜，他只能在塞外经受风霜，以致归乡之梦都难解其思念之苦。通过时间推移，张光藻将思归之情层层推进，把内心的渴望尽情倾泻。

甚至，这种归乡思念还能进一步脱离时间和大雁等要素，成为一种直接的表达，如其诗曰：

---

① （清）张光藻：《北戍草》，《清代诗文集汇编》编纂委员会编：《清代诗文集汇编》663，第103页。

② （清）张光藻：《北戍草》，《清代诗文集汇编》编纂委员会编：《清代诗文集汇编》663，第106页。

③ （清）张光藻：《北戍草》，《清代诗文集汇编》编纂委员会编：《清代诗文集汇编》663，第110页。

思乡桥

回首中原路已遥，思乡空有泪如潮。李纲若使常为相，宋帝何须过此桥。牛角山河终牛壁，蛾眉宫眷泣寒宵。可怜五国城东去，只有忠宣还旧朝。①

行路难

历经冰霜苦，方知行路难。无风肌欲裂，见雪骨生寒。边塞身初到，荒江水正宽。关山千里外，回首望长安。②

初到戍所作

之一

远谪荒江道路艰，友朋为我发长叹。镜中鬓发催人老，塞外霜风逼岁寒。万里行程今忽到，一腔愁思转成欢。从知世事皆如此，勇往前途莫畏难。

之二

京华两望阻山河，客里情怀寄啸歌。到戍方知归路远，离家总觉旅愁多。云开共睹天边日，风静能恬海上波。且自读书兼养性，莫教岁月去蹉跎。③

以上诗歌的时间和意象皆有意淡化，突出的反而是难以感知的空间距离和浓烈的思乡情愫，两者相辅相成。起初，张光藻感叹踏入戍途后，中原已离自己远去，但有多遥远呢？他只有一个模糊感觉，因而想到远处的家乡，不禁泪水涌出。随

---

① （清）张光藻：《北戍草》，《清代诗文集汇编》编纂委员会编：《清代诗文集汇编》663，第97页。

② （清）张光藻：《北戍草》，《清代诗文集汇编》编纂委员会编：《清代诗文集汇编》663，第98页。

③ （清）张光藻：《北戍草》，《清代诗文集汇编》编纂委员会编：《清代诗文集汇编》663，第102页。

着行程推进，他踏入荒寒东北，离家已达"千里"的空间距离，频频回首，故乡却早已湮没在烟雾之中；经长途跋涉至戍所，他已走过"万里行程"，远在万里之外的家乡，早被山河阻断（"京华两望阻山河"），即使回首，也无法望见，他只能将满腹乡愁寄情哀歌。可见，随着与家的距离拉远，流人的思念愈加浓烈，其情感表现也由外在的落泪、回首，发展成根植内心的愁苦。此后，这个"万里"的距离在其诗中反复出现："万里家书远寄来，临风珍重一缄开"①"万里独看边塞月，一缄难得友朋书"②"西望长安浑不见，风烟万里使人愁"③等，成为流人与亲人、戍地与故乡难以逾越的空间。

可见，思乡盼归，作为大雁书写的核心情愫，在张光藻的流戍诗中被反复咀嚼。同样，其他流人文本，如林则徐《室人赋〈述怀纪事〉七古二章，以手稿寄余，喜成四章》："卅年凫雁镇相依，万里鹜鸧怅独飞。生别胜如归马革，壮游奚肯泣牛衣。只怜瘦骨支床久，想对残脂揽镜稀。忽得诗篇狂失喜，珠玑认是手亲挥"④，邓廷桢《偶成》："银河当户泻孤光，枕簟凄清已作凉。耿耿不瞑聊复尔，迢迢问夜未渠央。远闻边事谁能遣，默诵楹书幸未忘。画角一声残月澹，卧听征雁正南翔"⑤，何如璋《塞上秋怀》："大通桥畔独逶迤，雨过平沙绿满陂。迹共塞鸿羁北徼，心如越鸟恋南枝。壶中日月骎骎去，身外炎凉故故移。欲赋采薇归未得，记曾簪笔侍京华。持节虚乘东海槎。刘琨援绝只吹笳。策蹇来看塞上花。家山回首极天垂"⑥等，张佩纶甚至专门写了《雁十首》，所谓"萧条仍北乡，艰瘁为南征"⑦、

---

① （清）张光藻：《北戍草》《喜接家信》，《清代诗文集汇编》编纂委员会编：《清代诗文集汇编》663，第102页.

② （清）张光藻：《北戍草》《龙江容思十二首，以十二月令为次步德润堂将军戎慕遣怀诗原韵·八》，《清代诗文集汇编》编纂委员会编：《清代诗文集汇编》663，第112页。

③ （清）张光藻：《北戍草》《龙江纪事诗七绝一百二十首·三十》，《清代诗文集汇编》编纂委员会编：《清代诗文集汇编》663，第122页。

④ （清）林则徐著，《林则徐全集》编辑委员会编：《林则徐全集》第6册《室人赋〈述怀纪事〉七古二章，以手稿寄余，喜成四章·一》，第219页。

⑤ 《清代诗文集汇编》编纂委员会编：《清代诗文集汇编》520，第115页。

⑥ （清）何如璋著，吴振清、吴裕贤编校整理：《何如璋集》卷一《塞上秋怀·八》，第33页

⑦ （清）张纶《涧于集》《雁十首·二》，《清代诗文集汇编》编纂委员会编：《清代诗文集汇编》768，第110页。

"图南如一举，羽翼肯摧残"①，亦将回归的渴望反复呈现。

(二)俄流人的自由向往

相比之下，俄流人则在心里反复演习雄鹰的自在翱翔，期盼能突破困境，获得自由。先看以下诗歌：

囚徒　普希金

我坐在潮湿牢狱的铁栅旁。
一只在束缚中饲养大了的年轻的鹰鹫，
它是我的忧愁的同伴，正在我的窗下，
啄着带血的食物，拍动着翅膀。

它啄着，扔着，又朝着我的窗户张望，
好像在和我想着同样的事情。
它用目光和叫声召唤着我，
想要对我说："让我们一同飞走吧！
我们都是自由的鸟儿；是时候啦，弟兄，是时候啦！
让我们飞到那儿，在云外的山冈闪着白光，
让我们飞到那儿，大海闪耀着青色的光芒，
让我们飞到那儿，就是那只有风……同我在游逛着的地方……"②

坦波夫的司库夫人(节选)　莱蒙托夫
四十一

我的心受制于疲惫不堪，
日日夜夜对经历过的事懊悔不已。

---

① (清)张纶《涧于集》《雁十首·九》，《清代诗文集汇编》编纂委员会编：《清代诗文集汇编》768，第110页。

② [俄]普希金著，肖马、吴笛主编，乌兰汗等译：《普希金全集》第1册，第554~555页。

可是又有何益！

再用力也不能返回过去。

如同牢笼中年轻的雄鹰，

瞅着山谷，瞅着群山峻岭，

徒然张望，难以振翼飞走——

不啄那鲜血淋滴的肉食，

默默伏在那里等待死期。

四十二

……

亲爱的年岁，你却已消逝，

关在铁牢中的年轻雄鹰

烦恼苦闷终归无益无用：

不管哪一天它仍然能够

找到它原先的空中道路。

去吧，到那些白雪和云雾

笼罩着的黑色陡岩峭壁，

去只有鹰才结巢的高地，

去累累云团漫游的天空！

那里可以展开你的羽翼，

在自由缤纷的途中奋飞！①

雅库鲍维奇之死(节选)　丘赫尔别凯

……

他是最早的雄鹰中的一个，

须知我也属于那一个鹰群……

---

①　［俄］莱蒙托夫著，顾蕴璞主编，顾蕴璞、张勇、谷羽译：《莱蒙托夫全集》卷三，第94页。

　　　　　我们都是被同一命运被放逐的人，

　　　　　同一个巨浪把我们抛向监狱和流放地……

　　　　　于是他留下来，我那唯一的同龄人，

　　　　　于是他向我指出了通向坟墓的路，

　　　　　……①

第一首《囚徒》乃普希金的名篇，是其于 1821 年流放至基希尼奥夫期间所作。第二首出自莱蒙托夫的长诗，大概作于 1837 年下半年或 1838 年年初，乃其流戍高加索之作。第三首则是丘赫尔别凯于 1846 年，听闻同是十二月党人的雅库鲍维奇死于戍地高加索后所写。从诗的内容来看，皆是流人借鹰以表达对自由的渴望，而这种情感的寄寓，主要通过鹰所处的空间比对来实现。首先，他们所写皆为年轻之鹰，这就保证其葆有鹰的本性，即使被束缚，这些鹰依然"啄着带血的食物，拍动着翅膀"，血性仍存。又前文已述，自由飞翔乃鹰之本性，因此这些年轻的鹰，必然饱含翱翔天际的活力。但能否自由翱翔，不仅取决于本性，还与其所处的空间相关，只有在广阔的空间中，它们才能不受羁绊地自在飞翔。以上诗歌呈现出两种不同空间：一是"牢笼""铁牢""监狱"等场所，范围狭小，空间逼仄，显然禁锢了鹰的自由。它们不仅无法飞翔，哪怕伸展羽翼都显困难，因此只能"徒然张望……默默伏在那里等待死期"，走向"通向坟墓的路"。二是闪着白光的山冈、耀着光芒的大海、累累云团的天空等区域，宽广无垠，可任鹰万里腾空，纵情翱翔。两者相比，显然后者才适合鹰之本性。在诗中，"我""我们""他"等人物频频出现，与鹰合为一体。因此，流人代鹰发出的呼喊："我们都是自由的鸟儿……让我们飞到那儿""瞅着山谷，瞅着群山峻岭""去吧……那里可以展开你的羽翼，在自由缤纷的途中奋飞"，他们不仅在给鹰找回宽广的空间，也是在为自己寻回失去的自由。可见，在其思维体系中，老鹰与流人、空间与自由彼此关联，流人宛如被囚之鹰，失去本性，只有在广阔的空间中，才能自由。因此，流人写鹰、写其对广袤空间的向往，无疑也在表达他们对自由的渴望。

---

　　① ［俄］丘赫尔别凯：《雅库鲍维奇之死》，［俄］格林卡等著，魏荒弩译《十二月党人诗选》，第 186 页。

　　与清流人类似，俄流人对自由的追求，亦可脱离对鹰的寄托，直抒而出。其中又以普希金为典型，他自始至终都尽情歌颂自由，流放前，他写下了著名的《自由颂》："我要给世人歌唱自由"①"人民的自由和安宁，才是皇座永远的守卫"②，明确表达了他崇尚自由的理想，并以其熊熊热情感染俄国民众。很快，这首诗在俄国大地流传，普希金也因此被拘禁和流放。但所有束缚，都不能捆绑其自由灵魂；西伯利亚的苦寒，亦无法浇灭其心中的自由之火。他一次次发出内心的呼唤："唯独自由受到我的崇拜"③"心灵渴望森林、渴望自由、渴望那一望无际的田野"④。他把自己喻为自由的播种人："我是荒野上自由的播种人，出发在晨星未露的时候"⑤"在冷漠的人群面前，我说着一种自由的真理的语言"⑥。他还热烈赞美那些争取自由之人："你将把铁锤紧紧地握在手，振臂高呼：自由！我赞美你，忠贞不渝的弟兄"⑦"如今，你已是一个青年——正满心向往、追求自由、欢乐和光明，你的前程多么美好"⑧。可见，"自由"是普希金流放诗歌的生命，也为他赢得了"自由的诗人"之尊称。

　　普希金的自由赞歌，不但将其内心渴求倾吐而出，也与当时俄国先进知识分子如十二月党人、莱蒙托夫等的自由思想相呼应，唱出其共同心声。十二月党人因1825年发动试图推翻沙皇专制统治的起义而遭流放。在流戍前，他们已广泛

①　［俄］普希金著，肖马、吴笛主编，乌兰汗等译：《普希金全集》第1册《自由颂》，第334页。

②　［俄］普希金著，肖马、吴笛主编，乌兰汗等译：《普希金全集》第1册普希金：第339页。

③　［俄］普希金著，肖马、吴笛主编，乌兰汗等译：《普希金全集》第1册《给杰尔维格》，第455页。

④　［俄］普希金著，肖马、吴笛主编，余振、谷羽译：《普希金全集》第3册《强盗兄弟》，第207页。

⑤　［俄］普希金著，肖马、吴笛主编，乌兰汗等译：《普希金全集》第1册《"我是荒野上自由的播种人"》，第581页。

⑥　［俄］普希金著，肖马、吴笛主编，乌兰汗等译：《普希金全集》第1册《给弗·费·拉耶夫斯基》，第542页。

⑦　［俄］普希金著，肖马、吴笛主编，乌兰汗等译：《普希金全集》第1册《给普欣将军》，第477页。

⑧　［俄］普希金著，肖马、吴笛主编，乌兰汗等译：《普希金全集》第1册《致列·普希金》，第586页。

阅读伏尔泰、孟德斯鸠等人的著作，深受自由民主思想的影响，并在其制定的
《俄罗斯法典》中提出人身自由乃公民首要权利，因此主张推翻沙皇专制，废除
农奴制，还农民以自由权利。他们的民主思想与普希金的自由渴望一拍即合，在
彼此的影响下，普希金加入其秘密文学团体——"绿灯社"，而普希金的自由诗
歌，亦在十二月党人中传播，成为其精神信仰。流放后，普希金亦常同远戍南方
的十二月党人有书信、诗文往来。于是，自由赞歌不仅出自普希金之口，也在流
放的十二月党人中唱起，诗如："啊，你是自由的，风啊，风！——……如果能
够，我将抛弃世上的虚荣，感觉清新而高洁，象风一样在田野里飘动"①"我何时
才能象一只小鸟……向那朝霞和落日的余晖，高唱着自由的歌曲"②等，或如"我
用雄壮的歌喉，把自由向俄罗斯人民赞颂，歌唱着，并将为自由而牺牲"③"我们
歌颂我们的罗斯，虽被奴役，却歌唱那神圣的自由"④等，满是对自由的呼唤与
赞颂。后来者莱蒙托夫，亦在普希金的感染下，将自由赞歌继续歌唱。普希金
遭沙皇政府害死后，尼古拉一世对其死讳莫如深，禁止国人提及，但莱蒙托夫
挺身而出，写下《诗人之死》一诗，为其伸张正义，并把政府比作"扼杀自由、
天才、荣耀的刽子手"⑤，在指控沙皇的同时，他也肯定普希金乃自由精神之
化身。因此诗而遭流放后，莱蒙托夫心中的自由之火仍未熄灭，他根据流放期
间收集的故事传说，写下长诗《童僧》，塑造了力图摆脱囚禁的高加索少年形
象，其中"品尝一下自由的香甜"⑥"梦见草原上不羁的自由"⑦等字句，洋溢着

---

① ［俄］格林卡：《暴风雨》，［俄］格林卡等著，魏荒弩译：《十二月党人诗选》，第 28
页。

② ［俄］丘赫尔别凯：《枫》，［俄］格林卡等著，魏荒弩译：《十二月党人诗选》，第 174
页。

③ ［俄］丘赫尔别凯：《雷列耶夫的幽灵》，［俄］格林卡等著，魏荒弩译：《十二月党人
诗选》，第 170 页。

④ ［俄］奥陀耶夫斯基：《我们从赤塔向彼得罗夫工厂转移之歌》，［俄］格林卡等著，魏
荒弩译：《十二月党人诗选》，第 200 页。

⑤ ［俄］莱蒙托夫著，顾蕴璞主编，顾蕴璞、张勇、谷羽译：《莱蒙托夫全集》卷二《诗
人之死》，第 137 页。

⑥ ［俄］莱蒙托夫著，顾蕴璞主编，顾蕴璞、张勇、谷羽译：《莱蒙托夫全集》卷三《童
僧》，第 634 页。

⑦ ［俄］莱蒙托夫著，顾蕴璞主编，顾蕴璞、张勇、谷羽译：《莱蒙托夫全集》卷三《童
僧》，第 635 页。

他对自由的渴求。

三、忠诚与反抗：清俄流人的君主抉择

(一)清流人的忠诚恪守与赞美歌颂

雁的忠诚之性作用于清流人，体现为对君王的感恩和赞美。清中后期流人文本中，雁作为忠诚符号的出现频率远低于回归象征，但仍在其诗中有所呈现。道光二十二年(1842)三月上旬，林则徐于流放途中路过洛阳，友人叶小庚设宴招待。林则徐感激而作诗曰："欣依广厦歌乌屋，预计归程盼雁臣"①，诗中写叶小庚对林则徐招待颇厚，爱屋及乌，对其流徙也甚为关心，还未到戍地，就已为他计划了归程。其中"雁臣"一词值得关注，《北史》载："魏除为第二领人酋长，秋朝京师，春还部落，号曰雁臣"②，又《洛阳伽蓝记·城南龙华寺》道："北夷酋长遣子入侍者，常秋来春去，避中国之热，时人谓之雁臣"③，"雁臣"即逢秋到京朝觐、至春始还部落的北方少数民族首领。此处看似强调大雁随气候往返的回归性，其实亦在彰显其秩序性，即作为"臣子"的部族首领需遵循一定时间秩序，定期向君王表忠心。可见，林则徐用"雁臣"，也在表达自己忠诚于朝廷之意。

又林则徐在道光二十年(1840)九月出嘉峪关有诗云：

敦煌旧塞委荒烟，今日阳关古酒泉。不比鸿沟分汉地，全收雁碛入尧天。威宣贰负陈尸后，疆拓匈奴断臂前。西域若非神武定，何时此地罢防边。④

---

① (清)林则徐著，《林则徐全集》编辑委员会编：《林则徐全集》第6册《西行过洛，叶小庚招人衙斋并赠两诗，次韵奉答》，第207页。

② (唐)李延寿撰：《北史》卷五十四《列传》四十二，中华书局1974年版，第1965页。

③ (北魏)杨衒之撰，范祥雍校注：《洛阳伽蓝记校注》卷三，上海古籍出版社2011年版，第160页。

④ (清)林则徐著，《林则徐全集》编辑委员会编：《林则徐全集》第6册《出嘉峪关有感·三》，第216页。

诗中的情感指向很明确，通过歌颂汉武帝的功业伟绩，传达作者对当朝君王的赞美。其所用的"雁碛"一词，在前人诗词中亦常出现，如北宋梅尧臣"貂裘不见风霜劲，雁碛遥知道路艰"①，元周孚先"正雁碛云深，鱼村笛晚，茸帽斜欹"②等，主要指北方边塞地区。"尧天"则指尧帝所辖范围，同"汉地"相对应，指帝王统治区域。因此，"全收雁碛入尧天"一句表明北方边塞一带已服膺帝王。这里的"雁"也蕴含着君臣秩序。

此外，张荫桓还有《黄莲笙大令以余元日望阙，叩拜为诗，嘉叹依韵答之，弥自伤也》诗：

> 忧国由来愿岁丰，敢搔白首问苍穹。天涯废堠谁相过，故里风轩本教忠。雁足素书春瘴外，鸡人降帜曙声中。时艰无补投荒去，早合归谋肆上葱。③

诗中大雁不仅充当传统的信息媒介，还与流人忧国忠君的心境相结合，隐约传达"雁"所含的忠诚之意。可见，作为忠诚的象征，大雁常被流人歌咏，以表达其对君王家国的耿耿忠心。

这种情感在流放途中逐渐凝成流人对君王的感恩与歌颂。以林则徐为例，他以一腔报国热情，面对鸦片泛滥，毅然虎门销烟，展现了抗击侵略者和保卫国家的决心。但因清廷软弱，他成为鸦片战争的牺牲品，有功而被戍西域。按人之常情，他本应委屈埋怨，但启程之际，他却念出"朝廷宽大恩，荷戈赴边圉"④；路途之中，他也叨念"吾侪今犹托厦庇，忆公倍感皇天慈"⑤，不但无怨无悔，反而以卑微姿态，对君王的惩罚感恩戴德。行至扬州，林则徐奉命折回东河效力，然

① （宋）梅尧臣著，朱东润校注：《梅尧臣集年校注》卷二六《送马仲途司谏使北》，上海古籍出版社 1980 年版，第 900 页。

② （宋）周孚先：《木兰花慢·访梅江路远》，唐圭璋编：《全宋词》第 5 册，第 3565 页。

③ （清）张荫桓著，孔繁文、任青整理：《张荫桓集》，第 194 页。

④ （清）林则徐著，《林则徐全集》编辑委员会编：《林则徐全集》第 6 册《舟儿送过数程犹不忍别，诗以示之》，第 85 页。

⑤ （清）林则徐著，《林则徐全集》编辑委员会编：《林则徐全集》第 6 册《壬寅腊月十九日，筠先生寓斋作东坡生日，会者十一人，伊江所未曾有也，诗以纪之》，第 89 页。

治河有功后，仍被戍西陲。如此遭遇，本应满腹牢骚，他却写下"人事如棋浑不定，君恩每饭总难忘"①"谪居正是君恩厚，养拙刚于戍卒宜"②，把自身的流放看作人事无常的一部分，并引用杜甫"一饭未尝忘君"之典，表明自己即使又遭流徙，依然不改忠诚之心。自此，忠于君王之语，便屡屡出现在其流放文本中：与臣僚交谈，林则徐会赞扬他们"君感朝廷恩，心肝奉明主"③的忠君之举，并提醒其"几人谪宦能将母，此去娱亲要报君"④，要时刻牢记君恩、以图报效。他给伊犁将军的呈书中，往往开篇即道："林则徐受恩深重"⑤"为恳祈代奏恭谢天恩事"⑥，反复强调君王赐予他的恩厚待遇。道光二十五年（1845）十一月十一日，林则徐得以获释，挥笔写下《乙巳冬月六日伊吾旅次被命回京，纪恩述怀四首》，其中"飘泊天涯未死身，君恩曲贷荷戈人。放归已是余生幸，起废难酬再造仁"⑦"雨露雷霆皆圣泽，关山冰霜此归程。衔恩正对轮台月，照见征袍老泪倾"⑧等，无不洋溢着对道光帝的感激涕零。

这种情感亦在其他流人文本中普遍出现，他们多数人与林则徐相似，往往因功被戍，如田兴恕和张光藻在教案中保护国内百姓，清廷却因慑于洋人之威，反而将其流放；邓廷桢于中英战争中奋勇杀敌，却被投降派诬陷而遭流徙；张荫桓和李端棻主张变法图强，却因触动反对派利益而被牵连放逐。此般遭遇，本该抱怨，但他们却在流途中频繁书写君王恩情。无论是踏上贬途之时的"所赖圣恩宽，

---

①　（清）林则徐著，《林则徐全集》编辑委员会编：《林则徐全集》第6册《壬寅二月祥符河复仍由河干遣戍伊犁蒲城相国涕泣为别愧无以慰其意呈诗》，第205页。

②　（清）林则徐著，《林则徐全集》编辑委员会编：《林则徐全集》第6册《赴戍登程，口占示家人》，第209页。

③　（清）林则徐著，《林则徐全集》编辑委员会编：《林则徐全集》第6册《送伊犁将军开子捷》，第91页。

④　（清）林则徐著，《林则徐全集》编辑委员会编：《林则徐全集》第6册《送文一飞河帅（文冲）入关归养》第226页。

⑤　（清）林则徐著，《林则徐全集》编辑委员会编：《林则徐全集》第5册《上伊犁将军布彦泰呈》，第325页。

⑥　（清）林则徐著，《林则徐全集》编辑委员会编：《林则徐全集》第5册《请伊犁将军布彦泰代奏奉旨回京候补谢恩呈》，第325页。

⑦　（清）林则徐著，《林则徐全集》编辑委员会编：《林则徐全集》第6册，第246页。

⑧　（清）林则徐著，《林则徐全集》编辑委员会编：《林则徐全集》第6册，第247页。

祖宗余荫庇"①"东行万里出边门，感念君亲未报恩"②，还是谪居戍地的"罪深犹被殊恩贷，质朽还劳著意栽"③"九死难酬一饭恩，空悲玉碗入厓门"④，皆把君王的流放之举视为宽容圣恩而感戴万分。被释之后，"事如春梦本无痕，绝塞生还独戴恩"⑤"读律敢云情罪误，入关终是圣明恩"⑥等，其感之情更是无以复加。

忠心的另一表现，乃其常于戍途或谪居期间赞颂君王功绩。流人常被发往东北、西域等边疆一带，在远离皇权的边缘地区，政声是否传及于此？皇威能否服化蛮夷？皆是居于庙堂的帝王时刻牵挂之事。而这些从中央去往边缘并可能归来的流人谪臣，无疑充当了较为理想的信息传达者。他们于戍地书写边防境况、吟咏古胜旧迹、描绘风土人情，在记录的同时，亦向君王传递边疆治理状况。对此，流人诗歌大多有所呈现，如田兴恕《西征已抵青门喜而寄赠》诗曰："秋风驱马紫薇垣，前席赓飚叩至尊。民瘼自然陈殿陛，圣恩何止建屏藩。忽来细柳将军垒，休恋梅花处士门。不为苍生公不起，好占雷雨济艰屯"⑦，直接写出了戍地的边防巩固，以展示帝王业绩。张光藻《龙江纪事诗》有云："肃慎遗墟载旧经，千年疆土属朝廷。山川历历如环拱，西望高悬北斗星"⑧"赫赫兵威震四夷，国家全盛是康熙。兴安岭下河东岸，犹有当年分界碑"⑨，"肃慎"乃满族祖先，此诗

① （清）李端棻：《芯园诗存》《戊戌十二月朔日寄九弟秦州》，许先德、龙尚学主编，贵阳市志编纂委员会办公室《金筑丛书》编辑室编：《贵阳五家诗钞》，第3页。

② （清）张光藻：《北戍草》《和比部郭廉夫同年赠行原韵》，《清代诗文集汇编》编纂委员会编：《清代诗文集汇编》663，第97页。

③ （清）田兴恕：《更生诗草》《张宾卿方伯书扇见赠次韵》，《清代诗文集汇编》编纂委员会编：《清代诗文集汇编》731，第773页。

④ （清）张荫桓著，孔繁文、任青整理：《张荫桓集》《九月八日道出什帖驿静山观察自太原幕府来别既惠茶饵赠新诗又相送至王胡镇次酬四首晚寄迟兔书故篇中及之·三》，第166页。

⑤ （清）邓廷桢：《双砚斋诗钞》卷十六《癸卯闰秋被命东归，少穆尚书以诗赠行，次韵却寄二首·二》，《清代诗文集汇编》编纂委员会编：《清代诗文集汇编》520，第118页。

⑥ （清）张光藻：《北戍草》《喜部文至得邀援减》，《清代诗文集汇编》编纂委员会编：《清代诗文集汇编》663，第113页。

⑦ （清）田兴恕：《更生诗草》《西征已抵青门喜而寄赠·二》，《清代诗文集汇编》编纂委员会编：《清代诗文集汇编》731，第777页。

⑧ （清）张光藻：《北戍草》《龙江纪事诗七绝一百二十首·二》，《清代诗文集汇编》编纂委员会编：《清代诗文集汇编》663，第120页。

⑨ （清）张光藻：《北戍草》《龙江纪事诗七绝一百二十首·十三》，《清代诗文集汇编》编纂委员会编：《清代诗文集汇编》663，第121页。

通过旧迹引发的怀古之思，来赞叹帝王的边疆贡献；又林则徐"把斋须待见星餐，经卷同翻普鲁干。新月如钩才入则，爱伊谛会万人欢"①、张荫桓"世德依天久，分藩胙土安。自调回部乐，永戴汉恩宽"②等，呈现出新疆百姓欢歌起舞、少数民族首领感戴皇恩之景象，以歌颂帝王在维护民族团结的历史功绩。

(二) 俄流人的反抗斗争与讽刺批判

俄流人文本中，老鹰挣脱黑暗的力量，主要以对君主的反抗斗争和讽刺批判呈现出来。且看以下诗歌：

给朋友们　普希金

我的仇敌，我暂且一言不发……
我那迅速爆发的怒火，似已熄灭；
但我从不让你们离开我的视野，
迟早我会把你们中间某人捉拿：
我会突然地、无情地俯冲而下，
谁也逃不脱穿透胸膛的利爪。
贪婪的雄鹰就是如此盘旋环绕，
盯视着地上的火鸡与鹅鸭。③

高加索的俘虏(节选)　普希金

……

我要歌颂那光荣的时辰，
在那时候我们的双头鹰嗅到血腥的战争，
便飞上那愤怒的高加索的山峰；

---

①　(清)林则徐著，《林则徐全集》编辑委员会编：《林则徐全集》第 6 册《回疆竹枝词三十首·十》，第 243 页。
②　(清)张荫桓著，孔繁文、任青整理：《张荫桓集》《二月朔日哈密王席上三十韵》，第 199 页。
③　[俄]普希金著，肖马、吴笛主编，乌兰汗等译：《普希金全集》第 2 册，第 81 页。

那时茫茫的捷列克河上

第一次响起战争的雷霆

和俄罗斯的咚咚的鼓声，

盛怒的奇齐阿诺夫来到谢切，

傲视一切、威风凛凛；

我歌唱你，高加索的魔王，

柯特梁列夫斯基啊，英雄！

无论你风暴般飞向哪里——

你的行踪像一场黑死病，

杀尽、绝灭了那里的人种……①

恶魔(节选)　莱蒙托夫

前面忽闪过两个人影，

……

皮鞭一响，他像头苍鹰猛扑过去……

又一声枪响！

粗野的喊叫、低微的呻吟

顿时传遍了深深的山坳——

战斗持续没有多久：

胆怯的格鲁吉亚人已逃跑！②

这三首诗皆有"鹰"的意象，且其现身场景、体态动作及最后结局，都与老鹰冲破黑暗、走向光明的反抗特点相应。首先，就场景来看，第一首诗展现了我与仇敌的对立，表明其处在斗争场面，第二、三首诗中的"血腥的战争""枪响""战斗"诸词，亦说明此乃互相对抗的局面，犹如苍鹰与猎物、黑暗与光明的斗争一

---

① [俄]普希金著，肖马、吴笛主编，余振、谷羽译：《普希金全集》第 3 册，第 155 页。
② [俄]莱蒙托夫著，顾蕴璞主编，顾蕴璞、张勇、谷羽译：《莱蒙托夫全集》卷三，第 670 页。

样。接着，从文本呈现的体态动作来看，皆凸显鹰之迅猛矫健，它有穿透胸膛的利爪，时刻盯着地上的猎物，或愤怒飞起，从高空俯视一切；或凶狠进攻，向猎物猛扑过去。如此，便将其身体之矫捷、速度之疾快、动作之凶猛勾勒而出。最后，这些诗都以雄鹰一方获胜为终结。在流人的描述中，雄鹰将仇敌拿下乃迟早之事，它杀尽所有敌人，又把敌军吓得闻风而逃。值得注意的是，在苍鹰与猎物、黑暗与光明的对立中，流人都将"我""我们"化作雄鹰，经过顽强抗争后冲破黑暗、走向光明。可见，鹰的突围与俄国流人的抗争精神相融合，而此种精神又具体表现在对沙皇君主的反抗斗争上，同时也以讽刺批判之方式呈现。

俄国流人对沙皇及其政府的抗争可谓从始至终，其中以十二月党人最为突出。他们以废除农奴制、实行立宪为宗旨，本就带有强烈的反抗甚至革命色彩。1825 年，在革命纲领的指导下，他们在彼得堡参政院广场起义，1826 年，南方协会随即响应。起义被镇压后，其有 5 人被判死刑，121 人遭发配至西伯利亚服苦役。在长达 30 年的流放中，十二月党人忍受着极寒气候，白天戴着镣铐在酿酒场、盐场劳动，跪着用 15 俄斤①或更重的铁锤采矿，夜晚则被锁在臭气熏天且黑暗潮湿的小房里。然而，如此残酷的环境未能消磨其反抗斗志，反而使其愈加顽强。在此期间，他们试图烧毁监狱以逃脱、为争取订购新书之权利而斗争、在荒凉的大草原兴办学校，用他们所能做的一切进行抵抗，并将诗歌作为精神武器，相互传阅和鼓励，如以下诸篇：

致友人 1579（节选）　拉耶夫斯基

......

雷声在我的头上炸响，

但我并未被这可怕的雷电吓得脸色发白，

我的朋友，

在残酷的命运面前，

我还不曾低下自己项上的头！

......

----

①　1 俄斤 = 0.41 公斤

我怀着大理石般的坚韧

承受着我的严酷的命运，

就是在难以忍受的日子里，

我也象春光一样明媚而不灰心，

……①

梦的海（节选）　丘赫尔别凯

……

即使海洋是无边无际，

勇敢的航海家也无所畏惧；

悠闲的闪耀，神秘的絮语，

愉快的溅泼，将我引进海里。

……②

狱中的歌手（节选）　拉耶夫斯基

……

撤换那些大官，制服那些大公，

豁免哪些不合法的捐税，

接待使节，会见客人，

指责并惩罚那些放荡行为，

决定战争与和平。

……③

---

　　① ［俄］拉耶夫斯基：《致友人》，［俄］格林卡等著，魏荒弩译：《十二月党人诗选》，第72~78页。

　　② ［俄］丘赫尔别凯：《梦的海》，［俄］格林卡等著，魏荒弩译：《十二月党人诗选》，第176页。

　　③ ［俄］拉耶夫斯基：《狱中的歌手》，［俄］格林卡等著，魏荒弩译：《十二月党人诗选》，第85页。

答普希金诗《致西伯利亚》(节选)　奥陀耶夫斯基

……

不过请放心吧，诗人！

我们以锁链和厄运而自豪，

我们虽被监狱的铁门幽禁，

却暗自对着历代沙皇嘲笑。

我们悲惨的事业将不会落空：

星星之火必将燃成熊熊的烈焰，

……①

前两首主要彰显流人面对电闪雷鸣、波涛汹涌般的险恶环境，依然坚强不屈的品质；后两首则通过咒骂沙皇政府，表达自己与旧制度决裂和抗争之姿态，诗歌热情激扬，如雄鹰般充满战斗力。这种抗争的突围勇气，得到普希金的热烈赞扬："我爱回忆卡敏卡和你、奥尔洛夫、拉耶夫斯基"②，抒发对十二月党人的热爱。奥陀耶夫斯基也因其诗歌和斗志名噪诗坛，"星星之火必将燃成熊熊的烈焰"成为 1900 年列宁创办《火星报》的口号。可见，这种反抗专制的斗争精神已成为同时代进步知识分子的共同追求，并鼓舞了后世革命者。

除直截了当同沙皇政府表明立场、决裂斗争外，俄国流人还通过讽刺手法进行揭露和批判。如格利鲍耶陀夫的喜剧《聪明误》，便对莫斯科"上流社会"那些满脑肥肠的愚笨庸人予以戏谑嘲笑；谢德林的《外省散记》，则用幽默笔法刻画一幅幅外省官吏的肖像，揭露其掠夺行径，从而达到讽刺和揭露农奴制腐朽之目的；陀思妥耶夫斯基的《死屋手记》则记述其流放经历，展现西伯利亚监狱的残酷画面，将批判矛头指向臭恶的沙皇制度，并被赫尔岑视为永远赫然屹立在尼古拉③黑暗王国出口处的经典之作；屠格涅夫的小说《木木》《大车店》，皆写出农奴之悲惨，凸显地主的贪婪与狠心。可见，对沙皇农奴制的批判，已成为 19 世

① ［俄］奥陀耶夫斯基：《答普希金诗〈致西伯利亚〉》，［俄］格林卡等著，魏荒弩译：《十二月党人诗选》，第 194 页。

② ［俄］普希金著，肖马、吴笛主编，乌兰汗等译：《普希金全集》第 1 册，第 461 页。

③ 指当时俄国在位的沙皇尼古拉一世。

纪俄国一流文学家作品共同书写的主题。

综上所述，在相似历史背景下，面对本国与西方的冲突，清中后期流人遵从大雁之性，延续千年不变的归乡之思，并对施予惩罚的统治者报以感恩和赞美，恪守传统忠君之道。俄国流人则汲取雄鹰力量，渴望挣脱枷锁、追求自由，并对统治者大加批判讽刺，显示出其反抗决心。他们的选择，所代表的不仅是个人，也折射出两国今后的不同命运。从时代发展来看，清俄两国流人皆处新旧思想交汇处，乃时代弄潮儿，然清流人虽接触到新兴的西方思想，恪守的却是旧有之道，即使有如林则徐、张荫桓等积极学习西方，所移植的不过是技术装备和改良制度，未触及其本质，以致流人虽努力维护和挽救清廷，却难使其逃脱近代挨打之命运。俄流人如普希金、屠格涅夫、十二月党人等的自由思想，却引领了俄国后来的精神潮流。在社会的压力下，俄国政府于1861年宣布废除农奴制，农民成为自由人，为资本主义发展提供了市场和劳动力，促使俄国开始走上资本主义道路，并在后续发展中逐渐强大，实现了历史的突围。

结　　语

　　全书在对清代流人进行全局把握的基础上，择取清初遗民、前期科场案、前中期文字狱、中后期中西冲突四大流人群体，以时间为纵线，以空间为横轴，综合运用心理学、身体学、艺术学、动物学等多学科视角，勾勒出流人的书写脉络和心态历程。同时，借流人书写之变化折射帝国之发展，并由戍地变迁呈现边缘区域之移动。因此，清代的流人文学研究，不仅是一部文学史、心态史，亦是一部帝国发展史、空间移动史。

　　首先，就其书写和心理而言，清代流人始终演绎着以回归为核心的多元心态历程。明末清初，他们被新朝放逐北地，却排斥北方，心系南方，渴望重建故国、再返家园；清前期，乃帝国发展逐步稳定之际，流人的排斥之所具体到了地域空间中的东北，其心念之地则明确指向江南；前中期，流人从江南分别徙往东北、西域，在文祸笼罩的恐惧氛围下，他们通过戍地的"园林"重建、塞外的王化书写，来寄托家园之思；至中后期，当西方的冲击给其带来震撼、恐惧与觉醒后，他们依然固守传统的忠君意识，在时代前进的浪潮中选择返归。由此，他们的痴念旧朝、心系江南、歌颂王化、忠君恪守，皆以回归为指向，同时伴随北方抗拒、异域恐惧、时代觉醒等多元心态。

　　其次，流人的书写与心理变化，微缩了清帝国的发展流变。清廷自创立伊始，即面临重重矛盾：清初的政权未稳、前期的经济窘迫、前中期的集权需要、中后期的西方冲击，在诸多因素的交织缠绕和相互斗争中，旧朝遗民、科场士子、文字狱文人、中西冲突士人，便成了时代的牺牲品。建朝伊始，清廷的打击对象指向旧朝遗民，通过对其施以身体惩罚、地域迁徙，以图驯服；前中期，矛头对准科场举子和文人百姓，企图用思想控制的罗网将其禁锢，以维护王朝的长久稳定；中后期，在世界悄然巨变、西方已步入新时代之际，清统治者却对觉醒之流人予以残酷压制，逆历史之潮流，不但加速帝国没落，也催促整个封建王朝走向终结。

再者，流人遭戍地点之变动，昭示着边缘区域之移动。纵观流人之戍地分布，虽有京师、江浙等政治或经济中心，但总体延续着历朝流放所遵循的"就偏就远"原则。在清帝国草创之初，其根据地盘于东北，但对遗民而言，南方才是正统与中心。遗民流人被迫前往北地，实乃不断偏离政治中心而趋于偏远地带之过程。前中期，国家渐趋平稳，秩序得以恢复，江南凭借优越的自然环境、雄厚的经济基础、深厚的文化底蕴，重回区域、经济、文化之中心地位。与之相对，随着清军入关，政治中心自东北移至京师，曾经的东北逐渐衰落与边缘化，成为新的流放理想地。而新开拓的西域，因位置偏远、人迹罕至，显然成为待开发之所。因此，从江南出发，遣往东北或西域，皆是不断远离中心而走向边缘之过程。至中后期，流放地点虽仍集于东北、西北，但不再限于此两处，而是广泛分布于各地，并随国土缩减而减小戍地分布区，此乃帝国发展后期，在西方社会日新月异的比照下，清帝国呈现的整体衰落样态。可见，集于东北北方——大量东北、西北——少量东北、西北，流放地的变更，折射出清代边缘区域的移动。

由此可见，流人，这个被帝王认为有罪的群体，其流放经历、文本书写与心态特征，早已超出他们个人命运的起落沉浮和情感的哀愁苦痛，而是指向更为广阔的时间维度和空间范畴，成为时代变化、区域变迁之缩影。而以上所述，亦是研究清代流人文学及其心态的意义所在。

附录1 各朝流贬研究情况表

1. 统计说明

（1）以朝代先后为序，分别统计各朝流贬研究的专著、核心期刊论文、学位论文情况，因中国港澳和海外的相关研究较少，因此目前以中国大陆和台湾的成果为主，并按出版或发表时间先后排序（同一时间的，则按作者姓氏首字母排序），若某类别只有大陆地区的成果，则不再另行标出大陆和台湾之分。

（2）所选取的研究成果，以题名直接与流贬相关的为主，若题名中未提到，但其文章的主要内容仍与流贬相关，亦纳入统计范围。

（3）在题目中涉及2个及以上朝代的研究成果，则在每朝中皆将其计入，如对唐宋流贬的研究，则在唐代和宋代的表格中均列出；若是着眼于整个古代流贬的研究成果，因其朝代指向性较弱，暂且不计入每朝成果中。

（4）有些流贬名家如柳宗元、苏轼等，与其相关的个案研究数量繁多，本书只将其中与流贬有关的成果计入。

（5）关于归属地，以出版地或刊物所在地点为准。如中国大陆学者在台湾地区出版的专著或发表的论文，则归入台湾地区。

（6）关于贬谪文学教学方面的研究和探讨、会议综述不计入在内。

（7）处于宋末元初、明末清初等易代之际的流人，则以施行流放的统治者所在的政权为主，如家铉翁等人，是被元统治者流放的，即使有些论文题目将其写为"南宋"，但本书依旧把他们归入元朝范围内；再如函可等，是被清统治流放的，因此即便有些专著或论文题目将其写为"明代"，本书依旧归为清代。

（8）若论文只是"网络首发"，还未确定刊期的，则暂不列入统计范畴。

2. 文献来源及注意事项

（1）专著

大陆：来源于读秀数据库、全国图书馆参考咨询联盟、国家图书馆等收录的书目。

台湾：通过 AiritiLibrary 台湾学术文献数据库、台湾"国家"图书馆等进行收集。

注意：只统计研究性著述，不计入文献整理、资料汇编、年谱、通识性介绍或文化普及类（包括传记）的书籍；有若干版本的专著，则以时间最早的为主；若此专著在学位论文库中已有，为避免重复，且考虑到学位论文一般早于专著，因此只将其列在学位论文的统计中，专著部分不再计入；以独立性的学术成果为主，若是与流贬紧密相关的个人或集体的学术论文集，并已出版的，仍计入在内。

（2）期刊论文

大陆：统计知网、万方、维普、读秀数据库收录的核心期刊论文（包括北大核心和南大核心）。

台湾：主要通过 AiritiLibrary 台湾学术文献数据库、TWS 台湾学术期刊在线数据库、台湾人文及社会科学引文索引资料库等搜索。

注意：书评不计入在内；所选大陆核心期刊来源于北大与南大核心（包括来源期刊、扩展版、辑刊），因期刊目录每隔几年会更新，所以某篇文章是否属于核心期刊论文，则以其发表时，该刊是否在核心目录为准；有些论文会发表在两个以上不同刊物，本书只计入时间最早一篇。报纸登载的文章，因篇幅较短，与主流的学术论文有所差别，暂不计入在内。

（3）学位论文

大陆：统计知网、万方、维普、读秀及国家图书馆、武汉大学学位论文库等收录的学位论文。

台湾：主要借助台湾博硕士论文知识加值系统等进行收集。

先秦流贬研究情况表

专　著				
序号	作者	题名	出版社	年份
1	潘啸龙	屈原与楚文化	安徽文艺出版社	1991
2	潘啸龙	屈原与楚辞研究	安徽大学出版社	1999
3	尚永亮	庄骚传播接受史综论	文化艺术出版社	2000
4	尚永亮	弃逐与回归 上古弃逐文学的文化学考察	上海古籍出版社	2017
5	方铭	屈原及楚辞研究	商务印书馆	2023

期　刊　论　文

大　陆

序号	作者	题　名	刊　名	年份	期数
1	潘啸龙	关于屈原放逐问题的商榷	安徽师大学报（哲学社会科学版）	1980	3
2	尚永亮	论《哀郢》的创作和屈原的放逐年代	陕西师大学报（哲学社会科学版）	1980	4
3	姜书阁	上洞庭而下江 济沅湘以南征——屈原与江湘	湘潭大学（社会科学学报）	1981	1
4	熊任望	《哀郢》缘何而作	河北大学学报（哲学社会科学版）	1981	3
5	潘啸龙	《离骚》作于顷襄八九年考	复旦学报（社会科学版）	1982	1
6	沈伯俊	《离骚》当作于楚怀王中期	贵州社会科学	1983	2
7	金开诚	《离骚》创作年代考	北京大学学报（哲学社会科学版）	1983	3
8	王晓波	《楚辞·九歌》的写作年代辨析	四川大学学报（哲学社会科学版）	1983	4
9	张元勋	关于屈原放逐的辨正	齐鲁学刊	1984	6
10	张中一	屈原未遭"放逐"考	河北学刊	1985	3
11	曹大中	论《哀郢》	社会科学战线	1987	3

续表

序号	作者	题　名	刊　名	年份	期数
12	刘生良	《离骚》作年探考	安徽师大学报（哲学社会科学版）	1988	2
13	潘啸龙	驳蒋骥"屈原迁于陵阳"说	中州学刊	1988	3
14	赵逵夫	屈原未放汉北说质疑与被放汉北新证	中国文学研究	1990	3
15	冀凡	屈原放逐汉北说质疑与《抽思》新解——与赵逵夫同志商讨	中国文学研究	1991	3
16	廖化津	屈原东行考——兼评潘啸龙先生《驳蒋骥"屈原迁于陵阳"说》	南昌大学学报（人文社会科学版）	1991	3
17	勉中	屈原与湖湘古代文学、兼及流放文学现象	求索	1991	3
18	张庆利	关于《招魂》作者问题的一个论据的辨正	求索	1992	1
19	张叶芦	屈原放逐行踪续考	浙江师大学报	1992	2
20	吴贤哲	《招魂》作者与被招者问题再探讨	西南民族学院学报（哲学社会科学版）	1992	6
21	潘啸龙	关于屈原在江南的放逐地域——兼答廖化津先生	中州学刊	1993	1
22	廖化津	屈原北行考	河南大学学报（社会科学版）	1993	2
23	郭杰	《招魂》作者补证	社会科学战线	1993	3
24	郭瑞林	屈原"放逐"说质疑	求索	1993	6
25	廖化津	屈原遭遇考——兼评"两次放逐"说、"自请放逐"说及"未遭放逐"说	湘潭大学学报（社会科学版）	1994	1
26	张中一	屈原生活在湖湘的年代与作品	贵州社会科学	1994	3
27	潘啸龙	《招魂》研究商榷	文学评论	1994	4
28	张朝海	屈原究竟被放于何地？	中国文学研究	1995	3

序号	作者	题　名	刊　名	年份	期数
29	赵逵夫	屈原在江南的行踪与《涉江》《怀沙》的作时	西北民族学院学报（哲学社会科学版·汉文）	1995	4
30	黄震云	《离骚》的写作时地和屈原三次"放逐"	南开学报	1995	6
31	黄震云	关于屈原生平的考证——和廖化津同志讨论	湘潭大学学报（哲学社会科学版）	1995	6
32	赵逵夫	屈原被放汉北云梦任掌梦之职考	北京社会科学	1996	1
33	陆天鹤，陆天华	探《涉江》《哀郢》之作时、作地与作因——兼论《怀沙》和《悲回风》	贵州社会科学	1996	6
34	尚永亮	忠奸之争与感士不遇——论屈原贾谊的意识倾向及其在贬谪文化史上的模式意义	社会科学战线	1997	4
35	戴志钧	论屈原晚期创作特色——屈骚的情思·艺术方式·风格发展轨迹之三	学术交流	1997	6
36	周禾	《招魂》：屈原魂归楚国论	华中师范大学学报（哲学社会科学版）	1997	6
37	陶涛	论发端于屈原的逐臣文学	南京大学学报（哲学·人文科学·社会科学版）	1999	2
38	罗敏中	论李纲的荆湘贬谪诗及其对屈原思想的补正	湖南师范大学社会科学学报	2000	2
39	罗敏中	论屈原的被疏被放被迁，兼说"曰黄昏以为期"	中国文学研究	2000	2
40	罗敏中	论李纲的沙县贬谪诗赋及其对屈原思想的补正	求索	2000	3
41	袁朝，冯伟莉	屈原流放新证	中南民族学院学报（人文社会科学版）	2000	4
42	李伟实	屈原两次被流放的时间及第二次流放的出发地和流放地	复旦学报（社会科学版）	2001	2

序号	作者	题　名	刊　名	年份	期数
43	尚永亮	人生困境中的执著与超越——对屈、贾、陶的接受态度看中唐贬谪诗人心态	社会科学战线	2001	4
44	黄凤显	屈辞《招魂》新辨	中央民族大学学报	2003	3
45	熊国华	中国放逐诗学的奠基之作——解读《离骚》	江汉论坛	2003	10
46	孟修祥	论贾谊对屈原精神的接受	中南民族大学学报（人文社会科学版）	2004	2
47	王问靖	有关屈原生平几个问题的考证	江西社会科学	2004	3
48	刘洪仁	赋体杂文的先导——论屈原的《天问》《卜居》《渔父》	社会科学辑刊	2005	4
49	陈学文，黄玲青	论屈原晚年被放湖湘的时间及其创作	湖南社会科学	2006	6
50	周建忠	屈原"流放江南"考	文学遗产	2007	4
51	高华平	《天问》写作年代和地点推测	复旦学报(社会科学版)	2007	6
52	陈学文	《离骚》创作时地新探	武汉大学学报（人文科学版）	2008	1
53	胡可先	论中唐南贬诗人的屈原情结	陕西师范大学学报（哲学社会科学版）	2008	2
54	杨金砖	屈原对潇湘文学的影响	求索	2008	4
55	王前程	《哀郢》作于楚顷襄王四年考论	湖北大学学报（哲学社会科学版）	2010	1
56	魏鸿雁	《离骚》创作时地辨正	中州学刊	2011	2
57	施仲贞	论《离骚》的空间意识	大连理工大学学报（社会科学版）	2011	3
58	尚永亮	后稷之弃与弃逐文化的母题构成	华中师范大学学报（人文社会科学版）	2011	4
59	尚永亮	东西方早期弃逐故事的基本形态及其文化内蕴——以"抛弃—救助—回归"之弃逐母题为中心	陕西师范大学学报（哲学社会科学版）	2011	6

序号	作者	题　名	刊　名	年份	期数
60	尚永亮	中国文学史上最早的弃子逐臣之作——《小弁》作者及本事平议	安徽大学学报（哲学社会科学版）	2012	1
61	尚永亮	上古弃子废后的经典案例与经典文本——对宜臼、申后之弃废及《诗经》相关作品的文化阐释	学术研究	2012	4
62	王德华	《楚辞》地理研究述论——以屈原放逐汉北、陵阳争论为中心	文学遗产	2012	5
63	尚永亮	《离骚》与早期弃逐诗之关联及承接转换	社会科学辑刊	2013	2
64	尚永亮	《诗经》弃妇诗与逐臣诗的文化关联	北京大学学报（哲学社会科学版）	2013	3
65	尚永亮	弃逐视野下的骊姬之乱及其文化意义——以申生之死、重耳出亡为中心	江汉论坛	2013	7
66	尚永亮	逐臣南迁与"惟以告哀"——《小雅·四月》本义考述	社会科学	2013	11
67	李炳海	屈原贬谪汉北与楚辞相关名物典故的解读	山西大学学报（哲学社会科学版）	2014	2
68	尚永亮	《离骚》的象喻范式与文化内蕴	文学评论	2014	2
69	尚永亮	英雄·孝子·准弃子——虞舜被害故事的文化解读	文学遗产	2014	3
70	尚永亮	弃逐与回归——上古弃逐文学与文化导论	学术研究	2014	4
71	朱汉民	屈骚精神与湖湘文统	中国文化研究	2015	1
72	萧晓阳	浪漫幻境中忧郁的诗人——《离骚》中屈原人格的精神分析	江汉论坛	2015	8

序号	作者	题　名	刊　名	年份	期数
73	尚永亮	回归 流亡者的心理情结与逻辑展演——以屈原骚体弃逐诗为中心	求索	2016	4
74	宋小克	《离骚》神游与四罪流放之关系	暨南学报(哲学社会科学版)	2017	8
75	张树国	《鄂君启节》与屈原研究相关问题	文学遗产	2018	1
76	朱磊	《离骚》新解——论屈原的谪仙情结	济南大学学报(社会科学版)	2023	4
台　湾					
1	许又方	路曼曼其修远兮/论《离骚》中的时空焦虑	东华人文学报	2001	3
2	廖栋梁	《离骚》者,《小弁》之怨——关于屈辞之"怨"的一种解读	东华汉学	2005	3
3	陈逸根	论《离骚》之悲剧快感	东方人文学志	2008	1
4	陈逸根	神话创造与心理治疗——《离骚》之神游情节新探	兴大中文学报	2008	总23期
5	陈忠信	试论《楚辞》中的水	台北大学中文学报	2009	7
6	詹咏翔	《楚辞·招魂》之"恐惧意象"探讨	东方人文学志	2010	4
7	许恺容	放逐/反放逐:重探《屈原贾生列传》合传意义与"发愤着书"说	思与言:人文与社会科学期刊	2020	1
学　位　论　文					
大　陆					
序号	作者	题　名	毕业学校	年份	学位
1	周建忠	屈原考古新证	上海师范大学	2004	博士
2	任强	屈原《九章》研究	安徽师范大学	2005	硕士
3	魏永贵	哀怨起骚人——屈原柳宗元比较研究	内蒙古大学	2005	硕士

续表

序号	作者	题　名	毕业学校	年份	学位
4	蒋玉兰	论谪湘文人屈原、贾谊对湖湘文化精神的影响	华中师范大学	2007	硕士
5	王浩	略论汉代文人对屈原的接受——以拟骚作品为中心	西北师范大学	2008	硕士
6	彭春艳	考古发现与屈原生年、仕履、流放研究	广西民族大学	2009	硕士
7	王峰霞	《九章》中的屈原形象	山东师范大学	2009	硕士
8	李小燕	柳宗元诗文楚辞接受研究	河北大学	2011	硕士
9	龚思	唐前贬谪文学研究	陕西师范大学	2013	硕士
台　　湾					
1	曾伟铭	《离骚》《九章》《天问》中屈原自我形象与修辞探索	新竹教育大学	2009	硕士
2	庄孟融	《变与不变》——屈原作品中的自我样貌	台湾大学	2011	硕士
3	曾紫云	屈原之从政及其《离骚》研究	玄奘大学	2012	硕士
4	陈丽珠	"未悔"与"不恨"——屈原、苏轼生命情怀比较	明道大学	2017	硕士

秦汉流贬研究情况表

期 刊 论 文					
序号	作者	题　名	刊　名	年份	期数
1	尚永亮	忠奸之争与感士不遇——论屈原贾谊的意识倾向及其在贬谪文化史上的模式意义	社会科学战线	1997	4
2	尚永亮	人生困境中的执著与超越——对屈、贾、陶的接受态度看中唐贬谪诗人心态	社会科学战线	2001	4
3	邓洁，梁永	天道微昧，回驾蓬庐——张衡《归田赋》所反映的社会现实及人生态度	西南民族学院学报（哲学社会科学版）	2002	S3

序号	作者	题　名	刊　名	年份	期数
4	孟修祥	论贾谊对屈原精神的接受	中南民族大学学报（人文社会科学版）	2004	2
5	唐雄山	贾谊《鵩鸟赋》的人生境界及其思想传承	求索	2005	5
6	熊永祥	贾生意象论析	中国文学研究	2007	4
7	殷明耀	贾谊《鵩鸟赋》的哲学思想	史学月刊	2007	10
8	周晓露	贾谊被贬原因新探	湖南大学学报（社会科学版）	2008	2
9	王奥玲，李莹	异曲中的同曲——英诗《乌鸦》与汉赋《鵩鸟赋》之比较	人文杂志	2008	6
10	樊颖	穿越中西方象征诗林的"鸟"与"OWL"——《鵩鸟赋》与《猫头鹰与夜莺》中的"猫头鹰"意象之比较	兰州学刊	2011	1
11	蔡靖泉	伤逝惜原，抒愤托骚——贾谊《惜誓》综论	江汉论坛	2012	10
12	朱晓海	论贾谊《吊屈原文》	文学遗产	2013	5
13	郭建勋，李慧	论张衡在诗赋形制表现上的创新	湖南大学学报（社会科学版）	2015	4
14	连宏	汉唐流人及其对东北的早期开发	兰州学刊	2016	3
15	刘国民	贾谊《鵩鸟赋》之再诠释	学术界	2017	3
16	王学军	《鵩鸟赋》写作时间考订与贾谊年谱重勘	北京社会科学	2018	3
17	张文安	两汉流放地的分布状况及其成因	中国历史地理论丛	2019	4
台　湾					
1	许恺容	放逐/反放逐：重探《屈原贾生列传》合传意义与"发愤着书"说	思与言：人文与社会科学期刊	2020	1

续表

学 位 论 文				
大　陆				
序号	作者	题名	毕业学校	年份	学位
1	程世和	汉初士风与汉初文学	苏州大学	2001	博士
2	蒋玉兰	论谪湘文人屈原、贾谊对湖湘文化精神的影响	华中师范大学	2007	硕士
3	王浩	略论汉代文人对屈原的接受——以拟骚作品为中心	西北师范大学	2008	硕士
4	熊永祥	贾谊文化品格研究	扬州大学	2008	博士
5	连宏	汉唐刑罚比较研究	东北师范大学	2012	博士
6	刘淑颖	秦汉迁徙刑与迁徙地	武汉大学	2014	博士
7	杨越	秦汉迁刑考论	东北师范大学	2014	硕士
8	宋贤	贾谊的政治命运和他的文学创作	安徽师范大学	2015	博士
9	杨博	秦汉至唐宋时期房陵地区流放情况探究	安徽财经大学	2018	硕士
10	凌云	两汉流贬制度与文学研究	武汉大学	2021	博士
11	张瑞琦	秦汉迁徙刑再研究	东北师范大学	2022	硕士
12	田慧娉	汉唐时期房陵流放研究	湖北大学	2023	博士
台　湾				
1	谢昌宪	汉代的谪发制度	中国文化大学	2009	硕士
2	李昕桐	唐代诗人"贾谊"典故使用情况分期研究	台湾"中山大学"	2022	硕士

魏晋南北朝流贬研究情况表

专　著				
序号	作者	题　名	出版社	年份	
1	［美］田晓菲	神游 早期中古时代与十九世纪中国的行旅写作	生活·读书·新知三联书店	2015	

期 刊 论 文					
序号	作者	题　名	刊　名	年份	期数
1	陈庆元	论谢朓诗歌的思想性	西南师范大学学报（人文社会科学版）	1984	4
2	殷永达	南齐宣城太守谢朓与造园理景	东南文化	1989	2
3	徐公持	潘岳早期任职及徙官考辨	文学遗产	2001	5
4	王霄燕	论北朝法制之改创	山西大学学报（哲学社会科学版）	2003	5
5	叶华	山水和旅游的结合——论谢灵运山水诗与传统的写景诗、行旅诗、游览诗的不同	安徽大学学报	2003	6
6	薛菁	论北朝的流刑制度	福建师范大学学报（哲学社会科学版）	2004	4
7	张小夫	谢灵运流放广州时间及死因考	兰州学刊	2005	3
8	张喜贵	贬谪吴兴之旅对江淹诗文创作的影响	福建论坛（人文社会科学版）	2011	12
9	罗昌繁，尚永亮	魏晋政权与金墉城的意蕴嬗变	安徽大学学报（哲学社会科学版）	2014	2
10	罗昌繁	虞翻岭南之贬及其典范意义	中山大学学报（社会科学版）	2015	6
11	黄桢	再论流刑在北魏的成立——北族因素语经典比附	中华文史论丛	2017	4
12	宋展云	《文选》所录谢灵运行旅诗的情感内蕴及诗史意义	中南民族大学学报（人文社会科学版）	2017	5
13	孙雅洁，尚永亮	南朝贬官之时空分布及"北奔"现象	江汉论坛	2022	1
学 位 论 文					
序号	作者	题名	毕业学校	年份	学位
1	丛炜莉	魏晋南北朝行旅诗研究	南京师范大学	2006	硕士
2	廖甜添	陆机谢朓行旅诗比较研究	河北大学	2007	硕士

续表

序号	作者	题名	毕业学校	年份	学位
3	王大恒	江淹文学创作研究	东北师范大学	2007	博士
4	白红霞	谢朓宣城诗歌和思想考论	郑州大学	2008	硕士
5	张喜贵	六朝羁旅诗研究	上海师范大学	2009	博士
6	钟易羿	奔竞于乱世政治中的江淹与他的文学创作	华东师范大学	2011	硕士
7	魏雪冰	江淹贬谪文学研究	河南大学	2012	硕士
8	罗昌繁	三国两晋贬谪文化与文学	武汉大学	2014	博士
9	杨晓辉	南朝行旅诗研究	江南大学	2015	硕士
10	张美娟	《文选》"行旅诗"研究	陕西师范大学	2017	硕士
11	韩向军	南北朝流人文学研究	辽宁师范大学	2018	硕士
12	杨博	秦汉至唐宋时期房陵地区流放情况探究	安徽财经大学	2018	硕士
13	孙雅洁	南朝贬谪制度与文学研究	武汉大学	2023	博士

唐代流贬研究情况表

专　著				
大　陆				
序号	作者	题　名	出版社	年份
1	陈胜林	论韩愈阳山之贬及其文学评价	百花文艺出版社	1996
2	刘梦初	刘禹锡朗州诗文研究	中南大学出版社	2004
3	尚永亮	贬谪文化与贬谪文学：以中唐元和五大诗人之贬及其创作为中心	兰州大学出版社	2004
4	［美］斯蒂芬·欧文	韩愈和孟郊的诗歌	天津教育出版社	2004
5	［美］宇文所安	初唐诗	生活·读书·新知三联书店	2004

续表

序号	作者	题　名	出版社	年份	
6	王运涛	中国古代贬谪文化与经典文学传播研究	吉林文史出版社	2005	
7	吴在庆	唐代文士与唐诗考论	厦门大学出版社	2006	
8	吴在庆	唐代文士的生活心态与文学	黄山书社	2006	
9	张清华等	韩愈与岭南文化	学苑出版社	2006	
10	尚永亮	唐五代逐臣与贬谪文学研究	武汉大学出版社	2007	
11	刘明华等	文化视野下的中国古代文学阐释	中华书局	2008	
12	杨子怡	韩愈刺潮与苏轼寓惠比较研究	巴蜀书社	2008	
13	曾庆江等	海南历代贬官研究	海南出版社	2008	
14	龚玉兰	贬谪时期的柳宗元研究	凤凰出版社	2010	
15	王晚霞	柳宗元研究	湖南人民出版社	2014	
16	申东城	巴蜀诗人与唐宋诗词流变研究	上海人民出版社	2014	
17	肖瑞峰	刘禹锡新论	浙江大学出版社	2020	
18	尚永亮	唐诗之路研究丛书 贬谪文化与贬谪诗路 以中唐元和五大诗人之贬及其创作为中心	中华书局	2023	
台　湾					
1	汤承业	李德裕研究	台湾学生书局	1974	
2	尚永亮	元和五大诗人与贬谪文学考论	文津出版社	1993	
3	尚永亮	科举之路与宦海浮沉：唐代文人的仕宦生涯	文津出版社有限公司	2000	
4	许东海	放逐与追逐：唐代宰相辞赋的谪迁论述及其困境问对	文津出版社有限公司	2016	

续表

期　刊　论　文				
大　　陆				
序号	作者	题　　名	刊　　名	年份	期数
1	顾学颉	白居易贬谪江州的前因后果	武汉大学学报（社会科学版）	1981	3
2	李云逸	沈佺期"配流岭表"考辨	学术论坛	1983	4
3	丁之方	唐代的贬官制度	史林	1990	2
4	齐涛	论唐代流放制度	人文杂志	1990	3
5	尚永亮	元和贬谪文学艺术特征初探	陕西师大学报（哲学社会科学版）	1990	4
6	尚永亮	冷峭：柳宗元审美情趣和悲剧生命的结晶	江汉论坛	1990	9
7	尚永亮	论元和五大诗人的参政意识与政治悲剧	人文杂志	1991	1
8	尚永亮	论元和贬谪诗人的后期心态	文史哲	1991	3
9	尚永亮	雄直劲健：刘禹锡贬谪诗文的风格主调	中州学刊	1991	4
10	尚永亮	元和诗人与贬谪文学	文学遗产	1992	2
11	王勋成	李嘉祐罪谪南荒说	兰州大学学报	1992	3
12	尚永亮	关于柳宗元与佛学	文学评论	1992	5
13	尚永亮	论柳宗元刘禹锡执著意识的三大特征	河北师范大学学报（社会科学版）	1993	3
14	卢苇菁	刘禹锡《戏赠看花诸君子》诗与其再贬连州问题	复旦学报（社会科学版）	1993	4
15	彭志宪	温庭筠未曾再贬及有关问题	文学遗产	1993	5
16	尚永亮	贬谪诗人生命沉沦初考	延安大学学报	1994	1
17	戴伟华	柳宗元贬谪期创作的"骚怨"精神——兼论南贬作家的创作倾向及其特点	文学遗产	1994	4

续表

序号	作者	题　名	刊　名	年份	期数
18	司马德琳，王玮	贬谪文学与韩柳的山水之作	文学遗产	1994	4
19	刘欢	刘禹锡寓言诗创作特点探析	西北大学学报（哲学社会科学版）	1995	3
20	程昭星	唐宋时期流谪海南的名士	文史杂志	1997	1
21	尚永亮	论元和五大贬谪诗人的生命沉沦和心理苦闷	吉首大学学报（社会科学版）	1997	2
22	吴在庆	略谈刘禹锡笔下的土风民俗	东北师大学报	1997	3
23	刘启贵	我国唐朝流放制度初探	青海社会科学	1998	1
24	古永继	唐代岭南地区的贬流之人	学术研究	1998	8
25	傅驰	刘禹锡夔州诗词写作特色论略	西南师范大学学报（哲学社会科学版）	1999	3
26	章继光	宋之问贬流岭南诗论	求索	1999	5
27	尚永亮	寓意山水的个体忧怨和美学追求——论柳宗元游记诗文的直接象征性和间接表现性	文学遗产	2000	3
28	尚永亮	论柳宗元的生命悲感和性格变异	文史哲	2000	4
29	尹富	韩愈量移江陵遇赦问题新考	西南民族学院学报（哲学社会科学版）	2000	6
30	白俊奎	刘禹锡贬谪时期的咏史怀古诗述论	西南民族学院学报（哲学社会科学版）	2000	7
31	李中华，唐磊	唐代贬官制度与不平之鸣——试论开明专制下的文人遭遇与心声	华中师范大学学报（人文社会科学版）	2001	3
32	刘尊明	韩愈贬谪潮州的人生体验与诗文创作	湖北大学学报（哲学社会科学版）	2001	3
33	贺秀明	坚贞·愤懑·豁达——刘禹锡朗州时期心态探析	厦门大学学报（哲学社会科学版）	2001	4

序号	作者	题　名	刊　名	年份	期数
34	尚永亮	人生困境中的执著与超越——对屈、贾、陶的接受态度看中唐贬谪诗人心态	社会科学战线	2001	4
35	张艳云	唐代量移制度考述	中国史研究	2001	4
36	尚永亮	专制政治压力下的生命体验和心性变化——以韩愈的潮州之贬为中心	武汉大学学报（人文科学版）	2001	5
37	向志柱	生命与文学的突围——论贬谪情结对文学创作的影响	江汉论坛	2001	7
38	韩理洲	韩愈遭迁谪的道德文章	西北大学学报（哲学社会科学版）	2002	1
39	吴在庆	略论贬谪对唐代文士创作的影响	厦门大学学报（哲学社会科学版）	2002	2
40	翟满桂	中唐南贬士子与"骚怨"精神	中国文学研究	2002	2
41	王雪玲	两《唐书》所见流人的地域分布及其特征	中国历史地理论丛	2002	4
42	白俊奎，张雪梅	刘禹锡贬谪生涯中的政治讽刺诗新论	西南民族学院学报（哲学社会科学版）	2002	9
43	刘忠阳	从送别诗探王昌龄迁谪心态	北京大学学报（哲学社会科学版）	2002	S1
44	尚永亮	圆外方中：柳宗元被贬后的心性设计与主客观矛盾——以与杨海之"说车"诸书为中心	江海学刊	2003	1
45	唐晓涛	唐代桂管地区贬官人数考析	学术论坛	2003	2
46	吴在庆	韩偓贬官前后的心态及对其诗歌创作的影响	宁夏社会科学	2003	2
47	张铁军	论湖湘巫鬼民祀对湖湘迁谪文学的影响	中国文学研究	2003	3

序号	作者	题名	刊名	年份	期数
48	王树海	"贬官禅悦"与柳宗元的诗歌创作	东北师大学报	2003	4
49	张铁军	湖湘迁谪文学与湖湘文化	求索	2003	4
50	陈小芒，廖文华	梅岭题咏与贬谪文化	社会科学辑刊	2003	5
51	贺秀明	刘禹锡与巴山楚水	厦门大学学报（哲学社会科学版）	2004	1
52	唐晓涛	唐代贬官谪桂问题初探	广西民族研究	2004	2
53	成娟阳	儒释道思想对湖湘迁谪山水文学的影响	河北大学学报（哲学社会科学版）	2004	3
54	郝黎	唐代流刑新辨	厦门大学学报（哲学社会科学版）	2004	3
55	陈小芒	唐宋贬谪文人与江西文学	江西社会科学	2004	8
56	何剑平	元稹的宦海浮沉与禅心消长	四川大学学报（哲学社会科学版）	2005	1
57	蹇长春	白居易的江州之贬与王涯的落井下石——兼论元和朝局及乐天遭贬的政治原因	西北师大学报（社会科学版）	2005	1
58	吴在庆，李菁	唐代文士贬谪途中的生活与心态述论	东南大学学报（哲学社会科学版）	2005	2
59	王志清	流贬：人性诗性的急转弯——沈宋流贬诗与盛唐山水诗的关系研究	学术论坛	2005	5
60	朱玉麒	唐代诗人的南贬与屈贾偶像的树立	西北师大学报（社会科学版）	2006	1
61	彭炳金	唐代贬官制度研究	人文杂志	2006	2
62	蔡阿聪	岑参贬谪心态论	山东师范大学学报（人文社会科学版）	2006	6
63	蔡阿聪	张说流放岭表之心态及其原因初探	宁夏社会科学	2006	6

续表

序号	作者	题　　名	刊　　名	年份	期数
64	王承丹	弃逐逆境中的愤悱与宣泄——柳宗元贬谪心态探析	武汉大学学报（人文科学版）	2006	6
65	吴在庆，杨娟娟	韩愈贬阳山原因考析	中州学刊	2006	6
66	贾文丰	百谪不屈道 守直佩仁义——王禹偁《三黜赋》试析	学术交流	2006	7
67	李红岩	唐代贬谪诗人类型析	理论导刊	2006	8
68	夏忠梅	转移 补偿 升华——对柳宗元山水散文的审美轨迹探析	山东社会科学	2006	9
69	蔡阿聪	论盛唐文人的贬谪心态	山西大学学报（哲学社会科学版）	2007	1
70	彭炳金	论唐代的左降官	晋阳学刊	2007	2
71	程建虎	巧啭岂能无本意 良辰未必有佳期——传播学视界中的唐代逐臣别诗	贵州社会科学	2007	3
72	尚永亮	唐宋贬谪诗的发展嬗变与特点	山西大学学报（哲学社会科学版）	2007	3
73	张映光	论柳宗元《江雪》"孤独悲怨"和"愚者"自认的自叙性——对《江雪》的另一种解读	南京审计学院学报	2007	4
74	李方	唐代西域的贬谪官吏	新疆大学学报（哲学人文社会科学版）	2007	6
75	尚永亮	唐五代贬官之时空分布的定量分析	上海大学学报（社会科学版）	2007	6
76	尚永亮	唐五代文人逐臣分布时期与地域的计量考察	东南大学学报（哲学社会科学版）	2007	6
77	赵艳喜	论王禹偁对白居易的接受	齐鲁学刊	2007	6
78	戚万法	唐代流人与岭南开发研究	广西社会科学	2007	10

序号	作者	题　名	刊　名	年份	期数
79	张映光	论柳宗元的渔翁诗——从柳诗渔翁形象的比照看柳宗元永州时期的心态	南京社会科学	2007	12
80	冯建国,柳海莉	永贞贬谪文人的"文以明道"思想	山东师范大学学报(人文社会科学版)	2008	1
81	尚永亮,邹运月	唐五代贬官规律与特点综论	华中师范大学学报(人文社会科学版)	2008	1
82	胡可先	论中唐南贬诗人的屈原情结	陕西师范大学学报(哲学社会科学版)	2008	2
83	柳海莉	永贞贬谪文人的"文以明道"思想	河北学刊	2008	2
84	李红岩	唐代贬谪诗文意象分析	理论导刊	2008	2
85	张春海	试论唐代流刑与国家政策、社会分层之关系	复旦学报(社会科学版)	2008	2
86	潘守皎	琵琶女、商山竹和黄州海棠——谪臣的文化心态和诗歌意象选择	东岳论丛	2008	3
87	罗媛元,赵维江	岭南地域文化环境中的唐诗意象创造	暨南学报(哲学社会科学版)	2008	5
88	陈松柏	柳宗元贬离长安的心境及其加贬后的变化	广西社会科学	2008	9
89	曹淑娟	白居易的江州体验与庐山草堂的空间建构	中华文史论丛	2009	2
90	赵成林,刘磊	骚赋复兴与中唐政治——以贬谪文化为中心	甘肃社会科学	2009	3
91	陈松柏	论贬谪文人研究"三突出模式"之二——以柳宗元为例	广西社会科学	2009	4
92	陈松柏	"行则膝颤,坐则髀痹"辨——以柳宗元为个案,论贬谪文人研究的"三突出模式"	湖南社会科学	2010	1

序号	作者	题　名	刊　名	年份	期数
93	雷乔英	江州贬官与白居易歌诗思想结构的转换	成人教育	2010	2
94	刘庆华	神龙初文人之贬与初唐士风	人文杂志	2010	3
95	戴金波	王昌龄湖湘贬谪诗略论	湖南社会科学	2010	4
96	刘丽	唐宋海南贬谪文人心态之比较	北方论丛	2010	5
97	周蓉	唐末台阁诗人的生存状态与其诗歌主题关系的考察——以韩偓濮州之贬前后的创作为中心	西北师大学报(社会科学版)	2010	5
98	张英，张幼良	凄风苦雨唱新词——论中唐文人贬谪对文人词兴起之促进	山东师范大学学报(人文社会科学版)	2010	5
99	杨简	广东贬谪诗论析	学术交流	2010	8
100	张春海	论唐代的配隶刑	史学月刊	2010	8
101	沈文凡，张德恒	韩愈贬潮心迹考论——从比较昌黎《论佛骨表》与傅奕《请除释教书》展开	兰州大学学报(社会科学版)	2011	1
102	左鹏	唐代岭南流动文人的数量分析	中国历史地理论丛	2011	1
103	许东海	李德裕袁州辞赋的动物铺陈与人生沉思	南京大学学报(人文科学·社会科学版)	2011	3
104	于展东	略论张九龄的山水诗及其贬谪心态	理论导刊	2011	3
105	张春海	论唐代的效力与罚镇刑	东北师大学报(哲学社会科学版)	2011	3
106	彭炳金	唐宋时期安置刑的发展变化	晋阳学刊	2011	4
107	张春海	论唐代的安置刑	史学集刊	2011	4

序号	作者	题 名	刊 名	年份	期数
108	梁瑞	论唐代贬官的迁转途径	学术探索	2011	5
109	梁瑞	试论唐代政府贬官的迁转途径	求实	2011	S1
110	肖献军	唐代客籍文人涉蛮诗研究	中南大学学报（社会科学版）	2012	1
111	郝晓静	沈佺期《初达驩州》中驩州位置辨析	西北师大学报（社会科学版）	2012	2
112	刘淑萍	唐代流人的岭南诗文考	古籍整理研究学刊	2012	3
113	王凤玲	柳宗元被贬永州期间书信探析	南京师范大学文学院学报	2012	3
114	钟乃元	论初唐流贬岭南诗人的生命体验及其诗歌创作	广西师范大学学报（哲学社会科学版）	2012	3
115	刘儒	论中唐时期中央王朝对岭南莫徭蛮、黄洞蛮之民族政策——以韩愈、刘禹锡、柳宗元诗文创作为中心	广西民族研究	2012	4
116	孙思旺	刘禹锡元稹枕鞭唱和诗系年纪事辨正	文学遗产	2012	5
117	梁颂成，艾瑛	刘禹锡与"竹枝词"的诞生	湖南科技大学学报（社会科学版）	2012	6
118	陈家煌	由白居易贬江州之史实考察论其诗人意识之形成	中山人文学报	2013	1
119	卞良君	历史影像与艺术真实的高度融合——古代小说中韩愈的流贬心态论析	中州学刊	2013	2
120	陈玺	唐代长流刑之演进与适用	华东政法大学学报	2013	4
121	侯艳	岭南意象视角下唐宋贬谪诗的归情	广西社会科学	2013	5

序号	作者	题名	刊名	年份	期数
122	肖瑞峰	论刘禹锡谪守连州期间的诗歌创作	浙江师范大学学报（社会科学版）	2013	5
123	肖瑞峰	论刘禹锡谪守和州期间的诗歌创作	浙江社会科学	2013	10
124	杜慧敏	论王维被贬济州及其诗歌创作	南京师范大学文学院学报	2014	4
125	戴金波	唐代贬谪文人与湖湘文化的相互影响	武汉理工大学学报（社会科学版）	2014	4
126	王向峰	论说因谏言被贬的唐代诗人	辽宁大学学报（哲学社会科学版）	2014	4
127	张华	恐向瑶池曾作女 谪来人间未成男——唐代女冠诗人的诗与人	中国道教	2014	4
128	聂永华	神龙之贬与沈宋诗风流变	郑州大学学报（哲学社会科学版）	2014	6
129	李俊	长江三峡地区外来文学家的聚集与唐代贬谪文化	中华文化论坛	2015	11
130	连宏	汉唐流人及其对东北的早期开发	兰州学刊	2016	3
131	夏炎	"北人""南物"与唐后期南北问题的重新审视——以南贬北人间的礼物馈赠为中心	清华大学学报（哲学社会科学版）	2016	4
132	殷祝胜	刘蕡贬谪柳州的时间及缘由新探	广西师范大学学报（哲学社会科学版）	2017	1
133	赵雅娟	"屈于身不屈于道"——论"三黜"对王禹偁文化人格形成的影响	湖北民族学院学报（哲学社会科学版）	2017	1

序号	作者	题　名	刊　名	年份	期数
134	蔡龙威	王禹偁贬谪诗创作及其诗史意义——以商州、滁州、黄州诗为例	学术交流	2017	4
135	廖文华，陈小芒	白居易江州诗文的多重地理空间建构	江西社会科学	2017	5
136	段亚青，周肖肖	唐代贬诏文体初探	档案学通讯	2018	2
137	王承文	唐代流放和左降官制度与北方家族移民岭南	中山大学学报（社会科学版）	2018	2
138	段亚青	"王言之大"：唐代贬谪制诏的文体解读	新疆大学学报（哲学·人文社会科学版）	2018	4
139	贺志军等	龙门石窟卢征造像龛与唐代贬谪现象	中国国家博物馆馆刊	2018	5
140	莫砺锋	"刘柳"与潇湘	复旦学报（社会科学版）	2018	5
141	李芳民	空间营构、创作场景与柳宗元的贬谪文学世界——以谪居永州时期的生活与创作为中心	清华大学学报（哲学社会科学版）	2019	1
142	肖瑞峰	论刘禹锡与柳宗元的唱和诗	浙江大学学报（人文社会科学版）	2019	4
143	肖瑞峰	论刘禹锡与元稹的唱和诗	浙江社会科学	2019	7
144	刘涛	刘禹锡、柳宗元的两首诗	读书	2020	9
145	董希平	唐宋官员面对贬谪，心态为何那么好	人民论坛	2020	34
146	兰翠	韩愈民族观析论——兼与柳宗元比较	山东社会科学	2021	5
147	刘宁	从刘禹锡《海阳十咏》看地方公共园林书写的诗文之异	华南师范大学学报（社会科学版）	2021	6

序号	作者	题　　名	刊　　名	年份	期数
148	张学松	身份认同与精神超越——以柳宗元流寓书写为中心	江汉论坛	2021	10
149	龙珍华	"孤臣"与"黄神"——柳宗元《游黄溪记》考论	中南民族大学学报（人文社会科学版）	2021	12
150	尚永亮	唐五代永州流贬官考	中国文学研究	2022	1
151	尚永亮	唐五代夔、归二州贬流官考	武汉大学学报（哲学社会科学版）	2022	2
152	尚永亮	唐代忠、万二州贬流官考	长江学术	2022	2
153	郭春林	从效法到超越：《潮州韩文公庙碑》的经典化	广西大学学报（哲学社会科学版）	2022	6
154	宋雪雁等	数字人文视角下《全唐诗》贬谪诗人的时空轨迹分析	图书情报工作	2022	7
155	张起，邱永旭	杜甫华州去官是弃官还是流放？	中州学刊	2022	11
156	闫梦涵	宋之问二贬岭南行程及诗路书写考论	中国文学研究	2023	1
157	杨照	论初唐贬谪现象较唐前的变化和对贬谪诗的影响	中国文化研究	2023	1
158	尚永亮	韩愈两度南贬与诗路书写蒭论	北京大学学报（哲学社会科学版）	2023	2
159	尚永亮	离合·酬赠·题壁——以元、白贬途互动与诗路书写为中心	中国高校社会科学	2023	2
160	李德辉	唐人南行北归诗空间三层位论	中国文学研究	2023	3
161	尚永亮	韩愈两度南贬行程行期考辨	文学遗产	2023	4
162	周水涛，张学松	论柳宗元流寓文学创作的意象图式与隐喻编码	江汉论坛	2023	4

序号	作者	题　名	刊　名	年份	期数
163	尚永亮	唐海南四州流贬官考	海南大学学报(人文社会科学版)	2023	5
164	尚永亮	论韩愈两度南贬之心性特征与诗风转变	中山大学学报(社会科学版)	2023	6
165	尚永亮	贬迁视域下的元、白唱和与时段特点	文艺研究	2023	8
台　湾					
1	郑良树	论柳宗元的永州游记	中外文学	1980	11
2	蔡妙真	柳宗元咏物赋研究	中华学苑	1999	总52期
3	林明珠	论柳宗元永柳山水游记"无中生有"的结构及其意义	花莲师院学报(综合类)	2003	总16期
4	许东海	风景与焦虑：柳宗元永州所撰山水游记与辞赋之对读	政大中文学报	2004	1
5	张蜀蕙	驯化与观看——唐、宋文人南方经验中的疾病经验与国族论述	东华人文学报	2005	7
6	张玉芳	唐代四大诗人长江三峡行旅诗析论	元培学报	2006	总13期
7	陈俊强	唐代的流刑——法律虚与实的一个考察	兴大历史学报	2007	总18期
8	洪文轩	浅谈韩柳诗歌之兴寄与风骨——以韩愈《左迁至蓝关示侄孙湘》、柳宗元《南涧中题》为例	问学集	2008	15
9	锺晓峰	政治托喻与禽鸟诗——以元和诗人之贬谪创作为探究中心	中正大学中文学术年刊	2008	12

序号	作者	题　名	刊　名	年份	期数
10	李文琪	郁闷与愤书——论柳宗元永州时期诗文创作意涵	弘光人文社会学报	2009	10
11	陈秋宏	论柳宗元永州游记的空间书写——以身体知觉与气氛为考察基点	有凤初鸣年刊	2009	5
12	陈俊强	从唐代法律的角度看李白长流夜郎	台湾师大历史学报	2009	总 42 期
13	古佳峻	动声·同身·通神——白居易《琵琶行》析论	台北大学中文学报	2009	7
14	王幼华	柳宗元"儴化"作品探析	联大学报	2010	1
15	黄家荣	论元稹谪仕江陵时期对其诗歌风貌之影响	东华中国文学研究	2010	8
16	徐钰晶	柳宗元山水诗作之美感经验分析	远东通识学报	2011	2
17	巩本栋	论元、白唱和诗	淡江中文学报	2011	总 25 期
18	姜龙翔	论韩愈贬潮时期文章写作的两种策略——以《潮州刺史谢上表》及《鳄鱼文》为考察主轴	中国学术年刊	2011	总 33 期
19	梁姿茵	析论柳宗元《江雪》、《渔翁》的审美意涵——兼论渔父形象	问学	2012	总 16 期
20	彭素枝、李昆兴	柳宗元永州诗之心理反应及其防卫机转析论	高医通识教育学报	2013	8
21	何雅雯	表灵物莫赏，蕴真谁为传？——谈柳宗元永州游记	东华人文学报	2013	总 22 期

序号	作者	题　　名	刊　　名	年份	期数
22	王怡辰	客家先民中的韩愈因子——兼论唐五代粤东汉人拓殖	史学汇刊	2013	总 31 期
23	陈家煌	由白居易贬江州之史实考察论其诗人意识之形成	中山人文学报	2013	总 34 期
24	许东海	南国行旅与物我对话——李德裕罢相时期的辞赋书写及其困境隐喻	成大中文学报	2013	总 42 期
25	许东海	山水正名与赋体问对——柳宗元《愚溪对》及其相关续衍的书写变创与赋学观照	汉学研究	2013	总 75 期
26	杜慧卿	中唐时期刘禹锡的贬官诗及贬官经历研究	华冈史学	2014	2
27	陈柏全	李白流贬时期诗歌所反映之生命情调	台中科技大学通识教育学报	2014	3
28	下定雅弘	试论白居易《琵琶引》——其作年与使之成立的四个文学系统	东华汉学	2014	总 20 期
29	施秀春	由"囚"至"得"——由王国维"境界说"探论柳宗元贬谪后之心境转折	问学	2016	总 20 期
30	林颖欣	柳宗元谪永的恐惧与期待：以《囚山赋》与《梦归赋》为中心	东吴中文研究集刊	2016	总 22 期
31	徐伟轩	韩愈典范的多元意义——从潮州韩祠出发的考察	国文学志	2017	总 35 期
32	古怡青	从差役看唐朝流刑的配送与执行	成大历史学报	2017	总 53 期

序号	作者	题　　名	刊　　名	年份	期数
33	陈登武	柳宗元的礼法思想与地方治理	法制史研究	2018	总 34 期
34	王志浩	中唐士人的南方教化：以韩愈、柳宗元为考察中心	当代儒学研究	2018	总 24 期
35	杜慧卿	贬官诗之时代精神比较：以沈佺期与刘禹锡为例	嘉大中文学报	2020	总 13 期
36	唐瑀	唐诗用典意象的生成与容受——以"猿声"为考察	东吴中文线上学术论文	2021	总 54 期
37	符愔畅	想像的魑魅国与真实的岭南道：唐代入岭诗类型略说	华人文化研究	2022	1
38	李沂儒	现实与渴望的拉扯——李白人生中的创伤与防卫	修平学报	2022	总 44 期
39	林伟盛	驯化自然：以柳宗元永州山水书写为个案	思与言：人文与社会科学期刊	2023	1

学 位 论 文

大　　陆

序号	作者	题　　名	毕 业 学 校	年份	学位
1	孔妮妮	柳宗元刘禹锡贬谪作品的对比研究	安徽大学	2001	硕士
2	朱红霞	宋之问研究	西北师范大学	2002	硕士
3	冯丽霞	神龙贬谪诗人群体研究	武汉大学	2003	硕士
4	王德春	柳宗元的贬谪生涯与他的山水文学	安徽大学	2003	硕士
5	张娟	盛唐荆湘贬谪诗人论	武汉大学	2003	硕士
6	张铁军	挥毫当得江山助，不到潇湘岂有诗——试论湖湘文化对唐宋迁谪文学的影响	湖南师范大学	2003	硕士

序号	作者	题　名	毕业学校	年份	学位
7	白茹	永贞革新与刘禹锡的诗歌创作	内蒙古大学	2004	硕士
8	蔡阿聪	论盛唐文人的论谪心态	复旦大学	2004	博士
9	程建虎	唐代逐臣别诗研究	武汉大学	2004	硕士
10	韩鹤进	唐代流人问题研究	陕西师范大学	2004	硕士
11	郝黎	唐代官吏惩治研究	厦门大学	2004	博士
12	康粟丰	唐代流贬文人研究	浙江师范大学	2004	硕士
13	吕明	唐代贬谪文学的构成及其审美趋向	辽宁师范大学	2004	硕士
14	刘勇	论文学活动中主体的审美心理——以唐宋江西贬谪文学为中心	华中师范大学	2004	硕士
15	周建军	唐代荆楚本土诗歌与流寓诗歌研究	南京大学	2004	博士
16	钟良	杜审言、沈佺期和宋之问岭南贬谪诗述论	华南师范大学	2004	硕士
17	郑晓春	柳宗元山水文学的艺术特点与文化意蕴	福建师范大学	2004	硕士
18	赵彦霞	论柳宗元贬谪时期的思想及文学创作	内蒙古师范大学	2004	硕士
19	邹运月	晚唐贬谪诗人和贬谪文学	武汉大学	2004	硕士
20	何春明	唐代京官贬黜初探——以高宗武则天两朝为限	中央民族大学	2005	硕士
21	龙小松	初唐后期宫廷政治斗争与文学——以五王政变为研究中心	广西师范大学	2005	硕士
22	万伯江	刘禹锡的贬谪心路探析	北京语言大学	2005	硕士
23	魏永贵	哀怨起骚人——屈原柳宗元比较研究	内蒙古大学	2005	硕士

续表

序号	作者	题　名	毕业学校	年份	学位
24	姚雪红	刘禹锡对贬谪文学传统的超越	东北师范大学	2005	硕士
25	张旋	元稹江陵诗研究	华中师范大学	2005	硕士
26	崔凤珍	论"刘柳"贬谪时期的诗歌创作	内蒙古大学	2006	硕士
27	兰美琴	唐代岭南谪宦及其对该地区教育的贡献	广州大学	2006	硕士
28	刘铁峰	论唐代贬谪文学创作的情感	湘潭大学	2006	硕士
29	沈雪明	"贬谪文化"现象与古今游记文学——以柳宗元、苏轼、郁达夫、朱自清、余秋雨为例	福建师范大学	2006	硕士
30	张曙霞	柳宗元与永贞革新	首都师范大学	2006	博士
31	赵旭	法律制度与唐宋社会秩序	东北师范大学	2006	博士
32	高峰	永贞贬谪文人散文研究	山东大学	2007	硕士
33	胡伟栋	从刘禹锡诗文探究其人格特征	山西大学	2007	硕士
34	刘美玉	柳宗元书信研究	福建师范大学	2007	硕士
35	林善雨	沈佺期、宋之问诗歌研究	安徽大学	2007	硕士
36	李亚琦	贬谪与沈佺期宋之问的诗歌创作	安徽大学	2007	硕士
37	梁作福	唐玄宗朝京官外贬流放问题初探	天津师范大学	2007	硕士
38	吴珊珊	刘禹锡的夔州诗歌及其贬谪后期心态研究	厦门大学	2007	硕士
39	王智慧	在希望与绝望中的挣扎——柳宗元迁谪之后的心路历程	内蒙古大学	2007	硕士
40	袁宝	从庙堂到江湖的人生咏叹——论柳宗元贬谪时期的文学创作	东北师范大学	2007	硕士

399

序号	作者	题　名	毕业学校	年份	学位
41	翟海霞	白居易与江州之贬	广西师范大学	2007	硕士
42	赵银芳	入狱贬谪与刘长卿诗歌研究	陕西师范大学	2007	硕士
43	何蕾	唐代文人与法律	复旦大学	2008	博士
44	李芳	唐律流刑考析	吉林大学	2008	硕士
45	彭飞	柳宗元、刘禹锡寓言文学创作论稿	吉林大学	2008	硕士
46	王惠梅	唐宋岭南词研究	苏州大学	2008	硕士
47	张茵茵	唐代流刑制度研究	河北师范大学	2008	硕士
48	程建	唐代咏贾谊诗的文化解读	华侨大学	2009	硕士
49	曹瑞丽	柳宗元旅游文学研究	河南大学	2009	硕士
50	万建军	元稹诗歌研究	扬州大学	2009	硕士
51	王建梅	刘禹锡的贬谪生活与诗歌创作	西北师范大学	2009	硕士
52	熊七芳	刘长卿诗歌心态研究	西南大学	2009	硕士
53	易玲	贾至岳州诗研究	东北师范大学	2009	硕士
54	张英	唐宋贬谪词研究	苏州大学	2009	博士
55	何正力	刘禹锡讽刺诗的形成原因和独特贡献	中南民族大学	2010	硕士
56	梁瑞	唐代流贬官研究	浙江大学	2010	博士
57	王生平	中唐贬谪荆楚诗人诗歌主题探略	新疆师范大学	2010	硕士
58	张金玉	唐代诗人与永州文化关系的研究——以元结、柳宗元、吕温为中心	西南大学	2010	硕士
59	翟满桂	柳宗元永州事迹与诗文考论	华中师范大学	2010	博士
60	钟乃元	唐宋粤西地域文化与诗歌研究	广西师范大学	2010	博士
61	蔡薇	海南流贬制度研究：在唐宋两代为中心	华东政法大学	2011	硕士

序号	作者	题　名	毕业学校	年份	学位
62	郭翠霞	唐代流人相关问题研究	陕西师范大学	2011	硕士
63	郭艳	刘禹锡精神世界的发展演变探析	陕西师范大学	2011	硕士
64	蒋云丽	柳宗元与永州社会发展	湘潭大学	2011	硕士
65	李小燕	柳宗元诗文楚辞接受研究	河北大学	2011	硕士
66	王芳	浅探王昌龄及其诗学世界	辽宁师范大学	2011	硕士
67	王春花	柳宗元诗歌研究	西北师范大学	2011	硕士
68	王春霞	唐代流刑制度研究	青海师范大学	2011	硕士
69	叶楠	白居易忠州诗研究	重庆工商大学	2011	硕士
70	杨丁宇	中晚唐五代江西地区流寓文人对地域文化的影响——以江州为例	首都师范大学	2011	硕士
71	严正道	李绅及其诗歌研究	南京师范大学	2011	博士
72	郝红霞	中晚唐文学的南方化	复旦大学	2012	博士
73	靳月静	柳宗元碑志文研究	暨南大学	2012	硕士
74	连宏	汉唐刑罚比较研究	东北师范大学	2012	博士
75	梁谋燕	中唐文人入蜀研究——以入蜀文人在蜀所作诗歌为考察对象	扬州大学	2012	硕士
76	宁欣	元稹贬谪诗歌研究	内蒙古大学	2012	硕士
77	熊昂琪	唐代流贬官吏与南方社会经济研究	陕西师范大学	2012	硕士
78	肖献军	唐洞庭湖诗和太湖诗比较研究	湖南师范大学	2012	博士
79	余婷	刘禹锡夔州诗文研究	重庆工商大学	2012	硕士
80	张超	此心安处是吾乡——唐宋时期中原流寓文人作品的广西意象	广西大学	2012	硕士
81	朱国伟	唐宋行旅词研究	南京师范大学	2012	博士

序号	作者	题　　名	毕业学校	年份	学位
82	周哲涵	刘禹锡辞赋研究	东北师范大学	2012	硕士
83	白文君	韩愈与岭南文化	华中师范大学	2013	硕士
84	曹磊	白居易创作心态研究	山东师范大学	2013	硕士
85	程萌	"刘白"贬谪诗之比较	西北师范大学	2013	硕士
86	高烈	唐代越南文学研究	浙江大学	2013	硕士
87	龚艺	贬谪诗语篇的意象衔接研究——以张九龄《感遇》诗为例	长沙理工大学	2013	硕士
88	黄涛	唐代五刑实施情况研究	福建师范大学	2013	硕士
89	贺学文	沈佺期的创作心态研究	山西师范大学	2013	硕士
90	姜立刚	唐代流贬官员分布研究	西南大学	2013	博士
91	卢秀峰	白居易江州诗歌研究	安徽大学	2013	硕士
92	宋菁	唐代江南地区贬官研究	上海师范大学	2013	硕士
93	史文丽	中唐岭南谪宦及其文学研究	河北师范大学	2013	硕士
94	王卫光	韩愈"南方诗歌"研究	中南民族大学	2013	硕士
95	王晓阳	李白流夜郎遇赦心态与诗歌研究	首都师范大学	2013	硕士
96	陈凤谊	唐五代岭南诗歌研究	广西大学	2014	硕士
97	骆鹏	柳宗元永州时期的诗歌研究	西藏民族学院	2014	博士
98	乔阳	刘禹锡山水诗研究	贵州师范大学	2014	硕士
99	程芳	刘禹锡羁旅行役诗研究	河北大学	2015	硕士
100	胡涛	白居易行旅诗研究	广西师范大学	2015	硕士
101	刘世华	元稹荆楚文学创作研究	长江大学	2015	硕士
102	柳志立	刘禹锡的诗歌创作心态研究	南昌大学	2015	硕士
103	丘悦	唐代八大诗人的岭南书写	广东外语外贸大学	2015	硕士
104	余军	唐代商州诗研究	陕西理工学院	2015	硕士
105	曾羽霞	荆楚文化与唐代文学研究	陕西师范大学	2015	博士

序号	作者	题　名	毕　业　学　校	年份	学位
106	张莹	唐宋时期柳宗元在柳州的神化与神话：从"民间之神"走向"官方之神"	南京大学	2015	硕士
107	程楠	元稹被贬江陵时期诗歌研究	内蒙古师范大学	2016	硕士
108	范璇	唐代山南道贬官研究	陕西师范大学	2016	硕士
109	吴玲玲	唐宋西南竹枝词及其地域文化研究	陕西师范大学	2016	博士
110	蔡勇	唐代岭南贬谪诗研究	广西师范大学	2017	硕士
111	黄婉琳	唐代妇女流刑制度研究	郑州大学	2017	硕士
112	亢亚浩	商於古道与唐诗	西北大学	2017	硕士
113	唐兰姝	巴蜀竹枝词的文化研究	湖北民族学院	2017	硕士
114	杨雪艺	唐宋巴蜀士人群的社会地理学研究	西南大学	2017	硕士
115	王柯茹	韦应物的人生困境与消解及诗歌创作研究	江南大学	2017	硕士
116	张嘉媛	韩愈贬谪诗文研究	内蒙古师范大学	2017	硕士
117	冯凯	柳宗元奉诏北还到再贬柳州诗歌新变	辽宁师范大学	2018	硕士
118	黄茂玲	白居易忠州诗与杭州诗比较研究	重庆师范大学	2018	硕士
119	亓元	唐宋岭南贬官游记审美心态研究	黑龙江大学	2018	博士
120	徐烈	唐代荆州流寓诗歌研究	湖南师范大学	2018	硕士
121	杨博	秦汉至唐宋时期房陵地区流放情况探究	安徽财经大学	2018	硕士
122	段亚青	唐代贬谪制度与相关文体研究	武汉大学	2019	博士
123	刘晓	中晚唐南方地域的文人流动与文学书写	武汉大学	2019	博士

序号	作者	题　名	毕业学校	年份	学位
124	陆丹	论唐代岭南谪臣的家园意识	陕西师范大学	2019	硕士
125	陶文晔	柳宗元山水诗中的贬斥心态和山水情怀的多维度透视	淮北师范大学	2019	硕士
126	张小静	盛唐、中唐贬谪诗研究	延边大学	2019	硕士
127	郭巍峰	白居易量移忠州及其忠州诗研究	陕西理工大学	2020	硕士
128	刘丽冉	白居易江州杂律诗研究	辽宁师范大学	2020	硕士
129	王胜兰	李德裕贬谪岭南文学创作研究	海南大学	2020	硕士
130	霍晓楠	数字人文视角下《全唐诗》贬谪诗人时空结构及社会关系网络研究	吉林大学	2021	硕士
131	李爱琴	《唐才子传》流寓情况分析及流寓诗歌研究	西安工业大学	2021	硕士
132	李欣	刘柳南国书写比较研究	西北大学	2021	硕士
133	周依满	士人身份与岭南诗歌书写——以唐宋元时期为中心	湖北大学	2021	硕士
134	黄芬	元稹诗歌风土书写研究	广西师范大学	2022	硕士
135	韩梦圆	中唐寓湘文学研究	陕西师范大学	2022	硕士
136	李梓怡	刘禹锡散文研究	青岛大学	2022	硕士
137	韦宝威	唐代赦宥在流刑中的适用研究	甘肃政法大学	2022	硕士
138	高婷婷	刘禹锡诗歌的时空意识研究	河北师范大学	2023	硕士
139	罗通迅	唐代粤西流寓诗文研究	西北民族大学	2023	硕士
140	田慧娉	汉唐时期房陵流放研究	湖北大学	2023	博士
141	谢凤	唐代岳州诗歌研究	湖北师范大学	2023	硕士
142	周静敏	元和诗人的贬谪之路与贬途诗歌	河北师范大学	2023	硕士
143	周婷	唐代梅关古道诗歌研究	赣南师范大学	2023	硕士

序号	作者	题　　名	毕　业　学　校	年份	学位
		台　　湾			
1	杨秋生	刘禹锡及其诗研究	高雄师范大学	1980	硕士
2	张肖梅	刘禹锡研究	台湾大学	1980	硕士
3	蔡振璋	柳宗元山水文学研究	东海大学	1984	硕士
4	刘菁菁	刘禹锡的文学研究	政治大学	1984	硕士
5	袁本秀	柳宗元寓言研究	东海大学	1984	硕士
6	朴井圭	柳宗元的游记研究	高雄师范大学	1985	硕士
7	张玉芳	唐诗中的罪与罚——唐代诗人贬谪心态与诗作研究	台湾大学	1996	硕士
8	童好兰	柳宗元谪永期间山水小品文研究	彰化师范大学	2003	硕士
9	李贞慧	柳宗元贬谪时期文学研究	静宜大学	2004	硕士
10	锺晓峰	刘禹锡诗歌创作与政治遭遇关系之研究	台湾"清华大学"	2004	硕士
11	黄以洁	柳宗元游记观物方式研究	佛光人文社会学院	2005	硕士
12	曾宿娟	柳宗元永州诗研究	台湾师范大学	2005	硕士
13	何映涵	柳宗元山水诗之研究	台湾大学	2006	硕士
14	经慧玲	韩愈、柳宗元寓言之研究	彰化师范大学	2006	硕士
15	吴雪如	生命的流亡与安顿——柳宗元永州诗研究	彰化师范大学	2006	硕士
16	李纯瑀	柳宗元与苏轼山水游记研究	台湾师范大学	2007	硕士
17	翁瑞鸿	柳宗元之流人文学与思想研究	中国文化大学	2007	硕士
18	林秋蓉	沈佺期、宋之问诗歌研究	东海大学	2008	硕士
19	张映瑜	元结与柳宗元山水小品文比较研究	南华大学	2008	硕士
20	杜振忠	颜真卿及其书法研究——以大历年间贬谪时期为主	台湾"中山大学"	2009	硕士

序号	作者	题 名	毕业学校	年份	学位
21	庄雅智	贬谪文学中的作者意识——以唐代元和时期贬谪文学为例	高雄师范大学	2010	硕士
22	吕婉甄	论柳宗元永州时期山水游记的"幽深峻峭"风格:从文体学的角度分析	高雄师范大学	2011	硕士
23	邓玉美	柳宗元与袁宏道山水小品文美学思想之比较研究	华梵大学	2013	硕士
24	陈俪文	柳宗元寓言研究	高雄师范大学	2012	硕士
25	林凤嬡	韩愈贬谪诗探析——以贬谪潮州时期为限	南华大学	2012	硕士
26	吴崇荣	柳宗元"永州八记"篇章修辞研究	东吴大学	2012	硕士
27	廖本铭	韩愈、柳宗元、刘禹锡文本互动研究	台湾师范大学	2015	硕士
28	倪煜喻	柳宗元永州八记研究	佛光大学	2015	硕士
29	许玉婷	刘禹锡、柳宗元寓言诗的隐喻研究	明道大学	2015	硕士
30	曾诗苹	遇合·对话·贬谪——张九龄文、赋的仕宦书写	政治大学	2015	硕士
31	张琼文	柳宗元永州与柳州诗文研究	华梵大学	2016	硕士
32	李天慈	白居易郡斋诗研究	台北大学	2020	硕士
33	廖雅竹	王昌龄及其诗作分期研究	台北市立大学	2021	硕士
34	杨志威	晚唐与南汉时期(A. D. 847—971)的岭南士人	台湾师范大学	2021	硕士
35	李昕桐	唐代诗人"贾谊"典故使用情况分期研究	台湾"中山大学"	2022	硕士

宋代流贬研究情况表

		专　　著			
序号	作者	题名	出版社	年份	
1	苏轼研究学会编	论苏轼岭南诗及其他 苏轼研究学会全国第三次学术讨论会文集	广东人民出版社	1986	
2	谭玉良	苏轼研究	电子科技大学出版社	2002	
3	郑芳祥	出处死生 苏轼贬谪岭南文学作品主题研究	巴蜀书社	2006	
4	杨子怡	韩愈刺潮与苏轼寓惠比较研究	巴蜀书社	2008	
5	曾庆江等	海南历代贬官研究	海南出版社	2008	
6	黄雁行	苏轼思想研究	广东人民出版社	2010	
7	陈湘琳	欧阳修的文学与情感世界	复旦大学出版社	2012	
8	谢桃坊	苏轼诗研究	巴蜀书社	2017	
9	蔡薇	海南流贬文化研究	吉林文史出版社	2020	
10	江梅玲	一蓑烟雨任平生 黄州之贬与苏轼的生命智慧	学苑出版社	2021	
		台　　湾			
1	黄启方	人间有味是清欢：东坡肉、元修菜、真一酒，苏轼的饮食生命史	台湾"商务印书馆"	2022	
2	施淑婷	苏轼迁谪文学与佛禅之关系	新文丰出版公司	2022	
		期 刊 论 文			
		大　　陆			
序号	作者	题　　名	刊　　名	年份	期数
1	管林	苏轼"迁道由新会"往海南考辨	华南师院学报（哲学社会科学版）	1981	2
2	张德昌，洪柏昭	试论苏轼的岭南诗	学术研究	1981	6

序号	作者	题 名	刊 名	年份	期数
3	朱玉书	苏轼晚年的爱国情怀——浅论苏轼的海南诗	华南师范大学学报(社会科学版)	1984	3
4	黎国器	苏轼与民俗	社会科学辑刊	1984	6
5	杨应彬	苏轼在岭南的社会和文学活动	学术研究	1984	6
6	林冠群	苏轼岭南诗作的思想品格	海南大学学报(社会科学版)	1985	2
7	王朝安,王集门	苏轼北归度梅岭诗评析	海南大学学报(社会科学版)	1985	2
8	韩敏	苏轼谪居海南事迹系年	海南大学学报(社会科学版)	1986	4
9	陈化新	漫谈苏轼南迁诗的民族友谊兼及唐人吟咏	东疆学刊	1987	Z1
10	朱玉书	苏轼居琼时期的一篇佚文	学术研究	1988	2
11	周先慎	漫说苏轼《纵笔》诗——象谈诗人在惠、儋时期的创作心态、生活和思想	北京大学学报(哲学社会科学版)	1988	5
12	张晶	试论苏轼贬谪时期的思想与创作	中州学刊	1990	6
13	蒲友俊	超越困境:苏轼在海南	四川师范大学学报(社会科学版)	1992	2
14	张金同	心灵深处的炼狱——苏轼黄州时期的精神境界	青海民族学院学报	1992	3
15	冷成金	苏轼岭海时期的思想与实践	中国人民大学学报	1993	2
16	唐玲玲	寄我无穷境——苏轼贬儋期间的生命体验	文学遗产	1996	4
17	邱俊鹏	苏轼贬儋时期的理想追求与自我排遣	天府新论	1996	5
18	梅大圣	苏轼黄州时期的生活方式及社会意义	江汉论坛	1996	7

序号	作者	题　名	刊　名	年份	期数
19	程昭星	唐宋时期流谪海南的名士	文史杂志	1997	1
20	刘汾，胡朝雯	挥毫当得江山助 不到潇湘岂有诗——试论潇湘山水对唐宋文学创作的影响	中国文学研究	1999	2
21	周云龙	论苏轼迁谪期间的精神胜利法——兼探封建士大夫的文化心态	中国文学研究	2000	1
22	罗敏中	论李纲的荆湘贬谪诗及其对屈原思想的补正	湖南师范大学社会科学学报	2000	2
23	罗敏中	论李纲的沙县贬谪诗赋及其对屈原思想的补正	求索	2000	3
24	罗敏中	论秦观的政治态度和湖湘贬谪诗词	中国文学研究	2001	2
25	张再林	宋代士人的迁谪心态与迁谪词风	中国韵文学刊	2002	2
26	周尚义	宋代贬谪诗文的高旷情怀述论	湖南社会科学	2002	6
27	巨传友，卫亚浩	不到潇湘岂有诗——湖湘古文化对秦观诗词创作的影响	湘潭大学社会科学学报	2002	S1
28	赵伟东	从超越自我到超越士人——论黄州时期苏轼人格的超越	学习与探索	2003	2
29	戴建国	宋代加役流刑辨析	中国史研究	2003	3
30	张铁军	论湖湘巫鬼民祀对湖湘迁谪文学的影响	中国文学研究	2003	3
31	张铁军	湖湘迁谪文学与湖湘文化	求索	2003	4
32	李显根	试论苏轼的"师陶情怀"与精神创新	江汉论坛	2003	8
33	张其凡，金强	宋代"谪宦"类型分析	青海社会科学	2004	2

序号	作者	题　名	刊　名	年份	期数
34	成娟阳	儒释道思想对湖湘迁谪山水文学的影响	河北大学学报（哲学社会科学版）	2004	3
35	张其凡，金强	宋代岭南谪宦类型分析	学术研究	2004	3
36	陈小芒	苏轼寓赣诗文及其文化意义	西南民族大学学报（人文社科版）	2004	4
37	钱建状	南渡前后贬居岭南文人的不同心态与环境变化	浙江大学学报（人文社会科学版）	2004	5
38	张建	略论苏轼的岭海诗	求索	2004	6
39	陈小芒	唐宋贬谪文人与江西文学	江西社会科学	2004	8
40	杨芹	宋代流刑考——以流沙门岛的情况为主要事例	中山大学学报（社会科学版）	2005	1
41	梁银林	苏东坡与海南黎族	民族文学研究	2005	2
42	赵伟东	黄州时期苏轼的人生及思想浅论	学术交流	2005	3
43	郭春林	从滁州诗歌创作看欧阳修中年时期的贬官意识	广西社会科学	2005	7
44	廖文华，陈小芒	苏辙两谪筠州的心态与文风	江西社会科学	2005	10
45	李美歌，薛智勇	试论苏轼黄州诗文的情感定位	陕西师范大学学报（哲学社会科学版）	2005	A1
46	姚惠兰	论宋代贬谪文人的海南词	海南大学学报（人文社会科学版）	2006	1
47	张帆	论苏轼黄州前后词风的变化	西南大学学报（人文社会科学版）	2006	6
48	贾文丰	百谪不屈道 守直佩仁义——王禹偁《三黜赋》试析	学术交流	2006	7
49	尚永亮	唐宋贬谪诗的发展嬗变与特点	山西大学学报（哲学社会科学版）	2007	3
50	赵艳喜	论王禹偁对白居易的接受	齐鲁学刊	2007	6

序号	作者	题　名	刊　名	年份	期数
51	宋先红	"苏门四学士"贬谪词中的感情蕴涵	重庆社会科学	2007	10
52	陈湘琳	夷陵与滁州：一个主题性空间的建构	长江学术	2008	2
53	潘守皎	琵琶女、商山竹和黄州海棠——谪臣的文化心态和诗歌意象选择	东岳论丛	2008	3
54	乔好勤	流寓名人著述的地方文献价值——以苏东坡岭南著述为例	图书馆论坛	2008	6
55	张海沙，赵文斌	曹溪一滴水：苏轼在岭南及其心灵的安顿	华南师范大学学报（社会科学版）	2009	2
56	李显根	苏轼、秦观岭南诗随缘自适与体察民生精神述论	甘肃社会科学	2009	3
57	冯小禄，张欢	杨慎"并州故乡"观的内涵及成因——与苏轼故乡观的比较	云南师范大学学报（哲学社会科学版）	2009	5
58	李金荣	论地域文化给予贬谪文人的回报——以黄庭坚谪居巴蜀为例	文艺争鸣	2009	11
59	赵伟东	试论黄州时期苏轼创作的转型	学术交流	2009	11
60	李世忠	逐臣的悲悯——论苏轼的一组《渔父》词	宁夏大学学报（人文社会科学版）	2010	1
61	杜勋妹	论苏轼黄州时期的文学创作及思想	内蒙古社会科学（汉文版）	2010	3
62	尚永亮，钱建状	贬谪文化在北宋的演进及其文学影响——以元祐贬谪文人群体为论述中心	中华文史论丛	2010	3

序号	作者	题　名	刊　名	年份	期数
63	刘丽	唐宋海南贬谪文人心态之比较	北方论丛	2010	5
64	饶淑园	苏东坡贬惠时期的压弹机制研究	广西社会科学	2010	6
65	杨简	广东贬谪诗论析	学术交流	2010	8
66	周剑之	"以天下为己任"诗风之开启——北宋景祐三年朋党事件中的诗歌写作及其诗歌史意义	广西社会科学	2010	11
67	张幼良,张英	"避世"与"抗世"的矛盾结合——南宋贬谪词对张、柳渔父意象的继承及其原因探析	浙江社会科学	2010	11
68	张振谦	宋代文人"谪仙"称谓及其内涵论析	宁夏社会科学	2011	1
69	彭炳金	唐宋时期安置刑的发展变化	晋阳学刊	2011	4
70	陈建锋	苏轼贬琼期间践行《周易》中正观初探	海南大学学报（人文社会科学版）	2011	5
71	庆振轩	其奥妙在醒醉之间——欧阳修贬滁心态散论	兰州大学学报（社会科学版）	2011	6
72	方星移	论北宋谪官文化的形成——以黄州为中心	社会科学战线	2011	7
73	程磊	北宋士人贬谪山水中的"集体记忆"——以苏轼及苏门诸子武昌"寒溪西山"唱和为例	烟台大学学报（哲学社会科学版）	2012	2
74	昌庆志	北宋迁谪文人笔下的岭南商业文化	南方文坛	2012	3
75	戚荣金	苏轼黄州诗书的多元情感论析	湖北社会科学	2012	8

序号	作者	题　名	刊　名	年份	期数
76	张强	从"和陶诗"看苏轼的心态变化与审美追求	社会科学战线	2012	10
77	郭庆财	论宋代海南谪宦的渡海诗	中国文学研究	2013	2
78	谢敏，黄南南	北宋谪臣与元末明初"南园五先生"岭南诗比较	南昌大学学报（人文社会科学版）	2013	2
79	沈松勤	士人贬谪与文学创作——宋神宗至高宗五朝文坛新取向	中华文史论丛	2013	4
80	侯艳	岭南意象视角下唐宋贬谪诗的归情	广西社会科学	2013	5
81	章深	苏轼谪宦岭南与北宋后期政治变迁	广东社会科学	2013	5
82	喻世华	苏辙两谪筠州考论——从生活、艺术、审美角度分析	同济大学学报（社会科学版）	2013	6
83	白贵，石蓬勃	论苏轼贬谪诗的创作心态	河北学刊	2014	2
84	石蓬勃，高献红	苏门诗人贬谪诗作时间语汇定量分析	河北学刊	2014	3
85	姚菊	从词中用典看晁补之的贬谪心态兼与苏轼比较	中国文学研究	2014	4
86	张彦	王巩谪居广西与作品考述	广西师范大学学报（哲学社会科学版）	2014	4
87	邓建	秦观流寓雷州诗文的情感心态	江汉论坛	2014	6
88	姚菊	"桃源"与"扁舟"——从意象的选择看秦观与苏轼的贬谪心态	海南大学学报（人文社会科学版）	2014	6
89	李剑锋	自笑平生为口忙——苏轼的黄州贬谪生活	中国书法	2014	10
90	程永超	贬谪人生风景异——苏轼柳宗元山水游记比较	语文建设	2014	31

序号	作者	题 名	刊 名	年份	期数
91	黄小珠	论苏轼贬谪诗文中天命观的变化	甘肃社会科学	2015	3
92	周俊	苏轼儋州文学创作中的民族民俗事象	民族文学研究	2015	4
93	姚菊	黄庭坚贬谪心态新探	学术交流	2015	5
94	李景新	海南贬谪文化中的文化传播	海南大学学报（人文社会科学版）	2015	6
95	张玉璞	此心安处是吾乡——苏轼之迁谪历程与谪居心态	齐鲁学刊	2015	6
96	苏勇强	黄庭坚桂林行踪及诗文考辨	北京社会科学	2015	10
97	赵文焕	论黄庭坚贬谪时期的题画诗	南京师范大学文学院学报	2016	2
98	王友胜	苏轼南贬儋州经行路线考论	湖南科技大学学报（社会科学版）	2016	3
99	顾宏义	蔡元定谪贬道州原因探析	河北大学学报（哲学社会科学版）	2016	4
100	蔡竞	苏东坡谪儋期间民本诗歌浅评	文史杂志	2016	5
101	司聃	苏轼黄州诗文"幽人"意象初探	郑州大学学报（哲学社会科学版）	2017	1
102	赵雅娟	"屈于身不屈于道"——论"三黜"对王禹偁文化人格形成的影响	湖北民族学院学报（哲学社会科学版）	2017	1
103	赵德坤	黄庭坚谪居黔戎时期对杜甫的文学接受	中国韵文学刊	2017	3
104	蔡龙威	王禹偁贬谪诗创作及其诗史意义——以商州、滁州、黄州诗为例	学术交流	2017	4
105	李恒	论苏轼贬谪经历对其谐趣词创作的影响	学术交流	2017	10

序号	作者	题　名	刊　名	年份	期数
106	周再新，王希俊	贬谪黄州与苏轼书风的转变	中国书法	2017	24
107	张玉璞	三教融摄与宋代士人的迁谪心态——以苏轼为中心的考察	复旦学报（社会科学版）	2018	2
108	庆振轩，潘浩	苏轼贬谪辞、谢表探论	齐鲁学刊	2018	3
109	程刚	苏轼的"幽人"易象与意象	文学评论	2018	5
110	李云龙	《天圣令》与宋初流刑、配隶刑再探讨——以对《天圣令·狱官令》几条令文的解读为中心	华东政法大学学报	2018	5
111	沈松勤，路璐	《苏氏易传》视域下的苏轼黄州词创作	浙江大学学报（人文社会科学版）	2019	1
112	赵旭	迁谪经历与黄庭坚晚年的诗学实践	江淮论坛	2019	1
113	王兆鹏，陈朝鲜	论苏轼躬耕东坡的原因和意义	齐鲁学刊	2019	2
114	张莉	意造无法信手推求——谈苏轼谪居黄州、惠州、儋州时期的书风变化	美术观察	2020	11
115	董希平	唐宋官员面对贬谪，心态为何那么好	人民论坛	2020	34
116	［美］艾朗诺	苏轼早期至黄州时期的记体文研究	北京大学学报（哲学社会科学版）	2021	2
117	吴怀东	《醉翁亭记》文风"滑稽"论——兼论欧阳修的"太守之乐"	北京师范大学学报（社会科学版）	2021	2
118	李天保	苏辙《龙川略志》与宋代文人生活	山东社会科学	2022	1

序号	作者	题　名	刊　名	年份	期数
119	张贵	北宋前中期士人谏议心态演变与贬谪文学书写——以谏官及谏诤意识强烈的士人为中心	中国文学研究	2023	1
120	赵旭	"平民底色"与"俚而不俗"：苏轼黄州诗新论	宁夏社会科学	2023	1
121	蔡龙威，李晶晶	从宋代谪宦诗文看岭南各民族的中华文化认同	中央民族大学学报（哲学社会科学版）	2023	6
122	刘安迪，周东平	宋代流人量移考	学术月刊	2023	8
123	张向荣	论苏轼的岭南际遇与生命意识	文艺理论研究	2024	1
124	杨一泓	论苏轼对精神寓居空间的营造与书写	西北师大学报（社会科学版）	2024	4
台　湾					
1	徐圣心	偶然性・再现・生命实相——苏轼《后赤壁赋》释旨	中外文学	2002	4
2	张蜀蕙	驯化与观看——唐、宋文人南方经验中的疾病经验与国族论述	东华人文学报	2005	7
3	张蜀蕙	北宋文人饮食书写的南方经验	淡江中文学报	2006	总14期
4	罗永吉	苏轼《前赤壁赋》中"水月之喻"的思想	鹅湖月刊	2006	总378期
5	傅含章	论苏轼寓居定惠院之生活与心境	高医通识教育学报	2008	3
6	黄启方	投荒万死鬓毛班——黄庭坚贬谪黔戎之心境	世新中文研究集刊	2008	4
7	颜智英	论苏轼海南诗词中的"海"意象	海洋文化学刊	2010	8

序号	作者	题　名	刊　名	年份	期数
8	黄彩勤	苏轼黄州山水诗的心灵世界——归隐情结的萌生与超旷胸怀的成型	弘光人文社会学报	2010	12
9	李妮庭	黄州诗景——张耒的地方表述与迁谪意识	东华人文学报	2010	总17期
10	林宜陵	苏轼惠州时期饮食重蔬食因素探论	东吴中文学报	2010	总19期
11	庄哲彦	楚骚之变兰亭之变——苏轼《赤壁赋》之形式内容析探	书画艺术学刊	2011	11
12	林增文	红尘客梦——由总体性隐喻阅读解析苏轼词中的黄州梦	东海中文学报	2011	总23期
13	陈英杰	黄庭坚与寒山诗关系考	台大中文学报	2011	总34期
14	陈金现	苏轼在儋州的身份认同	国文学报	2011	总49期
15	杨景琦	苏轼山水诗中的画境——以谪黄贬惠前之诗为例	康大学报	2012	1
16	杨景琦	浅论苏轼谪惠、儋诗之佛理思想	康大学报	2013	3卷
17	盖琦纾	苏轼谪居黄州的疾病与养生书写	高医通识教育学报	2017	12
18	李威等	走出低谷的苏东坡：谈苏东坡谪居黄州期间人生意义的追寻与转化	生命叙说与心理传记学	2018	6辑
19	陈英仕	论苏轼谪居黄州的思想与生活	真理大学人文学报	2019	总22期
20	郑柏彦	苦难的诗意化——苏轼居儋的书写与接受	淡江中文学报	2019	总41期
21	吴洁盈	雪堂：东坡谪黄时期自我调适之标志	华人文化研究	2020	2
22	林秀珍	苏轼饮食书写中的人生况味	人文与社会学报	2020	9

序号	作者	题　名	刊　名	年份	期数
23	黄学文	苏轼舟船意象的转变与黄州时期《庄子》的接受	问学	2021	总25期
24	张高评	苏轼《赤壁赋》的创新诠释	华文学刊	2021	总37期
25	李宗菊	苏轼对岭海珍禽倒挂子、五色雀之书写考论	逢甲人文社会学报	2021	总43期
26	蔡佩吟	空间与身体：元丰五、六年间苏轼之心境反映——以家为考察中心	中国文学研究	2021	总52期
27	黄惠铃	寓繁华于衰老：从"时空意识"论东坡黄州时期前后之《满庭芳》词及其思考转向	中国文学研究	2021	总52期
28	邱国华	苏东坡乌台诗案与王安石之关系及其贬谪黄州后文风之改变	中华书道	2021	总110期
29	洪丽玫	苏轼黄州时期田园诗试探——以东坡八首为主要素材	艺见学刊	2022	总23期
30	黄晓柔	苏轼贬谪时期对《庄子》"有用""无用"的接受与化用	云汉学刊	2024	总47期

<table>
<tr><td colspan="6" align="center">学 位 论 文</td></tr>
<tr><td colspan="6" align="center">大　陆</td></tr>
</table>

序号	作者	题　名	毕业学校	年份	学位
1	骆晓倩	苏轼黄州文学研究	西南师范大学	2002	硕士
2	张铁军	挥毫当得江山助，不到潇湘岂有诗——试论湖湘文化对唐宋迁谪文学的影响	湖南师范大学	2003	硕士
3	白锐	惟有东坡居士好，姓名高挂在黄州——苏轼谪居黄州时期的生存样态及其文学、书法创作	陕西师范大学	2004	硕士

序号	作者	题　　名	毕业学校	年份	学位
4	戴建国	宋代刑法研究	四川大学	2004	博士
5	范永锋	王禹偁贬谪心态及其影响下的诗歌创作	宁夏大学	2004	硕士
6	金强	宋代岭南谪宦研究	暨南大学	2004	博士
7	刘勇	论文学活动中主体的审美心理——以唐宋江西贬谪文学为中心	华中师范大学	2004	硕士
8	宋先红	"苏门四学士"的贬谪词研究	华中科技大学	2005	硕士
9	陈骏程	宋代官员惩治研究	暨南大学	2006	博士
10	程天芹	试论北宋黜降官问题	西北大学	2006	硕士
11	卢俊勇	黄庭坚巴蜀遗迹考述	四川师范大学	2006	硕士
12	沈雪明	"贬谪文化"现象与古今游记文学——以柳宗元、苏轼、郁达夫、朱自清、余秋雨为例	福建师范大学	2006	硕士
13	赵旭	法律制度与唐宋社会秩序	东北师范大学	2006	博士
14	陈善巧	黄庭坚入蜀及蜀中创作研究	四川师范大学	2007	硕士
15	蔡兴科	苏轼谪儋诗的民本思想研究	东北师范大学	2007	硕士
16	刘春梅	晁补之词研究	内蒙古师范大学	2007	硕士
17	刘红红	绍圣以后党争与张耒后期诗歌创作	陕西师范大学	2007	硕士
18	冯国梅	秦桧当政时的岭南谪宦研究	四川大学	2007	硕士
19	张丽明	苏轼岭海诗研究	北京语言大学	2007	硕士
20	陈瑶	王禹偁贬谪商州时期诗风研究	厦门大学	2008	硕士
21	田宏瑞	王禹偁诗歌研究	河北大学	2008	硕士
22	王惠梅	唐宋岭南词研究	苏州大学	2008	硕士
23	杨世利	北宋官员政治型贬降与叙复研究	河南大学	2008	博士

序号	作者	题　　名	毕业学校	年份	学位
24	于玉蓉	苏轼黄州词论略	北京语言大学	2008	硕士
25	赵芳	苏轼海南创作研究	西北师范大学	2008	硕士
26	田宝	贬谪文学与超越意识——以苏轼黄州岭海时期创作为中心	华中师范大学	2009	硕士
27	王娟云	北宋贬谪词研究	贵州大学	2009	硕士
28	王秀洁	汪藻诗文研究	河北师范大学	2009	硕士
29	尤利英	王禹偁游历诗歌研究	上海师范大学	2009	硕士
30	赵佳	苏轼黄州词研究	内蒙古大学	2009	硕士
31	张玮仪	元祐迁谪诗作与生命安顿	台湾成功大学	2009	博士
32	张英	唐宋贬谪词研究	苏州大学	2009	博士
33	夏向军	北宋贬谪词研究	兰州大学	2010	硕士
34	钟乃元	唐宋粤西地域文化与诗歌研究	广西师范大学	2010	博士
35	周世民	论苏轼黄州时期的文风变化	西北师范大学	2010	硕士
36	蔡薇	海南流贬制度研究：在唐宋两代为中心	华东政法大学	2011	硕士
37	李明华	苏轼诗歌与佛禅关系研究	吉林大学	2011	博士
38	龙艳辉	概念整合理论视阈下的苏轼贬谪词研究	长沙理工大学	2011	硕士
39	马明玉	苏轼贬谪期间书信研究	延边大学	2011	硕士
40	任群	绍兴和议前后士风与诗风演变研究	南京师范大学	2011	博士
41	吴增辉	北宋中后期贬谪与文学	复旦大学	2011	博士
42	徐彩炜	宋朝配隶法研究	郑州大学	2011	硕士
43	熊星宇	宋代黄州谪宦研究	华中师范大学	2011	硕士
44	周进	苏轼、张耒黄州文学创作比较研究	浙江师范大学	2011	硕士

序号	作者	题　名	毕业学校	年份	学位
45	罗春娜	苏辙被贬龙川期间的文学与思想研究	暨南大学	2012	硕士
46	李杰	南宋贬谪词研究	兰州大学	2012	硕士
47	刘丽丹	北宋徽宗朝唐庚诗歌研究	河南大学	2012	硕士
48	赖仕贤	黄庭坚贬谪时期尺牍研究	福建师范大学	2012	硕士
49	任晓凡	论苏轼儋州散文的创作成就	山西师范大学	2012	硕士
50	肖艳华	黄庭坚贬谪巴蜀时期诗词研究	重庆工商大学	2012	硕士
51	严宇乐	苏轼、苏辙、苏过贬谪岭南时期心态与作品研究	复旦大学	2012	博士
52	张超	此心安处是吾乡——唐宋时期中原流寓文人作品的广西意象	广西大学	2012	硕士
53	朱国伟	唐宋行旅词研究	南京师范大学	2012	博士
54	邹伟文	黄庭坚谪居巴蜀期间书学研究	西南大学	2012	硕士
55	刘飞	苏轼黄州时期休闲活动研究	河南大学	2013	硕士
56	邵健楠	宋代沙门岛流人及路线研究	中国海洋大学	2013	硕士
57	王芳	秦观与黄庭坚词比较	西北大学	2013	硕士
58	熊飞	宋代配隶刑研究	南京师范大学	2013	硕士
59	段晓珍	欧阳修诗歌研究	南京大学	2014	硕士
60	石蓬勃	苏门诗人贬谪诗歌研究	河北大学	2014	博士
61	张洁	黄庭坚贬谪心态研究	广西师范大学	2014	硕士
62	龙冬梅	张九成贬谪南安与其诗歌创作研究	西南大学	2015	硕士
63	刘亭	地域视野下的绍圣贬谪诗研究	沈阳师范大学	2015	硕士
64	仝芳川	苏过诗歌的地域文化特色	西南交通大学	2015	硕士
65	王进	宋朝贬谪官生活研究	四川师范大学	2015	硕士

序号	作者	题名	毕业学校	年份	学位
66	吴嘉敏	元丰五年苏轼文学研究	吉林大学	2015	硕士
67	张莹	唐宋时期柳宗元在柳州的神化与神话：从"民间之神"走向"官方之神"	南京大学	2015	硕士
68	段婷婷	苏轼黄州时期作品的精神品格及中学教学初探	华中师范大学	2016	硕士
69	胡玉尺	两宋京口诗歌研究	湖南科技大学	2016	硕士
70	吴玲玲	唐宋西南竹枝词及其地域文化研究	陕西师范大学	2016	博士
71	赵文焕	黄庭坚贬谪文学研究	南京师范大学	2016	博士
72	陈羽枫	政治操守与仕途坎坷：苏轼的三次被贬谪再探讨	河北大学	2017	硕士
73	郝舒畅	荆楚文化影响下苏轼在黄州的嬗变研究	中国矿业大学	2017	硕士
74	黄艳	宋代三峡诗研究	南京师范大学	2017	硕士
75	廖超然	李纲贬谪时期心态与文学创作研究	集美大学	2017	硕士
76	卢虹红	苏轼岭南风物诗研究	广西师范大学	2017	硕士
77	李云鹤	张舜民诗歌创作研究	长春师范大学	2017	硕士
78	莫芸	王禹偁吏隐心态研究	重庆师范大学	2017	硕士
79	王柳茵	宋代岭南词研究	贵州大学	2017	硕士
80	肖敏	宋代巴蜀词研究	南京师范大学	2017	硕士
81	杨雪艺	唐宋巴蜀士人群的社会地理学研究	西南大学	2017	硕士
82	俞志容	秦观诗文研究	杭州师范大学	2017	硕士
83	蔡龙威	南宋高宗朝贬谪诗研究	吉林大学	2018	博士
84	亓元	唐宋岭南贬官游记审美心态研究	黑龙江大学	2018	博士

序号	作者	题　　名	毕业学校	年份	学位
85	杨博	秦汉至唐宋时期房陵地区流放情况探究	安徽财经大学	2018	硕士
86	杨竹旺	宋代文官罢黜制度研究	浙江大学	2018	博士
87	陈瑶	苏轼儋州时期交游、文学研究	重庆大学	2020	硕士
88	梁莹	宋代黄州流寓诗人研究	湖北省社会科学院	2020	硕士
89	关美琳	苏轼岭南书写及其文化意义	广东外语外贸大学	2021	硕士
90	金欢	黄庭坚晚期创作心态研究	兰州大学	2021	硕士
91	李碧晗	欧阳修滁州至颍州贬谪十年诗文研究	中国矿业大学	2021	硕士
92	刘晓萌	苏轼黄州诗文中的人生哲学研究	云南师范大学	2021	硕士
93	马亚倩	苏轼黄州诗研究	陕西理工大学	2021	硕士
94	唐婧	苏轼晚年的疾病与创作	广州大学	2021	硕士
95	朱慧	北宋岭南官道上的贬谪诗歌研究	四川师范大学	2021	硕士
96	张学佳	榷酒制度与宋神、哲宗两朝文学	河北师范大学	2021	硕士
97	周依满	士人身份与岭南诗歌书写——以唐宋元时期为中心	湖北大学	2021	硕士
98	封裕琴	欧阳修贬谪期创作心态及其文学呈现研究	东华理工大学	2022	硕士
99	刘安迪	宋代流人量移考	厦门大学	2022	硕士
100	李昊宸	宋代贬杜诗案探赜	华中师范大学	2022	硕士
101	魏晓莉	王禹偁商州诗研究	吉首大学	2022	硕士
102	王紫骆	苏轼饮食文化书写研究	陕西理工大学	2022	硕士
103	赵苇	北宋名臣陈尧佐研究	河北大学	2022	硕士
104	张婉晴	苏门文人贬谪诗歌研究	哈尔滨师范大学	2022	硕士
105	周小涵	苏轼岭南纪行诗研究	四川师范大学	2022	硕士

序号	作者	题　名	毕业学校	年份	学位
106	朱雨婷	宋代滁州诗歌研究	西南交通大学	2022	硕士
107	常翠翠	欧阳修贬谪心态研究	河北师范大学	2023	硕士
108	曹琳	文学地理学视域下欧阳修十年困守期诗文研究	河北大学	2023	硕士
109	陈曦	南宋流寓两广诗人的诗歌研究	沈阳师范大学	2023	硕士
110	秦欣	李光文章研究	南昌大学	2023	硕士
111	王宇	王禹偁商州诗歌研究	湖北师范大学	2023	硕士
112	杨曦	宋代荆湖地区谪宦行旅活动研究	四川师范大学	2023	硕士
113	臧菊妍	苏轼惠州散文研究	陕西理工大学	2023	硕士
台　湾					
1	宋丘龙	苏轼和陶诗之比较研究	东海大学	1975	硕士
2	梁玉球	苏轼黄州词研究	新亚研究所	1986	硕士
3	罗凤珠	苏轼黄州诗研究	台湾师范大学	1987	硕士
4	刘昭明	苏轼岭南诗论析	台湾师范大学	1988	硕士
5	吴淑华	东坡谪黄研究	文化大学	1992	硕士
6	史国兴	苏轼诗词中梦的研析	台湾师范大学	1995	博士
7	金汶洙	苏轼和陶诗研究	东海大学	1998	硕士
8	纪懿民	苏轼记游文研究	辅仁大学	1999	硕士
9	刘雅芳	苏轼黄庭坚之交游及其唱和诗研究	台湾师范大学	2000	硕士
10	张凤兰	苏东坡的贬谪生涯	玄奘人文社会学院	2001	硕士
11	邓瑞卿	苏轼儋州诗研究	台湾师范大学	2002	硕士
12	林淑惠	苏轼岭南诗研究	政治大学	2002	硕士
13	徐莉娟	苏轼和陶诗的庄学思想	彰化师范大学	2002	硕士
14	郑芳祥	苏轼贬谪岭南时期文学作品主题研究——以出处、死生为主的讨论	中正大学	2002	硕士

序号	作者	题　名	毕业学校	年份	学位
15	陈文慧	北宋前期贬谪诗研究	政治大学	2003	硕士
16	徐浩祥	苏轼记游作品研究	中兴大学	2003	硕士
17	邢莉丽	苏轼黄州时期书迹之研究	政治大学	2003	硕士
18	江文秀	秦观贬谪诗研究	台湾"中山大学"	2004	硕士
19	李茸	从东坡词看苏轼处逆境之道——以现代精神医学观点论述	彰化师范大学	2004	硕士
20	石一绚	苏轼诗趣研究——以贬谪时期作品为例	嘉义大学	2004	硕士
21	邹碧玲	苏轼贬谪时期词作之研究	玄奘大学	2004	硕士
22	钟美玲	黄庭坚迁谪时期之生死智慧研究	南华大学	2004	硕士
23	黄子馨	苏轼黄州民俗讽谕诗文发微——兼论相关诗文及史事	台湾"中山大学"	2005	硕士
24	蔡孟芳	苏轼诗中的生命观照	政治大学	2006	硕士
25	陈淑芬	苏轼黄州时期作品中的佛学思想研究	彰化师范大学	2006	硕士
26	苏淑莉	苏轼山水诗研究	高雄师范大学	2006	硕士
27	巫沛颖	论苏轼黄州诗的禅悦与诗情	玄奘大学	2006	硕士
28	杨方婷	苏轼文学作品中的"游"	台湾"清华大学"	2006	硕士
29	李纯瑀	柳宗元与苏轼山水游记研究	台湾师范大学	2007	硕士
30	施淑婷	苏轼文学与佛禅之关系——以苏轼迁谪诗文为核心	台湾师范大学	2007	博士
31	张玮仪	元佑迁谪诗作与生命安顿	成功大学	2008	博士
32	郭淑玲	苏轼黄州记游文学研究	台湾"中山大学"	2009	硕士
33	李天祥	苏轼的"寄寓"与"怀归"——以时间、空间为主轴的考察	台湾大学	2009	博士
34	杨玉琴	苏轼寓惠生活研究	台南大学	2009	硕士

续表

序号	作者	题 名	毕业学校	年份	学位
35	杜皖琪	从苏轼黄州词论其思想境遇	政治大学	2010	硕士
36	林均莲	苏轼感遇词研究	铭传大学	2010	硕士
37	刘幸枝	苏轼岭南记游诗文研究	玄奘大学	2010	硕士
38	王君鑫	宋代谪宦之研究——以海南流放文化为中心	淡江大学	2010	硕士
39	萧绮慧	苏门四学士与苏轼交游研究	屏东教育大学	2010	硕士
40	陈淑卿	苏轼、黄庭坚豪放词之比较研究——以生命意识为考察核心	台湾师范大学	2011	硕士
41	洪麟莹	苏轼岭南诗探析	玄奘大学	2011	硕士
42	梁嘉轩	周邦彦羁旅词研究	淡江大学	2011	硕士
43	王郭皇	苏轼诗词水意象研究	台湾师范大学	2011	硕士
44	张晓月	苏轼贬谪时期饮食书写之道家思想研究	屏东教育大学	2011	硕士
45	郑右玫	苏轼诗中的怀归书写探析	台湾师范大学	2011	硕士
46	罗佩瑄	苏轼和陶诗的文化诠释	台湾大学	2012	硕士
47	孟祥瑞	苏轼黄州词中的悲剧意识	玄奘大学	2012	硕士
48	王秀慈	苏轼隐逸观研究	高雄师范大学	2012	硕士
49	丁惠珊	苏轼旅游散文研究	彰化师范大学	2013	硕士
50	颜毓君	黄庭坚记游诗研究	台湾"清华大学"	2013	硕士
51	江梅绮	苏轼饮食观研究	台湾"清华大学"	2014	硕士
52	林素玲	苏轼黄州与岭南时期诗歌审美意识研究	中国文化大学	2014	博士
53	吴诗晴	苏轼词中的游仙意识探究	新竹教育大学	2014	硕士
54	王博弘	苏轼贬谪时期饮食生活书写	玄奘大学	2015	硕士
55	章瀞中	苏轼行旅诗研究	东华大学	2015	硕士

序号	作者	题　名	毕业学校	年份	学位
56	张可欣	晁补之与张耒交游研究	屏东大学	2015	硕士
57	王思齐	生命定位与自觉书写——苏轼《和陶诗》研究	台湾"清华大学"	2016	硕士
58	曾柏彰	苏轼诗的疾病书写研究	高雄师范大学	2016	硕士
59	陈丽珠	"未悔"与"不恨"——屈原、苏轼生命情怀比较	明道大学	2017	硕士
60	何海瑄	苏轼涉梦书写研究	台湾大学	2017	硕士
61	吴昭峰	苏轼饮食书写之研究	台北市立大学	2017	硕士
62	郑昱琪	苏轼诗作的时空分布及其内涵研究	台北大学	2017	硕士
63	邓瑞卿	苏轼神仙吟咏诗的文学意涵与价值	淡江大学	2018	博士
64	何宜臻	苏轼与秦观交往诗研究	彰化师范大学	2018	硕士
65	严志贤	苏轼谪居黄州时期的休闲观	大叶大学	2018	硕士
66	蔡欣纯	东坡诗中的美食意象——以贬谪时期为研究对象	台北教育大学	2019	硕士
67	柯金虎	秦观诗词中的心理镜像	高雄师范大学	2019	硕士
68	林建强	苏轼作品情怀研究	玄奘大学	2019	博士
69	黄毓珺	反常合道觅诗趣——以苏轼黄州贬谪时期诗为例	东吴大学	2020	硕士
70	王明惠	秦观山水诗之继承与开创	东吴大学	2020	硕士
71	邱虹齐	论东坡词中的生命境界	辅仁大学	2021	硕士
72	苏子杰	元祐贬谪词人的孤独时空	台东大学	2021	硕士
73	黄惠玲	东坡黄州词的时空书写	台湾大学	2022	硕士
74	郎锋	君子处世哲学研究——以苏轼和王巩交往为例	屏东大学	2022	硕士

续表

序号	作者	题　名	毕业学校	年份	学位
75	李秀梅	苏轼的人生与艺术——诗画·书画创作研究	高雄师范大学	2023	硕士

元代流贬研究情况表

专　著			
序号	作者	题　名	出版社	年份
1	曾庆江等	海南历代贬官研究	海南出版社	2008

期 刊 论 文				
序号	作者	题　名	刊　名	年份	期数
1	刘华民	文天祥《指南录》《指南后录》异同论	南昌大学学报（社会科学版）	1998	3
2	闫雪莹	亡宋朱美人《袖中遗诗》的本事解读	文艺评论	2012	6
3	闫雪莹	亡宋祈请使群体及创作考论	古籍整理研究学刊	2013	6
4	屈广燕，王颐	《满江红》与宋昭仪王清惠	文艺评论	2013	12
5	闫雪莹	家铉翁羁北交游考	文艺评论	2013	12
6	闫雪莹	元以来家铉翁的接受与研究	古籍整理研究学刊	2015	6
7	陈楠楠	汪元量事迹杂考	内蒙古社会科学（汉文版）	2016	6
8	闫雪莹	文天祥颂家铉翁诗的志士人格抒写	社会科学战线	2018	7
9	辛晓娟	汪元量的歌体创作	文学遗产	2019	2
10	闫雪莹	诗以人重：南宋流人家铉翁的文学创作	河南师范大学学报（哲学社会科学版）	2019	3
11	范秀玲	以诗人流放视角拓展地域性山水文学研究——以元代流放诗人王士熙为中心	河北学刊	2020	5
12	朱春洁	寒侵·冷地·冰心：遗民流人的寒冷体验与北方抗拒	浙江学刊	2021	5

续表

序号	作者	题　名	刊　名	年份	期数
13	朱春洁	身裂·国破·物残：遗民流人的残缺书写与家国依恋	广西大学学报(哲学社会科学版)	2023	6

学 位 论 文

序号	作者	题　名	毕业学校	年份	学位
1	陈海霞	琴师泣血南归路——汪元量诗歌略论	山西大学	2005	硕士
2	陆琼	汪元量生平及交游研究	华东师范大学	2005	硕士
3	李慧	阅尽沧桑愁压山，沉郁凄婉声铿锵——汪元量《湖山类稿》研究	华东交通大学	2010	硕士
4	闫雪莹	亡宋北解流人诗文研究	东北师范大学	2012	博士
5	曾娟娟	文天祥纪行诗研究	重庆师范大学	2013	硕士
6	周鹏	汪元量《醉歌》《湖州歌》《越州歌》叙事研究	宁夏大学	2014	硕士
7	王佳慧	汪元量诗歌用典研究	延边大学	2018	硕士
8	翟慧贤	汪元量遗民心态与"诗史"书写	哈尔滨师范大学	2021	硕士
9	周依满	士人身份与岭南诗歌书写——以唐宋元时期为中心	湖北大学	2021	硕士
10	陈期凡	依约是湘灵——元明之际山水诗画中的"放逐"意象	中国美术学院	2022	博士

明代流贬研究情况表

序号	作者	题　名	出版社	年份	
		专　著			
1	杨旸	明代辽东都司	中州古籍出版社	1988	
2	陆韧	变迁与交融 明代云南汉族移民研究	云南教育出版社	2001	
3	华建新	王阳明诗歌研究	安徽人民出版社	2008	

序号	作者	题　名	出版社	年份	
4	杨旸	明代东北疆域研究	吉林人民出版社	2008	
5	曾庆江等	海南历代贬官研究	海南出版社	2008	
6	周雪根	明代云南流寓文学研究	云南人民出版社	2015	
7	郝永	王阳明谪龙场文编年评注与研究	厦门大学出版社	2019	

期 刊 论 文

大　陆

序号	作者	题名	刊名	年份	期数
1	杨旸等	明代流人在东北	历史研究	1985	4
2	孙与常	明代铁岭卫的流人	社会科学战线	1986	1
3	杨旸	明代四川籍流人在辽东	社会科学研究	1986	6
4	杨旸	明代安徽籍流人戍将刘清在东北	安徽师大学报（哲学社会科学版）	1987	2
5	杨旸	明代南方少数民族谪寓辽东情况	中央民族学院学报	1987	3
6	杨旸等	明初流人在辽东及其历史作用	辽宁大学学报（哲学社会科学版）	1988	1
7	杨旸	明代山西籍流人在辽东	晋阳学刊	1989	4
8	杨旸，陶文璋	明代河北籍流人在辽东	河北学刊	1989	5
9	杨旸，赵建恒	明代陕西籍流人在辽东	西北大学学报（哲学社会科学版）	1990	2
10	陶建平	明代谪宦与南方少数民族地区	广西民族学院学报（哲学社会科学版）	1991	4
11	古永继	明代云南的谪流之人	思想战线	1992	1
12	陶建平	明代谪宦与南方少数民族地区	中南民族学院学报（哲学社会科学版）	1992	5
13	王路平	王阳明谪居龙场遗迹考录	孔子研究	1994	2
14	王路平	王阳明与贵州明代书院	贵州社会科学	1994	4

序号	作者	题名	刊名	年份	期数
15	陶建平	明代谪宦的典型心态与作为述论	中南民族学院学报（哲学社会科学版）	1994	5
16	王路平	王阳明与贵州少数民族	贵州社会科学	1995	3
17	陶应昌	杨慎与明代中期的云南文学	云南民族学院学报（哲学社会科学版）	1998	1
18	陶建平	明代文官谪迁的形式与类型初探	广西社会科学	1999	1
19	韦启先	贵州少数民族在王阳明学说形成中的作用	贵州民族研究	1999	4
20	陈永宏	从明代流人诗《九日联句》看明诗的文化内蕴及其特点	天府新论	2000	6
21	王路平	论王阳明与贵州少数民族	孔子研究	2000	6
22	吴艳红	明代流刑考	历史研究	2000	6
23	李朝正	杨慎与云南少数民族文化情结	西南民族学院学报（哲学社会科学版）	2000	12
24	赵平略	贵州少数民族品格与王阳明龙场悟道	贵州民族研究	2007	3
25	龙平久	王阳明入黔的心理分析——易占对王阳明特定生存境遇下人生选择的影响	贵州社会科学	2008	7
26	李琳	明初谪滇诗人平显考论	江汉论坛	2008	11
27	丰家骅	杨慎与云南沐氏——杨慎交游考述之一	南京师范大学文学院学报	2009	3
28	冯小禄，张欢	杨慎"并州故乡"观的内涵及成因——与苏轼故乡观的比较	云南师范大学学报（哲学社会科学版）	2009	5
29	李路华	明代三万卫考述	社会科学战线	2009	11
30	杨遇青	贬谪心态下的世俗化文学转型——王九思在文学转型中的心态、思想与意义论析	西北大学学报（哲学社会科学版）	2010	5

序号	作者	题名	刊名	年份	期数
31	张兵，文仪	解缙被贬河州及其河州诗创作	西北师大学报（社会科学版）	2010	6
32	周育德	汤显祖的贬谪之旅与戏曲创作	戏剧艺术	2010	6
33	雷炳炎，林晓玲	闲宅与明代罪宗庶人的安置问题	湘潭大学学报（哲学社会科学版）	2011	4
34	孙芳	亲近佛老 亦曲亦伸——杨慎贬谪后的思想状态及行为方式探析	中华文化论坛	2011	6
35	张丑平	论西南气候风物与杨慎贬谪文学创作	兰州大学学报（社会科学版）	2011	6
36	刘再华，朱海峰	王阳明贬龙场期间诗文的精神境界	中国文化研究	2012	2
37	左东岭	孙蕡的诗歌创作历程与明初文人命运	中国文化研究	2012	2
38	马国君，李红香	论王阳明对黔桂土司地区的治理与边疆稳定	广西民族研究	2012	4
39	王小岩	汤显祖贬谪徐闻与他的《贵生书院说》	中国社会科学院研究生院学报	2013	3
40	孙芳	在悲愁吟唱与洒脱行走之间——杨慎词的个性特色	中华文化论坛	2013	7
41	安琪	在边疆书写历史：杨慎两部滇史中的云南神话叙事	云南社会科学	2014	1
42	薛正昌	流寓文学：明代宁夏流寓群体生存空间转换的文化结晶——以明代《宁夏志》《嘉靖宁夏新志》《万历宁夏志》为例	江汉论坛	2014	11

序号	作者	题名	刊名	年份	期数
43	刘世杰	汤显祖量移遂昌县令时间考	甘肃社会科学	2015	3
44	刘振宁	王阳明视域中的贵州形象研究	现代哲学	2015	6
45	刘凤霞	王阳明对贵州少数民族影响及文化遗存论略	贵州民族研究	2016	1
46	陆永胜	王阳明龙冈书院讲学考论	中山大学学报（社会科学版）	2017	1
47	王引萍	明初宁夏流寓文人诗歌主题析论	北方民族大学学报（哲学社会科学版）	2017	2
48	郝永	王阳明龙场诗文中的贬谪、达观、事功一体心态	中华文化论坛	2017	3
49	陈为兵	明代中原逐臣对贵州文化的影响	社会科学家	2017	8
50	雷成耀，汪勇	龙场悟道与讲学化夷——王阳明对贵州民族教育的推动	贵州民族研究	2017	9
51	杨丽华	从杨慎往返川滇行程看明中期的南方丝绸之路	中华文化论坛	2017	11
52	赵盛梅等	王阳明西南少数民族治理思想与实践	贵州民族研究	2017	12
53	杨锋兵	王阳明谪黔诗文的"苗僚"视角及其启悟	民族文学研究	2018	1
54	冷必元，张兆凯	刑罚改革的政策化诱惑及其风险——以明代充军刑为例证	广西社会科学	2018	3
55	赵宏等	沧浪歌未阑：明代东北诗歌创作的兴替	学习与探索	2018	3
56	田小彬	论杨慎的"不幸"与中国文化的"幸运"	文史杂志	2019	1

序号	作者	题名	刊名	年份	期数
57	邓经武	杨慎的人生遭遇	文史杂志	2019	3
58	马志英	明中期杨慎与云南多民族文人交游活动考论	中南民族大学学报（人文社会科学版）	2020	6
59	苏凤	汤显祖谪岭南历程考	学术交流	2022	12
台　湾					
1	张克伟	王阳明谪官龙场与王学系统确立之关系	哲学与文化	1992	9

学 位 论 文

大　陆

序号	作者	题　名	毕业学校	年份	学位
1	吴艳红	明代充军研究	北京大学	1997	博士
2	陆韧	变迁与交融——明代云南汉族移民研究	云南大学	1999	博士
3	戚红斌	杨慎谪滇及其对云南文化的贡献	云南师范大学	2005	硕士
4	程莉莉	杨慎与西南地区地理学	西南大学	2009	硕士
5	韩文进	杨慎贬谪词研究	广西师范学院	2010	硕士
6	孙芳	杨慎贬谪后的生存状态及复杂心态	四川师范大学	2011	硕士
7	李甜	孙蕡研究	上海师范大学	2012	硕士
8	彭新有	杨慎谪滇词研究	华东师范大学	2012	硕士
9	曹宁	杨慎谪滇诗研究	云南师范大学	2015	硕士
10	蒋乾	杨慎谪滇时期旅迹交游研究（1524—1559）	云南大学	2015	硕士
11	马丽娅	杨慎谪滇词与《词品》词学思想之关系研究	云南大学	2015	硕士
12	江沁泽	王阳明贵州时期文学研究	湘潭大学	2016	硕士
13	李驰宇	杨慎谪滇诗词文化因子研究	云南师范大学	2016	硕士
14	戚薇	杨慎后期诗歌研究	湘潭大学	2016	硕士

续表

序号	作者	题　名	毕业学校	年份	学位
15	罗畅	汤显祖岭南诗研究	海南师范大学	2017	硕士
16	李娅	杨慎戍滇时期文学思想研究	云南师范大学	2017	硕士
17	万林	《鹤楼集》校注	广西师范学院	2017	硕士
18	熊尧	明代黔中贬谪文人研究	贵州民族大学	2017	硕士
19	常宇琦	明代东北流人文献考	黑龙江大学	2018	硕士
20	高婧姝	元末明初流人文学考论——以临濠、云南等地为中心	山西大学	2018	硕士
21	鲁亚楠	杨慎贬谪时期的曲作研究	湖北大学	2018	硕士
22	王园园	明代充军刑研究	华南理工大学	2018	硕士
23	熊志翔	明代云贵地区流贬官分布特征及其影响研究	贵州师范大学	2018	硕士
24	张若兰	"春秋笔"与"逍遥篇"——大礼议受贬官员杨慎研究	华中师范大学	2018	硕士
25	钟塑晨	王阳明《居夷集》研究	贵州大学	2019	硕士
26	徐晶晶	杨慎谪滇散文研究	西藏大学	2020	硕士
27	高君丽	明代广西谪宦研究	山东师范大学	2021	硕士
28	尹菊	杨慎谪滇时期诗词创作研究	东北师范大学	2021	硕士
29	陈期凡	依约是湘灵——元明之际山水诗画中的"放逐"意象	中国美术学院	2022	博士
30	阿小雯	明代甘肃谪官研究	西北师范大学	2023	硕士
31	黄晓蝶	杨慎在川黔的诗文创作与文化影响研究	贵州财经大学	2023	硕士
32	平颖	明末清初梅关古道诗歌研究	赣南师范大学	2023	硕士
33	杨道会	邹元标与黔中王门研究	贵州大学	2023	硕士
台　湾					
1	江俊亮	杨慎及其词研究	东海大学	1997	硕士
2	林惠美	杨慎及其词学研究	高雄师范大学	2002	博士
3	许如苹	杨慎诗歌与诗学之研究	高雄师范大学	2007	博士

清代流贬研究情况表

专 著				
大 陆				
序号	作者	著作名	出版社	年份
1	谢国桢	清初流人开发东北史	开明书店	1948
2	张克，陈曼平	吴兆骞论稿	黑龙江朝鲜民族出版社	1986
3	谷苞，蔡锦松	林则徐在新疆	新疆人民出版社	1988
4	李兴盛	东北流人史	黑龙江人民出版社	1990
5	任伊临	谪戍新疆的林则徐	新疆人民出版社	1999
6	何宗美	明末清初文人结社研究	南开大学出版社	2003
7	周轩	清代新疆流放研究	新疆大学出版社	2004
8	齐清顺	清代新疆研究文集	新疆人民出版社	2008
9	星汉	清代西域诗研究	上海古籍出版社	2009
10	宋豪飞	明清桐城桂林方氏家族及其诗歌研究	黄山书社	2012
11	刘刚	清初流人陈之遴研究	中国社会科学出版社	2014
12	易国才	文史哲研究丛刊 清代新疆流贬文学研究	上海古籍出版社	2022
13	李兴盛，邓天红	黑龙江区域史抢救性保护研究 黑龙江流人问题研究	黑龙江人民出版社	2022
14	高松	清代东北流人视野中的满族社会生活	黑龙江大学出版社	2023
15	唐彦临	审美文化背景下的清代西域诗研究	上海古籍出版社	2023
16	张本照	清代刑罚研究	社会科学文献出版社	2024
台 湾				
1	杨燕韶	明季岭南高僧：函可和尚的研究	文史哲出版社	2013

期刊论文					
大　陆					
序号	作者	题名	刊名	年份	期数
1	百川	清末军流徒刑执行方法之变迁及吾人应有之认识	法学研究	1925	1
2	李兴盛	清初流人及其对黑龙江地区开发的贡献	学习与探索	1980	5
3	宋德金	吴兆骞和他的边塞诗	社会科学辑刊	1980	6
4	李兴盛	清初三次遣戍黑龙江地区的桐城方氏一家	求是学刊	1981	1
5	李兴盛	"万里冰霜绝塞行"——杨越、杨宾父子传略	学习与探索	1981	6
6	李兴盛，张杰	"荷戈绝域"的吴季子——吴兆骞	黑龙江文物丛刊	1982	2
7	周轩	谈林则徐途经甘肃的诗作	西北师大学报（社会科学版）	1982	2
8	董玉瑛	杨安城事略	史学集刊	1982	4
9	周轩	谈林则徐流放新疆期间的诗作	新疆社会科学	1983	2
10	佟永功，关嘉录	清朝发遣三姓等地赏奴述略	社会科学辑刊	1983	6
11	薛虹	函可和冰天诗社	史学集刊	1984	1
12	唐汝信	杨宾与"档案"	档案学通讯	1984	2
13	麻守中	方观承的《卜魁竹枝词》	文学遗产	1984	3
14	李兴盛	一代奇才千秋恨——纪念边塞诗人吴兆骞逝世三百周年	学习与探索	1984	4
15	麻守中	清初桐城方氏两次遣戍东北考	史学集刊	1984	4
16	李兴盛	张坦公及其《宁古塔山水记》《域外集》——两部湮没三百余年的黑龙江历史文献	求是学刊	1984	5

序号	作者	题名	刊名	年份	期数
17	张克，陈曼平	异军突起 边塞奇葩——试论吴兆骞的边塞诗创作	学习与探索	1985	1
18	梁志忠	清前期发遣吉林地区的流人	史学集刊	1985	4
19	李兴盛	清代东北被遣戍的起义农民	学习与探索	1985	5
20	周轩	林则徐与哈密王的斗争	福建论坛（文史哲版）	1986	4
21	周轩	林则徐与南疆勘地	新疆社会科学	1986	4
22	张玉兴	皇太极留养张春史事考论	历史档案	1986	4
23	周轩	苏东坡与林则徐	社会科学研究	1987	2
24	李兴盛	《南山集》文字狱案及桐城方氏向东北的遣戍	北方文物	1988	2
25	张宪	表现古代中朝友好的珍贵诗篇——读吴兆骞《送金译使之朝鲜》等三首律诗	延边大学学报（社会科学版）	1989	1
26	张铁纲	清代流放制度初探	历史档案	1989	3
27	叶志如	从罪奴遣犯在新疆的管束形式看清代的刑法制度	新疆大学学报（哲学社会科学版）	1989	4
28	刘国平	清代东北文学社团——冰天社考评	社会科学战线	1990	4
29	赵鸣岐	吴兆骞和他的边塞诗《秋笳集》	史学集刊	1990	4
30	叶志如	清代罪奴的发遣形式及其出路	故宫博物院院刊	1992	1
31	张铁纲	漫评清代的流放制度	晋阳学刊	1992	1
32	卞地诗	诗僧函可的愤懑情思	社会科学辑刊	1992	2
33	李兴盛	流人及其对东北开发的作用	学术交流	1992	3
34	张玉兴	张春及其《不二歌集》	清史研究	1992	4
35	谭彦翘	方登峄流戍卜魁时祖孙三世行年考实	北方文物	1993	1
36	周轩	清代新疆流放人物述略	西域研究	1993	1

序号	作者	题名	刊名	年份	期数
37	周轩	清代宗室觉罗流放人物述略	故宫博物院院刊	1994	1
38	张捷夫	谢济世及其注书案	中国史研究	1994	4
39	任嘉禾	清初东北流人参军考	黑龙江民族丛刊	1995	2
40	周轩	清代中后期河工流人略谈	史学月刊	1995	2
41	陈春霞，东青	清初宁古塔流人对渤海上京城遗址的调查与著录	北方文物	1995	4
42	谭彦翘	张光藻与《北戍草》	北方文物	1995	4
43	文舟	论林则徐流放诗的用典艺术	新疆大学学报（哲学社会科学版）	1996	3
44	马中文	张荫桓流放新疆前后事迹考述	新疆大学学报（哲学社会科学版）	1996	4
45	陆蔚青	论黑龙江戏剧史上第一部剧作——《龙沙剑传奇》	学术交流	1996	5
46	周轩	刘鹗在新疆的最后一封书信	故宫博物院院刊	1997	1
47	周轩	《大清律例》与清代新疆流人	新疆大学学报（哲学社会科学版）	1997	4
48	星汉	乾嘉时期伊犁流人诗作论	新疆大学学报（哲学社会科学版）	1999	1
49	周轩	温世霖与《昆仑旅行日记》	中国边疆史地研究	1999	1
50	周轩	张荫桓和他的《荷戈集》	西域研究	1999	4
51	刘国平	清代东北流人诗歌创作的精神特质——关于创作主体文化心理结构的解析	社会科学战线	1999	6
52	杨丽	黄濬流放新疆期间的诗作	新疆大学学报（哲学社会科学版）	2000	2
53	李兴盛	关于流寓文化研究与旅游资源开发的思考	学习与探索	2000	4
54	汪叔子	近代史上一大疑狱——刘鹗被捕流放案试析	明清小说研究	2000	4

序号	作者	题名	刊名	年份	期数
55	周轩	杨廷理流放新疆期间的思想和活动	西域研究	2001	4
56	周轩	纪晓岚流放前后与新疆之关系	新疆大学学报（哲学社会科学版）	2002	2
57	何宗美	《柳边纪略》的东北文化史价值——十七世纪中后期满族人的社会生活图景	社会科学战线	2002	3
58	黄松筠	论清代东北封禁与流人文化	中国边疆史地研究	2002	4
59	周轩	清末新疆的最后一批流人	西域研究	2002	4
60	彭放	从"移民文学"到作家本土化——写在《黑龙江文学通史》出版之前	学习与探索	2002	6
61	张永江	试论清代的流人社会	中国社会科学院研究生院学报	2002	6
62	周轩	林则徐《回疆竹枝词三十首》新解	西域研究	2003	2
63	周轩	清代新疆流人与民族关系	新疆大学学报（哲学社会科学版）	2003	4
64	黎晓玲	从顾贞观及其《金缕曲》二首看封建文人以文为生的三种生存状态	西南民族大学学报（人文社科版）	2003	9
65	柯愈春	《杨大瓢集》的湮没与价值	文献	2004	2
66	周轩	清代教案与新疆流人	西域研究	2004	3
67	星汉	杨廷理的西域诗	西域研究	2005	2
68	蒋勇	哀伤的"北大荒"——吴兆骞边塞诗新论	湘潭大学学报（哲学社会科学版）	2005	S2
69	朱玉麒	徐松遣戍伊犁时期的生活考述	西域研究	2006	1
70	李兴盛	黑龙江流域文明与流人文化	学习与探索	2006	2

序号	作者	题名	刊名	年份	期数
71	杨权	岭南明遗民僧函可"私携逆书"案述析	学术研究	2006	2
72	黄德烈	论宁古塔文化的构成及其价值	学术交流	2006	4
73	周轩	关于林则徐在新疆思想和实践的评价	新疆大学学报（哲学社会科学版）	2006	6
74	刁书仁	清前期东北流人编撰的几种方志及其史料价值	中国地方志	2007	8
75	周轩	清代新疆流人与西域史地学	新疆社会科学	2008	3
76	杨丽	林则徐西域诗的用典及其特色	西域研究	2008	4
77	廖晓晴	清代辽宁流人与流人文化述论	辽宁大学学报（哲学社会科学版）	2008	6
78	张福海	流人的戏剧：《龙沙剑传奇》研究	中华文史论丛	2009	3
79	张兵，张毓洲	《南山集》案与桐城方氏文化世族的衰落	西北师大学报（社会科学版）	2009	4
80	何宗美	"吴兆骞现象"及其经典意义——兼论清初东北流人文学的历史内涵	求是学刊	2009	5
81	张兵，张毓洲	清朝前期案狱与桐城方氏四代流人的心态与创作	甘肃社会科学	2010	3
82	杨丽	论史善长流放诗的西域文化特征	新疆大学学报（哲学·人文社会科学版）	2010	4
83	杨银权	试论清代遣犯和流人群体对新疆开发的贡献	青海民族大学学报（社会科学版）	2010	4
84	任树民，李秋	清代吉林流人著述考	古籍整理研究学刊	2010	5
85	朱玉麒	清代西域流人与早期敦煌研究——以徐松与《西域水道记》为中心	敦煌研究	2010	5

序号	作者	题名	刊名	年份	期数
86	李秋,任树民	铁保《白山书院跋》考辨	长白学刊	2011	2
87	马丽	清代东北流人方志版本简述	历史档案	2011	3
88	史国强,崔凤霞	徐步云生平及其西域诗作研究	西域研究	2011	3
89	郝素娟	清代东北流人生存状态探析	北方文物	2011	4
90	张建春	清代新疆流人诗作的边疆之情	新疆大学学报(哲学·人文社会科学版)	2011	4
91	杨珍	陈梦雷二次被流放及其相关问题	故宫博物院院刊	2011	6
92	王云红	论清代军流《道里表》	历史档案	2012	2
93	张建春	徐步云和他的伊犁诗作	西域研究	2012	3
94	张建春	徐步云与《新疆纪胜诗》	新疆大学学报(哲学·人文社会科学版)	2012	5
95	陈才训	吴兆骞赎归与清初政治文化生态考论	北京社会科学	2012	6
96	冉耀斌	丁酉科场案与清初秦陇文人心态	西北师大学报(社会科学版)	2012	6
97	赵忠山	清初卜奎流人方登峄诗歌的审美意蕴	学术交流	2012	11
98	刘坎龙	清代西域屯垦戍边诗的纪实性手法	西域研究	2013	1
99	初国卿	清代流人的辽河诗	辽宁大学学报(哲学社会科学版)	2013	2
100	马丽,李德山	清代东北流人方志文献资料特点分析	古籍整理研究学刊	2013	2
101	孙文杰	和瑛诗歌与新疆	西域研究	2013	2
102	李德新	清代东北流人问题研究评析	东北师大学报(哲学社会科学版)	2013	5

续表

序号	作者	题名	刊名	年份	期数
103	王启明	清代新疆流放新论	新疆大学学报（哲学·人文社会科学版）	2013	5
104	刘刚，李德山	孤本《焦冥集》的版本、内容及文献价值	古籍整理研究学刊	2013	6
105	熊艺钧	清代军流犯与小押	安徽史学	2014	1
106	周轩	谢济世考察龟兹石窟说辩误	西域研究	2014	1
107	史国强	《永平诗存》所辑《伊江杂咏》著者考辨	新疆大学学报（哲学·人文社会科学版）	2014	3
108	吴丽华，张守生	清代齐齐哈尔流人社会及其文化述略	黑龙江社会科学	2014	3
109	徐溪	清代新疆流放文人精神特质探析	西域研究	2014	4
110	陶娥，邹德文	论清代东北流人对东北方言特征形成的影响	社会科学战线	2014	6
111	廖一	苍凉落大荒 雄浑遒东北——北大荒流人文学及发展	社会科学战线	2014	8
112	吴华峰	袁洁及其《出戍诗话》研究	敦煌学辑刊	2015	1
113	李华欧	清朝遣戍制度与边疆经济发展析论	中州学刊	2015	2
114	刘磊，王珏	清初流人诗与东北地域文化的"疏"与"合"	社会科学辑刊	2015	3
115	朱玉麒	徐松遣戍新疆案过程新证	西域研究	2015	4
116	哈恩忠	道光朝林则徐新疆履勘荒地档案	历史档案	2016	1
117	廖一	北大荒流人生活的活化石——满族说部《萨大人传》中的流人及作品风格	社会科学战线	2016	1
118	李永泉	《乌鲁木齐赋》非纪昀作考辨	西域研究	2016	2

序号	作者	题名	刊名	年份	期数
119	司聪	简述清代贬谪入疆文士的诗文特色——以纪昀新疆行记为中心	西北民族大学学报（哲学社会科学版）	2016	2
120	方华玲	"赏"与"罚"：论干嘉道时期新疆废员在成得赏衔事	中国边疆史地研究	2016	3
121	都兴智	关于吴兆骞研究的几个问题	北方文物	2016	4
122	林海曦	流人文化的载体：东北文化流人诗歌探析	文艺争鸣	2016	5
123	许博	清代"新"边塞词及其文化内涵摭论	东南大学学报（哲学社会科学版）	2016	5
124	邱林山	遗民诗僧函可与清初诗坛	西北师大学报（社会科学版）	2016	6
125	孟繁勇	清代宗室觉罗发遣东北述略	社会科学战线	2016	8
126	史国强	《乌鲁木齐赋》创作及传播研究	新疆大学学报（哲学·人文社会科学版）	2017	1
127	蓝青	清初回族诗人丁澎谪戍关外时期的创作心态	民族文学研究	2017	6
128	周乔木	"意"的重构与误读：论沈德潜对东北流人诗的改写——以《国朝诗别裁集》方拱乾的作品为中心	广西社会科学	2017	12
129	马卫中，李秉星	情感的诠释：清初流人的地志书写与上京考掘	湖南社会科学	2018	1
130	李德新	顺康雍朝东北流人数量考	云南民族大学学报（哲学社会科学版）	2018	2
131	邱广军等	流人与清初宁古塔旗人社会变迁	黑龙江民族丛刊	2018	3
132	邓天红	清代黑龙江流人著述的地方文献价值	学习与探索	2018	5

序号	作者	题名	刊名	年份	期数
133	敖运梅	清代西域流人"志怪"文学的自我影写	明清小说研究	2019	1
134	李德新，孙国雁	清代东北流人逃亡探析	历史档案	2019	1
135	白京兰	清代新疆法制研究评述	西域研究	2019	4
136	董晓慧，陶娥	清代东北流人诗词类文献考述	延边大学学报（社会科学版）	2019	6
137	王中敏，李中耀	清代西域行记分类及研究	新疆大学学报（哲学·人文社会科学版）	2020	1
138	赵杏根，张莲	诗人蒋因培遣戍军台考	东吴学术	2020	1
139	尹子玉	清代烟瘴充军的发配困境与实践问题	河北法学	2020	12
140	陈才训，王一夫	论程煐《龙沙剑传奇》的文人化色彩	哈尔滨工业大学学报（社会科学版）	2021	1
141	朱春洁	寒侵·冷地·冰心：遗民流人的寒冷体验与北方抗拒	浙江学刊	2021	5
142	杨波	林则徐与十九世纪中期清人的喀什边地书写	文学研究	2022	1
143	周燕玲	抒写方式的新变与文学西域的重塑——江南文化对清代西域诗的渗透	文学研究	2022	1
144	郭文忠，祖浩展	乾隆朝发往新疆遣犯人数估算与研究	清史研究	2022	3
145	王娣	清代东北流人方志中的宁古塔地区满汉民族交往交流研究	黑龙江民族丛刊	2022	3
146	朱付利	事件与日常：邓廷桢、林则徐的社会交游与文学唱和	苏州大学学报（哲学社会科学版）	2022	3

序号	作者	题名	刊名	年份	期数
147	任荣	评点·创作·演出：清代新疆流人与《西厢记》	戏剧艺术	2022	5
148	张志军	清代金妻条例初探	原生态民族文化学刊	2022	5
149	田孟龙，李兴盛	金圣叹子孙流人行实考	学习与探索	2022	7
150	詹俊峰	吕留良后人再次发配与清代宁古塔流人管理	清史研究	2023	5
151	朱春洁	身裂·国破·物残：遗民流人的残缺书写与家国依恋	广西大学学报（哲学社会科学版）	2023	6
台　　湾					
1	严志雄	吴兆骞流放初期的创伤记忆与文学、宗教的追求	中国文哲研究集刊	2005	总 27 期
2	王学玲	是地即成土——清初流放东北文士之"绝域"纪游	汉学研究	2006	2
3	苏淑芬	毁烟后的情谊——邓廷桢、林则徐唱和诗词研究	东吴中文学报	2007	总 13 期
4	王学玲	从鼎革际遇重探清初遗戍东北文士的出处认同	淡江中文学报	2008	总 18 期
5	严志雄	流放、帝国与他者——方拱乾、方孝标父子诗中的高丽	中国文哲研究通讯	2010	2
6	王鹏凯	曾经西域万里行——纪昀的新疆书写	东海大学图书馆馆讯	2014	总 157 期
7	刘威志	流人、诗社与禅堂：作为文本的《冰天诗社》	清华学报	2020	1
8	黄惠铃	物色与诗情：论徐灿"秋"诗中的时序书写与伤逝情怀	中国文学研究	2022	总 53 期
9	蔡佩吟	遗民二代的认同与记忆：以杨宾远游宁古塔为考察中心	中国文学研究	2023	总 55 期

续表

		学 位 论 文			
		大 陆			
序号	作者	题 名	毕业学校	年份	学位
1	敖运梅	吴兆骞诗赋研究	西北师范大学	2003	硕士
2	刘炳涛	清代发遣制度研究	中国政法大学	2004	硕士
3	赵娜	好奇狂客 风云歌诗——洪亮吉诗歌研究	内蒙古大学	2006	硕士
4	付大军	洪亮吉论	吉林大学	2007	硕士
5	冯继强	《伊犁总统事略》研究	中央民族大学	2007	硕士
6	蒋勇	吴兆骞诗歌研究	湘潭大学	2007	硕士
7	李玲	《秋笳集》中的东北地名考释	山东大学	2007	硕士
8	邱林山	洪亮吉诗歌研究	西北师范大学	2007	硕士
9	王玮	郝浴《中山诗钞》校注	广西大学	2007	硕士
10	袁梅	林则徐诗文中的南疆维吾尔族社会生活	新疆大学	2007	硕士
11	代玲俐	丁酉科场案与吴兆骞心态变化及文学风格演变关系研究	南京师范大学	2008	硕士
12	薛欢雪	方式济《龙沙纪略》研究	东北师范大学	2008	硕士
13	易国才	纪昀《乌鲁木齐杂诗》研究	武汉大学	2008	硕士
14	余静	边塞风光与民俗风情:清代西域流放诗局部考察	武汉大学	2008	硕士
15	尹俊笪	从《西域水道记》的成书看徐松的学术转向	新疆大学	2008	硕士
16	张哲	明遗民文人魏耕、祁班孙研究	上海大学	2008	硕士
17	姜雪松	清初东北流人诗初探	黑龙江大学	2009	硕士
18	刘晓洪	洪亮吉诗歌的"狂"与"奇"	湘潭大学	2009	硕士
19	许霁	清代延令季氏家族文学研究	扬州大学	2009	硕士
20	于美娜	函可诗歌研究	山东大学	2009	硕士

续表

序号	作者	题　　名	毕业学校	年份	学位
21	易启明	吴兆骞心路历程与诗歌创作研究	湖南师范大学	2009	硕士
22	李纬	邓廷桢诗词研究	暨南大学	2010	硕士
23	阴迎新	张佩纶诗歌研究	暨南大学	2010	硕士
24	陈美华	方拱乾研究	苏州大学	2011	硕士
25	范雪菊	陈之遴与《浮云集》研究	辽宁大学	2011	硕士
26	高瑜琪	清代妇女实发律例研究——以《妇女实发律例汇说》为中心	重庆大学	2011	硕士
27	胡立猛	清初浙籍回族诗人丁澎及其诗歌创作研究	西北民族大学	2011	硕士
28	贾晓川	清代东北流放文人情感世界探析	辽宁大学	2011	硕士
29	李洪良	林则徐诗歌研究	兰州大学	2011	硕士
30	许博	清代边塞词研究	南京大学	2011	博士
31	杨娟	林则徐遣戍新疆的心路历程与诗文创作研究	陕西师范大学	2011	硕士
32	杨丽娜	清代东北流人诗社及流人诗作研究	苏州大学	2011	硕士
33	张朝阳	方拱乾及其诗歌研究	西南大学	2011	硕士
34	章顺利	明清之际桐城桂林方氏文学世家研究	青海师范大学	2011	硕士
35	程校花	方孝标研究	安徽师范大学	2012	硕士
36	丁超睿	清代科举家族桐城方氏研究	辽宁大学	2012	硕士
37	潘静如	张佩纶前半生事迹考论	苏州大学	2012	硕士
38	冉耀斌	清代三秦诗人群体研究	南京师范大学	2012	博士
39	田凯杰	安维峻年谱	西北师范大学	2012	硕士
40	王正金	李呈祥年谱	辽宁大学	2012	硕士

序号	作者	题　　名	毕业学校	年份	学位
41	胥丽娟	乾嘉时期新疆流人及文学研究	西南大学	2012	硕士
42	朱铭	清初流人吴兆骞心态与文学研究	苏州大学	2012	硕士
43	周玉琴	陈之遴诗词研究	辽宁大学	2012	硕士
44	方姝孟	清代东北地区流放文人群体研究	哈尔滨师范大学	2013	硕士
45	冯薇	陈之遴与《浮云集》研究	东北师范大学	2013	硕士
46	冯莹	清早期宁古塔流人对渤海上京遗址的调查和记录	东北师范大学	2013	硕士
47	马丽	清代东北流人方志文献研究	东北师范大学	2013	硕士
48	马男	《经遗堂全集》中西域诗研究	新疆师范大学	2013	硕士
49	李峰	张佩纶年谱	南昌大学	2013	硕士
50	刘应禄	祁韵士《西陲要略》研究	新疆大学	2013	硕士
51	秦嘉	函可《千山诗集》研究	东北师范大学	2013	硕士
52	崔娟	谢济世及其《西北域记》研究	内蒙古师范大学	2014	硕士
53	贾雪迪	冰冷之地与生命之光——清代冬北流人的文学交往与创作研究	南京大学	2014	硕士
54	康爽	清代东北流人家国情怀诗研究	延边大学	2014	硕士
55	李德新	清前期东北流人研究（1644—1795）	东北师范大学	2014	博士
56	刘刚	顺治朝东北贰臣流人和方外流人研究——以陈之遴和苗君稷为个案的考察	东北师范大学	2014	博士
57	武姗姗	舒其绍《听雪集》整理与研究	新疆师范大学	2014	硕士
58	张晶晶	李呈祥及《东村集》研究	河北师范大学	2014	硕士
59	刘莲	方孝标《钝斋诗选》研究	吉林大学	2015	硕士

序号	作者	题 名	毕业学校	年份	学位
60	李西	张缙彦诗歌研究	辽宁大学	2015	硕士
61	刘铮	清代流放区域大转换与边疆政策研究	辽宁师范大学	2015	硕士
62	王璐	宁古塔流人及其文献研究	东北师范大学	2015	硕士
63	张小杰	史善长西域著述研究	新疆师范大学	2015	硕士
64	祝新军	清乾隆朝发遣新疆官犯研究	新疆大学	2015	硕士
65	贵凤梅	乾嘉时期流人西域诗中的情感世界研究	湖南师范大学	2016	硕士
66	孔德顺	杨宾诗歌研究	浙江师范大学	2016	硕士
67	刘成宝	清代沈阳谪戍文学研究	大连外国语大学	2016	硕士
68	梁玉	清代黑龙江地区流人文化研究	齐齐哈尔大学	2016	硕士
69	徐洁	函可诗歌研究	辽宁师范大学	2016	硕士
70	张瑜	清初东北贬谪诗人研究——以吴兆骞为例	淮北师范大学	2016	硕士
71	孟志倩	戴梓《耕烟草堂诗钞》评注	辽宁师范大学	2017	硕士
72	倪笑笑	陈庭学西域诗整理与研究	新疆师范大学	2017	硕士
73	庞海东	徐松及其《新疆赋》研究	湖南大学	2017	硕士
74	宋一晓	清代宁古塔流人对当地满族文化的记述及影响	天津师范大学	2017	硕士
75	汤肖肖	夔州诗人傅作楫诗歌研究	重庆工商大学	2017	硕士
76	翁晖	黄濬、黄治西域著述整理与研究	新疆师范大学	2017	硕士
77	徐漫	从张荫桓之死看晚清政局	宁夏大学	2017	硕士
78	周顾	清代东北流人教育活动研究	哈尔滨师范大学	2017	硕士
79	张心怡	祁韵士西域流放诗文研究	山东大学	2017	硕士
80	黄文	铁保诗文研究	新疆大学	2018	博士
81	李秉星	清初江南士人的离散经验和风景书写	苏州大学	2018	博士

序号	作者	题　　名	毕业学校	年份	学位
82	李锦	清代刘风诰《集杜诗》研究	西南大学	2018	硕士
83	刘雨晴	吴桭臣《宁古塔纪略》研究	东北师范大学	2018	硕士
84	吴慧	清中晚期新疆文化流人民族观研究	石河子大学	2018	硕士
85	张兰兰	《拙政园诗集》校注及研究	广西民族大学	2018	硕士
	周乔木	方拱乾父子流贬文学研究	黑龙江大学	2018	博士
87	韩建业	清代流刑研究	黑龙江大学	2019	硕士
88	侯倩茹	纪昀《乌鲁木齐杂诗》中的新疆镜像书写	山西大学	2019	硕士
89	姜振强	清代"流囚家属"条探析	中南财经政法大学	2019	硕士
90	王笑朋	李銮宣《荷戈集》研究	新疆大学	2019	硕士
91	王潇仪	舒敏诗歌研究	新疆大学	2019	硕士
92	邹佳伶	清代东北流人书家研究	沈阳师范大学	2019	硕士
93	陈功民	清代军流《道里表》研究	云南大学	2020	硕士
94	李琦	方贞观诗歌研究	南京师范大学	2020	硕士
95	孙越	清代内地在配流犯及其管理研究	杭州师范大学	2020	硕士
96	王红	沈峻西域诗整理与研究	新疆师范大学	2020	硕士
97	朱春洁	清代流人文学研究	武汉大学	2020	博士
98	朱蓉蓉	清吴兆骞《秋笳集》研究	东北师范大学	2020	硕士
99	郭雁婷	祁韵士《西陲竹枝词》研究	青海师范大学	2021	硕士
100	姜子秀	郝浴年谱	辽宁大学	2021	硕士
101	林壁锐	洪亮吉词研究	四川大学	2021	硕士
102	林昱明	清代军台效力制度研究	福建师范大学	2021	硕士
103	佟文娟	乾隆朝新疆遣犯问题研究	吉林师范大学	2021	博士
104	万菊	洪亮吉词研究	山东师范大学	2021	硕士
105	谢娟燕	清代西域行记研究	集美大学	2021	硕士

序号	作者	题 名	毕业学校	年份	学位
106	杨静怡	文学地理学视域下的洪亮吉文研究	石河子大学	2021	硕士
107	毕明月	王大枢西域诗整理与研究	新疆师范大学	2022	硕士
108	程冲	清代桐城桂林方氏在东北的创作研究	安徽大学	2022	硕士
109	党正	文学地理学视域下的清代东北流放文人诗歌研究	华东交通大学	2022	硕士
110	顾慧雯	清代庄肇奎西域诗研究	苏州大学	2022	硕士
111	郭小雷	杨廷理及其西域诗研究	新疆师范大学	2022	硕士
112	汪训霞	《西征录》研究	淮北师范大学	2022	硕士
113	赵丹	洪亮吉伊犁纪行诗研究	内蒙古大学	2022	硕士
114	张亚华	庄肇奎及其西域诗研究	新疆师范大学	2022	硕士
115	赵悦含	清代张缙彦《宁古塔山水记》研究	哈尔滨师范大学	2022	硕士
116	迟晶元	纪昀与洪亮吉流放新疆诗歌创作比较研究	哈尔滨师范大学	2023	硕士
117	杜晓轩	吴兆骞骈文研究	辽宁大学	2023	硕士
118	刘云思华	杨廷理文学研究	广西师范大学	2023	博士
119	密士力	王大枢《西征录》地理书写与身份书写研究	石河子大学	2023	硕士
120	平颖	明末清初梅关古道诗歌研究	赣南师范大学	2023	硕士
121	王海钱	经世致用思想观照下徐松西域文研究	石河子大学	2023	硕士
122	王琦	李銮宣及其诗歌研究	山西师范大学	2023	硕士
123	王锐	《龙沙纪略》考述	牡丹江师范学院	2023	硕士
124	杨乐	清代新疆行旅日记研究	内蒙古民族大学	2023	硕士
125	朱马杰	陈梦雷及其诗歌研究	西北师范大学	2023	硕士
126	许睿	陈寅西域诗研究	喀什大学	2024	硕士

序号	作者	题　　名	毕业学校	年份	学位
台　　湾					
1	廖中庸	清朝官民发遣新疆之研究（1759—1911）	东海大学	1988	硕士
2	吴佳玲	清代乾嘉时期遣犯发配新疆之研究	政治大学	1992	硕士
3	温顺德	清代乾嘉时期关内汉人流移东北之研究	政治大学	1993	硕士
4	蔡语纯	从荒蠛讴吟到日丽风雅：遵义地域书写与郑珍之关系研究	台湾"中央大学"	2022	硕士

附录 2 流眄研究关键词互现网络图

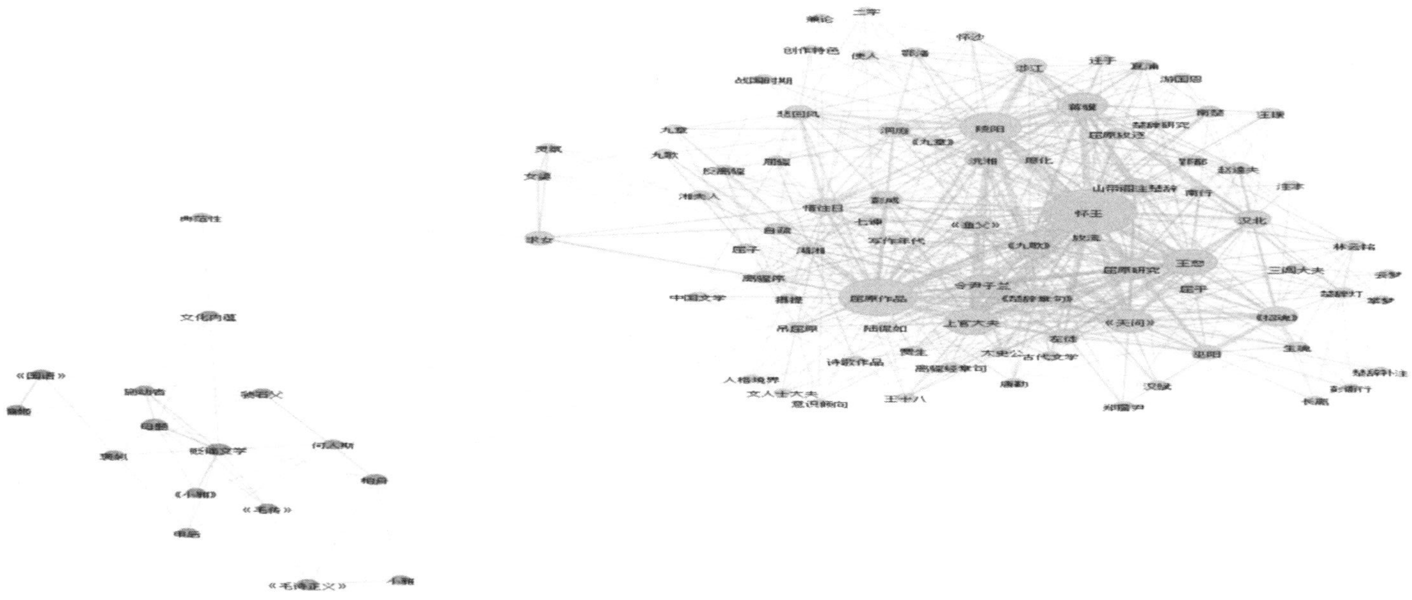

附图2-1 先秦流眄研究核心期刊论文关键词互现网络图（大陆）

454

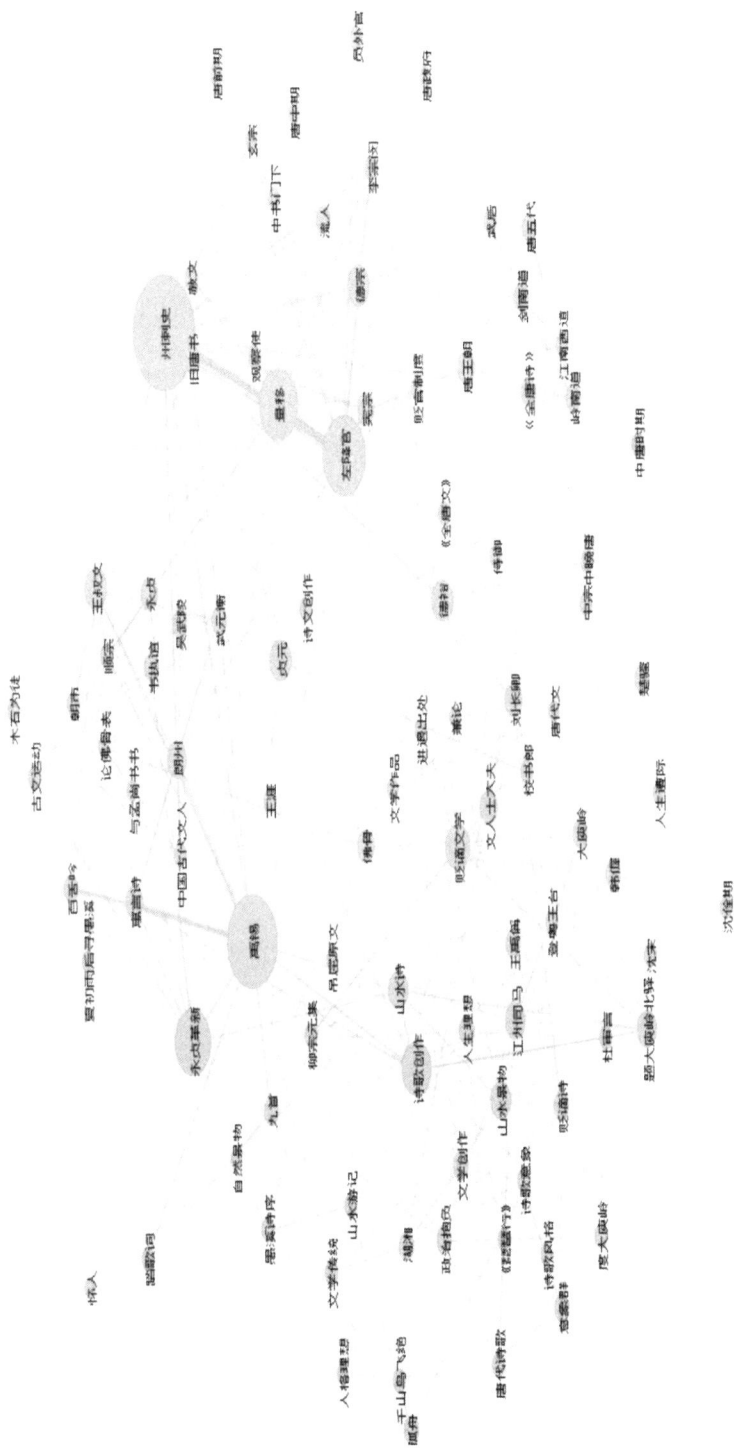

附图2-2　唐代流贬研究核心期刊论文关键词互现网络图（大陆）

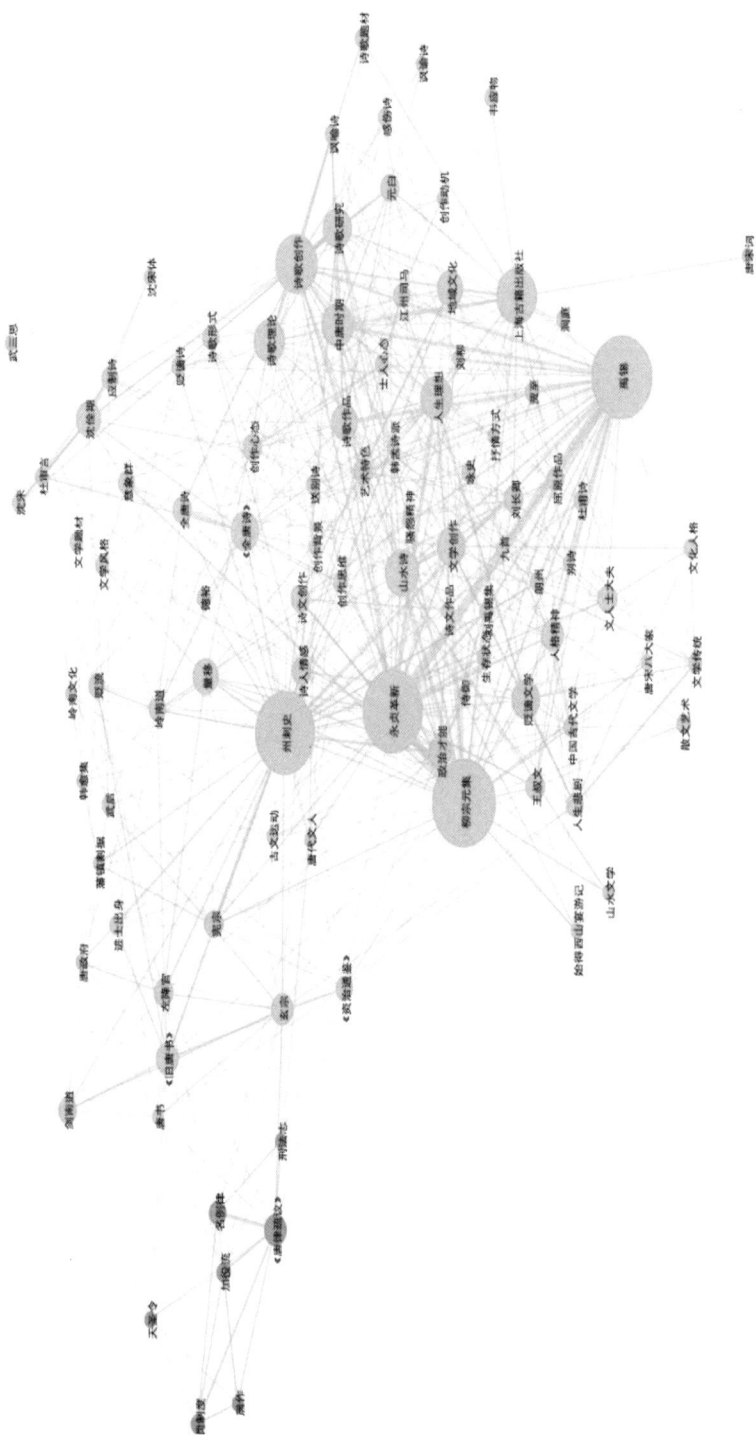

附图2-3　唐代流贬研究学位论文关键词互现网络图（大陆）

附图2-4　宋代流贬研究核心期刊论文关键词互现网络图（大陆）

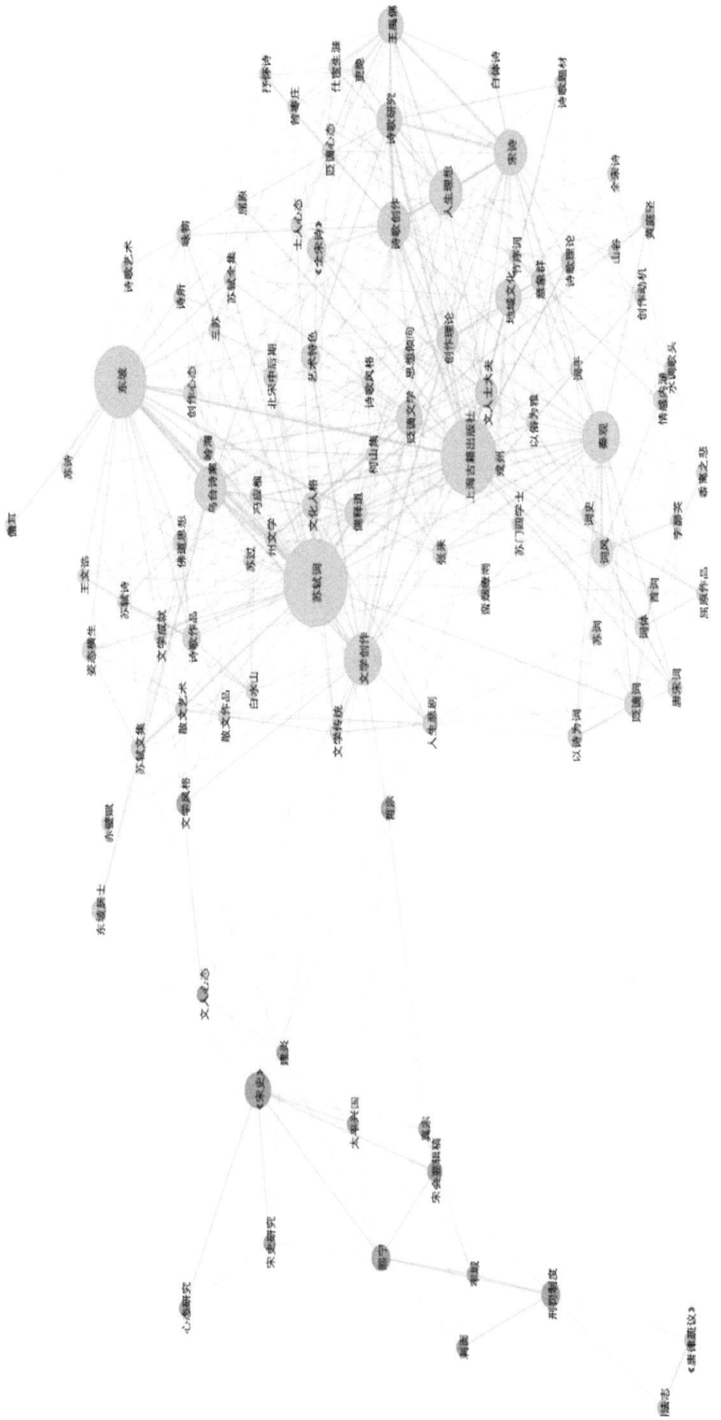

附图2-5　宋代流贬研究学位论文关键词互现网络图（大陆）

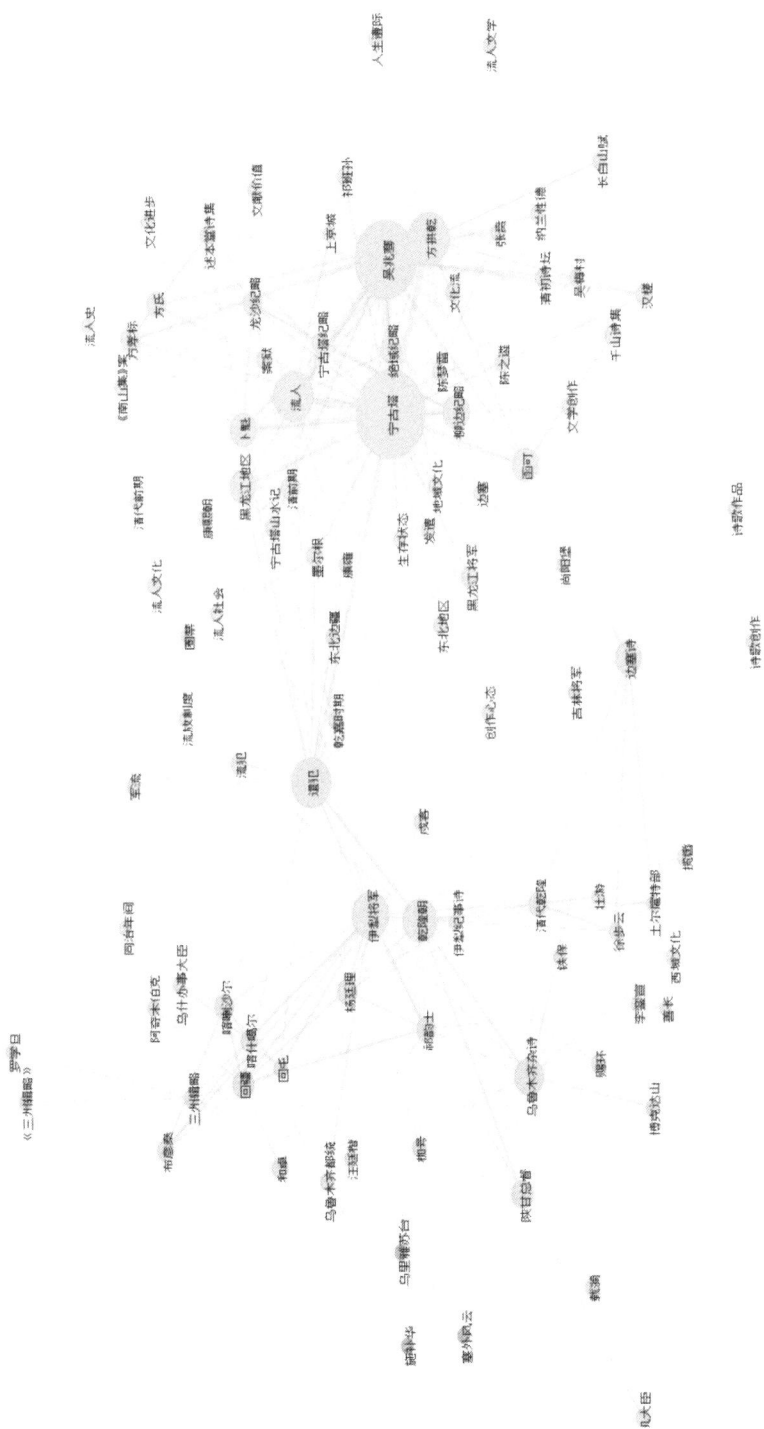

附图2-6　清代流贬研究核心期刊论文关键词互现网络图（大陆）

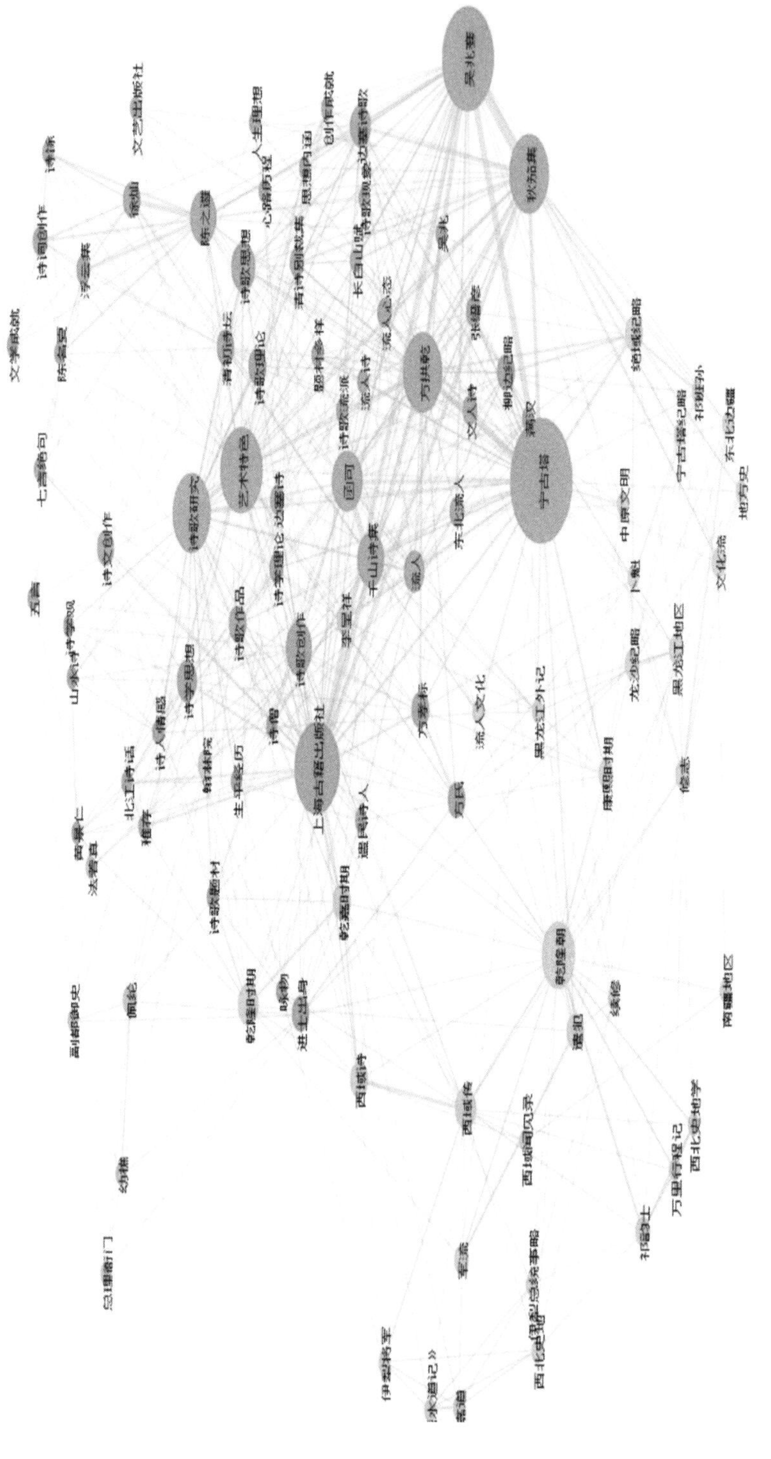

附图2-7　清代流贬研究学位论文关键词互现网络图（大陆）

附录 3 清代实名流人情况表

制表说明：

1. 数据来源

表格的数据和资料来自对《中国文学家大辞典 清代卷》《清人诗文集总目提要》《清人诗集叙录》《清代诗文集珍本丛刊》《清人文集别录》《四库全书总目提要》《续修四库全书总目提要》《四库未收书目提要》《清朝文献通考》《清朝续文献通考》《北京师范大学图书馆藏稀见清人别集丛刊》《清诗纪事初编》《清诗纪事》《清史稿》《清史列传》《东华录》《碑传集》《续碑传集》《碑传集补》《国朝耆献类征》《清实录》《三州辑略》《中国流人史》《东北流人史》《清代东北流人诗选注》《清宫流放人物》《清代新疆流放名人》等书的统计，同时结合中国基本古籍库、鼎秀古籍库、汉籍全文检索系统等电子检索系统，综合去取。

2. 项目说明

（1）姓名

本书只统计有实名留存的流放人员，对于只留有字号、别号或名字不详的，皆不计入。因统计以"次"为标准，因此某人在不同时间两次流放，则按两次计入，其姓名亦出现两次。若此人有别名或为女性，则在名字后用括号另行标出。

（2）籍贯

主要指流人的祖籍地，考虑到清廷各时期的版图和区划不同，为了尽可能将所有地方囊括进去，因此采用嘉庆二十五年的地图，与之相应，其行政区划也采用前中期的。结合当时清廷实际，在表格和地图上出现的区划如下：京师；18个行省：直隶、江苏、安徽、山西、山东、河南、陕西、甘肃、浙江、江西、湖北、湖南、四川、福建、广东、广西、云南、贵州；4个藩部：新疆、西藏、内蒙古、外蒙古（将后两者合并为"蒙古"）；3个将军辖区：盛京、吉林、黑龙江。

此外，还有相当部分流人属于旗籍，考虑到旗籍比较复杂，其地域分布较为模糊，因此只在表格中标示，地图上便不再显示。而若流人有两个籍贯，则以其改籍后的为主。

（3）开始时间

指此人开始被流放的时间，以其被判流放之时起算。为统一处理，表格中只精确到年份，对于只知在某个朝代被遣戍的流人，则用"康熙年间""乾隆年间"等来表示。

（4）是否官员

主要指其流放前，是否属于官员，此处无文武高低之分。

（5）原因

主要指流人被遣戍的原因。清代流放原因比较复杂，为方便统计，据清代刑律和流人获罪的具体内容，将其归为以下几类：

抗清：反抗清廷政权。

作乱：民间的宗教组织、农民起义。

失职：失察、不负责任、战前溃逃、包庇、徇私枉法、抗战不力。

失礼：不按礼法规范、擅自行事、胆大妄为。

贪赃：贪污公款、收受贿赂。

科场案：因科场舞弊的案件而获罪的。

文字狱：因统治者发动文祸而遭殃的。

结党：朝野官员间相互形成党派。

偷盗犯奸：通奸、偷窃、赌博、宿娼、监守自盗等。

遭陷：被人诬告、陷害。

战争：明末清初新旧朝的战争。

中西冲突：清中后期，因西方物品、文化、制度的涌入，中西方产生矛盾冲突，发生了抵抗鸦片、相互对战、焚烧教堂、变法维新等运动，与之相关联的流人皆计入其中。

直言：向帝王忠言直谏而遭遣戍。

其他：已知原因，但不归属于以上几类者。

不详：不知原因，或史料记载曰"以事遣戍"。

注意：以上几类原因，若流人不直接与事件相关，而是被牵连的，则在该原因后面用括号标明"牵连"。

（6）流放地

其区域划分和籍贯地相同，几个集中流放点如宁古塔、伊犁等，则在区划后面用括号再标出。至于"军台"，因其具体地点难以确定，故统一标注为"不详"。

（7）是否文人

即其文人身份的判定。若此人留有创作，则必为文人。另，此处采用较为宽泛的概念，如生长于诗书世家，家庭成员多有创作的，则可将其纳入文人范畴；或其乃进士出身，或担任文官的，亦可作为广义上的文人。

（8）有无创作

即该流人是否有所创作，包括留存至今或已散佚的。其内容包括零星诗文、学术著作、方志等，而有诗、词、文等别集留存的，则用括号另外标注。

（9）有无流放作品

即其作品中是否有与流放相关的创作，能确定有的，则填"有"，不能确定或现在未找到的，皆填"不详"。

清代实名流人信息表

序号	姓名	籍贯	开始时间	是否官吏	原因	流放地	是否文人	有无创作	有无流放作品
1	张春	陕西	天聪五年	是	抗清	盛京	是	有（别集）	有（别集）
2	张洪谟	不详	天聪五年	是	抗清	盛京	不详	不详	不详
3	杨华徵	不详	天聪五年	是	抗清	盛京	不详	不详	不详
4	薛大湖	不详	天聪五年	是	抗清	盛京	不详	不详	不详
5	刘士英	不详	天聪十年	是	偷盗犯奸	盛京（尚阳堡）	不详	不详	不详
6	李注	朝鲜	崇德二年	是	战争	盛京	不详	不详	不详
7	李溟	朝鲜	崇德二年	是	战争	盛京	不详	不详	不详
8	李潆	朝鲜	崇德二年	否	战争	不详	不详	不详	不详
9	苗君稷	京师	崇德三年	否	战争	盛京	是	有（别集）	有（别集）
10	颜昶	直隶	崇德四年	否	战争	盛京	不详	不详	不详
11	祝世昌	盛京	崇德八年	是	其他	不详	不详	不详	不详
12	李希与	直隶	崇德年间	否	战争	盛京	是	有	有
13	宋蕙湘（女）	江苏	顺治二年	否	战争	京师	是	有	有
14	赵雪华（女）	不详	顺治二年	否	战争	京师	是	有	有
15	叶齐（女）	江苏	顺治二年	否	战争	京师	是	有	有
16	吴芳华（女）	浙江	顺治三年	是	战争	京师	是	有	有
17	索尼	旗籍	顺治五年	否	遭谄	盛京	不详	不详	不详
18	释函可	广东	顺治五年	否	抗清	盛京	是	有（别集）	有（别集）

续表

序号	姓名	籍贯	开始时间	是否官吏	原因	流放地	是否文人	有无创作	有无流放作品
19	今猎	不详	顺治五年	否	抗清(牵连)	不详	不详	不详	不详
20	叶子眉(女)	江苏	顺治五年	否	战争	京师	是	有	有
21	戴国士	江西	顺治六年	是	失职	盛京(铁岭)	是	有	有
22	戴巡先	江西	顺治六年	否	失职(牵连)	盛京(铁岭)	是	不详	不详
23	戴盛先	江西	顺治六年	否	失职(牵连)	盛京(铁岭)	是	不详	不详
24	戴遵先	江西	顺治六年	否	失职(牵连)	盛京(铁岭)	是	不详	不详
25	戴文绪	江西	顺治六年	否	失职(牵连)	盛京(铁岭)	是	不详	不详
26	左懋泰	山东	顺治六年	是	遭陷	盛京(铁岭)	是	有(别集)	有(别集)
27	左懋绩	山东	顺治六年	否	遭陷(牵连)	盛京(铁岭)	是	不详	不详
28	左懋晋	山东	顺治六年	否	遭陷(牵连)	盛京(铁岭)	是	不详	不详
29	左懋甲	山东	顺治六年	否	遭陷(牵连)	盛京(铁岭)	是	有	有
30	左肇生	山东	顺治六年	否	遭陷(牵连)	盛京(铁岭)	是	不详	不详
31	左暐生	山东	顺治六年	否	遭陷(牵连)	盛京(铁岭)	是	有	有
32	左昕生	山东	顺治六年	否	遭陷(牵连)	盛京(铁岭)	是	有	有
33	左昭生	山东	顺治六年	否	遭陷(牵连)	盛京(铁岭)	是	不详	不详
34	左晓生	山东	顺治六年	否	遭陷(牵连)	盛京(铁岭)	是	不详	不详
35	左昀生	山东	顺治六年	否	遭陷(牵连)	盛京(铁岭)	是	不详	不详
36	左吉人	山东	顺治六年	否	遭陷(牵连)	盛京(铁岭)	是	不详	不详

续表

序号	姓名	籍贯	开始时间	是否官吏	原因	流放地	是否文人	有无创作	有无流放作品
37	左喆人	山东	顺治六年	否	遭陷（牵连）	盛京（铁岭）	是	不详	不详
38	左准人	山东	顺治六年	否	遭陷（牵连）	盛京（铁岭）	是	不详	不详
39	汤使聘	浙江	顺治八年	否	抗清	不详	不详	不详	不详
40	张发才	浙江	顺治八年	否	抗清	不详	不详	不详	不详
41	李呈祥	山东	顺治十年	是	其他	盛京（尚阳堡）	是	有（别集）	有（别集）
42	张国材	不详	顺治十年	是	偷盗犯奸	盛京	不详	不详	不详
43	任珍	不详	顺治十年	是	偷盗犯奸	盛京	不详	不详	不详
44	张学	不详	顺治十年	否	偷盗犯奸	盛京	不详	不详	不详
45	张贵	不详	顺治十年	是	偷盗犯奸（牵连）	盛京	不详	不详	不详
46	陈掖臣	江苏	顺治十一年	是	结党	盛京（铁岭）	是	有（别集）	有（别集）
47	郝浴	直隶	顺治十一年	否	遭陷	盛京（铁岭）	是	有（别集）	有（别集）
48	魏琯	山东	顺治十一年	是	直言	盛京	是	不详	不详
49	魏之京	山东	顺治十一年	否	其他	盛京	不详	不详	不详
50	陈嘉猷	福建	顺治十一年	是	其他	吉林（宁古塔）	是	有	有
51	陈光启	福建	顺治十一年	否	其他（牵连）	不详	是	不详	不详
52	许尔安	河南	顺治十二年	是	其他	吉林（宁古塔）	不详	不详	不详
53	彭长庚	不详	顺治十二年	是	其他	吉林（宁古塔）	不详	不详	不详
54	李裀	山东	顺治十二年	是	直言	盛京（尚阳堡）	是	有	有

续表

序号	姓名	籍贯	开始时间	是否官吏	原因	流放地	是否文人	有无创作	有无流放作品
55	季开生	江苏	顺治十二年	是	直言	盛京（尚阳堡）	是	有（别集）	有（别集）
56	释赤崖	不详	顺治十二年	否	其他	盛京	是	有（别集）	有（别集）
57	陈之遴	浙江	顺治十三年	是	结党	盛京	是	有（别集）	有（别集）
58	徐灿（女）	江苏	顺治十三年	否	其他	盛京	是	有（别集）	有（别集）
59	吴达	江苏	顺治十三年	是	其他（牵连）	盛京（铁岭）	是	有（别集）	有（别集）
60	刘嗣美	河南	顺治十四年	是	偷盗犯奸	盛京（尚阳堡）	是	有	有
61	郑芝龙	福建	顺治十四年	是	其他	吉林（宁古塔）	是	有	不详
62	郑芝豹	福建	顺治十四年	否	抗清	吉林（宁古塔）	不详	不详	不详
63	郑世忠	福建	顺治十四年	否	抗清	吉林（宁古塔）	不详	不详	不详
64	郑世恩	福建	顺治十四年	否	抗清	吉林（宁古塔）	不详	不详	不详
65	郑世荫	福建	顺治十四年	否	抗清	吉林（宁古塔）	不详	不详	不详
66	郑世默	福建	顺治十四年	否	抗清	吉林（宁古塔）	不详	不详	不详
67	钱陆灿	江苏	顺治十四年	是	抗清	不详	是	有（别集）	不详
68	齐岳	安徽	顺治十四年	否	失职（牵连）	盛京（尚阳堡）	是	有	有
69	陈维新	不详	顺治十五年	是	结党	盛京	不详	不详	不详
70	吴维华	京师	顺治十五年	是	结党	吉林（宁古塔）	不详	不详	不详
71	胡名远	不详	顺治十五年	否	结党	吉林（宁古塔）	不详	不详	不详
72	王回子	不详	顺治十五年	否	结党	吉林（宁古塔）	不详	不详	不详

续表

序号	姓名	籍贯	开始时间	是否官吏	原因	流放地	是否文人	有无创作	有无流放作品
73	王秉乾	不详	顺治十五年	是	结党	吉林(宁古塔)	不详	不详	不详
74	王之纲	不详	顺治十五年	是	结党	盛京(尚阳堡)	不详	不详	不详
75	陈之遴	浙江	顺治十五年	是	结党(牵连)	盛京(尚阳堡)	是	有(别集)	有(别集)
76	徐灿(女)	江苏	顺治十五年	否	结党(牵连)	盛京(尚阳堡)	是	有(别集)	有(别集)
77	陈之遲	浙江	顺治十五年	否	结党(牵连)	吉林(宁古塔)	是	有	不详
78	陈之逊	浙江	顺治十五年	否	结党(牵连)	吉林(宁古塔)	是	有	不详
79	陈之遵	浙江	顺治十五年	否	结党(牵连)	吉林(宁古塔)	是	有	有
80	陈坚永	浙江	顺治十五年	否	结党(牵连)	吉林(宁古塔)	是	不详	不详
81	陈谷永	浙江	顺治十五年	否	结党(牵连)	吉林(宁古塔)	是	有	不详
82	陈奋永	浙江	顺治十五年	否	结党(牵连)	吉林(宁古塔)	是	有(别集)	不详
83	陈观永	浙江	顺治十五年	否	结党(牵连)	吉林(宁古塔)	是	不详	不详
84	陈堪永	浙江	顺治十五年	否	结党(牵连)	吉林(宁古塔)	是	有	有
85	方章钺	安徽	顺治十五年	否	科场案	吉林(宁古塔)	是	不详	不详
86	诸豫	江苏	顺治十五年	是	科场案	盛京(尚阳堡)	是	有	有
87	李祧升	不详	顺治十五年	是	科场案	盛京(尚阳堡)	是	有(别集)	不详
88	孙旸	江苏	顺治十五年	否	科场案	盛京(尚阳堡)	是	有(别集)	有(别集)
89	王树德	江苏	顺治十五年	否	科场案	盛京(尚阳堡)	不详	不详	不详
90	张贲(张缥虎)	浙江	顺治十五年	否	科场案	盛京(尚阳堡)	是	有(别集)	有(别集)

续表

序号	姓名	籍贯	开始时间	是否官吏	原因	流放地	是否文人	有无创作	有无流放作品
91	张旻	浙江	顺治十五年	否	科场案	盛京（尚阳堡）	不详	不详	不详
92	潘隐如	江苏	顺治十五年	否	科场案	不详	不详	不详	不详
93	唐彦曦	浙江	顺治十五年	否	科场案	盛京（尚阳堡）	不详	不详	不详
94	唐彦晖	浙江	顺治十五年	否	科场案	不详	不详	不详	不详
95	沈始然	浙江	顺治十五年	否	科场案	盛京（尚阳堡）	不详	不详	不详
96	沈文然	浙江	顺治十五年	否	科场案	不详	不详	不详	不详
97	孙珀龄	山东	顺治十五年	是	科场案	盛京（尚阳堡）	是	不详	不详
98	孙兰茁	山东	顺治十五年	否	科场案	盛京（尚阳堡）	不详	不详	不详
99	张嘉	陕西	顺治十五年	是	科场案	盛京（尚阳堡）	不详	不详	不详
100	郁之章	浙江	顺治十五年	是	科场案	盛京（尚阳堡）	是	不详	不详
101	郁乔	浙江	顺治十五年	否	科场案	盛京（尚阳堡）	不详	不详	不详
102	李倩	不详	顺治十五年	否	科场案	盛京（尚阳堡）	不详	不详	不详
103	陈经在	不详	顺治十五年	否	科场案	盛京（尚阳堡）	不详	不详	不详
104	邱衡	不详	顺治十五年	否	科场案	盛京（尚阳堡）	不详	不详	不详
105	赵瑞南	不详	顺治十五年	否	科场案	盛京（尚阳堡）	不详	不详	不详
106	唐元迪	不详	顺治十五年	否	科场案	盛京（尚阳堡）	不详	不详	不详
107	潘时升	浙江	顺治十五年	否	科场案	盛京（尚阳堡）	是	有（别集）	不详
108	盛树鸿	不详	顺治十五年	否	科场案	盛京（尚阳堡）	不详	不详	不详

续表

序号	姓名	籍贯	开始时间	是否官吏	原因	流放地	是否文人	有无创作	有无流放作品
109	徐文龙	不详	顺治十五年	否	科场案	盛京（尚阳堡）	不详	不详	不详
110	查学诗	浙江	顺治十五年	否	科场案	盛京（尚阳堡）	不详	不详	不详
111	李苏霖	不详	顺治十五年	否	科场案	盛京（尚阳堡）	不详	不详	不详
112	余赞周	不详	顺治十五年	否	科场案	盛京（尚阳堡）	不详	不详	不详
113	诸震	不详	顺治十五年	否	科场案	盛京（尚阳堡）	不详	不详	不详
114	陆庆曾	江苏	顺治十五年	否	科场案（牵连）	盛京（尚阳堡）	是	有（别集）	有（别集）
115	张恂	陕西	顺治十五年	是	科场案（牵连）	盛京（尚阳堡）	是	有（别集）	有（别集）
116	姚其章	江苏	顺治十五年	否	科场案（牵连）	吉林（宁古塔）	是	有	有
117	张明荐	不详	顺治十五年	否	科场案（牵连）	吉林（宁古塔）	不详	不详	不详
118	伍成礼	不详	顺治十五年	否	科场案（牵连）	吉林（宁古塔）	不详	不详	不详
119	庄允堡	不详	顺治十五年	否	科场案（牵连）	吉林（宁古塔）	不详	不详	不详
120	吴兰友	江苏	顺治十五年	否	科场案（牵连）	吉林（宁古塔）	是	有（别集）	不详
121	钱威	江苏	顺治十五年	否	科场案（牵连）	盛京（尚阳堡）	是	有	有
122	吴兆骞	江苏	顺治十五年	否	科场案（牵连）	吉林（宁古塔）	是	有（别集）	有（别集）
123	张天植	浙江	顺治十五年	是	科场案（牵连）	盛京（铁岭）	是	有（别集）	有（别集）
124	朱又贞（女）	浙江	顺治十五年	否	科场案（牵连）	盛京（尚阳堡）	是	有（别集）	有（别集）
125	方拱乾	安徽	顺治十五年	是	科场案（牵连）	吉林（宁古塔）	是	有（别集）	有（别集）
126	方孝标（方玄成）	安徽	顺治十五年	是	科场案（牵连）	吉林（宁古塔）	是	有（别集）	有（别集）

续表

序号	姓名	籍贯	开始时间	是否官吏	原因	流放地	是否文人	有无创作	有无流放作品
127	方亨咸	安徽	顺治十五年	是	科场案(牵连)	吉林(宁古塔)	是	有(别集)	有(别集)
128	方育盛	安徽	顺治十五年	否	科场案(牵连)	吉林(宁古塔)	是	有(别集)	有(别集)
129	方膏茂	安徽	顺治十五年	否	科场案(牵连)	吉林(宁古塔)	是	有(别集)	有(别集)
130	程度渊	江苏	顺治十五年	否	科场案(牵连)	不详	不详	不详	不详
131	孙枬	直隶	顺治十五年	是	科场案(牵连)	盛京(铁岭)	是	有	有
132	黄鈜	湖南	顺治十五年	是	科场案(牵连)	盛京(尚阳堡)	是	有(别集)	不详
133	高鹏飞	直隶	顺治十五年	是	遭陷	不详	不详	不详	不详
134	丁澎	浙江	顺治十六年	是	科场案	盛京(尚阳堡)	是	有(别集)	有(别集)
135	吴周甲	不详	顺治十六年	是	贪赃	不详	是	有	不详
136	刘宗韩	直隶	顺治十六年	是	其他	吉林(宁古塔)	是	有	不详
137	董国祥	直隶	顺治十六年	是	其他	盛京(铁岭)	是	有	有
138	梁羽明	不详	顺治十六年	是	其他	盛京(尚阳堡)	不详	不详	不详
139	吕朝允	不详	顺治十七年	是	失礼	吉林(宁古塔)	不详	不详	不详
140	额勒穆	旗籍	顺治十七年	是	失礼	吉林(宁古塔)	不详	不详	不详
141	杨鹏举	不详	顺治十七年	是	失礼	盛京(尚阳堡)	不详	不详	不详
142	蒋国柱	旗籍	顺治十七年	是	失职	不详	是	有	不详
143	管效忠	旗籍	顺治十七年	是	失职	不详	不详	不详	不详
144	张缙彦	河南	顺治十七年	是	文字狱	吉林(宁古塔)	是	有(别集)	有(别集)

续表

序号	姓名	籍贯	开始时间	是否官吏	原因	流放地	是否文人	有无创作	有无流放作品
145	杨桂英	陕西	顺治十七年	是	贪赃	吉林（宁古塔）	不详	不详	不详
146	陈大捷	浙江	顺治十八年	否	遭陷	盛京（尚阳堡）	是	有（别集）	有（别集）
147	陈滋通	不详	顺治十八年	否	遭陷	盛京（尚阳堡）	不详	不详	不详
148	包炳南	不详	顺治十八年	否	遭陷	盛京（尚阳堡）	不详	不详	不详
149	章程	不详	顺治十八年	否	遭陷	盛京（尚阳堡）	不详	不详	不详
150	于天世	不详	顺治十八年	否	遭陷	盛京（尚阳堡）	不详	不详	不详
151	应鸿渐	不详	顺治十八年	否	遭陷	盛京（尚阳堡）	不详	不详	不详
152	李时璐	不详	顺治十八年	否	遭陷	盛京（尚阳堡）	不详	不详	不详
153	郑兆甲	不详	顺治十八年	否	遭陷	盛京（尚阳堡）	不详	不详	不详
154	范甸	不详	顺治十八年	否	遭陷	盛京（尚阳堡）	不详	不详	不详
155	黄中华	不详	顺治十八年	否	遭陷	盛京（尚阳堡）	不详	不详	不详
156	沈瑞五	不详	顺治十八年	否	遭陷	盛京（尚阳堡）	不详	不详	不详
157	钟起	不详	顺治十八年	否	遭陷	盛京（尚阳堡）	不详	不详	不详
158	张震白	不详	顺治十八年	否	遭陷	盛京（尚阳堡）	不详	不详	不详
159	许隆如	不详	顺治十八年	否	遭陷	盛京（尚阳堡）	不详	不详	不详
160	蔡础	浙江	顺治十八年	否	遭陷	盛京（尚阳堡）	是	有（别集）	有（别集）
161	张人纲	浙江	顺治十八年	否	遭陷	盛京（尚阳堡）	是	有（别集）	有（别集）
162	何志清	浙江	顺治十八年	否	遭陷	盛京（尚阳堡）	是	有（别集）	有（别集）

续表

序号	姓名	籍贯	开始时间	是否官吏	原因	流放地	是否文人	有无创作	有无流放作品
163	洪钟	浙江	顺治十八年	否	遭陷	盛京（尚阳堡）	是	有（别集）	有（别集）
164	潘震雷	浙江	顺治十八年	否	遭陷	盛京（尚阳堡）	是	有（别集）	有（别集）
165	金释弓	江苏	顺治十八年	是	其他（牵连）	吉林（宁古塔）	是	有	有
166	王星华	不详	顺治十八年	是	其他（牵连）	吉林（宁古塔）	不详	不详	不详
167	王素音（女）	湖南	顺治年间	否	战争	京师	是	有	有
168	戴研生	江苏	顺治年间	否	抗清（牵连）	盛京	是	有	有
169	祁班孙	浙江	康熙元年	否	抗清	吉林（宁古塔）	是	有（别集）	有（别集）
170	杨越	浙江	康熙元年	否	抗清（牵连）	吉林（宁古塔）	是	有	有
171	李甲	浙江	康熙元年	否	抗清（牵连）	吉林（宁古塔）	不详	不详	不详
172	钱缵曾	浙江	康熙元年	否	抗清（牵连）	吉林（宁古塔）	不详	不详	不详
173	钱虞仲	浙江	康熙元年	否	抗清（牵连）	吉林（宁古塔）	是	不详	不详
174	钱方叔	浙江	康熙元年	否	抗清（牵连）	吉林（宁古塔）	是	不详	不详
175	钱丹季	浙江	康熙元年	否	抗清（牵连）	吉林（宁古塔）	是	不详	不详
176	魏乔	浙江	康熙元年	否	抗清（牵连）	盛京（尚阳堡）	不详	不详	不详
177	卫正元	不详	康熙元年	是	失职	盛京（尚阳堡）	不详	不详	不详
178	卢慎言	直隶	康熙元年	否	贪赃	盛京（尚阳堡）	不详	不详	不详
179	周长卿	江苏	康熙二年	否	抗清（牵连）	吉林（宁古塔）	不详	不详	不详
180	罗继谟	河南	康熙二年	是	文字狱	盛京（铁岭）	是	有（别集）	有（别集）

续表

序号	姓名	籍贯	开始时间	是否官吏	原因	流放地	是否文人	有无创作	有无流放作品
181	祁班孙	浙江	康熙三年	否	其他	吉林	是	有（别集）	有（别集）
182	色黑	旗籍	康熙三年	否	遭陷（牵连）	吉林（宁古塔）	不详	不详	不详
183	刘荣	不详	康熙三年	是	不详	吉林（宁古塔）	不详	不详	不详
184	孔孟文	不详	康熙三年	否	其他	吉林（宁古塔）	不详	不详	不详
185	忠祯	不详	康熙五年	否	作乱（牵连）	吉林（宁古塔）	不详	不详	不详
186	鲍武侯	不详	康熙五年	是	结党	吉林（宁古塔）	不详	不详	不详
187	阿布奈	旗籍	康熙八年	是	失礼	盛京	不详	不详	不详
188	傅弘烈	江西	康熙九年	是	其他	广西	是	有（别集）	不详
189	张贲	浙江	康熙九年	否	其他	吉林（宁古塔）	是	有（别集）	有（别集）
190	陈志纪	江苏	康熙十年	是	遭陷	吉林（宁古塔）	是	有（别集）	有（别集）
191	张贲	浙江	康熙十二年	否	战争	吉林	是	有（别集）	有（别集）
192	卢震	旗籍	康熙十三年	是	失职	吉林	是	有（别集）	有（别集）
193	郜本裕	不详	康熙十四年	否	文字狱	吉林（宁古塔）	是	不详	不详
194	刘炎	不详	康熙十六年	是	抗清	吉林（宁古塔）	不详	不详	不详
195	李鹤鸣	不详	康熙十八年	是	其他	盛京	否	不详	不详
196	张林伦	不详	康熙十八年	是	其他	盛京	不详	不详	不详
197	周烺	不详	康熙十九年	否	偷盗犯奸	盛京	不详	不详	不详
198	骆得增	不详	康熙十九年	否	偷盗犯奸	盛京	不详	不详	不详

续表

序号	姓名	籍贯	开始时间	是否官吏	原因	流放地	是否文人	有无创作	有无流放作品
199	李蕃	四川	康熙十九年	是	遭陷	不详	是	有（别集）	有（别集）
200	陈梦雷	福建	康熙二十一年	是	遭陷	盛京	是	有（别集）	有（别集）
201	田起蛟	不详	康熙二十一年	是	遭陷	盛京	不详	不详	不详
202	金镜	不详	康熙二十一年	是	遭陷	盛京	不详	不详	不详
203	李学诗	不详	康熙二十一年	是	遭陷	盛京	不详	不详	不详
204	陈朴	不详	康熙二十一年	是	结党	盛京	不详	不详	不详
205	李棠	不详	康熙二十一年	是	其他	吉林（宁古塔）	不详	不详	不详
206	缑成德	不详	康熙二十一年	是	抗清	吉林	不详	不详	不详
207	陈洪起	旗籍	康熙二十一年	是	失职	吉林	不详	不详	不详
208	觉罗巴布尔	旗籍	康熙二十二年	是	失职	吉林	不详	不详	不详
209	托岱	旗籍	康熙二十二年	是	失职	吉林（宁古塔）	不详	不详	不详
210	宜思孝	旗籍	康熙二十二年	是	失职	吉林（宁古塔）	不详	不详	不详
211	硕塔	旗籍	康熙二十二年	是	失职	吉林（宁古塔）	不详	不详	不详
212	索拜	旗籍	康熙二十二年	是	失职	吉林（宁古塔）	不详	不详	不详
213	杨一豹	不详	康熙二十二年	是	抗清	黑龙江	不详	不详	不详
214	聂有逵	不详	康熙二十二年	是	抗清	吉林（宁古塔）	不详	不详	不详
215	孙德	不详	康熙二十二年	否	抗清	吉林（宁古塔）	不详	不详	不详
216	夏伯甫	不详	康熙二十二年	否	抗清	吉林（宁古塔）	不详	不详	不详

续表

序号	姓名	籍贯	开始时间	是否官吏	原因	流放地	是否文人	有无创作	有无流放作品
217	安珠瑚	旗籍	康熙二十二年	是	失职	吉林	不详	不详	不详
218	柴煌	浙江	康熙二十二年	是	其他	盛京	是	不详	不详
219	来旺	不详	康熙二十三年	否	偷盗犯奸	吉林（宁古塔）	不详	不详	不详
220	孙之显	不详	康熙二十三年	否	偷盗犯奸	吉林（宁古塔）	不详	不详	不详
221	达子	不详	康熙二十三年	否	偷盗犯奸	吉林（宁古塔）	不详	不详	不详
222	五十儿	不详	康熙二十三年	否	偷盗犯奸	吉林（宁古塔）	不详	不详	不详
223	海图	不详	康熙二十三年	否	偷盗犯奸	吉林（宁古塔）	不详	不详	不详
224	吴雅图	旗籍	康熙二十三年	否	偷盗犯奸	吉林（宁古塔）	不详	不详	不详
225	塞纶泰	旗籍	康熙二十三年	是	偷盗犯奸	黑龙江	不详	不详	不详
226	玛哈达	旗籍	康熙二十三年	是	偷盗犯奸	黑龙江	不详	不详	不详
227	翁添	不详	康熙二十四年	否	其他	吉林	不详	不详	不详
228	张二	不详	康熙二十五年	是	偷盗犯奸	黑龙江	不详	不详	不详
229	蔡毓荣	旗籍	康熙二十六年	是	贪赃	黑龙江	是	有	不详
230	蔡琳	旗籍	康熙二十六年	否	贪赃（牵连）	黑龙江	不详	不详	不详
231	蔡照	旗籍	康熙二十六年	否	贪赃（牵连）	黑龙江	不详	不详	不详
232	何世澄	江苏	康熙二十六年	否	其他	黑龙江	是	有	有
233	禧佛（希福）	旗籍	康熙二十六年	是	失职	黑龙江	不详	不详	不详
234	敦多礼	旗籍	康熙二十六年	是	失职	黑龙江	不详	不详	不详

续表

序号	姓名	籍贯	开始时间	是否官吏	原因	流放地	是否文人	有无创作	有无流放作品
235	莫洛	旗籍	康熙二十六年	是	失礼	黑龙江	不详	不详	不详
236	马哈达	旗籍	康熙二十六年	是	失职	黑龙江	不详	不详	不详
237	崔二	不详	康熙二十七年	否	其他	黑龙江	不详	不详	不详
238	金鋐	浙江	康熙二十八年	是	失职	盛京	是	不详	不详
239	李之粹	盛京	康熙二十八年	是	结党	黑龙江	不详	不详	不详
240	李毓昌	不详	康熙二十八年	是	其他	黑龙江	不详	不详	不详
241	赵仑	山东	康熙二十八年	是	结党	盛京	是	有（别集）	有（别集）
242	高启元	山东	康熙二十八年	是	结党	盛京	是	有（别集）	有（别集）
243	鹿廷瑛	山东	康熙二十八年	是	结党	盛京	是	有	不详
244	马光	不详	康熙二十八年	是	结党	盛京	不详	不详	不详
245	方云龙	不详	康熙二十九年	否	作乱	黑龙江	不详	不详	不详
246	吴尔泰	不详	康熙二十九年	是	失礼	黑龙江	不详	不详	不详
247	杨瑄	江苏	康熙二十九年	是	文字狱	盛京	是	有（别集）	有（别集）
248	杨锡恒	江苏	康熙二十九年	否	其他	盛京	是	有（别集）	有（别集）
249	戴亨	浙江	康熙三十年	是	遭陷	盛京	是	有（别集）	有（别集）
250	戴璟	浙江	康熙三十年	否	遭陷（牵连）	盛京	是	有（别集）	有（别集）
251	张灿	朝鲜	康熙三十年	是	偷盗犯奸	不详	不详	不详	不详
252	刘淑因	安徽	康熙三十年	是	其他	盛京	是	不详	不详

续表

序号	姓名	籍贯	开始时间	是否官吏	原因	流放地	是否文人	有无创作	有无流放作品
253	吴震方	浙江	康熙三十年	是	其他	盛京	是	不详	不详
254	胡简敬	江苏	康熙三十年	是	偷盗犯奸	河南	是	有	不详
255	顾永年	浙江	康熙三十一年	是	其他	盛京	是	有（别集）	有（别集）
256	卫既齐	山西	康熙三十二年	是	失职	黑龙江	是	有（别集）	有（别集）
257	阿喇弥	旗籍	康熙三十三年	是	失职	黑龙江	不详	不详	不详
258	星安	旗籍	康熙三十三年	是	失职	盛京	不详	不详	不详
259	额尔赫图	旗籍	康熙三十三年	是	失职	盛京	不详	不详	不详
260	彭鹏	福建	康熙三十三年	是	失礼	不详	是	有（别集）	不详
261	思格色	旗籍	康熙三十五年	是	失职	不详	不详	不详	不详
262	常任	旗籍	康熙三十六年	是	不详	不详	不详	不详	不详
263	赵山	不详	康熙三十六年	是	失职	不详	不详	不详	不详
264	郭洪	旗籍	康熙三十六年	是	失职	黑龙江	不详	不详	不详
265	丹巴色尔济	旗籍	康熙三十六年	是	失职	盛京	不详	不详	不详
266	多奇	旗籍	康熙三十七年	是	失职	黑龙江	不详	不详	不详
267	安荣	旗籍	康熙三十七年	否	偷盗犯奸	盛京	不详	不详	不详
268	刘虎	不详	康熙三十七年	否	偷盗犯奸	盛京	不详	不详	不详
269	华虞臣	不详	康熙三十八年	否	偷盗犯奸	黑龙江	不详	不详	不详
270	李蟠	江苏	康熙三十八年	是	科场案	盛京	是	有（别集）	不详

续表

序号	姓名	籍贯	开始时间	是否官吏	原因	流放地	是否文人	有无创作	有无流放作品
271	陈相	广东	康熙三十九年	否	偷盗犯奸	黑龙江	不详	不详	不详
272	额赫礼	旗籍	康熙三十九年	是	失职	盛京	不详	不详	不详
273	顾仪	不详	康熙三十九年	是	失职	盛京	不详	不详	不详
274	于养志	盛京	康熙四十三年	是	贪赃	黑龙江	是	有（别集）	有（别集）
275	傅作楫	四川	康熙四十四年	是	直言	盛京	是	有（别集）	有（别集）
276	杨国兴	不详	康熙四十五年	是	贪赃	盛京	不详	不详	不详
277	杨起烈	不详	康熙四十五年	是	贪赃	盛京	不详	不详	不详
278	杨起谟	不详	康熙四十五年	是	贪赃	盛京	不详	不详	不详
279	讷尔朴	旗籍	康熙四十五年	是	其他	黑龙江（齐齐哈尔）	是	有（别集）	有（别集）
280	孔易先	不详	康熙四十六年	否	偷盗犯奸	吉林（宁古塔）	不详	不详	不详
281	许国桂	旗籍	康熙四十六年	是	贪赃	不详	不详	不详	不详
282	仇机	江苏	康熙四十六年	是	贪赃	不详	不详	不详	不详
283	李方远	山东	康熙四十七年	是	抗清	吉林（宁古塔）	是	有（别集）	不详
284	董克昌	不详	康熙四十七年	否	抗清（牵连）	吉林（宁古塔）	不详	不详	不详
285	王齐	不详	康熙四十七年	否	抗清（牵连）	黑龙江（齐齐哈尔）	不详	不详	不详
286	陈赓	不详	康熙四十七年	否	抗清（牵连）	吉林（宁古塔）	不详	不详	不详
287	王应瑞	不详	康熙四十七年	是	失职		不详	不详	不详
288	杜默臣	不详	康熙四十七年	是	结党	盛京	不详	不详	不详

续表

序号	姓名	籍贯	开始时间	是否官吏	原因	流放地	是否文人	有无创作	有无流放作品
289	阿进泰	旗籍	康熙四十七年	是	结党	盛京	不详	不详	不详
290	苏赫陈	不详	康熙四十七年	是	结党	盛京	不详	不详	不详
291	倪雅汉	不详	康熙四十七年	是	结党	盛京	不详	不详	不详
292	车库初	不详	康熙四十八年	是	失职	盛京	不详	不详	不详
293	喀尔处泽	旗籍	康熙四十九年	是	失礼	黑龙江	不详	不详	不详
294	郑尽心	福建	康熙五十年	否	不详	黑龙江	不详	不详	不详
295	陈六	山西	康熙五十年	否	其他	黑龙江	不详	不详	不详
296	刘岩	江苏	康熙五十年	是	文字狱（牵连）	黑龙江（齐齐哈尔）	是	有（别集）	有（别集）
297	星厓	安徽	康熙五十年	否	文字狱（牵连）	黑龙江（齐齐哈尔）	不详	不详	不详
298	方登峰	安徽	康熙五十二年	是	文字狱（牵连）	黑龙江（齐齐哈尔）	是	有（别集）	有（别集）
299	方武济	安徽	康熙五十二年	是	文字狱（牵连）	黑龙江（齐齐哈尔）	是	有（别集）	有（别集）
300	方贞观	安徽	康熙五十二年	否	文字狱（牵连）	黑龙江（齐齐哈尔）	是	有（别集）	有（别集）
301	方世举	安徽	康熙五十二年	否	文字狱（牵连）	黑龙江（齐齐哈尔）	是	有（别集）	有（别集）
302	方云旅	安徽	康熙五十二年	否	文字狱（牵连）	黑龙江（齐齐哈尔）	是	有（别集）	有（别集）
303	方世樵	安徽	康熙五十二年	否	文字狱（牵连）	黑龙江（齐齐哈尔）	是	不详	不详
304	方世庄	安徽	康熙五十二年	否	文字狱（牵连）	黑龙江（齐齐哈尔）	是	有	有
305	方世康	安徽	康熙五十二年	否	文字狱（牵连）	黑龙江（齐齐哈尔）	是	不详	不详
306	方世熙	安徽	康熙五十二年	否	文字狱（牵连）	黑龙江（齐齐哈尔）	是	不详	不详

续表

序号	姓名	籍贯	开始时间	是否官吏	原因	流放地	是否文人	有无创作	有无流放作品
307	方世樵	安徽	康熙五十二年	否	文字狱（牵连）	黑龙江（齐齐哈尔）	是	不详	不详
308	四哥	不详	康熙五十三年	否	失礼	不详	不详	不详	不详
309	萨哈连	旗籍	康熙五十三年	否	失礼	不详	不详	不详	不详
310	李芳	不详	康熙五十三年	否	失礼	不详	不详	不详	不详
311	杨四道	不详	康熙五十三年	否	失礼	不详	不详	不详	不详
312	干秦	旗籍	康熙五十三年	是	其他	黑龙江	不详	不详	不详
313	穆赛	旗籍	康熙五十四年	是	其他	不详	不详	不详	不详
314	刘荫枢	陕西	康熙五十五年	是	直言	蒙古	是	有（别集）	有（别集）
315	穆仁	旗籍	康熙五十六年	否	其他	黑龙江	不详	不详	不详
316	杨明	不详	康熙五十六年	否	不详	黑龙江	不详	不详	不详
317	尚可务	河南	康熙五十七年	否	其他	吉林	不详	不详	不详
318	亢珩	河南	康熙五十七年	否	其他	吉林	不详	不详	不详
319	李锡	不详	康熙五十七年	是	失职	甘肃	不详	不详	不详
320	李廷臣	旗籍	康熙五十七年	是	失职	甘肃	不详	不详	不详
321	白澄	不详	康熙五十七年	是	失职	甘肃	不详	不详	不详
322	张育徽	不详	康熙五十七年	是	失职	甘肃	不详	不详	不详
323	洪所知	河南	康熙五十七年	否	作乱	吉林	不详	不详	不详
324	席柱	旗籍	康熙五十九年	是	不详	新疆	不详	不详	不详

续表

序号	姓名	籍贯	开始时间	是否官吏	原因	流放地	是否文人	有无创作	有无流放作品
325	垂忠	旗籍	康熙五十九年	是	失职	京师	不详	不详	不详
326	张元皓	不详	康熙六十年	否	偷盗犯奸	蒙古	不详	不详	不详
327	王掞	江苏	康熙六十年	是	结党	不详	是	有（别集）	有（别集）
328	陶彝	直隶	康熙六十年	是	结党	不详	是	有	有
329	任坪	山东	康熙六十年	是	结党	蒙古	是	有	有
330	范长发	浙江	康熙六十年	是	结党	蒙古	是	有	有
331	邹图云	江西	康熙六十年	是	结党	不详	是	有（别集）	有（别集）
332	陈嘉猷	江苏	康熙六十年	是	结党	不详	是	有	有
333	王允晋	直隶	康熙六十年	是	结党	不详	是	有	有
334	李允符	浙江	康熙六十年	是	结党	不详	是	有	有
335	范允钠	浙江	康熙六十年	是	结党	不详	是	有	有
336	高玢	河南	康熙六十年	是	结党	蒙古	是	有（别集）	有（别集）
337	高怡	浙江	康熙六十年	是	结党	不详	是	有	有
338	赵成穮	江苏	康熙六十年	是	结党	不详	是	有	有
339	孙绍曾	浙江	康熙六十年	是	结党	蒙古	是	有	有
340	邵璿	江苏	康熙六十年	是	结党	不详	是	有	有
341	刘堂	江西	康熙六十年	是	结党	不详	是	有	有
342	柴谦	浙江	康熙六十年	是	结党	不详	是	有	有

续表

序号	姓名	籍贯	开始时间	是否官吏	原因	流放地	是否文人	有无创作	有无流放作品
343	吴镐	湖北	康熙六十年	是	结党	不详	是	有	有
344	程镳	浙江	康熙六十年	是	结党	不详	是	有	有
345	鄂海	旗籍	康熙六十年	是	不详	新疆	是	有	有
346	永太	旗籍	康熙六十年	是	不详	新疆	不详	不详	不详
347	李绂	江西	康熙六十年	是	失职	不详	是	有（别集）	不详
348	沈元沸	不详	康熙六十一年	是	作乱	盛京	是	有（别集）	不详
349	周昌	不详	康熙年间	是	不详	黑龙江	不详	不详	不详
350	王廷试	不详	康熙年间	是	不详	盛京（尚阳堡）	不详	不详	不详
351	邢为板	河南	康熙年间	否	不详	盛京（铁岭）	是	有	不详
352	许容逢	安徽	康熙年间	否	文字狱（牵连）	不详	是	有（别集）	不详
353	图尔泰	旗籍	康熙年间	是	其他	黑龙江	是	有	不详
354	郎廷槐	旗籍	康熙年间	是	不详	不详	是	有（别集）	不详
355	卢綋	湖北	康熙年间	是	其他	不详	是	有（别集）	不详
356	叶之馨	四川	康熙年间	是	抗清	吉林（宁古塔）	不详	不详	不详
357	张廷板	陕西	康熙年间	是	其他	不详	是	有（别集）	不详
358	舒兰	旗籍	康熙年间	是	结党	黑龙江	不详	不详	不详
359	吴士光	不详	康熙年间	否	作乱	盛京	不详	不详	不详
360	阿金	旗籍	康熙年间	是	结党	黑龙江	是	有（别集）	不详

续表

序号	姓名	籍贯	开始时间	是否官吏	原因	流放地	是否文人	有无创作	有无流放作品
361	杨瑄	江苏	雍正元年	是	不详	黑龙江	是	有（别集）	有（别集）
362	杨锡履	江苏	雍正元年	否	其他	黑龙江	是	有	有
363	胤禟	旗籍	雍正元年	是	结党	甘肃	不详	不详	不详
364	秦道然	江苏	雍正元年	是	结党	甘肃	是	有（别集）	不详
365	勒什亨	旗籍	雍正元年	是	结党	甘肃	不详	不详	不详
366	穆敬远	旗籍	雍正元年	否	结党	甘肃	不详	不详	不详
367	色亨图	旗籍	雍正元年	是	失礼	盛京	不详	不详	不详
368	经希	旗籍	雍正元年	是	失礼	盛京	不详	不详	不详
369	吴尔占	旗籍	雍正元年	是	失礼	盛京	不详	不详	不详
370	陈梦雷	福建	雍正元年	是	结党	黑龙江	是	有（别集）	有（别集）
371	徐骏发	江苏	雍正元年	是	不详	新疆	是	有（别集）	不详
372	王奕清	江苏	雍正元年	是	结党（牵连）	蒙古	是	不详	不详
373	王奕鸿	江苏	雍正二年	是	结党（牵连）	不详	是	不详	不详
374	苏努	旗籍	雍正二年	是	结党	山西	不详	不详	不详
375	苏尔金	旗籍	雍正二年	是	结党（牵连）	山西	不详	不详	不详
376	库尔陈	旗籍	雍正二年	是	结党（牵连）	山西	不详	不详	不详
377	乌尔陈	旗籍	雍正二年	是	结党（牵连）	山西	不详	不详	不详
378	七十	不详	雍正二年	是	结党	吉林	不详	不详	不详

续表

序号	姓名	籍贯	开始时间	是否官吏	原因	流放地	是否文人	有无创作	有无流放作品
379	阿尔松阿	旗籍	雍正二年	是	结党	盛京	不详	不详	不详
380	鄂伦岱	旗籍	雍正三年	是	结党	盛京	不详	不详	不详
381	马魏伯	不详	雍正三年	是	结党	新疆	不详	不详	不详
382	汪连枝	浙江	雍正三年	否	文字狱（牵连）	黑龙江	不详	不详	不详
383	隆科多	旗籍	雍正三年	是	结党	蒙古	不详	不详	不详
384	玉柱	旗籍	雍正三年	是	结党（牵连）	黑龙江	不详	不详	不详
385	邵言纶	不详	雍正四年	是	直言	不详	是	不详	不详
386	陆生楠	广西	雍正四年	是	失礼	新疆	是	有	不详
387	谢济世	广西	雍正四年	是	直言	新疆	是	有（别集）	有（别集）
388	钱名世	江苏	雍正四年	是	文字狱	江苏	是	有（别集）	有（别集）
389	吴孝登	旗籍	雍正四年	是	文字狱	吉林（宁古塔）	是	有	不详
390	钦拜	旗籍	雍正四年	是	失礼	不详	不详	不详	不详
391	丁士一	山东	雍正五年	是	文字狱（牵连）	福建	是	有（别集）	不详
392	戚麟祥	浙江	雍正五年	是	失礼	吉林（宁古塔）	是	有（别集）	有（别集）
393	李煦	旗籍	雍正五年	是	结党	吉林	不详	不详	不详
394	法海	旗籍	雍正五年	是	结党	蒙古	不详	不详	不详
395	邹汝鲁	湖北	雍正五年	是	文字狱	湖北	是	有	不详
396	查嗣㻫	浙江	雍正五年	是	文字狱（牵连）	陕西	是	有（别集）	有（别集）

续表

序号	姓名	籍贯	开始时间	是否官吏	原因	流放地	是否文人	有无创作	有无流放作品
397	查基	浙江	雍正五年	否	文字狱（牵连）	陕西	是	有（别集）	有（别集）
398	查学	浙江	雍正五年	否	文字狱（牵连）	陕西	是	有（别集）	有（别集）
399	查开	浙江	雍正五年	否	文字狱（牵连）	陕西	是	有（别集）	有（别集）
400	查克赞	浙江	雍正五年	否	文字狱（牵连）	陕西	是	不详	不详
401	查长椿	浙江	雍正五年	否	文字狱（牵连）	陕西	是	不详	不详
402	查大梁	浙江	雍正五年	否	文字狱（牵连）	陕西	是	不详	不详
403	查蕙纕（女）	浙江	雍正五年	否	文字狱（牵连）	不详	是	有（别集）	有
404	魏定国	江西	雍正五年	是	失职	黑龙江	是	不详	不详
405	胡虞继	湖南	雍正五年	是	文字狱（牵连）	陕西	是	有（别集）	有（别集）
406	图里琛	旗籍	雍正六年	是	失职	蒙古	是	有（别集）	有（别集）
407	谢振宗	浙江	雍正七年	否	其他	黑龙江	是	有	有
408	房明畴	不详	雍正七年	否	文字狱（牵连）	不详	是	不详	不详
409	金子尚	不详	雍正七年	否	文字狱（牵连）	不详	是	不详	不详
410	吕懿兼	浙江	雍正七年	否	文字狱（牵连）	吉林（宁古塔）	不详	不详	不详
411	吕敷先	浙江	雍正七年	否	文字狱（牵连）	吉林（宁古塔）	不详	不详	不详
412	吕衡先	浙江	雍正七年	否	文字狱（牵连）	吉林（宁古塔）	不详	不详	不详
413	吕念先	浙江	雍正七年	否	文字狱（牵连）	吉林（宁古塔）	不详	不详	不详
414	齐传绝	浙江	雍正七年	否	文字狱（牵连）	黑龙江（齐齐哈尔）	是	有	不详

续表

序号	姓名	籍贯	开始时间	是否官吏	原因	流放地	是否文人	有无创作	有无流放作品
415	齐武文	浙江	雍正七年	否	文字狱（牵连）	黑龙江	不详	不详	不详
416	杨保	不详	雍正七年	是	直言	蒙古	不详	不详	不详
417	陈学海	江西	雍正七年	是	其他	蒙古	是	有（别集）	不详
418	傅霜	旗籍	雍正八年	是	贪赃	黑龙江	不详	不详	不详
419	格默尔	旗籍	雍正九年	是	失职	不详	不详	不详	不详
420	李仁山	浙江	雍正七年	否	不详	黑龙江（齐齐哈尔）	不详	不详	不详
421	沈元沧	浙江	雍正十年	是	其他	蒙古	是	有（别集）	有（别集）
422	册卜登	旗籍	雍正十一年	是	不详	蒙古	不详	不详	不详
423	众佛保	旗籍	雍正十一年	是	不详	不详	不详	不详	不详
424	布兰泰	旗籍	雍正十一年	是	不详	不详	不详	不详	不详
425	卓鼐	旗籍	雍正十二年	是	不详	不详	不详	不详	不详
426	伊什泰	旗籍	雍正十二年	是	失职	不详	不详	不详	不详
427	戴瀚	江苏	雍正十三年	是	失职	不详	是	有（别集）	有
428	诺尔泽	旗籍	雍正十三年	是	失职	不详	不详	不详	不详
429	陈德正	直隶	雍正年间	是	其他	不详	是	有（别集）	有（别集）
430	刘元燮	湖南	雍正年间	是	不详	贵州	是	有（别集）	不详
431	帅念祖	江西	雍正年间	是	不详	不详	是	有（别集）	有（别集）
432	郎素	旗籍	雍正年间	是	其他	不详	不详	不详	不详

续表

序号	姓名	籍贯	开始时间	是否官吏	原因	流放地	是否文人	有无创作	有无流放作品
433	李盛唐	云南	雍正年间	是	失职	黑龙江（齐齐哈尔）	是	不详	不详
434	孙永升	不详	雍正年间	是	不详	不详	不详	不详	不详
435	常安	旗籍	乾隆元年	是	失礼	不详	是	有（别集）	不详
436	董芳	陕西	乾隆元年	是	不详	云南	是	不详	不详
437	周琰	不详	乾隆元年	是	失礼	不详	不详	不详	不详
438	傅鼐	旗籍	乾隆三年	是	失职	不详	不详	有	不详
439	卢见曾	山东	乾隆五年	是	遭陷	新疆	是	有（别集）	有（别集）
440	孙嘉淦	山西	乾隆八年	是	失职	京师	是	有	不详
441	许容	江苏	乾隆八年	是	失职	京师	是	不详	不详
442	张燦	陕西	乾隆八年	是	失职	京师	是	不详	不详
443	卢焯	旗籍	乾隆九年	是	贪赃	不详	是	有	不详
444	帅念祖	江西	乾隆九年	是	不详	不详	是	有（别集）	有（别集）
445	白钟山	旗籍	乾隆十一年	是	失职	江苏	不详	不详	不详
446	李含筠	四川	乾隆十一年	否	失职	黑龙江	不详	不详	不详
447	霍备	直隶	乾隆十二年	是	结党	不详	是	有（别集）	不详
448	王育英	江苏	乾隆十二年	否	作乱	不详	不详	不详	不详
449	唐德光	江苏	乾隆十三年	否	作乱	不详	不详	不详	不详
450	周学健	江西	乾隆十三年	是	失礼	直隶	是	有	不详

续表

序号	姓名	籍贯	开始时间	是否官吏	原因	流放地	是否文人	有无创作	有无流放作品
451	讷亲	旗籍	乾隆十三年	是	战争	不详	是	有	不详
452	齐召南	浙江	乾隆十四年	是	其他（牵连）	浙江	是	有（别集）	不详
453	佛祐	不详	乾隆十七年	是	文字狱（牵连）	吉林	不详	不详	不详
454	钟善	不详	乾隆十七年	否	文字狱（牵连）	吉林	不详	不详	不详
455	姜顺龙	浙江	乾隆十七年	是	失职	不详	是	有	不详
456	王素行	不详	乾隆十八年	否	文字狱	不详	不详	不详	不详
457	特通额	旗籍	乾隆十九年	是	其他（牵连）	黑龙江	不详	不详	不详
458	舒常	旗籍	乾隆十九年	是	其他（牵连）	黑龙江	不详	不详	不详
459	郎世臣	旗籍	乾隆十九年	是	文字狱	黑龙江（齐齐哈尔）	是	有（别集）	不详
460	舒宁	旗籍	乾隆十九年	是	其他（牵连）	甘肃	不详	不详	不详
461	舒安	旗籍	乾隆十九年	是	其他（牵连）	四川	不详	不详	不详
462	特英额	旗籍	乾隆十九年	是	其他（牵连）	甘肃	不详	不详	不详
463	特升额	旗籍	乾隆十九年	是	其他（牵连）	江苏	不详	不详	不详
464	特清额	旗籍	乾隆十九年	是	其他（牵连）	浙江	不详	不详	不详
465	特成额	旗籍	乾隆十九年	是	其他（牵连）	陕西	不详	不详	不详
466	特松额	旗籍	乾隆十九年	是	其他（牵连）	山东	不详	不详	不详
467	庆云	旗籍	乾隆二十年	是	失礼	盛京	不详	不详	不详
468	图素阿	旗籍	乾隆二十年	是	贪赃	吉林	不详	不详	不详

续表

序号	姓名	籍贯	开始时间	是否官吏	原因	流放地	是否文人	有无创作	有无流放作品
469	额腾腾额	旗籍	乾隆二十年	是	失职（牵连）	吉林	不详	不详	不详
470	尹庆云	不详	乾隆二十年	是	偷盗犯奸	盛京	不详	不详	不详
471	拉林	旗籍	乾隆二十年	是	失职（牵连）	不详	不详	不详	不详
472	周以焯	不详	乾隆二十年	是	失职	不详	不详	不详	不详
473	李棠	不详	乾隆二十年	是	偷盗犯奸	不详	不详	不详	不详
474	吴遇坤	不详	乾隆二十年	是	偷盗犯奸	不详	不详	不详	不详
475	王保澄	不详	乾隆二十年	是	偷盗犯奸	不详	不详	不详	不详
476	刘德明	山东	乾隆二十一年	否	文字狱（牵连）	黑龙江	不详	不详	不详
477	刘维明	山东	乾隆二十一年	否	文字狱（牵连）	黑龙江	不详	不详	不详
478	朱伯侯	不详	乾隆二十一年	否	文字狱（牵连）	不详	不详	不详	不详
479	李启圣	不详	乾隆二十一年	否	文字狱（牵连）	不详	不详	不详	不详
480	庄有恭	广东	乾隆二十一年	是	失职	不详	是	有（别集）	不详
481	叶炯	不详	乾隆二十二年	是	贪赃	不详	不详	不详	不详
482	王珂文	不详	乾隆二十二年	是	贪赃	不详	不详	不详	不详
483	傅煇文	四川	乾隆二十二年	是	失职	不详	是	不详	不详
484	图勒炳阿	旗籍	乾隆二十二年	是	失职	蒙古	不详	不详	不详
485	卢焯	旗籍	乾隆二十二年	是	贪赃	新疆	是	有	不详
486	达尔党阿	旗籍	乾隆二十二年	是	失职	直隶	不详	不详	不详

续表

序号	姓名	籍贯	开始时间	是否官吏	原因	流放地	是否文人	有无创作	有无流放作品
487	哈达哈	旗籍	乾隆二十二年	是	失职	直隶	不详	不详	不详
488	郭一裕	湖北	乾隆二十二年	是	偷盗犯奸	不详	不详	不详	不详
489	明德	旗籍	乾隆二十二年	是	贪赃	甘肃	不详	不详	不详
490	蒋炳	不详	乾隆二十二年	是	失职	不详	是	不详	不详
491	爱舒	旗籍	乾隆二十二年	是	失职	不详	是	有	不详
492	钮嗣昌	旗籍	乾隆二十三年	是	贪赃	不详	不详	不详	不详
493	罗保	旗籍	乾隆二十三年	否	科场案	吉林	不详	不详	不详
494	和安	不详	乾隆二十三年	否	科场案	吉林	不详	不详	不详
495	讷拉善	旗籍	乾隆二十三年	否	科场案	吉林	不详	不详	不详
496	雅尔哈善	旗籍	乾隆二十三年	是	失职	黑龙江	不详	不详	不详
497	哈宁阿	旗籍	乾隆二十三年	是	失职	不详	不详	不详	不详
498	高宗璋	不详	乾隆二十四年	是	失职	新疆（乌鲁木齐）	是	有（别集）	有（别集）
499	孙起栋	湖南	乾隆二十四年	否	科场案	陕西	是	不详	不详
500	沈昌明	浙江	乾隆二十四年	否	文字狱（牵连）	黑龙江	不详	不详	不详
501	傅靖	不详	乾隆二十五年	是	失职	新疆	不详	不详	不详
502	苏崇阿	旗籍	乾隆二十五年	是	贪赃	新疆（伊犁）	不详	不详	不详
503	萨喇善	旗籍	乾隆二十五年	是	失职	新疆（伊犁）	不详	不详	不详
504	纳山	旗籍	乾隆二十五年	是	不详	新疆（乌鲁木齐）	不详	不详	不详

续表

序号	姓名	籍贯	开始时间	是否官吏	原因	流放地	是否文人	有无创作	有无流放作品
505	观成	旗籍	乾隆二十六年	是	不详	新疆（乌鲁木齐）	不详	不详	不详
506	吴士功	河南	乾隆二十六年	是	失职	新疆	是	有（别集）	不详
507	林志功	浙江	乾隆二十六年	否	文字狱	黑龙江	是	不详	不详
508	周琬（原名魏周琬）	江苏	乾隆二十六年	是	失职	新疆	是	有（别集）	不详
509	余腾蛟	江西	乾隆二十六年	是	文字狱	不详	是	有	不详
510	余豹明	江西	乾隆二十六年	否	文字狱（牵连）	不详	不详	不详	不详
511	观战	旗籍	乾隆二十六年	是	不详	新疆（乌鲁木齐）	不详	不详	不详
512	瑚图灵阿	旗籍	乾隆二十六年	是	不详	新疆	是	不详	不详
513	阿思哈	旗籍	乾隆二十六年	是	贪赃	新疆	不详	不详	不详
514	开泰	旗籍	乾隆二十八年	是	失职	新疆（伊犁）	是	不详	不详
515	萨音绰克图	旗籍	乾隆二十八年	是	不详	新疆（乌鲁木齐）	不详	不详	不详
516	那亲阿	旗籍	乾隆二十八年	是	不详	新疆（乌鲁木齐）	不详	不详	不详
517	固世衡	旗籍	乾隆二十九年	是	其他	新疆	是	有	不详
518	邬德麟	旗籍	乾隆二十九年	是	不详	新疆（乌鲁木齐）	不详	不详	不详
519	德保	旗籍	乾隆二十九年	是	不详	新疆（乌鲁木齐）	不详	不详	不详
520	七达色	旗籍	乾隆二十九年	是	不详	新疆（乌鲁木齐）	不详	不详	不详
521	裴家乐	不详	乾隆二十九年	是	不详	新疆（乌鲁木齐）	不详	不详	不详

续表

序号	姓名	籍贯	开始时间	是否官吏	原因	流放地	是否文人	有无创作	有无流放作品
522	任景	不详	乾隆二十九年	是	不详	新疆（乌鲁木齐）	不详	不详	不详
523	刘洪	不详	乾隆二十九年	是	不详	新疆（乌鲁木齐）	不详	不详	不详
524	李文荣	广东	乾隆二十九年	是	不详	新疆（乌鲁木齐）	不详	不详	不详
525	松山	旗籍	乾隆二十九年	是	不详	新疆（乌鲁木齐）	不详	不详	不详
526	刘绍沆	不详	乾隆二十九年	是	不详	新疆（乌鲁木齐）	是	有	不详
527	阿永阿	旗籍	乾隆三十年	是	直言	新疆（伊犁）	不详	不详	不详
528	徐世佐	湖南	乾隆三十年	是	失职	新疆（伊犁）	是	有（别集）	有（别集）
529	胡作梅	福建	乾隆三十年	否	其他	不详	不详	不详	不详
530	张明炫	湖南	乾隆三十年	否	文字狱	新疆（伊犁）	是	不详	不详
531	李清	旗籍	乾隆三十年	是	不详	新疆（乌鲁木齐）	不详	不详	不详
532	额尔兑图	旗籍	乾隆三十年	是	不详	新疆（乌鲁木齐）	不详	不详	不详
533	吞多	旗籍	乾隆三十年	是	不详	新疆（乌鲁木齐）	不详	不详	不详
534	娄正高	湖南	乾隆三十年	是	不详	新疆（乌鲁木齐）	不详	不详	不详
535	陈题桥	福建	乾隆三十年	是	不详	新疆（乌鲁木齐）	不详	不详	不详
536	罗学旦	广东	乾隆三十年	是	不详	新疆（乌鲁木齐）	不详	不详	不详
537	罗崇德	湖北	乾隆三十年	是	不详	新疆（乌鲁木齐）	不详	不详	不详
538	朱奎扬	浙江	乾隆三十一年	是	失职	不详	是	有	不详
539	孔传炯	山东	乾隆三十一年	是	失职	不详	是	有	不详

续表

序号	姓名	籍贯	开始时间	是否官吏	原因	流放地	是否文人	有无创作	有无流放作品
540	文绶	旗籍	乾隆三十一年	是	失职	不详	是	有	不详
541	张廷显	福建	乾隆三十一年	是	不详	新疆（乌鲁木齐）	不详	不详	不详
542	赫达色	旗籍	乾隆三十一年	是	不详	新疆（乌鲁木齐）	是	有	不详
543	常安	旗籍	乾隆三十一年	是	不详	新疆（乌鲁木齐）	不详	不详	不详
544	邱天宠	陕西	乾隆三十一年	是	不详	新疆（乌鲁木齐）	不详	不详	不详
545	众神保	旗籍	乾隆三十一年	是	不详	新疆（乌鲁木齐）	不详	不详	不详
546	贺成恩	湖南	乾隆三十一年	是	不详	新疆（乌鲁木齐）	不详	不详	不详
547	程梦元	安徽	乾隆三十一年	是	不详	新疆（乌鲁木齐）	不详	不详	不详
548	刘墉	山东	乾隆三十一年	是	失职	不详	是	有（别集）	不详
549	李玉鸣	福建	乾隆三十一年	是	失礼	新疆（伊犁）	是	有	不详
550	金文淳	浙江	乾隆三十二年	是	失职	不详	是	有（别集）	不详
551	程如震	不详	乾隆三十二年	是	其他	新疆（乌鲁木齐）	不详	不详	不详
552	索诺木扎什	西藏	乾隆三十二年	是	其他	不详	不详	不详	不详
553	蔡必照	江苏	乾隆三十二年	否	文字狱（牵连）	黑龙江	不详	不详	不详
554	闻人俶	不详	乾隆三十二年	否	文字狱（牵连）	新疆（伊犁）	是	不详	不详
555	刘朝栋	不详	乾隆三十二年	否	文字狱（牵连）	新疆（伊犁）	是	不详	不详
556	吴承芳	不详	乾隆三十二年	否	文字狱（牵连）	新疆（伊犁）	是	不详	不详
557	凌日跻	不详	乾隆三十二年	否	文字狱（牵连）	不详	是	不详	不详

续表

序号	姓名	籍贯	开始时间	是否官吏	原因	流放地	是否文人	有无创作	有无流放作品
558	倪世琳	不详	乾隆三十二年	否	文字狱(牵连)	不详	是	不详	不详
559	黄锦棠	不详	乾隆三十二年	否	文字狱(牵连)	不详	是	不详	不详
560	李保成	不详	乾隆三十二年	否	文字狱(牵连)	不详	是	不详	不详
561	吴秋渔	不详	乾隆三十二年	否	文字狱(牵连)	不详	是	不详	不详
562	戴晴江	不详	乾隆三十二年	否	文字狱(牵连)	不详	是	不详	不详
563	王充之	不详	乾隆三十二年	否	文字狱(牵连)	不详	是	不详	不详
564	永保	旗籍	乾隆三十二年	是	不详	新疆(乌鲁木齐)	不详	不详	不详
565	孔继韶	旗籍	乾隆三十二年	是	不详	新疆(乌鲁木齐)	不详	不详	不详
566	陈尚礼	贵州	乾隆三十二年	是	不详	新疆(乌鲁木齐)	不详	不详	不详
567	奇山	旗籍	乾隆三十二年	是	不详	新疆(乌鲁木齐)	不详	不详	不详
568	宁古齐	旗籍	乾隆三十二年	是	不详	新疆(乌鲁木齐)	不详	不详	不详
569	苏起文	云南	乾隆三十二年	是	不详	新疆(乌鲁木齐)	不详	不详	不详
570	二格	旗籍	乾隆三十三年	是	不详	新疆(乌鲁木齐)	不详	不详	不详
571	德恒	旗籍	乾隆三十三年	是	不详	新疆(乌鲁木齐)	不详	不详	不详
572	和永	旗籍	乾隆三十三年	是	不详	新疆(乌鲁木齐)	不详	不详	不详
573	额尔金布	旗籍	乾隆三十三年	是	不详	新疆(乌鲁木齐)	不详	不详	不详
574	王道定	湖北	乾隆三十三年	否	文字狱	不详	是	有(别集)	不详
575	杨宁	不详	乾隆三十一年	是	失职	新疆(伊犁)	不详	不详	不详

续表

序号	姓名	籍贯	开始时间	是否官吏	原因	流放地	是否文人	有无创作	有无流放作品
576	卢谦	不详	乾隆三十三年	是	其他（牵连）	不详	不详	不详	不详
577	徐步云	江苏	乾隆三十三年	是	其他	新疆（伊犁）	是	有（别集）	有（别集）
578	丁墅	江苏	乾隆三十三年	否	其他	新疆	不详	不详	不详
579	范添溢	不详	乾隆三十三年	是	其他	新疆	不详	不详	不详
580	赵文哲	江苏	乾隆三十三年	是	其他	不详	是	有（别集）	不详
581	王昶	江苏	乾隆三十三年	是	其他	不详	是	有（别集）	不详
582	纪昀	直隶	乾隆三十三年	是	其他	新疆（乌鲁木齐）	是	有（别集）	有（别集）
583	方桂	湖南	乾隆三十三年	是	其他	新疆（伊犁）	不详	不详	不详
584	王龙	福建	乾隆三十四年	是	不详	新疆（乌鲁木齐）	不详	不详	不详
585	宋钰	不详	乾隆三十四年	否	偷盗犯奸	新疆（乌鲁木齐）	是	不详	不详
586	邱佐邦	广东	乾隆三十四年	是	不详	新疆（乌鲁木齐）	不详	不详	不详
587	塞尚阿	旗籍	乾隆三十四年	是	不详	新疆（乌鲁木齐）	不详	不详	不详
588	金良	旗籍	乾隆三十四年	是	不详	新疆（乌鲁木齐）	不详	不详	不详
589	刘治贤	旗籍	乾隆三十四年	是	不详	新疆（乌鲁木齐）	不详	不详	不详
590	孙孝愉	山西	乾隆三十四年	是	其他	不详	是	有（别集）	不详
591	邵大业	直隶	乾隆三十四年	是	其他	不详	是	有（别集）	不详
592	富多	陕西	乾隆三十四年	否	其他（牵连）	新疆（伊犁）	不详	不详	不详
593	富永	陕西	乾隆三十四年	否	其他（牵连）	新疆（伊犁）	不详	不详	不详

续表

序号	姓名	籍贯	开始时间	是否官吏	原因	流放地	是否文人	有无创作	有无流放作品
594	贺麻路乎	青海	乾隆三十四年	否	作乱	新疆（乌鲁木齐）	不详	不详	不详
595	韩伍	不详	乾隆三十四年	否	作乱	不详	不详	不详	不详
596	陈亚六	广东	乾隆三十五年	否	作乱	新疆（乌鲁木齐）	不详	不详	不详
597	阿思哈	旗籍	乾隆三十五年	是	贪赃	新疆（伊犁）	不详	不详	不详
598	呼延华国	陕西	乾隆三十五年	是	不详	新疆（乌鲁木齐）	是	有	不详
599	王国昌	广东	乾隆三十五年	是	不详	新疆（乌鲁木齐）	不详	不详	不详
600	郏遇时	四川	乾隆三十五年	是	不详	新疆（乌鲁木齐）	不详	不详	不详
601	梁秉旸	陕西	乾隆三十五年	是	不详	新疆（乌鲁木齐）	不详	不详	不详
602	杨逢元	不详	乾隆三十五年	是	不详	新疆（乌鲁木齐）	不详	不详	不详
603	陈大昌	广东	乾隆三十六年	是	不详	新疆（乌鲁木齐）	不详	不详	不详
604	李翔	不详	乾隆三十六年	是	不详	新疆（乌鲁木齐）	不详	不详	不详
605	童士奇	贵州	乾隆三十六年	是	不详	新疆（乌鲁木齐）	不详	不详	不详
606	马守全	江苏	乾隆三十六年	是	不详	新疆（乌鲁木齐）	不详	不详	不详
607	朱廷瑞	浙江	乾隆三十六年	是	不详	新疆（乌鲁木齐）	不详	不详	不详
608	明山	旗籍	乾隆三十七年	是	贪赃	新疆（乌鲁木齐）	不详	不详	不详
609	吴青华	不详	乾隆三十七年	否	偷盗犯奸	新疆（乌鲁木齐）	不详	不详	不详
610	倪万邦	不详	乾隆三十七年	是	不详	新疆（乌鲁木齐）	不详	不详	不详
611	童密密	不详	乾隆三十七年	是	不详	新疆（乌鲁木齐）	不详	不详	不详

续表

序号	姓名	籍贯	开始时间	是否官吏	原因	流放地	是否文人	有无创作	有无流放作品
612	董成宣	直隶	乾隆三十七年	是	不详	新疆（乌鲁木齐）	不详	不详	不详
613	胡光	直隶	乾隆三十七年	是	不详	新疆（乌鲁木齐）	不详	不详	不详
614	文绶	旗籍	乾隆三十七年	是	失职	新疆（伊犁）	是	有	不详
615	五岱	旗籍	乾隆三十七年	是	遭陷	新疆（伊犁）	不详	不详	不详
616	桂林	旗籍	乾隆三十七年	是	失职	新疆（伊犁）	是	有	不详
617	王禄	旗籍	乾隆三十八年	否	偷盗犯奸	黑龙江	不详	不详	不详
618	苏勒滚布	旗籍	乾隆三十八年	否	偷盗犯奸	黑龙江	不详	不详	不详
619	石成	旗籍	乾隆三十八年	否	偷盗犯奸	黑龙江	不详	不详	不详
620	杨茂春	不详	乾隆三十八年	是	不详	新疆（乌鲁木齐）	不详	不详	不详
621	扈应麟	不详	乾隆三十八年	是	失职	新疆（乌鲁木齐）	是	不详	不详
622	刘绍濂	湖南	乾隆三十九年	是	不详	新疆（乌鲁木齐）	不详	不详	不详
623	游宗义	四川	乾隆三十九年	是	不详	新疆（乌鲁木齐）	不详	不详	不详
624	范宜宾	旗籍	乾隆三十九年	是	直言	新疆	是	有	不详
625	克升额	旗籍	乾隆三十九年	是	失礼	新疆（伊犁）	不详	不详	不详
626	王瑞	直隶	乾隆三十九年	否	文字狱（牵连）	新疆（乌鲁木齐）	不详	不详	不详
627	福禄	旗籍	乾隆四十年	是	失职	新疆（伊犁）	不详	不详	不详
628	阿里尔军	旗籍	乾隆四十年	是	失职	新疆（乌鲁木齐）	不详	不详	不详
629	刘松	河南	乾隆四十年	否	作乱	甘肃	不详	不详	不详

续表

序号	姓名	籍贯	开始时间	是否官吏	原因	流放地	是否文人	有无创作	有无流放作品
630	吕敷先	浙江	乾隆四十年	否	偷盗犯奸	黑龙江（齐齐哈尔）	不详	不详	不详
631	吕懿兼	浙江	乾隆四十年	否	偷盗犯奸	黑龙江（齐齐哈尔）	不详	不详	不详
632	吕衡先	浙江	乾隆四十年	否	偷盗犯奸	黑龙江（齐齐哈尔）	不详	不详	不详
633	吕忞先	浙江	乾隆四十年	否	偷盗犯奸	黑龙江（齐齐哈尔）	不详	不详	不详
634	六十七	旗籍	乾隆四十年	是	偷盗犯奸	新疆（乌鲁木齐）	不详	不详	不详
635	图拉	旗籍	乾隆四十年	是	偷盗犯奸	新疆（乌鲁木齐）	不详	不详	不详
636	强清	旗籍	乾隆四十年	是	偷盗犯奸	新疆（乌鲁木齐）	不详	不详	不详
637	福禄	旗籍	乾隆四十年	是	偷盗犯奸	新疆（乌鲁木齐）	不详	不详	不详
638	明福	旗籍	乾隆四十年	是	偷盗犯奸	新疆（乌鲁木齐）	不详	不详	不详
639	武元宰	山西	乾隆四十年	是	其他（牵连）	新疆（乌鲁木齐）	不详	不详	不详
640	张必捷	不详	乾隆四十年	是	不详	新疆（乌鲁木齐）	不详	不详	不详
641	武维洽	山西	乾隆四十年	是	不详	新疆（乌鲁木齐）	不详	不详	不详
642	福官保	旗籍	乾隆四十年	是	不详	新疆（乌鲁木齐）	不详	不详	不详
643	珠拉克	旗籍	乾隆四十年	是	不详	新疆（乌鲁木齐）	不详	不详	不详
644	六十八	旗籍	乾隆四十年	是	不详	新疆（乌鲁木齐）	不详	不详	不详
645	乔大椿	江苏	乾隆四十年	是	不详	新疆（乌鲁木齐）	不详	不详	不详
646	刘守章	云南	乾隆四十年	是	不详	新疆（乌鲁木齐）	不详	不详	不详
647	徐爵	云南	乾隆四十一年	是	偷盗犯奸	新疆（乌鲁木齐）	不详	不详	不详

续表

序号	姓名	籍贯	开始时间	是否官吏	原因	流放地	是否文人	有无创作	有无流放作品
648	舒通阿	旗籍	乾隆四十一年	是	失职	新疆（伊犁）	不详	不详	不详
649	张智明	不详	乾隆四十一年	否	文字狱（牵连）	黑龙江	不详	不详	不详
650	蒋龙昌	不详	乾隆四十一年	是	不详	新疆（乌鲁木齐）	不详	不详	不详
651	蔡锡伯	甘肃	乾隆四十一年	是	失职	新疆（乌鲁木齐）	不详	不详	不详
652	潘复和	不详	乾隆四十一年	是	不详	新疆（乌鲁木齐）	不详	不详	不详
653	范全孝	江苏	乾隆四十一年	是	失职	新疆（乌鲁木齐）	不详	不详	不详
654	开泰	旗籍	乾隆四十一年	是	失职	新疆（乌鲁木齐）	不详	不详	不详
655	唐辉	不详	乾隆四十一年	是	失职	新疆（乌鲁木齐）	不详	不详	不详
656	程大治	安徽	乾隆四十一年	是	失职	新疆（乌鲁木齐）	不详	不详	不详
657	海龄	旗籍	乾隆四十一年	是	失职	新疆（乌鲁木齐）	不详	不详	不详
658	范君撰	浙江	乾隆四十一年	是	其他	不详	不详	不详	不详
659	炳文	旗籍	乾隆四十一年	是	其他	新疆（伊犁）	不详	不详	不详
660	孙铎	不详	乾隆四十二年	否	偷盗犯奸	不详	不详	不详	不详
661	柳元煜	不详	乾隆四十二年	是	其他	不详	不详	不详	不详
662	王霖	江西	乾隆四十二年	否	文字狱（牵连）	黑龙江	不详	不详	不详
663	王潚	江西	乾隆四十二年	否	文字狱（牵连）	黑龙江	不详	不详	不详
664	王壮飞	江西	乾隆四十二年	否	文字狱（牵连）	黑龙江	不详	不详	不详
665	王灵飞	江西	乾隆四十二年	否	文字狱（牵连）	黑龙江	不详	不详	不详

续表

序号	姓名	籍贯	开始时间	是否官吏	原因	流放地	是否文人	有无创作	有无流放作品
666	王兰飞	江西	乾隆四十二年	否	文字狱（牵连）	黑龙江	不详	不详	不详
667	倪存读	不详	乾隆四十二年	是	失职	新疆（伊犁）	不详	不详	不详
668	裕福	旗籍	乾隆四十二年	是	不详	新疆（乌鲁木齐）	不详	不详	不详
669	薛隆绍	山东	乾隆四十二年	是	不详	新疆（乌鲁木齐）	不详	不详	不详
670	马全	直隶	乾隆四十二年	是	偷盗犯奸	新疆（乌鲁木齐）	不详	不详	不详
671	薛阆	河南	乾隆四十二年	是	其他（牵连）	新疆（乌鲁木齐）	不详	不详	不详
672	张家鹏	直隶	乾隆四十二年	是	失职	新疆（乌鲁木齐）	不详	不详	不详
673	四黄	旗籍	乾隆四十二年	是	偷盗犯奸	新疆（乌鲁木齐）	不详	不详	不详
674	高起凤	直隶	乾隆四十三年	是	不详	新疆（乌鲁木齐）	不详	不详	不详
675	孔鹏	江苏	乾隆四十三年	是	不详	新疆（乌鲁木齐）	不详	不详	不详
676	王祖夔	直隶	乾隆四十三年	是	不详	新疆（乌鲁木齐）	不详	不详	不详
677	万世通	湖南	乾隆四十三年	是	不详	新疆（乌鲁木齐）	不详	不详	不详
678	缪伦	不详	乾隆四十三年	是	不详	新疆（乌鲁木齐）	不详	不详	不详
679	余应豪	广东	乾隆四十三年	是	不详	新疆（乌鲁木齐）	不详	不详	不详
680	韦玉振	江苏	乾隆四十三年	否	文字狱（牵连）	不详	是	不详	不详
681	谢启昆	江西	乾隆四十三年	是	文字狱（牵连）	不详	是	有（别集）	有（别集）
682	涂跃龙	直隶	乾隆四十三年	是	文字狱（牵连）	不详	是	有（别集）	不详
683	徐食书	不详	乾隆四十三年	是	文字狱（牵连）	黑龙江	不详	不详	不详

续表

序号	姓名	籍贯	开始时间	是否官吏	原因	流放地	是否文人	有无创作	有无流放作品
684	黄斌（原名毛澄）	新疆	乾隆四十三年	否	文字狱（牵连）	不详	是	不详	不详
685	龙凤祥	江西	乾隆四十四年	否	文字狱	新疆（伊犁）	是	不详	不详
686	陈希圣	湖南	乾隆四十四年	否	偷盗犯奸	不详	不详	不详	不详
687	文样	不详	乾隆四十四年	是	失职	新疆	不详	不详	不详
688	沈鸣皋	江苏	乾隆四十四年	是	失职	不详	不详	不详	不详
689	方立经	湖北	乾隆四十四年	是	失职	不详	是	有	不详
690	王大蕃	安徽	乾隆四十四年	否	文字狱	新疆（伊犁）	是	不详	不详
691	冯生樣	湖北	乾隆四十四年	否	文字狱（牵连）	黑龙江	不详	不详	不详
692	冯生徒	湖北	乾隆四十四年	否	文字狱（牵连）	黑龙江	不详	不详	不详
693	沈昌明	湖南	乾隆四十四年	否	文字狱（牵连）	黑龙江	不详	不详	不详
694	祝漋	江西	乾隆四十四年	否	文字狱（牵连）	不详	不详	不详	不详
695	祝茂柏	江西	乾隆四十四年	否	文字狱（牵连）	不详	不详	不详	不详
696	庄肇奎	浙江	乾隆四十五年	是	贪赃（牵连）	新疆（伊犁）	是	有（别集）	有（别集）
697	孙士毅	浙江	乾隆四十五年	是	贪赃（牵连）	新疆（伊犁）	是	有（别集）	不详
698	艾家鉴	湖北	乾隆四十五年	否	偷盗犯奸	新疆（乌鲁木齐）	不详	不详	不详
699	瞿学富	湖北	乾隆四十五年	否	文字狱（牵连）	新疆（乌鲁木齐）	不详	不详	不详
700	王模	湖北	乾隆四十五年	否	文字狱（牵连）	新疆（乌鲁木齐）	不详	不详	不详
701	戴世得	安徽	乾隆四十五年	否	文字狱（牵连）	黑龙江	不详	不详	不详

续表

序号	姓名	籍贯	开始时间	是否官吏	原因	流放地	是否文人	有无创作	有无流放作品
702	桑额得	旗籍	乾隆四十五年	是	不详	新疆(乌鲁木齐)	不详	不详	不详
703	阿密尔泽	旗籍	乾隆四十五年	是	不详	新疆(乌鲁木齐)	不详	不详	不详
704	音孙	旗籍	乾隆四十五年	是	不详	新疆(乌鲁木齐)	不详	不详	不详
705	朱秉智	江西	乾隆四十五年	是	不详	新疆(乌鲁木齐)	不详	不详	不详
706	徐廷献	福建	乾隆四十五年	是	不详	新疆(乌鲁木齐)	不详	不详	不详
707	布文彬	山东	乾隆四十五年	否	作乱	不详	不详	不详	不详
708	曹麟开	安徽	乾隆四十六年	是	文字狱(牵连)	新疆(乌鲁木齐)	是	有	有
709	蒋业晋	江苏	乾隆四十六年	是	文字狱(牵连)	新疆(乌鲁木齐)	是	有(别集)	有(别集)
710	重庆	不详	乾隆四十六年	否	贪赃(牵连)	新疆(伊犁)	不详	不详	不详
711	富明阿	旗籍	乾隆四十六年	是	失职	新疆	不详	不详	不详
712	文绶	旗籍	乾隆四十六年	是	失职	新疆(伊犁)	是	有	不详
713	伊棱阿	旗籍	乾隆四十六年	是	贪赃(牵连)	新疆(伊犁)	不详	不详	不详
714	王裒	山西	乾隆四十六年	是	贪赃(牵连)	新疆(伊犁)	不详	不详	不详
715	陈庭学	江苏	乾隆四十六年	是	贪赃(牵连)	新疆(伊犁)	是	有(别集)	有(别集)
716	露斯	不详	乾隆四十六年	否	文字狱(牵连)	黑龙江	不详	不详	不详
717	徐勉	江西	乾隆四十六年	是	不详	新疆(乌鲁木齐)	不详	不详	不详
718	赵得功	不详	乾隆四十六年	是	不详	新疆(乌鲁木齐)	不详	不详	不详
719	席钰	江苏	乾隆四十六年	是	不详	新疆(乌鲁木齐)	不详	不详	不详

续表

序号	姓名	籍贯	开始时间	是否官吏	原因	流放地	是否文人	有无创作	有无流放作品
720	张珑	直隶	乾隆四十六年	是	不详	新疆（乌鲁木齐）	是	有（别集）	不详
721	方洛	不详	乾隆四十六年	是	贪赃	新疆（乌鲁木齐）	不详	不详	不详
722	杨大	江苏	乾隆四十六年	是	不详	新疆（乌鲁木齐）	不详	不详	不详
723	章绅	直隶	乾隆四十六年	是	不详	新疆（乌鲁木齐）	不详	不详	不详
724	胡元琢	浙江	乾隆四十六年	是	不详	新疆（乌鲁木齐）	不详	不详	不详
725	李福善	江苏	乾隆四十六年	是	不详	新疆（乌鲁木齐）	不详	不详	不详
726	沈超	浙江	乾隆四十六年	是	不详	新疆（乌鲁木齐）	不详	不详	不详
727	郑天潜	福建	乾隆四十六年	是	不详	新疆（乌鲁木齐）	不详	不详	不详
728	方国泰	安徽	乾隆四十七年	否	文字狱	不详	不详	不详	不详
729	谢桓	不详	乾隆四十七年	是	贪赃	黑龙江	不详	不详	不详
730	宗开煌	不详	乾隆四十七年	是	贪赃	黑龙江	不详	不详	不详
731	万邦英	不详	乾隆四十七年	是	贪赃	黑龙江	不详	不详	不详
732	董熙	不详	乾隆四十七年	是	贪赃	黑龙江	不详	不详	不详
733	黄道暖	不详	乾隆四十七年	是	贪赃	黑龙江	不详	不详	不详
734	舒玉龙	不详	乾隆四十七年	是	贪赃	黑龙江	不详	不详	不详
735	李本楠	不详	乾隆四十七年	是	贪赃	黑龙江	不详	不详	不详
736	彭永和	不详	乾隆四十七年	是	贪赃	黑龙江	不详	不详	不详
737	麻宸	不详	乾隆四十七年	是	贪赃	黑龙江	不详	不详	不详

续表

序号	姓名	籍贯	开始时间	是否官吏	原因	流放地	是否文人	有无创作	有无流放作品
738	丁愈	不详	乾隆四十七年	是	贪赃	黑龙江	不详	不详	不详
739	章汝南	不详	乾隆四十七年	是	贪赃	黑龙江	不详	不详	不详
740	李龥	不详	乾隆四十七年	是	贪赃	黑龙江	不详	不详	不详
741	叶观海	不详	乾隆四十七年	是	贪赃	黑龙江	不详	不详	不详
742	钱成均	不详	乾隆四十七年	是	贪赃	黑龙江	不详	不详	不详
743	陈金宣	不详	乾隆四十七年	是	贪赃	黑龙江	不详	不详	不详
744	王旭	不详	乾隆四十七年	是	贪赃	黑龙江	不详	不详	不详
745	朱兰	不详	乾隆四十七年	是	贪赃	黑龙江	不详	不详	不详
746	韦之瑗	不详	乾隆四十七年	是	贪赃	黑龙江	不详	不详	不详
747	尤永清	不详	乾隆四十七年	是	贪赃	黑龙江	不详	不详	不详
748	蒲兰馨	不详	乾隆四十七年	是	贪赃	黑龙江	不详	不详	不详
749	侯作吴	不详	乾隆四十七年	是	贪赃	黑龙江	不详	不详	不详
750	贾若琳	不详	乾隆四十七年	是	贪赃	黑龙江	不详	不详	不详
751	史堂	不详	乾隆四十七年	是	贪赃	黑龙江	不详	不详	不详
752	申宁吉	不详	乾隆四十七年	是	贪赃	黑龙江	不详	不详	不详
753	谢廷庸	不详	乾隆四十七年	是	贪赃	黑龙江	不详	不详	不详
754	张毓林	不详	乾隆四十七年	是	贪赃	黑龙江	不详	不详	不详
755	张金城	不详	乾隆四十七年	是	贪赃	黑龙江	不详	不详	不详

续表

序号	姓名	籍贯	开始时间	是否官吏	原因	流放地	是否文人	有无创作	有无流放作品
756	汪皋鹤	不详	乾隆四十七年	是	贪赃	黑龙江	不详	不详	不详
757	宋树谷	浙江	乾隆四十七年	是	贪赃	黑龙江	是	有（别集）	不详
758	承志	不详	乾隆四十七年	是	贪赃	不详	不详	不详	不详
759	周人杰	不详	乾隆四十七年	是	贪赃	黑龙江	不详	不详	不详
760	奇明	旗籍	乾隆四十七年	是	贪赃	不详	不详	不详	不详
761	善达	旗籍	乾隆四十七年	是	贪赃	不详	不详	不详	不详
762	木和伦	旗籍	乾隆四十七年	是	贪赃	不详	不详	不详	不详
763	傅明阿	旗籍	乾隆四十七年	是	贪赃	不详	不详	不详	不详
764	徐维绶	江西	乾隆四十七年	是	贪赃	黑龙江	不详	不详	不详
765	张建庵	四川	乾隆四十七年	是	贪赃	黑龙江	不详	不详	不详
766	宋能诗	不详	乾隆四十七年	是	贪赃	黑龙江	是	有	有
767	李调元	四川	乾隆四十七年	是	直言	新疆（伊犁）	是	有（别集）	不详
768	宜绵	旗籍	乾隆四十七年	是	其他	新疆	不详	不详	不详
769	卓汝谐	浙江	乾隆四十七年	是	文字狱	新疆（乌鲁木齐）	不详	不详	不详
770	周得隆	福建	乾隆四十七年	是	不详	新疆（乌鲁木齐）	不详	不详	不详
771	黄登溥	福建	乾隆四十七年	是	不详	新疆（乌鲁木齐）	不详	不详	不详
772	甘国荣	福建	乾隆四十七年	是	不详	新疆（乌鲁木齐）	不详	不详	不详
773	甘国麟	福建	乾隆四十七年	是	不详	新疆（乌鲁木齐）	不详	不详	不详

续表

序号	姓名	籍贯	开始时间	是否官吏	原因	流放地	是否文人	有无创作	有无流放作品
774	王大年	江苏	乾隆四十七年	是	不详	新疆（乌鲁木齐）	是	有	不详
775	李治	浙江	乾隆四十七年	是	不详	新疆（乌鲁木齐）	不详	不详	不详
776	吴彬	江苏	乾隆四十七年	是	不详	新疆（乌鲁木齐）	不详	不详	不详
777	范麟	江苏	乾隆四十七年	是	不详	新疆（乌鲁木齐）	是	有（别集）	不详
778	张本麟	湖南	乾隆四十七年	是	不详	新疆（乌鲁木齐）	不详	不详	不详
779	张心鉴	不详	乾隆四十七年	是	不详	新疆（乌鲁木齐）	不详	不详	不详
780	夏恒	浙江	乾隆四十七年	是	不详	新疆（乌鲁木齐）	不详	不详	不详
781	屠士林	浙江	乾隆四十七年	是	不详	新疆（乌鲁木齐）	不详	不详	不详
782	周恭先	湖南	乾隆四十七年	是	不详	新疆（乌鲁木齐）	不详	不详	不详
783	五明安	旗籍	乾隆四十七年	是	不详	新疆（乌鲁木齐）	不详	不详	不详
784	景椿	江苏	乾隆四十七年	是	不详	新疆（乌鲁木齐）	不详	不详	不详
785	文臣	旗籍	乾隆四十七年	否	不详	新疆（乌鲁木齐）	不详	不详	不详
786	许承苍	江苏	乾隆四十七年	是	贪赃	新疆（伊犁）	是	不详	不详
787	陈珏成	安徽	乾隆四十七年	是	贪赃	新疆（伊犁）	不详	不详	不详
788	单埏	浙江	乾隆四十七年	是	贪赃	新疆（伊犁）	不详	不详	不详
789	郭德平	河南	乾隆四十七年	是	贪赃	新疆（伊犁）	不详	不详	不详
790	白云从	不详	乾隆四十七年	是	贪赃	不详	不详	不详	不详
791	胡锦	安徽	乾隆四十七年	是	贪赃	不详	不详	不详	不详

续表

序号	姓名	籍贯	开始时间	是否官吏	原因	流放地	是否文人	有无创作	有无流放作品
792	施云汉	京师	乾隆四十七年	是	贪赃	不详	不详	不详	不详
793	李瑛	福建	乾隆四十七年	是	贪赃	不详	不详	不详	不详
794	吴封	安徽	乾隆四十七年	是	失职	新疆（乌鲁木齐）	是	不详	不详
795	程德炯	安徽	乾隆四十七年	是	失职	不详	是	有	不详
796	果星阿	旗籍	乾隆四十九年	是	失礼	新疆（伊犁）	不详	不详	不详
797	张彬	不详	乾隆四十八年	是	失礼	新疆	不详	不详	不详
798	冯起炎	山西	乾隆四十八年	否	文字狱	黑龙江	是	不详	不详
799	赵钧彤	山东	乾隆四十八年	是	遭陷	新疆（伊犁）	是	有（别集）	有（别集）
800	乔芳	河南	乾隆四十八年	否	文字狱（牵连）	黑龙江	不详	不详	不详
801	李慎基	河南	乾隆四十八年	否	文字狱（牵连）	黑龙江	不详	不详	不详
802	李敬基	河南	乾隆四十八年	否	文字狱（牵连）	黑龙江	不详	不详	不详
803	何永昌	安徽	乾隆四十八年	是	不详	新疆（乌鲁木齐）	不详	不详	不详
804	曹暌捷	山西	乾隆四十八年	是	不详	新疆（乌鲁木齐）	不详	不详	不详
805	德崇	旗籍	乾隆四十八年	是	不详	新疆（乌鲁木齐）	不详	不详	不详
806	同福	旗籍	乾隆四十八年	是	不详	新疆（乌鲁木齐）	不详	不详	不详
807	色伦	旗籍	乾隆四十八年	是	不详	新疆（乌鲁木齐）	不详	不详	不详
808	奇纳保	旗籍	乾隆四十八年	是	不详	新疆（乌鲁木齐）	不详	不详	不详
809	巴杭阿	旗籍	乾隆四十八年	是	不详	新疆（乌鲁木齐）	不详	不详	不详

续表

序号	姓名	籍贯	开始时间	是否官吏	原因	流放地	是否文人	有无创作	有无流放作品
810	黄济清	湖南	乾隆四十八年	是	不详	新疆（乌鲁木齐）	不详	不详	不详
811	陈大钟	京师	乾隆四十八年	是	不详	新疆（乌鲁木齐）	不详	不详	不详
812	朱越	不详	乾隆四十八年	是	不详	新疆（乌鲁木齐）	不详	不详	不详
813	朱遵仁	不详	乾隆四十八年	是	不详	新疆（乌鲁木齐）	不详	不详	不详
814	兴铭	旗籍	乾隆四十八年	是	不详	新疆（乌鲁木齐）	不详	不详	不详
815	张履观	云南	乾隆四十八年	是	不详	新疆（乌鲁木齐）	不详	不详	不详
816	黄恩彩	福建	乾隆四十八年	是	不详	新疆（乌鲁木齐）	不详	不详	不详
817	白文常	直隶	乾隆四十八年	是	不详	新疆（乌鲁木齐）	不详	不详	不详
818	德克登额	旗籍	乾隆四十八年	是	不详	新疆（乌鲁木齐）	不详	不详	不详
819	查史	旗籍	乾隆四十八年	是	不详	新疆（乌鲁木齐）	不详	不详	不详
820	纳延太	旗籍	乾隆四十八年	是	不详	新疆（乌鲁木齐）	不详	不详	不详
821	七十八	旗籍	乾隆四十八年	是	不详	新疆（乌鲁木齐）	不详	不详	不详
822	马殿翼	福建	乾隆四十八年	是	不详	新疆（乌鲁木齐）	是	有（别集）	不详
823	买于寿	河南	乾隆四十八年	是	不详	新疆（乌鲁木齐）	不详	不详	不详
824	敦福	旗籍	乾隆四十九年	是	失职	新疆（伊犁）	不详	不详	不详
825	刚塔	旗籍	乾隆四十九年	是	失职	新疆（伊犁）	不详	不详	不详
826	李天培	不详	乾隆四十九年	是	失职	甘肃	不详	不详	不详
827	刘叔枫	山西	乾隆五十年	是	失职	新疆（乌鲁木齐）	不详	不详	不详

续表

序号	姓名	籍贯	开始时间	是否官吏	原因	流放地	是否文人	有无创作	有无流放作品
828	景禄	旗籍	乾隆五十年	是	失职	不详	不详	不详	不详
829	杜玉林	江苏	乾隆五十年	是	失职	新疆（伊犁）	是	有	不详
830	王士柔	陕西	乾隆五十年	是	失职	新疆（伊犁）	是	不详	不详
831	王士秋	河南	乾隆五十年	否	作乱	黑龙江	不详	不详	不详
832	曹禄	河南	乾隆五十年	否	作乱	黑龙江	不详	不详	不详
833	邵贵	河南	乾隆五十年	否	作乱	黑龙江	不详	不详	不详
834	曹世良	河南	乾隆五十年	否	作乱	黑龙江	不详	不详	不详
835	刘勉	河南	乾隆五十年	否	作乱	黑龙江	不详	不详	不详
836	张四	河南	乾隆五十年	否	作乱	黑龙江	不详	不详	不详
837	张文洽	河南	乾隆五十年	否	作乱	黑龙江	不详	不详	不详
838	蔡兴	河南	乾隆五十年	否	作乱	黑龙江	不详	不详	不详
839	刘振	河南	乾隆五十年	否	作乱	黑龙江	不详	不详	不详
840	蔡增	河南	乾隆五十年	否	作乱	黑龙江	不详	不详	不详
841	李璜	河南	乾隆五十年	否	作乱	黑龙江	不详	不详	不详
842	刘玉	河南	乾隆五十年	否	作乱	黑龙江	不详	不详	不详
843	董天来	河南	乾隆五十年	否	作乱	黑龙江	不详	不详	不详
844	朱运	河南	乾隆五十年	否	作乱	黑龙江	不详	不详	不详
845	张思敬	河南	乾隆五十年	否	作乱	黑龙江	不详	不详	不详

续表

序号	姓名	籍贯	开始时间	是否官吏	原因	流放地	是否文人	有无创作	有无流放作品
846	张纲	河南	乾隆五十年	否	作乱	黑龙江	不详	不详	不详
847	李元贵	河南	乾隆五十年	否	作乱	黑龙江	不详	不详	不详
848	王重良	河南	乾隆五十年	否	作乱	黑龙江	不详	不详	不详
849	葛荣	河南	乾隆五十年	否	作乱	黑龙江	不详	不详	不详
850	韩文现	河南	乾隆五十年	否	作乱	黑龙江	不详	不详	不详
851	赵文仲	河南	乾隆五十年	否	作乱	黑龙江	不详	不详	不详
852	朱九德	河南	乾隆五十年	否	作乱	黑龙江	不详	不详	不详
853	陈法孔	河南	乾隆五十年	否	作乱	黑龙江	不详	不详	不详
854	马根儿	河南	乾隆五十年	否	作乱	吉林	不详	不详	不详
855	李二	河南	乾隆五十年	否	作乱	新疆（伊犁）	不详	不详	不详
856	李克成	河南	乾隆五十年	否	作乱	新疆（伊犁）	不详	不详	不详
857	隋应书	河南	乾隆五十年	否	作乱	新疆（伊犁）	不详	不详	不详
858	黄得秀	广东	乾隆五十年	是	不详	新疆（乌鲁木齐）	不详	不详	不详
859	观索	旗籍	乾隆五十年	是	不详	新疆（乌鲁木齐）	不详	不详	不详
860	乌林保	旗籍	乾隆五十年	是	不详	新疆（乌鲁木齐）	不详	不详	不详
861	叶尔太	旗籍	乾隆五十年	是	不详	新疆（乌鲁木齐）	不详	不详	不详
862	善德	旗籍	乾隆五十年	是	不详	新疆（乌鲁木齐）	不详	不详	不详
863	苏伦保	旗籍	乾隆五十年	是	不详	新疆（乌鲁木齐）	不详	不详	不详

续表

序号	姓名	籍贯	开始时间	是否官吏	原因	流放地	是否文人	有无创作	有无流放作品
864	范树栋	旗籍	乾隆五十年	是	不详	新疆（乌鲁木齐）	不详	不详	不详
865	五神保	旗籍	乾隆五十年	是	不详	新疆（乌鲁木齐）	不详	不详	不详
866	福得	旗籍	乾隆五十年	是	不详	新疆（乌鲁木齐）	不详	不详	不详
867	孔衍昆	山东	乾隆五十年	是	不详	新疆（乌鲁木齐）	不详	不详	不详
868	叶茏	甘肃	乾隆五十年	是	不详	新疆（乌鲁木齐）	不详	不详	不详
869	王宏毅	旗籍	乾隆五十年	是	不详	新疆（乌鲁木齐）	不详	不详	不详
870	萨奇缮勋	陕西	乾隆五十年	是	不详	新疆（乌鲁木齐）	不详	不详	不详
871	吴榛	贵州	乾隆五十年	是	不详	新疆（乌鲁木齐）	不详	不详	不详
872	林逢升	广东	乾隆五十年	是	不详	新疆（乌鲁木齐）	不详	不详	不详
873	谈英雄	广东	乾隆五十年	是	不详	新疆（乌鲁木齐）	不详	不详	不详
874	奎亮	旗籍	乾隆五十年	是	偷盗犯奸	新疆（乌鲁木齐）	不详	不详	不详
875	王凤清	四川	乾隆五十年	是	不详	新疆（乌鲁木齐）	不详	不详	不详
876	陈得得福	福建	乾隆五十年	是	不详	新疆（乌鲁木齐）	不详	不详	不详
877	李智和	旗籍	乾隆五十年	是	不详	新疆（乌鲁木齐）	不详	不详	不详
878	札克丹	旗籍	乾隆五十年	是	不详	新疆（乌鲁木齐）	不详	不详	不详
879	巴什	旗籍	乾隆五十年	是	不详	新疆（伊犁）	不详	不详	不详
880	杨妈世	福建	乾隆五十一年	否	其他	新疆（伊犁）	不详	不详	不详
881	杨文麟	福建	乾隆五十一年	否	其他	不详	不详	不详	不详

续表

序号	姓名	籍贯	开始时间	是否官吏	原因	流放地	是否文人	有无创作	有无流放作品
882	黄钟	福建	乾隆五十一年	否	其他	不详	不详	不详	不详
883	潘吉	福建	乾隆五十一年	否	其他	不详	不详	不详	不详
884	孙挺	不详	乾隆五十一年	是	不详	新疆（乌鲁木齐）	不详	不详	不详
885	富贵	旗籍	乾隆五十一年	是	不详	新疆（乌鲁木齐）	不详	不详	不详
886	王笃佑	安徽	乾隆五十一年	是	不详	新疆（乌鲁木齐）	不详	不详	不详
887	吴慜	江苏	乾隆五十一年	是	不详	新疆（乌鲁木齐）	不详	不详	不详
888	王询	山西	乾隆五十一年	是	不详	新疆（乌鲁木齐）	不详	不详	不详
889	那福	旗籍	乾隆五十一年	是	不详	新疆（乌鲁木齐）	不详	不详	不详
890	潘成	安徽	乾隆五十一年	是	不详	新疆（乌鲁木齐）	不详	不详	不详
891	蔡大猷	广东	乾隆五十一年	是	不详	新疆（乌鲁木齐）	不详	不详	不详
892	关卫邦	广东	乾隆五十一年	是	不详	新疆（乌鲁木齐）	不详	不详	不详
893	周玉驹	浙江	乾隆五十一年	是	不详	新疆（乌鲁木齐）	不详	不详	不详
894	黄宗侠	旗籍	乾隆五十一年	是	不详	新疆（乌鲁木齐）	不详	不详	不详
895	张拱	安徽	乾隆五十一年	是	不详	新疆（乌鲁木齐）	不详	不详	不详
896	恒德	旗籍	乾隆五十一年	是	不详	新疆（乌鲁木齐）	不详	不详	不详
897	和宁安	旗籍	乾隆五十一年	是	不详	新疆（乌鲁木齐）	不详	不详	不详
898	富明阿	旗籍	乾隆五十一年	是	不详	新疆（乌鲁木齐）	不详	不详	不详
899	孙成基	湖南	乾隆五十一年	是	不详	新疆（乌鲁木齐）	不详	不详	不详

续表

序号	姓名	籍贯	开始时间	是否官吏	原因	流放地	是否文人	有无创作	有无流放作品
900	汤廷芳	不详	乾隆五十二年	是	失职	不详	不详	不详	不详
901	黄炜	四川	乾隆五十二年	是	失职	不详	是	不详	不详
902	张继昺	不详	乾隆五十二年	是	失职	不详	不详	不详	不详
903	刘瑨	不详	乾隆五十二年	是	失职	不详	不详	不详	不详
904	张倍林	山西	乾隆五十二年	是	不详	新疆（乌鲁木齐）	不详	不详	不详
905	六十三	旗籍	乾隆五十二年	是	不详	新疆（乌鲁木齐）	不详	不详	不详
906	彭朝龙	湖北	乾隆五十二年	是	不详	新疆（乌鲁木齐）	不详	不详	不详
907	傅嵩安	旗籍	乾隆五十二年	是	不详	新疆（乌鲁木齐）	不详	不详	不详
908	吴启元	福建	乾隆五十二年	是	不详	新疆（乌鲁木齐）	不详	不详	不详
909	色钦	旗籍	乾隆五十二年	是	不详	新疆（乌鲁木齐）	不详	不详	不详
910	景文	旗籍	乾隆五十二年	是	不详	新疆（乌鲁木齐）	不详	不详	不详
911	王廷玉	四川	乾隆五十二年	是	不详	新疆（乌鲁木齐）	不详	不详	不详
912	陈玨	福建	乾隆五十二年	否	作乱	不详	不详	不详	不详
913	王大枢	安徽	乾隆五十三年	是	其他	新疆（伊犁）	是	有（别集）	有（别集）
914	恒瑞	旗籍	乾隆五十三年	是	失职	新疆（伊犁）	不详	不详	不详
915	沈明拔	直隶	乾隆五十三年	是	不详	新疆（乌鲁木齐）	不详	不详	不详
916	达冲阿	旗籍	乾隆五十三年	是	不详	新疆（乌鲁木齐）	不详	不详	不详
917	正柱	旗籍	乾隆五十三年	是	不详	新疆（乌鲁木齐）	不详	不详	不详

续表

序号	姓名	籍贯	开始时间	是否官吏	原因	流放地	是否文人	有无创作	有无流放作品
918	陈国祚	京师	乾隆五十三年	是	不详	新疆(乌鲁木齐)	不详	不详	不详
919	富兴	旗籍	乾隆五十三年	是	不详	新疆(乌鲁木齐)	不详	不详	不详
920	乌奋麟	甘肃	乾隆五十三年	是	不详	新疆(乌鲁木齐)	不详	不详	不详
921	张惇典	山西	乾隆五十三年	是	不详	新疆(乌鲁木齐)	不详	不详	不详
922	王惠元	旗籍	乾隆五十三年	是	不详	新疆(乌鲁木齐)	不详	不详	不详
923	重福	旗籍	乾隆五十三年	是	不详	新疆(乌鲁木齐)	不详	不详	不详
924	富森太	旗籍	乾隆五十三年	是	不详	新疆(乌鲁木齐)	不详	不详	不详
925	王子重	山东	乾隆五十三年	否	作乱	新疆	不详	不详	不详
926	毛有伦	山东	乾隆五十三年	否	作乱	新疆	不详	不详	不详
927	周法才	山东	乾隆五十三年	否	作乱	新疆	不详	不详	不详
928	周进	山东	乾隆五十三年	否	作乱	新疆	不详	不详	不详
929	屈进河	山东	乾隆五十三年	否	作乱	新疆	不详	不详	不详
930	申文成	山东	乾隆五十三年	否	作乱	新疆	不详	不详	不详
931	宋明	山东	乾隆五十三年	否	作乱	新疆	不详	不详	不详
932	阴海	不详	乾隆五十四年	是	其他	不详	不详	不详	不详
933	迈玛等敏	新疆	乾隆五十四年	是	贪赃	新疆	不详	不详	不详
934	富勒浑	旗籍	乾隆五十四年	是	失职	直隶	不详	不详	不详
935	雅德	旗籍	乾隆五十四年	是	失职	新疆(伊犁)	是	有	不详

续表

序号	姓名	籍贯	开始时间	是否官吏	原因	流放地	是否文人	有无创作	有无流放作品
936	官正邦	江西	乾隆五十四年	是	不详	新疆（乌鲁木齐）	不详	不详	不详
937	蔡永胜	福建	乾隆五十四年	是	不详	新疆（乌鲁木齐）	不详	不详	不详
938	赵勇	福建	乾隆五十四年	是	不详	新疆（乌鲁木齐）	不详	不详	不详
939	孔天荷	陕西	乾隆五十四年	是	不详	新疆（乌鲁木齐）	不详	不详	不详
940	宁淑昌	直隶	乾隆五十四年	是	不详	新疆（乌鲁木齐）	不详	不详	不详
941	胡有元	湖北	乾隆五十四年	是	不详	新疆（乌鲁木齐）	不详	不详	不详
942	王绍元	江苏	乾隆五十四年	是	不详	新疆（乌鲁木齐）	不详	不详	不详
943	邵振刚	不详	乾隆五十四年	是	不详	新疆（乌鲁木齐）	不详	不详	不详
944	席荣	准籍	乾隆五十四年	是	不详	新疆（乌鲁木齐）	不详	不详	不详
945	陈朝魁	福建	乾隆五十四年	是	不详	新疆（乌鲁木齐）	不详	不详	不详
946	帅挺	江西	乾隆五十四年	是	不详	新疆（乌鲁木齐）	不详	不详	不详
947	巫昆	福建	乾隆五十四年	是	不详	新疆（乌鲁木齐）	不详	不详	不详
948	许朝芳	福建	乾隆五十四年	是	不详	新疆（乌鲁木齐）	不详	不详	不详
949	黄廷杨	不详	乾隆五十四年	是	不详	新疆（乌鲁木齐）	不详	不详	不详
950	郑攀凤	福建	乾隆五十四年	是	不详	新疆（乌鲁木齐）	不详	不详	不详
951	陈国太	不详	乾隆五十四年	是	不详	新疆（乌鲁木齐）	不详	不详	不详
952	靳金梁	不详	乾隆五十四年	是	不详	新疆（乌鲁木齐）	不详	不详	不详
953	孙朝亮	不详	乾隆五十四年	是	不详	新疆（乌鲁木齐）	不详	不详	不详

续表

序号	姓名	籍贯	开始时间	是否官吏	原因	流放地	是否文人	有无创作	有无流放作品
954	叶琪英	不详	乾隆五十四年	是	不详	新疆（乌鲁木齐）	不详	不详	不详
955	石生辉	福建	乾隆五十四年	是	不详	新疆（乌鲁木齐）	不详	不详	不详
956	付敦仁	不详	乾隆五十四年	是	不详	新疆（乌鲁木齐）	不详	不详	不详
957	沈祖礼	浙江	乾隆五十四年	是	不详	新疆（乌鲁木齐）	不详	不详	不详
958	郑名邦	福建	乾隆五十四年	是	不详	新疆（乌鲁木齐）	不详	不详	不详
959	董学海	不详	乾隆五十四年	是	不详	新疆（乌鲁木齐）	不详	不详	不详
960	李生魁	不详	乾隆五十四年	是	不详	新疆（乌鲁木齐）	不详	不详	不详
961	王殿开	福建	乾隆五十四年	是	不详	新疆（乌鲁木齐）	不详	不详	不详
962	施必得	福建	乾隆五十四年	是	不详	新疆（乌鲁木齐）	不详	不详	不详
963	石光升	不详	乾隆五十四年	是	不详	新疆（乌鲁木齐）	不详	不详	不详
964	李大特	湖南	乾隆五十四年	是	不详	新疆（乌鲁木齐）	不详	不详	不详
965	蔡日助	福建	乾隆五十四年	是	不详	新疆（乌鲁木齐）	不详	不详	不详
966	徐维城	旗籍	乾隆五十四年	是	不详	新疆（乌鲁木齐）	不详	不详	不详
967	吕嘿蒙	安徽	乾隆五十四年	是	不详	新疆（乌鲁木齐）	不详	不详	不详
968	柴必魁	福建	乾隆五十四年	是	不详	新疆（乌鲁木齐）	不详	不详	不详
969	黄金印	福建	乾隆五十四年	是	不详	新疆（乌鲁木齐）	不详	不详	不详
970	徐机	不详	乾隆五十四年	是	不详	新疆（乌鲁木齐）	不详	不详	不详
971	承安	不详	乾隆五十五年	是	失职	新疆（伊犁）	不详	不详	不详

续表

序号	姓名	籍贯	开始时间	是否官吏	原因	流放地	是否文人	有无创作（别集）	有无流放作品
972	康基田	山西	乾隆五十五年	是	失职	新疆（伊犁）	是	有（别集）	不详
973	王勇	江西	乾隆五十五年	是	不详	新疆（乌鲁木齐）	不详	不详	不详
974	傅殿飏	四川	乾隆五十五年	是	不详	新疆（乌鲁木齐）	不详	不详	不详
975	廷枸	旗籍	乾隆五十五年	是	不详	新疆（乌鲁木齐）	不详	不详	不详
976	郑元好	福建	乾隆五十五年	是	不详	新疆（乌鲁木齐）	不详	不详	不详
977	杨世忠	福建	乾隆五十五年	是	不详	新疆（乌鲁木齐）	不详	不详	不详
978	张继勋	浙江	乾隆五十五年	是	不详	新疆（乌鲁木齐）	不详	不详	不详
979	金上达	浙江	乾隆五十五年	是	不详	新疆（乌鲁木齐）	不详	不详	不详
980	彭鳌	直隶	乾隆五十五年	是	不详	新疆（乌鲁木齐）	不详	不详	不详
981	成城	浙江	乾隆五十五年	是	不详	新疆（乌鲁木齐）	不详	不详	不详
982	陈士份	福建	乾隆五十五年	是	不详	新疆（乌鲁木齐）	不详	不详	不详
983	杨飞鹏	福建	乾隆五十五年	是	不详	新疆（乌鲁木齐）	不详	不详	不详
984	王洪	福建	乾隆五十五年	是	不详	新疆（乌鲁木齐）	不详	不详	不详
985	徐鼎士	江苏	乾隆五十五年	是	不详	新疆（乌鲁木齐）	不详	不详	不详
986	邹维肃	京师	乾隆五十五年	是	不详	新疆（乌鲁木齐）	不详	不详	不详
987	许廷瑞	福建	乾隆五十五年	是	不详	新疆（乌鲁木齐）	不详	不详	不详
988	谢元斌	福建	乾隆五十五年	是	不详	新疆（乌鲁木齐）	不详	不详	不详
989	王岚	不详	乾隆五十六年	是	其他	新疆（乌鲁木齐）	不详	不详	不详

续表

序号	姓名	籍贯	开始时间	是否官吏	原因	流放地	是否文人	有无创作	有无流放作品
990	孟嘉永	不详	乾隆五十六年	是	偷盗犯奸	新疆	不详	不详	不详
991	范如松	越南	乾隆五十六年	是	其他	黑龙江(齐齐哈尔)	是	不详	不详
992	龙铎	直隶	乾隆五十六年	是	不详	新疆(乌鲁木齐)	是	有	不详
993	孟芮	直隶	乾隆五十六年	是	不详	新疆(乌鲁木齐)	不详	不详	不详
994	王光升	直隶	乾隆五十六年	是	不详	新疆(乌鲁木齐)	不详	不详	不详
995	费元晨	浙江	乾隆五十六年	是	不详	新疆(乌鲁木齐)	不详	不详	不详
996	德徵	旗籍	乾隆五十六年	是	不详	新疆(乌鲁木齐)	不详	不详	不详
997	潘元焯	江苏	乾隆五十六年	是	不详	新疆(乌鲁木齐)	不详	不详	不详
998	李凤鸣	福建	乾隆五十六年	是	不详	新疆(乌鲁木齐)	不详	不详	不详
999	王楠	河南	乾隆五十六年	是	不详	新疆(乌鲁木齐)	不详	不详	不详
1000	周丹崟	江苏	乾隆五十六年	是	不详	新疆(乌鲁木齐)	不详	不详	不详
1001	禄德	旗籍	乾隆五十六年	是	不详	新疆(乌鲁木齐)	不详	不详	不详
1002	史映绿	江苏	乾隆五十六年	是	不详	新疆(乌鲁木齐)	不详	不详	不详
1003	鄂辉	旗籍	乾隆五十六年	是	遭陷	西藏	不详	不详	不详
1004	林凤鸣	江苏	乾隆五十七年	是	其他	新疆(伊犁)	不详	不详	不详
1005	李廷翰	浙江	乾隆五十七年	是	其他	新疆(伊犁)	不详	不详	不详
1006	阿里	西藏	乾隆五十七年	否	作乱(牵连)	不详	不详	不详	不详
1007	乌什哈达	旗籍	乾隆五十七年	是	失礼	新疆(伊犁)	不详	不详	不详

续表

序号	姓名	籍贯	开始时间	是否官吏	原因	流放地	是否文人	有无创作	有无流放作品
1008	沈峻	直隶	乾隆五十七年	是	失职	新疆	是	有（别集）	有（别集）
1009	周一雷	浙江	乾隆五十七年	是	不详	新疆（乌鲁木齐）	不详	不详	不详
1010	谢祖圬	广东	乾隆五十七年	是	不详	新疆（乌鲁木齐）	不详	不详	不详
1011	陈圬源	直隶	乾隆五十七年	是	不详	新疆（乌鲁木齐）	不详	不详	不详
1012	陈扬	安徽	乾隆五十七年	是	不详	新疆（乌鲁木齐）	不详	不详	不详
1013	唐思勖	云南	乾隆五十七年	是	不详	新疆（乌鲁木齐）	不详	不详	不详
1014	刘文敏	旗籍	乾隆五十七年	是	不详	新疆（乌鲁木齐）	不详	不详	不详
1015	林赞盛	湖南	乾隆五十七年	是	不详	新疆（乌鲁木齐）	不详	不详	不详
1016	李时景	河南	乾隆五十七年	是	不详	新疆（乌鲁木齐）	不详	不详	不详
1017	王遇彩	山西	乾隆五十七年	是	不详	新疆（乌鲁木齐）	不详	不详	不详
1018	张兆鲲	江苏	乾隆五十七年	是	不详	新疆（乌鲁木齐）	不详	不详	不详
1019	尤应麟	福建	乾隆五十七年	是	不详	新疆（乌鲁木齐）	不详	不详	不详
1020	陆进深	福建	乾隆五十七年	是	不详	新疆（乌鲁木齐）	不详	不详	不详
1021	王宿	山东	乾隆五十七年	否	作乱	京师	不详	不详	不详
1022	布二劲	山东	乾隆五十七年	否	作乱	京师	不详	不详	不详
1023	梁群英	河南	乾隆五十八年	是	失职	不详	是	有（别集）	有（别集）
1024	刘大	不详	乾隆五十八年	是	贪赃	新疆	不详	不详	不详
1025	噶尔玛妥觉	西藏	乾隆五十八年	是	作乱（牵连）	不详	不详	不详	不详

续表

序号	姓名	籍贯	开始时间	是否官吏	原因	流放地	是否文人	有无创作	有无流放作品
1026	噶尔玛策安	西藏	乾隆五十八年	是	作乱(牵连)	不详	不详	不详	不详
1027	保泰(俘习泽)	旗籍	乾隆五十八年	是	失职	黑龙江	不详	不详	不详
1028	林雨化	福建	乾隆五十八年	是	直言(牵连)	新疆(乌鲁木齐)	是	有(别集)	有(别集)
1029	郭玉杨	湖南	乾隆五十八年	否	文字狱(牵连)	黑龙江	不详	不详	不详
1030	郭玉开	湖南	乾隆五十八年	否	文字狱(牵连)	黑龙江	不详	不详	不详
1031	郭玉彩	湖南	乾隆五十八年	否	文字狱(牵连)	黑龙江	不详	不详	不详
1032	汪文昭	直隶	乾隆五十八年	是	不详	新疆(乌鲁木齐)	不详	不详	不详
1033	何星源	安徽	乾隆五十八年	是	不详	新疆(乌鲁木齐)	不详	不详	不详
1034	哈集	旗籍	乾隆五十八年	是	不详	新疆(乌鲁木齐)	不详	不详	不详
1035	潘凤翼	山西	乾隆五十八年	是	不详	新疆(乌鲁木齐)	不详	不详	不详
1036	杨坊	广东	乾隆五十八年	是	不详	新疆(乌鲁木齐)	不详	不详	不详
1037	顾熙	河南	乾隆五十八年	是	不详	新疆(乌鲁木齐)	不详	不详	不详
1038	张廷春	贵州	乾隆五十八年	是	不详	新疆(乌鲁木齐)	不详	不详	不详
1039	沙尔布	旗籍	乾隆五十八年	是	不详	新疆(乌鲁木齐)	不详	不详	不详
1040	张汉	山西	乾隆五十八年	是	不详	新疆(乌鲁木齐)	不详	不详	不详
1041	卢鞠焘	福建	乾隆五十八年	是	不详	新疆(乌鲁木齐)	不详	不详	不详
1042	陈威扬	福建	乾隆五十八年	是	不详	新疆(乌鲁木齐)	不详	不详	不详
1043	吴夔龙	福建	乾隆五十八年	是	不详	新疆(乌鲁木齐)	不详	不详	不详

续表

序号	姓名	籍贯	开始时间	是否官吏	原因	流放地	是否文人	有无创作	有无流放作品
1044	王佩葵	安徽	乾隆五十八年	是	其他	不详	是	不详	不详
1045	于辉	不详	乾隆五十八年	是	失职	不详	不详	不详	不详
1046	起图	旗籍	乾隆五十九年	是	偷盗犯奸	新疆（伊犁）	不详	不详	不详
1047	楚鲁克	旗籍	乾隆五十九年	否	偷盗犯奸	不详	不详	不详	不详
1048	马恒	不详	乾隆五十九年	否	其他	黑龙江	不详	不详	不详
1049	马源	不详	乾隆五十九年	否	其他	黑龙江	不详	不详	不详
1050	穆和蔺	旗籍	乾隆五十九年	是	失职	新疆（乌鲁木齐）	是	有	有
1051	刘大绅	云南	乾隆五十九年	是	其他	不详	是	有（别集）	不详
1052	观得保	旗籍	乾隆五十九年	不详	不详	新疆（乌鲁木齐）	不详	不详	不详
1053	达敏	旗籍	乾隆五十九年	是	不详	新疆（乌鲁木齐）	不详	不详	不详
1054	伊兰太	旗籍	乾隆五十九年	是	不详	新疆（乌鲁木齐）	不详	不详	不详
1055	鄂维垣	山西	乾隆五十九年	是	不详	新疆（乌鲁木齐）	不详	不详	不详
1056	赵文照	山西	乾隆五十九年	是	不详	新疆（乌鲁木齐）	不详	不详	不详
1057	蔡起发	浙江	乾隆五十九年	是	不详	新疆（乌鲁木齐）	不详	不详	不详
1058	林茂贵	浙江	乾隆五十九年	是	不详	新疆（乌鲁木齐）	不详	不详	不详
1059	陈大刚	浙江	乾隆五十九年	是	不详	新疆（乌鲁木齐）	不详	不详	不详
1060	林国彪	浙江	乾隆五十九年	是	不详	新疆（乌鲁木齐）	不详	不详	不详
1061	鲍鸣凤	安徽	乾隆五十九年	是	不详	新疆（乌鲁木齐）	不详	不详	不详

续表

序号	姓名	籍贯	开始时间	是否官吏	原因	流放地	是否文人	有无创作	有无流放作品
1062	诺源智	浙江	乾隆五十九年	是	不详	新疆(乌鲁木齐)	不详	不详	不详
1063	王连元	浙江	乾隆五十九年	是	不详	新疆(乌鲁木齐)	不详	不详	不详
1064	沈则文	浙江	乾隆五十九年	是	不详	新疆(乌鲁木齐)	不详	不详	不详
1065	巴宁阿	旗籍	乾隆五十九年	是	其他	直隶	不详	不详	不详
1066	都尔嘉	旗籍	乾隆六十年	是	贪赃	新疆(伊犁)	不详	不详	不详
1067	明亮	旗籍	乾隆六十年	是	贪赃	新疆(乌鲁木齐)	是	有	有
1068	舍尔图	旗籍	乾隆六十年	是	失礼	新疆(伊犁)	不详	不详	不详
1069	齐三	不详	乾隆六十年	是	失礼	新疆(伊犁)	不详	不详	不详
1070	蒙库瑚图灵阿	旗籍	乾隆六十年	是	失礼	新疆(伊犁)	不详	不详	不详
1071	长麟	旗籍	乾隆六十年	是	偷盗犯奸	新疆	是	不详	不详
1072	阮曙	江苏	乾隆六十年	是	不详	新疆(乌鲁木齐)	不详	不详	不详
1073	郭琇	江西	乾隆六十年	是	不详	新疆(乌鲁木齐)	不详	不详	不详
1074	陈一桂	不详	乾隆六十年	是	不详	新疆(乌鲁木齐)	不详	不详	不详
1075	徐绩	安徽	乾隆六十年	是	失职	新疆	是	不详	不详
1076	吴绍诗	山东	乾隆年间	是	其他	不详	是	有	不详
1077	郎素	旗籍	乾隆年间	是	其他	吉林	不详	不详	不详
1078	缪晋	江苏	乾隆年间	是	不详	新疆(伊犁)	是	有(别集)	不详
1079	德福	旗籍	乾隆年间	是	其他	新疆(伊犁)	是	有(别集)	有(别集)

续表

序号	姓名	籍贯	开始时间	是否官吏	原因	流放地	是否文人	有无创作	有无流放作品
1080	薛国琮	直隶	乾隆年间	是	不详	新疆（伊犁）	是	有（别集）	不详
1081	郑澐	江苏	乾隆年间	是	失职	新疆	是	有（别集）	不详
1082	王汝璧	四川	乾隆年间	是	失职	不详	是	有（别集）	不详
1083	黄益晓	越南	乾隆年间	是	不详	新疆（伊犁）	不详	不详	不详
1084	张顺	四川	乾隆年间	是	不详	新疆	不详	不详	不详
1085	杨子坤	四川	乾隆年间	是	不详	新疆	否	不详	不详
1086	张冲之	直隶	乾隆年间	是	失职	不详	是	有（别集）	不详
1087	章知郧	不详	乾隆年间	是	失礼	新疆	是	不详	不详
1088	鄂昌	旗籍	乾隆年间	否	不详	不详	是	有	不详
1089	舒常	旗籍	乾隆年间	是	其他（牵连）	黑龙江	不详	不详	不详
1090	萨云安	不详	乾隆年间	是	其他	不详	不详	不详	不详
1091	魏玉凯	不详	乾隆年间	否	偷盗犯奸	新疆（伊犁）	不详	不详	不详
1092	温福	旗籍	乾隆年间	是	失职	蒙古	不详	不详	不详
1093	蒲大芳	不详	乾隆年间	是	作乱	新疆	不详	不详	不详
1094	马友元	不详	乾隆年间	是	作乱	不详	不详	不详	不详
1095	阿迪斯	旗籍	乾隆年间	是	其他（牵连）	广西	不详	不详	不详
1096	吴士胜	不详	乾隆年间	是	其他	新疆（乌鲁木齐）	不详	不详	不详
1097	佟福柱	旗籍	乾隆年间	是	其他	新疆（乌鲁木齐）	不详	不详	不详

续表

序号	姓名	籍贯	开始时间	是否官吏	原因	流放地	是否文人	有无创作	有无流放作品
1098	伏魔保	旗籍	乾隆年间	是	其他	新疆（乌鲁木齐）	不详	不详	不详
1099	四十五	旗籍	乾隆年间	是	其他	新疆（乌鲁木齐）	不详	不详	不详
1100	朱立基	不详	乾隆年间	是	其他	新疆（乌鲁木齐）	不详	不详	不详
1101	赫尔纳	旗籍	乾隆年间	是	其他	新疆（乌鲁木齐）	不详	不详	不详
1102	耿毓孝	不详	乾隆年间	是	其他	新疆（乌鲁木齐）	不详	不详	不详
1103	东额洛	旗籍	乾隆年间	是	其他	新疆（乌鲁木齐）	不详	不详	不详
1104	郑玉时	不详	乾隆年间	是	其他	新疆（乌鲁木齐）	不详	不详	不详
1105	梁秉旸	不详	乾隆年间	是	其他	新疆（乌鲁木齐）	不详	不详	不详
1106	胡光原	不详	乾隆年间	是	其他	新疆（乌鲁木齐）	不详	不详	不详
1107	刘必捷	不详	乾隆年间	是	其他	新疆（乌鲁木齐）	不详	不详	不详
1108	刘如浩	山东	乾隆年间	否	作乱	新疆（乌鲁木齐）	不详	不详	不详
1109	刘如淮	山东	乾隆年间	否	作乱	新疆（乌鲁木齐）	不详	不详	不详
1110	刘如清	山东	乾隆年间	否	作乱	新疆（乌鲁木齐）	不详	不详	不详
1111	刘松	河南	乾隆年间	否	作乱	甘肃	不详	不详	不详
1112	杨廷理	广西	嘉庆元年	是	失职	新疆（伊犁）	是	有（别集）	有（别集）
1113	陈淮	不详	嘉庆元年	是	失职	新疆（伊犁）	是	有	不详
1114	舒敏	旗籍	嘉庆元年	是	贪赃（牵连）	新疆（伊犁）	是	有（别集）	有（别集）
1115	伍拉纳	旗籍	嘉庆元年	是	贪赃	新疆（伊犁）	不详	不详	不详

续表

序号	姓名	籍贯	开始时间	是否官吏	原因	流放地	是否文人	有无创作	有无流放作品
1116	浦霖	浙江	嘉庆元年	是	贪赃	新疆（伊犁）	不详	不详	不详
1117	伊辙布	旗籍	嘉庆元年	是	贪赃	新疆（伊犁）	不详	不详	不详
1118	钱受椿	不详	嘉庆元年	是	贪赃	新疆（伊犁）	不详	不详	不详
1119	武纶布	江苏	嘉庆元年	是	不详	新疆（乌鲁木齐）	不详	不详	不详
1120	月明	不详	嘉庆元年	是	不详	新疆（乌鲁木齐）	不详	不详	不详
1121	王以中	贵州	嘉庆元年	是	不详	新疆（乌鲁木齐）	不详	不详	不详
1122	陈世章	江西	嘉庆元年	是	不详	新疆（乌鲁木齐）	不详	不详	不详
1123	顾珠（顾佺）	江苏	嘉庆元年	是	不详	新疆（乌鲁木齐）	不详	不详	不详
1124	徐午	安徽	嘉庆二年	是	失礼	新疆（乌鲁木齐）	不详	不详	不详
1125	图桑阿因	旗籍	嘉庆二年	是	失职	新疆（伊犁）	不详	不详	不详
1126	宁志	不详	嘉庆二年	是	失职	直隶	是	不详	不详
1127	宁怡	不详	嘉庆二年	是	失职	直隶	不详	不详	不详
1128	舒其绍	直隶	嘉庆二年	是	不详	新疆（伊犁）	是	有（别集）	有（别集）
1129	方受畴	安徽	嘉庆二年	是	贪赃	不详	是	有	有
1130	德恩	旗籍	嘉庆二年	是	不详	新疆（乌鲁木齐）	不详	不详	不详
1131	汪光绪	直隶	嘉庆二年	是	不详	新疆（乌鲁木齐）	不详	不详	不详
1132	牛世显	直隶	嘉庆二年	是	不详	新疆（乌鲁木齐）	不详	不详	不详
1133	熊言孔	直隶	嘉庆二年	是	不详	新疆（乌鲁木齐）	是	不详	不详

续表

序号	姓名	籍贯	开始时间	是否官吏	原因	流放地	是否文人	有无创作	有无流放作品
1134	谦益	旗籍	嘉庆二年	是	不详	新疆(乌鲁木齐)	不详	不详	不详
1135	杨朝	湖南	嘉庆二年	是	不详	新疆(乌鲁木齐)	不详	不详	不详
1136	程煐	安徽	嘉庆二年	否	文字狱(牵连)	黑龙江(齐齐哈尔)	是	有(别集)	有(别集)
1137	刘云卿	不详	嘉庆四年	是	不详	新疆(乌鲁木齐)	不详	不详	不详
1138	招梦熊	广东	嘉庆四年	是	不详	新疆(乌鲁木齐)	不详	不详	不详
1139	方受畴	安徽	嘉庆四年	是	其他	新疆(伊犁)	是	有	有
1140	呼什图	旗籍	嘉庆四年	是	贪赃	不详	不详	不详	不详
1141	刘全	不详	嘉庆四年	否	贪赃	黑龙江	不详	不详	不详
1142	恒谨	旗籍	嘉庆四年	是	失礼	直隶	不详	不详	不详
1143	伊江阿	旗籍	嘉庆四年	是	其他	新疆(伊犁)	不详	不详	不详
1144	乌尔呼纳	旗籍	嘉庆四年	是	失职	新疆(伊犁)	不详	不详	不详
1145	景安	旗籍	嘉庆四年	是	失职	新疆(伊犁)	不详	不详	不详
1146	洪亮吉	江苏	嘉庆四年	是	直言	新疆(伊犁)	是	有(别集)	有(别集)
1147	庆成	旗籍	嘉庆四年	是	失职	新疆(伊犁)	不详	不详	不详
1148	兴肇	旗籍	嘉庆四年	是	失职	新疆(乌鲁木齐)	是	有	不详
1149	庆成	旗籍	嘉庆四年	是	失职	新疆(伊犁)	不详	不详	不详
1150	铁保	旗籍	嘉庆四年	是	失职	盛京	是	有(别集)	有(别集)
1151	陈上高	广东	嘉庆五年	是	不详	新疆(乌鲁木齐)	不详	不详	不详

续表

序号	姓名	籍贯	开始时间	是否官吏	原因	流放地	是否文人	有无创作	有无流放作品
1152	叶金印	福建	嘉庆五年	是	不详	新疆（乌鲁木齐）	不详	不详	不详
1153	陈鸣铎	福建	嘉庆五年	是	不详	新疆（乌鲁木齐）	不详	不详	不详
1154	陈大立	福建	嘉庆五年	是	不详	新疆（乌鲁木齐）	不详	不详	不详
1155	方定选	江西	嘉庆四年	是	不详	新疆（乌鲁木齐）	不详	不详	不详
1156	韦佩金	江苏	嘉庆四年	是	其他	新疆（伊犁）	是	有（别集）	有（别集）
1157	陈黄	浙江	嘉庆四年	是	失礼	新疆（伊犁）	是	有（别集）	有（别集）
1158	宜绵	旗籍	嘉庆五年	是	失职	新疆（伊犁）	不详	不详	不详
1159	福宁	旗籍	嘉庆五年	是	失职	新疆（伊犁）	不详	不详	不详
1160	秦承恩	江苏	嘉庆五年	是	失职	新疆（伊犁）	是	有	有
1161	扎拉芬	旗籍	嘉庆五年	否	失职（牵连）	新疆（伊犁）	不详	不详	不详
1162	那彦瞻	旗籍	嘉庆五年	是	失礼	新疆（伊犁）	不详	不详	不详
1163	阿迪斯	旗籍	嘉庆五年	是	失职	新疆（伊犁）	不详	不详	不详
1164	陈文纬	浙江	嘉庆六年	是	贪赃	陕西	不详	不详	不详
1165	阿迪斯	旗籍	嘉庆六年	是	失职	吉林	不详	不详	不详
1166	福长安	旗籍	嘉庆六年	是	其他	盛京	不详	不详	不详
1167	王锡	不详	嘉庆六年	是	不详	新疆（乌鲁木齐）	不详	不详	不详
1168	王应诏	四川	嘉庆六年	是	不详	新疆（乌鲁木齐）	不详	不详	不详
1169	陈圣域	浙江	嘉庆六年	是	不详	新疆（乌鲁木齐）	不详	不详	不详

续表

序号	姓名	籍贯	开始时间	是否官吏	原因	流放地	是否文人	有无创作	有无流放作品
1170	张曾敫	安徽	嘉庆六年	是	不详	新疆(乌鲁木齐)	不详	不详	不详
1171	和瑛(和宁)	旗籍	嘉庆七年	是	失职	新疆(乌鲁木齐)	是	有(别集)	有(别集)
1172	邱德生	旗籍	嘉庆七年	是	失职	新疆(乌鲁木齐)	是	有(别集)	有(别集)
1173	汪廷楷	江苏	嘉庆七年	是	科场案	新疆(乌鲁木齐)	是	有(别集)	有(别集)
1174	白伦	福建	嘉庆七年	否	作乱	黑龙江	不详	不详	不详
1175	林面	福建	嘉庆七年	否	作乱	黑龙江	不详	不详	不详
1176	林强	福建	嘉庆七年	否	作乱	黑龙江	不详	不详	不详
1177	蔡献	福建	嘉庆七年	否	作乱	黑龙江	不详	不详	不详
1178	明安	不详	嘉庆七年	是	贪赃	新疆(伊犁)	不详	不详	不详
1179	鄂罗锡叶勒图	旗籍	嘉庆七年	是	贪赃	新疆(伊犁)	不详	不详	不详
1180	阿玉什	旗籍	嘉庆七年	是	偷盗犯奸	新疆	不详	不详	不详
1181	鞠清美	旗籍	嘉庆七年	是	不详	新疆(乌鲁木齐)	不详	不详	不详
1182	莫子捷	广东	嘉庆七年	是	不详	新疆(乌鲁木齐)	不详	不详	不详
1183	努尔瑚讷	旗籍	嘉庆八年	是	失职	吉林	不详	不详	不详
1184	长玉	旗籍	嘉庆八年	是	失职	吉林	不详	不详	不详
1185	福森保	不详	嘉庆八年	是	失职	吉林	不详	不详	不详
1186	应恒	不详	嘉庆八年	是	失职	新疆(乌鲁木齐)	不详	不详	不详
1187	黄土堂	不详	嘉庆八年	是	失职	新疆(伊犁)	不详	不详	不详

续表

序号	姓名	籍贯	开始时间	是否官吏	原因	流放地	是否文人	有无创作	有无流放作品
1188	景安	旗籍	嘉庆八年	是	其他	直隶	不详	不详	不详
1189	钟凤腾	福建	嘉庆八年	是	不详	新疆（乌鲁木齐）	不详	不详	不详
1190	德生	旗籍	嘉庆八年	是	不详	新疆（乌鲁木齐）	不详	不详	不详
1191	官信	不详	嘉庆八年	是	不详	新疆（乌鲁木齐）	不详	不详	不详
1192	额尔登布	旗籍	嘉庆八年	是	不详	新疆（乌鲁木齐）	不详	不详	不详
1193	高杞	旗籍	嘉庆九年	是	失职	新疆（伊犁）	不详	不详	不详
1194	周丰	不详	嘉庆九年	是	失职	新疆（伊犁）	不详	不详	不详
1195	黄玠	四川	嘉庆九年	是	失职	新疆（乌鲁木齐）	不详	不详	不详
1196	吴兆熊	不详	嘉庆九年	是	失职	新疆（伊犁）	不详	不详	不详
1197	喜布禅	不详	嘉庆九年	是	失职	湖北	不详	不详	不详
1198	公峨	旗籍	嘉庆九年	是	失职	新疆（乌鲁木齐）	不详	不详	不详
1199	松山	旗籍	嘉庆九年	是	偷盗犯奸	新疆（伊犁）	不详	不详	不详
1200	盛住	旗籍	嘉庆九年	是	失礼	新疆（乌鲁木齐）	不详	不详	不详
1201	宝善	旗籍	嘉庆九年	是	不详	新疆（乌鲁木齐）	不详	不详	不详
1202	乌尔图那苏图	旗籍	嘉庆九年	是	不详	新疆（乌鲁木齐）	不详	不详	不详
1203	额勒精额	旗籍	嘉庆九年	是	不详	新疆（乌鲁木齐）	不详	不详	不详
1204	李景善	不详	嘉庆九年	是	其他	新疆（乌鲁木齐）	不详	不详	不详
1205	巴彦布	旗籍	嘉庆九年	是	其他	新疆（乌鲁木齐）	不详	不详	不详

续表

序号	姓名	籍贯	开始时间	是否官吏	原因	流放地	是否文人	有无创作	有无流放作品
1206	穆克登额	旗籍	嘉庆九年	是	其他	新疆（乌鲁木齐）	不详	不详	不详
1207	玛哈那	旗籍	嘉庆九年	是	不详	新疆（乌鲁木齐）	不详	不详	不详
1208	全德	旗籍	嘉庆九年	是	不详	新疆（乌鲁木齐）	不详	不详	不详
1209	侯文利	不详	嘉庆九年	是	不详	新疆（乌鲁木齐）	不详	不详	不详
1210	方应恒	湖南	嘉庆九年	是	不详	新疆（乌鲁木齐）	不详	不详	不详
1211	凤麟	旗籍	嘉庆十年	是	贪赃（牵连）	新疆（伊犁）	不详	不详	不详
1212	丁树本	不详	嘉庆十年	是	贪赃（牵连）	新疆（伊犁）	不详	不详	不详
1213	董成谦	不详	嘉庆十年	是	贪赃（牵连）	新疆（伊犁）	不详	不详	不详
1214	遐龄	旗籍	嘉庆十年	是	贪赃（牵连）	新疆（伊犁）	不详	不详	不详
1215	五灵泰	旗籍	嘉庆十年	是	贪赃（牵连）	直隶	不详	不详	不详
1216	图钦	旗籍	嘉庆十年	是	中西冲突	新疆（伊犁）	不详	不详	不详
1217	图敏	旗籍	嘉庆十年	是	中西冲突	新疆（伊犁）	不详	不详	不详
1218	都尔哈	旗籍	嘉庆十年	是	贪赃（牵连）	盛京	不详	不详	不详
1219	花连布	不详	嘉庆十年	是	贪赃（牵连）	盛京	不详	不详	不详
1220	韦成	旗籍	嘉庆十年	是	失职	新疆（乌鲁木齐）	不详	不详	不详
1221	祁韵士	山西	嘉庆十年	是	贪赃（牵连）	新疆（伊犁）	是	有（别集）	有（别集）
1222	陆树瑛	不详	嘉庆十年	是	失职	新疆（伊犁）	不详	不详	不详
1223	吕秉成	不详	嘉庆十年	是	不详	新疆（乌鲁木齐）	不详	不详	不详

续表

序号	姓名	籍贯	开始时间	是否官吏	原因	流放地	是否文人	有无创作	有无流放作品
1224	博庆	旗籍	嘉庆十年	是	其他	新疆（乌鲁木齐）	不详	不详	不详
1225	贺清泰	不详	嘉庆十年	是	失礼	新疆（伊犁）	不详	不详	不详
1226	德天赐	意大利	嘉庆十年	是	中西冲突	直隶	不详	不详	不详
1227	魁敏	旗籍	嘉庆十年	否	中西冲突	新疆（伊犁）	不详	不详	不详
1228	窝什布	旗籍	嘉庆十年	否	中西冲突	新疆（伊犁）	不详	不详	不详
1229	庆成	旗籍	嘉庆十一年	是	失职	黑龙江	不详	不详	不详
1230	伊彼	旗籍	嘉庆十一年	是	不详	新疆（乌鲁木齐）	不详	不详	不详
1231	孙贻谋	江苏	嘉庆十一年	是	不详	新疆（乌鲁木齐）	不详	不详	不详
1232	茹昭基	浙江	嘉庆十一年	是	不详	新疆（乌鲁木齐）	不详	不详	不详
1233	刘荣	广东	嘉庆十一年	是	不详	新疆（乌鲁木齐）	不详	不详	不详
1234	黄官显	广东	嘉庆十一年	是	不详	新疆（乌鲁木齐）	不详	不详	不详
1235	明善	不详	嘉庆十一年	是	不详	新疆（乌鲁木齐）	不详	不详	不详
1236	李汉卅	福建	嘉庆十一年	是	不详	新疆（乌鲁木齐）	不详	不详	不详
1237	成明	旗籍	嘉庆十一年	是	不详	新疆（乌鲁木齐）	不详	不详	不详
1238	常兴	旗籍	嘉庆十一年	是	不详	新疆（乌鲁木齐）	不详	不详	不详
1239	木特布	不详	嘉庆十一年	是	不详	新疆（乌鲁木齐）	不详	不详	不详
1240	那彦成	旗籍	嘉庆十一年	是	中西冲突	新疆（伊犁）	是	不详	不详
1241	李亨特	旗籍	嘉庆十一年	是	贪赃	新疆（伊犁）	不详	不详	不详

续表

序号	姓名	籍贯	开始时间	是否官吏	原因	流放地	是否文人	有无创作	有无流放作品
1242	杨芳	不详	嘉庆十一年	是	失职	新疆（伊犁）	不详	不详	不详
1243	成庆	旗籍	嘉庆十一年	是	失礼	黑龙江	不详	不详	不详
1244	李銮宣	山西	嘉庆十一年	是	失职	新疆（乌鲁木齐）	是	有（别集）	有（别集）
1245	张诚基	山东	嘉庆十一年	是	失职	新疆（伊犁）	是	不详	不详
1246	颜检	广东	嘉庆十一年	是	失职	新疆（乌鲁木齐）	是	有（别集）	有（别集）
1247	恒伯	旗籍	嘉庆十二年	是	失职	盛京	不详	不详	不详
1248	庆杰	旗籍	嘉庆十二年	是	贪赃	吉林	不详	不详	不详
1249	陈锡钰	不详	嘉庆十二年	是	贪赃	黑龙江	不详	不详	不详
1250	魏廷鉴	福建	嘉庆十二年	是	贪赃	黑龙江	是	有（别集）	不详
1251	戴书培	江苏	嘉庆十二年	是	贪赃	黑龙江	不详	不详	不详
1252	马河	不详	嘉庆十二年	是	贪赃	黑龙江	不详	不详	不详
1253	贡楚克札札布	旗籍	嘉庆十二年	是	失职	新疆（乌鲁木齐）	不详	不详	不详
1254	龚启曾	直隶	嘉庆十二年	是	不详	新疆（乌鲁木齐）	不详	不详	不详
1255	程行敏	湖北	嘉庆十二年	是	不详	新疆（乌鲁木齐）	不详	不详	不详
1256	德成	旗籍	嘉庆十二年	是	不详	新疆（乌鲁木齐）	不详	不详	不详
1257	祥玉	旗籍	嘉庆十二年	是	其他	新疆（乌鲁木齐）	不详	不详	不详
1258	卢家元	福建	嘉庆十二年	是	不详	新疆（乌鲁木齐）	不详	不详	不详
1259	陈铭章	四川	嘉庆十二年	是	不详	新疆（乌鲁木齐）	不详	不详	不详

续表

序号	姓名	籍贯	开始时间	是否官吏	原因	流放地	是否文人	有无创作	有无流放作品
1260	庆福	旗籍	嘉庆十二年	是	不详	新疆（乌鲁木齐）	不详	不详	不详
1261	四达色	旗籍	嘉庆十二年	是	不详	新疆（乌鲁木齐）	不详	不详	不详
1262	郑廷安	广东	嘉庆十二年	是	不详	新疆（乌鲁木齐）	不详	不详	不详
1263	倭什布	旗籍	嘉庆十二年	是	不详	新疆（乌鲁木齐）	不详	不详	不详
1264	遇昌	旗籍	嘉庆十二年	是	其他	新疆（乌鲁木齐）	不详	不详	不详
1265	达林	旗籍	嘉庆十三年	是	其他（牵连）	不详	不详	不详	不详
1266	庆林	旗籍	嘉庆十三年	是	其他（牵连）	不详	不详	不详	不详
1267	丰林	旗籍	嘉庆十三年	是	其他（牵连）	不详	不详	不详	不详
1268	崇喜	旗籍	嘉庆十三年	是	其他（牵连）	不详	不详	不详	不详
1269	崇恩	旗籍	嘉庆十三年	是	其他（牵连）	不详	不详	不详	不详
1270	锡兰保	旗籍	嘉庆十三年	是	其他（牵连）	不详	不详	不详	不详
1271	刘六	旗籍	嘉庆十三年	是	其他（牵连）	不详	不详	不详	不详
1272	沈玉	旗籍	嘉庆十三年	是	其他（牵连）	不详	不详	不详	不详
1273	张受儿	旗籍	嘉庆十三年	是	其他（牵连）	不详	不详	不详	不详
1274	范建丰	旗籍	嘉庆十三年	是	失职	不详	不详	不详	不详
1275	额勒布	旗籍	嘉庆十三年	是	失职	不详	不详	不详	不详
1276	富兰	旗籍	嘉庆十三年	是	失职	不详	不详	不详	不详
1277	朱栋	不详	嘉庆十三年	是	失职	新疆（乌鲁木齐）	不详	不详	不详

续表

序号	姓名	籍贯	开始时间	是否官吏	原因	流放地	是否文人	有无创作	有无流放作品
1278	吴熊光	江苏	嘉庆十三年	是	中西冲突	新疆（伊犁）	是	有（别集）	有（别集）
1279	杨志信	安徽	嘉庆十三年	是	失职	不详	是	不详	不详
1280	蕴秀	旗籍	嘉庆十四年	是	贪赃	吉林	不详	不详	不详
1281	邱庭漋	直隶	嘉庆十四年	是	贪赃（牵连）	黑龙江	是	有	不详
1282	金湘	不详	嘉庆十四年	是	贪赃（牵连）	黑龙江	不详	不详	不详
1283	张鹏升	云南	嘉庆十四年	是	贪赃（牵连）	黑龙江	是	有（别集）	不详
1284	丁常龄	不详	嘉庆十四年	是	偷盗犯奸	黑龙江	不详	不详	不详
1285	杨安录	不详	嘉庆十四年	是	偷盗犯奸	黑龙江	不详	不详	不详
1286	阿灵宝	旗籍	嘉庆十四年	是	偷盗犯奸	黑龙江	不详	不详	不详
1287	庆禄	不详	嘉庆十四年	是	偷盗犯奸	黑龙江	不详	不详	不详
1288	刘云祥	不详	嘉庆十四年	是	偷盗犯奸	黑龙江	是	不详	不详
1289	刘七	不详	嘉庆十四年	是	偷盗犯奸	黑龙江	不详	不详	不详
1290	爱星阿	旗籍	嘉庆十四年	是	失职	黑龙江（齐齐哈尔）	不详	不详	不详
1291	长龄	旗籍	嘉庆十四年	是	失职	新疆（伊犁）	不详	不详	不详
1292	卫庆惠	不详	嘉庆十四年	是	贪赃	盛京	不详	不详	不详
1293	王恩观	不详	嘉庆十四年	否	偷盗犯奸（牵连）	新疆（乌鲁木齐）	不详	不详	不详
1294	林永升	不详	嘉庆十四年	是	贪赃	新疆（乌鲁木齐）	不详	不详	不详
1295	严廷燮	不详	嘉庆十四年	是	科场案	不详	不详	不详	不详

续表

序号	姓名	籍贯	开始时间	是否官吏	原因	流放地	是否文人	有无创作	有无流放作品
1296	徐步鉴	不详	嘉庆十四年	否	科场案	不详	不详	不详	不详
1297	刘凤诰	江西	嘉庆十四年	是	科场案	黑龙江（齐齐哈尔）	是	有（别集）	有（别集）
1298	陶士煜	不详	嘉庆十四年	是	贪赃	黑龙江	不详	不详	不详
1299	王嘉鼎	不详	嘉庆十四年	是	贪赃	黑龙江	不详	不详	不详
1300	秦浩	不详	嘉庆十四年	是	贪赃	黑龙江	不详	不详	不详
1301	钱树堂	不详	嘉庆十四年	是	贪赃	黑龙江	不详	不详	不详
1302	祝广平	不详	嘉庆十四年	是	贪赃	黑龙江	不详	不详	不详
1303	叶锡嘏	不详	嘉庆十四年	是	贪赃	黑龙江	不详	不详	不详
1304	英奎	旗籍	嘉庆十四年	是	贪赃	新疆（乌鲁木齐）	不详	不详	不详
1305	惠昆	旗籍	嘉庆十四年	是	贪赃	新疆（乌鲁木齐）	不详	不详	不详
1306	德音	旗籍	嘉庆十四年	是	贪赃	新疆（乌鲁木齐）	不详	不详	不详
1307	铁保	旗籍	嘉庆十四年	是	失职	新疆（乌鲁木齐）	是	有（别集）	有（别集）
1308	李亨特	旗籍	嘉庆十四年	是	失职	直隶	不详	不详	不详
1309	钱梦虎	浙江	嘉庆十五年	是	失职	新疆（乌鲁木齐）	不详	不详	不详
1310	富俊	旗籍	嘉庆十五年	是	失职	吉林	不详	不详	不详
1311	福珠灵阿	旗籍	嘉庆十六年	是	贪赃	新疆	不详	不详	不详
1312	蔡井	不详	嘉庆十六年	否	偷盗犯奸	黑龙江	不详	不详	不详
1313	高启	不详	嘉庆十六年	否	偷盗犯奸	黑龙江	不详	不详	不详

续表

序号	姓名	籍贯	开始时间	是否官吏	原因	流放地	是否文人	有无创作	有无流放作品
1314	徐松	浙江	嘉庆十六年	是	其他	新疆（伊犁）	是	有	不详
1315	胡季堂	河南	嘉庆十七年	是	贪赃	新疆（乌鲁木齐）	是	有（别集）	不详
1316	陈凤翔	江西	嘉庆十七年	是	遭陷	新疆（乌鲁木齐）	不详	不详	不详
1317	熊礼臣	不详	嘉庆十七年	是	失职	黑龙江	不详	不详	不详
1318	朱尔赓额	旗籍	嘉庆十七年	是	失职	新疆（伊犁）	不详	不详	不详
1319	陈廷圭	不详	嘉庆十七年	是	其他	吉林	不详	不详	不详
1320	凯音布	旗籍	嘉庆十八年	是	失职	盛京	不详	不详	不详
1321	哈宁阿	旗籍	嘉庆十八年	是	失职	直隶	不详	不详	不详
1322	斌静	旗籍	嘉庆十八年	是	不详	新疆（伊犁）	不详	不详	不详
1323	灵泰	旗籍	嘉庆十八年	是	不详	新疆（乌鲁木齐）	不详	不详	不详
1324	禄康	旗籍	嘉庆十八年	是	失职	盛京	不详	不详	不详
1325	裕瑞	旗籍	嘉庆十八年	是	失职	盛京	是	有（别集）	有（别集）
1326	杨遇曾	不详	嘉庆十八年	是	失职	不详	不详	不详	不详
1327	八十九	不详	嘉庆十八年	是	失职	黑龙江	不详	不详	不详
1328	忠贵	旗籍	嘉庆十八年	是	失职	黑龙江	不详	不详	不详
1329	齐钦	不详	嘉庆十八年	是	失职	新疆（伊犁）	不详	不详	不详
1330	左传文	不详	嘉庆十八年	是	失职	新疆（伊犁）	不详	不详	不详
1331	穆兰	旗籍	嘉庆十八年	是	失职	新疆（伊犁）	不详	不详	不详

续表

序号	姓名	籍贯	开始时间	是否官吏	原因	流放地	是否文人	有无创作	有无流放作品
1332	查当阿	旗籍	嘉庆十八年	是	失职	新疆（伊犁）	不详	不详	不详
1333	倭什布	旗籍	嘉庆十八年	是	失职	新疆（伊犁）	不详	不详	不详
1334	明福	旗籍	嘉庆十八年	是	失职	新疆（伊犁）	不详	不详	不详
1335	曾衍东	不详	嘉庆十八年	是	贪赃	浙江	是	有	不详
1336	季麟	江苏	嘉庆十八年	是	失职	新疆（伊犁）	是	不详	不详
1337	陈绍荣	不详	嘉庆十八年	是	失职	新疆（伊犁）	不详	不详	不详
1338	陈钜鋼	浙江	嘉庆十八年	是	失职	新疆（伊犁）	不详	不详	不详
1339	张步高	不详	嘉庆十八年	是	失职	新疆（乌鲁木齐）	不详	不详	不详
1340	陈明亮	不详	嘉庆十八年	是	失职	新疆（伊犁）	不详	不详	不详
1341	伊兑	旗籍	嘉庆十八年	是	失职	新疆（伊犁）	不详	不详	不详
1342	哈丰阿	旗籍	嘉庆十九年	是	偷盗犯奸	不详	不详	不详	不详
1343	丰安	旗籍	嘉庆十九年	是	偷盗犯奸	不详	不详	不详	不详
1344	拜崚阿	旗籍	嘉庆十九年	是	偷盗犯奸	不详	不详	不详	不详
1345	吴邦墉	不详	嘉庆十九年	是	失职	新疆（伊犁）	不详	不详	不详
1346	托云泰	旗籍	嘉庆十九年	是	失礼	新疆（乌鲁木齐）	不详	不详	不详
1347	福通阿	旗籍	嘉庆十九年	是	贪赃	新疆（伊犁）	不详	不详	不详
1348	饶国柱	不详	嘉庆十九年	是	失职	新疆（伊犁）	不详	不详	不详
1349	陈天寿	不详	嘉庆十九年	是	失礼	新疆（伊犁）	不详	不详	不详

续表

序号	姓名	籍贯	开始时间	是否官吏	原因	流放地	是否文人	有无创作	有无流放作品
1350	吉纶	旗籍	嘉庆十九年	是	失职	吉林	不详	不详	不详
1351	同兴	旗籍	嘉庆十九年	是	失职	盛京	不详	不详	不详
1352	成林	旗籍	嘉庆十九年	是	失职	新疆（乌鲁木齐）	是	有	不详
1353	李亭特	旗籍	嘉庆十九年	是	失职	黑龙江	不详	不详	不详
1354	铁保	旗籍	嘉庆十九年	是	失职	吉林	是	有（别集）	有（别集）
1355	王树勋	江苏	嘉庆二十年	是	偷盗犯奸	黑龙江	不详	不详	不详
1356	罗声皋	四川	嘉庆二十年	是	失礼	新疆（伊犁）	不详	有	不详
1357	史善长	浙江	嘉庆二十一年	是	失职	新疆	是	有（别集）	有（别集）
1358	先福	旗籍	嘉庆二十二年	是	贪赃	新疆（伊犁）	不详	有	不详
1359	朱履中	浙江	嘉庆二十二年	是	偷盗犯奸	黑龙江（齐齐哈尔）	是	有（别集）	有（别集）
1360	庆丰	旗籍	嘉庆二十二年	是	作乱	吉林	不详	不详	不详
1361	敬徵	旗籍	嘉庆二十二年	是	失职	盛京	是	有（别集）	不详
1362	屏翰	旗籍	嘉庆二十二年	是	失职	盛京	不详	有（别集）	不详
1363	涂以辀	江西	嘉庆二十二年	是	其他	吉林	是	有（别集）	有（别集）
1364	李广溢	直隶	嘉庆二十三年	是	不详	新疆（乌鲁木齐）	是	有（别集）	有（别集）
1365	贵庆	旗籍	嘉庆二十三年	是	失礼	黑龙江（齐齐哈尔）	是	有（别集）	有（别集）
1366	纳尔松阿	旗籍	嘉庆二十三年	是	失礼	新疆（乌鲁木齐）	不详	不详	不详
1367	胡武钰	江苏	嘉庆二十三年	否	科场案	山西	是	有（别集）	有（别集）

续表

序号	姓名	籍贯	开始时间	是否官吏	原因	流放地	是否文人	有无创作	有无流放作品
1368	文宁	旗籍	嘉庆二十三年	是	失礼	直隶	不详	不详	不详
1369	来图	旗籍	嘉庆二十三年	是	贪赃	新疆（乌鲁木齐）	不详	不详	不详
1370	庸三	不详	嘉庆二十三年	不详	贪赃	不详	不详	不详	不详
1371	李兴	不详	嘉庆二十三年	不详	贪赃	黑龙江	不详	不详	不详
1372	石英	不详	嘉庆二十三年	不详	贪赃	黑龙江	不详	不详	不详
1373	佛庆	旗籍	嘉庆二十三年	是	贪赃	新疆（乌鲁木齐）	不详	不详	不详
1374	易成章	不详	嘉庆二十三年	否	其他	黑龙江	不详	不详	不详
1375	张玉纬	不详	嘉庆二十三年	是	失职	不详	不详	不详	不详
1376	温承惠	山西	嘉庆二十四年	是	失职	新疆（伊犁）	是	有（别集）	不详
1377	朱尔庚额	旗籍	嘉庆年间	是	其他	不详	不详	不详	不详
1378	王霖	江西	嘉庆年间	否	文字狱（牵连）	黑龙江（齐齐哈尔）	不详	不详	不详
1379	齐培元	山东	嘉庆年间	是	失职	新疆（乌鲁木齐）	是	有（别集）	有（别集）
1380	魏耘圃	不详	嘉庆年间	不详	不详	黑龙江（齐齐哈尔）	是	有	有
1381	兴兆	旗籍	嘉庆年间	是	失职	新疆（乌鲁木齐）	不详	不详	不详
1382	王芝异	湖北	嘉庆年间	否	偷盗犯奸	云南	是	有（别集）	有（别集）
1383	斌静	旗籍	道光元年	是	失职	黑龙江	不详	不详	不详
1384	绥善	不详	道光元年	是	偷盗犯奸	新疆（伊犁）	不详	不详	不详
1385	王履泰	江苏	道光元年	是	失礼	吉林	是	有	有

续表

序号	姓名	籍贯	开始时间	是否官吏	原因	流放地	是否文人	有无创作	有无流放作品
1386	聂绍祖	不详	道光元年	是	失职	不详	不详	不详	不详
1387	陈斌	不详	道光元年	是	失职	不详	不详	不详	不详
1388	清凝	不详	道光元年	是	失职	不详	不详	不详	不详
1389	陆有恒	江苏	道光元年	是	失礼	不详	不详	不详	不详
1390	冯钰	四川	道光元年	是	失职	新疆	不详	不详	不详
1391	硕海	旗籍	道光元年	是	其他	黑龙江	不详	不详	不详
1392	兴贵	旗籍	道光元年	是	失职	新疆（伊犁）	不详	不详	不详
1393	恒龄	旗籍	道光二年	是	偷盗犯奸	吉林	不详	不详	不详
1394	至善	不详	道光二年	是	其他	新疆（伊犁）	不详	不详	不详
1395	阿隆阿	旗籍	道光二年	是	其他	直隶	不详	不详	不详
1396	邓有贵	不详	道光二年	是	失职	新疆	不详	不详	不详
1397	周恒	不详	道光二年	是	失职	新疆	不详	不详	不详
1398	李之穗	不详	道光二年	是	失职	新疆	不详	不详	不详
1399	梁有成	不详	道光二年	是	失职	新疆	不详	不详	不详
1400	贺国清	不详	道光二年	是	失职	新疆	不详	不详	不详
1401	尹同	不详	道光二年	不详	偷盗犯奸	新疆	不详	不详	不详
1402	邓绍禹	不详	道光二年	是	偷盗犯奸	新疆	不详	不详	不详
1403	福克津	不详	道光二年	是	贪赃	不详	不详	不详	不详

续表

序号	姓名	籍贯	开始时间	是否官吏	原因	流放地	是否文人	有无创作	有无流放作品
1404	杜植	不详	道光三年	否	偷盗犯奸	不详	不详	不详	不详
1405	英惠	旗籍	道光三年	是	失职	不详	不详	不详	不详
1406	王履泰	江苏	道光四年	否	失礼	新疆（伊犁）	是	有	有
1407	蒋因培	江苏	道光元年	是	失职	新疆	是	有（别集）	有（别集）
1408	法克精额	旗籍	道光二年	是	贪赃	黑龙江	不详	不详	不详
1409	马端辰	不详	道光二年	是	贪赃	黑龙江	不详	不详	不详
1410	袁洁	江苏	道光二年	是	失职	新疆（乌鲁木齐）	是	有（别集）	有（别集）
1411	塔菁额	旗籍	道光二年	是	偷盗犯奸	黑龙江	不详	不详	不详
1412	明叙	旗籍	道光二年	是	偷盗犯奸	直隶	不详	不详	不详
1413	徐润	不详	道光二年	是	贪赃	新疆（伊犁）	不详	不详	不详
1414	凌海	不详	道光三年	是	贪赃	新疆（伊犁）	不详	不详	不详
1415	张拱辰	不详	道光三年	是	失职	新疆（伊犁）	不详	不详	不详
1416	富克精阿	旗籍	道光三年	是	失职	新疆（伊犁）	不详	不详	不详
1417	德禄	旗籍	道光三年	是	失职	新疆（伊犁）	不详	不详	不详
1418	韩封	江苏	道光四年	是	失职	不详	是	有	不详
1419	穆克登额	旗籍	道光四年	是	失礼	新疆（乌鲁木齐）	不详	不详	不详
1420	张文浩	直隶	道光四年	是	失职	新疆（伊犁）	不详	不详	不详
1421	吕锡龄	不详	道光四年	是	失职	新疆（伊犁）	不详	不详	不详

续表

序号	姓名	籍贯	开始时间	是否官吏	原因	流放地	是否文人	有无创作	有无流放作品
1422	沈琮	不详	道光四年	是	失职	新疆(乌鲁木齐)	不详	不详	不详
1423	庆纯	旗籍	道光四年	是	失职	不详	不详	不详	不详
1424	贾莞采	不详	道光四年	是	失职	不详	是	不详	不详
1425	富纶	旗籍	道光五年	是	失职	黑龙江	不详	不详	不详
1426	福山	不详	道光五年	否	偷盗犯奸	吉林	不详	不详	不详
1427	大祥	不详	道光五年	否	偷盗犯奸	黑龙江	不详	不详	不详
1428	方士淦	安徽	道光五年	是	失职	不详	是	有(别集)	有(别集)
1429	黄兆蕙	湖南	道光五年	是	贪赃	黑龙江	不详	不详	不详
1430	马伯乐	不详	道光五年	是	失职	新疆	是	有	不详
1431	马汝霖	不详	道光五年	是	失职	不详	不详	不详	不详
1432	席殿魁	不详	道光七年	是	偷盗犯奸	新疆(伊犁)	不详	不详	不详
1433	谢蕲阳	不详	道光七年	是	失职	不详	不详	不详	不详
1434	陈树猷	不详	道光八年	是	贪赃	新疆	不详	不详	不详
1435	英和	旗籍	道光八年	是	失职	黑龙江(齐齐哈尔)	是	有(别集)	有(别集)
1436	奎照	旗籍	道光八年	是	其他	黑龙江(齐齐哈尔)	是	有(别集)	有(别集)
1437	奎耀	旗籍	道光八年	是	失职	黑龙江(齐齐哈尔)	不详	不详	不详
1438	牛坤	不详	道光八年	是	失职	新疆(伊犁)	是	有(别集)	不详
1439	百寿	旗籍	道光八年	是	失职	新疆(乌鲁木齐)	不详	不详	不详

续表

序号	姓名	籍贯	开始时间	是否官吏	原因	流放地	是否文人	有无创作	有无流放作品
1440	延凤	旗籍	道光八年	是	失职	新疆（乌鲁木齐）	不详	不详	不详
1441	定普	旗籍	道光八年	是	失职	不详	不详	不详	不详
1442	长淳	旗籍	道光八年	是	失职	不详	不详	不详	不详
1443	玛彦布	旗籍	道光八年	是	失职	不详	不详	不详	不详
1444	多龄	旗籍	道光八年	是	贪赃	新疆	不详	不详	不详
1445	龙正谦	不详	道光八年	是	失职	不详	不详	不详	不详
1446	明喜	不详	道光九年	是	偷盗犯奸	黑龙江	不详	不详	不详
1447	张华	不详	道光九年	是	偷盗犯奸	不详	不详	不详	不详
1448	李仪	不详	道光九年	是	失职	新疆	不详	不详	不详
1449	富来	不详	道光九年	是	失职	新疆	不详	不详	不详
1450	张腾	不详	道光十年	是	偷盗犯奸	不详	不详	不详	不详
1451	陈醇	江苏	道光十年	是	贪赃	不详	不详	不详	不详
1452	巴恰裕	不详	道光十一年	是	偷盗犯奸	不详	不详	不详	不详
1453	张珍皋	不详	道光十一年	是	不详	新疆	是	不详	不详
1454	李方玉	湖南	道光十二年	是	失职	新疆	不详	不详	不详
1455	硕德	旗籍	道光十二年	是	贪赃	不详	不详	不详	不详
1456	松奎	旗籍	道光十二年	是	失职	不详	不详	不详	不详
1457	睿安	旗籍	道光十二年	是	失职	吉林	不详	不详	不详

续表

序号	姓名	籍贯	开始时间	是否官吏	原因	流放地	是否文人	有无创作	有无流放作品
1458	李鸿宾	江西	道光十二年	是	失职	新疆（乌鲁木齐）	是	不详	不详
1459	刘荣庆	江苏	道光十二年	是	失职	新疆（伊犁）	不详	不详	不详
1460	田锐	不详	道光十三年	是	失职	不详	不详	不详	不详
1461	张顺清	不详	道光十三年	是	失职	不详	不详	不详	不详
1462	沈德功	不详	道光十三年	是	失职	不详	不详	不详	不详
1463	王积荣	不详	道光十三年	是	失职	不详	不详	不详	不详
1464	筇拉欢	旗籍	道光十三年	是	偷盗犯奸	新疆	不详	不详	不详
1465	祥佑	不详	道光十三年	不详	偷盗犯奸	黑龙江	不详	不详	不详
1466	闵应魁	不详	道光十四年	是	偷盗犯奸	新疆	不详	不详	不详
1467	秦师韩	不详	道光十四年	是	偷盗犯奸	新疆	不详	不详	不详
1468	灵秀	不详	道光十五年	是	偷盗犯奸	新疆（伊犁）	不详	不详	不详
1469	叶起鹏	云南	道光十五年	是	偷盗犯奸	新疆（乌鲁木齐）	不详	不详	不详
1470	何正机	贵州	道光十五年	是	其他	新疆	不详	不详	不详
1471	杨千春	不详	道光十五年	是	偷盗犯奸	不详	不详	不详	不详
1472	张敦绪	江西	道光十五年	是	贪赃	不详	不详	不详	不详
1473	王元凤	江苏	道光十五年	是	失职	不详	不详	不详	不详
1474	丰厚	旗籍	道光十五年	是	偷盗犯奸	吉林	不详	不详	不详
1475	珠隆阿	旗籍	道光十五年	否	科场案	盛京	不详	不详	不详

续表

序号	姓名	籍贯	开始时间	是否官吏	原因	流放地	是否文人	有无创作	有无流放作品
1476	高嗒喇	旗籍	道光十六年	是	失礼	直隶	不详	不详	不详
1477	安兴阿	旗籍	道光十六年	是	失礼(牵连)	直隶	不详	不详	不详
1478	克兴阿	旗籍	道光十六年	是	失礼(牵连)	直隶	不详	不详	不详
1479	吴士敏	不详	道光十六年	是	失职	新疆(乌鲁木齐)	不详	不详	不详
1480	向尊化	不详	道光十六年	是	失职	新疆(乌鲁木齐)	不详	不详	不详
1481	陈存泰	旗籍	道光十六年	是	失职	新疆(乌鲁木齐)	不详	不详	不详
1482	寿昌	不详	道光十七年	是	偷盗犯奸	新疆(乌鲁木齐)	不详	不详	不详
1483	吴琪	不详	道光十七年	是	贪赃	不详	不详	不详	不详
1484	陈学源	不详	道光十七年	是	贪赃	不详	不详	不详	不详
1485	伊林保	不详	道光十七年	是	偷盗犯奸	新疆	不详	不详	不详
1486	海亮	旗籍	道光十七年	是	失礼	新疆	不详	不详	不详
1487	兴德	不详	道光十七年	是	失礼	不详	不详	不详	不详
1488	刘允忠	甘肃	道光十七年	是	其他	新疆(伊犁)	不详	不详	不详
1489	图什阿	旗籍	道光十八年	是	中西冲突	新疆(伊犁)	不详	不详	不详
1490	苏勒通阿阿	旗籍	道光十八年	是	其他	新疆(伊犁)	不详	不详	不详
1491	瑞麟	旗籍	道光十八年	是	其他	新疆(伊犁)	不详	不详	不详
1492	中文亮	旗籍	道光十八年	是	中西冲突	直隶	不详	不详	不详
1493	通桂	旗籍	道光十八年	是	中西冲突	直隶	不详	不详	不详

续表

序号	姓名	籍贯	开始时间	是否官吏	原因	流放地	是否文人	有无创作	有无流放作品
1494	中松杰	旗籍	道光十八年	是	中西冲突	直隶	不详	不详	不详
1495	奕賣	旗籍	道光十八年	是	中西冲突	不详	不详	不详	不详
1496	奕颢	旗籍	道光十八年	是	其他	盛京	不详	不详	不详
1497	功普	旗籍	道光十八年	是	其他(牵连)	盛京	不详	不详	不详
1498	黄濬	浙江	道光十八年	是	遭陷	新疆(乌鲁木齐)	是	有(别集)	不详
1499	奕镈	旗籍	道光十八年	是	失礼	黑龙江	不详	不详	不详
1500	海亮	旗籍	道光十九年	是	失礼	新疆	不详	不详	不详
1501	爱隆阿	旗籍	道光十九年	是	失礼	新疆	不详	不详	不详
1502	奕蘧	旗籍	道光十九年	是	中西冲突	盛京	不详	不详	不详
1503	金和	旗籍	道光十九年	是	其他	新疆(乌鲁木齐)	不详	不详	不详
1504	陈桂林	不详	道光十九年	是	科场案	新疆	不详	不详	不详
1505	瑞珠	旗籍	道光十九年	是	偷盗犯奸	盛京	不详	不详	不详
1506	有麟	旗籍	道光十九年	是	失职	盛京	不详	不详	不详
1507	钟禧	旗籍	道光十九年	是	偷盗犯奸	不详	不详	不详	不详
1508	萧三	不详	道光十九年	否	偷盗犯奸	新疆	不详	不详	不详
1509	刘礼恭	不详	道光十九年	是	偷盗犯奸	新疆	不详	不详	不详
1510	蒋大彪	不详	道光十九年	是	贪赃	新疆	不详	不详	不详
1511	杨尚炯	湖南	道光十九年	是	偷盗犯奸	不详	不详	不详	不详

续表

序号	姓名	籍贯	开始时间	是否官吏	原因	流放地	是否文人	有无创作	有无流放作品
1512	董梦龄	不详	道光十九年	是	偷盗犯奸	新疆	不详	不详	不详
1513	全孚	旗籍	道光十九年	是	失职	不详	不详	不详	不详
1514	萼顺	旗籍	道光二十年	是	失礼	新疆(乌鲁木齐)	不详	不详	不详
1515	阿达顺	旗籍	道光二十年	是	失职	不详	不详	不详	不详
1516	庆玉	旗籍	道光二十年	是	贪赃	新疆(伊犁)	不详	不详	不详
1517	魁明	旗籍	道光二十年	是	偷盗犯奸	新疆(乌鲁木齐)	不详	不详	不详
1518	王传心	不详	道光二十年	是	中西冲突	新疆(伊犁)	不详	不详	不详
1519	奕纪	旗籍	道光二十年	是	其他	黑龙江	不详	不详	不详
1520	惠麟	旗籍	道光二十年	是	贪赃	新疆(乌鲁木齐)	不详	不详	不详
1521	罗建功	不详	道光二十年	是	中西冲突	新疆	不详	不详	不详
1522	钱炳焕	不详	道光二十年	是	中西冲突	新疆	不详	不详	不详
1523	王万年	不详	道光二十年	是	中西冲突	新疆	不详	不详	不详
1524	龚配道	不详	道光二十年	是	中西冲突	新疆	不详	不详	不详
1525	周天爵	山东	道光二十年	是	失职	新疆(伊犁)	是	不详	不详
1526	楚镛	不详	道光二十年	是	失礼	新疆(乌鲁木齐)	不详	不详	不详
1527	鄂尔端	不详	道光二十年	是	失礼	黑龙江	不详	不详	不详
1528	庆存	旗籍	道光二十一年	是	失职	不详	不详	不详	不详
1529	吕平蛟	不详	道光二十一年	是	失职	不详	不详	不详	不详

续表

序号	姓名	籍贯	开始时间	是否官吏	原因	流放地	是否文人	有无创作	有无流放作品
1530	林则徐	福建	道光二十一年	是	中西冲突	新疆（伊犁）	是	有（别集）	有（别集）
1531	邓廷桢	江苏	道光二十一年	是	中西冲突	新疆（伊犁）	是	有（别集）	有（别集）
1532	伊里布	旗籍	道光二十一年	是	中西冲突	不详	是	不详	不详
1533	文冲	旗籍	道光二十一年	是	失职	新疆（伊犁）	是	有（别集）	有（别集）
1534	琦善	旗籍	道光二十一年	是	中西冲突	黑龙江	不详	不详	不详
1535	乌尔恭额	旗籍	道光二十一年	是	中西冲突	不详	是	不详	不详
1536	高步月	不详	道光二十一年	是	失职	新疆（乌鲁木齐）	不详	不详	不详
1537	珠尔罕	旗籍	道光二十二年	是	中西冲突	新疆	不详	不详	不详
1538	绵性	旗籍	道光二十二年	是	其他	盛京	不详	不详	不详
1539	刘均	不详	道光二十二年	是	不详	新疆	不详	不详	不详
1540	文彬	不详	道光二十二年	是	不详	盛京	不详	不详	不详
1541	黄冕	湖南	道光二十二年	是	中西冲突	新疆	不详	不详	不详
1542	陈俅森	不详	道光二十三年	是	失职	新疆	是	有	不详
1543	钱江	浙江	道光二十三年	否	中西冲突	新疆	是	有	有
1544	周维藩	不详	道光二十四年	是	中西冲突	新疆	不详	不详	不详
1545	王鼎勋	不详	道光二十四年	是	中西冲突	新疆	不详	不详	不详
1546	舒恭受	不详	道光二十四年	是	中西冲突	新疆	是	不详	不详
1547	彭崧年	不详	道光二十四年	是	中西冲突	新疆	不详	不详	不详

续表

序号	姓名	籍贯	开始时间	是否官吏	原因	流放地	是否文人	有无创作	有无流放作品
1548	金秀堃	不详	道光二十四年	是	中西冲突	新疆	不详	不详	不详
1549	封耀祖	不详	道光二十四年	是	中西冲突	新疆	不详	不详	不详
1550	周恭寿	湖北	道光二十四年	是	中西冲突	新疆	不详	不详	不详
1551	钱燕桂	不详	道光二十四年	是	中西冲突	新疆	不详	不详	不详
1552	刘光斗	盛京	道光二十四年	是	中西冲突	新疆	是	不详	不详
1553	马钰	不详	道光二十五年	是	失职	不详	不详	不详	不详
1554	恩麟	旗籍	道光二十五年	是	失礼	不详	不详	不详	不详
1555	祖连	旗籍	道光二十六年	否	作乱	黑龙江	不详	不详	不详
1556	代昌	旗籍	道光二十六年	否	作乱	黑龙江	不详	不详	不详
1557	奕经	旗籍	道光二十六年	是	失职	黑龙江	不详	不详	不详
1558	斋清额	旗籍	道光二十六年	是	失职	新疆（伊犁）	不详	不详	不详
1559	富德浑	旗籍	道光二十六年	是	失职	新疆（乌鲁木齐）	不详	不详	不详
1560	吴嘉宾	江西	道光二十七年	是	不详	新疆	是	有（别集）	有（别集）
1561	郭洪鹏	不详	道光二十八年	是	偷盗犯奸	黑龙江	不详	不详	不详
1562	开明阿	旗籍	道光二十八年	是	失职	新疆（乌鲁木齐）	不详	不详	不详
1563	薛思齐	不详	道光二十九年	是	贪赃	新疆	不详	不详	不详
1564	王兆琛	山东	道光二十九年	是	贪赃	新疆	是	有（别集）	有（别集）
1565	杨树年	不详	道光二十九年	是	贪赃	新疆	不详	不详	不详

续表

序号	姓名	籍贯	开始时间	是否官吏	原因	流放地	是否文人	有无创作	有无流放作品
1566	杨炳堃	浙江	道光三十年	是	失职	新疆	是	有（别集）	有（别集）
1567	奕纪	不详	道光三十年	是	贪脏	吉林	不详	不详	不详
1568	豫堃	旗籍	道光年间	是	中西冲突	新疆（伊犁）	不详	不详	不详
1569	金德荣	江苏	道光间	是	其他（牵连）	新疆（乌鲁木齐）	是	有（别集）	有（别集）
1570	吉明	旗籍	道光年间	是	不详	新疆	是	有（别集）	不详
1571	蔡涛	浙江	道光年间	否	遭谮	陕西	是	有（别集）	有（别集）
1572	文光	浙江	咸丰元年	是	直言	黑龙江	不详	不详	不详
1573	郑祖琛	浙江	咸丰元年	是	失职	新疆（伊犁）	是	有（别集）	不详
1574	易佐清	不详	咸丰元年	否	作乱	新疆	不详	不详	不详
1575	胡启毓	不详	咸丰元年	否	作乱	新疆	不详	不详	不详
1576	李庆什	不详	咸丰元年	是	失职	新疆	不详	不详	不详
1577	刘大纲	不详	咸丰元年	是	失职	不详	不详	不详	不详
1578	劳玉荣	不详	咸丰元年	是	失职	不详	不详	不详	不详
1579	琦善	旗籍	咸丰二年	是	失职	吉林	不详	不详	不详
1580	张集馨	江苏	咸丰二年	是	失职	不详	是	有（别集）	不详
1581	文桂	旗籍	咸丰二年	是	失职	不详	不详	不详	不详
1582	步际桐	直隶	咸丰二年	是	失职	不详	是	有	不详
1583	赵桂芳	不详	咸丰二年	是	失职	不详	不详	不详	不详

续表

序号	姓名	籍贯	开始时间	是否官吏	原因	流放地	是否文人	有无创作	有无流放作品
1584	尹润	不详	咸丰二年	是	失职	不详	不详	不详	不详
1585	冷晨东	不详	咸丰二年	是	失职	新疆	不详	不详	不详
1586	景廉	旗籍	咸丰二年	是	不详	甘肃	是	有（别集）	不详
1587	程商采	江西	咸丰三年	是	失职	新疆	是	有（别集）	不详
1588	龚裕	不详	咸丰三年	是	失职	新疆	不详	不详	不详
1589	穆通阿	旗籍	咸丰三年	是	贪赃	不详	不详	不详	不详
1590	哈芬	旗籍	咸丰三年	是	其他	不详	不详	不详	不详
1591	张翙国	不详	咸丰三年	是	失职	新疆	不详	不详	不详
1592	张昶	不详	咸丰三年	是	失职	新疆	不详	不详	不详
1593	恩和	旗籍	咸丰四年	是	失礼	不详	不详	不详	不详
1594	侯敦典	不详	咸丰四年	是	失职	不详	不详	不详	不详
1595	但明伦	贵州	咸丰四年	是	失职	新疆	是	有（别集）	不详
1596	杨殿邦	安徽	咸丰四年	是	失职	新疆	是	有（别集）	不详
1597	塔芬布	旗籍	咸丰四年	是	失职	新疆	不详	不详	不详
1598	立诚	旗籍	咸丰四年	是	贪赃	新疆	不详	不详	不详
1599	百胜	旗籍	咸丰四年	是	失职	新疆	不详	不详	不详
1600	柏山	旗籍	咸丰四年	是	其他	新疆	不详	不详	不详
1601	德保	旗籍	咸丰四年	是	其他	不详	不详	不详	不详

续表

序号	姓名	籍贯	开始时间	是否官吏	原因	流放地	是否文人	有无创作	有无流放作品
1602	黄德坊	不详	咸丰四年	是	贪赃	新疆	不详	不详	不详
1603	曾芝荃	不详	咸丰四年	是	失礼	新疆	不详	不详	不详
1604	谢洪恩	不详	咸丰四年	是	失礼	新疆	是	不详	不详
1605	张廷瑞	不详	咸丰四年	是	失职	不详	不详	不详	不详
1606	陆武曾	不详	咸丰四年	是	失职	新疆	不详	不详	不详
1607	胜保	旗籍	咸丰五年	是	失职	新疆	不详	不详	不详
1608	庆锡	旗籍	咸丰五年	是	贪赃	黑龙江	不详	不详	不详
1609	达魁	旗籍	咸丰五年	是	贪赃	新疆	不详	不详	不详
1610	达谨	旗籍	咸丰五年	是	贪赃	新疆	不详	不详	不详
1611	司泳茂	不详	咸丰五年	是	贪赃	不详	不详	不详	不详
1612	丁晏	江苏	咸丰五年	是	其他	不详	是	有（别集）	有（别集）
1613	罗全善	不详	咸丰五年	是	失礼	吉林	不详	有（别集）	不详
1614	寨尚阿	旗籍	咸丰五年	是	失职	不详	不详	不详	不详
1615	讷尔经额	旗籍	咸丰五年	是	失职	不详	不详	不详	不详
1616	雷以諴	湖北	咸丰六年	是	失职	新疆（伊犁）	是	有（别集）	有（别集）
1617	朱琦	不详	咸丰六年	是	偷盗犯奸	新疆	是	有（别集）	不详
1618	忠能	旗籍	咸丰七年	是	偷盗犯奸	黑龙江	不详	不详	不详
1619	张殿元	不详	咸丰八年	是	中西冲突	不详	不详	不详	不详

553

续表

序号	姓名	籍贯	开始时间	是否官吏	原因	流放地	是否文人	有无创作	有无流放作品
1620	洪汝奎	湖北	咸丰八年	是	失职	不详	不详	不详	不详
1621	谭廷襄	浙江	咸丰八年	是	中西冲突	不详	是	不详	不详
1622	文英	旗籍	咸丰八年	否	贪赃	新疆	不详	不详	不详
1623	崔良弼	不详	咸丰八年	是	贪赃	不详	不详	不详	不详
1624	樊燮	不详	咸丰九年	是	贪赃	不详	不详	不详	不详
1625	程庭桂	江苏	咸丰九年	是	科场案	不详	是	有（别集）	有（别集）
1626	谢森墀	不详	咸丰九年	是	科场案	新疆	不详	不详	不详
1627	李旦华	不详	咸丰九年	是	科场案	新疆	不详	不详	不详
1628	王景麟	不详	咸丰九年	是	科场案	新疆	不详	不详	不详
1629	潘敦俨	江苏	咸丰九年	是	科场案	新疆	是	有（别集）	不详
1630	潘祖同	江苏	咸丰九年	是	科场案	新疆	是	有	不详
1631	熊元培	江苏	咸丰九年	否	科场案	新疆	不详	不详	不详
1632	马林升	不详	咸丰十年	是	贪赃	不详	不详	不详	不详
1633	文明	旗籍	咸丰十年	是	偷盗犯奸	新疆	不详	不详	不详
1634	孙毓汶	山东	咸丰十年	是	其他	不详	是	不详	不详
1635	奎麟	旗籍	咸丰十年	是	贪赃	不详	不详	不详	不详
1636	瑞琇	旗籍	咸丰十年	是	贪赃	不详	不详	不详	不详
1637	萧盛远	湖北	咸丰十年	是	失职	新疆	不详	不详	不详

续表

序号	姓名	籍贯	开始时间	是否官吏	原因	流放地	是否文人	有无创作	有无流放作品
1638	丁文瑞	不详	咸丰十一年	是	偷盗犯奸	黑龙江	不详	不详	不详
1639	希升额	不详	咸丰十一年	是	偷盗犯奸	黑龙江	不详	不详	不详
1640	庚长	旗籍	咸丰十一年	是	失职	新疆	不详	不详	不详
1641	英秀	旗籍	咸丰十一年	是	失职	新疆	不详	不详	不详
1642	薛碧屯	旗籍	咸丰十一年	是	贪赃	新疆(乌鲁木齐)	不详	不详	不详
1643	阿驹善普	旗籍	咸丰十一年	是	失职(牵连)	新疆(乌鲁木齐)	不详	不详	不详
1644	袁添喜	不详	咸丰十一年	是	结党	黑龙江	不详	不详	不详
1645	王喜庆	不详	咸丰十一年	是	结党	不详	不详	不详	不详
1646	杜双奎	不详	咸丰十一年	是	结党	黑龙江	不详	不详	不详
1647	穆荫	旗籍	咸丰十一年	是	结党	不详	是	不详	不详
1648	陈孚恩	江西	咸丰十一年	是	结党	新疆	是	有	不详
1649	庆英	旗籍	咸丰十一年	是	偷盗犯奸	新疆	是	不详	不详
1650	文玉	旗籍	咸丰年间	不详	不详	不详	不详	不详	不详
1651	绵性	旗籍	同治元年	是	失职	吉林	不详	不详	不详
1652	乐斌	旗籍	同治元年	是	失职	新疆	不详	不详	不详
1653	陈四	不详	同治元年	否	失职(牵连)	黑龙江	不详	不详	不详
1654	佘奎	不详	同治元年	是	失职(牵连)	黑龙江	不详	不详	不详
1655	章桂文	不详	同治元年	是	失职(牵连)	黑龙江	不详	不详	不详

续表

序号	姓名	籍贯	开始时间	是否官吏	原因	流放地	是否文人	有无创作	有无流放作品
1656	彭雨亭	不详	同治元年	是	失职（牵连）	黑龙江	不详	不详	不详
1657	普承尧	不详	同治元年	是	失职	不详	不详	不详	不详
1658	白维	不详	同治元年	是	偷盗犯奸	不详	不详	不详	不详
1659	王魔谦	不详	同治元年	是	不详	不详	是	有	不详
1660	英蕴	旗籍	同治元年	不详	不详	盛京	不详	不详	不详
1661	色克通额	旗籍	同治元年	是	偷盗犯奸	黑龙江	不详	不详	不详
1662	瑞澂	旗籍	同治元年	是	偷盗犯奸	黑龙江	不详	不详	不详
1663	翁同书	江苏	同治二年	是	失职	新疆	是	有（别集）	不详
1664	文煜	旗籍	同治元年	是	失职	不详	不详	不详	不详
1665	遮克敦布	旗籍	同治元年	是	失职	新疆	不详	不详	不详
1666	国樍	旗籍	同治元年	是	其他	黑龙江	不详	不详	不详
1667	赓音图	旗籍	同治元年	是	其他	新疆（乌鲁木齐）	不详	不详	不详
1668	乌仁泰	旗籍	同治二年	是	其他	新疆	不详	不详	不详
1669	奕绣	旗籍	同治二年	是	其他（牵连）	吉林	不详	不详	不详
1670	绍恒	旗籍	同治二年	是	其他（牵连）	黑龙江	不详	不详	不详
1671	瑛棨	旗籍	同治二年	是	贪赃	新疆	不详	不详	不详
1672	赵慎之	不详	同治二年	是	偷盗犯奸	黑龙江	是	有	不详
1673	觉罗炳敢	旗籍	同治二年	是	贪赃	黑龙江	不详	不详	不详

续表

序号	姓名	籍贯	开始时间	是否官吏	原因	流放地	是否文人	有无创作	有无流放作品
1674	邵征祥	不详	同治二年	是	其他(牵连)	黑龙江	不详	不详	不详
1675	张士端	不详	同治二年	是	其他(牵连)	黑龙江	不详	不详	不详
1676	景廉	旗籍	同治二年	是	不详	甘肃	不详	不详	不详
1677	傅崇武	不详	同治三年	是	结党	新疆	不详	不详	不详
1678	张学醇	不详	同治三年	是	结党	不详	不详	不详	有(别集)
1679	田兴恕	湖南	同治四年	是	中西冲突	甘肃	是	有(别集)	有(别集)
1680	成瑞	不详	同治四年	是	其他	黑龙江	不详	不详	不详
1681	赵仁和	不详	同治四年	是	失职	黑龙江	不详	不详	不详
1682	赵友文	不详	同治四年	是	失职	黑龙江	不详	不详	不详
1683	陈继虞	不详	同治四年	是	失职	黑龙江	不详	不详	不详
1684	张菱萱(张心培)	湖北	同治四年	是	偷盗犯奸	新疆	不详	不详	不详
1685	谢葆龄	浙江	同治四年	是	偷盗犯奸	新疆	不详	不详	不详
1686	广凤	旗籍	同治五年	是	失职	黑龙江	不详	不详	不详
1687	图库尔	旗籍	同治五年	是	失职	吉林	不详	不详	不详
1688	熊其光	不详	同治六年	是	作乱(牵连)	黑龙江	不详	不详	不详
1689	严树森	四川	同治六年	是	贪赃	云南	不详	不详	不详
1690	李云麟	旗籍	同治七年	是	失职	黑龙江(齐齐哈尔)	是	有(别集)	不详
1691	贵祥	旗籍	同治七年	是	贪赃	黑龙江	不详	不详	不详

续表

序号	姓名	籍贯	开始时间	是否官吏	原因	流放地	是否文人	有无创作	有无流放作品
1692	胡昌愈	湖南	同治八年	是	失职（牵连）	黑龙江（齐齐哈尔）	是	有（别集）	有（别集）
1693	罗萨才	不详	同治八年	是	失职	黑龙江	不详	不详	不详
1694	李作松	不详	同治八年	是	失职	黑龙江	不详	不详	不详
1695	邓奇望	不详	同治八年	是	失职	黑龙江	不详	不详	不详
1696	徽麟	旗籍	同治八年	是	失职	不详	不详	不详	不详
1697	宣维礼	江苏	同治九年	不详	贪赃	不详	不详	不详	不详
1698	张光藻	安徽	同治九年	是	中西冲突	黑龙江（齐齐哈尔）	是	有（别集）	有（别集）
1699	刘杰	不详	同治九年	是	中西冲突	黑龙江（齐齐哈尔）	不详	不详	不详
1700	葛振川	不详	同治九年	是	作乱	黑龙江	不详	不详	不详
1701	张长福（福康）	不详	同治十年	不详	作乱（牵连）	不详	不详	不详	不详
1702	时金彪（石锦标）	不详	同治十年	是	作乱（牵连）	不详	不详	不详	不详
1703	谢邦鉴	不详	同治十年	是	其他	黑龙江	不详	不详	不详
1704	马阿西子	不详	同治十年	否	作乱（牵连）	黑龙江	不详	不详	不详
1705	马化凤	不详	同治十年	否	作乱（牵连）	黑龙江	不详	不详	不详
1706	马哑哑	不详	同治十年	否	作乱（牵连）	黑龙江	不详	不详	不详
1707	马进孝	不详	同治十年	否	作乱（牵连）	黑龙江	不详	不详	不详
1708	戴长龄	不详	同治十二年	是	其他	黑龙江	不详	不详	不详
1709	马进喜	不详	同治十二年	是	失职	黑龙江	不详	不详	不详

续表

序号	姓名	籍贯	开始时间	是否官吏	原因	流放地	是否文人	有无创作	有无流放作品
1710	张祺菖	不详	同治十三年	是	偷盗犯奸	黑龙江	不详	不详	不详
1711	孟忠吉	不详	同治十三年	是	偷盗犯奸	黑龙江	不详	不详	不详
1712	周增寿	不详	同治十三年	是	偷盗犯奸	黑龙江	不详	不详	不详
1713	朱锟	甘肃	同治十六年	是	失职	新疆	是	有（别集）	有（别集）
1714	蔡逢年	不详	同治年间	是	失职	不详	不详	不详	不详
1715	郑相德	江苏	同治年间	不详	不详	新疆	不详	不详	不详
1716	叙伦	旗籍	光绪元年	是	失职	黑龙江	不详	不详	不详
1717	奕格	旗籍	光绪元年	是	失职	不详	不详	不详	不详
1718	双全	旗籍	光绪元年	是	失职	不详	不详	不详	不详
1719	陈国瑞	湖北	光绪二年	是	其他（牵连）	黑龙江	不详	不详	不详
1720	刘福兴	不详	光绪二年	是	其他（牵连）	黑龙江	不详	不详	不详
1721	萧诚	不详	光绪二年	是	其他（牵连）	黑龙江	不详	不详	不详
1722	刘锡彤	不详	光绪三年	是	其他	黑龙江	不详	不详	不详
1723	吉尔洪额	旗籍	光绪三年	是	失职	福建	不详	不详	不详
1724	依勒勒和布	旗籍	光绪三年	是	失职	福建	不详	不详	不详
1725	永成	旗籍	光绪三年	是	失职	广东	不详	不详	不详
1726	孝顺	旗籍	光绪三年	不详	偷盗犯奸	新疆	不详	不详	不详
1727	王性存	河南	光绪五年	是	贪赃	黑龙江（齐齐哈尔）	是	有（别集）	有（别集）

续表

序号	姓名	籍贯	开始时间	是否官吏	原因	流放地	是否文人	有无创作	有无流放作品
1728	王淋	旗籍	光绪六年	是	失礼	不详	不详	不详	不详
1729	伊里亨	旗籍	光绪六年	是	其他	黑龙江	不详	不详	不详
1730	周瑞清	广西	光绪九年	是	贪赃	黑龙江	是	有（别集）	不详
1731	王兆兰	直隶	光绪九年	是	失职	不详	是	不详	不详
1732	马永修	不详	光绪九年	是	失职	不详	不详	不详	不详
1733	福祉	旗籍	光绪九年	是	贪赃	不详	不详	不详	不详
1734	潘英章	不详	光绪九年	是	贪赃	不详	不详	不详	不详
1735	龙继栋	广西	光绪九年	是	贪赃	不详	是	有（别集）	不详
1736	阎文选	不详	光绪九年	是	其他	不详	不详	不详	不详
1737	王贵荫	不详	光绪九年	是	其他	不详	不详	不详	不详
1738	杨蕴秀	河南	光绪九年	是	其他	不详	不详	不详	不详
1739	王懋印	不详	光绪九年	是	其他	不详	不详	不详	不详
1740	李郁华	湖南	光绪九年	是	贪赃	不详	是	有（别集）	不详
1741	周炳林	不详	光绪十年	是	中西冲突	黑龙江	不详	不详	不详
1742	覃志成	不详	光绪十年	是	中西冲突	黑龙江	不详	不详	不详
1743	谢洲	不详	光绪十年	是	中西冲突	不详	不详	不详	不详
1744	田福志	不详	光绪十年	是	中西冲突	不详	不详	不详	不详
1745	蒋大彰	不详	光绪十年	是	中西冲突	不详	不详	不详	不详

续表

序号	姓名	籍贯	开始时间	是否官吏	原因	流放地	是否文人	有无创作	有无流放作品
1746	贾文贵	不详	光绪十年	是	中西冲突	不详	不详	不详	不详
1747	李石秀	不详	光绪十年	是	中西冲突	不详	不详	不详	不详
1748	张佩纶	直隶	光绪十年	是	中西冲突	直隶	是	有（别集）	有（别集）
1749	何如璋	广东	光绪十年	是	中西冲突	不详	是	有（别集）	不详
1750	周善初	不详	光绪十一年	是	中西冲突	黑龙江	不详	不详	不详
1751	郑膺杰	不详	光绪十一年	是	中西冲突	黑龙江	不详	不详	不详
1752	梁岳英	不详	光绪十一年	是	中西冲突	不详	不详	不详	不详
1753	郑渔	不详	光绪十一年	是	中西冲突	不详	不详	不详	不详
1754	冯楚燊	不详	光绪十一年	是	失职	不详	不详	不详	不详
1755	徐延旭	山东	光绪十二年	是	中西冲突	新疆	是	有	不详
1756	赵沃	不详	光绪十二年	是	失职	云南	不详	不详	不详
1757	唐炯	贵州	光绪十二年	是	中西冲突	云南	是	有	不详
1758	成孚	旗籍	光绪十四年	是	失职	不详	不详	不详	不详
1759	李鹤年	直隶	光绪十四年	是	失职	直隶	是	不详	不详
1760	安维峻	甘肃	光绪二十年	是	直言	直隶	是	有（别集）	有（别集）
1761	董双福	不详	光绪二十一年	是	偷盗犯奸	黑龙江	不详	不详	不详
1762	贾喜华	不详	光绪二十一年	是	偷盗犯奸	黑龙江	不详	不详	不详
1763	隋增瑞	不详	光绪二十一年	是	偷盗犯奸	黑龙江	不详	不详	不详

续表

序号	姓名	籍贯	开始时间	是否官吏	原因	流放地	是否文人	有无创作	有无流放作品
1764	于荣兴	不详	光绪二十一年	是	偷盗犯奸	黑龙江	不详	不详	不详
1765	阎全林	不详	光绪二十一年	是	偷盗犯奸	黑龙江	不详	不详	不详
1766	王进荣	不详	光绪二十一年	是	偷盗犯奸	黑龙江	不详	不详	不详
1767	丰陞阿	旗籍	光绪二十一年	是	中西冲突	不详	不详	不详	不详
1768	刘超佩	不详	光绪二十一年	是	中西冲突	新疆	不详	不详	不详
1769	宜麟	旗籍	光绪二十一年	是	失职	不详	不详	不详	不详
1770	钟德祥	广西	光绪二十一年	是	贪赃	不详	是	不详	不详
1771	张荫桓	广东	光绪二十四年	是	中西冲突	新疆	是	有（别集）	有（别集）
1772	李端棻	贵州	光绪二十四年	是	中西冲突	新疆	是	有（别集）	有（别集）
1773	林志魁	不详	光绪二十四年	是	失职	不详	不详	不详	不详
1774	寿长	旗籍	光绪二十五年	是	失职	不详	不详	不详	不详
1775	荣和	旗籍	光绪二十五年	是	失职	新疆	不详	不详	不详
1776	毓贤	旗籍	光绪二十六年	是	中西冲突	不详	不详	不详	不详
1777	载漪	旗籍	光绪二十六年	是	中西冲突	新疆	不详	不详	不详
1778	载澜	旗籍	光绪二十六年	是	中西冲突	蒙古	不详	不详	不详
1779	荣铨	旗籍	光绪二十七年	是	中西冲突	不详	不详	不详	不详
1780	晋昌	旗籍	光绪二十七年	是	中西冲突	不详	不详	不详	不详
1781	凤翔	旗籍	光绪二十七年	是	中西冲突	不详	不详	不详	不详

续表

序号	姓名	籍贯	开始时间	是否官吏	原因	流放地	是否文人	有无创作	有无流放作品
1782	鄂英	旗籍	光绪二十七年	是	中西冲突	不详	不详	不详	不详
1783	鲍祖龄	不详	光绪二十七年	是	中西冲突	不详	不详	不详	不详
1784	喻俊明	不详	光绪二十七年	是	中西冲突	不详	不详	不详	不详
1785	陈宝莹	江苏	光绪三十年	是	失礼	黑龙江（齐齐哈尔）	不详	不详	不详
1786	张春发	江西	光绪三十年	是	失职	不详	不详	不详	不详
1787	苏元春	广西	光绪三十年	是	贪赃	新疆	不详	不详	不详
1788	奎连	旗籍	光绪三十一年	是	失职	不详	不详	不详	不详
1789	承绪	旗籍	光绪三十一年	是	失职	不详	不详	不详	不详
1790	裴景福	安徽	光绪三十一年	是	其他	新疆（乌鲁木齐）	是	有（别集）	有（别集）
1791	潘效苏	不详	光绪三十一年	是	贪赃	不详	不详	不详	不详
1792	李滋森	不详	光绪三十一年	是	贪赃	不详	不详	不详	不详
1793	张树焱	不详	光绪三十一年	是	贪赃	不详	不详	不详	不详
1794	周开曙	不详	光绪三十一年	是	贪赃	不详	不详	不详	不详
1795	瑞洵	旗籍	光绪三十一年	是	偷盗犯奸	不详	是	有（别集）	不详
1796	瑞洵	旗籍	光绪三十二年	是	失职	直隶	是	有（别集）	不详
1797	有泰	旗籍	光绪三十三年	是	失职	直隶	是	有（别集）	不详
1798	岳钟麟	不详	光绪三十四年	是	贪赃（牵连）	新疆	不详	不详	不详
1799	吴逮荃	不详	光绪三十四年	是	贪赃（牵连）	新疆	不详	不详	不详

续表

序号	姓名	籍贯	开始时间	是否官吏	原因	流放地	是否文人	有无创作	有无流放作品
1800	志良	不详	光绪三十四年	是	贪赃（牵连）	新疆	不详	不详	不详
1801	谭浦发	不详	光绪三十四年	是	贪赃（牵连）	不详	不详	不详	不详
1802	刘鹗	江苏	光绪三十四年	是	遭陷	新疆（乌鲁木齐）	是	有（别集）	不详
1803	景明	不详	光绪三十四年	是	失职	不详	不详	有（别集）	不详
1804	秦锡圭	江苏	光绪年间	是	中西冲突	甘肃	是	有（别集）	有（别集）
1805	李德顺	不详	宣统元年	是	失职	不详	不详	不详	不详
1806	张镒	不详	宣统元年	是	失职	不详	不详	不详	不详
1807	曹嘉祥	不详	宣统元年	是	失职	不详	不详	不详	不详
1808	永祺	不详	宣统元年	是	失职	不详	不详	不详	不详
1809	吴继高	不详	宣统元年	是	贪赃	不详	不详	不详	不详
1810	赵尔丰	旗籍	宣统二年	是	失职	不详	不详	不详	不详
1811	温世霖	直隶	宣统二年	是	其他	新疆（乌鲁木齐）	是	有（别集）	有（别集）
1812	贻谷	旗籍	宣统三年	是	贪赃	直隶	不详	不详	不详
1813	姚学镜	浙江	宣统三年	是	偷盗犯奸	新疆	不详	不详	不详
1814	霍伦泰	旗籍	宣统三年	是	贪赃	甘肃	不详	不详	不详
1815	明安泰	旗籍	宣统三年	是	贪赃	甘肃	不详	不详	不详
1816	普吉保	旗籍	不详	是	失职	新疆（伊犁）	不详	不详	不详
1817	陈大成	不详	不详	是	不详	黑龙江	不详	不详	不详

续表

序号	姓名	籍贯	开始时间	是否官吏	原因	流放地	是否文人	有无创作	有无流放作品
1818	吴元	不详	不详	是	失职	吉林	不详	不详	不详
1819	邵伯麟	不详	不详	是	不详	福建	不详	不详	不详
1820	叶旸	不详	不详	是	不详	新疆（伊犁）	不详	不详	不详
1821	叶椿	不详	不详	不详	不详	新疆（伊犁）	不详	不详	不详
1822	周子览	不详	不详	不详	不详	贵州	不详	不详	不详

参 考 文 献

说明：

1. 整体分古籍、近人今人著述、论文三大类，其中古籍按经、史、子、集分，据著者所在朝代先后排序，属同一朝代的，则按作者生活年代先后排列；近人今人著述分国内、国外两种，国内著述按作者姓氏音序排列，属同一著者的，则按书名音序排整，国外的先按所在国家音序排列，后面则与国内著述排法相同；论文分单篇(包括期刊、会议)、学位论文两种，皆按音序排整。

2. 为避免重复，在《各朝流贬研究情况表》中出现的文献，此处不再列出。

(一)古籍文献

1. 经部

[1] (汉)毛公传，郑玄笺，(唐)孔颖达等正义：《毛诗正义》，(清)阮元校刻：《十三经注疏》(清嘉庆刊本)，北京：中华书局，2009 年。

[2] (汉)孔安国传，(唐)孔颖达等正义：《尚书正义》，(清)阮元校刻：《十三经注疏》(清嘉庆刊本)，北京：中华书局，2009 年。

[3] (汉)许慎撰，(清)段玉裁注：《说文解字注》，上海：上海古籍出版社，1981 年。

[4] (汉)郑玄注，(唐)贾公彦疏：《周礼注疏》，(清)阮元校刻：《十三经注疏》(清嘉庆刊本)，北京：中华书局，2009 年。

[5] (汉)郑玄注，(唐)贾公彦疏：《仪礼注疏》，(清)阮元校刻：《十三经注疏》(清嘉庆刊本)，北京：中华书局，2009 年。

[6] (汉)郑玄注，(唐)孔颖达等正义：《礼记正义》，(清)阮元校刻：《十三经注疏》(清嘉庆刊本)，北京：中华书局，2009 年。

566

［7］（魏）王弼、韩康伯注，（唐）孔颖达等正义：《周易正义》，（清）阮元校刻：《十三经注疏》（清嘉庆刊本），北京：中华书局，2009 年。

［8］（晋）杜预注，（唐）孔颖达等正义：《春秋左传正义》，（清）阮元校刻：《十三经注疏》（清嘉庆刊本），北京：中华书局，2009 年。

2. 史部

［1］（汉）司马迁著：《史记》，北京：中华书局，1959 年。

［2］（汉）班固撰：《汉书》，北京：中华书局，1962 年。

［3］（元）脱脱等撰：《宋史》，北京：中华书局，1977 年。

［4］（明）王在晋：《三朝辽事实录》，扬州：江苏广陵古籍刻印社，1988 年。

［5］（明）冯梦龙：《甲申纪事》，上海：上海古籍出版社，1993 年。

［6］（明）王家祯：《研堂见闻杂记》，上海：商务印书馆，1927 年。

［7］（明）谈迁：《国榷》，北京：中华书局，1958 年。

［8］（清）谷应泰：《明史纪事本末》，北京：中华书局，2018 年。

［9］（清）计六奇：《明季北略》，北京：中华书局，1984 年。

［10］（清）计六奇：《明季南略》，北京：中华书局，1984 年。

［11］（清）杜登春：《社事始末》，北京：中华书局，1991 年。

［12］（清）温睿临：《南疆逸史》，北京：中华书局，1959 年。

［13］（清）高宗敕撰：《清朝文献通考》，上海：商务印书馆，1936 年。

［14］（清）张廷玉等撰：《明史》，北京：中华书局，1974 年。

［15］（清）李天根：《爝火录》，杭州：浙江古籍出版社，1986 年。

［16］（清）蒋良骐：《东华录》，北京：中华书局，1980 年。

［17］（清）钱仪吉：《碑传集》，北京：中华书局，1993 年。

［18］（清）李桓：《国朝耆献类征》，扬州：江苏广陵古籍刻印社，1990 年。

［19］（清）徐鼒：《小腆纪年附考》，北京：中华书局，1957 年。

［20］（清）王先谦：《东华续录》，上海：上海古籍出版社，2008 年。

［21］（清）缪荃孙：《续碑传集》，台北：文海出版社，1985 年影印本。

［22］（清）刘锦藻：《清朝续文献通考》，上海：商务印书馆，1955 年。

［23］（清）闵尔昌：《碑传集补》，台北：文海出版社，1985 年影印本。

［24］（清）刘禺生撰，钱实甫点校：《世载堂杂忆》，北京：中华书局，1960

年。

[25]《清实录》影印本，北京：中华书局，1985 年。

[26]《清史列传》，北京：中华书局，1987 年。

[27] 赵尔巽：《清史稿》，北京：中华书局，1977 年。

3. 子部

[1]（明）计成著，陈植注释：《园冶注释》（第 2 版），北京：中国建筑工业出版社，1988 年。

[2]（清）李渔著，江巨荣、卢寿荣校注：《闲情偶寄》，上海：上海古籍出版社，2000 年。

[3]（清）王应奎：《柳南随笔 续笔》，上海：上海古籍出版社，2012 年。

[4]（清）纪昀总纂：《四库全书总目提要》，石家庄：河北人民出版社，2000 年。

[5]《大清律例》，北京：法律出版社，1999 年。

[6]（清）吴坛撰，马建石、杨育棠等点校：《大清律例通考校注》，北京：中国政法大学出版社，1992 年。

[7]《回疆志》影印本，台北：成文出版社，1968 年。

[8]（清）阮元著，傅以礼编：《四库未收书目提要》，北京：商务印书馆，1955 年。

[9]（清）和宁撰：《三州辑略》影印本，台北：成文出版社，1968 年。

[10]（清）薛允升撰，胡星桥、邓又天等点校：《读例存疑点注》，北京：中国人民公安大学出版社，1994 年。

[11]（清）李鸿章奉敕撰：光绪《大清会典事例》影印本，北京：中华书局，1991 年。

[12]（清）昆冈等奉敕撰：光绪《大清会典》影印本，北京：中华书局，1991 年。

[13]（清）沈家本撰，邓经元、骈宇骞点校：《历代刑法考》，北京：中华书局，1985 年。

4. 集部

[1]（唐）王昌龄撰，胡问涛、罗琴校注：《王昌龄集编年校注》，成都：巴

蜀书社，2000 年。

[2]（唐）李白撰，安旗主编：《李白全集编年笺注》，北京：中华书局，2015 年。

[3]（唐）高适撰，刘开扬笺注：《高适诗集编年笺注》，北京：中华书局，1981 年。

[4]（唐）岑参撰，廖立笺注：《岑参诗笺注》，北京：中华书局，2018 年。

[5]（唐）白居易著：《白居易集》，北京：中华书局，1979 年。

[6]（南唐）李煜、李璟、冯延巳著：《李煜词集 附 李璟词集 冯延巳词集》，上海：上海古籍出版社，2016 年。

[7]（五代）韦庄著，谢永芳校注：《韦庄诗词全集 汇校汇注汇评》，武汉：崇文书局，2018 年。

[8]（宋）苏轼著，（清）王文诰辑注，孔凡礼点校：《苏轼诗集》，北京：中华书局，1982 年。

[9]（宋）苏轼撰，孔凡礼点校：《苏轼文集》，北京：中华书局，1986 年。

[10]（宋）秦观撰，周义敢、程自信、周雷编注：《秦观集编年校注》，北京：人民文学出版社，2001 年。

[11]（宋）家铉翁：《则堂集》，《钦定四库全书》本。

[12]（宋）文天祥撰，刘文源校笺：《文天祥诗集校笺》第 1—4 册，北京：中华书局，2017 年。

[13]（宋）汪元量著，胡才甫校注：《汪元量集校注》，杭州：浙江古籍出版社，1999 年。

[14]（清）释函可，（明）张春著，李兴盛整理：《千山诗集 不二歌集》，哈尔滨：黑龙江大学出版社，2011 年。

[15]（清）苗君稷：《焦冥集》，《中国古籍珍本丛刊 广东省立中山图书馆卷》影印本 第 53 册，北京：国家图书馆出版社，2015 年。

[16]（清）潘江辑、彭君华主编：《龙眠风雅全编》七，合肥：黄山书社，2013 年。

[17]（清）潘江辑、彭君华主编：《龙眠风雅全编》九，合肥：黄山书社，

2013 年。

[18]（清）张恂：《樵山堂集》，国家图书馆藏刻本。

[19]（清）方拱乾、李兴盛整理：《何陋居集 甦庵集》，哈尔滨：黑龙江大学出版社，2010 年。

[20]（清）方孝标撰：《方孝标文集》，合肥：黄山书社，2007 年。

[21]（清）方孝标撰，唐根生、李永生点校：《钝斋诗选》，合肥：黄山古籍出版社，1996 年。

[22]（清）张贲：《白云集》，国家图书馆藏乾隆年间刻本。

[23]（清）孙旸：《孙蔗庵先生诗选》，国家图书馆藏抄本。

[24]（清）吴兆骞、戴梓著，李兴盛整理：《秋笳集 归来草堂尺牍 耕烟草堂诗钞》，哈尔滨：黑龙江大学出版社，2010 年。

[25]（清）祁班孙著：《紫芝轩逸稿》，《清代诗文集汇编》编纂委员会编：《清代诗文集汇编》798，上海：上海古籍出版社，2010 年。

[26]（清）爱新觉罗·玄烨撰，故宫博物院编：《万寿诗 清圣祖御制诗文》第三册影印本，《故宫珍本丛刊》第 544 册，海口：海南出版社，2000 年。

[27]（清）查嗣瑮：《查浦诗钞》，《清代诗文集汇编》编纂委员会编：《清代诗文集汇编》186，上海：上海古籍出版社，2010 年。

[28]（清）刘岩：《大山诗集》，《清代诗文集汇编》编纂委员会编：《清代诗文集汇编》198，上海：上海古籍出版社，2010 年。

[29]（清）方登峄、方式济、方观承、吴桭辰著，李兴盛整理：《述本堂诗集 宁古塔纪略》，哈尔滨：黑龙江大学出版社，2014 年。

[30]（清）方贞观：《方贞观诗集》，《清代诗文集汇编》编纂委员会编：《清代诗文集汇编》244，上海：上海古籍出版社，2010 年。

[31]（清）爱新觉罗·弘历著：《乾隆御制诗文全集》，北京：中国人民大学出版社，2013 年。

[32]（清）蒋业晋：《立崖诗钞》，《清代诗文集汇编》编纂委员会编：《清代诗文集汇编》365，上海：上海古籍出版社，2010 年。

[33]（清）邓廷桢：《双砚斋词钞》，《清代诗文集汇编》编纂委员会编：《清

代诗文集汇编》520，上海：上海古籍出版社，2010年。

［34］（清）爱新觉罗·旻宁：故宫博物院编：《清宣宗御制诗》影印本，《故宫珍本丛刊》第582册，海口：海南出版社，2000年。

［35］（清）林则徐著，《林则徐全集》编辑委员会编：《林则徐全集》1—10册，福州：海峡文艺出版社，2002年。

［36］（清）张光藻：《北戍草》，《清代诗文集汇编》编纂委员会编：《清代诗文集汇编》663，上海：上海古籍出版社，2010年。

［37］（清）田兴恕：《更生诗草》，《清代诗文集汇编》编纂委员会编：《清代诗文集汇编》731，上海：上海古籍出版社，2010年。

［38］（清）何如璋著，吴振清、吴裕贤编校整理：《何如璋集》，天津：天津人民出版社，2010年。

［39］（清）李端棻著：《苾园诗存》，许先德、龙尚学主编，贵阳市志编纂委员会办公室《金筑丛书》编辑室编：《贵阳五家诗钞》，贵阳：贵州教育出版社，1995年。

［40］（清）张荫桓著，孔繁文、任青整理：《张荫桓集》，北京：中华书局，2012年。

［41］（清）张佩纶：《涧于集》，《清代诗文集汇编》编纂委员会编：《清代诗文集汇编》768，上海：上海古籍出版社，2010年。

［42］（清）秦锡圭著：《见斋遗稿：诗稿 文稿 公牍》，华东师范大学图书馆藏民国十七年（1928）铅印本。

［43］（朝）洪命夏：《癸巳燕行录》，［韩］林基中编：《燕行录全集》20，首尔：东国大学校出版部，2001年。

［44］（朝）金南重：《野塘燕行录》，［韩］林基中编：《燕行录全集》18，首尔：东国大学校出版部，2001年。

［45］（朝）李一相：《燕行诗》，［韩］林基中编：《燕行录全集》21，首尔：东国大学校出版部，2001年。

［46］（朝）南龙翼：《燕行录》，［韩］林基中编：《燕行录全集》23，首尔：东国大学校出版部，2001年。

（二）今人著述

1. 国内

［1］阿英：《甲午中日战争文学集》，北京：中华书局，1958 年。

［2］阿英：《鸦片战争文学集》，北京：古籍出版社，1957 年。

［3］阿英：《中法战争文学集》，北京：中华书局，1957 年。

［4］安怀起编：《中国园林史》，上海：同济大学出版社，1991 年。

［5］白洁：《记忆哲学》，北京：中央编译出版社，2014 年。

［6］柏杨：《中国人史纲》，北京：人民文学出版社，2011 年。

［7］上海书店出版社编：《清代文字狱档》，上海：上海书店出版社，2011 年增订本。

［8］曹林娣：《江南园林史论》，上海：上海古籍出版社，2015 年。

［9］曹明纲：《中国园林文化》，上海：上海古籍出版社，2001 年。

［10］曾问吾：《中国经营西域史》，乌鲁木齐：新疆人民出版社，2013 年。

［11］陈锋：《清代财政史论稿》，北京：商务印书馆，2010 年。

［12］陈锋：《清代财政政策与货币政策研究》，武汉：武汉大学出版社，2008 年。

［13］陈锋：《清代军费研究》，武汉：武汉大学出版社，1992 年。

［14］陈锋：《清代盐政与盐税》，郑州：中州古籍出版社，1988 年。

［15］陈锋：《中国财政通史 第 7 卷 清代财政史》上，长沙：湖南人民出版社，2013 年。

［16］陈开科：《古代帝王文祸要论》，长沙：岳麓书社，1997 年。

［17］陈平原：《左图右史与西学东渐 晚清画报研究》，北京：生活·读书·新知三联书店，2018 年。

［18］陈室如：《近代域外游记研究一八四〇——一九四五》，台北：文津出版社有限公司，2008 年。

［19］陈水云：《中国古典诗学的还原与阐释》，北京：中国社会科学出版社，2013 年。

［20］陈水云编：《中国山水文化》，武汉：武汉大学出版社，2001 年。

［21］陈召荣：《流浪母题与西方文学经典阐释》，北京：中国社会科学出版社，2006 年。

［22］程维荣：《中国园林美学思想史 清代卷》，上海：同济大学出版社，2015 年。

［23］储兆文：《中国园林史》，上海：东方出版中心，2008 年。

［24］崔小敬：《江南游记文学史》，上海：上海古籍出版社，2015 年。

［25］戴鞍钢：《晚清史》，上海：百家出版社，2009 年。

［26］戴逸：《乾隆帝及其时代》，北京：中国人民大学出版社，1992 年。

［27］邓寒梅：《中国现当代文学中的疾病叙事研究》，南昌：江西人民出版社，2012 年。

［28］邓天红：《流人学概论》，哈尔滨：黑龙江大学出版社，2014 年。

［29］邓之诚：《清诗纪事初编》，上海：上海古籍出版社，1965 年。

［30］董健，马俊山：《戏剧艺术十五讲》，北京：北京大学出版社，2004 年。

［31］范金民：《江南社会经济史研究入门》，上海：复旦大学出版社，2012 年。

［32］冯健亲：《色彩 理论·实践·修养》，南京：江苏美术出版社，1994 年。

［33］冯亚琳，［德］阿斯特莉特·埃尔：《文化记忆理论读本》，北京：北京大学出版社，2012 年。

［34］傅道彬：《晚唐钟声 中国文化的精神原型》，北京：东方出版社，1996 年。

［35］傅璇琮、蒋寅总主编，蒋寅卷主编：《中国古代文学通论 清代卷》，沈阳：辽宁人民出版社，2005 年。

［36］傅正谷：《中国梦文化》，北京：中国社会科学出版社，1993 年。

［37］傅正谷：《中国梦文学史 先秦两汉部分》，北京：光明日报出版社，1993 年。

［38］傅正谷：《外国名家谈梦汇释》，天津：天津社会科学院出版社，1991 年。

［39］傅正谷：《中国梦文化辞典》，太原：山西高校联合出版社，1993 年。

［40］高嘉谦：《遗民、疆界与现代性：汉诗的南方离散与抒情：1895—1945：southbound diaspora and lyricism of classical—style Chinese poetry，1895—1945》，台北：联经出版事业股份有限公司，2016 年。

［41］高岚：《从民族记忆到国家叙事：明清之际(1644—1683)江南汉族文士的文学书写》，成都：四川文艺出版社，2010 年。

［42］高翔：《康雍乾三帝统治思想研究》，北京：中国人民大学出版社，1995 年。

［43］葛兆光：《想象异域：读李朝朝鲜汉文燕行文献札记》，北京：中华书局，2014 年。

［44］宫爱玲：《审美的救赎：现代中国文学疾病叙事诗学研究》，济南：山东教育出版社，2014 年。

［45］龚鹏程：《游的精神文化史论》，石家庄：河北教育出版社，2001 年。

［46］顾诚：《李岩质疑明清易代史事探微》，北京：光明日报出版社，2012 年。

［47］顾诚：《南明史》，北京：中国青年出版社，1997 年。

［48］郭成康、林铁钧：《清朝文字狱》，北京：群众出版社，1990 年。

［49］郭风平：《中国园林史》，西安：西安地图出版社，2002 年。

［50］郭少棠：《旅行：跨文化想像》，北京：北京大学出版社，2005 年。

［51］郭松义：《清代赋役、商贸及其他》，天津：天津古籍出版社，2011 年。

［52］郭松义：《中国社会科学院学部委员专题文集 清代政治与社会》，北京：中国社会科学出版社，2015 年。

［53］郭松义、李新达、李尚英：《清朝典章制度》，长春：吉林文史出版社，2001 年。

［54］郭廷以：《近代中国史纲》(上、下)，北京：中国社会科学出版社，1999 年。

［55］过常宝：《梦文化》，北京：中国经济出版社，2013 年。

［56］何俊萍、华峰：《门与窗》，昆明：云南大学出版社，2009 年。

［57］洪永铿、贾文胜、赖燕波：《海宁查氏家族文化研究》，杭州：浙江大学出版社，2006年。

［58］洪宇主编，刘庆宁、郑刚编：《简明俄国史》，上海：上海外语教育出版社，1987年。

［59］洪赞：《唐代战争诗研究》，台北：文史哲出版社，1987年。

［60］胡奇光：《中国文祸史》，上海：上海人民出版社，2006年。

［61］胡智锋：《影视艺术导论》，北京：高等教育出版社，2012年。

［62］湖北大学中国思想文化史研究所：《中国文化的现代转型》，武汉：湖北教育出版社，1996年。

［63］黄金麟：《历史、身体、国家：近代中国的身体形成：1895—1937》，北京：新星出版社，2006年。

［64］黄美玲：《明清时期台湾游记研究》，台北：文津出版社有限公司，2012年。

［65］黄裳：《笔祸史谈丛》，北京：北京出版社，2004年。

［66］贾鸿雁：《中国游记文献研究》，南京：东南大学出版社，2005年。

［67］江庆柏：《明清苏南望族文化研究》，南京：南京师范大学出版社，1999年。

［68］姜宗妊：《谈梦 以中国古代梦观念评析唐代小说》，天津：南开大学出版社，2006年。

［69］蒋路：《俄国文史采微》，北京：东方出版社，2003年。

［70］蒋廷黻：《中国近代史》，长沙：岳麓书社，1987年。

［71］蒋寅：《清代文学论稿》，南京：凤凰出版社，2009年。

［72］蒋寅：《中国诗学的思路与实践》，桂林：广西师范大学出版社，2001年。

［73］金性尧：《清代笔祸》，北京：紫禁城出版社，2010年。

［74］金兆丰：《清史大纲》，上海：开明书店，1935年。

［75］景秀明：《江南城市：文化记忆与审美想象(中国现代散文中的江南都市意象)》，北京：中国社会科学出版社，2009年。

［76］居阅时等：《杏花春雨 江南文学与艺术》，上海：上海人民出版社，

2010 年。

[77] 柯愈春：《清人诗文集总目提要》，北京：北京古籍出版社，2001 年。

[78] 孔定芳：《清初遗民社会：满汉异质文化整合视野下的历史考察》，武汉：湖北人民出版社，2009 年。

[79] 孔立：《清代文字狱》，北京：中华书局，1980 年。

[80] 李纯瑀、蔡振璋：《柳宗元与苏轼山水游记研究》，新北：花木兰文化出版社，2012 年。

[81] 李大庆：《论时间及其本质》，西安：西安交通大学出版社，2014 年。

[82] 李国荣：《清朝十大科场案》，北京：人民出版社，2007 年。

[83] 李剑农：《中国近百年政治史 1840—1926 年》，上海：复旦大学出版社，2002 年。

[84] 李俊华：《时间的奥妙》，哈尔滨：黑龙江科学技术出版社，2007 年。

[85] 李岚：《行旅体验与文化想象：论中国现代文学发生的游记视角》，北京：中国社会科学出版社，2013 年。

[86] 李世愉：《清代科举制度考辩》，沈阳：沈阳出版社，2005 年。

[87] 李淑壁：《俄国十二月党人起义》，北京：商务印书馆，1983 年。

[88] 李舜臣、欧阳江琳：《历代制举史料汇编》，武汉：武汉大学出版社，2009 年。

[89] 李文海：《清史编年》，北京：中国人民大学出版社，2000 年。

[90] 李兴盛：《历代东北流人诗词选注》，哈尔滨：黑龙江大学出版社，2014 年。

[91] 李兴盛：《吴兆骞杨瑄研究资料汇编》，哈尔滨：黑龙江大学出版社，2014 年。

[92] 李兴盛：《中国流人史》，哈尔滨：黑龙江人民出版社，2012 年。

[93] 李兴盛：《中国流人史与流人文化论集》，哈尔滨：黑龙江人民出版社，2000 年。

[94] 李涯：《帝国远行：中国近代旅外游记与民族国家建构》，北京：中国社会科学出版社，2011 年。

[95] 李一鸣：《中国现代游记散文整体性研究》，济南：山东人民出版社，

2013 年。

[96] 梁明：《电影色彩学》，北京：北京大学出版社，2008 年。

[97] 林石选：《疾病的隐喻》，广州：花城出版社，2003 年。

[98] 林素娟：《空间、身体与礼教规训：探讨秦汉之际的妇女礼仪教育》，台北：台湾学生书局，2007 年。

[99] 刘大宇：《分镜头画面原理与分析》，北京：中国传媒大学出版社，2016 年。

[100] 刘潞、[英] 吴芳思编译：《帝国掠影——英国访华使团画笔下的清代中国》，北京：中国人民大学出版社，2006 年。

[101] 刘念兹：《欧美文学简编》，济南：山东教育出版社，1982 年。

[102] 刘世南：《清诗流派史》，北京：人民文学出版社，2004 年。

[103] 刘文英：《梦的迷信与梦的探索：中国古代宗教哲学和科学的一个侧面》，北京：中国社会科学出版社，1989 年。

[104] 刘炘：《中国马文化 图腾卷》，兰州：甘肃人民美术出版社，2019 年。

[105] 刘炘：《中国马文化 文学卷》，兰州：甘肃人民美术出版社，2019 年。

[106] 刘瑜：《刘鹗及〈老残游记〉研究》，北京：民族出版社，1995 年。

[107] 刘兆：《清代科举》，台北：东大图书股份有限公司，1977 年。

[108] 刘振伟：《丝路苍狼：西域民间狼文学叙事研究》，北京：学苑出版社，2015 年。

[109] 罗基：《梦学全书》，北京：中国社会出版社，1996 年。

[110] 罗时进：《地域·家族·文学 清代江南诗文研究》，上海：上海古籍出版社，2010 年。

[111] 吕效平：《戏剧学研究导引》，南京：南京大学出版社，2006 年。

[112] 马兰州：《唐代边塞诗研究》，天津：天津古籍出版社，2003 年。

[113] 马清福：《东北文学史》，沈阳：春风文艺出版社，1992 年。

[114] 马未都：《中国古代门窗》，北京：中国建筑工业出版社，2006 年。

[115] 梅新林：《中国古代文学地理形态与演变》，上海：复旦大学出版社，2006 年。

[116] 南炳文、白新良：《清史纪事本末》，上海：上海大学出版社，2006

年。

[117] 彭吉象：《影视美学》，北京：北京大学出版社，2002 年。

[118] 钱仲联：《清诗纪事》，南京：江苏古籍出版社，1989 年。

[119] 钱仲联：《中国文学家大辞典 清代卷》，北京：中华书局，1996 年。

[120] 秦元勋：《时间·空间和运动着的物质》，贵阳：贵州人民出版社，2000 年。

[121] 任文京：《唐代边塞诗的文化阐释》，北京：人民出版社，2005 年。

[122] 商衍鎏：《清代科举考试述录及有关著作》，天津：百花文艺出版社，2004 年。

[123] 尚永亮、李乃龙：《浪漫情怀与诗化人生：唐代文人的精神风貌》，北京：文津出版社，2000 年。

[124] 尚永亮：《科举之路与宦海浮沉：唐代文人的仕宦生涯》，北京：文津出版社，2000 年。

[125] 尚永亮：《柳宗元诗文选评》，上海：上海古籍出版社，2003 年。

[126] 尚永亮：《生命在西风中骚动——中国古代文人与自然之秋的双向考察》，西安：陕西人民教育出版社，1989 年。

[127] 尚永亮：《诗映大唐春——唐诗与唐人生活》，北京：北京大学出版社，2017 年。

[128] 尚永亮：《唐代诗歌的多元观照》，武汉：湖北人民出版社，2005 年。

[129] 尚永亮：《唐诗艺谭》，北京：高等教育出版社，2016 年。

[130] 申学锋：《转型中的清代财政》，北京：经济科学出版社，2012 年。

[131] 史成芳：《诗学中的时间概念》，长沙：湖南教育出版社，2001 年。

[132] 苏牧：《荣誉》(修订版)，北京：人民文学出版社，2007 年。

[133] 苏珊玉：《盛唐边塞诗的审美特质》，台北：文津出版社有限公司，2000 年。

[134] 苏则坤、潘金凤：《俄罗斯文学史简编》，哈尔滨：黑龙江人民出版社，2009 年。

[135] 孙静：《满族史论稿》，北京：人民日报出版社，2018 年。

[136] 谭光辉：《症状的症状：疾病隐喻与中国现代小说》，北京：中国社会

科学出版社，2007 年。

[137] 唐德刚：《晚清七十年》，长沙：岳麓书社，1999 年。

[138] 唐锡仁、杨文衡：《徐霞客及其游记研究》，北京：中国社会科学出版社，1987 年。

[139] 田凯：《清代地方城市景观的重建与变迁 以 17—19 世纪成都为研究中心》，成都：巴蜀书社，2011 年。

[140] 童寯：《江南园林志》，北京：中国工业出版社，1963 年。

[141] 汪民安：《尼采与身体》，北京：北京大学出版社，2008 年。

[142] 汪民安：《身体、空间与后现代性》，南京：江苏人民出版社，2015 年。

[143] 汪民安：《身体的文化政治学》，开封：河南大学出版社，2004

[144] 汪文娟：《跨文化视野下晚清中国人欧美游记研究》，扬州：广陵书社，2016 年。

[145] 王德威、季进：《文学行旅与世界想象》，南京：江苏教育出版社，2007 年。

[146] 王德昭：《清代科举制度研究》，北京：中华书局，1984 年。

[147] 王尔敏：《晚清政治思想史论》，桂林：广西师范大学出版社，2007 年。

[148] 王汎森：《权力的毛细管作用：清代的思想、学术与心态》，台北：联经出版公司，2014 年。

[149] 王福栋：《唐代战争诗研究》，北京：中央广播电视大学出版社，2012 年。

[150] 王家范：《明清江南史研究三十年 1978—2008》，上海：上海古籍出版社，2010 年。

[151] 王克举、闫平：《色彩印象语言》，上海：上海书画出版社，2006 年。

[152] 王立群：《中国古代山水游记研究》，北京：中国社会科学出版社，2008 年。

[153] 王琴、陈雄：《江南园林艺术史》，北京：人民出版社，2012 年。

[154] 王青：《西域文化影响下的中古小说》，北京：中国社会科学出版社，

2006 年。

［155］王炜编校：《〈清实录〉科举史料汇编》，武汉：武汉大学出版社，2009 年。

［156］王卫平：《明清时期江南社会史研究》，北京：群言出版社，2006 年。

［157］王文荣：《明清江南文人结社考述》，南京：凤凰出版社，2015 年。

［158］王向远等：《中国百年国难文学史 1840—1937》，上海：上海人民出版社，2010 年。

［159］王霄冰，迪木拉提·奥迈尔：《文字、仪式与文化记忆》，北京：民族出版社，2007 年。

［160］王雅娟：《权力话语下的身体规训与社会变革：以近代服饰、辫发和缠足为中心的历史考察》，北京：中国社会科学出版社，2017 年。

［161］王铎：《中国古代苑园与文化》，武汉：湖北教育出版社，2003 年。

［162］王溢嘉：《中国文化里的魂魄密码》，北京：新星出版社，2012 年。

［163］王毅：《宋代文学家庭》，长沙：湖南师范大学出版社，2008 年。

［164］王毅：《园林与中国文化》，上海：上海人民出版社，1990 年。

［165］王永莉：《唐代边塞诗与西北地域文化》，西安：西北工业大学出版社，2016 年。

［166］吴国盛：《时间的观念》，北京：中国社会科学出版社，1996 年。

［167］王云红：《流放的历史》，北京：中国文史出版社，2006 年。

［168］王运熙、顾易生：《中国文学批评通史 6 清代卷》，上海：上海古籍出版社，2011 年。

［169］吴晗：《朝鲜李朝实录中的中国史料》，北京：中华书局，1980 年。

［170］吴建华：《明清江南人口社会史研究》，北京：群言出版社，2005 年。

［171］吴仁安：《明清江南望族与社会经济文化》，上海：上海人民出版社，2001 年。

［172］吴仁安：《明清江南著姓望族史》，上海：上海人民出版社，2009 年。

［173］吴仁安：《明清史事与江南望族探微》，上海：上海书店出版社，2017 年。

［174］吴裕成：《中国的门文化》，天津：天津人民出版社，1998 年。

［175］夏铸九编译：《空间的文化形式与社会理论读本》，台北：明文书局，1988 年。

［176］肖学周：《中国人的身体观念：最系统的身体观念手册》，兰州：敦煌文艺出版社，2008 年。

［177］萧一山：《清史大纲》，上海：上海古籍出版社，2008 年。

［178］谢国桢：《增订晚明史籍考》，北京：中华书局，1964 年。

［179］谢正光：《明遗民传记索引》，上海：上海古籍出版社，1992 年。

［180］徐华龙：《鬼》，上海：上海辞书出版社，2014 年。

［181］徐慧琴：《百年游记散文研究 1900—1999》，太原：山西人民出版社，2012 年。

［182］徐景学：《西伯利亚史》，哈尔滨：黑龙江教育出版社，1991 年。

［183］徐珂：《清稗类钞》，北京：中华书局，2010 年。

［184］徐茂明：《江南士绅与江南社会 1368—1911 年》，北京：商务印书馆，2004 年。

［185］徐雁平：《清代世家与文学传承》，北京：生活·读书·新知三联书店，2012 年。

［186］许大龄：《清代捐纳制度》，北京：燕京大学哈佛燕京学社，1950 年。

［187］许树安：《古代选举及科举制度概述》，天津：天津人民出版社，1985 年。

［188］薛宗正：《历代西陲边塞诗研究》，兰州：敦煌文艺出版社，1993 年。

［189］严迪昌：《清诗史》，杭州：浙江古籍出版社，2002 年。

［190］阎福玲：《汉唐边塞诗研究》，北京：中华书局，2014 年。

［191］杨大春：《身体的神秘》，北京：人民出版社，2013 年。

［192］杨大春：《语言·身体·他者 当代法国哲学的三大主题》，北京：生活·读书·新知三联书店，2007 年。

［193］杨凤城等：《千古文字狱 清代纪实》，海口：南海出版公司，1992 年。

［194］杨鸿勋：《江南园林论：中国古典造园艺术研究》，上海：上海人民出版社，1994 年。

［195］杨华：《感觉》，北京：现代出版社，2013 年。

［196］杨健民：《中国古代梦文化史》，北京：社会科学文献出版社，2015年。

［197］杨念群：《何处是"江南"清朝正统观的确立与士林精神世界的变异》，北京：生活·读书·新知三联书店，2010年。

［198］杨念群：《再造"病人"：中西医冲突下的空间政治：1832—1985》，北京：中国人民大学出版社，2006年。

［199］杨乾坤：《中国古代文字狱》，西安：陕西人民出版社，1999年。

［200］杨儒宾：《儒家身体观》，上海：上海古籍出版社，2019年。

［201］杨儒宾：《中国哲学研究的身体维度》，台北：台湾大学人文社会高等研究院东亚儒学研究中心，2017年。

［202］杨儒宾：《中国古代思想中的气论及身体观》，台北：巨流图书股份有限公司，2009年。

［203］杨颖：《行行重行行：东汉行旅文化与文学》，北京：中国社会科学出版社，2014年。

［204］杨载田：《徐霞客及其〈游记〉研究》，北京：中国文史出版社，2005年。

［205］姚念慈：《康熙盛世与帝王心术：评"自古得天下之正莫如我朝"》，北京：生活·读书·新知三联书店，2015年。

［206］叶舒宪：《神话——原型批评》（增订版），西安：陕西师范大学出版社，2011年。

［207］叶向阳：《英国17、18世纪旅华游记研究》，北京：外语教学与研究出版社，2013年。

［208］叶晓川：《清代科举法律文化研究》，北京：知识产权出版社，2008年。

［209］衣兴国、刁书仁：《近三百年东北土地开发史》，长春：吉林文史出版社，1994年。

［210］易漱泉、王远泽、雷成德：《俄国文学史》，长沙：湖南文艺出版社，1986年。

［211］殷崇浩：《中国税收通史》，北京：光明日报出版社，1991年。

［212］殷国明：《漫话"狼文学"》，银川：宁夏人民出版社，2006 年。

［213］殷国明：《漫话狗文化：一次神奇的文化之旅》，北京：中国文联出版社，2009 年。

［214］殷国明：《西方狼》，上海：上海文化出版社，2005 年。

［215］余华、王侃：《文学：想象、记忆与经验》，上海：复旦大学出版，2011 年。

［216］袁行云：《清人诗集叙录》，北京：文化艺术出版社，1994 年。

［217］詹和平：《空间》，南京：东南大学出版社，2011 年。

［218］张晖遗：《帝国的流亡 南明诗歌与战乱》，北京：中国社会科学出版社，2014 年。

［219］张剑、吕肖奂、周扬波：《宋代家族与文学研究》，北京：中国社会科学出版社，2009 年。

［220］张书才、杜景华：《清代文字狱案》，北京：紫禁城出版社，1991 年。

［221］张舜徽：《清人文集别录》，武汉：华中师范大学出版社，2004 年。

［222］张文瑜：《殖民旅行研究：跨域旅行书写的文化政治》，广州：暨南大学出版社，2016 年。

［223］张艳艳：《先秦儒道身体观与其美学意义考察》，上海：上海古籍出版社，2007 年。

［224］张耀翔：《感觉、情绪及其他——心理学文集续编》，上海：上海人民出版社，1986 年。

［225］张耀翔：《感觉心理》，北京：工人出版社，1987 年。

［226］张玉兴选注：《清代东北流人诗选注》，沈阳：辽沈书社，1988 年。

［227］张再林：《中国古代身道研究》，北京：生活·读书·新知三联书店，2015 年。

［228］张再林：《作为身体哲学的中国古代哲学》，北京：中国书籍出版社，2018 年。

［229］张志帆：《论张岱游记中人文精神之体现》，新北：花木兰文化出版社，2012 年。

［230］赵静蓉：《记忆》，广州：暨南大学出版社，2015 年。

［231］赵园：《明清之际士大夫研究》，北京：北京大学出版社，1999 年。

［232］赵之昂：《肤觉经验与审美意识》，北京：中国社会科学出版社，2007 年。

［233］郑大华：《晚清思想史》，长沙：湖南师范大学出版社，2005 年。

［234］钟兴麒：《西域图志校注》，乌鲁木齐：新疆人民出版社，2002 年。

［235］周登富、敖日力格：《电影色彩》，北京：中国电影出版社，2015 年。

［236］周焕卿：《清初遗民词人群体研究》，上海：上海古籍出版社，2008 年。

［237］周清平：《电影审美：理论与实践》，北京：新华出版社，2013 年。

［238］周武忠：《心境的栖园：中国园林文化》，济南：济南出版社，2004 年。

［239］周轩、高力：《清代新疆流放名人》，乌鲁木齐：新疆人民出版社，1994 年。

［240］周轩：《清宫流放人物》，北京：紫禁城出版社，1993 年。

［241］周贻白：《中国剧场史(外二种)》，北京：中国戏剧出版社，2016 年。

［242］朱丽霞：《清代松江府望族与文学研究》，上海：上海古籍出版社，2006 年。

［243］朱秋德：《历代西域边塞诗研究》，王家渠：新疆生产建设兵团出版社，2018 年。

［244］朱则杰：《清诗史》，南京：江苏古籍出版社，2000 年。

［245］庄裕光：《中国门窗·窗卷》，南京：江苏美术出版社，2009 年。

［246］宗白华：《艺境》，北京：北京大学出版社，1987 年。

［247］邹涛：《叙事记忆与自我》，成都：电子科技大学出版社，2017 年。

2. 国外

［1］［德］阿莱达·阿斯曼著，袁斯乔译：《记忆中的历史 从个人经历到公共演示》，南京：南京大学出版社，2017 年。

［2］［德］鲁道夫·爱因汉姆著，杨跃译：《电影作为艺术》，北京：中国电影出版社，1981 年。

［3］［德］齐格弗里德·克拉考尔著，邵牧君译：《电影的本性 物质现实的复

原》，北京：中国电影出版社，1981 年。

［4］［俄］莱蒙托夫著，顾蕴璞主编，顾蕴璞、张勇、谷羽译：《莱蒙托夫全集》，石家庄：河北教育出版社，1996 年。

［5］［俄］普希金著，肖马、吴笛主编，乌兰汗等译：《普希金全集》，杭州：浙江文艺出版社，1997 年。

［6］［俄］瓦·康定斯基：《论艺术的精神》，北京：中国社会科学出版社，1987 年。

［7］［法］保罗·利科著，李彦岑、陈颖译：《记忆，历史，遗忘》，上海：华东师范大学出版社，2018 年。

［8］［法］恺撒·弗洛雷著，姜志辉译：《记忆》，北京：商务印书馆，1995年。

［9］［法］雷尼·克莱尔著，邵牧君、何振淦译：《电影随想录》，北京：中国电影出版社，1981 年。

［10］［法］米歇尔·布吕内著，刘静译：《法国大学 128 丛书：戏剧文本分析》，天津：天津人民出版社，2017 年。

［11］［法］萨赛：《戏剧美学初探》，古典文艺理论译丛编辑委员会：《古典文艺理论译丛》第 11 册，北京：人民文学出版社，1965 年。

［12］［古希腊］亚里士多德著，陈中梅译注：《诗学》，北京：商务印书馆，1996 年。

［13］［荷］杜威·德拉埃斯马著，张朝霞译：《记忆的风景：我们为什么想起，又为什么遗忘》，北京：北京联合出版公司，2014 年。

［14］［荷］杜威·德拉埃斯马著，乔修峰译：《记忆的隐喻：心灵的观念史》，广州：花城出版社，2009 年。

［15］［美］埃德温·威尔森，阿尔文·戈德法布著，孙菲译：《戏剧的故事＝Theatre，the lively art》，北京：北京联合出版公司，2016 年。

［16］［美］帕蒂·贝兰托尼著，吴泽源译：《不懂色彩 不看电影：视觉化叙事中的色彩的力量》，北京：世界图书北京出版公司，2014 年。

［17］［美］波布克著，伍菡卿译：《电影的元素》，北京：中国电影出版社，1986 年。

［18］［美］布罗凯特著，胡耀恒译：《世界戏剧艺术欣赏 世界戏剧史》，北京：中国戏剧出版社，1987年。

［19］［美］丹尼尔·夏克特著，高申春译：《找寻逝去的自我 大脑、心灵和往事的记忆》，长春：吉林人民出版社，2011年。

［20］［美］吉姆·派珀著，曹怡平译：《看电影的门道》(插图修订第2版)，北京：北京联合出版公司，2016年。

［21］［美］田晓菲：《神游：早期中古时代与十九世纪中国的行旅写作》，北京：生活·读书·新知三联书店，2022年。

［22］［美］薛爱华著，程章灿、叶蕾蕾译：《朱雀：唐代的南方意象》，北京：生活·读书·新知三联书店，2014年。

［23］［美］宇文所安著，郑学勤译：《追忆：中国古典文学中的往事再现》，北京：生活·读书·新知三联书店，2014年。

［24］［日］河竹登志夫著，陈秋峰、杨国华译：《戏剧概论》，北京：中国戏剧出版社，1983年。

［25］［日］岩崎昶：《电影的理论》，北京：中国电影出版社，1982年。

［26］［瑞士］约翰内斯·伊顿著，杜定宇译：《色彩艺术：色彩的主观经验与客观原理》，上海：上海人民美术出版社，1978年。

［27］［以］阿维夏伊·玛格利特著，贺海仁译：《记忆的伦理》，北京：清华大学出版社，2015年。

［28］［英］查尔斯·费尼霍著，王正林译：《记忆碎片：我们如何构建自己的过去》，北京：机械工业出版社，2017年。

［29］［英］多米尼克·奥布莱恩著，刘祥亚译：《多米尼克的记忆魔法书》，北京：九州出版社，2016年。

［30］［英］帕特里夏·法拉，卡拉琳·帕特森编，户晓辉译：《记忆》，北京：华夏出版社，2011年。

(三) 论文

1. 单篇论文

［1］陈锋：《清初"轻徭薄赋"政策考论》，《武汉大学学报(哲学社会科学

版)》，1999 年第 2 期。

［2］陈锋：《顺治朝的军费支出与田赋预征》，《中国社会经济史研究》，1992 年第 1 期。

［3］范宜如：《地景·光影·文化记忆：论王士性纪游书写中的江南叙述》，《东华中文学报》，2009 年第 3 期。

［4］方华玲：《清代新疆废员研究综述》，《常州大学学报（社会科学版）》，2016 年第 6 期。

［5］葛兆光：《想像异域悲情》，《读书》，2005 年第 7 期。

［6］宫保利：《清初对江南缙绅的政策及其变化》，《历史教学（高校版）》，2009 年第 8 期。

［7］顾彬，王霄兵：《多弦的琴——唐人的记忆与回忆》，《中国海洋大学学报（社会科学版）》，2004 年第 6 期。

［8］何骐竹：《白居易咏病诗中呈现的自我疗癒》，《成大中文学报》，2017 年第 57 期。

［9］黄瑛：《中国古代文学中雁意象的文化内蕴》，《云南师范大学学报（哲学社会科学版）》，2004 年第 1 期。

［10］蒋寅：《杜甫与中国诗歌美学的“老”境》，《文学评论》，2018 年第 1 期。

［11］蒋寅：《清代诗学与地域文学传统的建构》，《中国社会科学》，2003 年第 5 期。

［12］蒋寅：《作为诗美概念的“老”》，《甘肃社会科学》，2016 年第 3 期。

［13］康韵梅：《异物/法术——唐代小说中的西域图像》，《台湾清华中文学报》，2011 年第 6 期。

［14］李晓亮：《19 世纪西伯利亚政治流放探析》，《湖北社会科学》，2010 年第 8 期。

［15］李兴盛、邓天红：《改革开放四十年来的东北流人问题研究述论》，《地域文化研究》，2018 年第 6 期。

［16］李兴盛：《本世纪流人史、流人文化研究综述及展望》，《中国史研究动态》，1999 年第 5 期。

［17］李兴盛：《地域文化与流人文化》，《地域文化研究》，2017 年第 2 期。

［18］廖可斌：《回归生活史和心灵史的古代文学研究》，《文学遗产》，2014 年第 2 期。

［19］刘彩萍：《清初江南赋税问题探析——以"哭庙案"与"奏销案"为例》，《农业考古》，2015 年第 6 期。

［20］刘庆华：《三十年贬谪文学研究的繁荣与落寞》，《湖北社会科学》，2011 年第 5 期。

［21］刘泰廷：《记忆的唤起、呈现与书写：唐诗中的唐朝追忆》，《史林》，2018 年第 1 期。

［22］刘文飞：《从俄国的文化图腾"双头鹰"谈起》，《中国语言文学研究》，2017 年第 1 期。

［23］刘勇：《贬谪文学研究的现状与未来》，《九江学院学报（哲学社会科学版）》，2010 年第 2 期。

［24］刘毓庆：《中国古代北方民族狼祖神话与中国文学中之狼意象》，《民族文学研究》，2003 年第 1 期。

［25］罗时进：《家族文学研究的逻辑起点与问题视阈》，《中国社会科学》，2012 年第 1 期。

［26］孟昭信：《试论清初的江南政策》，《吉林大学社会科学学报》，1990 年第 3 期。

［27］宁宗一：《关于文学史观与文学史编写的若干断想》，《文学遗产》，1992 年第 5 期。

［28］彭雨新：《明清赋役改革与官绅地主阶层的逆流》，《中国经济史研究》，1989 年第 1 期。

［29］尚永亮、冯丽霞：《八代诗歌分布情形与发展态势的定量分析》，《东南大学学报（哲学社会科学版）》，2003 年第 6 期。

［30］尚永亮：《悲秋意识初探》，《陕西师大学报（哲学社会科学版）》，1988 年 4 期。

［31］尚永亮：《悲秋意识与忧患意识异同论》，《社会科学》，1990 年第 2 期。

［32］尚永亮：《从对屈、贾、陶的接受态度看中唐贬谪诗人心态》，《唐代文学研究》第九辑，桂林：广西师范大学出版社，2002 年。

［33］尚永亮：《韩愈的潮州之贬及其心性变化》，《第三届潮学国际研讨会论文集》，广州：花城出版社，2000 年。

［34］尚永亮：《开天、元和两大诗人群交往诗创作及其变化的定量分析》，《江海学刊》，2005 年第 2 期。

［35］尚永亮：《柳宗元刘禹锡两被贬迁三度经行路途考》，《唐代文学研究》第 7 辑，桂林：广西师范大学出版社，1998 年。

［36］尚永亮：《迁客离忧楚地颜——略说贬谪文学与荆湘地域之关系及特点》，《湛江海洋大学学报》，2003 年第 2 期。

［37］尚永亮：《数据库、计量分析与古代文学研究的现代化进程》，《文学评论》，2007 年第 6 期。

［38］尚永亮、萧波：《唐人的后院——从唐诗中的"药"看唐人生活与创作》，《华中师范大学学报（人文社会科学版）》，2004 年第 5 期。

［39］尚永亮、张娟：《唐知名诗人之层级分布与代群发展的定量分析》，《文学遗产》，2003 年第 6 期。

［40］尚永亮：《元遗山与白乐天的诗学关联及其接受背景》，《文学遗产》，2009 年第 4 期。

［41］尚永亮：《中国古典文学研究的五个层面》，《光明日报》，2003 年 7 月 30 日。

［42］尚永亮：《逐臣与唐诗》，《古典文学知识》，2001 年第 1 期。

［43］尚永琪：《欧亚文明中的鹰隼文化与古代王权象征》，《历史研究》，2017 年第 2 期。

［44］孙宗英：《论苏辛词的白发书写与诗化特征》，《华南农业大学学报（社会科学版）》，2018 年第 1 期。

［45］田晓菲、田寇：《庾信的"记忆宫殿"：中古宫廷诗歌中的创伤与暴力》，《上海大学学报（社会科学版）》，2017 年第 4 期。

［46］汪茂和、成嘉玲：《清代皇家财政收入之研究》，《南开史学》，1991 年第 2 期。

［47］王坚：《皇权调控与士人转向：清代江南考据学派成因新论》，《南京大学学报（哲学·人文科学·社会科学版）》，2016 年第 4 期。

［48］王业建：《清代中国的财政制度》，《清代经济史论文集（一）》，台北：稻乡出版社，2003 年。

［49］吴伯娅：《顺康年间苏松逋赋与清政府的有关政策》，《社会科学辑刊》，1989 年第 6 期。

［50］吴承学：《论文学上的南北派与南北宗》，《中山大学学报（社会科学版）》，1991 年第 4 期。

［51］吴建、王卫平：《选择与写仿：康乾南巡与江南景观的互动》，《江海学刊》，2018 年第 6 期。

［52］吴美芬：《流放到西伯利亚的十二月党人》，《中山大学学报（哲学社会科学版）》，1987 年第 2 期。

［53］吴仁安、刘梓楠：《清初笼络控制江南汉族地主的一例》，《上饶师专学报（社会科学版）》，1983 年第 1 期。

［54］肖瑞峰：《苏轼诗中的西湖镜像》，《文学遗产》，2018 年第 5 期。

［55］徐雁平：《清代私家宅园与世家文学》，《西北师大学报（社会科学版）》，2011 年第 4 期。

［56］徐雁平：《清代文学世家的家族信念与发展内动力》，《苏州大学学报（哲学社会科学版）》，2012 年第 4 期。

［57］颜健富：《"病体中国"的时局隐喻与治疗淬链——论晚清小说的身体/国体想象》，《台大文史哲学报》，2013 年第 79 期。

［58］杨国安：《集权与分权：清代中央与地方财政关系及其调整》，《新华文摘》，2017 年第 19 期。

［59］元伟：《论古代白犬书写的文化内涵——以史志、志怪小说为中心》，《北京社会科学》，2017 年第 12 期。

［60］张剑：《家族文学研究的分层与守界原则》，《华南师范大学学报（社会科学版）》，2011 年第 3 期。

［61］张剑：《情境诗学：理解近世诗歌的另一种路径》，《上海大学学报（社会科学版）》，2015 年第 1 期。

［62］张剑：《宋代以降家族文学研究的理论、方法及文献问题》，《文学评论》，2010 年第 4 期。

［63］张学松：《论中国古代流寓文学经典之产生机制——以苏轼、杜甫为中心》，《清华大学学报（哲学社会科学版）》，2019 年第 4 期。

［64］郑雅伊：《钱谦益〈西湖杂感〉诗中的废墟与记忆》，《中极学刊》，2008 年 6 月。

［65］朱春洁：《精神恪守与诗风转变——文天祥诗中的“南”与“北”》，《南昌师范学院学报》，2019 年第 1 期。

［66］朱春洁：《数字人文视角下中国古代流贬研究文献可视化分析》，《图书馆》，2020 年第 1 期。

［67］朱春洁：《苏轼诗歌的“快”境美学》，《文艺理论研究》，2021 年第 6 期。

［68］朱春洁、王华争：《遗民流人诗词的梦境书写与家国重构》，《中国韵文学刊》，2024 年第 2 期。

［69］朱春洁、朱语柔：《清代新疆流人曹麟开、蒋业晋的西域书写——以盛唐边塞诗为参照》，《喀什大学学报》，2024 年第 2 期。

［70］朱永嘉：《清初的各项经济措施和明末社会经济问题》，《学术月刊》，1962 年第 3 期。

［71］朱永嘉：《顺、康间清政府与江南地主阶级的矛盾斗争——兼论清初地主士大夫的民族气节的实质和意义》，《复旦学报（哲学社会科学）》，1964 年第 1 期。

2. 学位论文

［1］陈耀：《白居易的江南情结》，浙江工业大学硕士学位论文，2009 年。

［2］彭永涛：《十二月党人对西伯利亚文学的影响》，兰州大学硕士学位论文，2017 年。

［3］王刚：《顺治朝的江南控制策略》，陕西师范大学硕士学位论文，2009 年。

［4］武文娟：《中晚唐诗歌中的盛唐记忆研究》，西北大学硕士学位论文，2015 年。

［5］谢皖麒：《清初宁古塔的社会变迁（十七世纪到十八世纪中叶）》，台湾"暨南大学"历史学系硕士学位论文，2009 年。

［6］杨海英：《清初东南士绅与中央政权之关系》，中央民族大学博士学位论文，1996 年。

［7］杨恂骅：《白居易苏杭诗文研究》，中国社会科学院研究生院硕士学位论文，2018 年。

［8］张璐：《论白居易、苏轼的杭州创作》，陕西师范大学硕士学位论文，2013 年。

［9］张尹宁：《禽鸟之微，不可通于政治乎——鹰与满洲政治文化》，台湾大学历史学研究所硕士学位论文，2013 年。

后 记 一

今天，当我还在检查论文准备上交答辩时，收到了盲审结果：全优。顿时有种长久奔跑忽然到达终点的轻松喜悦之感，回想起这三年多来在珞珈山下的点点滴滴，不禁感慨万千。

记得曾有老师说过：没有痛苦经历的博士生涯是不合格的。对此，或许大多数人有切身体会吧。我硕士就读于金陵，初来江城，很是不适，虽说武汉亦属名城，然城市之臃肿、城中村的频现、交通的不畅，让我常忆起江南的秀丽风景、繁荣经济与荟萃人文。后在研究流贬文学时，发现从江南徙往东北的科场案流人亦常有此感，又偶然听到魏新雨的《恋人心》与黄阅的《折子戏》，忽有感发：我脑海中的江南景象，不也正是我择取记忆后，导演的一出出戏剧吗？于是，我便提出了记忆剧场的概念，尝试从戏剧学视角阐释流人的记忆书写。

所幸，在武汉的日子，身边有很多欢乐而贴心的小伙伴，陈泽森便是其中典型，我们初识于考博复试，后又一起来到珞珈山，因同是岭南人，且喜爱诗词，故常欢聊不止。泽森颇具才气，富有生活乐趣，又活泼开朗，对班上同学皆热情相待，人缘极好。谢谢泽森这三年多给我带来的欢笑，为我排忧解难。另有美丽聪灵、独立自强的谭静，如大姐姐般，对我爱护有加，她的喜爱，让我笑得更加灿烂；她的关怀，亦让我甚是暖心。又有细致体贴、正直无私的凌云，作为同门，我们似乎更懂得彼此，在我收获时，她为我欢喜；遇到悲伤痛哭时，她又耐心倾听，给我安慰。还有活泼开朗的马小川、直爽利落的黎春晓、温柔贤惠的左丹丹，以及罗珍珍、张晓玲、王梅灵、阮文伦、包亚兄、刘锦丽、任玉、陈海霞、刘楚、苏俐晖、梁江燕、程俐敏、陈晓佳诸人的关心帮助，都让我在异乡倍感温暖。而欧玉婵、白守宁、施小梅、卢名媚、胡洁、蔡惠君、李烨、黄思慧、文燕君、张又翠、黄艳等知己友人的长久记挂，亦让我感恩在心。

　　博一时光是青葱美好的，那时我们虽忙着上课，但常有许多乐趣。然诚如《易经》六爻所示，事情发展总是起落难定。博二，尤其是下学期，无疑是我读博期间的一段黑暗时光。事情源于博一时的教职工运动会，我在训练中不慎扭伤膝盖，结果落下病根，但随着时间推移，已逐渐好转。博二寒假，我在家中小区玩耍时，又不慎从单杠上摔落，以致腿严重扭折，诚如钢筋折断之痛，让我不禁大声嚎哭。后经医生检查，虽证骨头未致大损，却伤及内部软骨，以致如今都难以恢复。那段时光，真是不忍回顾，记不清多少次往来于医院，也记不得擦了多少各种名目的药酒，痛哭过多少回。而最难受的，莫过于腿伤给我带来行动上的极大不便：我不但无法像从前那样在操场上尽情奔跑，甚至连走路都困难，有时看到想要之物就在不远处，却可望不可即，那一刻，我真是对史铁生的遭遇感同身受。记得寒假后开学那段时间，行动不便的我，只能常卧宿舍，望着天空飞鸟，不禁黯然落泪。而最寒心的，莫过于曾经一些玩得热闹之人的疏远，让我渐觉人性悲凉。忽然有一天，手机里放出了《歌声与微笑》，那跳跃的节奏、欢快的语言，似乎一下唤醒了我，看着房间投进的阳光，我好似感到一丝希望。几天后，我和小川一起去了昙华林，虽是小巷，但那青翠欲滴的片片绿丛，都在昭示着春天的到来，也默默地触动了我：是呀，我就生在生机勃勃的春天，既然上天把生命给了我，为何要辜负了时光呢？于是，我努力让自己的身体恢复。我深知自己此时的境况，既处蹇卦，步履艰难；又处坎卦，前方多险，惟有夕惕若厉、终日乾乾，才有可能突破困境，从而无咎。祸不单行，博二下不但是我的身体受损期，还是科研低谷期。那段时间，我的几篇论文被四家C刊在终审毙稿，接二连三的打击，让我对自己的学术能力产生严重怀疑，以致想抽身其中，另寻出路。幸好有尚老师和刘驰师兄的鼓励，让我坚持下去。同时，亲人的牵挂，樊宁、小川和凌云、春晓、岳师兄的帮助，让我依然感到人性之温暖。终于，在博三上，迎来了曙光，我也算是走过了博士的黑暗期。

　　然个人之命运，终是裹挟在社会滚滚洪流中。2020年年初，一场突如其来的疫情席卷全国，打乱了所有人的正常节奏，也包括我。那一刻，我忽然有种无力感：虽说读书多年，但真正遇到大灾难时，我们这些所谓的学术又能做些什么呢？因为疫情，我之前的所有计划皆被打乱，曾立志三年如期毕业的愿望亦随即破灭。在家里的半年多，感谢有爸妈的悉心照料，他们心疼我科研的辛苦，努力调适好时间节奏，为我写作提供良好环境，让我即使在家中，还能保持不错的效率，并完成了近三章内容的写作。值得一提的是，偶然的机会，我喂养了一只小鸽子，它聪灵机敏，又对我深切依恋，仿佛上天赐予我的天使，在它的陪伴下，我对人与动物之关系亦产生了一些体会和思考，并由此设计出第五章的思路，尤其最后一节，更与其特性息息相关。惜因意外，小鸽子在几个月后死去，让我悲痛不已……

在三年多的学习中，我亦有颇多感悟，其中最深的莫过于创新的重要性。创新是学术的生命，而如何实现创新，则是一个研究者毕生的探求。在这方面，我尤其感谢家人师友对我的教导和启迪。我的爸爸是一名语文老师，博闻强识，犹记童年时期，他开着摩托车载我回老家上课，一路让我背诵课文、作文的情景，我常成篇背出，他便赞不绝口。这激起我极大的热情，从小凡能看到的书，《千家诗》《唐诗三百首》等，皆拿来背完才痛快，惜幼年家贫，能见之书甚少；后来，我又在爸爸建议和启发下，四年级便开始写日记，以"真实"为生命，从此20年来无间断。且爸爸兴趣广泛，又循循善诱，日常之现象，如日头西沉、虫鸟鸣叫，皆能引导我对宇宙现象、动物特性的探究，让我颇受启发，并对思考产生了浓烈兴趣。青少年时期，同以前诸多小孩一样，我也渴望成为科学家，后学了文科，这一想法即被搁浅，然人文领域的探究，亦属广义上的科研，今后若能从事于此，也算是幼年梦想得以成真吧。慢慢长大，妈妈温柔的力量逐渐凸显，妈妈细心体贴，总是不厌其烦地倾听我遇到的各种辛酸苦辣、心里的种种欢乐忧愁，在家在外，皆对我牵肠挂肚，给我支持和鼓励，让我于成长路上，得以有心灵栖息的温暖港湾，谢谢美丽又贴心的好妈妈。此外，妈妈勤奋上进，学习力强，她虽所受教育水平不高，但求知热情强烈，在同辈诸人大多处半文盲状态、对现代科技一窍不通时，她努力去学习写字和使用电脑；面对困难挫折，又以坚韧力量去面对和化解，并时常教导我做任何事情，皆需专心专情、心无旁骛，由此我逐渐养成专注的习惯，并在日后学习中发挥了极大作用。另如爷爷的乐观豁达、奶奶的善良朴实、伯父的勇于担当、哥哥的忠厚诚恳、姐姐的包容爱护、弟弟的敢于拼搏、大妹的温暖相伴、大姨和姨父、舅舅和舅妈、嫂子等亲人的勤恳热忱，都在潜移默化地影响着我，让我在探索未知的路上，不至于退缩。

进入学校后，师友们对我的启发和触动越来越大。在武大的三年多时光，尤其感恩导师尚永亮先生的辛苦栽培。尚师学识深厚，才智过人，虽年过花甲，对经典诗文仍熟记于心，常能脱口而出，让我辈自愧不如。其研究视野开阔，既有宏观的大处落墨，又有微观的精细化深入，其贬谪相关著述自不必说，学界早有公论，难得的是他在一些普及类著作中，仍不乏真知灼见，如其《唐诗艺谭》，令人读之爱不释手。大道至简，世间万物本是相通，老师即是此方面的典范，他触类旁通，在学术之外，于创作、运动、摄影诸方面，皆有不俗成就，其兴趣之广、才艺之多，也让我们崇拜不已。而作为导师，尚师最令人感动的莫过于他的仁爱关怀之心。尚师如父，是每位尚门弟子的深切感受，老师威严庄重而又和蔼可亲、要求严格而又关心细致，铁骨柔情相融，与中国传统父亲的伟岸形象如此贴合，以致让我不禁羡慕老师的女儿得有多幸福。平日的师生交谈中，除汇报学习情况、讨论科研进展外，他对我们的生活情感亦颇为关心，如父亲般，担心自己的儿女蒙受委屈。这三年多来，从小论文修改到大论文指导，从日常课业到校外会议，从点滴生活到情感归宿，我已记不清老师给了我多少指导，那来往 N 次的邮件、精确到位的论文批校，都是过往的见证，真心感谢尚老师，在科研、学习、生活、经济上给予我的大力支持和帮助。

身为人师，尚师的护犊之心亦令人感动，对每位弟子，他皆投以赞赏目光，使我们备受鼓舞。在老师眼中，愚钝的我竟是"思维敏捷，常有创新"，让我真是受宠若惊。也是在老师的鼓励下，我得以跳脱对新材料的沉迷，去追求理论思维的生发，并在毕业论文的撰写中得到盲审专家的肯定。尚师对弟子甚为包容，在此爱护下，我得以将思维火花在毕业论文中尽情挥洒，并从多视角对材料进行剖析。时值盲审期间，博士论文随机分配到南京大学老师手中，阅毕，他即致信尚师道："刚学完一篇清代流人文学博论，猜是您弟子。大气！"尚师甚是欣慰，我亦深受鼓舞。尚师的包容，不止在学术兴趣，对待我们的性情习惯亦是如此。我因家庭和性格原因，笑点较低，常忍不住大笑，老师非但不以为怪，反觉欢喜。记有一次上课，老师讲道："到了宋代，理学家们就提出……"，未待说完，我便想到班上有个同学叫任玉，忍不住偷笑，没想到老师居然停下来，严肃而又慈祥地看着我说："春洁，什么事情笑得这么开心？说出来跟大家分享一下。"我当时笑得说不出话，在旁的泽森便解释道："老师您刚刚要说'存天理，灭人欲'，我们班有个同学叫'任玉'，春洁以为要把她灭掉。"听罢，平日端庄的尚老师居然放声大笑，全班也哄堂而笑。又一次，老师在指导我论文时，我忽然想到点啥，不禁抿嘴想笑，不料被老师看到，他于是停下来，和蔼地说："你是不是想笑了？想笑你就笑出来吧，别憋坏了"，听得我都快笑死了……虽偶有乐事，然科研终是辛苦，老师尤为如此，记得有次我骑车经过，从背后望见尚师的白发，如盐一般撒在青丝中；又一次和他交谈时，看到他那晃动的银丝，回去后想起，止不住心疼落泪。老师曾说喜欢听我大笑，愿此去之后，学生那肆无忌惮的笑声仍能存于您的记忆空间，为您拂去世间纷扰，也让那岁月的斑白，慢点爬上您的青丝。

除导师外，亦特别感恩曹建国和陈水云两位老师的热心指导和帮助。曹老师善良醇厚，古道热肠，对学生甚是关爱，大至学术科研，小到生活情感，皆无微不至。记得博一时，曹老师所述的五行说，激起了我的兴趣，在此启发下，我便试着从五行视角重新审视《老子》，进而有所发现，于是在曹、尚二师的指导下成《〈老子〉"玄"与"玄德"新释》一文，有幸发表在《复旦学报》上。后期课业虽结束，然曹师依旧对我颇为关心，他担忧我难寻合适的落脚之地，常予我以详细分析和耐心指引，谢谢可敬可亲的曹老师。水云老师亦平易近人，他学识渊博，谈吐幽默，每次上课总能让我们有所收获而又乐得哈哈大笑。在其课堂的启发下，我对苏诗有了点新发现，成拙文一篇，后经陈、尚二师指导，又在刘驰、袁劲诸师兄和秋婷、安松、李远的建议下不断修改，终有幸被《文艺理论研究》录用。因同是研究清代，水云老师也在我博士后期的学习中，予以热心点拨，让我受益匪浅。

另李常生、李兴盛两位老先生，亦对我关怀备至。李常生老师乃传奇人物，少年艰辛而自学成才，一生曾转战商业、建筑、设计、地理、历史、文学诸领域，均成就不凡，他以 70 岁高龄四处寻找二苏足迹，成《苏轼行踪考》《苏辙行踪考》，令人赞叹。这三年多来，李老师待我如孙女，对我诸事关心，并尽己提供帮助，尤在我腿伤期间，专门带我寻访名医予以治疗，让我感动落泪。后期的论文撰写，他又在图像制作中予我以助力，使得文章图文并茂，颇受好评。李兴盛老师是流人学领域研究的先行者，于此颇为用力。我辗转周折，得以同他取得联系，老先生得知我亦研究流人，大为支持，将我所需之文本材料尽数提供，大大方便了我的统计分析；同时，每次他发现新流人，又专门致电，让我补充进去。疫情期间，远居东北且年过八旬的他，依然对我时时惦念，其对晚辈之热忱关爱，让人感动不已。

另学识深厚且温和从容的陈书录老师，作为硕导，是他的悉心指导和严格要求，为我打下了良好的科研基础，让我得以在清代领域继续耕耘；年轻有为而又热忱助人的沈杏培老师，曾获全国百篇优博的他，不但是我的学习榜样，更以其丰富的科研经验，自硕士以来，就对我热心指导，让我少走弯路；还有视野宽广且沉着稳健的葛恒刚老师，作为大师兄，一直在我的科研路上，为我答疑解惑、指明方向。此外，还特别感谢博士期间的葛刚岩、钟年、陈文新、吴光正、王兆鹏、陈鹏、鲁小俊、余来明、涂险峰、谭新红、钟书林、程芸、王若飞等老师，以及至今仍对我关心的硕士老师钟振振、邓晓东、宋益丹、王田田、曹辛华，大学老师黄育聪、陈希我、陈卫、刘昆庸、陈晓云、涂秀虹、刘曙初、欧明俊、应贵勇、吴青科，以及校外的吴学国、刘玉珺、廖肇亨、吴刚、陈丹、王齐洲、赵辉、牛军凯、胡耀飞、方笑一、徐俪成、赵桅、张钰梅、陈莉、李金濤、王小盾、刘传红、于在照、陈国保、吴庆丰、谢明俊、丁俊彪诸师，谢谢你们的热心点拨和帮助。

作为初入科研门槛的学术小白，亦少不了师兄师姐们的指引。刘驰师兄视野开阔，科研创作兼善，且心态从容淡定。自考博至今，师兄在论文的写作与发表、心态的调整与适应诸方面，都予我以指引和激励，让我能勇敢向前。袁劲师兄亦出类拔萃，记得刚入学时，他就提醒我本专业如期毕业者不及20%，让我时刻警醒，不敢懈怠；后期学习中，袁师兄又以其独到眼光，为我论文的修改提出宝贵意见。另有刻苦钻研而热情助人的潘志刚师兄，常在我苦痛纠结时，为我指明出路；爽朗乐观的李青枝师姐，自硕士以来，就对我细心指导，于学习、生活诸方面关怀备至，为我拨云见雾；豪爽大方而细心体贴的韦异才师姐，在平时课业对我多有指导，在生活上对我亦颇多照顾。还有温和深邃的和谈、隐忍坚毅的龙成松、刚强豁达的岳上铧，以及姚鹏举、罗昌繁、钟志辉、单虹泽、闫阳、彭孝军、张佳、冉耀斌、胡宸、苏铁生、甘沁鑫、傅绪荣、苑增智、蒋旅佳、宋学达、吴晨骅、左攀、汪超、胡斌诸师兄；还有聪慧过人的刘晓、聪明正直的陈浩文和张星星、韦乐、陈鑫、丁敏玲、黄盼、徐永丽、赵雅娟、胡邦岳、肖炜静、钟婷婷、徐星、张文诸师姐，都曾给予我不少帮助，在此一并谢过。

在平日科研中，特别感谢樊宁和谢安松两位同学的大力支持。樊宁学术能力较强，看似不费力气，却能将各种文献梳整清楚，探其流脉，成于手中，他对文献的熟悉度、对学术动态的把握度，让我望尘莫及。自博二认识以来，他便将自身经验毫无保留地分享予我；当我遇到困难时，又积极为我出谋划策，让我得以应对。安松略显低调，但仍掩盖不住其光彩，他心思细腻、视野宽广，又有良好的文献基础，因此每每与他讨论，皆能给我很大启发。在博士论文写作中，从概念的界定、框架的设计、切入的视角等，都少不了他的功劳，乃至每次我提出新的行文思路，都要和他讨论后才放心动笔，这篇论文有幸优秀，安松功不可没。

还有其他好友，虽不在校内，却让我感觉如在身旁，他们带给我的启示和帮助亦不少。陈秋婷是我多年好友，就读于华东师大，同她的交流中，我也似乎浸染于海派学风，不忘硕士期间老师们提倡的比较研究和大局观，谨记从大视角去观照研究对象，并得到盲审专家的肯定；又秋婷豪爽仗义，每当我碰到艰难险阻，她都热情地为我分忧解难，逗我开怀大笑。熊祖琳是我相恋十多年的男友，虽异地多年、专业不同，但法律出身的他，一开始就提醒我要明确研究概念，以免混淆对象。科研生活较为单一，作为博士的我们常沉浸于文献阅读和论文写作中，对外界关注不多，是他为我打开通往外面世界的窗口，让我得以吸收社会的新鲜血液，思维不至固化。他喜看电影，并常和我分享，在这一启发下，我提出了"文本影像"的理论，尝试从影视角度解读流人的纪行文本，看似效果不错。他数学较好，因此在流人数据分析时给予我较多帮助。谢谢亲爱的小熊，这么多年来一直对我深深的呵护与疼爱。另陈亮亮、邓雅、李远、孙婉、张大强、徐文泰等同学，皆在学习、学术或工作层面为我指点迷津；又有校外的高思莉、吕树明、聂鑫、武剑飞、张文婷、袁菜琼、梁亚群、陆骐、郑随心、张琳、崔昕昕诸人，与我交流探讨；还有孙会芳、王静雅、黄海丹、刘庆等同学，热心帮我查找文献；以及韩旭泽、王艺璇、蒋润、黄诗晴、贾超、孙雅洁、刘林云、阳序言、闫梦涵、蔡欣兰、贺佳慧、林哲羽等师弟师妹，或为我整理提供材料，或于日常生活多有协助，我亦感念于心。

时光匆匆，转眼即到初冬时节，而我亦有幸在寒冷袭来前，收获这份耕耘三年多的成果。感恩各位亲朋师友，愿此去相会有期。

庚子年丙戌月辛卯日于珞珈山

后 记 二

时值盛夏八月，岭南酷热难耐，距我入职的 2021 年 8 月 6 日，也近三年了。在感叹时光流走之余，也不禁在脑海中，将这三年的经历串联成线。

当下的内卷环境对青年而言颇为不易，在科研领域亦是如此。近年来，部分学校对新入职"青椒"实行"非升即走"的末位淘汰制，使得科研考核如同一把达摩克利斯之剑，时刻悬在我们头顶，只是我们不曾享有达摩克利斯那般的荣光和力量，却要时刻面临末日降临之恐惧。这种考核方式，让我闻之生畏，加之 2021 年，复旦又发生姜文华一案，使我更是心生惧怕，以致在广西大学面试通过的 4 个月后，经过反复考虑，才决定前来入职。记得去签合同的那天上午，竟有种赴死之感，行至办公室旁边的花园时，还给小熊打了个电话，才有勇气进去签署。从那一刻起，面对严苛的科研考核任务，我也就开始了紧张而忙碌的"青椒"生活。

首先要面临的，是严峻的挑战。其一，便是沉缓闭塞的科研环境。初回广西，心理上虽有归乡之感，但在科研上，却从江南、荆楚转至岭南，使我不由得生出流放荒地的苍凉之叹。在这里，没有导师在身边热切指引，缺少同伴在身旁切磋交流，甚至想外出参加个学术会议，想到漫长的路途消耗、繁琐的中转流程，念头便打消了一半。如若没有尚师的期许相加、孙瑞老师的时时督促、龙文玲老师的日常指导、董笃笃老师的经常点拨，我可能很快便忘记了自己的学术初衷和科研追求了。其二，便是时间的碎片化。博士期间，我们通常能集中大块时间和精力于科研上，遨游其中，认真思索，时有所获。但工作之后，时间开始被备课上课、培养学生、行政事务等占据，教学事务很是烦琐，常需要耗费很大的精力；文科导师对于学生的培养，更多是良心活，需要自身的无尽付出，也只为对得起"老师""导师"这一称呼。再加上一些家庭琐事，能留给科研的时间少之又少。今年年初，我对这三年的时间做了总结分析，发现我每年能用于科研上的时间，只有读博期间的 1/4，想到这个比例今后还会更低，不由得一阵恐慌。其三，乃文科的逐渐边缘化。与理工科聚焦自然科学、需要团队合作、可以量化统计不同，人文学科探究的是人和社会的问题，更关注人的心灵成长，强调思维的独立性。然而这些皆需时间的积累和沉淀，不能立即带来科研 GDP 的快速增长，因而其紧迫性、重要性常被让位于理工科，甚至学校还会用指导理工科的方式来管理文科。但对于人文学科的研究者来说，是难以接受自身被不停地量化、工具化的。这种外在考核和内在追求的矛盾，亦时常煎熬着我们。

这些挑战，有些我们一时无力改变，而它们在困扰着我们的同时，亦在催促我们快速成长。基于自身的生活感触，我明白要迎接挑战，最先应保证自己拥有健康的身体。读博期间由于腿伤，我无法运动，为缓解科研带来的身体疲劳，只能每天散散步、做做操，但因为运动量的急剧减少，以致常积食而消化不良。从 2019 年春到 2021 年冬，经过将近三年的休养，我得以慢慢恢复。那年冬天的一个下午，望着窗外残留的晚霞，我忽然想起曾经在操场上飞奔的日子，于是便换上运动装备，一点一点，慢慢地，从宿舍跑到了学院，又跑至校门口，全程 3.1 公里，用时将近半个小时，与以前的速度相比，是那么的慢，但到达校门口的那一刻，滚烫的泪水忍不住从我眼中滑落。回想起从前，医生所下之诊断：以后恐不能再跑步、甚至走路都困难。又回忆起大学时候，在赛场上纵横驰骋的模样。终于！三年了，我迈出了这一步。后续的日子，随着身体慢慢的调节，我基本保证了每天锻炼 45 分钟的节奏，这使我在工作繁忙之余，得以通过汗水挥洒来舒展身心。

在西大的时光，也让我逐渐完成了从学生到老师的角色转换。读博期间，尚师对学生的热忱关爱，亦让我对老师产生了深切的依恋之感，记得入职后的一个秋夜，我似回到了曾经在校园里聆听尚师教诲、与同学切磋探讨的日子，忽而醒来，才发现是一场梦，想到如今的自己，离开了尚师，便如同离开父母之婴孩，需独自面对未知的狂风暴雨，不禁黯然落泪。因为学生身份的长期伴随，亦使我一时难以适从，入职之初，每当遇到学院老师，便会不自觉地叫"老师好"，令他们惊愕不解，以致孙院长还提醒我："不要再叫'老师好'啦，请叫我'孙老师'。"随着时间的推移，在龙老师、阳静老师、张维老师的帮助下，在一次次的课堂讲授中，我逐渐明确了自己"老师"的身份，并在指导学生的过程中，确认了"导师"的责任和认同。而随着事务的增多，也让我学会如何更好地去合理安排时间、高效工作，而非再以博士期间的单线程方式一以贯之。

在这三年中，我亦逐渐摸索，努力构建起自己的研究体系。一方面，在博士论文的基础上，我得以"清代流人文学编年与数字地图平台建设"为题，顺利申报国家社科基金青年项目，并在《浙江学刊》《广西大学学报》等发表了系列论文，又指导硕士生对陈之遴、颜检等进行专门的个案研究，同时组织对清代流人别集进行古籍整理，从而将流贬文学的研究逐渐深化。另一方面，我早年读研之际，便有从事苏轼文学研究之构想，惜未能如愿，谁料偶然契机，博士期间撰写的《苏轼诗歌中的"快"境美学》一文刊登后，便得人大复印资料转载，后获广西壮族自治区社科优秀成果奖二等奖。我深受鼓舞，又接连撰写论文，有幸发表在《光明日报》，同时以"东坡题材戏剧影视作品的数字化整理与研究"，顺利申报海南省哲社重大专项(东坡文化研究)课题，让我得以深入地去探究苏轼及其相关作品。

在研究过程中，我亦逐渐摸索出适合自己的研究理路。首先，尚师仁爱，且富有人文关怀，并常以此去体察所研究的流贬文人，细腻解读其文本。老师在博士期间的引导，让我较注重对文本的解读剖析，并追求思维的生发，因而对与文学相关联的理论、艺术等，兴趣浓厚。其次，王兆鹏老师所引领的数字人文研究，亦对我影响较大，因清代文献卷帙浩繁、文本数量庞大，且其诗词文人的知名度远不及唐宋，如若沿用传统的研究之法，恐难有新意。于是，我便采用了大数据的统计方式，借鉴数字人文的方式进行可视化呈现，效果似乎不错。在流人的时空分布上，我亦用此法，所撰之文亦被《中南民族大学学报》录用。我受此鼓舞，毕业之后，尝试以数字地图来呈现清代流人的行迹和作品分布，并有幸获批国家社科项目。再者，是源于我自身特点所延伸出的身体文化学视角，在慢慢长大的过程中，我逐渐感受到自己与身边之人的不同，我常能听到别人未听见的细微声音、闻到别人未觉察的气味、迅速通过味道判别食物的新鲜度，能轻易被身边的趣事逗笑，亦能很快因伤感而落泪。这种敏感特质，曾让我非常苦恼，尤其睡觉时常会被轻微的声响扰醒，容易对他人共情而滋生出类似于讨好型的人格，遇事容易大喜大悲，因而往往羡慕那种没心没肺的自在之人。而在与小熊的相处中，他的关怀和鼓励，让我逐渐认识到这并非我的缺陷，对于文学研究者而言，说不定还是优势，并建议我结合自身特质来发挥研究之所长。于是，我便不自觉地关注文本中的听觉、触觉、嗅觉等感官书写，并对记忆、身份、梦境等写作情有独钟，体悟到作家在写作过程中，外界带给他们的所有感触与生发要先落脚于身体，才能传递至心灵。藉此，我逐渐写成并发表《寒侵·冷地·冰心：遗民流人的寒冷体验与北方抗拒》《"倚杖听江声"：杖与苏轼的身心依托》等系列论文，并试图将其系统化。

在慢慢深入和系统探究的过程中，我亦将成果逐渐推出，用 2 年半时间，提前完成了学校要求的 6 年科研考核任务，入职之前的恐惧，也在成果的推进中，一点一点得到消解。由此，我得以有更多的时间和精力，来规划自己未来的发展方向，而不只是埋首应对合同上的考核评定。

而以上些许进步的取得，更多归功于师友们的悉心指导。尚师如父，即使毕业离校，老师对我们还是一如既往地牵挂，关心我们的成长，为我们取得进步而欢喜，让我也更有力量向前而行；王兆鹏老师与尚师交好，我亦得益于王老师的热心指点，从而在数字人文方向上尝试探索；沈杏培老师乃青年学者之翘楚，常在我困惑时，为我这个小"青椒"指点迷津；曹建国、陈水云、葛恒刚老师皆朴正醇厚、学问扎实，亦常对我关爱有加；鲁小俊老师年轻有为，亦不吝为我们小辈多加指点；谭新红老师前往海南高就后，更是对我等小辈多加提携；钟振振、李常生、陈文新、李朝军、夏明宇等老师，亦常热心予我以支持和帮助。而李青枝师姐久居江南，亦常电话关心我的成长状态，为我疏忧解难；熊海英师姐身处荆楚，常以其宽广视野和丰富积累，为我拨开迷雾；其他师姐如黄盼、王苗、陈浩文、洪迎华、韦乐、陈鑫、钟婷婷等，师兄如和谈、罗昌繁、岳上铧、吴大顺、郑礼炬、昝圣骞、申东城、潘志刚、孙景鹏、袁劲、钟志辉、刘驰、彭孝军、王启玮等，作为过来人，她(他)们更能体会青椒所处之困境，从而以其切身经验，为我指引前路；另博士好友谢安松、陈泽森、凌云、谭静、左丹丹、李远等，我们虽然各在一方，却常交流彼此的学术心得和工作感触，既互相吐槽，亦相互鼓励；还有吕树明、元伟、王天觉、冯征霞、尧育飞、黄昌宇、游长冬等学友，陈俊力、蒋润、成天骄、蒋李楠、韩旭泽等师弟师妹，亦为我提供诸多帮助，在此亦深表谢意。

在西大这三年，挑战和压力无时不在，也多亏有文学院诸位师友的热心指点。我未有千里马之才，但孙瑞院长却有伯乐之慧眼，在我第一次应聘落选后，是他积极争取，让我来到了西大；作为院长，他工作繁忙，但仍对老师们很是关心，并时常为我指引方向，无论在课题申报、论文撰写还是学术发展上，皆予以诚恳建议，也是在他的鼓励和推荐下，我于2023年尝试申报省级人才，并有幸入选首批"八桂青年拔尖人才"。龙文玲老师作为学科带头人，虽身处广西，却放眼全国，且其学问扎实、根柢深厚，诚有学人风范。龙老师受学院之托，负责指导我，这三年来，龙老师对我倾囊相授，让我学会了怎样将自身学术研究与国家战略发展相结合、如何撰写项目申报书、如何提升论文之深度，让我从一个懵懂的小"青椒"，逐渐成为慢慢建立自己学术体系的青年研究者。李潇老师作为科研秘书，对各种科研事务了然于心，她以其丰富阅历，教导我如何在某个研究点上，进行多方面挖掘，并争取实现学术成果的多样化；且潇潇老师性格活泼开朗，又搞怪幽默，常与我一拍即合，给我带来了无穷的欢声笑语。刘深师兄虽比我晚两年到文学院，但已在西大工作了20多年，刘师兄生性醇厚、低调内敛，他待人以诚，尤其对我这个小师妹颇加照顾，对我遭遇的各种疑难问题、面临的困惑烦忧，皆耐心指引，让我在摸索的过程中逐渐明朗。除此之外，才智过人而又热情耿直的黄文凯老师，常忍不住对我这小"青椒"指点一二；果敢无畏的刘儒师兄，常为我的发展而担心牵挂；长于思辨且见解深刻的李志艳老师，常热心为我解答科研和生活中的种种难题。作为武大校友，田春来、彭林祥、梅军、郑朝晖等老师，不但在学问上颇有建树，亦热忱待人，平时也对我多有关爱；另有韩颖琦、李超、覃凤余、李慧、李寅生、鹿士义、唐七元、王红、黄海云、吴兆蕾、易小平等前辈，他们于文艺学、现当代文学、语言学、古代文学、民俗学等领域，各有所长，并以其深厚的学术积累，予我以热心指引，让我能尽快适应大学教师的科研步伐；而阳静、张维、李桢等老师，则有着丰富的教学经验，引导我一步步站稳讲台，并尝试参与教改项目，准备教学竞赛；韦焕干、刘玉成、张惠、赵牧等诸位新老师，因与我入职时间相近，虽有年龄和职称上的差别，但更有同时期面对巨大压力的患难之感，因而彼此相处更为自在，偶尔的互相吐槽，亦能使我们心情更为舒畅；另董林平、梁晓昀、杨微、刘丽、银键、龚元华、贾琦艳、黄艳阳、韦明刚、陈静丽、周石泉、陈亦愚等老师，或教导我如何更好地与同事、学生相处，或在平时工作中予我以热忱帮助，我亦深怀感激。

文学院之外，亦有董笃笃、胡昌文、黎鹏、肖德生、莫光辉、关熔珍、黄景文、陈奕颖、陈宏波、陈正、张羽、农添珍、孙冬梅、刘馨元、付语含、谢健、罗树杰、陆秀红、倪佚兰等西大的诸位老师，对我这个晚辈指导有加。董老师法学积淀深厚、学术经历丰富，常能透过事物表层探其本质，令人赞叹信服；他虽出身于法学，但亦有文人的洒脱旷达，与我们同住青椒小楼的他，常敞开着大门，或写作、或喝茶、或饮酒，伴着凉风或明月，享受着独有的惬意。而他待人又极其真诚热忱，遇会心之人，即欢聊不止。于我而言，他更像是一位导师，常为我遇到的困难诊断把脉，教会我如何去应对，并指引我以更宽广的视野，来构建自己的学术体系。胡昌文老师作为人事处的资深工作者，更知晓青年学者的发展路径，常不吝为我指点一二。而其他学院的"青椒"如黄燕平、黄雪娇、陈思静、刘君、陈黎、孙志文、黄鉴妮、李长城、罗珮琪、黄福艺、兰伟、郭旺、林森、杨名宜等，皆在其专业各有所长，与他们的交往畅谈中，常能带给我别样的启发，使我能跳脱文科视角来重新审视问题，且因年龄相仿、处境相似，我们更像是同辈好友，在互相鼓励中一起成长。

广西地处岭南一隅，与外界交流较少，我亦常常担忧自己身处其中，会变得安于现状、视野狭隘。记得 2023 年暑假，文学地理学年会在广西民大召开，邱江宁老师和熊海英师姐的到来，重新激发了我的学术热情，尤其邱老师结合广西实际，建议我紧抓"疆""族""路"来进行探究，其目光之敏锐，令我如梦初醒；同年底，我们学院筹办了文学史料学会议，与张剑老师的几次交流，他的广博与洞悉，似乎唤醒了我内心埋藏的学术夙愿，让我对于自己所进行之研究，有了更客观的认识。此外，杜为公、方盛良、姚蓉、曹辛华、周裕锴、刘石、罗时进、戴伟华、卢盛江、成玮、侯体健、余祖坤、杜卫华、刘清泉、刘巧鹏等外校老师，陈丹、丁静、刘剑、项义华、梁润桦、符继成、徐梅等编辑老师，朱晨、岑学贵、李惠玲、韦树关、李谟润、马艳超、张国安等民大或师大之前辈，他们或对我热心指点，或予我以热情帮助，在此亦一并谢过。

于我们而言，学术科研是事业和精神上的追求，亲朋好友则是情感上的归宿。广西在外界一直难以摆脱它落后贫穷的印象，但是我从小长大的家园，这里的山山水水，仿佛都镌刻在我的基因里，或许只有栖息于此，才得以心安。从高中毕业开始，我在外求学，辗转闽南、江南、荆楚各地，其中艰辛，难道一二。在十年的时光中，彷徨、孤独、焦虑、迷茫等，时有发生，而常常伴随我安然入梦的，乃是《康美之恋》《捉泥鳅》等歌曲，前者以广西山水为主景，后者乃我幼时常听之乐曲，那轻柔的歌调，如同缓缓流淌的河水，恍惚之中，我似乎回到了童年的小河旁，静静入睡。2021 年 8 月，我重新回到了广西，虽然以前不曾在南宁求学，但因妈妈、爸爸、弟弟、表哥等亲人皆在此地，又有欧玉婵、李烨、黄玉琼、朱露露、熊能等好友，便让我有了回家的安顿之感，不再是曾经千山万水的阻隔，心里的思念和惆怅亦随之消融。2022 年春，小熊自深圳归来，我们结束了十多年的异地之恋，开始了甜蜜而又有摩擦的相伴生活，在此之后，写日记常会让我觉得可有可无，因为平日之所想，我皆全盘向他倾诉，相互的信任，也让我们更多了份安心。而曾经的诸多好友，陈秋婷、白守宁、施小梅、卢名媚、蔡惠君、黎春晓等，她们或返乡工作，或与心爱之人相守，皆有归处，让我于岭南山水，亦为之心安。

回首三年，记得我初来之时，青椒小楼外面的试验田正青葱翠绿，三载春秋，几度荣枯，如今又是金黄灿烂。在这收获的季节，感恩尚师的辛苦筹划、各位编辑老师的辛劳付出，以及我的学生王华争、罗梦、朱语柔、董艳伶、吴美琪、梁培雷，还有俊力表弟的用心校对，让我曾经的心血得以付梓。这是一个过去的告别，亦是一个新的开始。

甲辰年辛未月丁酉日于青椒小楼